国家社会科学基金一般项目(批准号：11BWW056)

国家社科基金丛书

GUOJIA SHEKE JIJIN CONGSHU

20世纪非裔美国文学批评研究

A Study of the 20th Century
African American Literary Criticism

王玉括 著

人民出版社

责任编辑:陈寒节
封面设计:石笑梦
版式设计:胡欣欣

图书在版编目(CIP)数据

20世纪非裔美国文学批评研究/王玉括著. —北京:人民出版社,
　2023. 4

ISBN 978-7-01-023549-3

Ⅰ. ①2…　Ⅱ. ①王…　Ⅲ. ①美国黑人-文学研究-美国-20世纪
　Ⅳ. ①I712. 06

中国版本图书馆 CIP 数据核字(2022)第 131787 号

20 世纪非裔美国文学批评研究

20 SHIJI FEIYI MEIGUO WENXUE PIPING YANJIU

王玉括　著

人民出版社 出版发行

(100706　北京市东城区隆福寺街 99 号)

北京盛通印刷股份有限公司印刷　新华书店经销

2023 年 4 月第 1 版　2023 年 4 月北京第 1 次印刷

开本:710 毫米×1000 毫米 1/16　印张:26. 75

字数:366 千字

ISBN 978-7-01-023549-3　定价:100. 00 元

邮购地址:100706　北京市东城区隆福寺街 99 号

人民东方图书销售中心　电话:(010)65250042　65289539

序 一

王玉括教授在南京大学攻读博士学位时就选择非裔美国文学作为其研究方向，在过去的 18 年间，一直孜孜不倦，笔耕不辍，不断有新的成果问世。《20 世纪非裔美国文学批评研究》是国家社科基金项目的结项成果，展示了最近几年他在非裔美国文学批评研究领域所做的开拓性工作。

文学批评与文学创作之间存在着"相互连带"的关系，即"文学批评的转变，恒随文学上的演变为转移"，而文学上的演化，又会"因文学批评之影响而改变"。（郭绍虞语）20 世纪非裔美国文学伴随着美国文学的崛起和繁荣而逐步发展壮大，见证了二三十年代的哈莱姆文艺复兴、40 年代的"抗议小说"、五六十年代美国民权运动催生的"黑人美学"和"黑人艺术"运动、70 年代以来的女性主义文学浪潮以及伴随而来的非裔美国文学真正的文艺复兴。在这历史进程中，非裔美国文学批评或是积极引领，或是推波助澜，起到了十分重要的作用。在梳理、展现 20 世纪非裔美国文学批评的成就时，《20 世纪非裔美国文学批评研究》没有采用传统文学批评史那种追求系统整一、面面俱到的框架结构，而是以十年为界，选择其中的代表性作家或学者、批评家，聚焦其文学批评思想或文学批评观点与方法，这样做的好处是重点突出，对一些问题可以进行深入的阐述和辨析，从而把书名中的"研究"落到实处，并且确保是在做有深度的研究。

《20 世纪非裔美国文学批评研究》的一个特点是"接着说"，即不满足于停留在现有的认知范围和认识水平，而是有意识地避免重复已有知识，选择新的突破点，寻找新的阐释领域。"接着说"的一个前提是对前人的工作要有充分的了解，在此基础上延伸和拓展，进入新的境地。如第一章讨论杜波伊斯的文学批评，他在《黑人的灵魂》中提出的"双重意识"概念十分重要，已有很多讨论，因此，本书不再花费笔墨重复这一议题，而是重点梳理少有人论及的杜波伊斯关于艺术与宣传的论述，分析他对美国著名黑人作家的文学创作，特别是对哈莱姆文艺复兴时期作家及其文学创作的评论，及其所体现出的社会学与"种族政治"导向的批评思想，从而比较全面地还原他的批评主旨，展示他给后人留下的丰厚的文学批评遗产。同样，第十一章在讨论休斯顿·A. 贝克（Houston A. Baker, Jr.）的批评思想时，对其人们比较熟悉的布鲁斯本土理论只是予以简要梳理，而将更多的篇幅用于展现贝克文学批评思想变化的轨迹，论证其"批评思想的核心是黑人美学思想及其在不同时期批评实践中的运用"。

在很长一段时间内，所谓非裔美国文学批评实践主要是非裔美国作家对自己或他人的作品进行评述阐发。小说家、诗人基于自己的创作实践，思考文学的本质，分析文学的社会功能和审美特征，揭示文学与社会、文学与族群、文学与自己的关系。这种批评内容丰富，生动具体，不乏真知灼见。20世纪 60 年代末以来，随着德里达、福柯等后结构主义思想家及其理论学说对美国产生重要影响，年轻一代的非裔美国学者开始登上舞台，如贝克与亨利·路易斯·盖茨（Henry Louis Gates, Jr.）等积极借鉴欧洲主流的文学批评理论成果，尝试构建非裔美国文学及其批评传统。本书对于学院派批评的理论探索给予足够的重视，展示了当代学者为构建非裔美国文学批评理论体系所做的努力，如第十一章比较详尽地介绍贝克如何在充分了解和掌握非裔美国本土文化，特别是其民俗文化与音乐的基础上，借鉴后结构主义思想与批评方法，提出自己的黑人本土批评理论与"艺术人类学""世代递嬗"等批评术语。第十二章比较全面地介绍盖茨的文学与文化批评成果与贡献，重点分析他对非裔美国文学传统的认识，特别关注其"讽喻"理论，展现他如何融会吸收后结构主义/解构主义思想，构建植根于非裔美国文学传统的"讽喻"阐释传统。

非裔美国文学与美国社会文化和美国黑人的现实生活密切相关，作品描写他们的生存状况，表达他们的心声和诉求，较少见到风花雪月和卿卿我我，更多的是对黑人文化传统的坚守，对种族平等、社会正义的追求。非裔美国文学批评相应地也表现出对文学的社会与政治功能的强调，而针对现实问题提出解决方案或寻找出路时，人们往往各执一说，体现出争辩性特点。《20世纪非裔美国文学批评研究》考察了鲍德温与埃里森等人对赖特"抗议小说"的批评以及引起的争辩，特别是本书最后以两章的篇幅来讨论20世纪末的两场重要论争。第十三章"非裔美国文学批评中的后结构主义之争"梳理了非裔美国女学者乔伊斯·A.乔伊斯（Joyce A. Joyce）与盖茨、贝克之间围绕如何借鉴欧洲主流的后结构主义批评思想引发的争论。盖茨与贝克想借鉴欧美主流文学批评理论，颠覆其对非裔美国文学与文化的束缚与抑制，构建自己的本土文学理论与批评实践。乔伊斯针对盖茨的核心概念"表意"提出批评，认为主人的工具既不能拆掉主人的房子，也可能使得借用主人工具建起来的自己的房子东倒西歪。第十四章"威尔逊与布鲁斯坦之争及当代非裔美国文化之痛"介绍了非裔美国剧作家威尔逊与批评家布鲁斯坦之间的争论，及其所引发的美国学术界对文学与种族、文学的本质与功能，以及文学的社会意义与审美价值等问题的再思考。本书对20世纪非裔美国文学批评中的重要论争进行较为深入细致的分析研究，提醒人们去关注非裔美国文学批评的当下性、现实性和复杂性，有助于我们加深了解和认识非裔美国文学及其产生的历史环境——20世纪美国社会。

非裔美国文学是我个人感兴趣的一个研究领域，自1994年在《外国文学评论》发表关于莫里森《宠儿》小说的论文以来，我一直以阅读、写作的方式与非裔美国文学发生关联，也特别关注我们国家非裔美国文学研究所取得的成绩与进步。王玉括教授无疑是这一领域的中坚和翘楚，他的著述具有广博而深刻的特点，这与他治学方法有关，即首先是广泛地阅读，在充分掌握第一手资料的基础上进行文本细读，同时将文本置于历史语境中，分析综合各种要素，融会贯通各种理论，最后提出自己的见解。做扎实的学问，需要静下心来，潜心钻研。王玉括教授做到了这一点，得以成就《20 世纪非裔美国文学批评研究》这样一部专业性很强的学术著作。衷心祝福王玉括教授在非裔美国文学研究领域取得更多的成果，为推进我们国家的美国文学研究做出更大贡献。

王守仁

2019 年 4 月

序　二

　　在认识王玉括本人之前，我先是拜读了他的著作。大约十年前我们初次见面，他送我他的大作《莫里森研究》，其实在此之前，我已经在书店购得此书，而且当时就读过大半。因此那次初识可说一见如故。后来我们又分别在台北、南京、上海、昆明等地多次见面，我知道他正在进行一项规模庞大的研究计划，希望完成一部有关非裔美国文学批评的学术专著。不出几年，他的研究计划果然有了具体成果，就是现在我们看到的这部《20世纪非裔美国文学批评研究》。

　　在介绍玉括这部不下三十万言的皇皇巨著之前，也许应该谈谈他那部出版于2005年的《莫里森研究》。此书所据原为玉括的南京大学博士论文，经修订后由北京的人民文学出版社出版。跟一般小说家的作品专论不同的是，玉括此书不再分章分节讨论莫里森（Toni Morrison）的个别作品，其撰述方式主要在选定若干议题，设定章节，不仅以这些议题介入莫里森小说的讨论，而且大量参酌其访谈与批评论述，互相参证，彼此发明，以彰显这些议题在莫里森整体著作（oeuvre）中的重大意义。这部初试啼声之作不仅反映了玉括对非裔美国文学的广博知识，也充分展现他对美国文学传统的了解。此外，全书的论证过程也透露了他所接受的文学理论训练。我看到好几位在20世纪七八十年代我受教育时耳熟能详的理论家的名字，心中备感亲切。

　　玉括能够出入于当代文学理论，又不忘非裔美国文学乃至于更大的美国文学传统，使理论、文学史及文本阅读多方环扣，这是《莫里森研究》一书的长处。此书问题意识（problematics）清晰，并且充分掌握撰述当时可能找到的中文、英文文献，寻根溯源，既论莫里森与非裔美国叙事传统的关系，又论美国文学传统对她的可能影响；在回顾莫里森重读美国文学经典一章，玉括尚以后设批评（metacriticism）的析论方式，畅谈莫里森如何关注美国文学经典中的黑人形象，又如何想方设法要为这个形象除魅。更重要的是，玉括通过莫里森自己的访谈与评论，归纳出她看待非裔美国文学的基本态度。譬如说，他大量征引莫里森的说法，强调文学的美学与政治功能——尤其是非裔美国文学所根植的种族因素，其政治层面更是显而易见。在玉括引述莫里森的谈话中，有一段她是这么说的："我不相信任何真正的艺术家会是非政治的。尽管他们可能或许对这种或那种特别的困境不是很敏感，但他们过去一直是政治的，因为这就是艺术的责任——成为一个政治家。"莫里森此处所说的"政治"当然非关作家在现实生活中的政治信仰或政治立场，因此与作家介入其时代实际的社会或政治斗争无关。用洪希耶（Jacques Rancière）在《文学的政治》（*The Politics of Literature*）一书中的话说，所谓文学的政治意味着"文学就只是以其作为文学的身份介入政治"，目的无非希望能够激发思考，带来改变，与作家应否坚持其艺术的纯粹性无涉。文学作为自主的书写实践与政治作为人的集体实践之间是不发生冲突的。这正是洪希耶所说的文学的政治性（politicity）。

不过玉括也很清楚地指出，莫里森心中的文学的政治又与一般非裔美国作家和批评家的说法略有不同。对她而言，非裔美国文学不仅涉及种族问题，其中的政治更与性别密切相关，特别是非裔美国妇女面对的历史与现实问题。因此，玉括这么说明他的观点："莫里森的贡献在于：她能以黑人女性的角度观察这个社会，塑造新的黑人女性形象。"这个观点不仅适用于莫里森，也是莫里森同时代许多非裔美国女性作家与批评家的共同认知。

突出非裔美国文学的美学与政治双重功能至关重要，不但彰显了莫里森的根本文学关怀，也大抵掌握了非裔美国作家投身创作的主要目的或使命。

《莫里森研究》一书的附录中有一篇题为《非裔美国学者论文学的"政治"与"美学"功能》的论文，文虽不长，却颇能概括玉括对非裔美国文学生产的基本看法，对了解他的新作《20世纪非裔美国文学批评研究》很有帮助。玉括在论文中开宗明义表示，非裔美国学者"需要向世人证明黑人种族和白人种族具有同样的人性，能够创作出同样伟大的作品，这种强调文学为'种族'服务的'政治'，随时间的延续以及黑人种族社会地位的提高越来越弱化，而人们对文学'美学'功能的关注，或者说对它们二者的并重已经成为当代学者强调的重点"。这段文字足以总结非裔美国文学自滥觞以迄当前不变的根本信念，只是由于个人的体认或时代的需求不同而轻重有所调整，有时重政治而轻美学，有时相反，有时则两者并兼，不分轩轾。在这篇论文里，玉括举证历历，从杜波伊斯（W. E. B. Du Bois），经赖特（Richard Wright）、洛克（Alain Locke）、休斯（Langston Hughes），至埃利森（Ralph Ellison）、鲍德温（James Baldwin）、盖尔（Addison Gayle, Jr.）、尼尔（Larry Neal），乃至于20世纪90年代受欧陆理论影响的若干非裔美国学者和批评家，无非为了证明美学与政治始终是非裔美国文学论述的重要关怀。在我看来，玉括这篇论文不只像他所说的，"是为了更好地体现莫里森对此论述的学术背景与历史语境"，在更大的意义上，这篇论文应该还可以被视为他的新作《20世纪非裔美国文学批评研究》的论述基础。换言之，他的新书虽然引证博议、体大思精，不过其基本论点在《非裔美国学者论文学的"政治"与"美学"的功能》一文中似乎已经呼之欲出。这样的体认容或有助于我们对玉括新作的了解。

　　《20世纪非裔美国文学批评研究》一书除引言、结语、参考文献、索引及后记外，其主体共计十四章，分别讨论了杜波伊斯以降重要的非裔美国作家与批评家的文学主张和批评立场，其中还特地另辟专章论及黑人女性主义文学批评，最后两章则分别探讨20世纪80年代末非裔美国文学批评与后结构主义之间的争辩，以及20世纪90年代有关非裔美国文学与文化困境的辩论。虽然玉括本意不在撰写20世纪非裔美国文学批评史，但是全书结构与其论述策略却又明显说明，其实这是一部依时序推展与论证的著作，最后呈现的不亚于一部非裔美国文学批评的流变史。

我这么说并非无的放矢。玉括在本书的引言中也这么表示，他的做法主要在"积极借鉴美国前辈学人的研究成果，思考非裔美国文学创作与批评的主潮及其发展，重点关注非裔美国作家的文学批评，并尝试以十年为界，选择其中的代表性作家或学者、批评家，聚焦其文学批评思想或文学批评观点与方法——他们要么以批评思想为人所知，要么以批评方法或批评术语为人所关注，但求重点突出，不求面面俱到"。因此，在这样的撰述蓝图规划之下，单就批评流派与个别批评家而论，这部新作以杜波伊斯始，接着大致依序畅论与杜波伊斯同时代的"新黑人"（The New Negro）批评家洛克、"统合诗学"（Integrationist Poetics）的布朗（Sterling A. Brown）与赖特，以及"黑人美学"（Black Aesthetic）的代表人物盖尔、"重建诗学"（Reconstructionist Poetics）的亨利·路易斯·盖茨（Henry Louis Gates, Jr.），乃至于倡导"蓝调解放"（Blues Liberation）的贝克（Houston A. Baker, Jr.）等。其中还分章独立析论包括鲍德温、埃里森、艾丽丝·沃克（Alice Walker）、莫里森在内的几位扛鼎作家的文学见解与观点。这样的论述结构既有延续，也有断裂，隐约可见的是非裔美国文学批评的系谱关系，整个进程正好形成贝克所说的世代兴替（generational shift）。众所周知，贝克的看法其实源于孔恩（Thomas Kuhn）有关科学革命中典范兴替（paradigm shift）的理论，确实是个饶富启发意义的概念，只是他的整个论证仅聚焦在男性作家与批评家身上，完全忽略了女性作家与批评家的角色与贡献。玉括显然注意到这样的缺失，此之所以他的新作设有专章检视黑人女性主义文学批评的功过得失；尤其对黑人女性主义者如何遭受白人女性批评家与黑人男性批评家的双重排斥，玉括抱持的态度是同情的理解，不过他也认为黑人女性批评家不能只是夸夸其谈，她们有必要重视论述脉络，更不能忽视适当的文本分析，而且"要兼收并蓄，不能因为它是西方、白人的东西就拒绝"。

玉括这部新作另有一个特色，那就是历史化或脉络化；换言之，全书的论证在许多细节上始终紧扣美国的历史脉动，在这种情况之下，非裔美国文学批评的不同流派和重要主张就不再只是历史真空的产物，而是在相当程度上为了响应某些历史时刻所出现的社会或文化现象。举例言之，在玉括看来，20世纪初杜波伊斯与洛克所褐橥的若干文学看法其实隐含他们对1896年之后施行的"隔离但平等"（separate but equal）政策的批判，这也正是他在讨论洛克时所说的"鲜明的时代特征"。再如赖特与埃里森的左翼黑人民族主义（black nationalism）批评立场，恐怕也与始于20世纪20年代末的美国经济大萧条密切相关。这些只是荦荦大者，类似的例子全书比比皆是，因此玉括此书非仅具有知识与学术的广度，处处展现的更是其论述上的历史纵深度。我愿意将此书视为非裔美国文学批评流变史，这是重要的原因之一。

不论流变的面貌为何，在玉括的思辨里，百年来的非裔美国文学批评万变不离其宗，种族这个类别（category）始终是个无法绕过也无法回避的根本因素。过去如此，现在也不例外，其他的类别，如性别与阶级，无不被统摄在种族这个类别之下。1992年4月底，洛杉矶黑人聚居的中南区发生暴动，我正好在费城宾州大学的黑人文学与文化研究中心研究。有一天晚上，我在电视新闻中看到一个镜头，二十多年来，我对这个镜头始终无法忘怀：一位中年黑人太太从一家显然遭到抢劫的商店匆忙走了出来，正准备越过马路时，被电视记者的摄影机挡住了。这位太太抓起一串鞋子对着摄影镜头说了一句话："这是第一次我的六个孩子都有鞋子穿！"黑人、女性、穷人——这位女士身上统合了种族、性别及阶级三个类别，只不过我们更为注意的恐怕是她的黑人身份。的确，美国社会看似开放，只是历史上种族问题根深蒂固，有形或无形的种族歧视并未因法律上的平等而形消于无，许多重要的社会与文化议题都不免为种族议题所宰制或边缘化。百年来的非裔美国文学批评摆荡在美学与政治之间，其遭遇也似乎大致如此。从玉括的论证不难发现，种族不只介入非裔美国文学的生产，更是界定其文学批评的重大因素。我在早年一篇论道格拉斯（Frederick Douglass）自传的论文中就这么指出："由于黑人独特的历史经验，基于一时或眼前的需要，黑人文学也就理所当然被视为这种历史经验的产物。对黑人作家而言，写作不只是美学行为而已，更是一种政治行为。写作一方面是为响应白人种族主义，一方面也是为了展示黑人的知识与美学能力，所以对许多黑人作家来说，写作本身的颠覆性是毋庸置疑的。"这是我三十年前写下的一段文字，或许可以充作玉括新作的一个批注。

我的意思是，正因为种族议题的介入，对非裔美国作家和批评家而言，写作即使是美学行为，这种美学行为也不免饶富政治意涵。1939 年非裔美国文学史家雷丁（J. Saunders Redding）出版其《黑诗人记》（*To Make a Poet Black*）一书时就指出，非裔美国文学自始就是一种"必要的文学"。这种必要的文学其实也是一种具有目的的文学，此之所以我要把非裔美国文学视为一种逾越的文学："非裔美国作家企图逾越的不仅是美国文学的霸权典律而已，这是文学建制与美学系统的问题，其背后所牵涉的仍是结构性的种族歧视现象；他们同时有意借其文学实践，逾越美国社会中由种族这个类别所蛮横界定的政治、经济及文化藩篱。"两百多年来，非裔美国文学生产所塑造的无疑是个逾越的文学传统。玉括的新作所论为过去百年非裔美国文学批评逐渐形成传统与建制的经过，百年倏忽，不过由于非裔美国文学的逾越行为，却也不免高潮迭起，颇多转折，这也说明了玉括的《20 世纪非裔美国文学批评研究》一书何以读来特别引人入胜。他在全书结束前对 21 世纪的非裔美国文学创作与批评也提出若干前瞻性的看法，尽管他认为这些创作与批评会"随着美国社会大的环境的变化而变化，但其同时关注文学的社会意义与美学价值的原则不会改变，体现了非裔美国文学传统的精髓"。旨在斯言！玉括显然相信，研究非裔美国文学，关注非裔美国文学批评的发展与嬗递，显然仍不失其启蒙与解放的意义。

李有成

2019 年 6 月

序　三

2018 年秋末再访金陵，王玉括教授嘱笔者为其新作《20 世纪非裔美国文学批评研究》写序。仔细拜读这本皇皇巨著之后，笔者深深感佩王教授的用功与用心，也认为这样一本掷地有声的学术论著得以出版，对于华语世界的非裔美国文学批评研究贡献至深。笔者能够为之作序，至感荣幸，在此谨以短文分享笔者粗陋的阅读感想与心得。

笔者以为《20 世纪非裔美国文学批评研究》最大的优点是具备历史化与脉络化的视野，全面地呈现 20 世纪前后不同时代的非裔美国批评论述与美学思想。本书内容丰富，掌握了许多欧美重要研究议题以及作家与学者之言说，而王教授在整理资料时则特别着重具有争议性的话题，如杜波伊斯（W. E. B. Du Bois）倡言"艺术即宣传"引起的争端，赖特与鲍德温（James Baldwin）、埃里森（Ralph Ellison）之间的恩怨，盖茨与乔伊斯的后结构主义论战等。研究对象有许多是著名的黑人作家，但本书选择研究他们的批评文献，从黑人作家学者不断的辩证中梳理出一个明确的非裔美国文学与文化批评传承。

再者，王教授的专著纳入诸多新颖的研究资料，而且兼顾国内外重要研究成果。虽然本书是以 20 世纪的非裔美国文学研究为主，其实也涵盖了许多 21 世纪的重要议题，如在讨论到研究 DNA 的科学家渥森（James Watson）时引用 2019 年年初美国公共电视播放的纪录片；结语有关理论论战的部分

也纳入 2013 年 PMLA 讨论何谓非裔美国文学的专刊。虽然本书主要的研究
资料来自海外，但王教授在各篇章总是将国内非裔美国文学相关的研究背景
与成就纳入讨论，表达了在地性的视角与关怀，以及这个领域在中国长期的
研究历史。书末附上二十多页的中英文参考文献，展示王教授治学的用心与
无私，为学界提供珍贵的研究书目资源。

尽管书中处理相当复杂而庞大的数据与充满争议性的议题，王教授却能梳
理出清晰的脉络，并且展现明确的批评立场。以下笔者试着借由分享读书札记
展示阅读本书的心得与收获，以王教授自己的学术成就作为本书的推荐序言。

在引言部分王教授从美国文学创作与批评的历史框架入手，介绍非裔美
国文学与批评的发展。随后王教授在第一章试图为杜波伊斯翻案，除了认为
学界应当正视杜波伊斯在艺术与文学研究方面的成就，也认为应该厘清杜波
伊斯倡导"艺术即宣传"的原意。王教授归纳出杜氏艺术宣传论的重点有
三，一是要指出当时黑白族裔有意淡化种族问题的倾向；二是认为依靠白人
恩赐的黑人作品往往呈现丑化的黑人形象，因此必须经由创作宣传真理与正
义对于黑人的重要；三是黑人自身也需要心灵的自由，不再一味依附白人的
审美标准。但是杜波伊斯也并非认为宣传即艺术，在倡言宣传黑人之美的同
时，其实没有忽略黑人族群的黑暗面，而是希望黑人艺术家有足够的自信可
以真诚表现自己族人及其心灵的全貌。

在第二章中，王教授以洛克作为宣传与艺术论战中力挺艺术的代表，认为
洛克作为 20 世纪前半叶重要的知识分子，对于新黑人艺术运动以及哈莱姆文
艺复兴的贡献具有"鲜明的时代特征"（25），同时也指出洛克对于黑人经由
文学艺术表达自我的重视，一方面是试图拨乱反正，响应黑人在主流文学中的
刻板印象；另一方面洛克的主张也吊诡地复制了主流社会的文明定义以及对于
黑人的歧视。王教授非常细致地爬梳洛克对于"新黑人"的定义以及艺术与宣
传之间的辩证如何与时俱变，跟随着外在社会脉络而不断修正，并且指出洛克
作为后世非裔美国文学与文化研究"泉源"的地位。

第三章研究对于黑人音乐与民俗文化都颇有涉猎的布朗（Sterling

Brown）为何坚持采用以"新黑人文艺复兴"取代"哈莱姆文艺复兴"，以打破后者在时空上的局限。他首开先河，于1937年出版专书《美国小说中的黑人》（*The Negro in American Fiction*）研究黑人形象，剖析从18世纪以来美国小说如何描写黑人角色，以及不同的再现方式所反映的社会情境。布朗在不同时期对于黑人形象所做的研究，罗列诸多文本，也综合归纳出不同的黑人刻板形象，为后世非裔美国研究提供了重要的文献资料以及研究平台，其重要性不可言喻。

对于在中国学界一直受到关注的赖特，本书以其文学批评为焦点，从典范转移（paradigm shift）的角度讨论赖特对哈莱姆文艺复兴的"反动"，以"无产阶级价值观"作为黑人文学的目标，从精英主义与原始主义走向自然主义与都市现实主义。书中指出《黑人文学的蓝图》一文除了针砭非裔美国文学传统，也是赖特为共产党员与黑人大众所搭建的桥梁。赖特本于马克思主义思想，赋予黑人作家取代教会及中产阶级承担为非裔族群创造价值观的历史任务，而文学创作则是客观社会现实与作者主观意识骨肉相随的"有机结合"，因此超越了杜波伊斯与洛克的"宣传论"与"审美论"之争，转而质诘生命的意义，强调作者有权表达诚实的感知。最终，赖特认为美国黑人是受压迫的有色人种的象征，而北漂的异化经验也使得黑人成为"现代人的缩影"，因此黑人文学家的责任远远超越种族与民族疆界。

在第五章王教授对于鲍德温的研究则着重其较少为人讨论的早期文学批评著作，经由整理鲍德温评论高尔基等人的作品，从中发现鲍德温批评的两个重点问题：作者究竟是作为代言人，还是应该认同自己创作的角色；写实性创作只是书写类型，还是应该试图创造不同的个体。鲍德温在1948年迁居法国之后，努力摆脱早年"左翼思想"的影响，却因《大家的抗议小说》一文与赖特交恶。王教授认为，鲍德温该文其实主要是批评《汤姆叔叔的小屋》的感伤主义如何强化了对黑人的压迫，而所谓的抗议小说其实是与主流社会合谋，让黑人接受负面意识，并非针对有恩于他的前辈赖特。

王教授也为在民权运动时代遭到误解的埃里森辩护，认为埃里森不是不写抗议小说，也没有放弃抗议非裔族群受到的歧视与压迫，因为他相信不是光凭抗议就可以改变黑人的生存状况，而是倡导黑人也应有足够的能力在困难的环境中创造自己的生活。王教授指出，透过埃里森对于赖特的批评，可以看出埃里森自己的文学批评路线："即重新定义作家的功能、引入黑人文化布鲁斯元素、关注黑人形象塑造、强调民主理念与文学创作之间的关系等"。埃里森定义布鲁斯（blues）（中国台湾译为蓝调）是"对个人灾难自传性性叙述的抒情表达"，在苦痛中追求升华的可能，真正掌握了这个黑人艺术形式的精髓。为了抗拒种族隔离式的创作与批评模式，埃里森特别强调阅读与想象力的影响可以超越个人经历与环境影响，也经常探寻白人作家如何在经典文学作品中再现黑人。

王教授在第七章介绍较少为人研究的盖尔，认为盖尔是捍卫黑人美学运动的重要人物，在非裔美国文学批评位居承先启后的地位，却因为太过强调种族因素而遭到后辈忽视。盖尔强调黑人文学必须帮助改善族群生活，摆脱种族主义的主流美国思想，因此美学与社会、政治功能必须相得益彰。盖尔延续杜波伊斯倡导的文学为族群服务的论点，认为黑人艺术文学的功能就是要反对美国种族主义。他为黑人文学订出的准则，主要是要求黑人艺术家提出正面积极的黑人现实，拒绝白人制定的刻板印象，教导正面的社群价值等等。盖尔综观美国黑人文学传统，认为在 20 世纪 20 年代哈莱姆文艺复兴以前的黑人作家都不得不向白人的标准或期望低头，倾向与白人同化，直到 1940 年赖特的《土生子》（*Native Son*）出版之后，黑人小说才真正成熟。盖尔以文学的社会功能为标准，评论赖特、鲍德温和埃里森的作品，强调为民族而书写文学的重要。

本书的另一个特色是对黑人女性主义批评的重视，以三个章节分别介绍黑人女性主义文学批评以及两位重要的黑人女作家。王教授在第八章整理了 19 世纪以来黑人女性为争取平权所付出的努力，提出 20 世纪 60 年代以来黑人女性主义与黑人女性文学批评的各种论点。第九第十两章则分别介绍沃克以及莫里森的文学创作与批评。论沃克的章节对黑人日常生活所体现的黑人文化格外重视，透过生活细节记录黑人女性的历史，超越写实而呈现更真实的黑人女性生命经历。沃克提倡多元包容的妇女主义（Womanism），以考古的精神发掘黑人文学的母系传统，特别是她在赫斯顿（Zora Neale Hurston）作品中看到的黑人文化与精神。赫斯顿也因而成为沃克的"精神向导"。

专章评介的另外一位黑人女作家是莫里森，王教授在此章节中特别着重她的文学阅读评论。众所皆知，莫里森的文学创作华美晦涩又寓意深奥，其实她的文学批评之作也极有深度。王教授指出莫里森的关切点始终是黑人在美国社会与文学中作为"社会他者"与"文学他者"的遭遇及象征意义，并且质疑美国主流文学与文化中的泛非主义操作。莫里森反对黑人美学强调黑即是美的论点，因为美学标准一直根据白人规范而定，即使反动也脱离不了白人的审美观。莫里森也格外关注美国主流经典文学中无所不在的非裔美国文学存在，也指出白人作家如何透过刻板印象、置换、浓缩、迷恋与寓言化的方式呈现泛非主义他者化的黑人。莫里森的创作正是挑战这样的种族主义运作，试图拨乱反正。

本书最后一部分是讨论两位学院的黑人文学批评家贝克（Huston Baker）及盖茨，以及20世纪后期的批评理论与创作论战。王教授爬梳了贝克如何从70年代的黑人文化民族主义转向理论，结合后结构主义与黑人本土民俗文化，发展出一套特有的文学批评论述，特别是艺术人类学。他认为贝克的主要贡献是从黑人美学基础重新审视非裔美国文学传统，增修黑人文学批评术语，并透过不同的社会历史框架与文化传统重读黑人文学经典作品，针砭不同时代的黑人文化精英的言说。王教授除了省视贝克理论三部曲《现代主义与哈莱姆文艺复兴》、《非裔美国诗学：反思哈莱姆与黑人美学》及《精神的活动：非裔美国女性创作诗学》之外，也介绍了贝克所使用的核心术语，如本土、布鲁斯矩阵、世代嬗递等，特别是世代嬗递的概念。贝克从知识社会学的角度认为，非裔美国文学理论在六七十年代经历了两次改变，从赖特主张的融合诗学转变至由黑权运动所支持的黑人美学，再转为斯特普托与盖茨等人所谓的重建主义。贝克自己则提倡以多元化的文艺人类学研究黑人艺术与文学。

相对于贝克在非裔美国理论建构上的成就，盖茨虽然也创造了表意（讽喻 Signifying）猴子的后结构主义理论，但是他最重要的贡献应该是编纂各种非裔美国文学选集。盖茨也借由拍摄纪录片、使用基因技术探索黑人根源等方式持续对非裔美国文学研究做出贡献。王教授特别关注盖茨对于启蒙时代以来欧洲哲学家与批评家丑化黑人的批判，探讨黑人美学代表性人物如何受到本质主义的局限，以及讽喻作为一种互文的黑人比喻性修辞用法。王教授在文中详细介绍了《盖茨读本》的内容如何集结了盖茨论文的精华，也让我们看到他如何从不同角度切入非裔美国研究，确实是当代最重要的一位黑人学者。但是，王教授也对盖茨理论中潜藏的进步图景与乐观态度提出后设性的批判，警告我们避免重蹈盖茨覆辙，掉入发展论的陷阱。

本书最后两章分别处理黑人批评与戏剧创作的两大论战，不但体现王教授对争议议题的关注，也清楚呈现非裔美国文学持续不断对于自我定位的摸索。第十三章中盖茨、乔伊斯与贝克的后结构主义论战是 20 世纪末非裔美国批评界的重大事件。乔伊斯认为，盖茨精英式的后结构主义理论操作背离了黑人文学传统，也削弱黑人文学对于遭受奴役、压迫的非裔族群特殊的意义。盖茨则分析了非裔美国人对于理论一贯的抗拒，坦言拒绝承担族群向上爬升的向导或指引重责。贝克的响应显示他认为乔伊斯缺乏理论训练，立论谬误百出。乔伊斯与几位黑人女性批评家也对贝克及盖茨再加以反驳。诚如王教授指出这场当年轰轰烈烈的论战，重演了一直以来黑人文学与批评中艺术与宣传、美学与政治的争议。笔者认为此一争论同时也显示奇特的性别界线，仿佛是女性学者不满男性学者向欧系理论"学舌"所提出的质疑。这样的性别化冲突模式在其他美国少数族裔社群也不断发生，但如果认为理论是属于男性的领域则又趋于过于本质化地看待文学批评发展，因此需要更细致地梳理此类争议背后的政治意涵。

第十四章是黑人剧作家威尔逊（August Wilson）与白人导演布鲁斯坦（Robert Brustein）之间对黑人剧场所产生的争议。威尔逊秉承黑人历史文化的重视，反思黑人艺术中为娱乐白人以及为追求黑人生存而创作的两种传统，强调要建立黑人剧院以掌控黑人戏剧的创作及演出，拒绝无视角色的种族身份选择演员的多元文化主义操作。布鲁斯坦则直接响应威尔逊近乎黑人民族主义的论点，批评威尔逊犯了相信族群代言的"人种志谬误"。笔者认为这场争论在某种程度上是文化资本之争，从威尔逊这位成名多年且有一定筹码的黑人剧作家所发出的不平之鸣，可以看出美国戏剧界深层的种族鸿沟，资源分配的不均让威尔逊提出宛如种族隔离的论点，其后的曲折故事恐不足为外人道也，也难怪王教授称"这场辩论反映了当代非裔美国文学与文化之痛"。

本书在结语部分仍然提出 21 世纪的两个文学界的争辩，一是海伦·文德莱（Helen Vendler）在 2011 年末批评丽塔·达夫（Rita Dove）在为企鹅出版社编纂 20 世纪美国诗歌选集时加入许多黑人诗作，引发达夫的反弹，认为文德莱这位哈佛精英其实存有种族主义心态，而非捍卫美学。肯尼思·沃伦（Kenneth Warren）认为非裔美国文学在种族隔离时代结束之后已然成为过去式，引起一连串的争辩与讨论。笔者以为这两起案例不仅显示在 21 世纪审美标准与种族政治关系依然、甚至更加密切，而非裔美国文学应该是仍然持续在演变之中，而非走入历史。毕竟，在倡导白人至上的川普时代谈后种族议题，可能言之过早。

王教授在后记中提到，他的人生目标是"做自己喜欢的事，做自己喜欢也有益于学术共同体的事"。从这段话可以看到王教授对于学术研究的热情，更看到他对学术社群无私奉献的精神。通过《20 世纪非裔美国文学批评研究》的出版，王教授为华语世界非裔美国研究做出巨大贡献，但是笔者深信，这本专著只是王教授学术生涯的中间点，未来必然能够拜读到更多他在相关领域所发表的精妙论述，且让我们拭目以待。

冯品佳

2019 年 5 月

目　　录

Table of Contents

ness Reflected in African American Culture

引　言

　　"文学理论"研究文学原理、范畴、标准等方面，而关于具体文艺作品的研究不是"文学批评"（主要采用静态的研究方法）就是"文学史"。当然，人们常常用"文学批评"一词来概括文学理论。我呼吁这三门学科有进行合作的必要："它们互相蕴含的彻底程度使人不能想象有脱离文学批评或文学史的文学理论，或者有可以脱离文学理论或文学史的文学批评，或者有可能脱离文学理论和文学批评的文学史。"

——韦勒克

　　文学创作与批评之间的相互作用并非孤立的文学现象，在进入专业化、理论化的学术批评以前，许多地区、许多民族的文学创作都先于文学批评存在，为后者的发展提供了必要的研究对象，20世纪非裔美国文学与其批评之间的关系也不例外。如果说早期的非裔美国文学批评主要以作家撰写的书评、报刊散文等形式出现，更多的是基于作家自己个体的或黑人群体的社会经验，更加关注文学的社会功能而非审美功能，比较专业的学术批评主要出现于20世纪60年代以后，直到70年代末、80年代初才有比较大的改观，那也是美国整个大的社会与文化环境使然，因此，本书所关注的20世纪非裔美国文学批评主要选择每个年代（基本以十年为界）具有代表性的作家、学者，深入阅读他们自己关于非裔美国文学的论述，进行梳理、总结，希望能够比较全面地介绍不同时段的非裔美国文学批评全貌。但是，要想更好地理解作为美国文学一部分的非裔美国文学，研究 20 世纪非裔美国文学批评，不仅要了解非裔美国文学史及其相关批评理论，也必须在美国文学创作与批评的历史框架内，才能更好地予以把握。

　　美国文学创作的历史更为悠久，但是作为一门学科的美国文学批评与研究也迟至 20 世纪才开始形成，威廉·E. 凯恩（William E. Cain）认为，20 世纪初，美国文学只是作为英国文学研究的一个脚注存在，在 20 世纪的最初几十年，美国文学被当作英国文学的一个分支存在，评论家和教师们在关注美国作家时，总是会问这些作家对英国文化和文学做出了哪些贡献。而独具特色的"美国"文学，一个与英国文学有着本质不同的文学体系，还不是一个得到认可的学科范畴。"在 1900 年以前，有逻辑、有条理的'美国文学'的概念几乎没有，那时也没有什么有说服力的著述论及美国文学的重要性、其所要解决的当务之急是什么、继承了什么样的伟大传统，以及在当前社会生活中所发挥的作用和价值等问题。"① 范·威克·布鲁克斯（Van Wyck Brooks）在回忆 1920 年的文学界形势时还认为，那时的美国文学"在学术界得不到任何重视，在当时的文学王国，威廉·梅克皮斯·萨克雷（William Makepeace Thackeray）和阿尔弗雷德·丁尼生（Alfred Tennyson）被尊为两大君王，至于所有的美国作家，都不过是穷苦的远方亲戚"。②

　　虽然 19 世纪末 20 世纪初对美国文学的梳理取得了不小的进展，如摩西·科伊特·泰勒（Moses Coit Tyler）发表的《1607—1765 年的美国文学史》（*A History of American Literature*，1607—1765，1878）和《美国革命文学史》（*The Literary of the American Revolution*，1897）成为这一领域的先驱，著名学

---

　　① ［美］萨克文·伯科维奇主编：《剑桥美国文学史》第五卷，马睿、陈贻彦、刘莉译，中央编译出版社 2009 年版，第 349 页。
　　② ［美］萨克文·伯科维奇主编：《剑桥美国文学史》第五卷，第 355 页。

者欧文·白璧德（Irving Babbitt）和保罗·埃尔默·莫尔（Paul Elmer More）也发表多篇文章，引发人们对美国文学的关注，但是在 19 世纪 90 年代和 20 世纪最初的 10 年及以后的一段时间内，许多学者都无法掩饰对美国文学的失望，认为它那一点微不足道的成就跟外国作家的作品相比根本无法同日而语。在《文学中的美国》（America in Literature，1903）一书中，诗人、评论家和哥伦比亚大学教授乔治·伍德贝利（George Woodberry）这样写道："在［美国文学］作品中我们无一例外地总会有一种零碎感，似乎这个民族的文学力量和它在其他方面的蒸蒸日上是那样不成比例，文学还根本无法表达它的民族精神……从普遍意义上说，美国还没有自己的本土作家。"① 著名意象派诗人埃兹拉·庞德（Ezra Pound）也在《我的祖国》（Patria Mia，1913）一文中预言，"一场美国的文艺复兴"即将来到，但他接着又退一步说："现今的美国人中，没有一个人的作品会引起任何一位严肃艺术家的哪怕一丁点兴趣。"迟至 1928 年，诺曼·福斯特（Norman Foerster）还在《对美国文学的重新诠释》（The Reinterpretation of American Literature）的序言中指出，"尽管有那么几个值得骄傲的人物，美国在民族文学方面的学术和教育成果实在令人汗颜。"② 为改变这一不利局面，许多人纷纷出谋划策，哈姆林·加兰（Hamlin Garland）在《中部边地之子》（A Son of the Middle Border，1917）中指出，"美国文学要想变得伟大，就必须是民族的，而本民族的文学必须就地取材，抒写我们自己特有的社会生活和情感。每一位纯粹的美国作家都应该描写他最熟悉的生活，那也应该是他最为关注和热爱的生活。"③

19 世纪 90 年代，美国的国民生产总值已经跃居世界第一，第一次世界大战期间又在外交方面摆脱了"孤立主义"的影响，参与发生在欧洲的第一次世界大战，国际地位持续提升，发挥着越来越重要的作用；而美国文学无论是作为一个专业工作还是一个学术领域，都与美国作为一个工业化的、帝

---

① ［美］萨克文·伯科维奇主编：《剑桥美国文学史》第五卷，第 356 页。
② ［美］萨克文·伯科维奇主编：《剑桥美国文学史》第五卷，第 387 页。
③ ［美］萨克文·伯科维奇主编：《剑桥美国文学史》第五卷，第 357 页。

国主义的、技术革新的力量向外扩张同步发生。凯恩认为，尽管威廉·彼得菲尔德·传特（William Peterfield Trent）等人主编的《剑桥美国文学史》（*The Cambridge History of American Literature*，1917—1921）本身并没有什么深刻的思想见地，但它的问世标志着美国文学已成为一个有组织的领域，其中有些工作在今天看来仍颇有价值。① 单德兴认为，《剑桥美国文学史》反映了以下四个方面的编辑方针：肯定美国文学的价值与独立性；学术取向，而非市场取向；历史取向，而非美学取向；以全美国为着眼点，避免以某地区为中心的强烈的地方主义色彩。② 刘海平认为，伊丽莎白·兰克（Elizabeth Renker）2000 年的研究表明，美国文学迟至 20 世纪 20 年代才在美国本土被当作一门独立学科：招收专业研究生，创办专业学术刊物，组建专业学会，有了被广泛确认的经典作品，而且研究成果稳步上升。③ 到 20 世纪 40 年代，美国学者弗兰西斯·奥托·马西森（Francis Otto Matthiessen）的《美国的文艺复兴》（*American Renaissance*，1941），以及阿尔弗雷德·卡赞（Alfred Kazin）的《植根故土》（*On Native Grounds*，1942）等研究成果的出版使得美国文学不仅在学术圈的地位上升，也开始备受公众瞩目。"美国文学已经顺理成章地成为精读和学术研究的对象。谁也不能够忽视或否认它的存在，谁也不能贸然评判它不如其他国家的文学。"④

但是遗憾的是，伴随美国文学发展壮大的是对其他少数族裔文学的偏见与漠视。文学学者扎贝尔（Morton Dauwen Zabel）600 多页的重要文集《美国的文学观点》（*Literary Opinion in America*，1937）没有收录或提到一篇美

---

① ［美］萨克文·伯科维奇主编：《剑桥美国文学史》第五卷，第388页。

② 单德兴：《重建美国文学史》，北京大学出版社 2006 年版，第 6 页。

③ 刘海平、张子清主编：《美国文学研究在中国》，南京大学出版社 2015 年版，第 4 页。另外，任科（Elizabeth Renker）认为，虽然美国很多中小学 19 世纪末已经开始设置美国文学课程，但是直到 20 世纪中叶，很多大学依然拒绝开设美国文学课程。参见 Elizabeth Renker, *The Origins of American Literature Studies: An Institutional History*, New York: Cambridge University Press, 2007, p. 1.

④ ［美］萨克文·伯科维奇主编：《剑桥美国文学史》第五卷，第 401 页。

国黑人的作品，其长长的参考书目也没有收录任何一本美国黑人作家的书，该著作 1951 年修订再版时，虽然长达 900 多页，但还是和第一版一样，收录的作家和参考书目也全都是清一色的白人。杰伊·哈贝尔（Jay Hubbell）的文学研究《谁是重要的美国作家？》（*Who Are the Major American Writers*）发表于 1972 年，其中对美国文学经典文库的演变进行了详细的描述，并特别强调现代时期刚开始的前 50 年，经典文库在修订过程中的巨大变化。哈贝尔的皇皇巨著对美国黑人作家也是只字不提，仿佛道格拉斯、威廉·爱德华·伯格哈特·杜波依斯（W. E. B. Du Bois）、艾伦·洛克、哈莱姆文艺复兴时期的作家及理查德·赖特等人根本就没有存在过。其实，许多白人剧作家、小说家和短篇小说作家，如尤金·奥尼尔（Eugene O'Neill）、沃尔多·弗兰克（Waldo Frank）、舍伍德·安德森（Sherwood Anderson）、西奥多·罗斯福（Theodore Dreiser）与威廉·福克纳（William Faulkner）等人都描写过美国黑人的生活及其文化，其作品中也都出现过美国黑人人物。①

　　美国 20 世纪 80 年代经典反思出现之前出版的最重要的两部文学史研究著作，当属传特等人编辑的《剑桥美国文学史》（1917—1921）和罗伯特·E. 斯皮勒（Robert E. Spiller）主编的《美利坚合众国文学史》（*Literary History of the United States*，1948）。前者作为第一部确定美国文学学科地位的重要文学史，对黑人作家着墨不多，主要集中在"方言作家"（Dialect Writers）一章第一节讨论"黑人方言"（*Negro Dialect*，II：347-360）的部分；后者也在全书八十六章中，只有两章特别提到非盎格鲁-撒克逊人在美国文学史上的发展及意义，其中第四十一章"语言的混合"（*The Mingling of Tongues*，676-693）分别讨论了德、法、西、意、斯堪的纳维亚、犹太（含意第绪语，即犹太-德国文学［Judael-German Literature］）等不同种族后裔在美国文学上的发展，第四十二章"印第安传统"（*The Indian Heritage*，694-702），以不到 7 页的篇幅对"印第安人"的传统做了简要的介绍。即便在

---

① ［美］萨克文·伯科维奇主编：《剑桥美国文学史》第五卷，第 478 页。

斯皮勒独立撰写的《美国文学的周期》(*The Cycle of American Literature*,1960) 中,也没有出现非白人作家;书后的索引显示的"印第安人"只零星出现在 7 页中,黑人也只零星出现在 13 页中。正式被斯皮勒以文学价值一笔带过的非白人作家,似乎只有黑人作家拉尔夫·埃里森 (Ralph Ellison) 一人①,间接反映了美国主流社会以欧洲为中心的文学与文化价值观。

美国的文学批评也走过了比较漫长的发展历程,在当代学术性的理论批评兴起之前,也经历了与其他国家(特别是英国与德国)相似的发展历程,暗合"批评"及"文学批评"在欧洲不同国家不同时期的发展——当然,严格地说,其他国家和地区在 19 世纪 70 年代语言和文学系成立之前,也没有当代意义上的学术性的文学研究。② 根据雷蒙德·威廉斯 (Raymond Williams) 的研究与梳理,"criticism" 这个英文词比较难解,其普遍通用的意涵是"挑剔",也有潜在的"判断"的意涵,它形成于 17 世纪初期,从 16 世纪中叶的 critic (批评家、批评者) 与 critical (批评的) 衍生而来,其最接近的词源为拉丁文 criticus、希腊文 kritikos,可追溯的最早词源为希腊文 krites (法官)。Criticism 这个词早期普遍通用的含义就是"挑剔",也被用来评论文学,尤其是 17 世纪末以来,被用来"评断"文学或文章。最有趣的是,这个普遍意涵——亦即"挑剔",或者至少是"负面的评论"——持续沿用,终成为主流。③ 著名文学研究专家雷内·韦勒克 (René Wellek) 也曾经在"文学批评:名词与概念"一文中,比较详细地梳理了"批评" (critica,la critique) 逐步得以扩展,并囊括全部文学研究,取代"诗学"或"修辞学"的过程。他认为,"这个新拉丁词成为各民族方言的一部分要比一般所认为的慢得多和晚得多。这个名词的意义扩大到既包括整个文学理

---

① 单德兴:《重建美国文学史》,第 22 页、第 23 页。

② Gerald Graff, *Professing Literature*:*An Institutional History*,Chicago and London:The University of Chicago Press,1987,2007,p. 1.

③ [英]雷蒙·威廉斯:《关键词:文化与社会的词汇》,刘建基译,生活·读书·新知三联书店 2005 年版,第 97 页。

论体系又指今天所说的实用批评以及日常书评，是 17 世纪才有的事情。"而第一个按照新义使用该词的作家是德莱顿，他在 1677 年给《天真之境》所写的序言中说："按照亚里士多德最初的规定，批评就是指正确判断的标准。"他在 1679 年为《特洛伊罗斯与克瑞西达》所写的序言中就说到"悲剧的批评基础"，使得这个词最终确定并开始通用起来；到 1704 年约翰·丹尼斯发表《批评诗歌基础》，以及 1711 年出版蒲柏的《论批评》，使得这种用法得到完全确认和广泛流行。① 韦勒克还认为，20 世纪以来几位著名英语批评家的著作，如瑞恰兹的《批评原理》（*The Principles of Literary Criticism*，1924）、兰色姆的《新批评》（*The New Criticism*，1941），以及弗莱的《批评的解剖》（*Anatomy of Criticism*，1957）等让"批评"（criticism）一词再度风行，并重新得到确认，但他同时也指出，词的意义是词在语境中所获得的意义，"连最有权威的学者或最有势力的学会都不能把一种术语固定下来，特别是像文学批评这类众说纷纭的学科。我们可以帮助分清不同的意义、描述各种语境、澄清一些问题并提出新的区别，但却不能为将来立法"②。

　　讨论 20 世纪的美国文学批评，我们也不能忽略英国学者马修·阿诺德（Matthew Arnold）。19 世纪下半叶以来，宗教在英国社会的影响逐渐式微，以阿诺德为首的批评家，强调文学与文学批评的社会功用，对英国文学批评的发展产生了重要影响，英国文学成为承载宗教所具有的意识形态功能，增强英国民族认同的最有效的手段；20 世纪上半叶英国最具本土特色的文学批评是文本细读与文化批评并举，20 世纪五六十年代结构主义、后结构主义、后现代主义纷至沓来，杂陈并置，"以经验主义为特色的英文研究不得不让位于'理论'的话语霸权"③，同理，深受英国文学影响的美国的文学与文学批评在 20 世纪的发展、繁荣也经历了类似的进程。

---

　　① ［美］雷内·韦勒克：《批评的概念》，张金言译，中国美术学院出版社 1999 年版，第 22 页、第 26 页。

　　② ［美］雷内·韦勒克：《批评的概念》，第 33 页。

　　③ 邹赞：《"英文研究"的兴起与英国文学批评的机制化》，《国外文学》2013 年第 3 期。

　　韦勒克认为，1900 年来自德国的一种语文学研究方法在美国大学研究院中占据主导地位，并在培养美国的文学研究学者方面发挥了重要作用，而"文学实践与学术研究之间的分离也由于文学中自然主义和美国乡土文学的兴起而加剧"；20 世纪 30 年代，"马克思主义研究文学的方法引起了普遍的兴趣，在大学外面或外围出版了一些马克思主义的文学批评。但是可能由于政治上的原因，这种文学批评对于美国大学中的学术研究几乎没有产生什么影响。"沃浓·路易·帕灵顿（Vernon Louis Parrington）的《美国思想主流》（*Main Currents in American Thought*，1927—1930）可谓最具代表性的著作，它"把重点放在文学范围之外，所以以后仿效他的美国文学研究都不管文学价值而转向社会史和政治思想史。总的说来，社会学的研究方法对于美国文学研究特别缺少吸引力，由此产生的真正优秀作品相对来说也很少"①。之后美国最具代表性的文学研究也是新批评，在结构主义与后结构主义文学批评兴盛以前，20 世纪的前 50 年，美国文学批评也主要有马克思主义文学批评以及新批评。《诺顿理论与批评文选》（*The Norton Anthology of Theory and Criticism*）主编、美国著名文学批评与理论研究专家文森特·B. 里奇（Vincent B. Leitch）也在《20 世纪 30 年代至 80 年代的美国文学批评》（*American Literary Criticism From the Thirties to the Eighties*，1989）中，以 14 章的篇幅，分别列举了美国的主要文学批评流派，即"30 年代的马克思主义批评""新批评""芝加哥学派""纽约知识分子学派""神话批评""现象学与存在主义批评""阐释学""读者反应批评""文学结构主义和符号学""解构主义批评""女性主义批评""黑人美学""60 年代到 80 年代的左翼批评"和"文学的全球化"。由此可见，20 世纪 60 年代以来，文学权威发生变化，过去占主导地位的公共批评家开始转向专业的学术权威；过去主要向非学术读者（普通学生）撰稿的普通知识分子开始转向为其他学术批评家撰稿的高级理论家；过去对文学谦恭礼敬的批评家开始转向尝试提升批评家

---

　　① ［美］雷内·韦勒克：《批评的概念》，第 288 页。

的理论与方法，使其凌驾于文学之上的批评家。正如鲁斯·罗宾斯（Bruce Robbins）在《世俗的职业》（*Secular Vocations*，1993）中所指出的，1965年以来的文学批评倾向于学术专业化，批评家与文学的读者失去了联系，也最终与文学失去联系。①

作为美国文学传统一部分的非裔美国文学创作与批评也经历了极为相似的发展阶段，只不过在创作主题及技巧方面都略显滞后。与自行选择来到美国，并具有较高读写能力的欧洲白人不同的是，1865年内战结束前，遭受奴役的非裔美国人普遍缺乏文学创作所必需的最起码的人身自由、一定的经济基础以及一定的读写能力，虽然出现一些文学创作成果，但也都主要是一些特例与个案，数量十分有限，因为内战结束前，美国南方的许多州剥夺了黑人受教育的机会，到1900年，非裔美国人口的文盲率仍有50%，而同一时期移民人口的文盲率仅有15%，出生在美国的白人人口中仅有5%的文盲。②目前能够确定由非裔美国人创作的散文作品最早发表于1760年，最早的诗歌作品是露西·泰莉（Lucy Terry）创作于1746年的《巴尔斯之战》（Bars Fight）——但是直到1855年才被收录于《西马萨诸塞史》（*History of Western Massachusetts*），丘比特·哈蒙（Jupiter Hammon）的第一首诗歌《夜思》（*An Evening Thought*，*Salvation by Christ With Penitential Cries*）出版于1760年，但是学术界普遍认为，最具影响的诗歌作品当属菲利斯·惠特莉（Phillis Wheatley）创作的《关于宗教、道德诸主题的诗歌》（*Poems on Various Subjects*，*Religious and Moral*，1773），虽然在主题方面没有更多地反映美国黑人的生存状况，但是创作技巧高妙，充分驳斥了所谓黑人智力低劣的种族歧视谬论。总的来说，整个19世纪非裔美国文学的创作十分有限，其中的重要作家、作品包括洛克（David Walker）的散文集《戴维·洛克的呼吁》（*Appeal to the Colored Citizen of the World*，1829）；道格拉斯的自传作

---

①　Sacvan Bercovitch, *The Cambridge History of American Literature*（*Vol. 8*），*Poetry and Criticism*，*1940-1995*，New York：Cambridge University Press，1996，p. 282.

②　［美］萨克文·伯科维奇主编：《剑桥美国文学史》第五卷，第373页。

品《弗雷德里克·道格拉斯自述》（*Narrative of the Life of Frederick Douglass,
An American Slaver*, 1845）、《我的奴役与我的自由》（*My Bondage and My
Freedom*, 1855）和《弗雷德里克·道格拉斯的生平与时代》（*Life and Times
of Frederick Douglass*, 1881）；威廉·韦尔斯·布朗（William Wells Brown）
的小说《克洛泰尔，或总统的女儿》（*Clotel; or, The President's Daughter, A
Narrative of Slave Life in the United States*, 1853）；马丁·德莱尼（Martin Dela-
ny）的小说《布莱克，或美国小屋》（*Blake, or the Huts of America*, 1859）；
哈里特·E. 威尔森（Harriet E. Wilson）的小说《我们的黑鬼》（*Our Nig,
or, Sketches from the Life of a Free Black, in a Two-Story White House, North,
Showing that Slavery's Shadows Fall Even there by our Nig*, 1859）；哈里特·A.
雅各布斯（Harriet A. Jacobs）的自传《一个奴隶女孩的生平》（*Incidents in
the Life of a Slave Girl Written by Herself*, 1861），以及 19 世纪 90 年代保罗·劳
伦斯·邓巴（Paul Laurence Dunbar）发表的几部诗集和查尔斯·W. 切斯纳
特（Charles W. Chesnutt）出版的小说等。

　　20 世纪前，非裔美国文学批评更是罕见，其中最著名的非裔美国学者当
推通晓拉丁语、希腊语、德语、法语、西班牙语、意大利语和希伯来语等多
国语言，在英国格拉斯哥大学获得学士与硕士学位的詹姆士·麦丘恩·史密
斯（James McCune Smith, 1813—1865）医生，他也是杜波伊斯之前，最博
学的非裔美国人。如果说詹姆斯·韦尔登·约翰逊（James Weldon Johnson）
推进了 20 世纪 20 年代的哈莱姆文艺复兴运动，那么史密斯对 19 世纪 50 年
代兴起的"奴隶叙事"（Slave Narrative）的繁荣发展发挥了重要的推动作
用，他不仅是非裔美国文人墨客传统中的第一人，也是第一位知识分子，第
一位职业作者①，早在杜波伊斯和马丁·路德·金（Martin Luther King）之
前，他就宣布非裔美国人在政治与社会生活方面，应该有权享受完整的、平

---

① John Stauffer（ed.）, *The Works of James McCune Smith: Black Intellectual and Abolitionist*,
New York: Oxford University Press, 2006, p. xi.

等的美国公民的所有权利；早在鲍德温之前，他就声称黑人与白人的关系是你中有我，我中有你；早在埃里森之前，他就宣布，具有欧洲血统的民族在文化方面受黑人艺术与文学的影响而不自知。① 虽然他 1865 年去世后被人遗忘，只有他为道格拉斯《我的奴役与我的自由》所写的引言为世人谨记，但是他的远见卓识融入非裔美国文学与文化传统，预示着 20 世纪非裔美国文学与批评的发展方向。

20 世纪不仅见证了作为世界文学一部分的美国文学的繁荣、发展与壮大，也是非裔美国文学传统得以形成并逐步发展壮大，逐渐融入美国文学与文化传统的世纪，在诗歌、戏剧，特别是小说创作方面，涌现了许多堪称世界文学经典的作品，最著名的标志性事件与代表人物当属获得 1993 年诺贝尔文学奖的莫里森，及其反思非裔美国社区、历史与记忆的小说《宠儿》（*Beloved*，1987）等作品；一大批非裔美国作家在创作的同时，也像非裔美国学者和批评家一样，关注、思考着非裔美国文学的发展，发表了许多书评、论文，阐释、分析非裔美国文学的特征与本质。

著名非裔美国学者达尔文・T. 特纳（Darwin T. Turner）对非裔美国文学批评所做的梳理与分析，为我们全面认识 20 世纪 70 年代以前非裔美国文学批评面临的问题及其发展提供了很好的线索与十分珍贵的历史资料。他把撰写过关于黑人文学评论的文学史家、作家与批评家都置于"批评家"的范畴，并把他们分为以下 6 组：（1）研究白人作家作品，主要认同主流美国文学批评的非裔美国人；（2）研究非裔美国文化，把黑人的文学成就视为更大范围内非裔美国文化一部分的黑人历史学家，如创作《从奴役到自由》（*From Slavery to Freedom*，1948）的历史学家约翰・霍普・富兰克林（John Hope Franklin）；（3）研究某一特定黑人作家或一群黑人作家的人；（4）进行文学创作的作家，其声誉基于创作而非批评；（5）学术批评家；（6）赞

---

① John Stauffer（ed.），*The Works of James McCune Smith，Black Intellectual and Abolitionist*, p. xiii, p. xviii, p. 78.

成黑人美学的新黑人批评家。① 他认为，非常重要的非裔美国文学批评始于 20 世纪 20 年代中期②，因为不仅当时有一部重要的黑人文集《新黑人》（*The New Negro*，1925）出版，而且还有读者对其文学性的尊重；他认为，1925 年以来，两位著名非裔美国学者杜波伊斯与洛克为非裔美国文学批评的发展做出了重要贡献。首先，虽然杜波伊斯的主要身份是历史学家与社会学家，但是作为《危机》（*The Crisis*）杂志的主编，他经常评论美国黑人作家的作品，像 19 世纪末大多数黑人学者一样，想教育美国白人意识到自己的德行，让他们意识到对黑人的压迫，为美国黑人寻求社会平等。其次，他认为还几乎没有谁能够像洛克那样，让美国熟悉黑人民族的文化，虽然洛克的主业是哲学，但是他对艺术、音乐与文学所知甚多，也把它们作为自己许多文章与著作的基础；除了编辑著名的《新黑人》文集——此书成为对黑人艺术觉醒的最好的引介，他还编辑了第一部非裔美国戏剧《黑人生活的戏剧》（*Plays of Negro Life*，1927），最早的诗歌集之一《4 位黑人诗人》（*Four Negro Poets*，1927）等；而且从 20 世纪 20 年代末到 50 年代初，他分别在《机遇》（*Opportunity*）与《族谱》（*Phylon*）两家刊物上发表关于美国黑人文学的书评，③ 这成为后来研究者了解当时文学创作及社会状况的重要资料。④

虽然越来越多的美国读者熟悉黑人作者的创作，但是特纳认为，黑人文学批评家依然默默无闻，在公共阅读领域唯一为读者所熟悉的恐怕只有小内森·斯科特（Nathan Scott, Jr.）1 人；即便对专业读者，他们也鲜为人知，最为人所知的非裔美国文学批评专家主要是一些白人，如《黑人作者》（*The*

---

① Darwin T. Turner, "Afro-American Literary Critics, An Introduction", in *The Black Aesthetic*, *Jr. Addison Gayle*, New York, Doubleday & CompanyInc., 1971, p. 61.

② Darwin T. Turner, "Afro-American Literary Critics, An Introduction", p. 64.

③ Darwin T. Turner, "Afro-American Literary Critics: An Introduction", pp. 64-65.

④ John Henrik Clarke, "The Origin and Growth of Afro-American Literature", in *Black Voices, An Anthology of African-American Literature*, Abraham Chapman (ed.), New York: Penguin Group, 2001, pp. 646-661, p. 656.

Negro Author，1931）的作者弗农·洛金斯（Vernon Loggins），《美国的黑人小说》（The Negro Novel in America，1952）的作者罗伯特·博恩（Robert Bone），以及《曙光即将到来》（*Soon，One Morning*，1963）和《愤怒与超越》（*Anger and Beyond*，1966）的编者赫伯特·希尔（Herbert Hill）等都是白人，他们比黑人批评家休·格洛斯特（Hugh Gloster）或桑德斯·雷丁更为知名。此事颇具讽刺意味，也令人遗憾，因为美国黑人批评家能够更加深入地剖析美国黑人作者的语言、风格及其所要表达的意义，而那些没有美国黑人民族生活经历的白人批评家常常比较难以洞悉。① 20 世纪 60 年代以前，只有很少几部重要文集，如洛克主编的《新黑人》（1925）和斯特林·布朗（Sterling Brown）等人主编的《黑人行旅》（*The Negro Caravan*，1941）等收录了一些黑人的批评作品；60 年代编辑出版的 8 部重要文集，如希尔主编的《曙光即将到来》和《愤怒与超越》，特纳与吉恩·布莱特（Jean Bright）主编的《美国的黑人形象》（*Images of the Negro in America*，1965），亚伯拉罕·查普曼（Abraham Chapman）主编的《黑人的声音》（*Black Voices*，1968），西摩·格罗斯（Seymour Gross）与约翰·哈代（John Hardy）主编的《美国文学中的黑人形象》（*Images of the Negro in American Literature*，1966），勒鲁伊·琼斯（LeRoi Jones）与拉里·尼尔（Larry Neal）主编的《黑人的怒火》（*Black Fire*，1968），以及阿狄森·盖尔主编的《黑人的表达》（*Black Expression*，1969）和《美国黑人文学论文》（*Black American Literature：Essays*，1969），其中一半由白人学者编辑出版。"一般来说，受邀为国内知名杂志撰写书评的是那些在创作而非批评方面为人所知的黑人作家，如兰斯顿·休斯、埃里森（Ralph Ellison）、詹姆斯·鲍德温（James Baldwin）及阿尔纳·邦特蒙普斯（Arna Bontemps）。"他指出，直到近来，也只有少数几位黑人学者，如格洛斯特、布朗与洛克等受聘于美国更加著名一点的大学；1949—1965 年也就只有 2—3 位黑人学者在现代语言学会的年会上宣读过论

---

① Darwin T. Turner，"Afro-American Literary Critics，An Introduction"，pp. 57-58.

文，少数几位黑人学者入选国家英语教师委员会。①

特纳认为，黑人文学批评家出现较晚实乃社会形势使然，因为尽管关于黑人文学的批评已经有 50 年左右的历史，但是批评标准并未建立，② 因此，有些读者根据道德价值评判非裔美国文学，少数人看重其美学价值，绝大多数根据其社会价值进行判断。如果白人出版商想找黑人来评述非裔美国文学，通常会找那些著名的黑人作家，因为白人出版者与读者通常不熟悉黑人学术批评家的名字及其著作，他们只会找那些著名的作家，如 20 世纪 20 年代会邀请小说家华莱士·瑟曼（Wallace Thurman）；30 年代到 60 年代会邀请诗人休斯；40 年代会邀请小说家赖特；50 年代和 60 年代会邀请埃里森与鲍德温。特纳认为，埃里森与鲍德温是最知名的小说家、批评家，也是最接近职业批评家的黑人作家。③ 颇为悖论的是，在特纳归纳出来的这 6 组批评家中，最重要的黑人文学批评家应该是受过专业训练的学术批评家，但是他们却最鲜为人知。

第一位重要的非裔美国文学学术批评历史学家应该是本杰明·布劳利（Benjamin Brawley），第二位就是布朗（Sterling Brown），他 1937 年出版了两部研究著作，即《诗歌与戏剧中的黑人》（*The Negro in Poetry and Drama*）和《美国小说中的黑人》（*The Negro in American Fiction*），后者比较详细地审视了非裔美国人形象；20 世纪三四十年代的学术批评家有尼克·福特（Nick Ford）与格洛斯特（Hugh Gloster），两人都有关于非裔美国文学的专著出版，前者的《当代黑人小说》（*The Contemporary Negro Novel*，1936）考察了 20 世纪黑人小说，后者的《美国小说中的黑人声音》（*Negro Voices in American Fiction*，1948）主要聚焦非裔美国作家笔下的黑人与美国背景之间的关系，而且更加关注其社会学意义而非美学价值。20 世纪五六十年代涌现

---

① Darwin T. Turner, "Afro-American Literary Critics, An Introduction", p. 59.
② Darwin T. Turner, "Afro-American Literary Critics, An Introduction", p. 66.
③ Darwin T. Turner, "Afro-American Literary Critics, An Introduction", p. 67.

出更多的非裔美国批评家，其中多产的有 3 位，即约翰·腊希（John Lash）、布莱登·杰克逊（Blyden Jackson）与尼克·福特（Nick Ford），但他们都注重小说，这一时期关于诗歌的评论很少，戏剧方面的批评几乎没有。[①] 但是特纳认为，这些批评家都倾向于根据美国白人作家确定的标准来衡量黑人作家创作的文学作品。第一位获得国际声誉的批评家是鲍德温及其论文《大家的抗议小说》（*Everybody's Protest Novel*，1949），[②] 因其质疑了当时最著名也最为人尊重的非裔美国小说家赖特的艺术才干引起广泛关注，也引发很多反批评。

特纳也指出非裔美国文学批评方面近来出现的两个新变化。首先是新一代学院派批评家的出现，其次是一批新的黑人批评家快速成长，后者拒绝之前那些用来评判非裔美国作品的标准，要求根据基于非裔美国文化的美学来判断这些作品的价值。这些新的批评家坚持认为，黑人文学要想有价值，必须有助于黑人解放的革命事业，不仅要反对白人的压迫，而且要重新阐释黑人的经验，不能根据它们是否符合欧洲的风格与趣味来确定其是好还是坏，而要看它能否呈现基于非洲与非裔美国文化背景的风格与传统。[③] 但是特纳不无悲观地指出，如果美国未来几年不发生巨大变化，大部分美国读者依然会继续通过白人批评家而非黑人批评家的眼睛来看待黑人文学。

另外一位专业型的黑人美学批评家盖尔也梳理了非裔美国文学批评及其发展，为我们认识 20 世纪的非裔美国文学批评提供了参照。他认为，对黑人最无礼的出版物并非出自感伤主义作家托马斯·纳尔逊·佩奇（Thomas Nelson Page）或冥顽不灵、顽固不化的托马斯·迪克逊（Thomas Dixon）之手，而是出自那些饱读诗书、受过良好教育的学院派专家之手，他们的著作从题目看就知道是些什么货色，如《黑人：上帝形象的野兽》（*The Negro，A Beast in the Image of God*）、《黑人：对文明的威胁》（*The Negro，a Menace*

---

① Darwin T. Turner, "Afro-American Literary Critics, An Introduction", pp. 69-70.

② Darwin T. Turner, "Afro-American Literary Critics, An Introduction", p. 66.

③ Darwin T. Turner, "Afro-American Literary Critics, An Introduction", p. 71.

to Civilization）等，其中最"杰出的代表"是哥伦比亚大学的约翰·伯吉斯（John Burgess），他在《重建与宪法》（*Reconstruction and the Constitution*）中宣称："黑皮肤意味着这一种族的成员不能让激情服务于理性，因此，也绝不可能创造出任何形式的文明。……为了世界的文明与全人类的福祉，白人一定要把政治权力牢牢掌握在自己手里，这既是白人的责任，也是白人的权力。"①

盖尔指出，许多社会批评家也加入文学批评家的行列，评判黑人作家的作品。19 世纪美国著名批评家威廉·迪安·豪威尔斯（William Dean Howells）就认为，黑人和白人两大种族各有其特点，哪一方面丢失都比较遗憾；黑人诗人邓巴就用美国黑人的英语研究黑人种族的心态与特征，揭示黑人自己的局限。20 世纪上半叶美国最著名的批评家 H. L. 门肯（H. L. Menken）也在与约翰逊的交谈中指出，如果黑人作家在描写他们自己种族时沉溺于恳求公正与慈悲，以基督教或道德伦理规则来衡量自己的不公正遭遇，本身就是不对的；"他们所应该做的就是挑出自己种族的长处，一遍一遍地予以强化"②。盖尔认为，白人批评家的这些论调都是美国南方"种植园思想"的遗产，其中黑人既不神秘，也不像邓巴说的戴着面具或像埃里森说的属于"看不见的人"，而是西方文明的病人，他们的想法原始、道德堕落、行为痞俗。

在《文化民族主义：美国的黑人小说家》（*Cultural Nationalism：The Black Novelist in America*，1971）一文中，盖尔以德莱尼的小说《布莱克，或美国小屋》为例，指出黑人种族在 19 世纪就开启寻求黑人权力或黑人民族主义斗争的先河，并在哈莱姆文艺复兴时期达到高潮，而德莱尼本人也视小

---

① Addison Gayle, "Separate, Not Mutual Estates", in *The Addison Gayle Jr Reader*, Nathaniel Norment（ed.）, Urbana and Chicago：University of Illinois Press, 2009, p. 107.

② Addison Gayle, "Separate, Not Mutual Estates", p. 107.

说为抗议的工具，尤其是把它当作确认黑人身份的工具。① 但是遗憾的是，哈莱姆文艺复兴以前的黑人小说则几乎全面反对德莱尼的论点，J. 麦克亨利·琼斯（J. McHenry Jones）的《金心》（*Hearts of Gold*，1898）、波林·霍普金斯（Pauline Hopkins）的《对立的力量》（*In Contending Forces*，1900），以及邓巴的《未受感召》（*The Uncalled*，1901）等都在向同化母题致敬，这些作品中人物的经历与美国白人无异，他们也像惠特莉诗歌中所表达的那样：黑人与白人的区别碰巧只是肤色不同，黑人无非是略微进化的野人，被西方文明的恩泽带上基督教的祭坛。②

对 20 世纪的非裔美国文学批评，盖尔也从黑人美学倡导者与捍卫者的角度，重点关注以赖特的《土生子》（*Native Son*）为代表的抗议小说对美国迷思的质疑与破坏，欢呼赖特等非裔美国作家对抗议小说的继承与发展，体现出他对文学的社会价值的重视，同时他也不忘批评那些与此目标不符的黑人作家与批评家埃里森等。但是相比较而言，盖尔对白人学者的批评与调侃更具杀伤力，"白人批评家首先是白人，在关注黑人文学批评时，他们的'批评家'这个术语可以轻易抛弃。因为在这个种族主义无孔不入的社会，当下的批评家和他们过去的同行一样，不可能独善其身"③。比如，开明的当代美国诗人路易斯·辛普森（Louis Simpson）对普利策奖获得者布鲁克斯诗歌的评论就是一个很好的例子。他认为，"我不确定，黑人如果不让我们意识到他/她是黑人，他/她能否创作得很好；但是如果成为黑人变成他/她的唯一主题，那么写作就不那么重要了"④。盖尔认为，黑人作家近来采纳了黑人权力运动的政治原则，已经超越了沃克、德莱尼等先驱，决意创造一种源于民族主义，显现于黑人文学的新的美学，立意解决黑人与美国人，以

---

① Addison Gayle, "Cultural Nationalism, The Black Novelist in America", in *The Addison Gayle Jr Reader*, Nathaniel Norment (ed.), Urbana and Chicago: University of Illinois Press, 2009, p. 93.

② Addison Gayle, "Cultural Nationalism, The Black Novelist in America".

③ Addison Gayle, "Separate, Not Mutual Estates", p. 110.

④ Addison Gayle, "Separate, Not Mutual Estates", p. 111.

及审美与功用这些由来已久的二元对立问题。今天的黑人作家相信，雷丁所谓"黑人不同于其他美国人，实乃历史与社会环境使然"之说，断言要成为黑人作家而非美国作家；他们相信法国著名存在主义哲学家让-保罗·萨特（Jean Paul Sartre）所提倡的，严肃作家为当下而非为未来子孙写作的主张，认为文学要想有意义，就必须不仅仅只是人工制品，而要与某一特定民族、特定时代、特定区域有关，并发挥作用。①

对年轻一代黑人学者，盖尔对休斯顿·A. 贝克（Houston A. Baker, Jr.）多有论及，评价甚高，认为他在动物故事、骗子故事、黑人民谣、布鲁斯以及灵歌中发现了一种新的价值系统，即"人"而非"物"是世界的中心，人的解放是最高目标；他认同 20 世纪六七十年代黑人批评家对黑人美学的坚持，认同艺术为人民，而非什么更高级的形而上的本质服务的思想。贝克认为，质疑黑人人性的原因在于认为黑人的文化很被动，"调查美国黑人文化的目的在于发现美国黑人是什么样的人，表达了什么样的价值观与经历，如何能够更好地服务于认识世界这个目标"②。盖尔认为，《黑人长歌》（*Long Black Song*, *Essays in Black American Literature and Culture*, 1972）的作者贝克让我们关注这个充满差异与变化的世界，其中无论是男性还是女性都是勇气、坚韧、优雅、美好的范例。

当代著名非裔美国学者，哈佛大学杜波伊斯中心主任亨利·路易斯·盖茨（Henry Louis Gates, Jr.）教授主编的《诺顿非裔美国文学选集》（*The Norton Anthology of African American Literature*, 1997）总结了 1975 年之后的非裔美国文学，为我们完整认识 20 世纪非裔美国文学与批评提供了新的参照。他认为，非裔美国文学的真正复兴不是 20 世纪 20 年代的哈莱姆文艺复兴，而是出现于 20 世纪的最后 25 年，其间不仅文学创作成果丰硕，赢得美国主流学术界的认可，获得包括普利策奖、美国国家图书奖、美国书评人协会

---

① Addison Gayle, "Separate, Not Mutual Estates", p. 112.

② Addison Gayle, "Separate, Not Mutual Estates", pp. 119-120.

奖，以及诺贝尔文学奖在内的多种重要国内外奖项，而且在文学批评方面与欧美主流学术界接轨，出版了很多重要研究成果，主要的批评潮流可以概括为以下几个方面：（1）承认非裔美国身份的多样性；（2）重新对历史感兴趣，作家想象美国奴隶制与种族隔离时期非裔美国人的心理与精神生活，进行再创造；（3）出现黑人女性写作社区；（4）继续探索作为文学创新与理论分析跳板的音乐及其他黑人本土文化形式；以及（5）非裔美国文学研究的影响。① 盖茨列举的重要非裔美国研究文献涵盖了黑人美学、黑人女性主义、（后）结构主义、解构主义、新历史主义等诸多批评流派，为后来者提供了学术研究指南。他断言，诗人与小说家成为这场批评对话中的主要声音，"诗人与作家是其中最具影响力的文学批评家"，"实际上《诺顿非裔美国文学选集》中的所有当代作家都要么撰写论文，阐明非裔美国口头传统与非裔美国文学之间的关系，要么/或基于自己的文学创作实践，精心构建自己的文学理论。"② 他以小说家莫里森为例，指出其论文《不可言说之不被言说》（*Unspeakable Things Unspoken*，1989）及演讲集《在黑暗中嬉戏：白人性与文学想象》（*Playing in the Dark*，*Whiteness and the Literary Imagination*，1992），都极好地阐释了她自己的文学批评理论：即便像赫尔曼·麦尔维尔（Herman Melville）的《莫比·迪克》（Moby-Dick，1951）与纳撒尼尔·霍桑（Nathaniel Hawthorne）的"罗曼司"这样的美国经典作品，即便他们的主题并非种族，也都反映了美国生活中的非洲的存在，对美国文学研究更加注重美国文学传统形成过程中的种族因素起到了非常重要的推动作用。

　　本书积极借鉴美国前辈学人的研究成果，思考非裔美国文学创作与批评的主潮及其发展，重点关注非裔美国作家的文学批评，并尝试以十年为界，选择其中的代表性作家或学者、批评家，聚焦其文学批评思想或文学批评观

---

①　Henry Louis Gates Jr., Nellie Y. McKay, *The Norton Anthology of African American Literature* (*second edition*), New York and London：W. W. Norton & Company, 2004, p. 2127.

②　Henry Louis Gates Jr., Nellie Y. McKay, *The Norton Anthology of African American Literature* (*second edition*), p. 2137.

点与方法，他们要么以批评思想为人所知，要么以批评方法或批评术语为人所关注，但求重点突出，不求面面俱到。与文学批评史撰写的结构框架安排略微不同的是，本书对 20 世纪 20 年代的哈莱姆文艺复兴，以及 60 年代和 70 年代的黑人艺术运动等没有设立专章进行论述，而是在论述具体作家、学者、批评家的文学批评或思想时予以关注。

作为 20 世纪上半叶最具代表性的非裔美国学者，杜波伊斯的重要文集《黑人的灵魂》（*The Souls of Black Folk*）于 1903 年出版，提出了著名的"双重意识"与"面纱"等术语、概念。此书不仅是非裔美国社会与文化的重要批评著作，也是反对当时黑人领袖布克·T. 华盛顿（Booker T. Washington）的政治宣言，奠定了杜波伊斯黑人民族代言人的地位，因此本书第一章以杜波伊斯开始，把他作为 20 世纪第一个十年中最重要也最具代表性的人物，重点梳理这位博学多才的非裔美国著名学者的文学批评，重点分析他对文艺"宣传"功能的强调及其历史文化原因。

与杜波伊斯同样知名的非裔美国学者洛克于 1925 年编辑出版的《新黑人》文集，不仅把"新黑人"概念更加醒目地推向前台，推动了当时的哈莱姆文艺复兴运动，更为当代非裔美国文学与文化研究中对非裔美国民俗传统的重视，以及对多元文化的拓展奠定了基础，因此本书第二章重点梳理洛克的文学批评。对 20 世纪 20 年代的其他重要非裔美国作家，如约翰逊对哈莱姆文艺复兴运动的倡导与引领、休斯在《黑人艺术家与种族山》（*The Negro Artist and the Racial Mountain*，1926）中对美国黑人文学与种族关系的反思，以及乔治·S. 斯凯勒（George S. Schuyler）在《黑人艺术的废话》（*The Negro-Art Hokum*，1926）中对美国黑人文学属性的思考等，都根据论述需要散见于相应的论述当中。

20 世纪 30 年代，美国左翼思想盛行，马克思主义的文学批评影响也比较大，"美国的主要马克思主义学者大多从历史角度研究文学，而且特别钟情于文学新闻，"① 重要非裔美国小说家赖特等也曾经钟情于马克思主义文学批评，但没有形成具有代表性的非裔美国马克思主义文学批评成果。而1937 年著名诗人和学者布朗出版的两本著作《诗歌与戏剧中的黑人》《美国小说中的黑人》，在非裔美国文学史上具有不容忽视的地位，特别是他对美国文学中黑人形象的关注，为后来的黑人形象研究奠定了很好的基础；他参与主编的《黑人行旅》是非裔美国文学经典化过程中四部最重要的黑人文选之一，② 因此，本书第三章聚焦布朗的文学批评，特别是他对美国文学经典作品中黑人形象的分析。对同时代著名小说家赫斯顿的文学批评，本书没有专章论述，其批评思想散见于相关章节中。

本书第四章到第六章重点分析 20 世纪 40 年代至 60 年代三位著名黑人男性小说家赖特、鲍德温与埃里森的文学批评。赖特不仅因为出版小说《汤姆叔叔的孩子》（*Uncle Tom's Children*，1938）和《土生子》等成为抗议小说的代表，而且发表了多篇重要的文学批评文章，因此，本书第四章重点梳理赖特的文学批评，既关注他陈述马克思主义文艺观的《黑人文学的蓝图》（*The Blueprint for Negro Writing*，1937），也关注其表达种族融合思想、体现其文学理想与追求的论文《美国的黑人文学》（*The Literature of the Negro in the United States*，1957）。本书第五章重点探讨鲍德温的文学批评思想。虽然评论界普遍认为，鲍德温因发表论文《大家的抗议小说》为世人瞩目，他反思、批判抗议小说对人性的窒息，对黑人文学传统中的抗议主题具有毁灭性的打击，但是鲍德温本人的小说与戏剧创作也不乏抗议的因素，特别是其后

---

① ［美］文森特·里奇：《20 世纪 30 年代至 80 年代的美国文学批评》，王顺珠译，北京大学出版社 2013 年版，第 7 页。

② 盖茨认为，其他三部重要文集分别是艾伦（William G. Allen）主编的《惠特莉、班尼克与霍尔顿》（*Wheatley, Banneker, and Horton*，1849），琼斯与尼尔主编的《黑人的怒火》（*Black Fire, An Anthology of Afro-American Writing*，1968），以及盖茨当时正在编选的《诺顿非裔美国文学选集》（*The Norton Anthology of African American Literature*）（后来出版于 1997 年），参见 Henry Louis Gates Jr., "Canon-Formation, Literary History, and The Afro-American Tradition, From the Seen to the Told", in *Afro-American Literary Study in the 1990s*, Houston A. Baker Jr., Patricia Redmond (eds.), Chicago and London: The University of Chicago Press, 1989, p. 14.

期作品；作为随笔作家，鲍德温也因社会批评与文化反思之作《下次是烈火》（*The Fire Next Time*，1963）达到事业的顶峰，赢得广泛的国际声誉。本书第六章重点梳理埃里森的文学批评与贡献。作为生前只出版一部长篇小说《看不见的人》（*Invisible Man*），却发表许多关于文学的演讲、书评与批评文章的小说家，他不仅作为著名的现代主义作家进入美国文学经典的殿堂，也因为反思美国文学与民主、美国文学与宪法，以及强调文学的审美特征等宏大主题成为美国当代当之无愧的文学批评家。

20 世纪 50 年代中期开始的民权运动，推动了黑人艺术运动及黑人权力运动的发展，"黑人美学"（The Black Aesthetic）思想也开始于 60 年代广泛流传，① 早期代表人物琼斯（即巴拉卡）发表论文《黑人文学的迷思》（*The Myth of a "Negro Literature"*，1962）、尼尔发表《黑人艺术运动》（*The Black Arts Movement*，1968）等，他们都与当时主流的美国文学批评既有呼应又有比较大的区别，呼应方面主要体现在借用马克思主义的文学批评思想，强调文学的社会功能，反思美国的种族歧视对黑人族群的不公正，继续倡导利用文学为提升黑人种族服务的思想；区别方面主要体现在对"新批评""神话原型"批评，以及对"存在主义"文学批评保持一定的警惕与距离。而在此基础上发展起来的黑人美学，虽然作为一个文学批评流派存在的时间不长，但是"黑人美学"思想对非裔美国社区、文化及文学批评一直具有比较大的影响。鉴于他们很快分别转向马克思主义批评与文化批评，唯有盖尔坚守"黑人美学"阵地，因此，本书第七章围绕黑人美学的倡导者与捍卫者盖尔展开论述。此外，盖尔也是 70 年代以来受过专业学术训练的学术型文学批评家的重要代表之一。

20 世纪 70 年代，大量美国黑人女作家登上文学创作的历史舞台，她们的作品不仅丰富了（非裔）美国文学传统，而且引发了对黑人女性主义文学

---

① Margo Natalie Crawford, "'What Was Is': The Time and Space of Entanglement Erased by Post-Blackness", in *The Trouble with Post-Blackness*, Houston A. Baker Jr., Merinda K. Simmons (eds.), New York: Columbia University Press, 2015, pp. 21–43, p. 23.

传统的关注，黑人女性主义文学批评家以反思负面的黑人女性形象为突破口，尝试重新发掘被埋没的黑人女性前辈作家，构建非裔美国女性文学传统，因此本书第八章聚焦黑人女性主义文学批评，尝试勾勒黑人女性主义的历史沿革，特别是其文学批评，重点关注黑人女性主义批评家的文学"考古"，黑人女作家文选的编辑、出版，以及对黑人女性负面刻板印象的反思与质疑。

在构建非裔美国女性文学传统方面，著名女小说家沃克厥功至伟，她不仅关注美国社会种族歧视背景下的性别压迫，而且更加关心黑人社区内部黑人男性对黑人女性的歧视、压迫与剥削；她不仅以自己的创作实践丰富了黑人女性人物形象的塑造，而且开启了寻找黑人女性文学祖先的文学考古活动，实地探查20世纪30年代著名黑人女小说家赫斯顿的境遇，并提出有别于黑人女性主义的"妇女主义"的口号，并予以精当的论述，因此本书第九章重点探讨沃克的"妇女主义"思想，凸显其对（黑人）女性主义的反思与补充。

与沃克等黑人女性主义者相比，诺贝尔文学奖获得者莫里森不仅关注种族歧视背景下的性别问题、黑人女性形象的塑造问题，而且特别关注历史、记忆，以及美国文学与文化中无处不在的种族主义影响，她不仅出版了11部长篇小说，而且多次发表关于文学批评的演讲与论文，对美国文学经典的讨论产生了重大影响，其《在黑暗中嬉戏：白人性与文学想象》成为美国文学批评史上不容忽视的重要文献，因此，本书第十章重点考察莫里森对非裔美国文化的反思，特别是她对美国文学经典的质疑。

如果说第二次世界大战彻底改变了美国外交上的"孤立主义"，奠定了美国战后的霸主地位，那么20世纪60年代的美国民权运动不仅直接促成了《民权法案》的签署，优化了美国国内的民主政治，也进一步促进了美国社会的思想解放运动。60年代末以来，随着德里达、福柯等后结构主义思想家及其理论学说对美国产生重要影响，70年代起，年轻一代的非裔美国学者的杰出代表贝克与盖茨等积极借鉴后结构主义批评思想，尝试构建非裔美国文学及其批评传统。本书第十一章和第十二章分别聚焦学院派专业文学批评家贝克与盖茨的文学批评。贝克的早期代表作《布鲁斯、意识形态与非裔美国文学：本土理论》(*Blues*，*Ideology*，*and Afro-American Literature*，*A Vernacular Theory*，1984)，以及盖茨的代表作《表意的猴子：非裔美国文学批评理论》(*The Signifying Monkey*，*A Theory of African-American Literary Criticism*，1988)，不仅预示着非裔美国文学批评的专业化，而且代表着成功对话欧美主流文学批评话语的努力与尝试。不可否认的是，贝克与盖茨的专业批评诉求也引发其他非裔美国学者的忧虑，不仅有芭芭拉·克里斯琴 (Barbara Christian) 等人对此现象的不安——后者的论文《理论的角逐》 (*The Race for Theory*，1987) 可为例证，更有 20 世纪 80 年代末和 90 年代初乔伊斯与盖茨及贝克之间关于后结构主义的争论，引发诸多著名非裔美国学者的参战或围观，显示出非裔美国文学批评专业化的路途艰难。

因此，本书第十一章聚焦贝克的文学批评，不仅关注他所提出的新的批评术语，如"黑人本土理论""世代递嬗"等，更加关注他的黑人民族主义，以及他基于黑人美学思想的文学与文化批评。第十二章聚焦盖茨教授 20 世纪 80 年代以来在非裔美国文学与文化研究方面所做的许多开创性工作，他出版多部批评著作，在构建非裔美国文学传统方面做出了突出贡献，被《纽约时报书评》称为"最知名的一位学者，而且是非裔美国文学最得力的倡导者"①。本章不仅聚焦盖茨早期的文学批评实践及理论建构——他的"表意"理论——笔者倾向于用"讽喻" [Signifyin (g)] 予以区分，而且尝试介绍其近来利用美国人口普查与基因技术所做的文化研究成果。

另外，本书的第十三章与第十四章分别聚焦 20 世纪末的两场重要论争。第十三章"非裔美国文学批评中的后结构主义之争"认真梳理了非裔美国文学批评家乔伊斯与盖茨及贝克之间围绕如何借鉴欧洲主流的后结构主义

---

① Michael P. Spikes, *Understanding Contemporary Literary Theory* (*Revised Edition*), Columbia：University of South Carolina Press, 2003, p. 41.

（post-structuralism）批评思想引发的争论。乔伊斯以黑人经典为切入点，针对盖茨《表意的猴子》中提出的核心概念"表意"，批评其无视非裔美国文学与生活之间的紧密联系，借用欧美主流后结构主义话语，强调文本的符号性，进而强调"黑人性"的符号性，背离、破坏了非裔美国文学传统。盖茨则认为，自己作为文学批评家的首要任务在于分析黑人作品，更加重视文学批评的学术功能，而非其社会与政治功能；贝克则通过借鉴福柯的考古学概念、詹姆逊和怀特的意识形态概念，建构自己的黑人本土理论，对美国的种族歧视进行抨击。这场论争为我们反思如何借鉴欧美主流文学理论与批评成果提供了非常有益的视角。非裔美国学者之间关于后结构主义的争论不仅有助于黑人文学批评的专业化，也为中国学术界反思后结构主义文学批评实践提供了绝好的范例，具有非常重要的理论意义与实践价值。

第十四章"威尔逊与布鲁斯坦之争及当代非裔美国文化之痛"重点聚焦非裔美国剧作家威尔逊与批评家布鲁斯坦之间的争论，及其所引发的美国学术界对文学与种族、文学的本质与功能，以及文学的社会意义与审美价值等问题的再思考，对我们认识美国当代社会的所谓"后种族"社会、全面认识美国"种族"问题的复杂性提供了极好的范例。

本书的最后一部分"结语"对 20 世纪非裔美国文学批评进行总结，并对 21 世纪的两场关于非裔美国文学批评的辩论进行分析，无论是沃伦教授关于《何谓非裔美国文学？》（*What Was African American Literature*？2011）的论述，以及著名黑人诗人达夫与哈佛大学教授文德莱之间关于诗歌选集标准的辩论都告诉我们，种族依然是非裔美国文化与文学研究中不容忽视的重要因素。2008 年奥巴马当选美国总统也无法改变美国社会当下的种族纷扰现实，美国并未进入所谓"后种族"（Post-Racial）时代，（非裔）美国文学创作与研究并未进入象牙塔，文学创作与批评的社会功用依然十分重要。特朗普当选美国总统后，种族问题再次成为美国社会必须面对与反思的严峻议题，为我们思考文学的社会功能，特别是非裔美国文学与文化如何直面种族提供了更加直接的参照。

本章小结

如果说 20 世纪前自由选择来到美国的欧洲白人具有美国黑人所没有的诸多"特权",他们能够自由地接受教育,广泛阅读西方(欧洲)的文学经典,并创作、出版了许多重要的文学与文化著作,那么遭受奴役之苦的美国南方黑人在内战结束前既没有人身自由,也没有接受教育的权利,虽有少量作品问世,产生过一些社会影响,但是相比较而言,依然十分有限,文学批评方面更是乏善可陈。如果说 19 世纪 30 年代以来,爱默生等人不断呼吁美国的文化独立,随着国力的不断增强,美国文学在 19 世纪末 20 世纪初逐渐赢得欧洲主流学术界的认可,那么非裔美国文学虽然在 20 世纪 20 年代有过一次小的高潮,但是直到 40 年代,特别是 70 年代之后才真正迎来自己的文艺复兴,涌现出大批高质量的小说及学术批评著作,改变了非裔美国文学在美国文学传统中的边缘地位,丰富了美国文学乃至世界文学的构成,具有十分重要的历史与社会意义及审美价值。

另外必须指出的是,本书重点探讨的非裔美国作家的文学批评虽然没有学院派学术批评家常用的文学批评术语与概念,但是他/她们基于自己的创作实践对文学本质的思考、对文学社会功能的强调,以及对文学审美特征的重视等充满真知灼见,他们对文学与世界、社会、环境,文学与人、族群,以及文学与自己关系的把握,为我们更好地认识文学的内涵与外延提供了新的思路与视角,值得我们认真对待、严肃思考。

第一章　杜波伊斯论"艺术"与"宣传"

> 对一个种族而言，能够创作艺术作品是一回事，能够阐释、批评艺术作品是另外一回事。
>
> ——杜波伊斯

1868 年 2 月 23 日，杜波伊斯（W. E. B. Du Bois，1868—1963）出生于马萨诸塞省的大巴林顿，由于天资聪颖获得社区资助，得以到美国著名黑人大学费斯克大学学习，获得第一个学士学位（1885—1888），后来又靠自己的努力以优等生的成绩毕业于哈佛大学，获得第二个学士学位（1888—1890）；1892 年，他获得学术资助，到德国柏林大学学习，1895 年完成柏林大学与哈佛大学的学业，获得博士学位，成为第一位获得哈佛大学博士学位的非裔美国人，在非裔美国社区享有很高的声誉与知名度。1896 年，他接受宾夕法尼亚大学为期一年的"社会学助理"研究工作，在费城非裔美国社区进行田野调查，完成划时代的巨著《费城黑人》（*The Philadelphia Negro，A Social Study*，1899），该书成为美国第一部关于黑人社区的个案研究，开创了美国的社会学学科。此外，他担任亚特兰大大学的历史学、社会学与经济学教授，并与其他人一道创建"全国有色人种协进会"（National Association for the Advancement of Colored People，简称 NAACP，1909）主编《危机》（*The Crisis*）杂志，倡导新的黑人文学、社会与政治观念，呼吁黑人的经济进步与政治平等，成为布克·华盛顿之后最重要的黑人民族代言人；其《美国的黑人重建》（*Black Reconstruction in America*，*An Essay Toward a History of the Part Which Black Folk Played in the Attempt to Reconstruct Democracy in America*，1860—1880，1935）挑战了当时所谓美国南方的重建失败于黑人之说，奠定了其著名历史学家的地位。

杜波伊斯一生笔耕不辍，出版了 22 本书，发表了数以千计的论文与书评，主要关注美国黑人历史，特别关注美国的种族问题。虽然他自谦《黑人的灵魂》（*The Souls of Black Folk*，1903）一书还有很多缺陷，作为黑人，自己也缺乏更加国际化的种族成员所应有的宽广视野，① 但是他书中提出的两个核心概念："双重自我"（Double-self）与"面纱"（Veil），至今仍是研究美国黑人民族与文化的核心隐喻，② 其"双重意识"（Double Consciousness）理念成为 10 多年后欧洲和美国现代主义运动的先声。③ 他不仅是声誉卓著的社会学家、历史学家、泛非运动倡导者与社会活动家，而且创作了几部小说与自传，发表了许多关于美国文学，特别是关于美国黑人文学的论文与书评；但是与其社会学家、历史学家、教育家、黑人种族代言人的身份相比，其文学批评家的身份被严重低估。

杜波伊斯与中国有着直接的联系，他 20 世纪 50 年代曾经到访过中国，参观过很多地方，受到毛泽东的接见，但是国内学术界对他的介绍与研究很少，主要强调其作为社会学家、历史学家、社会活动家及教育家的身份，对其文学创作及其文艺批评思想少有论及。当代著名非裔美国文学与文化研究者阿诺德·兰佩萨德（Arnold Rampersad）指出，仅仅把杜波伊斯视为历史

---

① Herbert Aptheker（ed.），*Book Reviews by W. E. B. Du Bois*，Millwood，New York：AU. S. Division of Kraus-Thomson Organization Ltd.，1977，p. 9.

② Charles Lemert，Du Bois，"A Classic from the Other Side of the Veil，Du Bois's 'Souls of Black Folk'"，*The Sociological Quarterly*，Vol. 35，No. 3（Aug. 1994），p. 383.

③ Henry Louis Gates，"The Black Letters on the Sign，W. E. B. Du Bois and the Canon"，in *Darkwater*：*Voices from Within the Veil*，W. E. B. Du Bois，Oxford and New York：Oxford University Press，2007，p. xiii. 盖茨认为，在杜波伊斯出版的 20 多本书，以及成千上万篇论文与书评中，真正塑造非裔美国文学传统的是《黑人的灵魂》一书，真正历久弥新的隐喻是其提出的"双重意识"概念。参见 Henry Louis Gates Jr.，Abby Wolf（eds.），*The Henry Louis Gates，Jr. Reader*，New York：Basic Civitas，2012，p. 307.

学家，或社会学家，或宣传家，无疑忽略了他在艺术与想象方面的贡献。①

　　由于杜波伊斯特别关注文学的社会功能，强调文艺为提升黑人种族服务的重要性，因此，在他的许多文艺批评论述中，人们更为关注的是他在《黑人艺术的标准》（Criteria of Negro Art，1926）演讲中提出的"所有艺术都是宣传，……我一点也不关心那些不是用于宣传的艺术"的论述。遗憾的是，虽然他对"宣传"功能的特别强调具有矫枉过正的色彩，其偏激显而易见，也不能够涵盖其文艺美学思想的全部，但此文却入选各种文集，俨然成为其文艺思想的代表，并招致很多批评。本文尝试阐释杜波伊斯所谓"艺术即宣传"的真实含义及其变化。通过介绍他对美国著名黑人作家的文学创作，特别是对哈莱姆文艺复兴时期的作家及其文学创作的评论，以及所体现出的社会学及"种族政治"导向的批评思想，希望能够在美国文学与文艺思想的大背景下，比较全面地还原他的批评主旨，探讨他对美国黑人文学与批评的卓越贡献。

"艺术即宣传"的内容

　　1926 年 6 月，杜波伊斯在全国有色人种协进会（NAACP）年会上接受第十二届斯平加恩奖章，做了题为《黑人艺术的标准》的演讲，因其"所有艺术都是宣传而且永远如此"之语备受瞩目，也饱受诟病，更为糟糕而且并不公平的是，他这份演讲对"宣传"的强调仿佛成为他文艺思想的全部，为更好地比较其文艺思想的发展，本文尝试予以简要梳理与归类。

　　首先，种族问题被淡化。内战后美国社会对黑人的种族歧视越来越严重，特别是"吉姆·克劳"隔离法案的实施让某些人认为，黑人、奴隶与艺术仿佛没有什么关系。② 杜波伊斯认为，美国黑人的追求其实与其他族群没

---

① Arnold Rampersad, *The Art and Imagination of W. E. B. Du Bois*, New York: Schocken Books Inc., 1976, 1990, p. ix.

② W. E. B. Du Bois, "Criteria of Negro Art", in *African American Literary Theory: A Reader*, *Winston Napier*（ed.）, New York & London: New York University Press, 2000, pp. 17 – 23.

有什么区别，也是想成为美国人，像其他美国公民一样享有所有权利，做真正的美国人。但是囿于特定的历史环境，在谈到如何评价新近出现的新作品与新精神，谈到黑人艺术家能做什么时，美国黑人的判断与白人一样负面："这部作品肯定低劣，因为它出自黑人艺术家之手。"他强调指出，其实黑人与白人都已经意识到，黑人的作品并非总是低劣，诗人邓巴与卡伦的作品广受好评即为明证。因此，随着社会对黑人艺术家越来越认可，黑人觉得种族不是主要问题，关键是才能问题。"别抱怨！别吱声！好好干！一切都会好起来！"① 虽然不能说这是白人与黑人之间的共谋，但是杜波伊斯认为，一大批白人高兴地发现，年轻一代美国黑人作家会主动认为，"抗争与抱怨没有什么用，弄出伟大的作品来，奖项自然归你"。许多黑人对此趋之若鹜、迫不及待，特别是对那些倦于种族抗争、害怕抗争的黑人来说，慈善家的经费与诱人的知名度对他们是微妙而致命的贿赂。他们会帮衬着说："抗争有什么用？我们为何不能简单地证明自己的价值，让奖赏如期而至呢？"② 仿佛只要他们能创作出伟大的作品，其他都不成问题。

其次，"宣传"的必要。杜波伊斯认为，虽然黑人可以像白人希望的那样滑稽可笑，扮演美国人分派、赋予他们的各种肮脏角色，但是还是应该给他们再留一些创造空间。遗憾的是，白人出版者会囿于白人的品位，对黑人的作品不感兴趣，他以自己办公室一位年轻黑人的经历告诉大家，白人出版者对黑人创作的关于黑人的作品比较排斥：他们需要的是汤姆叔叔这样的人物，以及好的"黑鬼"与小丑。他指出，假如只有白人小说及文章中刻画的黑人能够留存下来，那么一百多年后人们会如何评价黑人。尽管目前已有少数黑人艺术家获得认可，但遗憾的是他们创造的黑人恐怕也不适合留存下来。而美可以纠正这个世界的偏颇，因此"美国黑人不可推卸的责任就是开始创造美、维护美、领会美的伟大任务"③。从某种程度上来说，"永恒、完

---

① W. E. B. Du Bois, "Criteria of Negro Art", p. 20.
② W. E. B. Du Bois, "Criteria of Negro Art", p. 20.
③ W. E. B. Du Bois, "Criteria of Negro Art", p. 22.

善之美高于'真'与'正'（Truth and Right）"①。当然，他也清醒地意识到，由于恶劣的人文环境与社会大环境使然，美的使徒并非总是愿意成为"真"与"正"的使徒，在这种情况下，杜波伊斯才明确提出，所有艺术都是宣传，而且永远如此的论断，"无论我创作什么样的艺术，都总是用于为黑人赢得去爱、去享受权利的宣传。我毫不关心那些不是用于宣传的艺术。我也确实关心单方面的宣传，另一方被禁声，被剥夺"②。换句话说，他希望改变的是白人公众对"真"与"正义"的干预及种族预判。

最后，心灵自由的重要。杜波伊斯认为，美国黑人敢于面对"真"，而白人不敢面对，但是由于当时黑人很少有自己的报纸与出版机构，所有东西都需要白人进行评判，不知不觉中会受到白人主流价值观的影响，有意无意地迁就甚至主动迎合白人的审美标准。更加可悲的是，黑人的出版物，需要先得到白人出版者与白人报纸的赞誉，然后黑人才会跟着说好。因此，杜波伊斯提出黑人需要首先解放自己的心灵，才能真正做出客观、公正的评价。"我们一定要达到这样的境界，才能对文艺作品是否真有价值，能否经得起时间的检验做出恒久的判断，即一件艺术作品，需要我们自由、不受约束地评论其好坏，能够以自由的心灵、自豪的身体、公正的灵魂对待所有人。"③尽管杜波伊斯认为，对黑人艺术的判断，像对待白种人、黄种人，或红种人的一样，其终极标准都是美，但是目前黑人艺术迫切需要获得承认，另外，黑人也需要自由的心灵才能做出公正的评价。

"艺术"与"宣传"的辩证阐述

杜波伊斯本人饱读诗书，接受了欧美当时最好的人文教育，深受欧美主

---

① W. E. B. Du Bois, "Criteria of Negro Art", p. 19.

② W. E. B. Du Bois, "Criteria of Negro Art", p. 22.

③ W. E. B. Du Bois, "Criteria of Negro Art", p. 23.

流艺术熏陶，并非一开始就认为"艺术即宣传"，对艺术功能的认识也比较辩证、全面。早在 1890 年从哈佛毕业时，他就曾立志"在科学上有建树，在文学上青史留名，因而提升我的种族"①。但是与他关心黑人种族的社会学研究以及历史学研究类似的是，虽然他的很多文学批评文章与书评始终强调文学为黑人种族服务的思想，但是大都比较客观、严谨，他 1921—1930 年间的其他几篇文章或书评都能够比较完整、辩证地表达其文艺批评思想，并非一味地强调"宣传"。

在 1921 年发表的"黑人的艺术"（Negro Art）一文中，杜波伊斯比较全面地论述了艺术与宣传之间的关系。他认为，"今天的黑人艺术步履维艰，主要因为我们怯于描述真实的自己，因为我们经常看到，真实以侮辱我们的形式被扭曲地表达出来。所以无论在画布上、小说里还是在舞台上，如果我们发现被描述成具有人的缺点的人，我们就抗议。我们要所有刻画我们的艺术都把我们描述成最好的、最高级的、最高贵的。我们坚持我们的艺术与宣传合二为一"②。但他明确表示，这样做是错误的，而且最终是有害的。因为"我们有权利努力获得公正的对待。可以坚持创作一些人性中最好的东西，不能因为我们黑人当中有罪犯、妓女就来批评我们，这是不公平的。"③但他同时也指出，"我们需要面对艺术之真，我们像所有其他民族一样，都会有罪犯、妓女、愚蠢之人及恶劣之徒。如果艺术家描绘我们，他有权力完整地描绘我们，不会忽略任何我们希望完美却不完美之处。黑人的莎士比亚一定要能刻画黑人自己的伊阿古，正如他也能刻画白人的奥赛罗。"④但是，实际上，黑人不敢这么做，因为发生在别的族群身上的丑陋、邪恶的个体行为只是个体行为，同样的事情如果发生在黑人身上，可能就会被视为黑人种

---

① David Levering Lewis（ed.），*W. E. B. Du Bois：A Reader*，New York，Henry Holt and Company，1995，p. 3v

② Meyer Weinberg（ed.），*W. E. B. Du Bois：A Reader*，New York，Evanston，and London：Harper & Row，Publishers，1970，p. 239.

③ Meyer Weinberg（ed.），*W. E. B. Du Bois：A Reader*，p. 239.

④ Meyer Weinberg（ed.），*W. E. B. Du Bois：A Reader*，p. 239.

族群体的邪恶,"我们害怕我们的缺点不仅只是个人的缺点,而是灾难与失败的前兆与威胁。我们受教育训练程度越高,我们就越不敢嘲笑黑人戏剧——我们全把它们弄成悲剧,让黑人的权力胜过白人恶棍。"① 杜波伊斯非常清楚,这种只能赞美不能批评,虚假、片面的文学创作,其结果必定是肤浅、苍白。"我们拥有丰富的人性。但是,我们自己的作家与艺术家却害怕描绘真相,唯恐批评黑人的缺陷会招致别人的批评。他们无法看到完整真实中闪耀的永恒之美,想描绘一个陆地或海洋上从未存在过的生硬、虚假的黑人民族。"② 相比较而言,他认为如果白人艺术家聪明、敏锐,同样能更加真实地看到我们黑人不敢看到的美、悲剧与喜剧。但是,如果白人作家也像汤姆·狄克逊一样,受种族主义的影响,只能看到黑人族群的负面与消极,那么他们也只能创作出《族人》(The Clansman,1905)那样的奸诈卑鄙之作,因为他只能看到黑人族群中言过其实的邪恶,"就会像我们极端不自信一样的失败。"③

杜波伊斯认为,其实我们已经取得非常好的成绩,应该能够完全自信地把自己的全部真实托付给黑人和白人艺术家们的远见卓识与创造之手,他认为爱德华·谢尔登(Edward Sheldon),托伦斯(Ridgely Torrence)和奥尼尔(Eugene O'Neill)就属于艺术家中的前驱,是我们伟大的恩主。虽然对黑人诗人评价不一,但是他认为邓巴、卡伦、麦凯、休斯远远超过"二流水准","我们也相信切斯纳特的小说远远超过'那些白人雇用文人的水平'。"此外,杜波伊斯也特别提到吉恩·图默(Jean Toomer)的作品《甘蔗》(Cane,1923),华盛顿的自传《从奴役中奋起》(Up from Slavery,1901),以及杰西·福塞特(Jessie Fauset)与埃里克·沃尔龙德(Eric Walrond)等人的艺术成就。

1923年,威利斯·理查森(Willis Richardson)创作的《拾荒老妪的财

① Meyer Weinberg (ed.),*W. E. B. Du Bois:A Reader*,p. 239.

② Meyer Weinberg (ed.),*W. E. B. Du Bois:A Reader*,p. 239.

③ Meyer Weinberg (ed.),*W. E. B. Du Bois,A Reader*,pp. 230-240.

产》（*The Chip Woman's Fortune*）在百老汇上演——这是非裔美国作家第一部登台百老汇的严肃戏剧。杜波伊斯非常担心美国读者与观众的偏见可能会妨碍黑人艺术家的真诚表达，他非常担心，如果美国白人观众期待黑人"奇特、异于常人、滑稽"，那么黑人剧作家能否成功地刻画一个"普通""正常"的黑人就十分关键。① 可以毫不夸张地说，杜波伊斯当时所探讨的问题恐怕至今仍然困扰着大家："黑人创作的艺术与黑人艺术有何差异？或黑人艺术的独特性到底是什么？"1925 年 5 月，他在《危机》杂志上宣布新的编辑政策，"我们应该重视美——所有的美，特别是黑人生活与品行之美，重视黑人音乐、舞蹈、绘画与黑人文学的新生。"他认为《危机》杂志预言黑人文艺肯定会发展、成熟，并将从各个方面得到鼓励，保持高标准，不为廉价的赞美与虚浮的好意所动；同时，他也继续要求黑人读者能够接受对黑人的真实描绘："如果只考虑那些英俊的男主角、完美无缺的女主角以及毫无瑕疵的拥护者，我们只会深深地伤害黑人艺术与文学；如果我们强调在任何时候、任何地方，都要完美无缺，又不愿承认任何错误，结果只能适得其反、事与愿违。"②

基于对真实的关注以及对艺术真诚的高度认可，杜波伊斯对那些不能真实反映黑人生活的"宣传"之作，如卡尔·范·维克腾（Carl Van Vechten）的《黑鬼天堂》（*Nigger Heaven*，1926）等保持足够的警惕。尽管此书十分畅销，成为许多人了解或误解哈莱姆地区及其文学活动的重要文本，吸引白人读者更加关注黑人文学创作，对推动黑人文学的发展，客观上起到了一定的作用，但是，杜波伊斯认为它把哈莱姆比喻为"黑鬼天堂"名不副实，是对黑人民族好意以及白人智力的侮辱，因为，哈莱姆其实并非像维克腾曾经暗示过的那样，"是黑人的避难所——为黑人和其他疲惫的心灵提供庇护；仿佛是黑人民族聚集的、下流、肮脏的角落，同时也是愚笨无知的黑人自得

---

① William L. Andrews（ed.），*Critical Essays on W. E. B. Du Bois*，Boston，Massachusetts：G. K. Hall & Co.，1985，p. 77.

② William L. Andrews（ed.），*Critical Essays on W. E. B. Du Bois*，pp. 78–80.

其乐的所在。其实哈莱姆根本不是这样的地方,对此,维克腾比谁知道得都清楚。"① 让杜波伊斯不解甚或愤怒的是,维克腾的黑人朋友遍布各个阶层,他也非常熟悉哈莱姆的下层酒吧及其歌舞表演,但是却毫无准则与理由的把所有哈莱姆生活全部放在下层酒吧中展示。对他来说,仿佛黑人的下层酒吧就是整个哈莱姆,"他的所有人物都为之倾倒,下层酒吧就是他们行动的舞台。这种哈莱姆理论简直是胡说八道。因为绝大多数黑人从来不去这些酒吧,对普通黑人来说,哈莱姆是他们每日劳作的地方,他们去教堂、寄宿、看电影,跟任何地方保守、循规蹈矩的普通工人没有什么两样。"② 因此,杜波伊斯认为,如果以艺术作品来衡量这本小说,看它是否真实地反映了人们的生活,恐怕它没有做到。"对我来说,《黑鬼天堂》是令人吃惊也令人讨厌的大杂烩,作者费尽心思把各种事实、引证与表达凑在一块,时不时地装饰一些几乎可以称之为廉价情节剧的东西。人们的真实情感被嘲弄,爱被贬低;……对他来说,生活就是一场又一场可恶的狂欢,有仇恨有伤痛,也有酒精与施虐。"③ 杜波伊斯对此非常反感,认为在这部作品中既看不到真诚也看不到艺术,既没有深邃的思想也缺乏真诚的努力。因此,杜波伊斯的总体评价是这本书不真实,作者对待生活的态度及其艺术处理不真诚,"我觉得这本书既不真实也不艺术,虽然也有一些说得过去的主观夸张,但并非哈莱姆生活的真实描述。它是一幅漫画,比不真实更加糟糕,因为它是真假参半的混合物。"④ 因此,他建议大家不要出于好奇而阅读此书,应该直接把它扔到一边去。

同理,他对麦凯(Claude McKay)的《回到哈莱姆》(*Home to Harlem*,1928)也比较苛刻,认为其中虽然有一些闪光的东西,写得很美很吸引人,如"围绕黑皮肤之美主题的一些变化,描述黑人彼此之间发展起来的新的渴

---

① David Levering Lewis (ed.), *W. E. B. Du Bois*, *A Reader*, pp. 517.
② David Levering Lewis (ed.), *W. E. B. Du Bois*, *A Reader*, pp. 516-517.
③ David Levering Lewis (ed.), *W. E. B. Du Bois*:*A Reader*, pp. 517.
④ David Levering Lewis (ed.), *W. E. B. Du Bois*:*A Reader*, p. 517.

望也极富魅力，主要人物杰克也有令人心动之处，对海地人雷的勾勒也具备伟大小说的成分，"① 但总的来说让人恶心。当然，他也并非一味地批评麦凯，对其新作《班卓》（*Banjo*，1929）赞赏有加，认为虽然第一部分有点类似《回到哈莱姆》，仿佛许多人生活的主要任务就是寻花问柳、醉酒、斗殴，但是整本书描写得非常生动，如果麦凯的所有作品都能如此多姿多彩，就能在某种程度上反映黑人种族的国际哲学，"麦凯成为国际化的黑人，他是非洲的直接后裔，他了解西印度群岛、了解哈莱姆、了解欧洲，并把这一切哲学化。"②

相比较而言，他认为哈莱姆文艺复兴的旗手之一，约翰逊的《黑色曼哈顿》（*Black Manhattan*，1930）比较真实地述说了黑色哈莱姆的逐步兴起，讲述不动产战争怎么让黑人突然来到纽约的这个区域，面对环境变换的巨大压力，却既没有发生骚乱也没有发生流血冲突，"在过去 10 年，哈莱姆获得举世瞩目的声誉，在全球伟大城市的著名区域中赢得一席之地，名满欧洲与东方，也为非洲腹地的土人所传颂。它更以别具异国情调、鲜艳欲滴、性感迷人为人所知；它是欢笑之所、歌舞之所、昼起日卧之所。"③ 当然，杜波伊斯也指出，没有人真的会认为哈莱姆的 20 多万黑人每晚都如此笙歌艳舞，这儿"绝大多数黑人都普普通通、辛勤工作，和其他地方普普通通、辛勤工作的人没有什么两样。他们大多从未进过夜总会，绝大多数人面临谋生的严峻压力，面临需要收支平衡，需要找到钱付房租，让孩子吃饱穿得比较体面去上学的压力。他们醒着的大部分时间几乎都耗在这种一点也不浪漫的日常生活上。"④

对哈莱姆文艺复兴另一位重要精神导师洛克 1925 年编辑出版的《新黑人》文集，杜波伊斯也给予很高的评价，认为它揭示了当时年轻一代渴望摆

---

① Herbert Aptheker（ed.），*Book Reviews by W. E. B. Du Bois*, pp. 113–114.
② Herbert Aptheker（ed.），*Book Reviews by W. E. B. Du Bois*, p. 136.
③ Herbert Aptheker（ed.），*Book Reviews by W. E. B. Du Bois*, p. 148.
④ Herbert Aptheker（ed.），*Book Reviews by W. E. B. Du Bois*, p. 148.

脱对黑人的固有认识与刻板印象，孕育着新的精神风貌，成为非裔美国文学与文化史上的重要文献，是本划时代的巨著，① "它可能比过去 10 来年出版的任何书都能更好地表达美国黑人当下的思想和文化状态，而且表达得非常好，非常到位，分延至各个阶段的思想与观点，因此，极具启发性，令人振奋。"② 但是在艺术与宣传这一根本问题上，杜波伊斯与洛克也有很大的分歧，对洛克的美学思想持明显的批评态度，认为 "洛克先生近来成为这种观点的俘虏：美而非宣传应该成为黑人文学与艺术的目标，但是他的这本书恰恰证明这种观点的虚妄，因为书中到处都弥漫着宣传，而且宣传得非常优美，宣传得煞费苦心。这个问题很严肃。难道这个世上真有这样的事情，真有什么文艺复兴能够寻求脱离现实之美，难道真的不想努力做些实在的，受永恒之美之光照耀、陪伴，使其神圣的事情。"③ 杜波伊斯警告说，如果过于坚持洛克的观点，就会导致黑人文艺复兴的堕落，因为为生活与民主而战 "促进了今天黑人文学与艺术的诞生，如果年轻的黑人偏离或忽略这一点，转而尝试去做一些无足轻重的批评家与出版商关注的转瞬即逝的花里胡哨的东西，那么他会发现，他已经杀死了自己艺术中美的灵魂。"④

杜波伊斯对福塞特小说《葡萄干面包》（*Plum Bun*，1929）的评论，继续思考生活的真实与艺术再现的关系，也可以视为他对哈莱姆文艺复兴思考的总结，美国黑人文学到底是要寻求奇异、非同寻常、异国情调，还是要寻求真实？"有些批评家认为这两类目标其实没有多大差别，是造就这场新的黑人文艺复兴的独特魅力与激动人心之处。但这不过是我们的一厢情愿。美国的白人读者愿意读黑人所写的东西，或其他人写黑人的东西，只要这类写作不涉及某些令人不快及惹人非议的主题。维克腾与麦凯让他们相信这是可

---

① Alain Locke（ed.），*The New Negro，An Interpretation*，New York：Albert and Charles Boni，Inc.，1925，pp. 2-5.

② Herbert Aptheker（ed.），Book Reviews by W. E. B. Du Bois，p. 78.

③ Herbert Aptheker（ed.），Book Reviews by W. E. B. Du Bois，p. 79.

④ Arnold Rampersad，*The Art and Imagination of W. E. B. Du Bois*，p. 194.

能的。但是福塞特的小说提醒我们，美国普通黑人的生活根本不是什么酒吧夜总会，处处莺歌燕舞；只不过是些普通人的日常生活，与其他地方的人类生活没有什么两样。"① 而福塞特的这部小说讨论的就是我们熟悉的这类美国黑人，"我不怀疑黑人中确实存在放荡不羁之人，但我不认为他们典型，非黑人莫属"。②

1930 年，杜波伊斯对马克·康奈利（Marc Connelly）《青青牧场》（*Green Pastures*）的评论可以视为他自己文艺观的一个总结，他告诫这个时代的读者、作家与批评家们，"所有艺术都是宣传，没有宣传就没有什么真正的艺术。但是，换句话说，并非所有宣传都是艺术。……如果某人要描绘理想的黑人生活，判断它是否成功的唯一标准就是这幅图画是否优美。……处理美国舞台上的黑人的困难之处在于，白人观众……要求漫画化的处理黑人，而黑人，换句话说，因为需要这笔收入，要么屈服于这种需要，要么严厉谴责任何一本这样的黑人图书……。其实他们的批评应该针对艺术表达是否完整，以及是否全面地展示黑人的灵魂。"③

本章小结

杜波伊斯的艺术观比较丰富，但是他对文艺宣传功能的强调，对美国黑人在自己的祖国遭受不公正待遇的回应，与美国主流学术界的"客观"立场相悖，引发很多非议。麦凯就认为杜波伊斯对宣传的强调使他接触不到真正的生活，所以他"错把生活的艺术视为无聊，而把宣传错当成艺术中的生活！"④ 一点也不奇怪，尽管杜波伊斯本人没有对"宣传"进行界定，但是在关于他历史写作的访谈中，厄尔·E. 索普（Earl E. Thorpe）指出，他开

---

① Herbert Aptheker（ed.），*Book Reviews by W. E. B. Du Bois*，p. 174.
② Herbert Aptheker（ed.），*Book Reviews by W. E. B. Du Bois*，p. 128.
③ William L. Andrews（ed.），*Critical Essays on W. E. B. Du Bois*，p. 88.
④ Arnold Rampersad，*The Art and Imagination of W. E. B. Du Bois*，p. 190.

始工作时就是反对历史与社会教条的斗士，他名之为"宣传"，对杜波伊斯来说，宣传不是令人疑惑的智力事业的标志，而是阐释历史与社会事实的产物，为实现正义服务。[①] "二战"以后，杜波伊斯继续关注世界范围内的种族问题，积极参与各项社会活动，对文学与艺术的批评进一步减少，对20世纪50年代以后出现的著名黑人作家，如鲍德温、埃里森、布鲁克斯和洛林·汉斯贝里（Lorraine Hansberry）等评价甚少。兰佩萨德指出，客观上来说，杜波伊斯所接受的正规文学阅读教育并不是很多，其导师也鄙视注重抗争的民族文学，蔑视民俗表达的活力，瞧不上文学在形式与主题方面的实践，凡此种种都在杜波伊斯身上留下很深的烙印。虽然他作为《危机》杂志的主编，"在哈莱姆文艺复兴运动中扮演着重要角色，但却无法体验艺术中的进步、欣赏质朴的艺术表达形式，从而无法回应多样性的黑人艺术。在诗歌、小说或文学批评方面，人们对杜波伊斯所知甚少，他的正规训练在其他领域，他的非正式阅读也非常不充分。"[②] 麦凯也对杜波伊斯与哈莱姆文艺复兴之间的联系持怀疑态度，认为他误解了《危机》杂志关于艺术与宣传之间关系的立场，尽管他坚持评论新的小说与诗歌，却不是很能胜任。[③]

但是，兰佩萨德也公允地指出，杜波伊斯强调宣传乃不得已之举。首先，他相信，黑人唯有创作大量伟大的文艺作品，才能被视为文明的公民，因为直到1926年他还强调"除非黑人的艺术获得承认，否则就不会被当人看待。"其次，20世纪之交，美国文学几乎还是一边倒地反对黑人，如查尔斯·卡罗尔（Charles Carroll）的《黑人野兽》（*The Negro a Beast*，1900），罗伯特·威尔逊·舒费尔特（Robert Wilson Shufeldt）的《黑人：对美国文明的威胁》（*The Negro, A Menace to American Civilization*，1907）等，特别是根据狄克逊的作品《族人》拍摄的电影《国家的诞生》（*The Birth of a Nation*，1915），影响极其恶劣。提起美国的黑人生活，就会引起"丑陋的

① William L. Andrews (ed.), *Critical Essays on W. E. B. Du Bois*, p. 88.

② Arnold Rampersad, The Art and Imagination of W. E. B. Du Bois, p. 39.

③ *Arnold Rampersad, The Art and Imagination of W. E. B. Du Bois*, pp. 190–191.

想象、肮脏的影射、恶劣的评论或悲观的预测。"他在 1924 年为奥尼尔辩护时曾说，艺术家们害怕描绘黑人，"除非各个方面都很完美、适度、优美、让人开心、充满希望，否则他就不满意……唯恐他作为人的小缺点、小短处被对手抓住，用于由来已久的充满恶意的宣传。"再次，由于逐渐意识到基于经验的社会科学及其学术史的局限，杜波伊斯寻求艺术的表现力；最后，杜波伊斯一生都在关注种族问题，认识到面对美国的种族主义，需要的是行动，而非屈从或苦思冥想，因此他才转向艺术，经常抨击白人作者对黑人生活与黑人民族的扭曲再现。①

虽然杜波伊斯强调宣传的文艺思想招致很多批评，但他希望借助文艺提升黑人种族的思想没有改变。他在"美国社会秩序中黑人的态度：我们将走向何方？"（1939）一文中提出的"艺术与宣传中的种族技巧是不可避免的，……但是我们的机会在于：艺术能使黑人优美，不仅仅是对'美国文化的贡献'，而是对我们自己文化的贡献……。因此，为何不从黑人观众的角度来看黑人文学哪？把它视为表达他们情感与强烈愿望的手段？作为启发他们认识自己生活中漫无涯际的悲剧的反映，以及作为他们非常沮丧生活中的喜剧？……只有这样的文学也唯有这样的文学才会真实、准确，有资格加入艺术世界。"② 他这种文艺观启发了后来的黑人艺术运动与黑人美学，以及 20世纪 80 年代以来贝克与盖茨等非裔美国学者对黑人文学与文化传统的考古学挖掘，并和他关于白人性研究的论述一道引领 21 世纪的非裔美国文学与文化研究，其丰厚的文学批评遗产继续启发后来学人。

---

① Arnold Rampersad, *The Art and Imagination of W. E. B. Du Bois*, pp. 60–62.

② William L. Andrews (ed.), *Critical Essays on W. E. B. Du Bois*, pp. 119–120.

第二章 洛克的"新黑人"到底有多"新"

　　要想研究美国黑人的社会史，没有比美国文学为我们提供的记录更有价值的了，因为美国文学对黑人生活及其特征的处理，天真地反映了美国社会的态度及其变化。　　　　——洛克

　　美国在寻求新的精神拓展与艺术成熟，尝试确立美国文学、民族艺术与民族音乐，美国黑人文化也在寻求相同的目标；尽管肤色不同，内容有别，但是黑人文化是其时代及其文化背景整体的一个样品。

——洛克

　　洛克（Alain Locke，1885—1954）在 20 世纪非裔美国知识分子中具有举足轻重的地位，是"哈莱姆文艺复兴"（Harlem Renaissance）与美国文化多元主义发展进程中不可或缺的人物。杰弗里·C. 斯图尔特（Jeffrey C. Stewart）高度评价他对 20 世纪美国黑人文化研究的贡献，认为他不仅是著名哲学家、教育家与批评家，也是 20 年代至 50 年代非裔美国文化的重要阐释者，把关于黑人经验的艺术及创作可能性与美国社会及政治现实联系起来，深化了美国黑人文化研究。[①] 盖茨教授认为，如果要研究 20 年代的哈莱

---

　　① Jeffrey C. Stewart（ed.），*The Critical Temper of Alain Locke：A Selection of His Essays on Art and Culture*，New York & London：Garland Publishing，Inc.，1983，p. xvii.

姆文艺复兴，必须重视洛克的美学理论与文化批评思想，① 特别是其关于
"新黑人"的论述。洛克编辑出版的《新黑人》（1925）文选成为非裔美国
文学与文化批评史上一部重要的代表性著作，② 美国主流学界也给予比较高
的评价，1926 年，霍华德·奥德姆（Howard Odum）在《现代季刊》发表书
评，认为《新黑人》是"一部艺术杰作"；一向严苛的著名文化评论家门肯
也在《美国信使》上撰文，认为这本文集"意义非凡"，并令人吃惊地评价
道，文集撰稿人"没有因为自己是黑人而有任何抱歉的迹象，相反他们有种
狂热的自豪感。"《纽约时报书评》也说，"这部文集令人惊喜。"③ 鉴于国内
学术界只在介绍哈莱姆文艺复兴运动时对洛克略有提及，对其核心观念"新
黑人"论述较少，或主要关注他 20 世纪 20 年代的相关论述，对其 30 年代
及之后的论述关注较少，本文尝试全面介绍他对"新黑人"的评述，分析他
所关注的"新黑人"到底有多"新"，并聚焦他对"艺术"与"宣传"的
阐释。

"新黑人"

提到"新黑人"，人们通常首先会想到洛克主编的《新黑人》文集，以
及他对"新黑人"的论述。其实洛克既不是第一个提出"新黑人"概念，
也不是最早使用"新黑人"表述的人，更没有给"新黑人"以清晰的界定

---

① Charles Molesworth（ed.），*The Works of Alain Locke*，Forward by Henry Louis Gates，New York：Oxford University Press，2012，p. vii.

② 其他重要黑人文集有杜波伊斯的《黑人的灵魂》（*The Souls of Black Folk*，1903）、鲍德温的《土生子札记》（*Notes of a Native Son*，1955）、盖尔编辑的《黑人美学》（*The Black Aesthetic*，1971）、巴拉卡与尼尔选编的《黑人的怒火》（*Black Fire*，*An Anthology of Afro-American Writing*，1968），以及盖茨的《松散的典律》（*Loose Canons*，*Notes on the Culture Wars*，1992）等。

③ Leonard Harris，Charles Molesworth，*Alain L. Locke*：*Biography of a Philosopher*，Chicago & London：The University of Chicago Press，2008，p. 211.

或概括，但是随着《新黑人》文集的出版，"新黑人艺术运动"几乎成为哈莱姆文艺复兴运动的代名词，他也随之成为学术界一颗令人瞩目的新星，成为当时可与杜波伊斯比肩的重要黑人领袖人物。

毋庸讳言，"新"总是与"旧"相对而言的，旧黑人通常主要指内战结束前的南方黑人奴隶，"新黑人"的提法最早出现于19世纪90年代。1894年，W. E. C. 莱特（W. E. C. Wright）以"新黑人"（The New Negro）为题指出，美国需要的不是更好的奴隶或新的农奴，而是要把大量黑人由奴隶变成具有自由人性格、习惯与道德的人，"如果数百万黑人一如既往，美国就不可能繁荣；因此，政治家、慈善家与宗教家面临的问题就是要造就新黑人。"① 1895年，J. W. E. 鲍恩（J. W. E. Bowen）在演讲中提到"新黑人"时也指出，自由的美国黑人在很短的时间内取得了很大的成绩，进步迅速，只要他们有平等的发展机会，将来肯定能取得更大成绩，造福社会。②

20世纪初，美国有些报纸也使用该词，对新黑人需要具备的特征及其历史使命进行辩论，对其知识来源以及该如何定义等争论不休。当时的黑人领袖人物华盛顿在《新世纪的新黑人》（*The New Negro for a New Century*，1900）中把"新黑人"定义为爱国者，致力于当地社区的发展，坚定但又不失温和地寻求个人的尊严，③ 因此，"新黑人"最初的历史使命与发展经济及适应社会密切相关。约翰·亨利·亚当斯（John Henry Adams）也在"新黑人素描"（*Rough Sketches*，*The New Negro Man*，1904）中客观地指出，要想理解新黑人，必须了解其恶劣的环境，理解他们以自己所学有助于穷苦之人的志向；他们不仅意志坚强，而且敢于牺牲；"新黑人这么做不仅是为了

---

① Rev. W. E. C. Wright, "The New Negro" (1894), in *The New Negro*, *Readings on Race*, *Representation*, *and African American Culture*, *1892–1938*, Henry Louis Gates, Jr. and Gene Andrew Jarrett (eds.), Princeton and Oxford: Princeton University Press, 2007, p. 23.

② J. W. E. Bowen, "An Appeal to the King" (1895), in *The New Negro*: *Readings on Race*, *Representation*, *and African American Culture*, *1892–1938*, Henry Louis Gates, Jr. and Gene Andrew Jarrett (eds.), Princeton and Oxford: Princeton University Press, 2007, p. 32.

③ Leonard Harris, Charles Molesworth, *Alain L. Locke*, *Biography of a Philosopher*, p. 183.

自己，也是为了人类的福祉。"①

但是，人们对待新黑人的认识并不一致，对是否真有所谓"新黑人"也意见不一。当时几乎与杜波伊斯和洛克齐名的著名黑人知识分子威廉·皮肯斯（William Pickens）指出，所谓"新黑人"其实一点也不新，他还是同样的黑人，无非处于新的条件下，需要适应新的要求，不应该用旧的眼光来看他们。② 他认为，新的种族意识的苏醒并不代表他们是"新黑人"，无非是"旧黑人"发现了自我。③ 古斯塔夫斯·阿道弗斯·斯图尔特（Gustavus Adolpbus Stewart）也在《新黑人的废话》（*The New Negro Hokum*，1928）中发问，新黑人是指那些政治上激进，宗教方面坚持无神论，艺术创作方面追求创新的黑人吗？他认为，其实根本就没有什么新黑人，黑人今天在经济、文化与公民权益方面所做的事情，他们过去也一直在做，无非现在做得更好一些。换句话说，现在无非是有更多黑人有话要说，能够说得更加可信一些，拥有更多言说媒介而已。"他们现在确实比过去更能为别人听到、看到、感受到、理解，仅此而已，但他们是新黑人吗？根本不是！"④

著名历史学家乔治·哈钦森（George Hutchinson）认为，20 世纪广为人知的"新黑人"这个概念可以追溯到 19 世纪 90 年代，"那时，布克·华盛顿就是一个'新黑人'"，他的追随者当时认为，新黑人就是那些建立全黑人学校而丝毫不质疑西方主流"进步"观念与资本主义经济观念的人；到了

---

① John Henry Adams, Jr., "Rough Sketches, The New Negro Man" (1904), in *The New Negro*, *Readings on Race*, *Representation*, *and African American Culture*, *1892 - 1938*, Henry Louis Gates, Jr. and Gene Andrew Jarrett (eds.), Princeton and Oxford: Princeton University Press, 2007, pp. 68–69.

② William Pickens, "The New Negro" (1916), in *The New Negro*, *Readings on Race*, *Representation*, *and African American Culture*, *1892 - 1938*, Henry Louis Gates, Jr. and Gene Andrew Jarrett (eds.), Princeton and Oxford, Princeton University Press, 2007, p. 79.

③ William Pickens, "The New Negro" (1916), p. 96.

④ Gustavus Adolphus Stewart, "The New Negro Hokum" (1928), in *The New Negro*, *Readings on Race*, *Representation*, *and African American Culture*, *1892 - 1938*, Henry Louis Gates, Jr. and Gene Andrew Jarrett (eds.), Princeton and Oxford: Princeton University Press, 2007, p. 123, pp. 128–129.

20 世纪 20 年代，对很多人来说，顺应白人权力的布克·华盛顿已经成为"旧黑人"。[①] 他认为，洛克《新黑人》文选出版后，主要指通过诗歌、小说、戏剧与美术，肯定黑人的文化身份而非政治意蕴的黑人。盖茨则重点强调了"新黑人"的符号意义，他在回顾新黑人隐喻以及对黑人形象的重构时指出，"在作为一种新的种族自我符号的'新黑人'的定义中，'公共的黑人自我'这一概念于 1895 年后直接运用于爵士乐时代新黑人文艺复兴当中。……这种黑人自我与种族自我，并非以一个实体或一组实体的形式存在，而只是一套符号的编码系统。"因此，盖茨认为，洛克 1925 年挪用这个名词来指代他的文学运动，代表了对《信使》等刊物所定义的、具有相对激进政治意味，以及出版于一战后种族骚乱时期的一些大胆论文与社论观点的审慎借用。[②]

上述对"新黑人"的描绘，突出了"新黑人"的不同方面，与之相比，洛克的"新黑人"到底有多"新"？在那些方面比较"新"？又有何"新"意？

从《新黑人》文选的目录来看，这部书主要分为两大部分：第一部分是"黑人文艺复兴"（The Negro Renaissance），第二部分是"新世界的新黑人"（The New Negro in a New World），既收列了一些评论或论述性文章，也有小说、诗歌与戏剧作品，内容相当庞杂；从形式上来看，这部文选的编选方针与当时几家著名黑人杂志如《危机》和《机遇》等非常类似，比较注重文学创作，慷慨提携文学新人，并重视其它艺术形式，如音乐与绘画等，略有不同的是，洛克几乎邀请了当时所有重要的代表性黑人为其撰稿。他自己为《新黑人》所撰写的序言仅有 3 页，他以"新黑人"（The New Negro）为题

---

① George Hutchinson（ed.）, *The Cambridge Companion to the Harlem Renaissance*, New York：Cambridge University Press，2007，pp. 2-3.

② Henry Louis Gates, Jr., "The Trope of a New Negro and the Reconstruction of the Image of the Black", *Representations*, No. 24, Special Issue, America Reconstructed, 1840-1940（Autumn, 1988），pp. 129-155，pp. 135-36.

的论文也仅有 13 页，只占全书 450 多页总篇幅的很小一部分，但是在内容方面，他对新黑人的论述昭示了一个时代的到来。

在"序言"中，洛克开宗明义地指出，这部文选旨在从文化与社会两个方面记录新黑人，记录生活在美国的黑人的内心世界及其外在生活的变化。他认为，最近已经有充分的证据表明新黑人的变化与进步，但主要仍然体现在黑人思想与精神的内在世界方面，其核心依然是民俗精神，以民俗阐释为代表，而大量关于黑人文学的论述，"大都是些外在的评论，而且可以肯定，十分之九是关于黑人的作品而非黑人创作的作品。"① 洛克认为，人们所了解，但是往往议而不决的是"黑人问题"，而非"黑人"，因此，有必要转向更加真实的社会观照，在黑人当前的艺术自我表达中发现新的黑人身影与新的力量。他认为，"无论是谁，要想了解黑人的本质特征、更加全面地了解他所取得的成就与潜力，就一定要加深对自我描绘的认识，这也是当前黑人文化的发展所提供的。"② 洛克认为，自己选编的这些材料既未忽略美国社会与黑人种族生活之间的重要互动这一事实，也未忽略美国对待黑人的态度这一重要因素，因此，"我们聚焦黑人自我表达以及自我决定的力量与动机。只要黑人能够在文化层面表达自己，我们就让黑人为自己说话。"③ 简而言之，对洛克而言，黑人的自我决定与自我表达成为"新黑人"的突出标志与重要特征。

在"新黑人"这篇论文中，洛克更加详细地阐述了自己对新黑人的认识，重点关注以下几个方面的内容。首先，新黑人的出现既非偶然也非突然，只不过因为美国社会过去把黑人视为迷思（myth），而非活生生的个体，才使得新黑人的出现显得有些"突兀"。洛克认为，过去所说的"旧黑人"成了一种标签，是道德辩论与历史论战的产物，黑人民族为了生存、繁衍，客观上也不得不接受甚至迎合这种社会环境，从而造成"在几代美国人的思

---

① Alain Locke (ed.), *The New Negro: An Interpretation*, p. ix.

② Alain Locke (ed.), *The New Negro: An Interpretation*, p. ix.

③ Alain Locke (ed.), *The New Negro: An Interpretation*, p. ix.

想中，黑人一直是一种公式而非活生生的人"，"他的阴影比他的个性更加真实"这种窘状：美国社会不理解黑人，黑人也很难理解自身。

其次，黑人的大迁徙让所谓区域性的、"南方的"黑人问题变成"美国的"问题。洛克认为，过去那种用有色眼镜来看待黑人的态度已经不合时宜，把黑人类型化为大叔、大婶与妈咪的时代已经结束，"汤姆叔叔"与傻宝已经成为过去。他强调指出，现在应该实事求是地面对黑人与黑人问题，已经到了需要"放弃虚构，搁置怪物，专心致志于事实的现实层面"的时候了。① 随着黑人分层的加速，过去把黑人作为整体来对待、处理的办法越来越行不通，也愈发显得不公正、荒谬。

再次，社会环境的变化为新黑人的出现创造了条件，但是要想真正实现由旧黑人向新黑人的转变，还需要黑人自身的努力。洛克强调，黑人需要打破社会成见，尝试修复被破坏的群体心理，重新塑造被扭曲的社会视角；更加可喜的是，黑人现在愿意展示真实的自我，敢于展示自己的缺点与错误，不愿以虚伪的假面，苟且地活着，而且"当前的这一代黑人相信集体努力，相信种族之间合作的成效。"②

最后，洛克强调，目前的当务之急在于，美国社会需要重新评价黑人过去与未来的艺术成就与文化贡献，而且应该承认，黑人已经做出了实质性的贡献，不仅在民间艺术（特别是音乐方面），也在很多尚未为人认可的方面有很大贡献，"当前这一代黑人将实现过去尚未完成的物质发展与社会进步，此外，还要增加自我表达与精神发展的任务。在我们有生之年，如果黑人不能庆祝自己完全融入美国民主，那么至少可以庆祝黑人群体的发展进入了一个富有意义的新阶段，并进入精神方面的成长与成熟期。"③

如果仅仅从社会层面来看，洛克关于新黑人的描述与当时黑人领袖华盛顿之前的很多论述有些相似之处，都强调种族之间的合作，重视黑人融入美

---

① Alain Locke (ed.), *The New Negro, An Interpretation*, p. 5.

② Alain Locke (ed.), *The New Negro*: *An Interpretation*, p. 11.

③ Alain Locke (ed.), *The New Negro*: *An Interpretation*, pp. 15-16.

国民主社会等，因此，洛克对 1919 年美国出现的种族骚乱及其所体现出来的激进姿态几乎完全没有涉及，只是轻描淡写地提到，有些爱好思考的黑人有点随大流的"激进"倾向，完全不同于另外一位激进黑人领导人加维所提倡的"回到非洲"的决绝与分离主义思想。但是洛克的"新黑人"强调应该重新评价黑人的艺术成就与文化贡献，更加深入地探讨黑人的自我决定与自我表达，确实体现了第一次世界大战之后受过良好教育的美国黑人知识分子的理想。即便如此，我们依然需要继续追问的是，为何 20 世纪 20 年代美国黑人的自我决定与自我表达如此重要，并成为"新黑人"的显著特征？黑人自己决定什么，表达什么，什么样的决定，怎样表达才能算是"新黑人"？

笔者认为，洛克所提倡的黑人的自我决定与自我表达具有鲜明的时代特征。1865 年内战结束前，美国黑人主要聚集在南方，而且主要是遭受奴役的非自由民，他们没有选择的权利与自由。1865 年通过的宪法修正案第十三条，废除奴隶制与强制奴役；1870 年通过的宪法修正案第十五条，赋予美国黑人男性以选举权，这场由北方联邦政府主导的南方重建运动为黑人的政治解放与经济发展创造了条件。但是随着北方军队于 1877 年撤出南方，南方重建宣告失败，南方黑人重新回到遭受奴役与歧视的"新阶段"，针对不听话、不"安分守己"的黑人的私刑逐渐增加，压制、迫害黑人的种族主义团体三 K 党猖獗，许多黑人尝试逃往北方与西部。20 世纪 20 年代，也可以说在 1954 年美国最高法院在法律层面废除吉姆·克劳种族隔离法案之前，美国黑人的自我决定直接体现在有权利选择自己的生活区域与生活方式上；他们的自我表达也主要表现为自己开口言说，表达自己的真实想法，改变过去那种被人表达（代表）与被人言说（再现）的窘境。黑人选择逃离南方，逃避种族迫害，寻求人身安全与经济发展机遇，就不仅只是改善经济条件那么单一，而是体现了他们的文化立场：成为"新黑人"。

洛克认为，这种大规模的迁徙现象不能仅仅从经济角度来考虑，而要综合考虑美国黑人有新的进取精神，新的改善自身条件与发展的机会，新的社会与经济自由——至少能够拥有这样的前景，他们才勇敢地选择离开自己熟悉的生活环境，投入陌生与未知，但是充满希望与梦想的新生活，"这不仅是他们审慎地从农村'飞往'城市，而是从中世纪'飞向'现代美国。"①大量迁徙者从农村来到城市，年轻黑人的生活态度与艺术表达也出现质的飞跃，实现"种族自我意识的艺术苏醒，以及黑人民族的集体自我更新"。②

随着黑人经济条件的改善，以及受教育程度的提高，黑人艺术家也开始以自己的方式思考、再现美国黑人的社会生活，但是直到《新黑人》面世之前，真正能够产生比较广泛社会影响的美国黑人作家与作品屈指可数，读者熟知的黑人形象主要出现于白人作家笔下，如内战前的《汤姆叔叔的小屋》和内战后的美国南方怀旧作品。19 世纪末以来，邓巴与切斯纳特等陆续发表方言诗歌与短篇小说；进入 20 世纪，年轻的黑人作家开始陆续发表诗歌和小说作品，产生了一定的社会影响，但是总体上来看，无论是关于黑人的作品，还是黑人自己的创作，都影响不大。当时著名非裔美国文学批评家威廉·斯坦利·布雷斯韦特（William Stanley Braithwaite）曾经指出，美国文学中的黑人由操控、剥削之手塑造，无论在艺术还是在社会方面都没有得到公正的对待，"因此，对黑人生活与品质所进行的持续、严肃或深入的研究根本无法达到我们国家艺术的水准，只有逐渐通过'讨论的时代'这种无趣的炼狱，黑人生活才能最终进入'表达的时代'。"③ 他指出，那些描绘黑人的作家大都只触及一些表面现象，如黑人的微笑、扮鬼脸，以及他们生动的外在生活，只能偶尔深入黑人的内心深处。

在此背景下，只有更好地珍惜、接受美国黑人的文学创作，才能更好地体会洛克所强调的黑人的自我表达十分重要这一论题，但是遗憾的是，洛克本人没有充分展开。更为吊诡的是，洛克对黑人自我表达的重视也是对西方

---

① Alain Locke（ed.），*The New Negro*，*An Interpretation*，p. 6.

② Jeffrey C. Stewart，*The Critical Temper of Alain Locke：A Selection of His Essays on Art and Culture*，p. xvii.

③ William Stanley Braithwaite，"The Negro in American Literature"，in *New Negro*，*An Interpretation*，Alain Locke（ed.），New York：Albert and Charles Boni，Inc.，1925，p. 29.

文化长期以能否进行创作来衡量一个民族优劣与否的被动回应，著名哲学家康德、黑格尔、休姆等人都有过相关的论述，直到 1922 年，著名黑人知识分子约翰逊还在《美国黑人诗歌》（*The Book of American Negro Poetry*）的序言中重复强调："衡量一个民族是否伟大，最终是看他们创作的文学与艺术作品的数量与质量；只有创作了伟大的文学与艺术，世人才会知晓这个民族；创作了伟大文学与艺术的民族也绝不会真的被世人蔑视，视为低劣。"①所以略显悖论的是，洛克对黑人自我表达能力的强调既是对主流美国文学与文化界虚假再现美国黑人形象的反驳与回击，也在某种程度上重复着西方主流社会关于文明的划分及其对黑人的歧视。

思考的继续

洛克自己对"新黑人"的思考并非仅仅局限于 20 世纪 20 年代，也没有仅仅停留在黑人的自我表达方面，而是随着社会大的环境的变化有所调整，而学界对这一点恰恰较为忽略。30 年代，洛克对"新黑人"的思考愈发成熟，更加关注编选《新黑人》时相对比较忽略的文学的社会维度及其社会功能。他在评述 1938 年度美国黑人文学时，再次提出黑人的"新"或"更新"问题，认为从时间上来看，1924—25 年的新黑人现在应该已经趋于成熟，在文化层面将会遭遇另一类黑人：要么是更新的黑人（a newer Negro），要么是更加成熟的"新黑人"。他认为，在 1924—1938 年间，美国黑人已经取得了很多成就："在更多艺术领域，黑人的自我表达更加广泛；黑人艺术家表达的主题也越来越成熟、客观，风格更加多样，艺术流派更加多元；在自我批评方面也出现更加健康、更为肯定的趋势。或许最重要的是，白人与

---

① James Weldon Johnson, *The Book of American Negro Poetry*, Auckland：The Floating Press，1922，2008，pp. 5-6.

黑人艺术家对黑人生活与主题的兴趣逐渐增加,合作也越来越多。"①

如果说 20 年代年轻的黑人才俊更具世界意识与文化视野,并非总是以美国的黑人种族为荣,他们希望表现自我而非进行社会纪实,更加迷恋爵士乐与黑人酒吧的喧嚣,而非热衷黑人民俗或呼吁社会改革,并以此作为文化复兴目标,那么 30 年代,黑人的艺术创作呈现出更加丰富的社会维度,洛克指出,"当今的文学与艺术,是一种寻找社会文献与批评的艺术,是 1925年已经关注与分析的各种趋势的发展与成熟表达的延续。"② 他以 1938 年赖特结集出版的短篇小说集《汤姆叔叔的孩子》(*Uncle Tom's Children*)为例,指出黑人作家发现了通过个体象征阐释黑人群体经验的钥匙,黑人以小说进行社会阐释的时代已经到来。

1942 年,洛克重提此话题,认为要想了解黑人文艺,必须先弄清楚"黑人"是谁,他是干什么的这个问题:这个问题犹如一座狮身人面像,立在每位思考黑人文学与艺术的批评家面前,洛克通过评述赖特的作品,呈现自己新的思考。他指出赖特在《1200 万黑人的声音》 (12 *Million Black Voices*,1941)的前言中提出了"黑人是谁"这个问题,号称要在美国这一大背景下描绘更加广阔的黑人生活图景,但是却有意忽略了所谓"天才的十分之一",美国南方许多地方的混血儿领导,以及美国北方逐渐壮大的中产阶级专业人士与商业人士队伍。他们在过去 30 多年的时间里,已经在白人与黑人之间形成某种联系。赖特则认为,只有少数黑人能够提升自己,与大多数默默挣扎的黑人大众相比,他们只是一些"稍纵即逝的例外"。③ 洛克则认为,真正的黑人不仅包括那些反对文化"精英"或"天才的十分之一"

① Alain Locke, "The Negro, 'New' or Newer, A Retrospective Review of the Literature of the Negro for 1938", in *The Critical Temper of Alain Locke*, *A Selection of His Essays on Art and Culture*, Jeffrey C. Stewart, p. 271.

② Alain Locke, "The Negro, 'New' or Newer, A Retrospective Review of the Literature of the Negro for 1938", p. 273.

③ Alain Locke, "Who and What Is 'Negro?'", in *The Critical Temper of Alain Locke*, *A Selection of His Essays on Art and Culture*, Jeffrey C. Stewart, p. 309.

的黑人，以及那些仿佛"例外的"或"不典型"的少数黑人资产阶级，"也指那些有一段'确定的、持续的黑人经历'的'黑人大众'——他们有共同的无产阶级特征而非种族特征。"①

洛克认为，在回答黑人是干什么的这一问题前，必须自问：何谓黑人艺术？他以《黑人行旅》（The Negro Caravan，1941）这部文集为例指出，尽管编者拒绝广为流传的关于黑人的刻板印象，以及黑人作品自然可归为一种特殊的文化模式之说，但是"黑人作家仿佛采取了适合他们目标的文学传统，从而受清教徒的说教、感伤主义的博爱、地方特色、区域主义、现实主义、自然主义与表现主义的影响"，并没有使用"黑人小说"这样的表述，因为觉得它不够精确。洛克认为，美国黑人作家在艺术形式方面直接借鉴英国和美国文学，"黑人小说"和"黑人戏剧"这样的表述并不太准确，"如果特指黑人作家创作的小说或戏剧，那么就不能收录《波吉》（Porgy，1927）与《青青牧场》（The Green Pastures，1930）这样的作品；如果指关于黑人生活的作品，那么白人作家的创作远远超过黑人作家，而且这些作品更加深刻地影响了美国人的思想。编者把黑人作家视为美国作家，把美国黑人创作的文学视为美国文学的一部分。"② 洛克相信，无论是从民族性还是从种族文化特征来看，美国的黑人与白人都没有达到相互排斥的地步，融合的特征非常明显，所谓"黑人"其实就是非裔美国人或美国黑人。他以爵士乐为例，指出黑人文化融合的重要，认为不能以文化纯正论作为评判的标准，而要像科学、客观地审视历史事实一样，"抛弃纯正种族的观念，"③ 因此，他大胆预言，《黑人行旅》文集将会成为研究黑人文学所做贡献的必不可少的手册。

---

① Alain Locke, "The Negro, 'New' or Newer, A Retrospective Review of the Literature of the Negro for 1938", p. 310.

② Alain Locke, "The Negro: 'New' or Newer, A Retrospective Review of the Literature of the Negro for 1938", p. 310.

③ Alain Locke, "The Negro, 'New' or Newer, A Retrospective Review of the Literature of the Negro for 1938", p. 311.

洛克对"黑人文学"表述的怀疑，以及对文化融合观念的强调，体现了他一以贯之的文化多元与文化共融思想，但是其理论基础依然是 20 年代《新黑人》中表述的文化多元观：即以美国白人文学与文化传统为核心，容纳不同族裔文化与思想的多元论哲学。他的这种文化融合观不仅预示着美国 50 年代的种族融合论，也成为 70 年代以来关于族裔特征多样性讨论的先声。

在 19 世纪末的历史语境中，追求技能教育与经济条件改善的华盛顿成为当之无愧的"新"黑人的代表；20 世纪初，杜波伊斯提倡、追求黑人政治上的平等，反对华盛顿以经济改善为名在政治上的妥协，成为响彻 20 世纪非裔美国思想史的主导声音，展示了另一种"新"黑人的存在;[1] 而洛克 20 年代所强调的黑人的自我决定与文化表达，奠定了他在非裔美国文化与美学中近乎中心的地位，他对多样性与多元声音的重视让任何宣称自己的立场或态度能够概括所有非裔美国人经验的观点显得不合时宜，他不仅是新黑人运动的领袖，其对"新黑人"的论述也对美国黑人文学与艺术批评具有指导意义。斯图尔特认为："洛克的文化理论是对当代非裔美国研究的知识基础所做的最明晰的陈述，他与同时代其他黑人学者的区别在于，他努力把非裔美国经历作为艺术而非政治事业来处理，因此，时至今日仍对当下的读者独具魅力。"[2]

洛克 20 年代标举"新黑人"这面大旗虽然彰显了黑人族群的文化表达意识，有利于提升黑人民俗文化的地位，但是也在某种程度上暗合美国主流意识形态对社会激进主义的抑制，客观上提醒我们"新黑人"内涵的丰富与复杂。芭芭拉·弗利（Barbara Foley）认为，洛克早年有明显的马克思主义的思想印迹，比列宁论"帝国主义是资本主义的最后阶段"还早两年提出第一次世界大战是种族之战的论点；但是到了 1925 年，洛克已经非常成功地

① W. E. B. Du Bois, "Of Mr. Booker T. Washington and Others", in *The Souls of Black Folk*, David W. Blight（ed.）, Boston/New York：Bedford/St. Martin's. 1997, p. 64, p. 72.

② Jeffrey C. Stewart（ed.）, *The Critical Temper of Alain Locke*, *A Selection of His Essays on Art and Culture*, p. xvii-xviii.

与早期的激进主义保持距离，在《新黑人》文选中禁止选用左翼的东西，否定自己之前熟悉的范式。[1] 吉恩·贾勒特（Gene Jarrett）也指出，洛克的《新黑人》文集标志着"新黑人话语从政治激进主义转向文化浪漫主义"，他把新黑人与激进主义隔离开来，其《新黑人》文选通过修改某些论文，不收录某些激进的论文，淡化了新黑人在语气与目的方面的激进，对洛克从"阶级意识转向阶级合作"，从种族对抗转向种族改善起到了很好的润滑作用，[2] 客观上与美国主流思想形成共谋效应。

但是，不容否认，洛克对"新黑人"的持续思考始终基于黑人文学与文化是美国文学与文化的组成部分这样的融合理念，为我们了解美国黑人与美国主流社会之间的关系，提供了立足美国黑人文化传统，同时积极借鉴西方主流文化思想与表达，进而继续反思"新黑人"的新思路，值得肯定与借鉴。

洛克论"艺术"与"宣传"

1926 年，著名非裔美国学者杜波伊斯发表《黑人艺术的标准》一文，明确提出"所有艺术都是宣传，……我一点也不关心那些不是用于宣传的艺术"的论点，并在《危机》杂志上发起专题讨论，引发学术界比较大的关注。哈莱姆文艺复兴的"助产士"洛克当时没有参与讨论，之后陆续发表相关文章，阐述自己对此问题的看法。他 1927 年发表的"我们的小文艺复兴"（*Our Little Renaissance*），提出要"远离宣传与政治"，1928 年的发表"美而非灰烬"（*Beauty Instead of Ashes*），提出要"从灰烬中创造美"，同年发表的"艺术还是宣传？"（*Art or Propaganda*?）一文，几乎针锋相对地直接回应了

---

① Barbara Foley, *Spectres of 1919*: *Class and Nation in the Making of the New Negro*, Urbana and Chicago: University of Illinois Press, 2008, pp. 35-36.

② Gene Andrew Jarrett, "New Negro Politics", *American Literary History*, Volume 18, Number 4（Winter2006）, pp. 836-846, p. 640.

杜波伊斯关于"宣传"与"艺术"的论述，之后他继续发表相关文章，一直关注此话题。

20世纪20年代，美国经济非常繁荣，素有"爵士乐时代"之称，属于所谓"盛现代主义"时期，人们熟悉的美国作家主要有以艾略特、庞德、菲茨杰拉德、海明威、斯泰因与福克纳等人为代表的现代主义作家群，对经过现代主义特别是后现代主义洗礼的读者而言，洛克与杜波伊斯近乎一个世纪之前关注的问题几乎是不言自明的，那么他们当时讨论这一话题的必要性何在？是否有助于非裔美国文学与艺术的发展？鉴于学界对洛克30年代及其之后关于此问题的论述关注较少，本文尝试在非裔美国文学与文化史的背景下，梳理他们论争的社会原因及其文学与文化意义，比较全面地评述洛克不同时期对"艺术"与"宣传"的认识，以及他适时修正自己的部分论点，对此论题所进行的全面、深入的思考。

社会文化背景

对当下读者来说，"艺术还是宣传"这样的问题几乎是不言自明的，当时之所以能够引发比较多的关注，与美国黑人当时所处的社会、政治、文化环境有关。内战结束后，美国黑人在法律层面获得自由，但是针对他们的种族歧视与政治压迫并没有减弱；南方重建失败后，南方白人组织的三K党肆虐，对敢于争取自由与政治平等的黑人实行私刑，试图以恐吓手段，阻止黑人的正当追求与黑人社区的经济改善与发展。1896年，美国最高法院通过"隔离但是平等"（Separate but Equal）的吉姆·克劳法案，让针对黑人的种族歧视与种族隔离合法化。哈里特·比彻·斯托夫人（Harriet Beecher Stowe）内战前出版的小说《汤姆叔叔的小屋》描绘了忍辱负重的汤姆叔叔，以及追求自由的哈里斯夫妇等成功的黑人形象，客观上揭露了奴隶制的非人性，赢得普通读者对黑人的同情、对奴隶制的愤慨与反思，也引发许多南方白人作家的反批评，他们大量炮制赞美奴隶制、浪漫化处理白人奴隶主与黑人奴隶关系的虚假作品。内战以后，特别是美国南方重建失败以后尤甚，美国出版了许多描写追求自由、获得自由的黑人在北方悲惨境遇的作品，并以内战前的固化模式，创作出"怀旧"南方种植园生活主题，对内战以前黑人奴隶与白人奴隶主之间残酷关系予以"浪漫化"表征的作品，迫使许多"先知先觉"的美国黑人知识分子关注文学客观再现社会的功能，特别希望能够通过文学创作，实现提升整个黑人种族的目标。由于害怕美国主流社会的误解，黑人作者有意无意地拔高、美化黑人族群，不敢描写黑人族群与黑人个体当中负面的东西，客观上不利于黑人文艺的健康发展。

1926 年，杜波伊斯在《黑人艺术的标准》中矫枉过正地提出所谓"所有艺术都是宣传，……我一点也不关心那些不是用于宣传的艺术"的激进主张；[1] 同年，他通过自己主编的《危机》杂志，围绕"艺术中的黑人，怎样描绘黑人"这一主题，提出了诸如："如果黑人一直被描绘得最糟糕，而且公众也据此评判他，他该当如何"；"不断描绘黑人中的肮脏、愚蠢与犯罪，强化世人对黑人的刻板印象，造成白人艺术家不知道其他类型的黑人，黑人艺术家不敢描绘其他类型的黑人"是否太片面；"如果出版者拒绝出版那些描绘受过教育、成绩斐然的黑人小说（因为这些黑人与白人无异），这种做法应否受到批判"；"年轻的黑人作家忍不住随波逐流，描绘下流社会的黑人，而非寻求描绘关于他们自己及其所在社会阶层的真相，这么做真的不危险吗？"等问题[2]

这些问题引发当时许多著名作家、学者比较广泛的关注，门肯、辛克莱·刘易斯（Sinclair Lewis）、舍伍德·安德森（Sherwood Anderson）、休斯、

---

① W. E. B. Du Bois, "Criteria of Negro Art", p. 22.

② W. E. B. Du Bois, et al. "The Negro in Art, How Shall He Be Portrayed?" (1926), in *Call and Response, Key Debates in African American Studies*, Henry Louis Gates, Jr. and Jennifer Burton (eds.), New York & London: W. W. Norton and Company, 2011, pp. 345-361, pp. 346-347.

卡伦与切斯纳特等积极回应；洛克当时没有直接参与这场讨论，但是之后陆续发表相关文章，比较客观、辩证地阐述了自己对艺术的本质与功能的认识，为我们比较全面地了解这一话题提供了新的思考。

深受英国"唯美主义"思潮影响的洛克非常重视文学的认知功能及其对认识自我等教育功能的作用。虽然他和杜波伊斯等人一样，认识到文艺对提升美国黑人族群的作用，但是没有把文艺仅仅视为提升黑人种族的工具；面对杜波伊斯文章中比较片面的口号性表述，洛克在"我们的小文艺复兴"中明确指出，"黑人艺术家只是黑人文艺复兴的副产品，其主要成就在于，能在普通文化潮流中注入新的精华；黑人文艺复兴一定是当代美国艺术与文学的有机组成部分，我们一定要在思想上越来越远离宣传与政治。否则何必叫它文艺复兴呢？"① 他认为，小说领域已经体现出这种进步，宣传小说的绝对黯然失色即为很好的例证，他乐观地相信，即便在南方白人作家的小说里也没有"公式"和"问题"。

在"美而非灰烬"中，洛克提出美国文学界对黑人生活的兴趣终于从原来比较肤浅的喜剧、感伤与类型化，转向问题分析，进行更加深入的社会文献式研究；但是黑人知识分子与改革者通常对这种重要的艺术发展抱怨甚多，认为大部分主题都有失败主义的倾向，对农民、下层生活的描绘未能再现黑人生活中更加美好的因素。他们错把当下对地方色彩与民间生活的强烈热爱视为肤色歧视，忘记了黑人上层社会的封闭与呆板。洛克认为，现在有些黑人艺术家已经认识到客观描绘与自我审视的力量，否则难以出现关于黑人生活的城市小说。为了发展客观控制的技巧，年轻一代黑人作家几乎有意识地重视"现实主义小说、民间戏剧与类型分析，他们在民间戏剧、短篇小说与类型小说方面的成熟预示着更加光明的发展前景。"② 如果说黑人天才

---

① Alain Locke, "Our Little Renaissance", in *The Critical Temper of Alain Locke*, Jeffrey C. Stewart (ed.), pp. 21–22.

② Alain Locke, "Beauty instead of Ashes", in *The Critical Temper of Alain Locke*, Jeffrey C. Stewart (ed.), pp. 23–26. p. 24.

未能在长篇小说与戏剧方面尽显其才，那么在诗歌与音乐方面已经能够得心应手，在较短的时间内，"我们已经从以诗歌进行宣传、教诲，转向真正的自发与自在的抒情。"①

如果说洛克的这两篇文章对"艺术"的强调还算比较含蓄，那么他的"艺术还是宣传？"一文则非常明确地表达了自己的立场，"我反对宣传的主要原因在于，除了宣传具有单调与不相称这样的毛病之外，还在于哪怕它在反对群体低劣的时候，其实也还是在强化它。……从最好的意义上来说，艺术植根于自我表达，无论这种自足是天真还是世故；在我们的精神成长中，天才们一定会越来越多地选择群体表达的角色（哪怕偶尔会选择自由的个体表达的角色），总之，他们一定会选择艺术而摈弃宣传。"因为年轻一代的文学与艺术已经反映了这种心理转变，这种精神的重生，"一定要从内心深处克服自卑感，一定要用自信取代自我辩白；有此高贵的态度，确信的'少数'一定能够坦然面对屈尊俯就的'多数'。"②

当然，洛克对"艺术"与"宣传"的态度并非总是这么泾渭分明，他非常清楚，在20世纪20年代特殊的历史条件下，新黑人的艺术创作与宣传目标常常结伴而行，难以截然分开；新黑人运动时期的几家刊发年轻黑人作家艺术作品的重要刊物，如《危机》与《机遇》等首先是黑人社会运动与社会项目公认的喉舌，其次才是为当时绝大多数黑人提供艺术表达的媒介，还几乎没有什么未受资助的艺术——尽管当时新黑人最需要的是一份自由的媒介，纯粹艺术表达的稳定的媒介。但是限于当时美国黑人普遍受教育程度不高，经济能力有限，再加上吉姆·克劳种族隔离法案的实施，客观上为黑人的自由表达、自由创作设置了很多障碍。此外，黑人也必须面对这一事实：即不管愿意与否，他们都处于社会问题的中心，而宣传虽然有不公允、甚至常常先入为主的局限，有明确的党派阵营意识，但毕竟能引发、甚至培

---

① Alain Locke, "Beauty instead of Ashes", p. 24.

② Alain Locke, "Art or Propaganda?", in *The Critical Temper of Alain Locke*, Jeffrey C. Stewart (ed.), pp. 27–28.

育一些严肃的思考。因此，他非常渴望能有一份可以自由讨论各种问题的刊物，以苏格拉底式的心态为了"真"本身而进行讨论，"除了美，我们一定要让'真'进入文艺复兴的视域，虽然有点亡羊补牢，但是肯定受人欢迎。"①

对人们应该如何在"宣传"与"艺术"中进行选择，黑人知识分子与文化领袖是应该进行"宣传"的布道与劝勉，还是进行"艺术的"歌唱等问题，洛克的态度非常明确。他反对"宣传"，因为宣传主旨单调、表现形式单一，另外，呼吁用文艺来提升黑人种族之举也"太过刻板，太容易被用来掩盖枯燥无味或怯懦。"② 但他也明确指出，自己对艺术的强调并非意味着会照搬"为艺术而艺术"那一套，或者说要培育过度文明的颓废与衰落，而是要让艺术成为朝气蓬勃，欣欣向荣生活的根基。洛克一直努力想做的，就是证明反映黑人种族意识的艺术内容所具有的普世性，也一直致力于如何让美学能够更好地阐释黑人种族的经验，超越种族主义的限制。当然，他也非常清楚，也有很多"聪明的"年轻黑人作家投白人社会所好，满足于为骄纵、堕落的公众提供充满异国情调的作品。与之相比，那些所谓的"宣传"作品恐怕还略胜一筹，因为它们总比那些旨在讨好白人读者的模仿更好一些。

因此，洛克并非始终强调"艺术"，排斥"宣传"，他非常清楚，黑人的文学与艺术，从某种程度上来说，所有关于黑人的严肃文学与艺术，几乎都具有道德威严与社会意义，不能因此说它是错的，因为黑人从创作伊始，就面临需要证明自己具有和白人一样的人性，以白人读者比较认可的方式，表达被美国主流社会认可的主题，黑人的文艺不得不从辩论与教诲的枷锁中争得一定的表达自由，令人欣慰的是，黑人艺术家已经取得比较好的创作成就。

① Alain Locke，"Art or Propaganda?"，p. 27.
② Charles Molesworth（ed.），*The Works of Alain Locke*，pp. xiii-xiv.

在 1929 年发表的"美与外省"中，洛克指出，黑人仿佛一直要面对两种窘境：作为黑人个体（同时也一直被视为黑人种族的代言人），他应该如何表达自己；另外，怎样才能让僵化的宣传及种族教义与扣人心弦及令人感动的艺术有效地联动，发挥作用。洛克认为，美国黑人对普世意义与民族性艺术的贡献已经得到承认，本身就具有两方面的价值："首先，他能够驾驭自己艺术中与生俱来的困难，另外，他也能够战胜对黑人文化人为的诬蔑与迫害。因此，我们一定要从这两个方面简要评述重建以来的黑人文学与艺术。"①

在 20 世纪 30 年代美国社会普遍受"激进"思潮影响的大背景下，洛克对"艺术"与"宣传"的认识更加深入。他在"宣传，或者诗歌？"（*Propaganda—or Poetry*? 1936）中继续关注这一话题，认为人们期待黑人诗人在关注种族主题的同时，具有很强的社会意识；但是他也明确指出，美国黑人文学与当时盛行的无产阶级文学有很大的不同，黑人诗人有很强的种族意识，但是他们诗歌中所表达的社会意识相对较弱，阶级意识依然十分淡薄，因为他们无法忘记自己族群遭受奴役的历史，以及目前依然无处不在的种族歧视。因此，黑人诗人、作家与艺术家很可能在种族问题上成为反叛者，但在一般性的社会思考中，很可能依旧墨守成规。"普通黑人作家在一般性的社会、政治与经济问题上一直非常保守、循规蹈矩，对艺术、风格与哲学也有点因循守旧，只是在种族问题上显示些许激进主义立场。"② 这种观点回应了他 20 年代在"新黑人"中表达的思想，"黑人只在种族问题上激进，而在其他方面保守，换句话说，是'被迫的激进'，是社会抗议而非真正的激进。"③ 也就是说，美国黑人并非在寻求阶级对抗与社会对抗，他们只是在

① Alain Locke，"Freedom Through Art：A Review of Negro Art，1870-1938"，in *The Critical Temper of Alain Locke*，pp. 267-270，p. 267.

② Alain Locke，"Propaganda—or Poetry?"，in *The Works of Alain Locke*，Charles Molesworth（ed.），pp. 228-239.

③ Alain Locke（ed.），*New Negro：An Interpretation*，p. 11.

关乎黑人社区与族群问题上不得不表明自己的立场，这也间接证明美国黑人并非什么特殊的团体，他们也没有什么特别的需要与追求，作为美国公民，他们与其他普通美国人的需要与追求也没什么两样，体现了洛克强调的黑人渴望融入美国社会与文化生活的文化多元主义思想。此外，洛克借用丽贝卡·巴顿（Rebecca Barton）"种族意识与美国黑人"（"Race Consciousness and the American Negro"）中的话说，"美国黑人没有什么独特的语言来培育自己独一无二的特质，他们的宗教本质上与白人群体的宗教没有什么两样，也没有在哪儿有什么完全独立的区域或地理中心。离开自己特殊的黑人社区，他们发现自己置身于白人世界，唯一可以强调的是他们的肤色，而这也没有什么令人骄傲的，他们具有典型的美国人的行为方式、习惯、习俗，在经济和文化上无法逃避对白人的依赖。"① 可见，洛克对 20 年代加维倡导的"回到非洲"的想法与做法并不赞同，也有别于布克·华盛顿 1895 年在亚特兰大展览会上倡导的黑人"安守本分"之举。

洛克对"艺术"与"宣传"这两个"问题"或两个"维度"的追问，持续体现在他 20 世纪 30 年代对黑人文艺进行年度述评所撰写的多篇文章当中。他在《黑人之真与黑人之美》（"Black Truth and Black Beauty"，1933）等文章中指出，"随着时间的推移，已经越来越明显的是，在美国文学描绘黑人生活这方面，我们一定要对社会之罪予以艺术救赎，在找到我们着手捕获的'美'之前，我们一定要寻求朴素、痛苦的真理。"② 而且他发现，正如英国诗人济慈所言，真与美相伴，黑人之美即真，而黑人之真即纯粹艺术。黑人的主要文学成就是能够大胆切入黑人问题本质的散文作品，他指出小说可以像社会学一样大胆，能够打破传统与禁忌。因此，能够直面社会现实，不回避社会矛盾，才是艺术的本质所在，而"科学的态度在于揭示黑人的状况，越来越把它当作普通生活的一个特殊阶段或部分，甚至把它视为一

---

① Alain Locke, "Propaganda—or Poetry?", p. 229.

② Alain Locke, "Black Truth and Black Beauty, A Retrospective Review of the Literature of the Negro for 1932", in *The Critical Temper of Alain Locke*, pp. 215-220, p. 215.

个问题；把它视为普通社会问题与失调的一个特殊症状。"虽然美国依然把黑人视为"社会问题"，但是洛克强调，1933年度美国黑人文学最可喜、最有意义的新趋势在于，越来越不再把黑人完全视为分离或特别的民众，而是把他们视为美国社会普通状况的一部分，"无论这种状况是社会的、经济的、艺术的、还是文化的。许多与'黑人文学'一点关系也没有的书都会对黑人生活的某些方面进行重要的分析。"①

作为熟悉白人赞助形式的学者，洛克对1929年经济大萧条之后美国社会及美国黑人的文学艺术创作形势的变化有着清醒的认识，他也根据黑人文学创作的实际，适时修正自己的主张。他认为，虽然黑人小说家普遍远离宣传与问题小说，但是不进行"宣传"并不代表就能够"艺术"，在回顾1935年度的黑人文学时，他发现其中有一半不是文学，而是既有宣传又有艺术，他也相信，不用多久，黑人艺术的浓烈味道、色彩与节奏将不可避免地从过去纯粹的关注"种族性"转向具有普世意义。②

面对美国复杂的社会现实与文学表征，洛克也适时修正自己的部分论点。在回顾1937年度的黑人文学时，他指出无论是白人作家还是黑人作家，无论是支持种族还是反对种族，其主旨都离不开种族，几乎不可能真正的中立，但是他认为有些文学健康、合理，非常真实，足以被称作艺术而非宣传，足以被称作科学而非狡辩或褊狭的党派沙文主义。他辩证地指出，"从本质上来说，好的艺术属于合理、真诚的宣传，而平淡、不真诚的宣传肯定是坏的艺术。"③他另外一篇评述1870—1938年间黑人艺术的文章，也强调通过艺术实现自由的主题，认为所有受压迫民族必须在获得身体解放前在思想和精神上获得自由，"这种文化解放必须首先是自我的解放，这是少数族

① Alain Locke, "Black Truth and Black Beauty, A Retrospective Review of the Literature of the Negro for 1932", p. 216.

② Alain Locke, "Deep River, Deeper Sea, Retrospective Review of the Literature of the Negro for 1935", in *The Critical Temper of Alain Locke*, Jeffrey C. Stewart (ed.), pp. 237–244, p. 239.

③ Alain Locke, "Jingo, Counter-Jingo and Us. Retrospective Review of the Literature of the Negro: 1937", in *The Critical Temper of Alain Locke*, Jeffrey C. Stewart (ed.), pp. 257–266. p. 258.

裔文学与艺术必须承载的功能。它赋予少数族裔各种形式的艺术表达以非同寻常的社会意义，常常涂抹着厚重的宣传或半宣传色彩，也让它们一直承受非同寻常的自我意识与自我辩解之苦，甚至到了文化裸露与相互交战的地步。"①

对文艺本质与功能的重视贯穿他生命的始终，他去世前一年发表的文章"艺术中的黑人"（The Negro in the Arts，1953），依然主张黑人可以通过艺术之镜获得积极肯定的自我形象这一主题，但是他更加清醒地认识到美国种族主义的无孔不入及其持续的负面影响，尽管他依然乐观地相信，融合的意识已经紧紧抓住许多年轻的艺术家，黑人艺术已经融入美国文化的主流，获得国内同行与更广泛艺术世界的支持。"经过一段时间之后，对美国本土素材的回归将出现在没有地方狭隘观念或宣传的环境中，黑人艺术家终将获得全面、应有的承认，作为美国艺术极具创意的参与者获得兄弟般的承认。"②

综上所述，洛克对"艺术"与"宣传"的认识并非始终如一，而是随着社会环境的变化有所调整，反映了受过不同文化环境影响与熏陶，勤于思考的黑人学者的复杂与丰富。他把问题文学与自我表达区分开来，把"问题"文学视为直接的政治抗议，而自我表达则使用民俗主题与习语，把美国黑人当作独特的个体而非类型化的人来看待，使他明显有别于美国当时的批评思潮。

虽然他对艺术作品而非问题戏剧、宣传文学或致歉文学的强调引起一些争议，让人误解他所倡导的"新黑人"实质上是"非政治"的；虽然有人指责他为适应政治时尚多次改变自己的主张，但是他艺术与文化理论的核心是反对种族主义这一点始终没有改变。他一直致力于在黑人文艺中找到抗击种族主义及其负面影响的政治策略与文化表达，在美国黑人具有共通的人性

---

① Alain Locke, "Freedom through Art, A Review of Negro Art, 1870-1938", in *The Critical Temper of Alain Locke*, Jeffrey C. Stewart（ed.）, pp. 267-270.

② Alain Locke, "The Negro in the Arts", in *The Critical Temper of Alain Locke*, Jeffrey C. Stewart（ed.）, pp. 471-476.

饱受质疑的情势下，努力让美国白人相信"白人和黑人都需要一种能够把他们从美国种族主义的洗脑中解放出来的文艺"，从来没有牺牲"艺术应该美"这样的信念，而且鼓励艺术家锻造一种既能反映又能重新定义何谓非裔美国人的艺术，他始终坚信，艺术与文化应该能够在塑造我们对待种族的态度方面发挥强有力的作用。

虽然洛克与杜波伊斯都承认，"只要黑人在文学中几乎总被描绘为天生低劣，就不会有真正的黑人个体，黑人群体也不可能获得尊严，"① 但是，他们对文学的本质及其作用的认识差异明显，特别是对文学如何承担社会责任，如何更加客观公正地再现黑人民族，如何在种族歧视依然严重的氛围中，客观地再现黑人个体的"美"与"丑"，"好"与"坏"，又不会被视为整个黑人民族的群体形象等方面的认识有一定的差异，但是洛克认为艺术家在重视文艺的社会功能的同时，更应重视文艺的审美功能，至今依然具有十分重要的现实意义。

本章小结

洛克以《新黑人》文集为世人瞩目，以新黑人运动的助产士为人景仰，在"宣传"与"艺术"之争中，他明显地更加偏爱"艺术"，在种族主义盛行，黑人本土文化卑微的年代，他高举文化多元主义大旗，重视黑人音乐与黑人民俗文化，为后来的"黑人研究"与文化多元主义研究开启了航程。他关于文化多元主义、民族与价值理论的哲学思想影响了不同领域的读者，成为美国后来多元文化主义当之无愧的奠基人。②

洛克对后人的启发是多方面的。他的文化民族主义、文化多元主义以及

---

① Leonard Harris, "The Great Debate, Du Bois vs. Alain Locke on the Aesthetic", *Philosophia Africana*, Vol. 7, No. 1 (March 2004), pp. 15–39.

② Leonard Harris, Charles Molesworth, *Alain L. Locke: Biography of a Philosopher*, pp. 3–4.

文化含混的观点,他始终视种族为社会建构,相信文学与艺术是民权运动的另一种形式的理念及其非裔美国文学理论与批评实践,以及他对非裔美国音乐本质与即兴功能的预见等,都使他的思想成为 20 世纪 60 年代末以来非裔美国文学与文化研究中涌流不息的源泉。

第三章　布朗论美国文学作品中的黑人形象

> 不是看不见黑人，是误释了黑人；不是说你看不见黑人，你看得清清楚楚的。这就是问题所在，白人看得太清楚了。

> ——布朗

相对于美国文学研究的滞后，美国黑人文学研究更加滞后、不系统，20世纪以来许多著名学者、诗人、小说家等都非常关注文学的功用，通过书评、论文等形式，构建非裔美国文学批评传统，20世纪上半叶最著名的两位黑人学者杜波伊斯与洛克作为"天才的十分之一"的代表，十分关注美国黑人文艺创作与批评的发展。

杜波伊斯对美国黑人文艺的探讨是在关注种族问题的大背景下展开的，他明确指出，黑人艺术源于黑人在奴隶制以及奴隶解放中的痛苦经历，虽然可以把它视为黑人追求自由不可分割的一部分，但是黑人艺术不应是政治方案的替代品；进入20世纪，美国黑人的创作浪潮汹涌澎湃，涌现出许多质量较高的文学作品，但是总的来说几乎都不为人所知，伟大的黑人作家还没有出现，堪称一流的文学作品也是寥若晨星，主要原因在于"美国黑人文学大发展的好时机还没有到来；经济压力太大，种族迫害太重，没有文学发展所需要的闲暇与泰然；另外，黑人民族的物质积累还不够，……美国没有注意到这一点，杂志与出版商严禁发表、出版感动黑人的东西，除非它丑化黑人，或绝对索然无味、没有任何文学风味。"①

洛克则把黑人诗人与同时代的白人作家进行比较，认为他们是种族的代表，时代与民族的诗人，是现代主义中的现代主义者，反映了共有的趋势与当下的走向。他认为"麦凯的自豪精神把我们新近极端反叛的种族自豪及种族意识与激进思想及社会批判的叛逆诗歌联系起来；图默探究南方生活的地基，无非是在南方重建的感伤主义之下耕种，造就一种新的南方现实主义诗歌的重要方面；卡伦的作品与萨拉·蒂斯代尔（Sara Teasdale）、埃德娜·圣·文森特·米莱（Edna St. Vincent Millay）以及罗伯特·弗罗斯特（Robert Frost）的抒情诗一样优雅，与觉醒的新黑人一样生机勃勃。休斯是他自己时代的邓巴，没有把自己的黑人族人描绘成滑稽表演那样的狭隘与粗陋，而是像林赛与桑德伯格一样保持描写的距离，像惠特曼那样的民主与普世。② 他认为，人们对美国文学中黑人的态度因时而异，呈现出 7 个阶段的变化：即"英雄、感伤、情节剧、喜剧、闹剧、问题讨论与美学兴趣，分别在大众心理层面表现为陌生、驯化的熟稔、道德矛盾、同情、仇恨、困惑与好奇。"③人们对美国文学中的黑人所知甚少，他们也主要出现在以下四大类型的文学当中，如民俗文学、关于奴隶制与社会问题分析的辩论文学、黑人自我表达以及黑人主题与素材的正式文学。④ 有些黑人作家则更倾向于普通主题，大部分作品依然把种族或群体的自我表达作为主要的艺术目标；20 世纪 30 年代末以来，人们清楚地认识到，必须把黑人材料变成普世的艺术表达，更加客观，反映人类共同的价值观。

鉴于不同时段、不同年代的非裔美国作家、艺术家与批评家对哈莱姆文

---

① Meyer Weinberg（ed.），*W. E. B. Du Bois：A Reader*，p. 235.

② Alain Locke，"The Poetry of Negro Life"，in *The Works of Alain Locke*，Charles Molesworth（ed.），p. 59.

③ Alain Locke，"American Literary Tradition and the Negro"，in *The Critical Temper of Alain Locke：A Selection of His Essays on Art and Culture*，Jeffrey C. Stewart（ed.），p. 60.

④ Alain Locke，"The Negro Minority in American Literature"，in *The Works of Alain Locke*，Charles Molesworth（ed.），p. 85.

艺复兴运动有着不同的认识——既有肯定与赞扬，也有揶揄与调侃，国内外许多专家对此都有所涉及，本书未设专章讨论文艺复兴时期的非裔美国文学批评问题，而是通过呈现非裔美国作家、艺术家与批评家们的文学批评，介绍他们在不同语境下对哈莱姆文艺复兴的认识。本章重点介绍 20 世纪 30 年代的重要非裔美国诗人布朗的文学批评，虽然他的职业身份是教师，主要以诗歌作品为人所知，没有杜波伊斯与洛克那样的社会知名度，但他对哈莱姆文艺复兴运动的反思，特别是对黑人形象（Images of the Negro）的思考以及对黑人音乐的论述，奠定了他在非裔美国文学批评史中的地位，成为早期学术型批评家中的一位杰出代表。

论哈莱姆文艺复兴

20 世纪 20 年代，布朗（Sterling Brown，1901—1989）开始创作，1925 年，在《机遇》杂志发表第一篇论文，之后也在《危机》等刊物发表多篇诗作，广受好评。虽然他处于所谓的"哈莱姆文艺复兴"时期，但他对此称谓并不认可，在"文学中的新黑人（1925—1955）"中特意区分哈莱姆文艺复兴与新黑人文艺复兴，拒绝所谓"哈莱姆文艺复兴"之说，认为无论在时间还是在空间方面，如果把此次文艺运动在时间上局限于 20 年代，在空间上局限于哈莱姆地区，都会误导别人。他曾经很认真地说，"如果你说我属于'哈莱姆文艺复兴'，就是在侮辱我；但是如果你说我属于'新黑人文艺复兴'，我会感到……很自豪。"① 他认为这一时期的诗歌创作远比小说深刻，麦凯不仅在控制诗歌技巧、展示个性方面非常创新，而且严厉斥责美国的不公正；休斯不仅诗艺娴熟，而且更加客观，更加关注黑人民众，特别是城市黑人大众。其中最好的诗作非约翰逊的《上帝的长号》（God's

---

① Mark A. Sanders（ed.）, *A Son's Return: Selected Essays of Sterling A. Brown*, Boston: Northeastern University Press, 1996, p. xii.

Trombones，1927）莫属，为后来的年轻诗人指引了方向；小说方面则有图默的《甘蔗》，以及沃尔龙德的《热带之死》（*Tropic Death*，1926）等。他指出，《甘蔗》是《黑人的灵魂》之后最全面深刻探悉不同区域、不同层面黑人生活的作品；而来自南方的白人作家杜·博斯·海沃德（Du Bose Heyward）创作的诗意小说《鲇鱼街的波吉》（*Porgy of Catfish Row*，1925）使得波吉成为汤姆叔叔之后最知名的黑人。

在 1974 年接受罗厄尔访谈时，布朗再次重申，自己"从不用'哈莱姆文艺复兴'，因为根本不是哈莱姆，应该是'黑人的文艺复兴'。"[①] 他认为那些所谓哈莱姆文艺复兴结束于 1929 年之说纯属无稽之谈，"因为很多最好的黑人作品都出版于 1930 和 1931 年，"[②] 出版社可能紧缩了发行，但是黑人作家仍在继续创作，而且由于公共事业振兴署（简称 WPA）项目的资助，黑人在 20 世纪 30 年代的收入更有保证！除了休斯，几乎所有黑人作家都在公共事业振兴署项目里进行创作。谈及谁是这场文艺运动中最好的作家，他认为比较难判断，因为与此运动有关系的作家未必创作了最好的作品，而那些创作出色的作家则未必与此次文艺运动有什么直接关系。他认为福塞特属于妇女杂志类的写手，很一般；鲁道夫·费希尔（Rudolph Fisher）则比较有天赋，创作了几篇一流的短篇小说；内拉·拉尔森（Nella Larsen）的《流沙》（*Quicksand*，1928）有些见识，但是《瞒混》（*Passing*，1929）则稀松平常；图默的小说《甘蔗》非常了不起，但他与这场文艺运动几乎没有什么关系；麦凯的诗歌比小说好，他与这场文艺运动也没有什么关系，还曾经攻击这场文艺复兴运动，认为那些作家很懒，总是围在白人屁股后面转悠；休斯的诗集《疲惫的布鲁斯》（*The Weary Blues*，1926）很重要，但是不及图默的《甘蔗》，虽然他的小说《不是没有笑声》（*Not Without Laughter*，1930）

---

① Charles H. Rowell and Sterling A. Brown, "'Let Me Be with Ole Jazzbo': An Interview with Sterling A. Brown", *Callaloo*, Vol. 21, No. 4 (Autumn, 1998), pp. 789–809, pp. 798–799.

② Charles H. Rowell, Sterling A. Brown, "'Let Me Be with Ole Jazzbo': An Interview with Sterling A. Brown", p. 801.

写得不错，但是后来没能这么持续地写下去。布朗认为"《班卓琴》（*Banjo*，1929）与《回到哈莱姆》（*Home to Harlem*，1928）以及《姜城》（*Gingertown*，1932）和《香蕉谷》（*Banana Bottom*，1933）都值得更加仔细地进行研究。"尽管沃尔龙德不是小说家，但是他的短篇小说集《热带之死》很重要，与图默的《甘蔗》一样伟大；而斯凯勒的小说《不再黑》（*Black No More*，1931）则非常出色。①

马克·海桑德斯（Mark Sanders）认为，对布朗而言，新黑人运动远非知识或政治运动，而是包含更大的文化转变，美国黑人的自我概念发生根本转变，跨越阶级、区域与教育界限，而他在美国黑人音乐和表达中发现了充满活力的文化模式，再次预示着一种新的根本的自我意识。桑德斯之所以强调作为政治与文化现象的新黑人自我意识的重要，主要因为布朗的许多艺术与批评著作旨在纠正中产阶级的排外，但他们却主宰着新黑人作品的出版。此外，布朗的诗歌与民俗文化批判都尝试包容更多自我表达的文学模式，因此，承认并看重新黑人关于现代性的多重表达。②

论黑人形象

布朗主要以诗歌创作赢得文名，其《南方之路》（*Southern Road*，1932）颇受好评，此外，他也在20世纪三四十年代撰写、编辑了多部重要作品，如受洛克之托，编辑撰写的《黑人诗歌与戏剧》（*Negro Poetry and Drama*，1937），以及关于美国黑人形象的著作《美国小说中的黑人》（*The Negro in American Fiction*，1937），前者构建了之前被忽略的非裔美国作家与非裔美国文学，后者主要检视美国文学中无处不在的种族刻板印象。桑德斯教授指

① Charles H. Rowell，Sterling A. Brown，"'Let Me Be with Ole Jazzbo'，An Interview with Sterling A. Brown"，pp. 804—805.

② Mark A. Sanders，*A Son's Return：Selected Essays of Sterling A. Brown*，p. xii.

出，虽然由于篇幅所限，布朗分析的不多，而且也比较粗糙，但是他有开创之功，成为以书籍形式分析美国黑人形象的首开先河之作，① 为后人反思黑人形象的再现提供了有价值的线索与资料。如后来倡导"黑人美学"的代表人物盖尔指出，近来《黑人读者文摘》的大部分论文都说，黑人作家的功能应该在"黑人社区内，建立心理和平，同时把心理战打到黑白肤色线之外；卡罗琳·F. 杰拉尔德（Carolyn F. Gerald）坚持认为，黑人作家'忙于控制形象的黑白之战，因为控制形象即能控制一个民族'。"② 此外，布朗与别人合作编辑的《黑人行旅》（*The Negro Caravan*，1941）也为美国黑人文学的教学与研究提供了很好的选本，获得交口称赞。

作为最早关注美国黑人形象的诗人与批评家，布朗在《美国小说中的黑人》中，以时间为序，梳理了不同时期美国文学中的黑人形象。他指出，18世纪末美国开始写小说的时候，黑人已经成为美国生活的一部分，但是早期的美国小说依然重视与母国英格兰的联系，虽然存在黑人，但主要作为背景出现。最早的几部小说，如威廉·希尔·布朗（William Hill Brown）的《同情的力量》（*The Power of Sympathy*，1789）与苏珊娜·罗森（Susannah Rowson）的《审判者》（*The Inquisitor*，1794）都反对奴隶制，休·布拉肯里奇（Hugh Brackenridge）的作品《现代骑士气概》（*Modern Chivalry*，1792—1815）攻击奴隶贸易，泰勒（Royal Tyler）的《阿尔及利亚俘虏》（*The Algerine Captive*，1797）则哀叹奴隶贸易过程中"中央航道"（又名"死亡航道"）的恐怖。虽然19世纪许多作家更加关注环境而非种族，但是人们对黑人的兴趣开始增加，美国著名作家欧文不仅记录了世人对黑人的好奇，也简略描绘了第一个喜剧性的黑人；詹姆斯·费尼莫尔·库珀（James Fenimore Cooper）小说中则出现了不同类型的黑人形象，如《间谍》（*The Spy*，1821）中忠诚的侍从，《探路者》（*The Pioneers*，1823）中自由的黑人，

---

① Mark A. Sanders, *A Son's Return*: *Selected Essays of Sterling A. Brown*, p. iv.

② Addison Gayle Jr., *The Black Aesthetic*, New York: Doubleday & Company, Inc. 1971, p. 198.

《最后的莫希干人》（*The Last of the Mohicans*，1826）中第一位具有八分之一黑人血统的混血儿等。布朗认为，"库珀预示了后来黑人形象创作者的基本做法，展示忠诚的家奴、勇敢的男性行动者以及注定遭遇悲惨命运的混血儿。"① 但是他也客观地指出，库珀在《间谍》中既对黑人的逐步解放充满希望，同时也对逐渐增加的自由黑人，没有规矩难以约束的黑人流浪汉充满忧虑。②

在为本书所写的序言中，洛克概括地指出，布朗对此主题的研究不同于一般的学术调查，而是旨在深入分析人物形象塑造背后的社会因素与态度。布朗认为，黑人在美国小说中的遭遇跟他们在美国社会生活中的遭遇一致，其他受压迫的少数民族也跟黑人类似，对黑人的描绘与再现旨在让他们的剥削者的行为合法化。比如说，当奴隶制受攻击时，南方作家就以满意的奴隶形象与之对抗；当有人提出奴隶制残忍时，他们就炮制、兜售幸福开心的喜剧性的黑人形象；当大多数白人都认为奴隶制错误时，他们就从神学、生理学、心理学的角度，论证奴隶制实为黑人的福泽，因为黑人"特殊"，所以奴隶制不会伤害他们；在内战以后的重建时期，由于受黑人在选举、上学、工作等方面竞争的威胁，南方作家的笔下开始出现所谓残忍的黑人形象；即便在今天，美国社会依然视奴隶制为上帝的恩泽，依然认为黑人荒唐无知等。③

布朗指出，与库珀不同的是，南卡罗莱纳州的威廉·吉尔摩·锡姆斯（William Gilmore Simms）热心为奴隶制辩护，在《耶马西》（*The Yemassee*，1832）中塑造了对白人主人绝对忠诚、勇敢，拒绝自由的黑人赫克托。他跟主人说，如果你让赫克托自由的话，他就会喝醉酒，死在阴沟里；这是首次

---

① Sterling Brown, *The Negro in American Fiction*, Port Washington, N. Y. : Kennikat Press, 1937, p. 6, p. 8.

② Sterling A. Brown, "The American Race Problem as Reflected in American Literature", *The Journal of Negro Education*, Vol. 8, No. 3, pp. 275–290, p. 277.

③ Sterling Brown, *The Negro in American Fiction*, pp. 1–2.

出现也是影响最大的不愿意自由的黑人形象，很快就为后来的创作者所效仿。他的短篇小说集《棚屋与小木屋》（*The Wigwam and The Cabin*，1845）不可思议地把黑人置于故事的中心，其中"车把式的爱"（*The Loves of The Driver*）关注种植园的习俗，"懒惰的乌鸦"（*Lazy Crow*）首次描述了黑人的迷信与社会习俗。总之，锡姆斯虽然对黑人的描述不够深入，但是呈现了许多不同的黑人形象，值得关注。①

美国南方经典作家埃德加·阿伦·坡（Edgar Allan Poe）的笔下呈现出主慈仆忠的"动人"景象：黑人奴隶忠于自己的主人，主人也对依赖他的奴隶像父亲一样关爱；麦尔维尔的小说《玛蒂》（*Mardi*，1849）强烈抨击奴隶制，但是也担心改变现状会引发社会问题；他的中篇小说《贝尼托·塞莱诺》（*Benito Cereno*，1855）描述了反叛的黑人形象，在貌似温顺的面具下，隐藏着黑人奴隶追求自由的叛逆之心。布朗认为，虽然麦尔维尔反对奴隶制，但却没有把这部小说写成废奴宣传册，而是把黑人视为人，予以叙述与刻画，因此也比同时代的其他作家更接近真相。

布朗在第一章的结尾处，对美国早期的文学创作予以总结，指出库珀与锡姆斯尝试记录方言，有些作者则尝试以同情之心再现黑人，大都离真正的现实主义描写相距甚远。"但是，值得注意的是，这些早期作品中出现了寓言者、忠诚的仆人、小丑、悲惨的混血儿、高贵的野蛮人以及反叛的黑人等不同类型的形象。"②

布朗在第二章重点描述了支持奴隶制的种植园传统及其小说。奴隶制的支持者们寻找各种生物学、心理学与神学的依据，却都无视奴隶制存在的最主要原因：对黑人奴隶的经济剥削，因此，种植园传统的小说中经常会出现这样的景象：庄园上有座大房子，里面住着优雅的绅士与淑女，以及愉快劳作的黑人。这种小说传统强化了亲奴隶制思想，他们把奴隶制解释成黑人的

① Sterling Brown，*The Negro in American Fiction*，pp. 9–10.

② Sterling Brown，*The Negro in American Fiction*，p. 15.

善良守护者，帮他们从异教徒变成能够得救的基督徒，而奴隶制的存在又进一步固化了这一文学传统，布朗认为，第一部种植园小说当推 J. P. 肯尼迪（J. P. Kennedy）出版于 1832 年的《大燕谷》（*Swallow Barn*）。但是面对斯托夫人《汤姆叔叔的小屋》（*Uncle Tom's Cabin*，1852）取得的成功，许多反对者"奋笔疾书"，在短短的 3 年内，就至少出版了 14 部支持奴隶制的小说，还有许多小册子、文章、诗歌等；1852 年出版的《惠莉大婶的小屋》（*Aunt Phyllis' Cabin*）虽然也尝试描写奴隶生活，但是主要在于美化奴隶制，谴责废奴主义者，特别是对斯托夫人进行诋毁；1854 年，M. J. 麦金托什（M. J. McIntosh）夫人提出了如何解决这一困局的办法：既要让奴隶聪明、可靠，又不损害奴隶主的利益。总之，早期的种植园传统小说都极为相似，南方作家纷纷加入反对《汤姆叔叔的小屋》的行列，希望用自己的笔，刻画奴隶制的美好，因此，满意的奴隶、小丑似的奴隶，以及悲惨的自由黑人成为当时比较流行的刻板的黑人形象。①

其实对奴隶制的反抗早在第一批奴隶被带到美国就开始了，但是布朗认为，直到 19 世纪 30 年代，对奴隶制的讨伐才全面展开，形成从抗拒奴役到誓死推翻奴隶制的废奴运动。1831 年美国成立了反对奴隶制的协会，1839 年，西奥多·维尔德（Theodore Weld）出版《奴隶制的真相》（*Slavery As It Is*）一书，是《汤姆叔叔的小屋》出版前最畅销的反对奴隶制的著作；而 1836 年出版的《奴隶，或阿奇·摩尔的回忆》（*The Slave*，*or Memoirs of Archy Moore*）是第一部反对奴隶制的小说；第一位利用小说反对奴隶制的女士是埃米莉·凯瑟琳·皮尔森（Emily Catherine Pierson），她创作了《逃奴杰米》（Jamie，The Fugitive，1851）。当然，最成功的是斯托夫人 1852 年出版的小说《汤姆叔叔的小屋》，尽管在艺术与史实方面可能都有不全面、不准确的地方，但是布朗认为，斯托夫人向读者显示，奴隶制是错误的，黑人

---

① Sterling Brown，*The Negro in American Fiction*，p. 28.

也是人是不容否认的。① 1853 年，美国黑人威廉·威尔斯·布朗（William Wells Brown）创作的第一部小说《克罗特尔，或总统的女儿》（*Clotel, or The President's Daughter*）问世，之后陆续有弗兰克·J. 韦布（Frank J. Webb's）创作的《加里一家及其朋友》（*The Garies and Their Friends*，1857），以及德莱尼创作的《布莱克，或美国小屋》（*Blake, or the Huts of America*，1859）等。布朗认为，反对奴隶制的小说关注的正是那些赞同奴隶制的小说所忽略的问题，如奴隶买卖、黑人家庭的妻离子散、黑人女性遭受的性暴力等，出现了"牺牲品""高贵的野蛮人""完美的基督徒"，以及"悲惨的混血儿"等黑人形象。②

内战结束后，由于南方重建的失败，种植园文学传统回潮，庄园文学再次盛行。布朗认为，W. J. 格雷森（W. J. Grayson）的观察极为敏锐，其论点也极具代表性，代表了南方对北方自由黑人的经典描述：即所谓黑人的生活是一种诅咒，黑人之死实乃社会之幸。③ 布朗指出，它们虽然在语言与习俗方面对现实主义文学有所贡献，但是因为主要服务于谴责北方发起的内战，强调南方不同种族之间的情谊而显得不够真实。特别糟糕的是，对黑人的塑造要么突出其与善良南方白人的关系，要么强调其与掠夺成性的北方佬的关系，唯独没有显示黑人之间的关系，而且对黑人的判断过于简单、粗暴：黑人要么忠心耿耿，要么忘恩负义。④

布朗在本书后面的章节中陆续分析了许多白人与黑人作家塑造的黑人形象，其中的变化不仅反映了作家们的自主选择，更可以折射时代变迁的影响。布朗认为，总的来说是多了一些真实的描绘，少了一些虚妄，如马克·吐温（Mark Twain）塑造的吉姆，切斯纳特笔下的乔希·格林（Josh Green）

---

① Sterling Brown, *The Negro in American Fiction*, p. 38.

② Sterling Brown, *The Negro in American Fiction*, p. 46.

③ Sterling A. Brown, "The American Race Problem as Reflected in American Literature", pp. 275-290, p. 281.

④ Sterling Brown, *The Negro in American Fiction*, p. 62.

等都比汤姆叔叔更为可信，虽然也有一些作家从美国南方的角度美化"过去的好时光"，对受过教育的、有财产的、激进的"坏黑人"充满恐惧，但是总的趋势是能够更加真诚地面对所谓"黑人问题"，抛弃过去那种对黑人的"刻板描述"，更加真实地呈现黑人的生活，塑造比较真实的黑人形象。

1933 年，因不满社会学家、民族学家对黑人种族的分类与划分，布朗发表"白人作者眼中的黑人"一文，对罗克·布拉福德（Roark Bradford）把黑人种族划分为"黑鬼"（the nigger），"有色人"（the colored person）与"尼格罗/黑人"（the Negro）提出批评。布拉福德自幼被黑人带大，孩童时期与黑人玩耍，长大了看着黑人劳作、生活，自诩很了解黑人族群。他认为"黑人"是他们族群的领袖，更加关注经济独立而非平等，不太激进；"有色人"常常是混血儿，既讨厌黑人又蔑视白人，往往继承了黑白两个种族的缺点，却没有继承他们任何一方的优点，与"穷苦的白人垃圾"一道制造种族仇恨、骚乱与私刑；而"黑鬼"则懒惰、得过且过、没有一点责任心。但是布朗觉得，布拉福德对黑人族群的概括与其说分析了黑人，不如说间接分析了白人，帮助我们了解如此概括黑人的白人族群，南方白人非常傲慢武断，也曾对印第安人、墨西哥人、爱尔兰人与犹太人等有过类似的丑化行为与做法。布朗认为，他们此举不是把黑人作为个体来看待，而是作为类别来概括，因此，如果有人愿意了解从某些特定视角观察到的黑人个体，美国文学当中还真有不少这样的货色。鉴于黑人在美国生活与美国文学中都没有得到十分公正的对待，布朗集中列举、分析了 7 种黑人类型，如心满意足的奴隶、可怜的自由民、滑稽的黑人、野蛮的黑人、悲惨的混血儿、乡土派的黑人，以及具有异国情调的原始黑人。①

布朗认为，"心满意足的黑人"形象的出现主要源于对奴隶制的捍卫与赞美。1832 年，威廉与玛丽学院的一位老师提出，奴隶制古已有之、顺应天

---

① Sterling A. Brown, "Negro Character As Seen by White Authors", *Callaloo*, No. 14/15 (Feb. – May, 1982), pp. 55-89, pp. 55-56.

道、合乎人情；1838 年南卡罗莱纳大学校长强化了这一主张；社会学家、人类学家更是从身体、思想与道德三个方面证明黑人种族的低劣；神学家则从《圣经》中找出奴役黑人的合理的神圣律条；文学方面则表现为庄园文学的兴起。根据 F. P. 盖恩斯（F. P. Gaines）《南方种植园》（*The Southern Plantation*）的描述，肯尼迪的《大燕谷》开启了美国种植园文学传统，其间可见慈爱、宽厚的主人，以及从野蛮走向文明的幸福、美满、忠诚的黑人，让他觉得"真不知道哪儿还有如此幸福，如此具有代表性的黑人。"①

作为"心满意足的黑人"的陪衬，支持奴隶制的作者们塑造了"可怜的自由民"形象。布朗认为，新的邦联制思想的拥护者们也一再重复这一刻板印象，如艾伦·泰特（Allen Tate）与南方的拯救者唐纳德·戴维森（Donald Davidson）一道，在《杰斐逊·戴维斯的兴衰》（*Jefferson Davis, His Rise and Fall*, 1929）中指出，倘若过分教育黑人，只会给他们带来不幸与烦恼。在一份重要的新邦联宣言书《我要明确我的立场》（*I'll Take My Stand*, 1930）中，戴维森、泰特，还有其他 10 人都认为，事实已经证明，对黑人来说，自由是非常危险的；约瑟夫·赫格斯海默（Joseph Hergesheimer）认为，自由的黑人往往更加可怜，因为"奴隶制没有了，过去宁静的好时光也没有了；黑人们很可怜，因为他们既不是奴隶也不是自由人。"埃莉诺·梅辛·凯利（Eleanor Mercein Kelly）则在哀叹南方消失的挽歌中，可怜那些投奔城市的黑人，因为他们渴望成为人，但却成为无助的"丛林部落成员"。②

而"滑稽的黑人"则与"心满意足的黑人"形象一样"悠久"，而且互为补充，因为如果黑人一直很愉悦，当然就不会可怜兮兮。布朗认为，美国白人对黑人的这种再现策略跟当年英国征服者对爱尔兰臣服者的描写十分类似，为了愉悦英国观众，他们创造了滑稽的爱尔兰人形象，这种做法甚至影

---

① Sterling A. Brown, "Negro Character As Seen by White Authors", p. 62.

② Sterling A. Brown, "Negro Character As Seen by White Authors", pp. 66-67.

响了爱尔兰作家自己的创作。一个英国军官曾经这么自言自语：我发誓，爱尔兰民族真的让我难以理解，这真是一个奇怪的民族！他们身处逆境，依然能够愉悦如初；他们能够泪中带笑，雨中仿佛依然艳阳高照。他们真是单纯至极的哲学家，视生活之路如开满玫瑰、并且没有刺的阳光大道，流溢着阳光，荡漾着欢歌笑语。① 19 世纪 30 年代，美国的舞台上开始出现滑稽表演说唱的"吉姆·克劳"形象，典型的"滑稽黑人"主要具有如下特征：拿着剃刀（不会伤害人）、喜欢西瓜与杜松子酒、爱东拉西扯、逛鸡窝、吹牛、用夸大其词的名字与头衔、穿花里胡哨的衣服、虚张声势、因怯懦而歇斯底里、粗制滥造一些文字游戏。经过书籍、杂耍表演、舞台秀、广播节目、广告以及饭后演讲等的宣传、放大，"滑稽的黑人"成为美国的民间传说。正如盖伊·B. 约翰逊（Guy B. Johnson）所指出的那样，美国白人对黑人有一种民俗的态度，他们一定要从黑人那里得到乐趣，哪怕他们创作关于黑人的严肃小说也不例外。② 当然，不容否认的是，指出这些刻板印象的存在并不等于否认美国黑人生活中丰富的喜剧要素。

　　与"滑稽的黑人"相对应的当属"野蛮的黑人"。由于支持奴隶制的作者急于证明奴隶制对黑人有好处，把他们从野蛮人变成基督徒，所以内战前几乎没有残暴的黑人形象，小说中虽有少数邪恶的黑人罪犯，但也都是一些听从废奴主义挑唆而误入歧途的黑人傻瓜、笨蛋。内战以后，"野蛮的黑人"逐渐增多。1867 年欣顿·罗恩·赫尔珀（Hinton Rowan Helper）的《并非儿戏》（*Nojoque*）把黑人与凶残等同起来；约翰·范·伊沃瑞（John H. Van Evrie）的《白人主宰、黑人服从》（*White Supremacy and Negro Subordination*，1868）为凶残的黑人提供了人类学佐证，其《黑人是野兽》（*The Negro A Beast*，1900）为之提供神学的佐证。佩奇的作品则塑造了两类黑人形象：忠诚、崇拜老主人的黑人都令人钦佩，而那些自由的黑人则都是野兽。他在

---

① Sterling A. Brown, "Negro Character As Seen by White Authors", pp. 66–67.
② Sterling A. Brown, "Negro Character As Seen by White Authors", p. 71.

《黑人：南方问题》中说，自解放以来，黑人的状况堪忧，没有什么进步，而是大踏步后退；佩奇之后更著名的三 K 党小说家当推托马斯·狄克逊（Thomas Dixon），他创作的《族人》（*The Clansman*，1905）与《本性难移》（*The Leopard's Spots*，1902）等由于感伤及题目火爆，如"黑人的危险"，"难言的恐惧"等为好莱坞所青睐，D. W. 格里菲斯（D. W. Griffith）据此改编的电影《国家的诞生》（*The Birth of a Nation*，1915）使野蛮的黑人形象固化在大众脑海中。

"悲惨的混血儿"形象更加复杂一些。支持奴隶制的人几乎完全忽略了白人对黑人女性实施的性侵犯、性剥削与性占有，反对奴隶制的小说塑造了悲惨的混血儿形象，他们遵循维多利亚时代的文雅，小心翼翼地处理这个话题，但是总的来说，他们书中的男女主人公都很像白人。布朗认为，这一刻板形象之所以值得我们关注，是因为关于混血儿的观念在发生变化。过去的观念认为，首先，混血儿继承了黑白 2 个种族的邪恶而非道德；其次，他/她们的任何成就都归功于自己血管中流淌的白人的血液，这种逻辑意味着哪怕从白人那儿继承的是最糟糕的，也足以让他们在黑人中出人头地；而新的观念则认为，首先，混血儿是继承 2 个分裂的种族的牺牲品；其次，他们从白人的血统里继承了智力方面的上进因素，不愿意做奴隶；再次，他们从黑人血统了继承了更卑贱的情感冲动、好逸恶劳、野蛮凶恶等。① 这种所谓白人的血统意味着纯洁，黑人的血统意味着好色的观念流布甚远，但是纯属无稽之谈。

随着时间的推移，"乡土派的黑人"开始出现。布朗首先对乡土派这个概念进行了分析，认为它比较重视奇趣、怪异、别致与差异，重在表达某一地区特殊的品质，其优势显而易见：比较好的现实主义的做法就是坚持方言、服饰与习俗的地方化，因为许多伟大的艺术都以区域特点为基础，揭示更加普世的特征。现在人们对乡土派有着不同的看法，认为它仅仅满足于关

---

① Sterling A. Brown, "Negro Character As Seen by White Authors", p. 76.

注方言与习俗的特殊性，比较片面。正如 B. A. 博特金（B. A. Botkin）所分析的那样，过去的乡土意识关注局部而非更大范围的人，表面上看起来生动别致，但是缺乏深度的阐释，虽显得乡土气息浓郁，但缺乏真正的乡土特性。布朗认为，"乡土派的黑人"对研究美国文学中的黑人形象十分重要，但是由于黑人乡土派作家主要重视如何忠实于方言与习俗，在歌曲、舞蹈与故事中展示差异，而非黑人的性格特征，因此，他们只能接受现有模式中的黑人形象。因此，其不好的方面表现为，那些忠实于方言与习俗的作家，如佩奇与罗素，创作出来的依然是心满意足的黑人形象；从好的方面来看，可以让那些支持奴隶制，随意改变黑人方言的作者暴露无遗，比如说肯尼迪就把蹩脚的方言塞进可怜的黑人嘴里。[1] 布朗认为，大体而言，不能低估乡土派的黑人，其方言、迷信、习俗等自有其艺术价值，只是不能沉溺其中。

具有"异国情调的原始黑人"形象出现得更晚，源于第一次世界大战以后对清教与市侩作风的反拨。布朗认为，很久以来，美国文学一直都很传统、缺乏生气，维多利亚时代更是对性讳莫如深；文学批评家则督促其回归自发性，摆脱维多利亚时代的拘谨，回归无拘无束的情感表达状态，转向表达自我；由于美国黑人仿佛"天生"具有直率与暴力的特征，那些渴望发掘原始生活的作者认为，黑人的生活与性格值得探索，于是他们很快涌入哈莱姆，到哈莱姆下层酒馆与卡巴莱夜总会去找他们认为的原始黑人。这些作家的笔端开始出现与野蛮节奏同步的黑人，他们在爵士乐和杜松子酒的刺激下，过着亢奋的生活。布朗认为，这种异国情调的原始黑人与心满意足的黑人形象之间有着一定的联系，是后者的爵士乐升级版，以卡巴莱歌舞表演的小屋以及哈莱姆化的布鲁斯，取代了圣歌与奴隶里尔舞，其中最具代表性的当推维克腾的《黑鬼天堂》，各种具有异国情调的原始黑人的各种发展可能性都可以在这本书里找到，出版商说，作者讲述了现代黑人生活的故事。[2]

---

① Sterling A. Brown，"Negro Character As Seen by White Authors"，pp. 78-79.

② Sterling A. Brown，"Negro Character As Seen by White Authors"，p. 81.

尽管布朗对此表示坚决反对，认为不仅有维克腾笔下的这种哈莱姆，还有其他样子的哈莱姆，更有很多不同种类的哈莱姆，但是文学市场需要赌徒、浪荡子、年轻女仆、甜美妈咪等黑人形象，他们能够满足娱乐需要，是满意的、滑稽的、乡土派黑人的延伸，因此，哈莱姆化的刻板黑人形象主要表现为：黑人啥都不稀罕，就喜欢简单的幸福，文学市场就需要这些类型化的黑人。威廉·西布鲁克（William Seabrook）的《魔法岛》（*The Magic Island*，1929）和《野蛮状态》（*Jungle Ways*，1930）探索了异国情调与原始的黑人、记录他们的伏都仪式、黑人魔术、奇怪的性实践、怪诞的迷信与食人行为，为芸芸众生带来替代性的满足，也都进一步强化了对黑人固有的刻板印象。①

布朗认为，不能简单拒绝这种具有异国情调的原始黑人形象，而需要进行更加深入的了解，因为他既不像"心满意足的黑人"那样对什么都满意，也不像"野蛮的黑人"那样毫无来由的怒火冲天，更为重要的是，这些刻板印象并非完全来自白人作者之手，"某些白人作者与南方人对这些刻板印象进行了最有力的抨击，而某些黑人却对这些刻板印象誓死予以捍卫。"布朗并不讳言黑人生活确实具有乡土色彩，有时还非常醒目，但是他不想看到的是把种族特征固化在一些模型里，倘若用这些特殊的归类来指涉整个黑人族群则更加危险，因为大部分的概括都源于支撑社会自私的权宜之计，而非真诚地予以阐释。② 人们需要质疑这类刻板印象中隐伏的三种基本假设：即在哈莱姆的卡巴莱酒馆可以找到"自然的"黑人；那儿的黑人生活与人物可以从总体上代表黑人族群及其生活；黑人是他"自己"，他的生活引人注目，与别人迥然不同。③ 布朗认为，真诚、敏感的艺术家愿意洞悉这些流行信仰的陈词滥调之下的深层现实，对把整个黑人种族的特征归纳到几个狭窄的类型中会非常谨慎，他不会鲁莽地说，自己在特定环境下对几个黑人的有限观

---

①　Sterling A. Brown，"Negro Character As Seen by White Authors"，pp. 82-83.

②　Sterling A. Brown，"Negro Character As Seen by White Authors"，p. 84.

③　Sterling A. Brown，"Negro Character As Seen by White Authors"，p. 83.

察就能够最终代表全部神秘的黑人，布朗半开玩笑地说，"即便他有个黑人妈咪，或在哈莱姆待过一晚，或一直都是个黑人，他也不敢这么做。"①

　　布朗对黑人形象的关注也体现在他之后的论述中。在 1966 年发表的"美国文学中的黑人形象百年回眸"（"A Century of Negro Portraiture in American Literature"）中不仅再次重申、强调了早期的很多核心观点，对 20 世纪 40 年代以来的黑人代表作家如赖特、埃里森等人进行更加客观、公允的评价，而且重申了斯托夫人与麦尔维尔笔下的黑人及其生活在美国历史与文学中的影响，对之前关注较少或关注不够的黑人作家如道格拉斯、大卫·拉格尔斯（David Ruggles），索杰纳·特鲁斯（Sojourner Truth）和哈里特·塔布曼（Harriet Tubman）等人予以补充论述，认为道格拉斯的自传《我的奴役与我的自由》（*My Bondage and My Freedom*，1855）远比当时的诗歌、小说更加真实地反映了黑人形象与黑人生活。除了强调种植园传统的作家佩奇外，他同时还补充了对约珥·钱德勒·哈里斯（Joel Chandler Harris）的论述，认为他们两人的故事强调主仆之间的温情与天命，在北方很畅销、流行；对南方重建时期的黑人形象，布朗借用同事爱德华·富兰克林·弗雷泽（E. Franklin Frazier）的调侃，补充了一些细节，如南方白人散布的所谓"黑人离投票箱越近，就越看起来像个强奸犯，"② 而对"第一位能对黑人生活进行美学感知以及抒情表达的美国黑人作家邓巴，"他补充了更多信息，认为他虽然深受强大的种植园传统的影响，大部分关于奴隶制的诗歌都在回应罗素、佩奇、哈里斯等人，但他关于自己时代黑人生活的诗歌则饱含深情、极具魅力，而且"由于生性温和，即便出版方面允许，他可能也不会选择去写那些比较时髦的艰辛话题。"③ 布朗认为，相比较而言，邓巴的同代人切斯纳特更加关注南方黑人生活的艰辛与种族之间的矛盾与问题，虽然作品貌

---

① Sterling A. Brown, "Negro Character As Seen by White Authors", p. 87.

② Sterling Brown, "A Century of Negro Portraiture in American Literature", *The Massachusetts Review*. Vol. 7, No. 1 (Winter, 1966), pp. 73-96, p. 75, p. 78,

③ Sterling Brown, "A Century of Negro Portraiture in American Literature", p. 75, p. 81.

似佩奇和哈里斯，却没有那些所谓"过去的好时光"之类的陈词滥调。

对 20 世纪的代表人物杜波伊斯及其代表作《黑人的灵魂》，布朗唯独欣赏其"悲伤之歌"（"The Sorrow Songs"）；对约翰逊的小说创作与诗歌批评，布朗则给予比较高的评价，认为其《前黑人自传》（1912）率先处理黑人生活的各个层面，既有民俗的、简单的，也有现代的、复杂的，并赞扬其"美国黑人诗歌序言"（1922）极大地提升了黑人的创造力；此外，他还补充了早在《黑鬼天堂》出版之前，就有林赛的《刚果》（The Congo, A Study of the Negro Race, 1914），弗兰克的《假日》（Holiday, 1923），安德森的《阴郁的笑声》（Dark Laughter, 1925），范德库克（John W. Vandercook）的《手鼓》（Tom-Tom, 1926）等多部营造异国情调，反映原始黑人生活与形象的作品，① 为人们更加全面、深入地认识此问题提供了更多思考。

对有着"爵士乐时代"美誉的 20 世纪 20 年代，布朗也有许多批评，认为当时的黑人中产阶级渴望符合社会认可的标准，对迅猛发展的爵士乐嗤之以鼻；而描写黑人中产阶级的福塞特与拉尔森，与其说要表现黑人个体毋宁说要证明某种观点。这些作家非常讨厌所谓种族特征与生俱来之说，对"种族差异"的理论也十分反感，有时候他们的作品也会涉及肤色深浅不同的黑人之间的歧视，反映憎恨其他黑人的那些黑人心底潜存的自我憎恨，但总的来说比较平淡，充满自哀自怜、心满意得，用瑟曼的话来说，这帮作家只会赞扬黑人上层阶级景仰白人的人性。②

进入 20 世纪 30 年代，美国黑人文学更加务实，更加关注饱受社会压迫的牺牲品，但是遗憾的是，在强化经济与政治信条的同时，弱化了对更加复杂、可信的人物的塑造。布朗认为，其中最好的两部关于黑人生活的"无产阶级"作品是格雷斯·伦普金（Grace Lumpkin）的小说《该隐的符号》（A Sign for Cain, 1935）以及保罗·彼得斯（Paul Peters）与乔治·斯科拉

---

① Sterling Brown, "A Century of Negro Portraiture in American Literature", p. 75, pp. 81-82.

② Sterling Brown, "A Century of Negro Portraiture in American Literature", pp. 83-84.

（George Sklar）创作的戏剧《搬运工》（*Stevedore*，1934），他们都塑造了自尊、强健、安静但是十分坚强的黑人英雄人物，随时准备为种族进步与阶级友爱献身；赖特则不然，他着力塑造的不是阶级斗争英雄，而是来自下层阶级的牺牲品。

对更加当代的其他黑人作家，布朗也十分关注。他认为小说家切斯特·海姆斯（Chester Himes）像赖特一样反叛，但是更加绝望与虚无，通过小说再现了厌世、挫败、愤怒的青年黑人的无望与迷失，遭受的屈辱与伤害；埃里森打破了过去的刻板印象，旨在"让那些虚假的英雄与恶棍从此在小说的舞台上销声匿迹"，其小说《看不见的人》塑造了多面向的黑人与白人；鲍德温则成为当今乃至美国历史上最著名的黑人作家，其《下次是烈火》（1963）的出版恰逢其时，他也因此成为"全国学生统一行动委员会"（SNCC）与"争取种族平等大会"（CORE）的年轻激进分子中最强、最具预言性的声音。①

此外，布朗也持续关注著名白人作家作品中的黑人形象。他对福克纳的创作评价甚高，认为他塑造了很多黑人形象，越到后来越深入。如果说他早期作品《士兵的报酬》（*Soldier's Pay*，1925）还在接受一些类型化的迷思，那么到了《去吧，摩西》（*Go Down，Moses*，1942），他对自己家乡关于黑人的一些僵化信仰已经十分不屑；《喧哗与骚动》（*The Sound and the Fury*，1929）中的黑人大妈迪尔西远非过去的妈咪可比，《八月之光》（*Light in August*，1932）中的乔·克里斯默斯也根本不是过去意义上的悲惨的混血儿，南希·曼妮考尔特（Nancy Manigault）也不是人们通常认为的那种所谓堕落的"荡妇"。他也客观地指出福克纳的文学理念与创作实践的矛盾，"如果福克纳滔滔不绝地说什么南方的自由主义的矛盾信条，并不一定太令人信服；如果他后退一步，让黑人自己说话、做事时，他就是对的，甚至是杰

---

① Sterling Brown，"A Century of Negro Portraiture in American Literature"，p. 92.

出的。"①

令布朗欣喜的是，美国小说与戏剧中的黑人形象逐渐增加，他们的多维身份也进一步获得承认，越来越多的作者与读者都意识到，人文主义者关心处于特定时间与空间中的个体，但是对他们的发现与解释绝不能以偏概全。布朗乐观地指出，由于国内外社会形势的好转，对黑人的类型化处理将会越来越没有市场，连好莱坞都开始展现真实的黑人生活，电视节目也更加勇敢地进入电影和百老汇不敢涉足的地方，因此，"作者和读者都应认识到，演绎的、解释的与直接的描绘明显不如归纳的、非直接的描绘；读者喜欢自己去发现而非作者在教化，小说中的展示远比讲述要好，因此，阐述、归类、设计、假设、贬黜等不同阶段的类型化描述开始消失。"②

布朗论音乐

布朗在文学批评方面的贡献并非仅限于对黑人形象的关注与分析，他也十分关注黑人民俗文化的发展与变化。与西方主流文化一直注重书面文学，比较轻视口头文学，民俗文学一直处于不太受重视的地位相比，美国黑人学者比较重视民俗传统，特别是黑人音乐，布朗也很早就开始关注黑人音乐，重点梳理、分析了布鲁斯与灵歌，为后来关注美国黑人民间音乐的学者与研究者奠定了坚实的基础，后来的小说家埃里森、诗人巴拉卡、批评家贝克等都对非裔美国音乐给予比较高的评价，成为构建非裔美国文学传统的重要一环。

1909 年，韩迪乐队（Handy's band）演奏"孟菲斯布鲁斯"，一举成名；1912 年出版的"圣路易斯布鲁斯"十分畅销，也确定了布鲁斯的主要表现方式。布朗认为，与其他音乐形式不同的是，布鲁斯通常有 12 节，每节 3

---

① Sterling Brown, "A Century of Negro Portraiture in American Literature", pp. 89-90.

② Sterling Brown, "A Century of Negro Portraiture in American Literature", p. 94.

行，每行有 4 个重音，第 2 行基本上重复第 1 行（有时略有改变），第 3 行
与第一行押韵，进行呼应，主要表达好人受难、穷人心碎、梦想破灭等主
题，如下例。

If you ever been down, you know just how I feel,

Ever been down, babe, you know just how I feel

Like a broken down engine, not no driving wheel. ①

1915 年出版的《乔·特纳布鲁斯》(*Joe Turner Blues*) 植根于民俗生活，
把过去民俗布鲁斯中常见的主题，如艰难的生活、做工抵债，以及牢狱之灾
等改为关注爱情的音乐；虽然绝大多数布鲁斯都像抒情诗一样，歌唱爱情方
面的主题，但主要表达爱的幻灭与挫折，如爱情火焰虽然涨得高但冷得也快
等。女歌手们更是经常把男人唱成虐待者、三心二意者、一事无成者、见异
思迁者，主要述说一些没有回报的爱情或迷失的爱人，很多歌词非常生动有
趣，如虽然自己长相一般，也没有长头发，但是自有人稀罕；如果不想要我
的桃子，就别摇我的树等等。那些真正的布鲁斯歌手都是些贴近民俗生活的
人，如雷妮（Ma Rainey）、梅尼·史密斯（Mamie Smith）、贝茜·史密斯
（Bessie Smith）与克拉拉·史密斯（Clara Smith）、维多利亚·斯皮维（Vic-
toria Spivey）、艾达·考克斯（Ida Cox）、吉姆·杰克逊（Jim Jackson）、朗
尼·约翰逊（Lonnie Johnson）、莱蒙·杰斐逊（Blind Lemon Jefferson）与卡
尔（Leroy Carr）等。② 男歌手唱的布鲁斯跟女歌手差别不大，但是主调略有
差异：他们一方面对女性进行赞美，如她们像巧克力般甜美，牙齿像海上的
灯塔，眼睛像钻石，美得能让兔子去追猎犬、让货车脱离轨道、让牧师扔掉
手中的《圣经》等；另外，他们也以韶华易逝，容颜易老，有花当折只需
折，莫使鲜花枯枝头，行乐当及时方面的主题，关注当下的爱情，几乎很少
有男歌手唱什么"海枯石烂"，"爱你到永远"之类永恒之爱的主题。布朗

---

① Sterling A. Brown, "The Blues", *Phylon* (1940 - 1956), Vol. 13, No. 4 (4th Qtr., 1952), pp. 286-292, p. 287.

② Sterling A. Brown, "The Blues", p. 286.

认为，黑人布鲁斯与别的情诗无别，但是布鲁斯的情感表达非常真诚（尽管极度苦涩）——因为布鲁斯歌手与诗人发现生活就是这样，他们的听众对此也非常赞同。①

另外，布朗也对早期布鲁斯进行总结，认为她们常常指向乡村生活，表现黑人的迷信、人情的冷暖、重利忘义、寻求公正、借助北行的火车逃离南方、奔向自由等主题；因此，北方的城市后来也像南方德克萨斯的达拉斯、田纳西的孟菲斯、查塔努加等城市一样迎来布鲁斯音乐，布鲁斯歌手也开始对城市生活进行调侃。传统的布鲁斯本质上是黑人的音乐，但是其慢板的忧伤已经越来越没有吸引力，乔·特纳呐喊风格的布鲁斯更受人欢迎，布鲁斯的曲调也由过去那种沉重地表达"心中的苦楚"，变成"我们去喝点麦芽酒，胡说八道到天亮"之类的轻松愉快。布朗认为，白人布鲁斯歌手常常不会认真对待布鲁斯，他们虽然唱得很"蓝调"，但是并不了解产生布鲁斯的黑人生活，因此有其名而无其实，"正如黑人音乐家所指出的那样：你只有付出代价，才能真正得其精髓。"② 但是总的来说，布鲁斯音乐常常是重复的、不连贯的，而且能从悲剧很快地变成闹剧；近来许多商业布鲁斯都绞尽脑汁地想获得多重意义，在法律允许的范围内，尽可能地暧昧，甚至淫秽。

相对于布鲁斯蕴含的丰富的黑人生活与文化意蕴，黑人灵歌是文化杂交的产物，诞生于美国这片沃土之上。布朗认为"布鲁斯既表达了神圣也再现了世俗，而灵歌与福音歌曲则完全表现宗教内容；民俗与爵士乐的学生强调宗教歌曲与布鲁斯的相似之处，但是每一种音乐形式都主要针对某一组人群。许多宗教人士不会听布鲁斯音乐，家里也不会有布鲁斯唱片；大多数中产阶级黑人也都不喜欢布鲁斯音乐。"③ 现有的大量灵歌研究表明，无论从乐曲还是从意义方面来看，灵歌都不是非洲文化的产物。宗教大觉醒以来，美国黑人深受乡村宗教音乐的影响，在边境的营地聚会中，他们发现宗教音

①　Sterling A. Brown，"The Blues"，p. 288.
②　Sterling A. Brown，"The Blues"，p. 291.
③　Sterling A. Brown，"The Blues"，p. 291.

乐既悲伤又轻快，非常喜欢，就全盘吸纳其曲调与文本内容，并根据自己的喜好重新进行设计。① 学者们发现"本来以为是黑人的灵歌，却发现原来许多乐句、诗行、对偶，甚至整个乐段与歌曲都是白人营地聚会中流行的内容。"但是布朗指出，虽然有些诗行非常相近，但是黑人做了显著的改变：不仅改进了原来白人营地聚会歌曲中松散的诗行、拘束的韵律与韵脚，而且完善了过去含混、平淡的歌词，比如说，把过去的"Paul and Silas bound in jail"改成"bounded Cyrus born in jail"，把"I want to cross over into camp-ground"改为"I want to cross over in a calm time"等。

更为重要的是，黑人灵歌与宗教因素密不可分，许多灵歌讲述人们成为基督徒的喜悦，"走出蛮荒，你不高兴吗?""我走下山谷去祈祷，我的灵魂愉悦，不愿离开"；"我就像一颗栽在水边的树，不愿意动"。奴隶们在这种灵魂伴侣中找到了安慰与保护；罪人们没有发现地上有洞，但是真正的信奉者在上帝的王座旁发现藏身之所，天堂成为避难之所；受压迫者唱着："盲者得见、哑者能说、聋者能听、跛者能走"之歌；② 灵歌的制造者仰望上苍，发现荣誉所在，对眼前尘世的苦难可以一笑了之。布朗特别指出，他们用最好的方式，表达了奴隶心底深处的思想与渴望，坚决反对所谓"心满意足的奴隶"的传说，因为这个世界不是他们的家，他们不会说什么"过去的好时光"之类的废话，灵歌中的唯一的乐趣在于逃离的梦想，他们广泛利用《圣经》中的故事、人物及其隐喻，"盲者站在路上哭喊/哭喊，上帝啊，上帝，救救可怜的我。"③ 但是如果因此就说灵歌超越世俗，则既不现实也不准确，他们表达的依然是黑人在这个不友好世界里的生活感受，"真不知道为何我妈不愿离开，这个旧世界对她一点都不友好"。

---

① Sterling Brown, "Negro Folk Expression, Spirituals, Seculars, Ballads and Work Songs", *Phylon* (1940-1956), Vol. 14, No. 1 (1stQtr., 1953), pp. 45-61, p. 45.

② Sterling Brown, "Negro Folk Expression, Spirituals, Seculars, Ballads and Work Songs", p. 46.

③ Sterling Brown, "Negro Folk Expression, Spirituals, Seculars, Ballads and Work Songs", p. 47.

有学者发现，黑人灵歌与白人灵歌的歌词极其相似，让听众觉得黑人歌唱自由时，好像也和白人一样，歌唱的是免去原罪的自由；但是那些前奴隶可不这么认为，他们相信黑人灵歌对自由的向往，既有宗教中远离原罪之意，更有逃脱奴役之意；布朗举例说，就像在被第三帝国占领的法国听不到反对希特勒的进行曲一样，当时直接攻击奴隶制的灵歌确实很少，但是道格拉斯告诉我们灵歌的双重意蕴，"比如说，灵歌中的迦南代表的是加拿大"；塔布曼说，虽然"去吧，摩西"在南方奴隶州是一种禁忌，但是人们并没有停止歌唱，听众能轻松地听出这种隐喻：灵歌中的埃及就是美国南方，法老就是奴隶主，以色列人就是自己，而摩西就是他们的领袖，毋庸讳言，黑人借用圣经故事，隐喻自身遭受的奴役。杜波伊斯认为，最好的灵歌，是关于奴隶制的忧伤之歌；布朗认为，尽管许多受过教育的黑人，以及黑人中产阶级不关心灵歌，甚或不满灵歌，但是黑人民众仍在传唱灵歌、改编、创作灵歌。①

在接受罗厄尔访谈时，布朗特别提到黑人音乐对美国黑人作家创作的影响，并对很多黑人作家、学者的音乐观进行评价。他说自己创作诗歌时，偶尔会用"布鲁斯"指代形式而非结构，"我认为布鲁斯的情感非常重要，比如说，在'孟菲斯布鲁斯'这首诗歌中，我尝试描绘沉浸在传统当中的孟菲斯的生活，所以我用了'布鲁斯'这个词，虽然这首诗歌没有真正使用布鲁斯的形式。"② 他认为，作为小说家，赖特非常成功，但是他不太懂音乐，并不真正理解布鲁斯，"我不认为他能感受爵士乐，也不认为他能感受布鲁斯，"因为布鲁斯一点也不像他说的那样狂野，更多的是淡淡的忧伤，而且几乎到处都是夸张，"在他令人钦佩的作品，如《汤姆叔叔的孩子》，或《黑孩子》（*Black Boy*）或《土生子》中，看不出他对民间文化的理解。"布

① Sterling Brown, "Negro Folk Expression, Spirituals, Seculars, Ballads and Work Songs", pp. 48-49.

② Charles H. Rowell and Sterling A. Brown, "'Let Me Be with Ole Jazzbo': An Interview with Sterling A. Brown", pp. 790-791.

朗认为，要想了解布鲁斯，可以去读埃里森与休斯。对出版过《布鲁斯人民》（*Blues People*，*Negro Music in White America*，1963）的琼斯（即巴拉卡），布朗的评价并不高，认为他对布鲁斯音乐的了解也不多，他熟悉的是前卫音乐，关注的是布鲁斯人民而非布鲁斯音乐，比如说，他的书忽略了雷妮与贝茜·史密斯，以及约翰逊（Lonnie Johnson）和杰利·罗尔·莫顿（Jelly Roll Morton）这些布鲁斯音乐名家，"他甚至对 W. C. 韩迪（W. C. Handy）也所说不多，所以说，那不是一本关于布鲁斯音乐的好书。"①

布朗也不认同当时著名黑人学者罗恩·卡伦加（Ron Karenga）对布鲁斯的评价，因为他的论点基于把文学视为宣传，"我并不认为所有文学都一定是宣传，比如说，有些文学可能对'革命'有些帮助，但是作为诗人，如果他愿意，他有权力选择赞美夕阳西下的美景。"但也并非像卡伦加所说的那样，布鲁斯抒情诗（或布鲁斯本身）是反对革命的。② 布朗认为，布鲁斯让人感到情境的丑陋，但与感觉忧郁、沮丧、绝望并不一样；布鲁斯不是绝望，也不是投降，布鲁斯的精神在于其力量、其淡泊、其坚韧、其直接、其幽默、其坦率；在于能够真诚地对待生活中的现实，包括关于性，关于男女之间的性的关系。布鲁斯能够承认生活中的事实，哪怕这种现实非常凶残粗暴，非常艰难。③ 对卡伦加所谓"把一位诗人变成黑人，让他歌唱"的观点，布朗也难以认同，他不讳言伟大的音乐确实来自苦难，伟大的诗歌也不例外，但是略有不同的是，布朗并不认为作为黑人、作为黑鬼非常艰难，而是觉得从诗歌创作的角度来看，自己身为黑人是上帝的恩宠。

布朗对一些作家、学者音乐观的认识也为我们比较全面地了解黑人音乐

---

① Charles H. Rowell and Sterling A. Brown, "'Let Me Be with Ole Jazzbo', An Interview with Sterling A. Brown", pp. 790-91.

② Charles H. Rowell and Sterling A. Brown, "'Let Me Be with Ole Jazzbo': An Interview with Sterling A. Brown", p. 792.

③ Charles H. Rowell and Sterling A. Brown, "'Let Me Be with Ole Jazzbo': An Interview with Sterling A. Brown", p. 792.

及其影响提供了十分有价值的线索，他认为，有些黑人学者，如洛克喜欢古典音乐，可能不太懂灵歌、爵士乐、布鲁斯，可能也不怎么听爵士乐、布鲁斯，有人放这种音乐，他会把窗子关上，觉得太粗俗；他对黑人音乐的论述可能也不完美，但是他知道这些音乐的价值与重要性，认为爵士乐会上升到亚交响乐的层次。这就是洛克的矛盾所在，虽然理性上知道其价值，但是感情上难以接受。洛克称布朗是"新的民间诗人"说明他对民间音乐是有所了解的，尽管他可能不像约翰逊、休斯、埃里森等人那么懂民间音乐，但也不像赫斯顿所认为的那样根本不懂民间音乐。虽然他1930年的论文"作为民间诗歌的布鲁斯"影响有限，但还是得到埃里森与尼尔的充分关注，对他们产生了一定的影响，布朗认为自己仿佛提供了一枚胶囊，别人把它放在水里，融化、扩大了。

布朗认为，虽然琼斯对音乐有很深的感情，但是他太前卫；埃里森深爱爵士乐和布鲁斯，休斯则完全沉浸其中；杜波伊斯关于忧伤之歌的论文是最棒的，赫斯顿则否认灵歌为忧伤之歌；洛克的《音乐中的黑人》写得不太好，但是他《新黑人》中有篇关于灵歌的文章很好。布朗认为，洛克建立了对黑人民间文化的尊重，这非常重要，他可能不是因为喜好或深爱民间文化，而完全是因为知性的考虑，能够认识到灵歌的尊严、美与丰富。①

非裔美国民间文化非常丰富，除了布鲁斯、灵歌等音乐外，另外一个重要表现形式就是民俗故事，其中最杰出的当推19世纪的瑞摩斯大叔（Uncle Remus）讲的各种各样的动物故事、黑人乡俗故事。后来的很多黑人作家也借用他的某些故事，创作自己的作品。但是，布朗认为瑞摩斯大叔的情况比较复杂，因为虽然他讲述的都是些民间故事，但是这些故事是哈里斯收集，塞给他的；哈里斯虽然是个局外人，但是因为黑人大叔们的友善，他得以接触黑人，学到了一些乡土方言的皮毛，把这些故事收集起来。他以瑞摩斯大

---

① Charles H. Rowell and Sterling A. Brown, "'Let Me Be with Ole Jazzbo': An Interview with Sterling A. Brown", p. 800.

叔给白人小孩讲故事为框架，统领这些故事，他的目标读者主要是白人，主要是那些有种植园传统情结的人，因此，瑞摩斯大叔成了哈里斯的代言人，他攻击教育，攻击那些离开南方的黑人，成为哈里斯的枪手。布朗认为，不管怎么说，瑞摩斯的故事非常丰富，非常有价值，不能因为哈里斯的缘故就忽略这些。"他确实不是自由主义者，他确实保守，但是他比佩奇正派。哈里斯虽然保守，但我觉得他们不是一丘之貉。"① 但是随着黑人快速融入城市生活，黑人的民俗文化开始式微，被城市化的进程所肢解；虽然福音歌曲保留了一些民俗文化，但也已经被商业化；不过令人欣慰的是，黑人作家的民俗文化意识依然很强。

本章小结

布朗不仅对美国文学作品中的黑人形象十分关心，而且对其他弱势群体也有着特别的兴趣，在教授英国戏剧时，他特别关注英国戏剧对爱尔兰人的处理，后来陆续关注他们对犹太人的书写，以及他们对工人阶级的处理等。由于对自己的黑人身份比较敏感，深刻体会到美国社会对黑人的负面刻板印象，他也因此成为研究黑人刻板印象的专家，开启黑人形象研究先河。此外，作为诗人，他十分关注黑人民间文化，对黑人民间音乐和民俗故事都有着特殊的兴趣与独到的评价；作为主编之一，他参与编选的《黑人行旅》为非裔美国文学教学与研究提供了翔实、有价值的资料，成为后来编选者的重要参考。

在问及该如何回应、评价关于《黑人行旅》文选的两类评论时，布朗的回答非常有代表性，充分体现了他的文艺美学思想。他认为无论是社会学导向的批评与新马克思主义批评，还是形式主义批评与文本导向的批评，都显

---

① Charles H. Rowell and Sterling A. Brown, "'Let Me Be with Ole Jazzbo': An Interview with Sterling A. Brown", p. 793.

得有点太支离破碎，因为好的批评应该综合利用各种方法，"因此，我不明白我们为何不能有更辽阔的批评，摆脱这种狭隘的分类。"布朗明确表示，盖尔的所谓"黑即美"的评论确实有很多问题，仿佛只有这么说才好，不这么说就不好。他认为创作抗议小说不能只写坏蛋与牺牲品，而应该写人，这才是最难的；因此埃里森的小说《看不见的人》更为重要。遗憾的是，人们当时无法接受这样的隐喻，并不是说真的看不见黑人，你看得清清楚楚的，但却故意扭曲，对他们进行错误的阐释，这就是问题所在。① 这些洞见与卓识为我们深入理解非裔美国文学提供了新的思考，成为非裔美国文学批评传统中的重要一环。

---

① John Edgar Tidwell, John S. Wright, Sterling A. Brown, " 'Steady and Unaccusing', An Interview with Sterling Brown", *Callaloo*, Vol. 21, No. 4 (Autumn, 1998), pp. 810 – 821, pp. 818-819.

第四章　赖特的文学批评

在美国，黑人（Negro）这个词并非意味着某种种族的或生物的属性，而纯粹是社会的属性，某种美国制造的东西。

——赖特

看看我们，了解我们，你就会了解自己，因为我们就是你；从我们的生活的暗处，你能看到你自己。

——赖特

1929 年的美国经济危机改变了白人赞助者对年轻黑人作家艺术创作的支持，曾为黑人文艺工作者提供强大助力的美国全国有色人种协进会（NAACP）和全国城市联盟（NUL）等黑人民权组织也纷纷后退，风靡全美的哈莱姆文艺复兴运动急剧降温，非裔美国文化觉醒后的第一场狂欢慢慢淡出人们的视野。直到 20 世纪 30 年代中期，罗斯福新政推出"联邦作家计划"（FWA），同时美共资助的作家团体和文学刊物影响日益扩大，黑人文学才借两者东风重回公众视野。然而，经历蜕变的阵痛之后，这一时期的黑人文学呈现出截然不同的面貌。相应地，黑人文学批评和理论亦有了根本性的变化，其中以赖特的观点最具代表性。

作为非裔美国文学史上里程碑式的作家，赖特（Richard Wright，1908—1960）也是一位社会活动家和文学评论家。哈莱姆文艺复兴式微之后，他是推动非裔美国文学发展和促成其批评范式转移的中坚力量。他先后以芝加哥和哈莱姆为文学阵地，与志同道合的年轻作家联手，扬弃哈莱姆文艺复兴传统，重新定位美国黑人文学的角色和方向，扩大了族裔文学的批评视野。

中国学术界对赖特的关注比较早，20世纪40年代他的代表作《土生子》《黑孩子》出版后，国内很快就有介绍与翻译；改革开放以来，施咸荣先生等翻译出版赖特《土生子》（1983年）等作品，王家湘先生撰文介绍其影响（1989年）；21世纪以来，年轻一代学者继续关注赖特及其创作，庞好农教授等发表多篇赖特研究论文，比较全面地关注赖特创作的诸多面向。本章重点关注赖特的文学批评。

非裔美国文学批评的第一次范式转移

所谓范式转移，最初指科学领域中由概念、法则、理论和观点等构成的认知体系的结构性变化所导致的根本性变革。[①] 非裔美国学者贝克将这个术语运用于黑人文学批评研究，并据此总结出二战以来黑人文学批评的两次范式转移：即从"融合主义诗学"走向"黑人美学"，然后转向"重建主义"。他认为，赖特的《美国的黑人文学》（"The Literature of the Negro in the United States"，1957）是20世纪50年代末融合主义诗学的典型例证，因为"赖特在这篇文章中乐观地预测，非裔美国文学也许会在不久的将来融入美国文学艺术'主流'"。[②] 根据贝克的划分标准，赖特的文学批评似乎与哈莱姆文艺复兴先辈们的观点并无二致，都可以用融合主义诗学一词简单概括，毕竟他们的共同目标都是争取黑人群体融入美国主流社会。然而，贝克选择性地忽略了一个重要事实：以赖特为代表的"后哈莱姆文艺复兴"知识分子恰

---

① 参见 Thomas Kuhn, *The Structure of Scientific Revolution*, Chicago: The University of Chicago Press, 1970, p. 11.

② Houston A. Baker, Jr., "Generational Shifts and the Recent Criticism of Afro-American Literature", *Black American Literature Forum*, Vol. 15, No. 1 (Spring 1981), p. 68.

恰是哈莱姆文艺复兴最彻底的批判者。

赖特与哈莱姆文艺复兴先辈们最大的共同点或许是，他们都将这场文艺运动视为一次失败的尝试。1937 年，赖特参与主编黑人文学刊物《新挑战》（*New Challenge*），发动了终结哈莱姆文艺复兴的最后一击。《新挑战》由其前身《挑战》更名而来。对于它的创办者韦斯特而言，① 与赖特以及当时活跃于芝加哥的年轻作家团体"南区作家俱乐部"的合作，是为"复辟"哈莱姆文艺复兴而做的暂时性让步。韦斯特创办刊物的初衷是为延续新黑人精神，无奈时移世易，旧瓶已然难装新酒。实际上，她所捍卫的文学传统，规避文学艺术的政治内涵，粉饰黑人群体的生存现状，早已备受诟病。作为《新挑战》的真正策划者，赖特力图"彻底否认哈莱姆文艺复兴"。② 他在社论中明确表示，他们"并非试图重演十年前那场根基不稳、立意不正的'起义'和'文艺复兴'"。③ 年轻一代的黑人作家无意延续哈莱姆文艺复兴传统，相反，他们将促成非裔美国文学批评的第一次范式转移。

赖特在《新挑战》上发表的《黑人文学的蓝图》（"The Blueprint for Negro Writing"，1937）堪称这场文学革命的正式宣言。麦克拉斯基盖尔认为，这篇文章可以媲美休斯的《黑人艺术家与种族山》（"The Negro Artist and the Racial Mountain"，1926），杜波依斯的《黑人艺术的标准》（1926）和洛克的《艺术还是宣传?》（1928），是"赖特对文学与政治的融合、美学与宣传的统一，以及技巧与主题所做的最完整的陈述"，不啻为 20 世纪上半叶美国黑人最重要的宣言之一。④

---

① 多萝西·韦斯特（Dorothy West，1907—1998）出生于美国黑人中产阶级家庭，是活跃于哈莱姆文艺复兴时期的黑人小说家。她曾凭借一己之力创办黑人文学期刊《挑战》，之后又与赖特联手合办《新挑战》，为黑人现实主义作品的兴盛起到推波助澜的作用。

② Lawrence Jackson, *The Indignant Generation: a Narrative History of African American Writers and Critics, 1934-1960*, Princeton, N. J: Princeton University Press, 2011, p. 75.

③ Harold Cruse, "Editorial", *New Challenge*, Vol. 2 No. 2 (Fall 1937), p. 3.

④ John McCluskey, Jr., "Richard Wright and the Season of Manifestoes", in *The Black Chicago Renaissance*, D. C. Hine and J. McCluskey, Jr. (eds.), Urbana: University of Illinois Press, 2012, p. 102.

《黑人文学的蓝图》首先是对非裔美国文学传统的深刻批判。文章的第一部分用人格化的比喻，形象地概括以往黑人文学的角色。黑人文学向来囿于谦卑的小说、诗歌和戏剧，为了证明黑人并非天生低劣，它们装扮得俨如"端庄得体、谈吐优雅的使节，却不受美国白人待见"，至多只是被当成"会耍把戏的法国贵宾犬"。对于美国白人而言，黑人文学只是玩笑的谈资，始终无法获得他们严肃的批评；而对于大多数有文化的黑人而言，黑人文学虽然是值得引以为傲的东西，却不曾被视为"某种在日常生活中有指引意义的事物"。赖特认为，最优秀的黑人文学极少"观照黑人自身的需求、苦难和理想"，唯有认识到这一点不足，黑人作家才能找准创作的方向，黑人文学才能走向成熟。①

赖特用词犀利，甚而有挖苦的成分，但并非言过其实。黑人作家普遍面临着约翰逊所说的"黑人作者的两难困境"。他们遇到的最大难题是分裂的读者群所带来的双重标准。一方面，"美国白人对什么是黑人有着坚定的看法，因而对如何书写黑人，写些什么都抱着十分固定的想法"。②简言之，白人读者只愿意接受固有的黑人刻板形象。另一方面，当黑人作者想要摆脱白人设定的刻板形象时，面对他们的往往是黑人读者施加的诸多禁忌。"美国黑人的这些禁忌与美国白人的惯例一样真实和具有约束力。它们情有可原，但却毫无根据；不管怎样，它们的存在是不幸的，因为它们带来破坏性的后果。在过去它们阻止了黑人作者生产一切不体面的文学；它们牵制着黑人作者创作被动保守、为自我辩白的文学"。③

从赖特的文章中可以看出，将近十年之后，黑人作者仍未走出两难困境。曾经在哈莱姆文艺复兴运动中如鱼得水、左右逢源的赫斯顿是赖特眼中

---

① Richard Wright, "Blueprint for Negro Writing", *New Challenge*, Vol. 2. No. 2 (Fall 1937), pp. 53-54.

② James Weldon Johnson, "The Dilemma of the Negro Author", *American Mercury*, No. 15 (December 1928), p. 478.

③ James Weldon Johnson, "The Dilemma of the Negro Author", p. 480.

的反面典型。《他们眼望上苍》（*Their Eyes Were Watching God*，1937）出版不久，即遭到赖特严厉的批判。他认为赫斯顿的这部小说"不是写给黑人，而是写给白人读者的"，因而耽于肤浅的感官享受，根本算不得严肃小说："赫斯顿小姐在小说中自觉地贯彻着戏剧强加于黑人的那种传统，即取悦白人的滑稽的说唱手段。她笔下的人物吃啊、笑啊、哭啊、干啊、杀啊；他们就像钟摆一样，无休止地摆动于一个安全而狭窄的轨迹之间，如美国所乐见其成地，在笑声和泪水的夹缝中活着。"①

在《黑人文学的蓝图》中，赖特将黑人作家对美国主流社会意识形态和审美标准的迎合归结为小资产阶级心理作祟的结果。他援引列宁的观点指出，"受压迫的少数群体往往比资产阶级内部某些群体显示出更高超的资产阶级技艺。……受压迫的少数群体，特别是其中的小资产阶级，努力吸收资产阶级的美德，以为只要这样做，他们就可以提升自我，跻身更高的社会阶层"。② 赖特在此处使用"提升"（lift）一词巧妙地讽刺了提倡以"种族提升"作为文学宗旨的黑人知识分子的利己心理，同时揭示出文学批评与阶级意识形态之间的联系。

赖特认为，随着黑人内部新兴资产阶级的壮大，出现了两种截然不同的文化：一种是"为新兴黑人资产阶级的儿女们服务的、寄生的、做作的"③精英文化，另一种则是真正与黑人大众生活息息相关的民俗文化，具体形式包括布鲁斯、灵歌以及民间故事等。从教堂到街角，无论是牧师的布道词，抑或是少年们的插科打诨，都凝聚着种族隔离制度下坚强求生者们的民族智慧。赖特强调，这一部分黑人文化才是属于黑人，面向黑人，能够让黑人觉醒并将情感和态度付诸行动的文化。然而，黑人作家出于上文所说的利己主义心态，在艺术作品中更多地迎合小资产阶级的需求，致使它们尚处于不被了解、不被认可的状态。真正应该挖掘、加工和再现的宝贵素材就这样成为

---

① Richard Wright, "Between Laughter and Tears", *New Masses*, (October 1937), p. 25.
② Richard Wright, "Blueprint for Negro Writing", p. 54.
③ Richard Wright, "Blueprint for Negro Writing", p. 56.

乏人问津的沧海遗珠。

赖特并非唯一提倡挖掘黑人民俗文化，并将之升华凝练成艺术和文学形式的黑人批评家。必须承认，哈莱姆文艺复兴的一大贡献即是对美国黑人民俗的艺术再现，开拓了其作为文学主题和形式的可能性。这一时期的文学批评对黑人民俗的重视亦是别开生面。约翰逊在其编撰的《美国黑人诗歌》（*The Book of American Negro Poetry*，1922）的序言中曾盛赞黑人的民间艺术，认为这是他们创造的"美国本土唯一具有艺术性且被世人认可的美利坚特产"。[1] 休斯在《黑人艺术家与种族山》一文中倾情赞美"在美国标准化压力下保持自己个性"的黑人艺术家。[2] 他呼吁黑人艺术家挖掘黑人民间未被采用的素材，大胆地创作符合黑人审美标准的艺术作品；黑人知识分子，特别是年轻一代的黑人艺术家，必须勇敢地跨越"种族的大山"，自由地表现黑人独特的文化，并"通过艺术的力量，转变自身民族意识中潜藏的一种渴望，使'我想成为白人'的想法变成'我为什么竟然想成为白人？我是黑人——而且很美！'"[3] 然而，尽管哈莱姆文艺复兴的确在某种程度上唤起了黑人的种族自豪感和民族荣誉感，对未来的民权运动起到积极的促进作用，对于大多数劳作在美国社会底层的黑人民众而言，他们的生活并未因此产生根本的转变。[4] 在休斯的自传中，他是这样总结哈莱姆文艺复兴的："普通黑人群众根本没听说过黑人文艺复兴这回事。即便他们听说了，也不会给他们带来任何收入"。[5] 正如赖特对黑人文学成就的评价所言，如果作家在创作时"立意不正"，黑人民俗文化最终只会沦为白人恩主们猎奇的对

---

[1]　James Weldon Johnson，"Preface"，in *The Book of American Negro Poetry*，J. W. Johnson（ed.），Rahway，N. J.：The Quinn & Boden Company，1922，p. viii.

[2]　Langston Hughes，"The Negro Artist and the Racial Mountain"，in *African American Literary Theory：A Reader*，Winston Napier（ed.），New York & London：New York University Press，2000，p. 28.

[3]　Langston Hughes，"The Negro Artist and the Racial Mountain"，p. 30.

[4]　参见张友伦等：《美国社会的悖论》，中国社会科学出版社1999年版，第257页。

[5]　［美］兰斯顿·休斯：《大海》，吴克明、石勤译，上海译文出版社1986年版，第258页。

象，无法真正改变广大黑人的生存状况。

归根结底，对黑人文学传统的批判，是出于对黑人生存现状的不忿，是对黑人作家少有作为的不满。经济大萧条之后，以赖特为代表的黑人知识分子用更为冷峻的视角观察美国的种族关系和社会状况，相应地对文学的批判性和革命性抱持更热忱的信念。赖特将黑人作家的选择凝练为一个简单的问题："黑人文学将为黑人大众而存在，塑造他们的生命和意识，将之引向新的目标，还是继续围绕黑人人性问题原地打转？"① 答案是不言而喻的。自此之后，美国黑人文学从保守走向激进，精英意识和原始主义退场，自然主义和都市现实主义作品蔚然成风。恰似领军人物的振臂一呼，赖特的《黑人文学的蓝图》标志着一场以无产阶级价值观为导向的黑人作家主导的文学批评范式转移的开始。

马克思主义与黑人民族主义的博弈

如前所述，赖特的写作蓝图对黑人文学有着较以往更为激进的角色定位，即塑造黑人大众的生命和意识，将之引向新的目标。他认为，随着现代社会世俗化和机械化程度不断加深，黑人教会的道德权威日渐衰退，中产阶级则因立场游移不定而难孚众望。正当此时，黑人作家应肩负起这一历史使命，"创造出让其族群为之奋斗，为之生，甚至为之死的价值观念"。② 作家能够将人类经验的碎片糅合成神话和象征符号，所以他的创作能触及读者心灵深处，终而激发他们对生活的信念。这并不是鼓励他们"说教""卖身""搞宣传"，而是要求其具备深刻的社会意识和一定的理论视角。因为，"任何对现代社会的意义、结构和方向缺少理论的人都是一个迷失在无法理解或

---

① Richard Wright, "Blueprint for Negro Writing", p. 56.

② Richard Wright, "Blueprint for Negro Writing", p. 59.

掌控的世界中的受害者"①。

赖特认为文学不仅仅是个人的情感宣泄，也不单纯是对外部世界的直接反映，而是作家从某一特定视角理解世界，并据此加工个人经验，然后创造出的具有启发性的东西。这就要求黑人作家不仅能从个人生活经历中产生丰富的素材和经历，而且具备提炼意义的理论高度。理论为作家提供观察世界的正确视角，而作家对这一视角下的社会现实的呈现又转而能够改变读者对世界的理解，进而引导他们用行动改变世界。对于这一阶段的赖特来说，这种源于马克思主义的辩证观无疑是十分重要的理论工具。

无论是对黑人文学传统的批判，还是对文学角色的重新定位，赖特的文学批评始终带着马克思主义批判理论的深厚印迹。他对马克思主义的吸收借鉴始于20世纪30年代早期与美国共产党文学团体的接触。早在《黑人文学的蓝图》发表之前，赖特已经成为"美国共产党最杰出的无产阶级作家"。②从1934年加入美国共产党到1944年公开与之决裂的十年间，赖特为左翼期刊撰写了大量评论和诗歌。赖特最重要的几部著作，包括《汤姆叔叔的孩子》（*Uncle Tom's Children*，1938）、《土生子》（*Native Son*，1940）、《美国饥饿》（*American Hunger*，1952）和《局外人》（*The Outsider*，1953）等，记录着大量关于美共政治活动的经历和见解。他在剖析成为共产党的经历时声称："吸引我的不是共产主义的经济学，不是工会的强大力量，也不是刺激的地下政治；吸引我注意的是其他地方的工人们相似的经历，以及联合分散各地但却志同道合的人们成为整体的可能性。在我看来，终于在这里，在革命创作领域，黑人经历可以找到一个归宿，一种功能价值和角色。"③

美国共产党为向来以"愤世嫉俗者"和"局外人"自居的青年赖特提

---

① Richard Wright, "Blueprint for Negro Writing", p. 61.

② Daniel Aaron, "Richard Wright and the Communist Party", *New Letters*, （Winter 1971）, p. 293.

③ Richard Wright, "I Tried to be a Communist", in *The God That Failed*, Richard Crossman （ed.）, New York: Harper & Brothers, Publishers, 1949, p. 119.

供了从未曾享有的归属感和认同感。更重要的是，他在党内第一次体会到身为作家的使命感："这里有一些东西我可以做，可以说，可以展现。我觉得，共产党员们将他们尝试引领的人们的经历过分简单化了。当他们努力吸收群众时，他们忽略了大众生活经历的意义，过于抽象地去构想人民。我会试着找回那些意义。我会向普通人叙述为团结他们而奋斗的共产党员们做出的自我牺牲。"①

从某种程度上来说，《黑人文学的蓝图》也可以视为赖特尝试在黑人大众和共产党员之间建立桥梁的批评实践。当他批评黑人作家脱离了群众时，同时也在提醒着共产党员："马克思主义只是起点。关于生活的理论无法代替生活。当马克思主义剥去社会的外壳，暴露它的骨架时，留给作家的任务就是用生存意志重新为那些骨头填肉植皮"。② 此处也可看出赖特对文学的界定：创作并非客观现实的直白描写，也不是作者主观感受的任意抒发，而是这两者如骨与肉般的有机结合。这也是他在分析《土生子》创作过程时提出的主要观点。

在《别格是如何诞生的》（How 'Bigger' Was Born，1940）中，赖特指出，"作家越是深入思考他为什么写作，就越会将他的想象力视为一种自然生成的用来黏合事实的胶合剂，他的情感则是在暗中默默摆动这些事实的设计师"。③ 换言之，创作就是作家融和主观情感与客观事实的过程。以小说为例，"一部想象力丰富的小说意味着两个极端的融合；它是意识就最为客观寻常的事件所做的极为私人化的表述，本质上兼具私人和公共性质的存在"。④ 文学是主观与客观、抽象与具体以及个人与群体的共同观照，是作家与读者，个体与社会，过去与未来，文化与政治等等分而不离的话语场之

①　Richard Wright, "I Tried to be a Communist", p. 120.
②　Richard Wright, "Blueprint for Negro Writing", p. 60.
③　Richard Wright, "How 'Bigger' Was Born", in *Black Voices*, *An Anthology of African-American Literature*, Abraham Chapman (ed.), New York: Penguin Group, 2001, p. 539.
④　Richard Wright, "How 'Bigger' Was Born", p. 539.

间良性对话的重要媒介。

基于以上分析，赖特总结出创作的宗旨："将所见、所感的真相告知世人，用语言客观地呈现我生活中以行动、情境和对话等方式获取的真知灼见"。① 他力求超越杜波依斯的"宣传论"和洛克的"审美论"之间的争论，将问题上升到存在主义的高度。文学并非取悦他人的工具，也不服务于任何利益集团，它是作家自律和自由状态下对人类生存意义的诘问。曾经有一位朋友问赖特："你的思想会使人们快乐吗?"他不假思索地回答："亲爱的，我并不兜售幸福；我兜售意义"。② 当白人评论家指责《土生子》煽动种族仇恨时，他回应道，"假如我逃避身为艺术家的责任，不这么刻画他们，我就成了叛徒，不单是背叛我的种族，而是背叛全人类。艺术家关涉现实的某些方面与科学家看到的不同。我的任务不是抽象提取现实，而是提升它的价值。在将感性经验具体化为文字——绘画、石刻，或音调——的过程中，艺术家调用的是自己的情感，直接和绝对意义上的情感。"③ 将现实生活中观察到的诸多"别格·托马斯"的原型和长期以来的所思、所感糅合，用自认为最合适的形式加以艺术再现，是一个深思熟虑之后的选择，是对自身存在意义的肯定：

我思考越多，越是深信，假如我不用我所看到和感受到的方式将别格写出来，假如我不试着将他塑造成一个鲜活的人格，同时又是能够象征我在其身上感受到和看到的更宏大事物的符号，我就是在用别格的方式行动：也就是说，假如我因为想到白人可能会说什么，就因此限制和麻痹自己，那我就是胆小怕事，苟且偷安……事实上，这部小说，随着时间推移，已经在我心中生根发芽，变成必须要写的东西；对我来说，把它写出来变成了一种生存

① Richard Wright, "How 'Bigger' Was Born", p. 560.

② Richard Wright, "Why and Whereof", in *White Man*, *Listen*!, New York: Harper Perennial, 1995, p. xxiv.

③ Richard Wright, "Reply to David L. Cohn", in *Richard Wright Reader*, Ellen Wright and Michel Fabre (eds.), New York: Harper & Row, 1978, p. 63.

方式。①

赖特对写作的执着追求既是为实现自身的存在意义，也是对文学的存在
价值，即指向人类的存在意义的肯定与探索。在这个层面上，文学创作必然
与个体的政治理想和民族利益无法割裂，但是又不纯然只为它们而存在，因
为"有一项比政治或种族显然更加深刻的权利需要捍卫，那就是人权，一个
人诚实思考和感受的权利"。② 如果说在《黑人文学的蓝图》中黑人作家被
赋予特殊的历史使命，那么他此处捍卫的可谓文学创作的普世价值。

正是对生命、自由、平等和追求幸福等基本权利的不懈追求，促使赖特
将黑人问题视为美国社会的一个阶段性问题，将黑人民族主义作为黑人创作
蓝图上的一个路标，而非终点。但是，他并不像普通马克思主义者一样，认
为民族主义是一种狭隘的沙文主义；相反，他主张辩证地看待民族主义对黑
人文学的作用。一方面，从美国黑人特殊的历史和文化背景出发，肯定民族
主义的客观存在和积极意义，承认"黑人的整体文化都有民族主义的心理映
射，民俗尤其如此"。③ 黑人民俗源于黑人群体共同的命运和生活经历，是
恶劣的种族隔离制度中形成的极富生命力和智慧的黑人表达形式。它们承载
着非裔美国人在争取自由的道路上凝结的集体记忆，犹如贫瘠沙漠中生长的
仙人掌，标志着"从旧文化破茧而出的新文化的开始"。④

另一方面，赖特从社会和政治角度剖析黑人民族主义，强调民族主义
"并非黑人固有的病态特性，而是扎根于南方土壤的生活招致的反射性表
现"。黑人民族主义的实体，也就是黑人教堂，隔离学校，小工商业、小规
模的黑人新闻媒体等专为黑人服务的机构，是白人通过私刑、刺刀和其他暴
力形式强迫黑人接受的"特殊存在"。"任何举措，无论进步还是反动，都
必须由这些机构经手。原因很简单，所有其他渠道都行不通。"黑人作家也

---

① Richard Wright, "How 'Bigger' Was Born", p. 552.
② Richard Wright, "How 'Bigger' Was Born", p. 552.
③ Richard Wright, "Blueprint for Negro Writing", p. 56.
④ Richard Wright, "Blueprint for Negro Writing", p. 57.

不例外，"为塑造或影响黑人群众的意识，必须通过这种扭曲的生活方式所孕育的意识形态和态度来传递他们的信息"。①

因此，"黑人作家必须接受他们生活中民族主义的蕴涵，这并不是为鼓励，而是为改变并使之升华。他们必须接受民族主义的概念，为了有所超越而掌握理解它"。② 换言之，黑人民族主义并非自在自为的东西，它只是黑人文学创作的一个阶段，又或者是一种工具。这种理论直接影响他对黑人文学未来的设想。在《美国的黑人文学》（*The Literature of the Negro in the United States*）中，他将种族身份的历史生成界定为黑人文学的起点，并据此乐观地预设了它的终结："当黑人融入美国主流生活，也许真的会导致黑人文学本身的消失。若果真如此，将意味着那些曾限制'黑人'的生存状况不再存在，说明黑人之所以是黑人，原因在于人们将他们作为黑人来对待"。③

美国黑人与西方现代性悖论

退出美国共产党之后，赖特并未放弃通过文学改变世界的宏愿，也从未停止对马克思主义理论的学习和探究。美国左翼文学研究者艾伦·M. 沃尔德（Alan M. Wald）认为，在20世纪40年代中期之后多年，马克思主义仍然是赖特政治思想和文学创作的"试金石"。④《黑人马克思主义》的作者塞德里克·J. 鲁滨孙（Cedric J. Robinson）则认为，"像许多欧洲左翼知识分子一样，赖特正在超越经典马克思主义和马克思列宁主义……他从来就不仅仅只是一个'种族小说家''抗议派作家'，抑或是'文学反叛者'。事实上，他的大部分作品是对当代西方政治和社会思想的重要观点和体系的直接

---

① Richard Wright, "Blueprint for Negro Writing", pp. 57–58.

② Richard Wright, "Blueprint for Negro Writing", p. 58.

③ Richard Wright, "The Literature of the Negro in the United States", in *White Man*, *Listen*! New York: Harper Perennial, 1995, p. 108.

④ 参见 Alan M. Wald, *Exiles from a Future Time*: *The Forging of the Mid-Twentieth-Century Literary Left*, Chapel Hill: The University of North Carolina Press, 2002, p. 294.

对抗。他的舞台是西方文明整体及其构成元素：工业化，城市化，异化，阶级，种族主义，剥削和资产阶级意识形态的霸权"。① 与鲁滨孙持同样观点的还有英国黑人学者保罗·吉尔罗伊（Paul Gilroy），他指出，"赖特有志于对整个西方文明的问题和意义进行批判探索，这一点被完全忽略，反而是据称界定了他作品的'原始的、生殖器崇拜的现实主义和自然主义'受到莫名的热议"。②

赖特对西方现代性的探究始终与美国黑人的经历联系在一起。在《黑色大都市》（*Black Metropolis*）的序言中，赖特对黑人之于西方现代世界的意义做过深入分析。他指出，美国紧张的黑白关系的背后，隐藏着西方文明进步话语的内在矛盾。众所周知，理性和自由，作为启蒙运动和现代性的两大理念，推动着人类社会从愚昧走向开明，从农业生产走向工业经济，从封建专制走向现代民主，但却不能阻止欧洲人掠夺数以百万非洲人的自由。掠夺者进而借用科学和宗教话语创造出各种理由、理论和解释来为其掠夺和奴役合法化，声称"他们通过奴役，'帮助'黑人……这是上帝赋予他们的权力"。③ 这就是"白人至上主义"种族意识形态的本质。

然而，比起殖民奴役，现代性本身孕育着一个更大的矛盾。现代科学和进步话语摧枯拉朽，打破旧有社会秩序，创造新的社会关系。在被称为工业化和世俗化的过程中，机器生产改变人与自然、人与人，甚至人与自身的关系。上帝和宗族不再是人类生活的中心，人们不再仅仅依赖土地为生，开始像原子一样向城市聚拢。对旧有生活秩序残留的情感依赖和现实工业社会的不真实感，导致现代人分裂的意识，紧张和焦虑感随着生活水平的提高有增无减。在体验自由的魅力之后，他们决不愿回到过去，但是又不甘于在工业

---

① Cedric J. Robinson, *Black Marxism*: *The Making of the Black Radical Tradition*, Chapel Hill: The University of North Carolina Press, 1983, p. 290.

② Paul Gilroy, *The Black Atlantic*: *Modernity and Double Consciousness*, Cambridge, Mass: Harvard University Press, 1993, p. 165.

③ Richard Wright, "Introduction", in *Black Metropolis*, *a Study of Negro Life in a Northern City*, St. Clair Drake and Horace R. Cayton, Chicago: University of Chicago Press, 1993, p. xxi.

社会中沦为机器的奴隶，过着毫无意义的生活。赖特说，这就是为什么"现代人害怕自身，并且他们在与自己战斗"的原因。①

对现代性悖论的关注，让赖特敏锐地意识到现代黑人存在意义的缺失。在现代化、工业化和城市化的过程中，一波波黑人移民如潮水般涌入城市，特别是北方和西部的大都市。黑人群体的人口结构几经重组，他们的生活方式、价值观念和精神诉求也随之发生重大变化。其中，变化最大的莫过于机械化和世俗化对传统和宗教信仰造成的冲击。现代黑人活在"一个不再有想当然的根深蒂固的信念的世界，一个充满民族和阶级冲突的世界，一个形而上学的意义已然消逝的世界，一个上帝不再是人们日常活动焦点的世界，一个人们不再相信终极彼岸的世界"。②

正是以此为背景，赖特创造了让"美国文化永远改变了的"别格·托马斯："他是个一无所有、无权无势的人；他是这一切，他活在这个地球上富足得臻至极致的地方，而他却在摸索一条出路……这创造了别格的文明缺少精神养分，没有创造出能令他忠贞不贰、深信不疑的文化；它赋予他意识，又弃之不顾，随他恣意游荡，在城市街头做个自由人，一团炙热、躁动的涡流，满是桀骜不驯、无处释放的冲动。"③

通过将美国种族主义意识形态与西方现代性话语并置，赖特揭示出一个深刻的道理："如今全世界流离失所者们的问题已十分紧迫，而美国黑人问题恰是这一普遍问题当中的一部分"。④ 美国黑人是全世界被殖民、被奴役有色人种的一个象征，同时又是现代人的缩影——"他们共享西方所有的宏愿，它的所有焦虑、腐败和心理病症"。⑤ 作为西方世界现代化过程中最直接的亲历者和最大的承受者，他们的经验为本民族作家提供了最宝贵的写作

① Richard Wright, "Introduction", p. xxii.
② Richard Wright, "How 'Bigger' Was Born", p. 550.
③ Richard Wright, "How 'Bigger' Was Born", p. 549.
④ Richard Wright, "Introduction", p. xxv.
⑤ Richard Wright, "Introduction", p. xxv.

素材。"这是对美国和世界的助益。更甚者，美国黑人的声音正快速地成为美国和当今世界任何地方受压迫人民的最具代表性的声音"。①

在黑人与西方现代世界既对立又统一的关系中，赖特意识到黑人文学家独特的超越种族和民族的责任。"我们生活的时代，传统已经无法充当指导。关于生活的最基本假设不再能被认为是理所当然的。世界变得巨大而冰冷，正是提问、辨析、构思和想象人类新世界的时刻"。②

本章小结

从对美国黑人文学传统的批判到对民族主义的扬弃，进而对整个西方文明的反思与探究，赖特绘制出一幅宏大的黑人文学蓝图，它是历史赋予黑人作家的挑战，亦是前所未有的机遇。融合固然是美国黑人解放的最终形态，但只要黑人文学尚存，黑人作家就应担负起社会批判的职责，对现代社会制度的方方面面进行彻底质询。由此看来，赖特对自己的评价可谓中肯："比起开方子，我更擅长诊断。我不是摩西，正如一位伟大而又精明的美国人曾说过的，如果某个摩西能将你带领到应许之地，别的什么同样能说会道的摩西，也一样能轻松地把你再带离出来。"③

---

① Richard Wright, "The Literature of the Negro in the United States", p. 105.
② Richard Wright, "Blueprint for Negro Writing", p. 65.
③ Richard Wright, "Why and Whereof", p. xxviii.

第五章　鲍德温的文学批评

我想说的是，历史不是过去，它就是现在；历史与我们同行，
我们就是自己的历史。

——鲍德温

引　言

在非裔美国文学史上，詹姆斯·鲍德温（James Baldwin，1924—1987）
具有举足轻重的地位，有人从种族政治的角度提出，他仿佛是布克·华盛顿
之后的黑人代言人；[①] 也有人从文类创作的角度指出，他是拉尔夫·沃尔多
·爱默生（Ralph Waldo Emerson）之后最具天赋的散文家之一；[②] 在40多年
的创作生涯中，他共出版22本书，其中包括6部小说，8部论文集，1册短
篇小说，2个系列访谈，以及难以数计的文章、访谈、录音与讨论等。其非

[①]　Henry Louis Gates, Jr., "The Fire Last Time", in *James Baldwin*, *Updated Edition*,
Harold Bloom（ed.）, New York, Bloom's Literary Criticism, An Imprint of Infobase Publishing,
2007, p. 13.

[②]　Nick Aaron Ford, "The Evolution of James Baldwin as Essayist", in *James Baldwin*,
Updated Edition, Harold Bloom（ed.）, New York, Bloom's Literary Criticism, An Imprint of
Infobase Publishing, 2007, p. 23.

虚构作品，如结集出版的论文《土生子札记》（*Notes of a Native Son*，1955）、《没人知道我的名字》（*Nobody Knows My Name*，1961）、《下次是烈火》（*The Fire Next Time*，1963）以及《街上无名》（*No Name in the Street*，1972）等，在 20 世纪中叶产生了深远的影响。他不仅一直在追问"黑人需要什么？"而且成功地予以回答，深受读者欢迎。他不仅是位技巧娴熟的随笔作家，也是关于种族问题的思想家与评论家，① 成为美国历史上被阅读最多的黑人作者②，多部作品都很畅销，《没人知道我的名字》，出售 200 多万册，《下次是烈火》出售 100 多万册，特别是其《下次是烈火》成为关于种族问题的民族布道，在美国乃至世界范围内引起广泛的共鸣。③ 虽然他认为自己首先是小说家，而且是好的小说家，然后才是随笔作者，但是真正为他赢得文名，乃至引起广泛争议的是他的论文《大家的抗议小说》（"Everybody's Protest Novel"，1949）与《千逝》（"Many Thousands Gone"，1951），他关注书写的主题非常多，包括文学、音乐、语言、种族、正义、美帝、非洲、土耳其、欧洲等。④ 美国当代著名学者哈罗德·布鲁姆（Harold Bloom）指出，在美国文学史上，鲍德温作为随笔作者的地位比他作为小说家的地位更为稳固，他是一位持有新教立场的道德散文家，可与乔治·奥威尔（George Orwell）媲美，与爱默生不同的是，他不是为白人扬基多数派说话，而是为种族弱势派中的性弱势群体说话，为黑人同性恋中的审美弱势派说话。⑤ 盖茨

---

① Randall Kenan（ed.），*James Baldwin：The Cross of Redemption*，*Uncollected Writings*，New York，Vintage International，2010，p. xx.

② Mel Watkins，"The Fire Next Time This Time"，in *James Baldwin：Updated Edition*，Harold Bloom（ed.），p. 178.

③ 1961 年 12 月 3 号，著名学者与批评家肖勒（Mark Schorer）在《纽约时报书评》撰文指出，自己正式或非正式地出访亚洲或非洲国家，都要带很多本《没人知道我的名字》，让他们知道美国也有文化创伤与矛盾，也有能力进行自我批评。详见 Nick Aaron Ford，"The Evolution of James Baldwin as Essayist，" in *James Baldwin：Updated Edition*，Harold Bloom（ed.），p. 29.

④ Randall Kenan（ed.），*James Baldwin：The Cross of Redemption：Uncollected Writings*，pp. xxvi-xxvii.

⑤ Harold Bloom，"Introduction"，in *James Baldwin：Updated Edition*，Harold Bloom（ed.），p. 1.

认为，鲍德温不是要代言，而是要"见证"，信奉保持一定距离的艺术家或知识分子的理想。① 根据1999年出版的《今日之鲍德温》（*James Baldwin Today*）的梳理，鲍德温研究主要经历了以下四个阶段：（1）早期的接受，（2）作为黑人种族代言人时期，（3）后期的工作，以及（4）他去世之后的"鲍德温文艺复兴"时期，其中女性主义、种族批评与文化理论学者的加入扩大了研究范围，深化了鲍德温研究。② 国内学术界重点关注鲍德温的文学创作，早在1985年，吴冰教授就撰写一篇长文"詹姆士·鲍德温"，对其进行比较全面的介绍，之后有1990年董鼎山翻译的玛丽·麦卡锡的回忆文章"回忆鲍德温"，以及1991年在国内翻译出版的威廉·斯泰隆（William Styron）的文章"悼念好友鲍德温"等，为国内读者比较全面地了解鲍德温的文学创作与批评思想提供了有益的线索；21世纪以来，年轻一代学者继续关注鲍德温的小说创作，博士论文主要有俞睿的《鲍德温作品中的边缘身份研究》（2011年），钟京伟的《詹姆斯·鲍德温小说的伦理研究》（2013年），和张学祥的《詹姆斯·鲍德温之宗教思想与其创作研究》（2015年）等。大体而言，国内学术界对其文学批评着墨较少。因篇幅所限，本文重点分析鲍德温的文学批评，及其在非裔美国文学批评史上的贡献，主要考察：（1）鲍德温早期的文学批评；（2）围绕"抗议小说"（Protest Novel）的争论及其文学批评；（3）对（非裔）美国文学的论述等。

早期的文学批评

尽管鲍德温1985年回忆自己早年的批评经历时曾提过，他二战以后评论过的那些书籍估计现在已经没有人愿意再去看，但是在他本人的阅读与批

---

① Henry Louis Gates, Jr., "The Fire Last Time", p. 15.

② Brian Norman, Lauren A. Wilson, "A Historical Guide to James Baldwin（review）", *Callaloo*, Volume 33, Number 4（Fall 2010）, pp. 1145-1148, p. 1146, p. 1148.

评实践中，这些早期书评直接或间接地反映了他后来的批评思想，或者说，他后来的批评思想是其早期书评观点的继续与发展，其中的最好例证就是他1948 年移居法国后，应法国的英语杂志《零点》（*Zero*）之约，于1949 年春发表的《大家的抗议小说》一文。尽管他当时根本没有觉得这篇文章有什么了不起，更没有想到要针对赖特，谴责其创作生涯①——因为这篇文章与赖特的短篇小说同时发表在这一期的刊物上；同年，拉夫主编的《党派评论》重印此文，1953 年，特里林编辑的《透视美国》也重印此文，特别是1955年，此文被收入《土生子札记》后，引发广泛关注，产生了比较大的社会影响，成为批判"抗议小说"的代表作。有人甚至认为，此文是鲍德温40 来年创作生涯中最好的作品，为非裔美国文学批评指明了方向，将荣驻20 世纪非裔美国文学批评的殿堂，而他的所有其他作品都只不过是这篇文章的注脚。②

令人不解的是，美国学术界为何要有意无意地忽略鲍德温早期的文学批评，它们是否真的没有丝毫学术价值？自1947 年发表第一篇书评直到《大家的抗议小说》问世，鲍德温共发表20 多篇书评与论文，但是生前被收入各类著作的屈指可数。从2015 年出版的《剑桥鲍德温指南》（*The Cambridge Companion to James Baldwin*）提供的目录来看，只有3 篇文章收录在论文集《土生子札记》和后来出版的自选集《票价》（*The Price of the Ticket*，1985）中，大部分收录在他去世以后由别人整理出版的《鲍德温文选》（*James Baldwin：Collected Essays*，1998）和《詹姆斯·鲍德温未选集：救赎之道》

---

① Lawrence P. Jackson，*The Indignant Generation：A Narrative History of African American Writers and Critics*，*1934-1960*，Princeton and Oxford：Princeton University Press，2011，p. 286.

② Lawrence P. Jackson，*The Indignant Generation：A Narrative History of African American Writers and Critics*，*1934-1960*，p. 287. 当然，也有学者认为，鲍德温的代表作是《下次是烈火》。波特认为，《下次是烈火》把鲍德温的创作生涯分为之前和之后两个阶段，《下次是烈火》之后，鲍德温的创作全都有意识地政治化，聚焦复杂的社会问题。详见 Horace A. Porter，*Stealing the Fire. The Art and Protest of James Baldwin*，Middletown，Connecticut：Wesleyan University Press，1989，p. 11.

（*James Baldwin：The Cross of Redemption：Uncollected Writings*，2010）中。鲍德温非常重视过去，曾经指出"过去能让现在连贯起来，如果我们拒绝真诚地衡量过去，它就会一直这么可怕。"① 因此，我们也有必要了解鲍德温早期的论文与书评，及其在主题方面与后来著作之间的联系，这不仅有助于我们了解鲍德温文学批评的社会语境，而且能够帮助我们深化对鲍德温以及非裔美国文学批评的理解与认识。

谈起自己早年作为批评家的学徒经历，鲍德温的内心充满感激，他在《票价》的序言中深情地回忆了自己艰难的起步阶段，以及那些具有左翼倾向的刊物与编辑为自己提供的难得的学习机会，使他能够整理自己的思绪，表达对文学、对美国历史与社会的认识，也为研究者了解其批评思想的轨迹，更好地理解其后来的文学创作与批评提供了线索。

为全面认识鲍德温早期文学批评的价值趋向，我们有必要了解他生活的家庭与社会环境，以及他自己的阅读与思考。鲍德温很早就表现出创作天赋，在老师鼓励下，初中时就担任过校报编辑，13 岁时写出第一篇文章"哈莱姆：过去与现在"，发表在学校的杂志《道格拉斯领航》上。作为出生于纽约哈莱姆区黑人家庭的穷小子，鲍德温童年时期不仅要面对物质匮乏的大萧条社会，而且需要面对因恐惧、仇恨、虽心有不甘却又不得不屈服于白人社会的继父的"冷漠"与严苛，因此，对反映社会不公与仇恨的作品比较容易认同。在《土生子札记》的自传性描述以及《邪魔横行》（*The Devil Finds Work*，1976）与访谈中，他多次提及自己童年与青少年时期阅读最多的两本书：《汤姆叔叔的小屋》（1852）与《双城记》（*A Tale of Two Cities*，1859）。《双城记》中难解的仇恨让他感到震惊，因为无论在自己熟悉的哈莱姆街头，还是在继父的脸上、声音里都可以看到被压迫者的仇恨。他无法忘怀《双城记》中一个农民孩子遭到谋杀，以及被压迫者义愤填膺的情景，他

---

① James Baldwin and Sol Stein, *Native Sons*, *A Friendship That Created One of the Greatest Works of the Twentieth Century*：*Notes of a Native Son*, Ballantine Books New York：One World, 2004, p. 51.

们对社会的不公充满仇恨，渴望报复，他发现《双城记》中所描写的怒火在黑人族群中普遍存在。由于不理解《双城记》到底说的是什么，但相信它会告诉自己一些什么东西，所以就一遍又一遍地反复阅读，想理解这本小说对一个"黑鬼"来说到底意味着什么。① 他后来反复阅读陀思妥耶夫斯基的《罪与罚》（*Crime and Punishment*）也是基于同样的原因。虽然他后来也读过19 世纪末 20 世纪初黑人领袖与种族代言人华盛顿的自传《从奴役中奋起》（*Up From Slavery*，1901），但是鲍德温从未看到任何希望，更不知从何"奋起"。

《汤姆叔叔的小屋》也是他反复阅读的小说，他曾经描述自己一手拿着书，一手抱着家中新生的孩子，如饥似渴阅读的情景，"尝试发现一些什么，感觉这本书里有一些对我非常重要的东西：虽然我并不真的理解那到底是什么。"② 鲍德温认为，即便汤姆叔叔真的相信上帝说的申冤在我，我必报应，但是他自己也并不相信，自己能够相信的是，汤姆叔叔并非英雄，因为他不想报复。后来在《大家的抗议小说》中，鲍德温把这部作品作为反例，予以严厉抨击。

1929 年开始的美国经济大萧条进一步催生了左翼思想的流行，很多黑人作家，如赖特、埃里森等当时都直接参与了美国左翼支持的一些与文学相关的组织或活动。鲍德温回忆说，他经朋友介绍也加入过其中的青年组织，但是觉得自己的左翼生活不太有趣，也没有持续多长时间，当美国和苏联还是盟国时，他就戏称自己已经成为反斯大林主义者，后来成为托洛茨基分子，当时他只有 19 岁。虽然他后来与左翼组织保持距离，逐渐疏远，但是这段经历让他有机会结识一些左翼刊物的编辑，如《新领袖》（*The New Leader*）的索尔·利维塔斯（Saul Levitas），《民族》（*The Nation*）的兰德尔·贾雷尔（Randall Jarrell），《评论》（*Commentary*）的埃利奥特·科恩（Elliott Cohen）

---

① James Baldwin, "Congo Square", in *James Baldwin*, *Collected Essays*, Toni Morrison (ed.), New York: The Library of America, 1998, p. 485.

② James Baldwin, "Congo Square", p. 488.

与罗伯特·沃肖（Robert Warshow），以及《党派评论》（*Partisan Review*）的拉夫（Philip Rahv）等人，他也因此能够比较顺利地开启自己的文学批评之旅。[1]

家境贫寒，渴望成为美国作家的年轻的鲍德温深受反映黑人底层生活的现实主义作品的影响，很容易与之产生共鸣，后来他也多次提及自己的创作理念：只写自己的经历。但是不可思议的是，虽然鲍德温没有接受过高等教育，早期的阅读也主要关注一些社会是否公正的作品，但是当有人给他提供为刊物撰写书评的任务时，他并没有受自己的生活环境与前期阅读所限，而是自觉地与反映社会问题的作品保持一定的批评距离，体现了很好的文学素养与批评意识。他在《代价》中回忆道，虽然自己记不真切何时开始写书评的，但是绝不会忘记 1946 年《新领袖》的编辑利维塔斯让他为杂志写书评的经历：这是他第一次写书评。遇到他们之前，鲍德温曾经去过两家黑人报纸求职，想做个记者，但是因为没有上过大学，而惨遭冷落。

1947 年 4 月 12 日，鲍德温的第一篇书评《作为艺术家的高尔基》（*Maxim Gorki As Artist*）正式发表在《民族》杂志上，他后来陆续写过几篇关于俄国著名作家高尔基与俄国文学的书评，在评述高尔基的创作时，他认为高尔基的作品《在底层》（*The Lower Depths*）虽然感知不够深邃，但是内容方面浩瀚无际，其对穷苦人民的关心，以及对自然近乎执着的眷恋，都非常好地体现了他的创作才华；虽然小说家对许多人与事都比较愤怒，但是非常克制，坚持书写他们的高贵命运。鲍德温客观地指出，或许是因为翻译的缘故，整部作品的质量显得参差不齐，显得作者不够仔细缜密，与伟大作家还有很长的距离，"几乎总在令人生厌地啰里啰唆，而且仿佛随时都会蜕化为宣传，"[2] 但是他认为，尽管书中的每篇小说都很冗长，但是作者巨大的

---

[1] James Baldwin, "The Price of the Ticket", in *James Baldwin: Collected Essays*, Toni Morrison (ed.), p. 834.

[2] Randall Kenan (ed.), *James Baldwin: The Cross of Redemption: Uncollected Writings*, p. 291.

同情让这些缺陷可以忽略不计，而追随他的那些现实主义作家都很难达到他的细腻与反讽。他认为高尔基的创作确实有许多优点，如温柔、反讽、善于观察，令他的后继者望尘莫及，但是高尔基常常很感伤。鲍德温指出，作为愤怒的公民，他们可能很成功，但是作为艺术家，他们显得不够纯粹。

高尔基关注的范围比较有限，反复重申的主要是"人可以成为神，但他们却活得像野兽"这一主题。鲍德温认为，对某些处于特定社会环境中的人来说，这种叙述虽然很合理，报道虽然很真诚，但是很令人忧虑，局限也显而易见，因为它始终只停留在报道层面。他认为高尔基仿佛缺乏明确的洞察力，读者翻来覆去读到的都是一些类型化的人物，虽然能够感受到他的创作特征，觉得报道得也不错，但是总觉得难以接近，很有距离感。因此，鲍德温认为，高尔基的同情常常流于多愁善感，"他不是把人作为人来关心，而是作为一种象征来关心；他的态度基本上是感伤的、怜悯的，但是不甚清晰——尽管自诩很现实主义，但是并非完全真实。"因此，尽管高尔基观察敏锐，作品内容丰富，但是没有艺术的宣泄；人物虽令人同情，有时也令人愤慨，却无法唤起人的爱或恐惧，"我们与他们有一定的距离，我们觉得他们与压迫有关，而非与我们有关。"①

毋庸置疑，高尔基对人民饱含深情，对人民的苦难感同身受，但是鲍德温认为，他的同情没有引导他抵达既与其研究的人民认同，又与其保持一定距离的特定立场，"他从不是罪犯、判官与刽子手，他一直就是高尔基；他的失败之处在于他不是作为一个罪犯说话，而是为罪犯说话；他有意无意地作为记者与判官在行动，而不是作为艺术家与预言家在行动。"② 因此，鲍德温认为，一叶知秋，我们可以从高尔基的失败中预测当今现实主义小说家更加惨淡的失败；作为一个流派，他们甚至不具备激励高尔基的同情，也没

---

① Randall Kenan（ed.），*James Baldwin*，*The Cross of Redemption*：*Uncollected Writings*，p. 292.

② Randall Kenan（ed.），*James Baldwin*：*The Cross of Redemption*：*Uncollected Writings*，p. 293.

有像高尔基有时成功做到的那样，表达人性的迷人、复杂与不可预测。目前现实主义这个概念以神秘或不真实遭人排斥，如果我们不能真正洞悉人到底需要什么，不了解人的绝望与各种欲望，那么我们对悲惨、困苦的关心只能流于表面，只会让读者变得更加粗野，而非让他们净化，"如果文学不彻底滑落到日常报纸的智识与道德水平，我们就一定要承认，需要继续真诚地探索人类的情感与思想，探索我们与我们的救赎之间，过去有现在依然有的真空地带。"①

　　虽然这篇书评是鲍德温正式发表的第一篇短文，但是其中隐约透露出他后来持续关注，并发扬光大的两大批评论点：即（1）作者是"为某人"说话，还是"作为某人"说话；（2），现实主义作品关注的是类型而非个体，其文学批评观已经初露端倪，他2年后发表的《大家的抗议小说》的批评主旨也仿佛呼之欲出。此外，鲍德温对高尔基的《母亲》（Mother），以及《袖珍本俄国读者》（The Portable Russian Reader）也撰写过书评，认为小说《母亲》关于十月革命前俄国母亲与其革命儿子的故事，充满奋斗、眼泪、勇气、以及美好的传统母爱。"读这部小说有点像重读儿童时期那些可爱的，书页都被翻得卷了边的经典作品，读者可以体会到，过去是如何英勇的行为，现在却已经显得过时，我们现在已经难以相信，这很令人惋惜！"鲍德温认为，在俄国，高尔基深受官方尊崇，也是马克思主义"艺术是工人阶级的武器"的坚强卫士，但是其作品却证明这一教条的无效。因为，艺术根源于人类生活：既有长处，也有弱点与荒谬；既不完全属于我们革命同志，也不像过去那样只属于贵族，而是属于我们大家（包括属于我们的敌人），因为他们也像我们一样绝望、愚蠢、盲目、邪恶。② 而《袖珍本俄国读者》的译本想告诉美国读者，俄国文学并非总是什么癫痫狂躁精神忧郁之作，也是

----

① Randall Kenan（ed.），*James Baldwin: The Cross of Redemption: Uncollected Writings*, p. 293.

② James Baldwin，"Mother by Maxim Gorky", in *James Baldwin: The Cross of Redemption: Uncollected Writings*, Randall Kenan（ed.）, p. 296.

既有欢乐也有忧伤。鲍德温早期对俄国文学的关注更多地反映了他左翼朋友圈子的爱好，但是也展示了鲍德温不同的文学趣味，隐约可见他 1949 年后对抗议小说局限的不满。

1947 年 7 月 19 日，鲍德温发表于《民族》杂志上的书评"小于生活"（*Smaller Than Life*）就是这一批评思想的直接体现，他以雪莉·格雷厄姆（Shirley Graham）撰写的道格拉斯传记为例，指出传记作者为了提升黑人种族，把传主道格拉斯变成令人难以置信的英雄，客观上剥夺了他的尊严与人性，① 因为道格拉斯首先是人，具有自己性格方面的弱点与时代的局限，并非总是英雄，更非什么圣者。但是，格雷厄姆小姐千方百计要把他变成自由的象征、黑人种族的杰出代表，实际上是在把一个富有激情的人变成一幅好莱坞漫画。鲍德温认为，黑人与白人之间的关系与人类其他经验一样，需要真诚与卓识，"一定要基于这样一种假设，即只有一个种族，我们都是其中的一部分。"②

鲍德温以"黑人的形象"（*The Image of the Negro*）为题，对 1947 年出版的 5 部作品进行评论，直接分析抗议小说的优劣。他一方面认为，由于文学标准的降低，抗议小说的到来不可避免，但他又客观地指出，抗议小说的写作已经像为妇女杂志所写的那些精致的小短文，形式上几乎已经固化，作为文学，人们很怀疑他纠正社会的力量能否足以掩盖其缺陷，③ 而且这些小说是否能够真实地反映社会问题也很令人疑惑。道格拉斯·菲尔德（Douglas Field）认为，这篇书评预示着后来鲍德温《大家的抗议小说》中更加鲜明的一些特征已经出现，他与战后纽约知识分子形成的同盟关系在这组书评中

---

① James Baldwin, "Smaller Than Life", in *James Baldwin: Collected Essays*, Toni Morrison (ed.), p. 577.

② James Baldwin, "Smaller Than Life", p. 578.

③ James Baldwin, "The Image of the Negro", in *James Baldwin: Collected Essays*, Toni Morrison (ed.), p. 582.

也已清晰可见。① 鲍德温认为，这些作品什么都没有说，它们貌似揭露现实，实则合谋隐瞒现实。当然，他也没有拉夫走得那么远，说什么艺术的价值不在于其与社会的关系，而在于其自身等。

他对黑人作家切斯特·海姆斯的新作《孤独征战》（*Lonely Crusade*，1947）的评述可以视为其批评思想的转折。② 他认为这本书的价值在于，渴望真诚地理解被压迫者与压迫者两方面的心理，以及他们彼此之间的关系，虽然它没有达到《印度之行》的水平，但是自有其历史价值，与《汤姆叔叔的小屋》以及最近出版的《土生子》有相近之处；而最近涌现的其他许多关注种族压迫的小说，都既没有展示对历史缘由的理解，也没有体现其当代需要与心理状况。虽然《孤独征战》讲述的故事很丑陋，却依然是美国黑人的故事，以及美国白人与黑人之间更加丑陋关系的故事，比之前出版的小说更为险恶。鲍德温指出，现在要想讨论美国黑人就必须讨论美国的习俗、道德与恐惧，但是很难找到过去那些方便的文学象征与形象：如黑人滑稽说唱表演中带着吉他的吟游诗人、或黑人强奸犯、或勇敢的黑人大学生抗击各种困难努力上进等。鲍德温认为，《孤独征战》的主人公李·戈登（Lee Gordon）目睹已经发生的事，以及一幕幕正在发生的事，却一筹莫展，任凭自己的疾病恶化；相比较而言，《土生子》中的主人公别格则不善言辞，浑然不知自己的生活可能会怎样，是什么毁了自己，却被自己的复仇意识所毁，最后被打入死牢。

鲍德温认为，海姆斯的这部作品体现了黑人文学的新发展，过去盛行的滑稽表演者不见了，汤姆叔叔也不再受人信任，甚至连《土生子》主人公别格这样的人物也显得落伍，"我们需要从许多不同角度来正视一个黑人，像我们自身一样，虽有各种犹豫不决，各种局促不安，但都努力为人所爱。他

---

① Douglas Field, *All Those Strangers*: *The Art and Lives of James Baldwin*, New York: Oxford University Press, 2015, p. 26.

② James Baldwin, "History as Nightmare", in *James Baldwin*: *Collected Essays*, Toni Morrison (ed.), p. 581.

现在就是美国人，我们不能改变这一点，需要改变的是我们对自己以及对他的态度。"他引用乔伊斯的话说："历史是场梦魇，我要努力挣扎着从中醒过来。"① 菲尔德认为，在这篇书评中，鲍德温从严苛的书评作者变成目光敏锐的随笔作者，尽管关于种族压迫的小说车载斗量，但是鲍德温明确指出，"没有哪部作品比这部作品更好地展示了对历史起源或当代必然或心理警示的真正理解。"②

虽然鲍德温的早期书评与文章确实带有一些学徒期的痕迹，与后来的文学与文化批评相比，还显得有些稚嫩，但是他后来的文学批评发展脉络依稀可见。他不愿或不能回忆自己早年的左翼岁月，常常忘记或记错某些事件与细节，说什么自己早年的"左翼生活很无趣"之类的话，客观上也反映了同时期其他知识分子对自己激进过去的"政治遗忘"——另外一位黑人作家埃里森也刻意忽略自己 1937—1947 年间愤怒的左翼岁月，但是他们的创作与批评依稀可见当年左翼思想的影响也几乎是不争的事实。

总体而言，鲍德温早期的文学书评既体现了他对社会语境的关注，也展现了他敏锐的文学批评意识。玛丽·麦卡锡（Mary McCarthy）认为，鲍德温阅读广泛，没有受自己的肤色所限，他有自己的文学趣味，不会受歧视的影响，但是鲍德温自己清楚地知道，实际上远非如此。③ 他早期的所有书评几乎都非常严苛，语气严峻，像个工头。④ 由于不想成为别人的代言人，只想成为自己，鲍德温选择了逃离，他离开美国，移居法国，但是这种移居他国的经历，反而为他提供了反观美国的新的视角。如果说鲍德温起步阶段的文学批评主要受左翼思想影响，比较注重意识形态批评，那么从《大家的抗议小说》开始，他的文学创作与批评开始发生转变，他更加关注"种族"问

---

① James Baldwin, "History as Nightmare", in *James Baldwin*：*Collected Essays*, Toni Morrison (ed.), p. 581.

② Douglas Field, *All Those Strangers*：*The Art and Lives of James Baldwin*, p. 26.

③ Douglas Field, *All Those Strangers*：*The Art and Lives of James Baldwin*, p. 13.

④ Randall Kenan (ed.), *James Baldwin*：*The Cross of Redemption*：*Uncollected Writings*, p. xxi.

题，更加重视种族的社会功能与文学意义。

论抗议小说

　　尝试改变的鲍德温以"自我放逐"的方式来到欧洲，希望海外之旅能帮助自己走上自我救赎之路，并继续自己的创作，因为他当时几乎处于崩溃的边缘，有点类似于《土生子》中的别格，近乎到了要么去杀人，要么可能被人杀的境地；另一方面，他认为不管自己的世界观与别人的多么不同，只有能够接受并愿意接受自己的世界观才能算是个男子汉。① 当时的欧洲虽然对美国存有很深的偏见，但也给了美国人成为自己的机会。

　　鲍德温为评论界关注主要是在法国的英语杂志《零点》（Zero）上发表《大家的抗议小说》（1949）之后，鲍德温当时也没有认为这篇文章有多重要，更不认为是对赖特创作事业的诋毁；同年 5 月《党派评论》重印此文，1953 年著名评论家莱昂内尔·特里林（Lionel Trilling）在《美国视角》（Perspectives USA）冬季号上重印此文，② 特别是 1955 年收入鲍德温的第一本文集《土生子札记》后，在文学界产生非常大的反响，赖特的反应也比较过激，认为鲍德温"背叛"了自己，因为在鲍德温开始从事文学创作之初，赖特曾给予他很多指导与帮助，对他有提携之谊。著名批评家欧文·豪（Irving Howe）等也以"影响的焦虑"或文学方面的"弑父"来评价这一现象，认为鲍德温这种反对自己视为榜样的黑人作家之举并非个案，"文学史上充满了这种痛苦的不睦，"③ 认为鲍德温的潜在动机是想超越"贫瘠的黑人性范畴"，因为他不想仅仅成为牺牲品或反叛者，不想仅仅成为黑人，或

---

　　① James Baldwin, "The New Lost Generation", in *James Baldwin: Collected Essays*, Toni Morrison（ed.）, p. 667.

　　② Lawrence P. Jackson, *The Indignant Generation: A Narrative History of African American Writers and Critics, 1934-1960*, pp. 286-287.

　　③ Michele Elam（ed.）, *The Cambridge Companion to James Baldwin*, New York: Cambridge University Press, 2015, p. 5.

仅仅成为黑人作家，而是要成为美国作家。鲍德温自己也多次在不同的文章中回顾这一文学事件，既有内疚、辩解，也有坚持，为自己的文学立场辩护，他拒绝所谓必须杀死"文学之父"之说，成为非裔美国文学创作与批评史上的重要文化事件。当代著名非裔美国文学批评家杰克逊（Lawrence P. Jackson）甚至认为，对鲍德温的知识分子朋友与同事来说，《大家的抗议小说》可以视为其40来年创作生涯中最好的作品，他的其他作品无非使得这篇文章的地位更为显赫而已。① 有趣的是，鲍德温在去世前几年为新版的《土生子札记》（1984）撰写序言时，曾经回忆起此书当时的出版经过，说自己从未想过会成为散文家，也从未想要把这些零星发表的文章变成一本书出版，多亏好友索尔·斯坦（Sol Stein）的热心张罗才使得此书得以问世。② 作为反对"抗议小说"的代表性论文，鲍德温在《大家的抗议小说》以及《千逝》中到底说了些什么？这一事件与其早期批评有何联系？为何因此能够成就鲍德温一生的"英名"？

或许是因为标题本身过于醒目，"抗议小说"俨然成为鲍德温批评赖特创作的一种标签，其实这篇文章批评的重点是斯托夫人及其小说，而非赖特。鲍德温认为，斯托夫人只是充满激情的小册子作者，《汤姆叔叔的小屋》是美国抗议小说的基石，是一部坏小说，无非在说"奴隶制很可怕"，但却像《小妇人》一样非常感伤，不能忠实于生活，背叛了自己的经历，因此，"是隐秘与暴力残忍的标志，遮蔽了残暴"等；③ 而且黑人自己写的受压迫小说也在重复这部作品的基调："这太可怕了，你真应该为自己感到害臊！"等。鲍德温认为，这样的创作其实强化了黑人想要谴责的对黑人的压迫。因此，鲍德温指出，美国的抗议小说实际上是给压迫者带来更多自由，它的出

---

① Lawrence P. Jackson, *The Indignant Generation*：*A Narrative History of African American Writers and Critics*, 1934-1960, pp. 286-87.

② James Baldwin, *Notes of a Native Son*, Boston：Beacon Press, 1984, p. ix, p. xi.

③ James Baldwin, "Everybody's Protest Novel", in *James Baldwin*：*Collected Essays*, Toni Morrison（ed.）, p. 12.

现反映了我们的困惑、阴险、恐慌、以及美国梦对我们的诱惑与制约，"抗议小说的目的与那些充满激情去非洲的白人传教士非常类似：他们给赤裸的非洲土著穿上衣服，急切地把他们送入了无生气的耶稣的怀抱，然后对他们进行奴役。"① 赖特《土生子》中的主人公别格站在芝加哥街头，看着白人的飞机在天上飞过，心中充满苦涩；小说中的别格仿佛完全被恐惧与仇恨所控制，并因恐惧而杀人，因仇恨而强奸，而且仿佛有生以来第一次通过暴力行为长大成人。

不难看出，实际上别格是汤姆叔叔的后裔。鲍德温认为，"别格的悲剧不在于他冷酷、他是黑人或者食不果腹，也不是因为他是美国人、黑人，而是因为他接受了否认自己黑人生命的神学，在于他承认自己亚人类的可能性，因此，他感到自己仿佛不得不根据那些与生俱来强加给他的残忍的标准，为自己的人性而战。"鲍德温对此难以认同，因为倘若果真如此，那么黑人已经未战先败，"我们的人性是我们的负担，我们的生命，我们无须为之战斗，我们只需要去做更困难的事情，即接受它；而抗议小说的失败之处在于，它拒绝生命，拒绝人，否认自己的美、自己的担心与力量，坚持认为只有这种分类才是真实的，而且难以超越。"②

不难看出，鲍德温批评的重点是斯托夫人及其小说《汤姆叔叔的小屋》，真正大范围、全方位对赖特进行分析、批评的是其1951年发表于《党派评论》上的论文《千逝》。鲍德温指出，美国黑人的故事即美国故事，或更确切点说，是美国人的故事，哪怕有人说，美国黑人根本就不存在，倘若存在也只存在于我们心底的黑暗深处。因此，黑人的历史、进步及其与其他美国人的关系都被置于社会领域，黑人是社会问题而非个体或人的问题，提到黑人人们就会想起一些数据、贫民窟、强奸、不公正、暴力等，仿佛是需要检查却无法医治的社会毒瘤。"我们不知道怎么处置他们，如果他们打破我们

---

① James Baldwin, "Everybody's Protest Novel", p. 16.

② James Baldwin, "Everybody's Protest Novel", pp. 17–18.

对黑人的社会学认识与感伤意象，我们就会惊慌失措，感到自己被出卖了。"① 鲍德温认为，果真如此的话，无论对白人还是对黑人都是不利的，因为处于危险境地的黑人，会盲目地马上还击。这一现象在文学中反映的特别明显，白人写"问题小说"，黑人写"抗议小说"，其实二者有天壤之别。

在此文中，鲍德温只是偶尔提及汤姆叔叔，说他值得信任，没有什么性威胁，倘若去掉"叔叔"的称谓，他可能会变得暴力，对白人女性构成威胁等。他花了大量篇幅，分析赖特及其土生子，认为《土生子》无疑是对美国黑人最有力最杰出的再现，无可争辩地成功证明，美国人现在敢于正视黑人问题，赖特也成为"新黑人"最有效的代言人，其作品一开始就致力于社会斗争，不仅记录了自己时代的怒火——之前还没有哪位黑人这么做过，而且记录了美国人思想中存在的关于黑人的幻想：自从美国黑人成为奴隶以来既奇妙又可怕的意象。"这既是《土生子》的意义所在，而且不幸的是，也是其致命的局限之所在。"② 当然，鲍德温也指出，我们无法把《土生子》与其所处时代特定的具体社会氛围分开，它是 20 世纪 20 年代末以及整个 30 年代处理美国社会结构性不平等的愤怒之作。在壮丽的 20 年代，黑人本来是激情澎湃、让人高兴的单纯之人，现在则成了最扭捏害羞、最受压迫的少数族裔。在 30 年代，"我们生吞活剥了马克思主义理论，发现了工人，并欣慰地认识到工人的目的与黑人的目的是一致的。""阶级斗争"的口号俨然成为新黑人的福音。③

鲍德温客观地指出，有人可能会反对说，赖特未必要把别格塑造为一种社会象征，用他来揭示社会疾病，预言灾难的到来，而是应该对其进行仔细研究。作为小说主人公，别格和自己、自己的生活、自己的家人或任何其他人都没有非常清晰的关系，"或许因此可以这么说，他就是美国人，他的力

---

① James Baldwin, "Many Thousands Gone", in *James Baldwin*：*Collected Essays*, Toni Morrison（ed.）, pp. 19-20.

② James Baldwin, "Many Thousands Gone", p. 26.

③ James Baldwin, "Many Thousands Gone", pp. 24-25.

量不是来自作为社会或反社会部门的意义，而是来自作为黑人迷思化身的意义。"① 鲍德温认为，从小说开始到结束，从他的家庭开始到他最后被囚禁入狱，我们对别格都所知甚少；我们本来相信是社会环境塑造了他，但是我们对社会环境也是知之甚少；虽然作品中有许多关于贫民窟生活的细节描写，但是只要我们不被感伤所左右，就很难接受这些东西。而别格身边的那些人，如辛勤劳作的母亲、追求上进的妹妹、在弹子房一起玩耍的发小、黑人女友贝茜等人物，都更加丰富、细腻，也更加准确地反映了黑人在美国社会所受的控制，以及黑人为生存需要发展起来的一些复杂技巧。但是遗憾的是，别格的视野非常有限，我们也都被他的感知所局限，换句话说，小说中一些必要的维度被忽略了，比如说黑人之间的关系，他们之间比较深入的相处，以及他们分享、接受造就他们生活方式的共同经历等都没有得到很好的呈现。黑人群体内部的隔离，令人难以容忍的蔑视所导致的暴怒和无政府状况，以及一些说不清道不明的灾难及其主要原因等都没有得到很好的阐释，"这种倾向在大部分黑人抗议小说中非常普遍，"仿佛美国黑人的生活中没有传统、没有礼貌、没有仪式或交际的可能性，换句话说，他们不像犹太人的社会，即便离开父辈之家也能够被某种东西维系在一起。鲍德温相信，其实不是黑人没有传统，而是这部作品没有让人深切地体会到，没有把它说出来，"因为，传统无非在表达一个民族悠久、痛苦的经历；他们为了维系自己的完整而进行的战斗，简单点说就是为了生存而进行的斗争。"而犹太人的传统中既有数世纪的颠沛流离、惨遭迫害的经历，也有由此而体现出来的力量与韧性，以及人们能够感受到的道德的胜利。②

因此，虽然实施暴力的是别格：他误杀白人姑娘玛丽，杀死自己的黑人女友贝茜，但是鲍德温觉得，他并不可怕；而那些微笑着去教堂礼拜、从不抱怨的黑人，如果他们表露些许怨恨、蔑视，我们就会感到不安，因为我们

---

① James Baldwin, "Many Thousands Gone", p. 27.

② James Baldwin, "Many Thousands Gone", pp. 27–28.

相互之间都不了解。对别格而言，谋杀玛丽变成了一种"创造行为"，仿佛只有谋杀行为才能让他有生以来第一次感到自己作为一个人活着，才能成为一个真正的男子汉，这既是种族歧视的现实造成的黑人与白人之间对立的恶果，更是白人社会的"黑人迷思"被黑人接受的产物，一旦黑人向这种"迷思"投降，就没有其他现实存在的可能性。而《土生子》最终被美国黑人生活的意象所局限，被美国需要发现一缕希望之光所局限，"哪怕只是在修辞层面，别格最后一定会被拯救、被接受，进入美国社会奉为理想的幸福的社会生活梦幻系列。"玛丽的男朋友原谅了别格，律师麦克斯在小说结尾处向法庭做了长篇大论的演讲，"这是美国小说中最绝望的一次表演"，别格成为美国公众培育出来的恶魔，是数代黑人受压迫的总结及其当代体现。但是，鲍德温也指出，如果说他是恶魔，能够代表一种与恶魔相适应的生活方式，那也不过是把他置于亚人类的境地，就像美国社会关于黑人的"神学"所声称的那样：黑人的生活贫困、下贱；由于美国社会不了解黑人的生活，因此才能在想象层面把别格处理为恶魔，而且丝毫不用担心有人会不满意，因为美国人既不知道或者不确切地知道，又没有人愿意倾听黑人的声音。但是这部小说的主体框架中有一个观点被放大呈现了，即把别格再现为灾难的前兆，预示着更加严峻的时刻的到来，那时不仅是别格，还有他的所有族人都会奋起反抗，进行公证、合理的报复。①

鲍德温关注的焦点是，黑人就是美国人，黑人的命运也就是美国的命运，他们只有在这片土地上生活的经历，美国不仅不能对此视而不见，更需要予以接受。"如果诚如我所相信的那样，所有美国黑人的脑袋里都有自己私密的别格·托马斯存在，那么最失败之处在于未能很好地阐明这种矛盾，黑人被迫接受这一事实，即这个黑暗、危险、没人喜爱的陌生人永远是他自己的一部分。"令鲍德温不满的是，这部小说把别格表现为一种警告，无非强化了美国人的愧疚与恐惧，但却把他更加牢固地局限于前面提到的那种社

① James Baldwin, "Many Thousands Gone", pp. 31-32.

会境遇当中，其间他没有任何人的合法性，只能处于被谴责致死的境地。"因为他总是一种警告，代表我们必须拒绝的邪恶、罪恶与苦难；这时你再对法庭说，坐在这儿受审的野蛮人是他们的责任，是他们造成的，他的犯罪也就是他们的犯罪，因此，他们应该让他活下来，让他在监狱的围墙后面言说自己存在的意义是没有一点用处的。"他们知道自己不想原谅他，别格也不想被他们原谅；他想死，仿佛他已经在仇恨中升华，宁肯狱中为王也不愿天堂为仆。① 因为黑色是该受诅咒之色，所以别格才唯有一死，而只有死亡才能够让他获得一种尊严，或获得一种美。鲍德温认为，"讲述他的故事就是开始把我们从他的意象中解放出来，让我们能够第一次有血有肉地把这个幽灵装饰起来，通过深化理解他以及我们与他的关系，我们才能够更好地理解自身，也理解所有人。"②

对鲍德温的分析与批评，赖特非常恼火，认为他攻击"抗议小说"不仅是在攻击他本人，也是在攻击所有美国黑人。赖特要质问鲍德温的是，你说"抗议小说"不好到底是什么意思？因为"所有小说都是抗议的。你找不出任何一部不抗议的小说。"对此，鲍德温只能弱弱地回答，"可能所有小说都是抗议的，但是并非所有抗议都是小说。"他反复提到赖特对他非常重要，对他也非常好，在创作第一部小说时得到赖特很多帮助，因为当时自己啥也不是，既没有发表小说，也没有写出什么像样的文章，自己非常崇拜赖特，也很爱他，根本没有想到会伤害赖特，本来还指望能得到赞许与肯定。"我在论文结尾处提到理查德的《土生子》，因为它是关于美国黑人的最重要、最著名的美国小说；赖特说我攻击它，我甚至都没有批评它，从未想过要诋毁他的小说，败坏他的名誉；我从未想过谁能毁掉这些，自己更不可能做到。"但是鲍德温最终也承认，最令人痛苦的是，赖特是对的，他确实受了伤害；自己确实错了，伤害了他："我确实在用他的作品作为跳板，来完成

---

① James Baldwin, "Many Thousands Gone", pp. 32-33.

② James Baldwin, "Many Thousands Gone", p. 34.

自己的作品，他的作品成为我前进道路上的拦路虎，像斯芬克斯，我需要解开这些谜团才能成为自己。当时我挺困惑，现在终于明白了，这是我给他的最好的礼赞。"① 当然，鲍德温也坦承这份礼赞确实难以消受，但是不管怎么说，"对我而言，他从来就不是人，而是我的一尊偶像，而所有偶像都是用来破坏的。"②

鲍德温关于抗议小说的论述，以及他与赖特之间的争论，引起很多人的关注，在批评界产生比较大的反响，这两篇文章所具有的强大杀伤力，使得人们对赖特等抗议小说作家及其作品有了新的不同的认识。虽然欧文·豪对鲍德温批评甚多，但是也对他的论述甚为赞赏，认为即便他的小说创作不甚成功，他也是最知名的随笔作者。③ 在分析《没人知道我的名字》时，欧文·豪客观地指出其中关于赖特的 3 篇文章所显示出的对赖特的真情实感。④莫里斯·查尼（Maurice Charney）认为，鲍德温批评休斯未能把黑人经历转化为艺术的评价同样适用于他对赖特的评论，因为赖特致力于表达黑人的愤怒，不会同意鲍德温所谓首要任务在于控制怒火之说，⑤ 他认为，鲍德温反对赖特的根本原因在于，他无法接受后者及自然主义作家对人类潜能的拒绝，无法接受《土生子》中表述的恐惧—逃亡—命运这种被动的模式，或者小说《局外人》中所表达的那种担心、憧憬、堕落、绝望与决定的序列，认为它们未能准确地再现现实。⑥ 其实无论是鲍德温还是埃里森，他们都不是书写绝望的作家；鲍德温的小说创作也主要关注黑人性、无法去爱及空虚

---

① James Baldwin, "Nobody Knows My Name：A Letter from the South", in *James Baldwin：Collected Essays*, Toni Morrison（ed.）, p. 197.

② James Baldwin, "The Exile", in *James Baldwin：Collected Essays*, Toni Morrison（ed.）, pp. 256-257.

③ Irving Howe, "Black Boys and Native Sons", in *A Casebook on Ralph Ellison's Invisible Man*, Joseph F. Trimmer（ed.）, New York：T. Y. Crowell, 1972, p. 151.

④ Irving Howe, "A Protest of His Own", in *James Baldwin：Updated Edition*, Harold Bloom（ed.）, p. 130.

⑤ Maurice Charney, "James Baldwin's Quarrel with Richard Wright", *American Quarterly*, Vol. 15, No. 1（Spring1963）, pp. 65-75, p. 65.

⑥ Maurice Charney, "James Baldwin's Quarrel with Richard Wright", p. 73.

感，以及现代生活的荒芜，他特别关注爱的问题，认为爱的可能性能够定义人们抗击绝望与混乱的能力。

尤金尼娅·科利尔（Eugenia W. Collier）认为，鲍德温的文学批评揭示了秘而不宣的关于我们自己的真相与态度，比如说；感伤已经成为不诚实的标志，让人无法感知，因为过于矫揉造作的情感宣泄已经变成一种炫耀，向人们展示；感伤主义者泪眼婆娑的眼睛暴露了其对经验的背离，对生活的恐惧，以及心灵的贫瘠，预示着非人性的秘密与暴力，成为残酷的标志，"鲍德温关于抗议小说隐含真相的观点已经广为人知——它远非一种解放的工具，反之，抗议小说强化了欧裔美国人珍视的关于黑人性的错误意象。"①

在访谈中，很多人问及关于抗议小说的这场争论，因为确实有一些黑人批评家认为，别格是黑人社区的耻辱，鲍德温对此是不以为然的，认为纯属"胡说八道，"他说"我认识许多别格，我反对这部小说与此没有任何关系。我觉得这部小说的真正问题在于结尾处，整个美国共产党的那些东西，麦克斯对陪审团所说的那种长篇大论。我在《大家的抗议小说》中批评的也主要是这些。"② 让他不能接受的是，仿佛别格将被这些严肃的抽象所拯救，变成某种摩尼教的象征，"实际上他是芝加哥的黑人孩子，书中没有其他黑鬼，其实书中根本就没有任何黑人；我们也只有通过赖特的叙述，才能对贝茜有所了解，其他人的话都不存在。这才是我反对的。"③ 鲍德温也理解《土生子》的结尾与那个时代的整体氛围有关，也与当时美国共产党的作用有关，他认为赖特去世后出版的两本书都很好，也更加丰富。其实纵观赖特的创作生涯，他远比人们想象得更为复杂，而鲍德温感到很委屈的是，自己从未想过赖特真的会认为自己是在攻击他，本来还以为自己是他的得意门生，可以

---

① Eugenia W. Collier, "Thematic Patterns in Baldwin's Essays", in *James Baldwin: A Critical Evaluation*, Therman B. O'Daniel, Washington: Howard University Press, 1977, p. 138.

② Wolfgang Binder, "James Baldwin, an Interview", in *Conversations with James Baldwin*, Fred L. Standley and Louis H. Pratt (eds.), Jackson and London: University Press of Mississippi, 1989, p. 203.

③ Wolfgang Binder, "James Baldwin, an Interview", p. 203.

和他一起讨论，得到他的认可。但是这篇文章引起的"反应让我重新审视这些事情。我知道，无论我现在做了什么，这都不是我的本意。"①

对赖特的那些法国知识分子朋友、存在主义者、萨特与波伏娃等人，鲍德温坦诚自己并不喜欢，认为赖特比他这帮法国朋友好多了，他们根本不配降尊纡贵地对待赖特，这让自己感到愤怒，也非常反感，也因此对赖特很恼火。当有人把他对赖特抗议小说的批评，与埃尔德里奇·克利弗（Eldridge Cleaver）后来对他自己的攻击相提并论时，鲍德温明确表示，这二者之间没有任何相似之处，"撇开别的不谈，埃尔德里奇对我的攻击非常荒谬，他对我可以说是一点都不了解，而且他肯定不爱我；而我了解赖特，我也很爱戴他。这是其中最大的不同。我不是攻击赖特，我只不过是想为自己澄清一些东西。"②

贺瑞斯·A. 波特（Horace A. Porter）则从另外一个角度来回顾这一问题，他认为，无论从哪个方面来说，"土生子札记"都是经典的抗议文本，讲述了鲍德温想方设法逃离父亲家庭那种摧残人的环境，而且更为重要的是，鲍德温把关于非裔美国人对种族偏见与歧视的呐喊，变成关于自我解放的普世故事，而且极其关注美国白人——无论在美国文学还是在美国生活中都是如此——对黑人人性丰富多样的否认，他明确指出斯托夫人对黑人的描绘非常类型化，其中的感伤非常有害，而且很暴力。③波特认为，很多批评家都没有真正认识到鲍德温这篇论文的价值，觉得他无非对斯托夫人和赖特进行了严厉的、投机取巧的评价；其实鲍德温是有意识地选择《汤姆叔叔的小屋》进行讨论，显示其批评意识的早熟：仅仅 24 岁的他就能理解，并承认这部小说蕴涵的非凡的社会学力量。尽管他尖刻地批评了这部小说，但却

---

① Wolfgang Binder, "James Baldwin, an Interview", pp. 202-203.

② Julius Lester, "James Baldwin—Reflections of a Maverick", in *Conversations with James Baldwin*, Fred L. Standley and Louis H. Pratt（eds.）, p. 224.

③ Horace A. Porter, *Stealing the Fire*：*The Art and Protest of James Baldwin*, Middletown：Wesleyan University Press, 1989, p. 30, p. 42.

比专业的文学批评家早 40 年阐明自己的立场、发现其不可限量的文学价值。① 波特指出，鲍德温对斯托夫人与抗议小说传统的态度都是非常复杂的，他对《汤姆叔叔的小屋》的直率批评需要予以认真严肃地对待，近来的批评家认为《汤姆叔叔的小屋》对美国文学与美国生活有着积极的贡献，他们对鲍德温早期严厉批评的回应也值得我们认真关注。他举例说，简·汤普金斯（Jane Tompkins）就认为，《汤姆叔叔的小屋》可能是美国作家创作的最具影响的作品，她列举了美国许多著名批评家，如佩里·米勒（Perry Miller）、F. O. 马西森（F. O. Matthiessen）、哈里·列文（Harry Levin）、理查德·蔡斯（Richard Chase）、R. W. B. 刘易斯、阿尔沃·温特斯（Yvor Winters）与亨利·纳什·史密斯（Henry Nash Smith）等都没有真正理解这部小说的意义，但是她也同样无视鲍德温在《大家的抗议小说》中对斯托夫人的评论。泼特认为，"鲍德温的批评比她列举的这些相对温文尔雅的批评家们更具有挑战性，也更加引人关注。他的批评被忽视与他拒绝《汤姆叔叔的小屋》，都与后来的研究者汤普金斯批评的致命缺陷之间形成强烈反差。"②

　　其实鲍德温本身也难以忘怀这场关于"抗议小说"的争论，后来在访谈中多次提及这个话题，并尝试予以解释。在他去世前几年的访谈，如 1984 年的访谈中，他回顾说自己到巴黎前，为写书评，看了数以千计的比较"激进"的小册子，"我的肤色让我成为种族问题专家，""到巴黎后，我需要把这些东西倒掉，所以就写了《大家的抗议小说》。"自己过去相信（现在依然相信）这种书只会强化一种意象：即"如果我采取牺牲品的角色，我就会为现状辩护；只要我是牺牲品，他们就会可怜我，给我的家庭增加些许救济。但是这样做根本无济于事，我觉得那篇文章是我发现新的词汇与新的角度的开始。"③ 在他去世之后（1988 年）才发表的访谈中，鲍德温再次回顾

---

① Horace A. Porter, *Stealing the Fire*: *The Art and Protest of James Baldwin*, p. 41.

② Horace A. Porter, *Stealing the Fire*: *The Art and Protest of James Baldwin*, pp. 45–46.

③ Jordan Elgrably and George Plimpton, "The Art of Fiction LXXVIII, James Baldwin", in *Conversations with James Baldwin*, Fred L. Standley and Louis H. Pratt (eds.), p. 237.

自己早年的批评之路，意识到早期撰写的这些书评对自己的局限，"我 1948 年离开美国时，才意识到自己写的书评把自己带进了一个角落里，那些书评与短篇论文把我引入与真相相矛盾的地方。"他认为艾伯特·默里（Albert Murray）与埃里森也都被彻底局限住了，他们都是很有才华的作家，但也都被困住了手脚。①

论非裔美国作家

鲍德温以撰写书评开启自己的文学批评历程，他对种族问题的思考主要体现在移居法国之后所撰写的论文《大家的抗议小说》上，其中对"抗议小说"的反思，对斯托夫人与赖特的批评引起学术界的关注。他对（非裔）美国作家的论述既能帮助我们了解其批评思想的全貌，也有助于我们反思其批评"抗议小说"的立场。与同时代许多非裔美国作家类似的是，鲍德温对当时的黑人作家着墨不多，评价也不是特别积极，但是对他们或他们所代表的问题看得非常透彻，阐释得非常清晰；他以反观白人的视角，更加关注美国主流白人作家如福克纳等人对黑人形象的塑造及其对种族问题的处理，也为我们了解福克纳的种族观与文学再现提供了新的视角。

鲍德温对非裔美国文学与文化批评界特别重视的哈莱姆文艺复兴（也称为"新黑人文艺复兴"）及其代表作家，评价不高，他以重新审视的姿态与调侃的语气说，"新黑人文艺复兴是个高雅的词，意味着白人已经发现黑人除了能唱能跳外，还能演能写，但是这场文艺复兴注定长不了。因为很快就是大萧条，艺术的黑人，或高贵的野蛮人让位于好战的或新的黑人。"鲍德温的这种评价在黑人作家中并不孤立，与亲历哈莱姆文艺复兴运动的著名诗人休斯的评价极其相似，后者曾在 1940 年出版的自传《大海》中指出，

---

① Quncy Troup, "Last Testament, An Interview with James Baldwin", in *Conversations with James Baldwin*, Fred L. Standley and Louis H. Pratt（eds.），p. 285.

"1929 年大萧条来临时，哈莱姆新黑人时代的欢乐时光也随之结束。"① 此外，鲍德温调侃说，美国黑人形象塑造，是想表达这么一种观念，即美国的黑人形象与其说表达了黑人生活的本质，毋宁说反映了黑人形象的塑造者对黑人的认识，因为"黑人意象，跟黑人本身没有什么太大关系，只不过令人恐怖地精准反映了这个国家的心态。"② 因为美国文学批评界普遍认为，20 世纪 20 年代是爵士乐时代，是菲茨杰拉德的时代。

对当时最著名的黑人诗人休斯，鲍德温的总体评价不是特别高，认为他虽然很有天赋，但是遗憾的是，他没有用好，其才华没有得到很好地展示。他在为《休斯诗选》（*Selected Poems of Langston Hughes*，1959）所写的书评中指出，作为美国黑人诗人，休斯应该清楚自己的身份，他不可能是第一个发现社会责任与艺术责任之间充满张力的美国黑人。③ 对另外一位著名黑人诗人卡伦，鲍德温的评价也不高，认为休斯与卡伦两人描写的世界跟自己当时的生活没有什么关系，很难与之产生共鸣，"对我而言，黑人中产阶级太抽象。"

鲍德温在多篇文章中提到赖特，虽有一些解释，但更多的是对自己文学批评方面的一些坚守。他说，当时自己之所以主动去敲已经成名的赖特的家门，是因为赖特创作的《汤姆叔叔的孩子》与《土生子》对自己有特别的吸引力，"他描写的生活就是我经历过的生活。"正是由于阅读赖特的作品，鲍德温才开始阅读其他更早一些的黑人作家，如图默等人的作品，并对休斯和卡伦的作品有了新的认识。④ 但是，随着自己文学趣味与批评标准的改变，

---

① Joseph McLaren （ed.），*The Collected Works of Langston Hughes*，*Volume* 13，*Autobiography*：*The Big Sea*，Columbia and London：University of Mirrouri Press，2002，p. 191.

② James Baldwin，"Notes for a Hypothetical Novel，An Address"，in *James Baldwin*，*Collected Essays*，Toni Morrison （ed.），p. 223.

③ James Baldwin，"Sermons and Blues"，in *James Baldwin*：*Collected Essays*，Toni Morrison （ed.），p. 615.

④ Julius Lester， "James Baldwin—Reflections of a Maverick"，in *Conversations with James Baldwin*，Fred L. Standley and Louis H. Pratt （eds.），p. 223.

鲍德温慢慢与赖特的文学再现与创作思想保持距离，并以《大家的抗议小说》与《千逝》等文章，批评以赖特为代表的小说家所重视的"抗议小说"。他认为"抗议小说的失败之处在于，它拒绝生命，拒绝人，否认自己的美、自己的担心与力量。"① 这种深刻的体悟与认识明显高于当时许多把黑人文学作为种族斗争工具的作家与批评家。

随着 20 世纪 60 年代民权运动的高涨，鲍德温更加关注美国的社会现实，不仅积极投身民权运动，自己的文学创作中也多了很多"抗议"的元素，对非裔美国文学与作家的评价也出现一些变化。他对埃里森评价甚高，认为他是第一位表达黑人生活中的含混与反讽的黑人小说家，② 但是对他要与现实保持一定的艺术距离，追求所谓"艺术至上"的态度很不以为然。在去世之前接受访谈时，鲍德温回忆起民权运动时期埃里森送他去机场的一件趣事，因为埃里森一路上不停地提醒他，说他卷入民权运动是个致命的错误，艺术家一定要保持一定的审美距离，在任何时候都要远离斗争，不要因此毁了自己作为艺术家的客观，毁了自己的艺术事业等等。③ 虽然鲍德温知道自己肯定不会去追求埃里森的美学立场，但是也并不否认埃里森的创作才能，客观地指出，虽然《看不见的人》有自己的缺陷，"但却是一本非常、非常、非常、非常重要的小说。"不管别人怎么讲，也不管埃里森本人怎么看，都无法否认这一点。"我认为拉尔夫的重要性是毋庸置疑的，其他的都无足轻重。"④ 当问及比较喜欢的其他作家，或认为哪些作家比较有前途时，鲍德温列举的既有年长一些的黑人作家，如布朗、图默等人，也有一些新锐作家，如更加年轻的黑人作家格温多林·布鲁克斯，琼斯（即巴拉卡）与埃德·布林斯（Ed Bullins），盖尔·琼思（Gayl Jones），洛林·汉斯贝里及莫

---

① James Baldwin, "Everybody's Protest Novel", in *James Baldwin: Collected Essays*, Toni Morrison (ed.), pp. 17–18.

② Toni Morrison (ed.), *James Baldwin*, *Collected Essays*, p. 9.

③ Herb Boyd, *Baldwin's Harlem: A Biography of James Baldwin*, New York: Atria Books, 2008, p. 195.

④ Wolfgang Binder, "James Baldwin, an Interview", p. 208.

里森等。①

鲍德温对年轻剧作家汉斯贝里偏爱有加，认为她的代表作《阳光下的干葡萄》（*A Raisin in the Sun*，1959）和赖特的《土生子》一样，是一出愤怒的戏剧，但是遗憾的是，20多年过去了，美国黑人的生活几乎没有什么大的改变。"《土生子》中的主人公别格死于自己的陷阱，《阳光下的干葡萄》的主人公沃特虽然走出了自己的陷阱，却走进了一个更大的圈套，而且无处可逃。假如说沃特留下了什么有价值的东西，那也需要我们来判定其价值所在，而且要确保不会完全失去。"② 此外，鲍德温客观地指出，《阳光下的干葡萄》中的黑人母亲形象比较固化，莉娜·杨格（Lena Younger）这个角色可以塑造得更加弹性一些，因为黑人女性不仅面临美国社会的种族歧视，也面临来自黑人社区与黑人家庭内部男性的性别压迫，她们并非完全不理解美国社会的种族歧视对黑人男性的伤害，因为她们知道，"美国从不想让黑人成为男人，也不想把他们当男人来对待，而是把他们作为吉祥物、宠物，或物件来对待。每个黑人妇女都知道他们的男人出去工作需要面对什么，下班会把什么样的毒素带回家来。"③

鲍德温特别重视爱的价值，在自己的第三部小说《另一国度》（*Another Country*，1962）中，不惜对爱进行浪漫化处理，让其具有超越种族的力量。他对亚历克斯·哈里（Alex Haley）的畅销小说《根》（*Roots：The Saga of an American Family*，1976）的评价，不仅体现了他对爱的关注，更加清楚地表达了他对历史的尊重，明显不同于当时"黑人美学"与"黑人权力运动"中的某些黑人激进分子，他们为了改变美国主流社会对黑人的负面评价，不惜刻意忘记自己的悲惨历史，渴望发明新的黑人历史。鲍德温认为，《根》不仅重点描绘了一个民族如何绵延不息地生存与发展，也通过爱的行动解放

① Wolfgang Binder，"James Baldwin，an Interview"，p. 207.

② James Baldwin，"Is A Raisin in the Suna Lemon in the Dark?"，in *James Baldwin：The Cross of Redemption：Uncollected Writings*，Randall Kenan（ed.），p. 33.

③ James Baldwin，"Is A Raisin in the Sun a Lemon in the Dark?"，p. 31.

下一代人——如果没有爱，可能就会导致下一代人的衰亡。这部作品以雷霆万钧之势告诉读者，不管我们是否意识到，我们每个人都只不过是造就我们的历史的工具。我们要么在这个工具里灭亡，要么继续繁荣发展。① 在"小说的艺术"（The Art of Fiction）中，鲍德温进一步阐明，作为美国黑人，我们需要做的就是把白人的历史，或白人撰写的历史，全部据为己有，其中包括莎士比亚。② 与当时激进的黑人民族主义者主张发明新的黑人历史的做法不同的是，鲍德温主张，美国黑人一定要能接受自己的历史，自己的过去（即便过去的历史不堪回首也需如此），但是"接受自己的过去（自己的历史）与淹没在历史当中并非一回事，而是要学会如何利用历史。"他认为，美国黑人不能根据现在的需要发明一段过去的历史，因为那很快就会风化掉，关键是要超越肤色、民族与宗教祭坛的现实。③

　　20 世纪 70 年代初，刚刚崭露头角的文坛新秀莫里森也特别重视"爱"的力量，曾经在接受访谈时提出，自己创作的主题就是"爱，或爱的缺失"（Love，or its Absence）。④ 同时她也特别强调要直面美国黑人的过去，重视对美国白人历史的挪用，其对待美国黑人历史的真诚态度与鲍德温非常契合，后者对她的创作也评价甚高，认为她的创作天赋主要体现在寓言当中，不仅《柏油娃》（*Tar Baby*，1981）是个寓言，她的所有小说都是寓言，尽管她的书和寓言并非总是表面上看上去那么吻合。由于当时身体状况已经非常不好，鲍德温对莫里森最新出版的小说《宠儿》（*Beloved*，1987）关注不够，但是评论得还是非常精准、到位，他认为，总的来说，莫里森利用了迷

---

① James Baldwin, "How One Black Man Came To Be an American, A Review of 'Roots'", in *James Baldwin*, *Collected Essays*, Toni Morrison (ed.), p. 765.

② Jordan Elgrably and George Plimpton, "The Art of Fiction LXXVIII: James Baldwin", in *Conversations with James Baldwin*, Fred L. Standley and Louis H. Pratt (eds.), p. 252.

③ James Baldwin, "The Fire Next Time", in *James Baldwin: Collected Essays*, Toni Morrison (ed.), p. 333.

④ Jane Bakerman, "The Seams Can't Show, An Interview with Toni Morrison" (1977), in *Conversations with Toni Morrison*, Danille Taylor-Guthrie (ed.), Jackson: University Press of Mississippi, 1994, p. 41, p. 40.

思，或抓住好像迷思的东西，把它变成了其他的东西。"我不知道该怎么表述——《宠儿》可以是关于真相的故事。她抓住了很多很多东西，把它们完全颠倒过来。其中有一些——你能从中看出真相所在。我觉得托妮的作品读起来很痛苦。"鲍德温认为，《宠儿》表现了令人恐怖的寓言，因为过于沉重，读者一般不想去身临其境地体验；虽然可能有人不喜欢甚至反对莫里森，"但是她创作了所有人都相信的故事，这位非常优雅的女士的创作意图是非常严肃的，有人说是很致命的。"①

论（美国）白人作家

鲍德温的阅读非常广泛，不仅关心美国黑人作家的创作，也对很多著名白人作家有一些非同寻常的认识。作为英语世界的文化象征，莎士比亚（William Shakespeare）仿佛是一座丰碑，鲍德温从反思语言入手，撰写了"我为何不再恨莎士比亚"（*Why I Stopped Hating Shakespeare*，1964）一文，陈述自己对莎翁爱恨交织的复杂情感。因为之前没有认识到英语能够反应自己的经历，所以鲍德温谴责莎士比亚"是压迫我的作者与设计师，"② 后来移居法国巴黎，需要用法语说话、思考时，他对英语的敌意发生改变，开始真正理解莎士比亚，开始真正认识到"如果这种语言不是我的，那可能是语言的错误，也可能是我的错误；或许因为我从未尝试使用，只是学着模仿这种语言，所以它不是我的。"他与莎士比亚的真正和解在于，发现自己"与莎士比亚语言的关系无非证明是我与自己，与我自己的过去的关系。"更为重要的是，他发现自己用心听爵士乐，并希望有朝一日能把它翻译成语言时，发现莎士比亚的"淫秽"对自己的重要，"因为'淫秽'是爵士乐的重

---

① Quncy Troup，"Last Testament, An Interview with James Baldwin"，in *Conversations with James Baldwin*，Fred L. Standley and Louis H. Pratt（eds.），p. 284.

② James Baldwin，"Why I Stopped Hating Shakespeare"，in *James Baldwin：The Cross of Redemption：Uncollected Writings*，Randall Kenan（ed.），p. 65.

要因素之一，揭示了对身体的爱；身体具有妙不可言的神奇力量，而大部分美国人都丢失了，我只能在黑人中体验到，但却一直被视为可耻。"① 鲍德温认为，莎翁的作品丰富异常，塑造的人物真实、矛盾、难以简单地归类，自己之所以害怕莎士比亚，"因为在他手里，英语成为最有力的工具。没人能够再像他那样写作，没人能与他相提并论，更不用说超越他了。"②

他大量阅读法国、俄国与美国文学作品，比较喜欢法国作家巴尔扎克、福楼拜，以及俄国作家托尔斯泰、陀思妥耶夫斯基等人的作品，认为俄国作家以小见大，从具体的人物或事件出发，揭示更大、更加普遍的社会存在的做法可资借鉴。他认为，陀思妥耶夫斯基的《群魔》以俄国的一个小镇为例，戏剧化地表达了俄国的精神状态；托尔斯泰创作的《安娜·卡列尼娜》描写一个古老而且愚钝的社会，好像一切都已固化，没有办法再改变，但是这部作品却成为杰作，"因为托尔斯泰能够推测，并让我们看见统治这个社会、造成安娜不可避免悲剧的隐藏的律法。"③ 相比较而言，他认为美国作家更加幸运，因为他们没有什么固化的社会可以描写，他们生活于其中的美国社会，没有什么东西是固定的，个体必须为自己的身份而战，这种令人眼花缭乱的"混乱"为美国作家创造了前所未有的创作可能性，"美国作家的责任就在于发现这些隐含的律法与假定到底是什么。但是如果身处其中难以脱身，受制于各种禁忌，要想打破这些禁忌，获得解放，也实属不易。"④

在美国白人作家中，鲍德温最为看重亨利·詹姆斯（Henry James）与福克纳。他多次提及詹姆斯，把他置于最高的地位，非常欣赏他的创作才华及艺术理念，感觉他的作品很亲切，代表了一种新的范例，并在生活与创作两个方面都以詹姆斯为楷模。比如说，鲍德温 1948 年孤身来到巴黎，举目无

---

① James Baldwin, "Why I Stopped Hating Shakespeare", pp. 67-68.

② James Baldwin, "This Nettle, Danger ···", in *James Baldwin: Collected Essays*, Toni Morrison (ed.), p. 687.

③ James Baldwin, "The Discovery of What It Means to Be an American", in *James Baldwin: Collected Essays*, Toni Morrison (ed.), pp. 141-142.

④ James Baldwin, "The Discovery of What It Means to Be an American", p. 142.

亲、孤独无助，但是并没有沮丧或心烦意乱，因为詹姆斯已经来过，做出了表率。① 在创作方面，鲍德温受益于詹姆斯之处更多。詹姆斯探索何谓美国，实践多种叙述视角的做法，也对他极富启发意义，詹姆斯的《贵妇画像》（*The Portrait of a Lady*，1881）与《卡萨玛西玛公主》（*The Princess of Casa-massima*，1886）帮助他摆脱隔都的影响，走出黑人创作的藩篱。1984 年接受《巴黎评论》访谈时，鲍德温回忆起自己创作第一部小说《向苍天呼吁》（*Go Tell It on the Mountain*，1953）时的感受，因为当时只有 17 岁，没有创作经验，不知道该怎么处理主题与技巧，发现詹姆斯关于意识中心的理念以及利用单一意识讲述故事的观点，都对自己非常有帮助，"他给了我让小说发生在约翰生日那天的想法。"②

鲍德温在"白人的内疚"中提及詹姆斯小说《大使》（*The Ambassadors*，1903）中的一处细节——他在其他文章中也多处涉及此点。奉命来巴黎，要把未婚妻的儿子从巴黎的"温柔乡"劝说回美国的"大使"，自己先被新的、更加非功利的人生观所诱惑，转而劝告年轻人留在巴黎，不要回美国："生活，要尽其所能地生活；不这样的话，你就错了"，鲍德温把它翻译为"相信生活，尽管可能有苦也有乐，但它会教导你，你所需要知道的一切。"③ 在"发现成为美国人意味着什么"中，鲍德温指出，詹姆斯注意到，成为美国人有着复杂的命运，而身处欧洲的美国作家的主要发现就是这种命运有多么复杂。④

鲍德温特别关注的另外一位作家是福克纳。在《难以承受之真》（*As Much Truth As One Can Bear*，1962）等文章中，鲍德温讨论了几位重要当代美国作家，如海明威、菲茨杰拉德和约翰·多斯·帕索斯（John Dos Passos）

---

① James Baldwin, "Take Me to the Water", in *James Baldwin：Collected Essays*, Toni Morrison（ed.）, p. 377.

② Horace A. Porter, *Stealing the Fire. The Art and Protest of James Baldwin*, p. 126.

③ James Baldwin, "The White Men's Guilt", in *James Baldwin, Collected Essays*, Toni Morrison（ed.）, p. 727.

④ James Baldwin, "The Discovery of What It Means To Be an American", p. 137.

等人，但是他特别关注美国南方作家福克纳的创作以及他对美国种族问题的认识，对他的复杂、矛盾既有欣赏也有批评。鲍德温认为，福克纳的作品《喧哗与骚动》（*The Sound and the Fury*，1929）、《干旱的九月》（*Dry September*，1931）、《八月之光》（*Light in August*，1932）等比较客观地揭示了南方白人与黑人之间关系的本质，以及南方白人人性中的黑暗。但是，他对福克纳致力于维护美国南方的过去不以为然，认为他虽然能够在想象中以自己的意愿控制黑人、以自己的方式处理黑人，但在现实生活中很难如愿。鲍德温指出，实际上黑人"一心一意要推翻福克纳在想象中所相信的那些东西"，[1] 福克纳能够在文学中寻求正义，但在面对现实生活中的社会矛盾，特别是种族矛盾时，他却很难始终秉持客观、公正的立场。虽然鲍德温非常尊重福克纳，但是对其关于种族问题的声明十分难过，对其诺奖演讲中的模糊修辞十分不满，更让他难以理解的是，为何批评界能够接受曾经创作出《八月之光》这样优秀作品的作者，居然能够创作出糟糕透顶的《坟墓的闯入者》（*Intruder in the Dust*，1948）与《修女安魂曲》（*Requiem for a Nun*，1961）这样的作品。

在加缪翻译、导演福克纳的《修女安魂曲》时，鲍德温曾应邀为其撰写评论。他发现剧中对南方女士罪恶的叙述既奇怪又冗长，她的丈夫显得既虚假又僵硬，女佣南希则集黑鬼、妓女、瘾君子于一身，简直像个恶魔，为了挽救女主人走向自我毁灭的旅程，让她理智起来，她竟然需要采取杀死白人女士婴儿的极端方式。虽然南希自身有很多罪恶，相比较而言还是更加有趣一些，她像耶稣基督一样，为女主人承担罪恶；她的女主人则太无聊、太饶舌，总之，太不真实。鲍德温认为，福克纳并非真的是种族主义者，但他对黑人的了解不够深入，对他们的描写不细腻，也不系统，虽然想拯救美国南方过去被诅咒的历史，但是因为他"只能看到黑人与他自己的关系，而非黑

---

① Studs Terkel，"An Interview with James Baldwin"，in *Conversations with James Baldwin*，Fred L. Standley and Louis H. Pratt（eds.），pp. 7–8.

人彼此之间的关系，"因此以无尽的贪婪与大开杀戒来维护旧秩序的方式来展现黑人女佣的杀婴行为。① 鲍德温认为，虽然福克纳对美国南方出现的罪行感到震惊——既包括他的祖先及其同辈对黑人犯下的罪行，也包括白人之间自相残杀的罪行，但是他的作品仿佛到处都洋溢着"壮美南方"的气息。②

与福克纳的文学想象相比，鲍德温更关注他的种族观。在接受访谈时，福克纳曾说，如果联邦政府与密西西比州发生冲突，他会为密西西比州而战，为了拯救密西西比，他可以跑到街上去射杀黑人。虽然这只是些过激的夸大之词，但是鲍德温认为，这很有可能误导别人真的去这么做，这种论调也充分暴露了南方白人的真实嘴脸。③ 经过200多年的奴隶制，以及90来年的所谓"准自由"，美国黑人很难对福克纳建议的"慢慢来"的态度有比较高的评价，他的所谓中间道路根本就走不通，因为根本就不存在什么所谓中间道路。鲍德温在《哈波斯》上撰文指出，"在当今世界，无论住在什么地方，如果因为种族或肤色原因反对平等，就像住在阿拉斯加反对雪一样的不理智。"他说，我们现在就像生活在阿拉斯加，已经有了足够的雪，"如果我们仅仅能与雪和平相处，还远远不够，我们应该像阿拉斯加人一样，能够好好地利用雪。"

大体而言，鲍德温对詹姆斯、福克纳等人推崇备至，但对二战以后的美国年轻作家不是特别满意，尽管觉得"第二次世界大战没有能够孕育出可以与一战相媲美的文学作品"这样的观点可能值得商榷，④ 但是他认为，像海明威这样的老作家完成《丧钟为谁鸣》（*For Whom the Bell Tolls*，1940）之

---

① James Baldwin, "Take Me to the Water", in *James Baldwin*：*Collected Essays*, Toni Morrison（ed.）, pp. 380-381.

② James Baldwin, "As Much Truth As One Can Bear", in *James Baldwin*：*The Cross of Redemption*, *Uncollected Writings*, Randall Kenan（ed.）, p. 37.

③ James Baldwin, "Faulkner and Desegregation", in *James Baldwin*：*Collected Essays*, Toni Morrison（ed.）, p. 211.

④ James Baldwin, "As Much Truth As One Can Bear", p. 34.

后，难以达到之前的创作状态，也几乎是不争的事实。他认为，美国上一代
文学大师至少有一个共同的特点：即他们简单，不是说他们的创作风格简
单，而是说他们看待这个世界的方式简单。他们把这个世界看作是丢失了天
真，需要纠正的地方，"至少我觉得，人们能够在所有美国小说家的作品中，
甚至包括伟大的詹姆斯的作品中，听到被莫名其妙糟蹋掉的草原之歌，以及
关于北美这个新大陆处女地的记忆，仿佛所有的梦想都可能在这儿实现。"①
他客观地指出，美国小说中存在着两股重要的力量：一方面是对天真丢失的
惆怅，另一方面是对这种惆怅到底意味着什么所做的嘲讽式理解。他认为必
须对国人引以为豪的美国道德进行反问，而且必须要了解"印第安人怎么看
这种道德，古巴人或中国人怎么看，黑人怎么看。"因此，鲍德温认为，无
论美国了解与否，承认与否，作家都是美国社会极为重要的成员，承担着揭
示某个民族多重真相的艺术职责，从库珀到詹姆斯到福克纳都概莫能外。②

鲍德温对当代美国很多白人作家的评价也不是很高，觉得他们离自己很
远，几乎无法产生共鸣。他不太喜欢厄普代克的作品，认为他的世界对自己
的世界没有什么影响，也很少有什么令他感兴趣的东西，而且"总体而言，
大部分美国白人的关注都非常乏味，而且极其、极其自我中心。"③ 他对 20
世纪 60 年代著名的垮掉派作家杰克·凯鲁雅克（Jack Kerouac）提出的所谓
白人世界不够让他感到狂喜，他没有足够的生活、喜悦、兴奋、黑暗、音
乐、夜晚，说自己渴望成为黑人，想成为丹佛的墨西哥人，或贫穷的超负荷
工作的日本人，"只要不是我现在这种可怕的样子，一个幻想破灭的'白
人'"④ 等言辞不屑一顾，认为纯属无病呻吟。他对诺曼·梅勒（Norman
Mailer）能够接受自己的小说《乔万尼的房间》（*Giovanni's Room*，1956），

---

① James Baldwin, "As Much Truth As One Can Bear", p. 37.

② James Baldwin, "As Much Truth As One Can Bear", p. 37.

③ Jordan Elgrably and George Plimpton, "The Art of Fiction LXXVIII, James Baldwin", in *Conversations with James Baldwin*, Fred L. Standley and Louis H. Pratt（eds.），pp. 248–249.

④ James Baldwin, "The Black Boy Looks at the White Boy", in *James Baldwin*, *Collected Essays*, Toni Morrison（ed.），p. 278.

并写过一些鼓励的话心存感激，他们也成为很好的朋友，认为他的几部小说，如《裸者与死者》（*The Naked and the Dead*，1948）等具有同时代作家共有的一些特征，如在构思方面的强健与精妙，在人际关系方面的危险与复杂等，因此，不管别人对梅勒的评价怎么苛刻，他都认为梅勒的所有作品都是真诚之作，他是真诚的小说家，而且才华绝对一流。①

本章小结

作为著名小说家、散文家，以及实践自己理想的斗士，鲍德温不仅在思想上关心种族问题，而且身体力行，参与反对种族主义的游行、拯救被监禁的黑人激进分子，为他们呼吁，为他们鸣不平。他的创作本身就是一种政治行为的体现，佩米尔·E. 约瑟夫（Pemiel E. Joseph）认为，作为散文家、剧作家和小说家，他提炼了美国与世界范围之内黑人生活中的愤怒、痛苦与激情，彻底改变了公众对种族、暴力与民主问题的评论与质疑。② 20 世纪 60 年代后期开始，由于美国社会环境与政治语境的变化，他作为美国黑人种族代言人的角色逐渐减弱，也有些论者认为，他的创作质量开始滑坡，很难再达到早期创作的水平。但是毋庸置疑的是，他是当代最多产也最具影响的非裔美国作家，也可能是 20 世纪 60 年代被引用最为广泛的黑人作家，③ 毕生反对各种形式的霸权，致力于种族平等的斗争，反对美国与欧洲的精英主义，以及黑人社区内部与外部的异性恋力量。④ 因此，人们也更多地从种族政治的角度理解他的作品，并以种族斗争的盛衰来衡量他的文学成就，但是

---

① James Baldwin, "The Black Boy Looks at the White Boy", pp. 277–278.

② Pemiel E. Joseph, "Foreword", in *Baldwin's Harlem：A Biography of James Baldwin*, Herb Boyd, New York：Atria Books. 2008, p. xi.

③ Ida Lewis, "Conversation, Ida Lewis and James Baldwin", in *James Baldwin：The Cross of Redemption：Uncollected Writings*, Randall Kenan (ed.), p. 83.

④ Dwight A. McBride (ed.), *James Baldwin Now*, New York and London：New York University Press, 1999, p. 1.

这样的理解与认识都比较片面。凯南指出，人们很容易说鲍德温想传达的主要信息是种族平等，因为这一主题确实贯穿其作品，但是如果就此止步，看不出其更深层次的关注，就太狭隘了，因为他要表达的真正主题与西方伟大的哲学家、神学家们并无二致。凯南认为，他所表达的真正主题是人性——这么说或许显得有些太过宽泛，他虽然 17 岁就离开了教堂的讲坛，但是却从未停止过布道。① 这也就是为什么他要反复重申，是美利坚合众国根据自己的需要"发明创造"了所谓的"黑鬼"，"我不是黑鬼，我从来都不是黑鬼，我是人。"② 他多次重申，白人社会知道黑人最需要什么，因为黑人的需要与白人的没有任何区别：需要一份工作，能够保护自己的女人、房子、孩子，有自主权。③

如果把 20 世纪 40 年代至 60 年代最著名的 3 位黑人男性作家，赖特、埃里森与鲍德温做一个粗略的比较，读者不难发现，来自美国南方，对南方的种族歧视有切肤之痛，对白人私刑处死黑人充满恐惧的赖特，更多地表达了现实层面的种族主义暴力及其对黑人的影响；而来自俄克拉荷马的埃里森则对美国的民主理想充满信心，因为俄克拉荷马很晚才加入美利坚合众国，社会氛围相对来说比较宽松，种族歧视也相对不是那么严重。鲍德温的经历比较特殊，他既感同身受赖特在美国遭受的种族歧视，也有移居欧洲后的他者视角，他对埃里森视为神圣的美国独立宣言与美国宪法毫不客气的进行批评，认为独立宣言显然是一份商业文献而非道德文献，因此，美国宪法才会把黑人奴隶定义为五分之三的人，才会"顺理成章"地出现所谓黑人没有白

---

① Randall Kenan（ed.）, *James Baldwin, The Cross of Redemption: Uncollected Writings*, p. xxiv.

② James Baldwin, "We Can Change the Country", in *James Baldwin, The Cross of Redemption: Uncollected Writings*, Randall Kenan（ed.）, p. 60.

③ James Baldwin, "The Nigger We Invent", in *James Baldwin: The Cross of Redemption: Uncollected Writings*, Randall Kenan（ed.）, p. 116.

人应该尊重的任何权力之说。①

诚如梅尔·沃特金斯（Mel Watkins）所言，鲍德温不仅为黑人传统代言，也为美国传统代言。作为作家，他既是沃克、亨利·海兰·加尼特（Henry Highland Garnet）、道格拉斯、华盛顿与杜波伊斯等黑人论辩散文传统的一部分，也是美国浪漫-道德主义传统中的一分子，与爱默生、亨利·大卫·梭罗（Henry David Thoreau）及约翰·杰伊·查普曼（John Jay Chapman）等人比肩，② 是（非裔）美国文学史上一位不容忽视的作家与思想家。他的跨国界旅行对其思想的影响，对其创作的推动，以及他对年轻一代作家如汉斯贝里、莫里森、苏珊-洛丽·帕克斯（Suzan-Lori Parks）、塔-内西·科茨（Ta-Nehisi Coates）等人的影响与推动，都有赖后来的研究者们进一步探索。2001 年以来，有大约 200 部关于鲍德温的学术研究成果问世，我们期待更多研究者的参与。

---

① James Baldwin, "Freaks and the American Ideal of Manhood", in *James Baldwin*: *Collected Essays*, Toni Morrison（ed.），p. 816.

② Mel Watkins, "The Fire Next Time This Time", in *James Baldwin*, *Updated Edition*, Harold Bloom（ed.），pp. 178–179.

第六章　埃里森的文学批评

美国是戴着面具搞笑的乐土，我们戴着面具既为了自卫，也为了进攻。

——埃里森

引　言

在非裔美国文学史上占有特殊地位的埃里森（Ralph Ellison, 1913—1994）生前只有一本小说《看不见的人》（*Invisible Man*, 1952）出版，虽然是处女作，却显示了作者圆熟、高超的技艺，向读者展示了黑人生活的复杂与丰富，大获成功，获得美国国家图书奖，成为当代美国黑人文学经典，并逐步进入美国文学经典的殿堂。但是让读者意外的是，他的第二部小说迟迟没有问世，他去世后由好友帮助整理出版的小说作品《飞回家》（*Flying Home and Other Stories*, 1996）、《六月庆典》（*Juneteenth*, 1999）以及《死期将至》（*Three Days Before the Shooting*, 2010）也远未达到读者的预期，反应平平。① 但他的演讲、访谈、论文

①　但是对他的崇拜者来说，创作出小说《看不见的人》以及发表多篇论述美国种族与文化论文的作者不能说是个失败者。详见 Arnold Rampersad, *Ralph Ellison*: *A Biography*, New York: Vintage Books, A Division of Random House, Inc., 2007, p. 4.

与书评等频频问世，读者在期待其小说新作的同时，也十分关注其批评文章。他1964 年结集出版的论文集《影子与行动》（*Shadow and Act*），以及 1986 年结集出版的《去高地》（*Going to the Territory*），均获得学术界比较广泛的认可；他去世后由别人编辑整理出版的《埃里森文选》（*The Collected Essays of Ralph Ellison*，1994）不仅收录了前两部批评作品，也收录了十多篇之前零星发表或从未发表的材料，巩固了其批评家的地位，其中《影子与行动》与小说《看不见的人》一道入选现代图书馆挑选的 100 部最具影响的小说与批评著作，可见其批评成就之高。① 有论者指出，即便埃里森没有创作小说《看不见的人》，他的文学与文化批评成果也足以使他成为当之无愧的批评家。② 詹姆士·M. 梅拉德（James M. Mellard）认为，埃里森不是作为小说家发表了批评文章，而是作为文人碰巧发表了小说，他超越了美国 20 世纪中叶种族逻辑的局限，既是伟大的小说家，同时也是伟大的批评家，其论文与小说一样具有非同寻常的价值。③ 艾伦·纳德尔（Alan Nadel）认为，埃里森对美国经典问题非常敏感，也充分意识到美学的变化与语言学的精细之处，本可以创作出不朽的文学与文化批评著作，但其《文选》主要奠定了他社会批评家的地位。④ 作为批评家的埃里森关注的主题很多，涵盖种族、社会、文化、文学等诸多方面。

　　中国学术界重点关注埃里森的文学创作，王逢振先生的论文"《看不见的人》仍令人震撼"（1999）不仅探讨了作品的内容及意义，而且着重分析了作品独特的叙事形式，王家湘教授开辟专门章节，对埃里森的创作与评论给予比较全面的介绍，谭慧娟教授全方位地考察了埃里森的创作，完成博士

---

① Timothy Parrish, "Ralph Ellison, Finished and Unfinished, Aesthetic Achievementsand Political Legacies", *Contemporary Literature*, Volume 48, Number 4 (Winter 2007), pp. 639-664, p. 654.

② Ronald A. T. Judy, "Ralph Ellison——the Next Fifty Years", *Boundary* 2, Volume 30, Number 2 (Summer 2003), pp. 1-4, p. 1-2.

③ James M. Mellard, "Ralph Waldo Ellison, A Man of Letters for Our Time", in *Critique*, 51：93 -103, 2010, p. 99, p. 102.

④ Alan Nadel, "Shadowing Ralph Ellison (review)", *Callaloo*, Volume 31, Number 3 (Summer 2008), pp. 935-937, p. 935.

论文《创新·融合·超越：拉尔夫·埃利森文学研究》（2007）等。本章重点分析埃里森的文学批评及其贡献，主要聚焦以下几个方面的内容，首先，回应抗议小说之争；其次，反思美国黑人创作与批评；再次，思考美国经典作家笔下的种族再现；最后，聚焦美国黑人音乐布鲁斯，展现美国黑人文化的丰富与多样，梳理美国黑人文学对民主的追求与呈现。

回应抗议小说之争

虽然赖特的《土生子》广获好评，但是其中所表达的愤怒与暴力行为也令人瞠目，在非裔美国社区内部也引起不同的反应，赞赏者有之，批评者更不少见。鲍德温以《大家的抗议小说》以及《千逝》等论文，批评斯托夫人与赖特创作的"抗议小说"消弭人性，固化了对黑人的刻板印象；他认为斯托夫人的《汤姆叔叔的小屋》是本"坏小说"，赖特的小说宣传味甚浓，强化了负面的黑人形象等，引发学术界比较广泛的关注。美国著名文学批评家欧文·豪不仅高度评价赖特的文学成就，认为"《土生子》出版之日，即美国文化从此改变之时"，[①] 而且严厉批评鲍德温与埃里森，认为他们对赖特作品的批评属于背叛行为。他指出，埃里森无法摆脱黑人的观念，很难像20 世纪50 年代的批评家所倡议的那样对黑人经验持审美距离，因为困境及抗议与黑人的经验密不可分，[②] 引发他们二人的反批评。埃里森认为，欧文·豪对他的批评有失公允，他凭什么认为自己对美国黑人经历的书写没有包括"困境与抗议"；其次，埃里森批评欧文·豪不应该仅仅以是否"抗议"来衡量其文学创作成就；再次，埃里森强调指出，任何一个民族都不可能仅仅通过被动地回应与抗议得以生存、发展。

欧文·豪坚信，美国黑人的创作源于抗议的冲动，尽管"抗议"的形式

---

① Irving Howe, "Black Boys and Native Sons", pp. 150-169, p. 152.

② Irving Howe, "Black Boys and Native Sons", p. 163.

可能不同，有的抗议温和，有的严厉；有的是政治方面的抗议，有的是私人方面的抗议；有的抗议已经释然，有的还深藏于心。但是他认为不容否认的是，美国黑人存在的社会学对他的文学作品形成持续的压力，不仅任何作家都会遇到，而且无法排解这种痛苦及其对人性的摧残。① 因此，他在《黑孩子与土生子》（*Black Boys and Native Sons*）中抨击埃里森放弃了黑人抗议文学传统，转向孤芳自赏的文学现代主义与个体性表达，与许多左翼黑人作家——如约翰·基伦斯（John Killens）、阿布纳·贝里（Abner Berry）与劳埃德·布朗（Lloyd Brown）等——一道，放弃了自己作为黑人作家的责任，认同主流的现代主义，抛弃了自己的社会与政治义务。②

埃里森虽然赞同欧文·豪所谓所有艺术都含有抗议的因素之说，但是却难以接受他对自己的指责，因为抗议的表现形式多种多样，既可以是政治性的意识形态方面的或社会学方面的抗议，也可能只是小说中对某些风格的抗议，或者对人类状况的不满。他认为，如果说《看不见的人》这本书还有一些"神秘"的话，那也是因为作者自己相信一件艺术作品本身非常重要，创作这本书本身就是一种社会行为。③ 埃里森相信，作为批评家，欧文·豪有权利以自己的方式批评他的小说，但是他坚持认为，应该把自己的小说当作艺术作品而非社会学成果来衡量，如果他认为这部作品比较失败，那应该是他美学方面的失败，不能用它是否进行了意识形态的抗争来衡量其成功或失败与否。他指出，倘若黑人创作的大部分小说都不够充分，那也不是因为抗议或不抗议，而是因为创作技艺不够精湛。他对那些不能发表作品就抱怨受到种族歧视的黑人作家非常不满，认为只要作品本身足够优秀，就一定能得到别人的关注，无论作者的政治观点或视角如何，因为任何作家和艺术家都

---

① Irving Howe, "Black Boys and Native Sons", pp. 158-159.

② Robert J. Butler, "Bibliographical Essay: Probing the Lower Frequencies: Fifty Years of Ellison Criticism", in *A Historical Guide to Ralph Ellison*, Steven C. Tracy (ed.), New York: Oxford University Press, 2004, p. 239.

③ Ralph Ellison, "The World and the Jug", in *The Collected Essays of Ralph Ellison*, John F. Callahan (ed.), New York: The Modern Library, 1995, p. 183.

需要不断地磨炼技艺，研究、改变自己的恐惧与狭隘。① 因此，埃里森认为，自己不是要拒绝艺术中的抗议，而是拒绝只局限于抗议的艺术作品。作为深受现代派文学影响的艺术家，他特别重视真正的艺术应该像生活一样丰富多样，黑人作家应该有自己的艺术自由，探索生活的方方面面，而非仅仅抗议社会的不公与歧视。

在 1955 年的访谈中，埃里森明确表示艺术与抗议并非截然对立的观念，他列举欧洲著名文学家及其作品来佐证自己的观点，比如说"陀思妥耶夫斯基的《地下室手记》（*Notes from Underground*，1864）就包含着对 19 世纪理性主义局限的抗议；《俄狄浦斯王》、《唐吉珂德》（*Don Quixote*）、马尔罗的《人的命运》（*Man's Fate*，1933），以及卡夫卡的《审判》（*The Trial*，1925）等都包含抗议的因素，甚至抗议人类生活本身的局限。他据此反问，如果说社会抗议与艺术水火不容，那么我们该如何理解戈雅、狄更斯和马克·吐温？现在有很多关于所谓抗议小说的抱怨，特别是对黑人创作的作品更加抱怨，但我觉得批评家好像应该更加准确地抱怨他们技艺的生疏与视域的狭隘。"②

在问及黑人作家如果只关注少数族裔，是否会比较狭隘，如何才能避免狭隘时，埃里森也非常明确地指出，其实所有小说都是关于少数族裔的，个体就是少数。所谓小说中的普世性只有通过描写具体环境中的具体的人才能实现。如果黑人作家只写别人期待他写的东西，塑造他们想看到的黑人形象——其实任何作家都一样，那他已经未战先败。如果说黑人作家创作时，有可能被自己的"黑人性"（Blackness）裹得太紧，受制于自己的黑人经历，而白人读者也可能被自己的"白人性"（Whiteness）裹得密不透风，不想认同黑人作家塑造的黑人人物，因为许多"白人读者不想靠得太近，哪怕

① Ralph Ellison, "The World and the Jug", pp. 182–183.
② Ralph Ellison, "The Art of Fiction: An Interview", in *The Collected Essays of Ralph Ellison*, John F. Callahan (ed.), New York: The Modern Library, 1995, p. 212.

只是对社会进行想象性的重构也不愿意。"① 令埃里森感到痛心的是，有太多的黑人作家也倾向于迎合这样的白人读者，不惜局限自己的创作，顺着白人对黑人的想象或预设的方向进行创作，宁愿身陷矛盾当中，恳请白人认可自己的人性。他认为，虽然"许多白人质疑黑人的人性，但我认为黑人无法承受这种虚假的命题，因为对我们而言，应该这么问，黑人的人性有哪些特殊的形式？我们的背景中有哪些值得保存或抛弃的东西？"② 总之，他认为可以在民间故事中发现这样的线索，而且几乎所有民族所有群体都是这样。民间故事中有对各种礼仪、规矩、习惯的描述，以及对情感、思想与行为界限的描写。虽然可能没有像欧文·豪想象的那样进行抗议，但是埃里森觉得自己从不认为离开了南方就离开了"战场"，因为自己从事着与文字、观念相关的工作，可以容忍一些无关紧要的东西，但是倘若某些知名批评家扭曲自己的意思，想把一些抽象的东西强加到美国现实头上，自己肯定会起来抗议。③

即便如此，在黑人权利运动与民权运动时期，埃里森本人还是遭到同族人的一些误解，甚至攻击，1967 年，欧内斯特·凯泽（Ernest Kaiser）在"美国创作中的黑人形象"（"Negro Images in American Writing"）中对埃里森的敌意表达得最为明显，也最具代表性。他认为埃里森已经功成名就，跻身美国文化主流，但是却否认自己作为黑人的文化之根，对非裔美国抗议文学不屑一顾。④ 他像许多 20 世纪 60 年代和 70 年代激进的黑人学者一样，严重误解了埃里森，因为埃里森虽然批评抗议小说，但并没有放弃抗议，因为他深信，没有哪一个民族能够紧紧依靠对外界做出"反应"（reacting），就能够生存、发展 300 多年，难道美国黑人仅仅是白人创造的吗？还是说他们

---

① Ralph Ellison, "The Art of Fiction: An Interview", pp. 212-213.

② Ralph Ellison, "The Art of Fiction: An Interview", p. 213.

③ Ralph Ellison, "The World and the Jug", pp. 169-170.

④ Robert J. Butler, "Bibliographical Essay, Probing the Lower Frequencies: Fifty Years of Ellison Criticism", p. 241.

至少能借助于自己周围的生活创造自己的生活与文化？埃里森认为，如果原始人都能在山洞里或悬崖上创造自己的生活，为什么黑人就不能在白人社会的困境中拥有自己的生活。① 简而言之，埃里森反对白人或黑人批评家对黑人复杂丰富生活的社会学阐释，尝试以细腻、多元的文学形式再现黑人生活。即便对那些赞扬者，埃里森也始终保持清醒的头脑，因为有些人受荒唐的"抗议"的影响，无法真正理解自己的作品及其价值所在。②

反思美国黑人的创作与批评

与当时主流美国黑人文学界特别强调"抗议"不同的是，埃里森对美国黑人文学创作与批评的关注主要体现在两个方面，除了对话美国黑人作家与批评家之外，重点对话美国乃至欧洲主流文学批评话语，重在反拨后者对美国黑人作家创作与批评的固有认识，赖特的创作与成就为这场对话提供了广阔的舞台。

逃离南方种族歧视来到北方的赖特与当时的美国左翼组织有过比较好的关系，也深受美国共产党的影响，其创作初期的作品明显带有这些影响的烙印，如后来收入短篇小说集《汤姆叔叔的孩子》中的作品《明亮的晨星》（*A Bright Moring Star*），但是 20 世纪 30 年代后期开始，赖特开始疏远与左翼的关系，或许因其未能完全体现左翼思想而被疏远——1936 年，在庆祝"五一"节游行时，他就因拒绝完成某些任务，遭受公开的羞辱。③ 1940 年出版的《土生子》大获成功后，"抗议文学"成为其标志，1945 年出版的《黑孩子》也深受主流媒体的青睐与权威学者的赞誉，当时著名纽约知识分

---

① Ralph Ellison, "An American Dilemma: A Review", in *The Collected Essays of Ralph Ellison*. John F. Callahan (ed.), p. 339.

② Ralph Ellison, "The Art of Fiction: An Interview", p. 217.

③ Ralph Ellison, "Remembering Richard Wright", in *The Collected Essays of Ralph Ellison*, John F. Callahan (ed.), p. 662.

子特里林在《民族》（*Nation*）刊物上撰文，称赞这部作品"非常出色"，R.
L. 杜夫斯（R. L. Duffus）在《纽约时报》（*The New York Times*）撰文，称赞
赖特是"美国年轻作家中最具天赋的一个"，《黑孩子》不仅尖锐而且令人
不安。相反，著名黑人学者杜波伊斯认为，作为自传，这部作品对黑人生活
灰暗无望生活的描述"不太可信"，而埃里森想把赖特从杜波伊斯的批评中
拯救出来。当代非裔美国文学批评家劳伦斯·杰克逊（Lawrence Jackson）教
授认为，埃里森的论文"理查德·赖特的布鲁斯"继承了休斯与赖特的批评
传统，其批评才能堪与训练有素的文学批评家及大学教授媲美。① 笔者认为，
更为重要的是，埃里森这篇论文所反应的主要观点基本划定了其后文学批评
的框架：即重新定义作家的功能、引入黑人文化布鲁斯元素、关注黑人形象
塑造、强调民主理念与文学创作之间的关系等。

　　埃里森认为，赖特创作初期确实受到马克思主义思想的影响，其历史唯
物主义思想在这部自传中也有一定的体现，如黑人感知的形成深受当时社会
与历史条件的限制等，但他并不同意所谓黑人没有文化能力之说，因为赖特
清楚地知道，"黑人生活是西方文化的副产品"，其中可以发现西方社会到处
可见的各种冲动、趋势、生活与文化形式。但是迫于具体的历史语境，在赖
特的童年时代，南方的黑人通常有三种命运：即要么接受白人赋予黑人的角
色，在黑人的宗教与对未来的憧憬中宣泄自己的情感；要么压抑自己对吉姆
·克劳种族隔离社会关系的不满，寻找一种中间道路，或有意或无意地成为
白人的帮凶，压迫自己的黑人兄弟；要么就是拒绝这种状况，采取一种罪犯
的态度，在心理层面不停地与白人鏖战，并常常演化为真正的暴力。② 赖特
虽然没有与白人社会进行直接的暴力对抗，但是他的作品，无论是第一部作
品《汤姆叔叔的孩子》，还是代表作《土生子》，都在呈现黑人生活中几乎

① Lawrence Jackson，*Ralph Ellison：Emergence of Genius*，Athens & London：The University
of Georgia Press，2002，pp. 312-313.

② Ralph Ellison，"Richard Wright's Blues"，in *The Collected Essays of Ralph Ellison*，John
F. Callahan（ed.），pp. 133-134.

无处不在的暴力，并赋予暴力以某种意义。

有批评家抱怨说，赖特这么做，忽略了自己感知的发展，因而，其作品在艺术方面很失败；也有人认为赖特这么做扭曲了现实，没有呈现黑人生活中的可爱之处，但是埃里森认为，《黑孩子》确实表现了几乎被残酷环境破坏的人性，同时也通过这个敏感的孩子，给世人呈现了黑人鲜活的人性，赖特这么做自有其考虑，他觉得自己作为作家，应该承担双重角色，既要发现并描绘黑人经验的意义，又要向白人与黑人透露，当他们努力争取相互理解时，横亘于他们之间的这些心理与情感问题。① 因此，埃里森指出，赖特不仅要向南方模式说"不"，而且认识到仅仅拒绝白人的南方还是不够的，也需要拒绝自己"心理"的南方。《黑孩子》这部作品表现了非白人知识分子在陈述自己与西方文化的关系方面，在使用虚构技巧、关注犯罪与艺术感知方面，在判断、拒绝自己狭隘的南方世界等方面，都让人想起乔伊斯《一个艺术家的画像》（*A Portrait of the Artist as a Young Man*，1916）对都柏林的拒绝，同时也让人想起陀思妥耶夫斯基深入研究俄国罪犯人性的作品《死屋手记》（*The House of the Dead*，1862）。

与其他批评家几乎只关注社会历史语境，强调外在环境的决定作用不同的是，埃里森认为，赖特为了更好地实现自己的目标，在创作中融入了黑人布鲁斯文化——某种程度上这也是埃里森自己艺术追求的体现。他认为，《黑孩子》回荡着布鲁斯风味的火车、南方乡镇与城市的名字、疏离、打斗与逃亡、死亡与失望、物质匮乏与精神的饥渴及痛苦等，"就像艺术家斯密斯（Bessie Smith）所唱的布鲁斯一样，其抒情散文唤起荒谬、几乎超现实的黑人男孩意象，在探索自己痛苦的创伤时，豪迈地歌唱。"② 为便于读者了解，埃里森专门解释何谓布鲁斯：即"在自己的疼痛意识中保存痛苦细节与残酷经历，抚摸粗糙的纹理，并予以超越的一种冲动，它不是通过哲学的抚

---

① Ralph Ellison, "Richard Wright's Blues", p. 128.

② Ralph Ellison, "Richard Wright's Blues", p. 130.

慰，而是从中获取一种近乎悲剧，近乎喜剧的抒情性。作为一种艺术形式，布鲁斯是对个人灾难自传性叙述的抒情表达。"①

对埃里森而言，布鲁斯的魅力不仅在于它表现了生活的痛苦，也表达了通过坚忍不拔的毅力，征服痛苦的可能性，美国今天还没有什么社会与政治行动能够立足于《黑孩子》所描绘的可靠的黑人生活现实，"或许正因为它拒绝提供解决方案，因而更像布鲁斯。因此，成千上万的黑人首次看见自己的命运被公开印刷出版。他们摆脱了恐惧与暴力威胁；他们的生活最终得以组织起来，并按比例缩成可以掌握的比率。由此可见赖特最重要的成就：他把美国黑人自我毁灭与甘于'自我隐形'的冲动化作直面世界的意志，真诚地评价黑人的经验，并把自己的发现坦然地扔进美国愧疚的良知。"② 因为埃里森非常清楚，尽管南方的种族隔离盛行，但是黑人依然拥有充满活力的各种文化形态，黑人文化仍在发展，因为南方的佃农不仅受自然季节变化的影响，也受美国大的社会、政治变化的影响。尽管有人想把黑人的生活抽象化、概念化、类型化，但是也并非真像人们愿意想象得那么简单，其实这种所谓原始、简单可能正是其复杂性的表现。

埃里森的这篇论文为读者打开了欣赏其批评才华的窗口，体现了他对美国黑人文学创作与批评中社会学范畴的超越，被视为"想象的独立宣言"，而与欧文·豪之间的争论更是让他脱颖而出，③ 他不仅在为自己辩护，也为人们理解美国黑人文学创作与批评提供了新的视角，因为"抗议"并非美国黑人文学创作的唯一目标，展现黑人生活的丰富与多样，对话欧美主流文学创作与批评成为美国黑人文学研究的应有之义乃至首要任务。

由于历史原因，美国主流学术界一直比较忽略黑人的文学创作，著名批评家欧文·豪力挺赖特，虽然也指出《土生子》中的一些缺陷，如粗糙、情

---

① Ralph Ellison, "Richard Wright's Blues", p. 129.

② Ralph Ellison, "Richard Wright's Blues", pp. 143-144.

③ Horace A. Porter, "Jazz Trumpet No End, Ellison's Riffs with Irving Howe and Other Critics", in *Jazz Country*: *Ralph Ellison in America*, Iowa City: University of Iowa Press, 2001, p. 128.

感夸张、人物描写有漫画式的倾向，但其"黑孩子与土生子"盛赞《土生子》，对提升美国黑人文学的知名度，鼓励年轻黑人进行创作无疑都具有十分重要的意义。他的很多观点，如"《土生子》出现之日，即美国文化永远改变之时"；这部小说"是给白人的一记响亮耳光，迫使他承认自己是压迫者，也是给黑人的一记响亮耳光，迫使他承认屈服的代价"等都非常令人振奋。但是欧文·豪把赖特作为原型，作为真正的"黑孩子"，是鲍德温和埃里森的精神之父，鲍德温和埃里森则是两个恶棍，虽深受其影响，且都自命为美国作家，但却像子女背叛父亲一样背叛了赖特，特别是欧文·豪还提到"倘若鲍德温和埃里森这样的年轻作家能够超越残酷的自然主义，达到更加灵活的小说模式的话，那也只是因为赖特已经率先经历了这些，勇敢地释放了愤怒的全部重量。"① 对此，埃里森不再沉默，予以回击，他明确指出，自己这么做不是要质疑欧文·豪的尊严而是要质疑他的思考，不是要质疑他的信仰而是要质疑他的批评方法。

埃里森承认赖特是自己心目中的英雄，也是自己的朋友（他们认识之后不久，埃里森就能够阅读并与赖特讨论其尚未出版的手稿，并曾经为其做过伴郎），自己非常赞赏他所取得的成就，根本不会去攻击他的局限，但也从未承认赖特是自己的所谓"精神之父"，也从来就没有这么想过。他觉得或许鲍德温会认为赖特是挡在他路上的雄狮，"我比鲍德温年长一些，也熟悉不同道路上的不同的雄狮，我只不过饶赖特而行罢了。"② 换句话说，埃里森有自己的目标，并未以赖特的创作为自己的参照，因为鲍德温曾经说过，自己只写一件事：自己的经历；埃里森则认为，对小说家而言，自己的这种经历需要通过对自我、文化与文学的理解来认识、安排。他也确实在不同场合提到自己的文学祖先与文学亲戚这个话题，虽然说自己不介意欧文·豪把他与赖特放在一起来衡量，但是认为欧文·豪必须以作家的成就而非从种族

---

① Ralph Ellison, "The World and the Jug", p. 162.

② Ralph Ellison, "The World and the Jug", p. 164.

身份的角度来对他们进行比较、评判。他反复说自己非常尊重赖特及其创作，但不能因此得出赖特对自己影响很大这个结论。"赖特和休斯是我的文学亲戚；海明威、艾略特、马尔罗、陀思妥耶夫斯基、福克纳等是我的文学祖先。"① 他以初到纽约，阅读休斯给他的安德烈·马尔罗（André Malraux）的小说《人的命运》阐释过文学亲戚与文学祖先的区别。虽然他很早就读过休斯的诗歌，但认为休斯只是自己的文学亲戚，而马尔罗却是自己的文学祖先，人没有办法选择祖先，但是可以挑选自己的亲戚。② 埃里森以这种比较极端的方式，有意识地区分自己与赖特等黑人作家创作方面的差异，认为欧文·豪假定赖特对自己的作品产生了很大的影响纯属夸大其词。

欧文·豪认为赖特是真正权威的黑人作家，埃里森要反问的是，"为了批评其他作家，为何你要如此剥夺赖特的个体性？"因为埃里森非常熟悉赖特，他清楚地知道赖特远比自己塑造的"土生子"别格更加丰富、全面、聪明。当然，埃里森也认识到，欧文·豪不是第一个堕入社会学范畴，利用"分析"或"科学描述"进行价值判断的批评家，因此，他相信，欧文·豪的方法意味着分析而非劝诫、描述而非规定，但是欧文·豪这么做的恶果在于，"那些不熟悉他立场的人会有这样的印象，即他仿佛没有把黑人当作人来看待，而是当作人间地狱的抽象化身来看待。他仿佛从未考虑过美国黑人的生活（可能受某些黑人'代言人'的鼓励）不仅仅只是负担，更是一种训练，任何人能生存这么久都是一种训练，其策略就是一定要生存下来。"因此，埃里森认为，为了显示自己的革命姿态，就否认其他人生存的丰富可能性，这不仅否认了我们的丰富人性，也暴露了这位批评家对社会现实的热衷，他调侃地说，"这样的批评家应该去搞政治而非文学。"③

埃里森指出，欧文·豪之所以这么认为，是因为他把种族隔离看作一个

---

① Ralph Ellison, "The World and the Jug", p. 185.

② Ralph Ellison, "Hidden Name and Complex Fate: A Writer's Experience in the United States", in *The Collected Essays of Ralph Ellison*, John F. Callahan (ed.), p. 205.

③ Ralph Ellison, "The World and the Jug", pp. 159–160.

不透明的罐子，黑人在罐子里面等待某位黑人救世主的到来，帮忙拔掉罐口的塞子，把他们放出来，而赖特就是欧文·豪眼中的英雄、救世主。埃里森觉得，"倘若我们待在一个透明而非不透明的罐子里，我们不仅能看到外面，而且知道外面发生着什么事情，并能够认同那样的价值观与人类优秀品质又当如何？"他举例说，无论是赖特，鲍德温，还是自己，都是通过读书，超越了自己恶劣的生存环境，"在社会与政治层面无论黑人遭到多么严格的隔离，但是在想象层面黑人能否获得自由，完全取决于他们的渴望、洞见、活力与意志。"① 他认为，赖特在密西西比通过阅读与坚定的意志解放了自己，鲍德温和自己也都是生存环境与阅读的产物。他举例说，自己在亚拉巴马州的梅肯县，阅读过马克思、弗洛伊德、艾略特、庞德、斯泰因与海明威等人的书，这些书几乎没有提到要把我从什么"隔离"中解救出来。"我不是被宣传者或赖特的事例解放的，而是被作曲家、小说家与诗人解放的，他们向我述说了更加有趣也更加自由的生活方式——那时我还不知道赖特，正全神贯注地学习如何创作交响乐，希望自己 26 岁的时候就能够正式演出，像自己崇拜的瓦格纳当年那么风光。"②

埃里森并不承认，自己的修辞策略像欧文·豪所批评的那样，是以"自由艺术家"的姿态对抗"意识形态批评家"，也并非因为觉得遭到欧文·豪的误解，自己才撰文予以反击，而是觉得欧文·豪在继续沿用社会学而非文学思维来解读黑人作家及其作品，有进一步固化主流社会对黑人刻板认识的嫌疑。他回忆说，大约 12 年前，有朋友跟他聊了几个小时，认为他之所以不能创作小说，是因为自己的黑人经历太痛苦，无法获得艺术创作所必需的心理和情感距离。埃里森觉得，因为这位朋友比自己更"了解"黑人经历，所以自己无法让他相信他可能错了。"很显然，欧文·豪也觉得，无法释然的苦难是黑人的唯一'真实'经历，因此，真正的黑人作家一定极度凶

---

① Ralph Ellison, "The World and the Jug", p. 163.

② Ralph Ellison, "The World and the Jug", pp. 163–164.

暴。"① 与之争锋相对的是，尽管埃里森承认赖特的《土生子》是一部杰作，能够从某一特定黑人的角度反映特定时期、特定区域的人类状况，自己也非常以赖特的成就为荣，但并不认为主人公别格就是黑人的最终形象。埃里森说自己读过马尔罗的小说《人的命运》之后，怎么可能会受赖特这样的意识形态小说家的影响。他反问道："难道我的黑皮肤就会让我无视其他价值观吗？"② 他非常明确地指出，无论是白人还是黑人，无论他们怎么定位自己"种族人"的角色，无论他们怎么想让自己成为他们所认为的那种"好黑人"，自己都只不过是个作家，而不是思想家。"我像欧文·豪一样维护美国语言"，"我要强调一下，自己对欧文·豪的回答不是基于种族辩护，也不指向欧文·豪自己的种族身份。"③

作为北方著名的白人自由主义知识分子，欧文·豪一直渴望白人结束对黑人的压迫，但最让埃里森痛苦的是，这位自由主义者却相信黑白种族绝对分离的南方白人迷思，仿佛黑人只会热衷于与其他黑人争斗，一定要等到"黑人希望"的出现才敢行动；而欧文·豪则抨击埃里森与鲍德温缺乏种族主义社会中少数族裔作家所应有的对抗热情。④ 埃里森相信，由于欧文·豪过于重视社会学层面的思考，以至于他根本看不到这一事实，即无论这种隔离在社会政治层面如何有效实施，都不可能在文化层面绝对做到。"南方白人无论是走路、说话、唱歌、构想法律或正义、思考性、爱、家庭或自由，都不可能完全无视黑人的存在。"⑤

由于欧文·豪把赖特作为黑人文学的标准，所以埃里森与他之间的论战不可能不涉及赖特的作品及其创作理念，但是埃里森对赖特的批评也并非简单地就事论事，而是更加广泛地指涉其他黑人作家及其创作，具有一定的代

① Ralph Ellison, "The World and the Jug", p. 159.
② Ralph Ellison, "The World and the Jug", p. 165.
③ Ralph Ellison, "The World and the Jug", p. 172.
④ Gregg Crane, "Ralph Ellison's constitutional faith", in *The Cambridge Companion to Ralph Ellison*, Ross Posnock (ed.), New York: Cambridge University Press, 2005, p. 104.
⑤ Ralph Ellison, "The World and the Jug", p. 163.

表性，因为赖特相信所谓小说即武器这种被用滥的观念，相信绝大多数少数族裔群体中常见的所谓小说是良好社会关系的工具之说。赖特的《土生子》就源于这样的意识形态假设，即白人对黑人现实的思考比黑人自己知道的更加重要，因此，别格几乎被再现为控诉白人压迫的亚人类，要令白人震撼，不能再这样无动于衷，从而结束产生别格的环境。赖特的处理让读者觉得，仿佛环境就是一切——而且有趣的是，这种环境居然只有物质，没有意识。埃里森对赖特最致命的批评，在于揭示赖特塑造的别格不具备赖特本人的聪明、创新与专注，即"赖特能够想象别格，而别格恐怕无法想象赖特，而这都是赖特自己的安排。"① 与之不同的是，埃里森相信，"真正的小说，不管多么悲观、苦涩，都源于庆祝生命的冲动，因此，其核心都是仪式化的、典仪化的。因此既破坏又同时在保护，既拒绝又同时在肯定。"② 以赖特本人为例，他能够在密西西比解放自己，是因为他的想象力以及一定要这么做的强烈愿望，他既是自己痛苦经历的产物，更是自己阅读的产物，他之所以能够成为作家，是因为他以自己理解的方式，苦练写作技能。自己与鲍德温也和赖特一样，既受环境的影响更受阅读的塑造。因此，仅仅对赖特和其他黑人作家进行基于社会学模型的假设、想象、分析与阐释是不全面的，有进一步固化黑人负面形象之嫌。借此，埃里森提出两个区分自己与赖特等其他黑人作家的标准：（1）阅读而非个人经历更加重要；（2）想象力与意志力等对作家的影响远胜于社会环境。

论美国经典作家笔下的种族再现

埃里森十分关注黑人形象的塑造与阐释，对很多学者利用社会学"类"的概念来概括黑人社区，分析黑人文学十分不满，他非常注重个体，注重作

---

① Ralph Ellison, "The World and the Jug", p. 162.
② Ralph Ellison, "The World and the Jug", pp. 161-162.

为个体的感受与艺术再现。"他书写自己个体的才华，书写自己个体的想象，如果他不这么做，如果他想避开，屈服于某些意识形态路线，那他就在剥夺这个群体的独特性。"埃里森认为，"我们需要的是个体，如果白人社会想对我们做些什么的话，那也就是不想让我们成为个体。"①

对具体"个体"的关注源于对模糊、抽象"群体"的反思。美国黑人学者与作家很早就关注种族及黑人形象问题，20世纪初，杜波伊斯基于自己的生活经历与学术思考，提出"双重意识"与"面纱"的概念，20年代，不仅洛克提出"新黑人"概念，哈莱姆文艺复兴的年轻黑人作家也开始创作比前辈作家笔下更加性格迥异、丰富多样的黑人形象，1937年布朗的《美国小说中的黑人》，专门探讨美国文学中的黑人形象问题。埃里森基于对美国民主理念以及个体的重视，同样十分关注作为个体的黑人形象问题，但是与很多黑人学者或作家不同的是，他对哈莱姆文艺复兴等黑人作家的创作很不以为然，而是十分重视美国白人经典作家如麦尔维尔与马克·吐温，以及当代作家海明威与福克纳等人在创作中对种族问题的关注及其对黑人形象的再现，认为他们对黑人的书写更具代表性。让很多学者与读者感到疑惑的是，虽然埃里森明确指出海明威塑造的黑人形象十分有限，但是他还是更加关注海明威而非马克·吐温与福克纳对黑人的再现。他50年代至70年代的一些论文，如"20世纪小说与黑人人性面具"（"*Twentieth-Century Fiction and the Black Mask of Humanity*"，1953），"改了笑话，松了枷锁"（"*Change the Joke and Slip the Yoke*"，1958），"史蒂芬·克莱恩与主流美国小说"（"*Stephen Crane and the Mainstream of American Fiction*"，1960），以及"没有黑人的美国会咋样"（"*What America Would Be Like Without Blacks*"，1970）等对美国经典作家的评论都非常独特。本节以埃里森对马克·吐温、福克纳，特别是对海明威的分析为例，阐释埃里森对美国经典作家对黑人生活的

① Ralph Ellison, "Santa Cruz, California", in *The Collected Essays of Ralph Ellison*, John F. Callahan（ed.）, pp. 393-394.

思考，以及对黑人形象的再现。

根据斯特林·布朗的研究，19 世纪的很多美国经典作家都或多或少地描绘、刻画或涉及过黑人形象问题，而如何描写黑人，成为检验作家关注道德问题的试金石，斯托夫人与马克·吐温属于其中的佼佼者。埃里森认为，严肃文学的功能之一就是要处理某个社会的道德核心问题，"美国黑人及其现状总能代表道德关注，象征着人及社会平等的可能性，也是我们 19 世纪的两部杰作《白鲸》（*Moby-Dick；or，The Whale*）与《哈克贝利·费恩历险记》（*The Adventures of Huckleberry Finn*）所提出的道德问题。"他认为，马克·吐温的《哈克贝利·费恩历险记》最终还是围绕哈克与黑人吉姆之间的关系，以及那两个恶棍把吉姆卖掉后，哈克怎么把他救回来的问题展开。① 海明威在《非洲的青山》（*Green Hills of Africa*，1935）中指出，"所有美国现代文学都来自马克·吐温创作的一本名为《哈克贝利·费恩历险记》的书……这是我们最好的书，所有美国著作都来自于它。"福克纳也表达了相同的意思，认为当代美国文学源于这部作品。但是海明威同时也指出，我们只需读到哈克与汤姆把吉姆偷出来，下面就不用读了，之后的都是胡扯。埃里森对此难以苟同，觉得海明威的这种阅读建议要么表明他对小说中的道德意义置若罔闻，要么就是他不能相信这种道德必要性，即一定要让哈克知道，他一定要至少努力让吉姆获得自由——用"偷"这个词表明，马克·吐温要揭示哈克充分意识到自己态度的暧昧，并借此把这个问题置于美国社会现实当中，揭示民主理想与奴隶制现实之间的矛盾。正是这种行为代表了哈克-吐温道德立场的外化。埃里森相信，"如果没有这种尝试，《哈克贝利·费恩历险记》就只能是一本简单的儿童读物——很多人很愿意它这样，纯属逗乐，一点也不严肃。"② 但这只会简化这部小说的道德含义。埃里森指出，作为一位严肃的作家，海明威的这种论断与其说在评论马克·吐温或美国小说，

---

① Ralph Ellison，"The Art of Fiction：An Interview"，pp. 223-224.

② Ralph Ellison，"Society，Morality and the Novel"，in *The Collected Essays of Ralph Ellison*，John F. Callahan（ed.），pp. 718-719.

倒不如说在讲他自己，而他也表达了 19 世纪和 20 世纪作家在视角方面的基本差异。埃里森强调，人们很容易同意海明威关于《哈克贝利·费恩历险记》在美国小说中持续的重要性，同时拒绝其无视作品道德旨趣的做法，"因为我们发现 20 世纪的作家福克纳不仅以自己的方式延续了马克·吐温描绘的技术路线，而且延续了他的道德担当——这是其作品的核心，尽管特里林认为他只能写点乡土野景。"① 埃里森对早期黑人文学代表作品及其传统不甚看好，认为马克·吐温创作《哈克贝利·费恩历险记》时，许多黑人作家也已经在创作，但是很难对这种特殊的美国经历进行如此复杂的描述。

熟悉《哈克贝利·费恩历险记》的读者都知道，哈克面临两种选择：要么尊重社会法律，把黑人吉姆视为其主人的财产，把他送回去领赏；要么尊重自己的良知，把吉姆当作跟自己一样的人，把他偷出来，让他获得自由。埃里森认为，其实黑人作为人类的象征这个概念是 19 世纪文学的有机组成部分，不仅出现在马克·吐温的作品中，也出现在爱默生、梭罗、惠特曼与麦尔维尔的作品中。尽管在过去的基督教时代，黑人与黑色总与邪恶及丑陋相连，但是随着理性主义与 18 世纪浪漫主义个体的兴起，黑人作为有价值的象征已经开始出现。② 马克·吐温与麦尔维尔等美国作家一样，十分关注这种道德困境，但是受时代所限，他只能在想象领域弥补美国社会之不足，把现实当中无法平等的哈克与吉姆放在同一张木筏上，接受社会法则与自然（心灵）法则的双重拷问。倘若种族只是麦尔维尔《白鲸》中的动机，那么在马克·吐温的《哈克贝利·费恩历险记》中，它已经成为道德核心。

埃里森发现，马克·吐温之后，很多作品都失去了某些重要的东西——福克纳是个例外，"我开始相信那时的作家对民主的状况更有责任心，当神圣的宪法及民权原则与实际存在的人类贪婪与恐惧、爱与恨发生冲突时，他们的作品就想象性地反映人们心中的矛盾。作为黑人，我自然被这些作家所

① Ralph Ellison, "Society, Morality and the Novel", p. 720.

② Ralph Ellison, "Twentieth-Century Fiction and theBlack Mask of Humanity", in *The Collected Essays of Ralph Ellison*, John F. Callahan (ed.), p. 88.

吸引。……从某种程度上来说，黑人成为衡量人类民主盈亏的标准。"① 埃里森认为，假若把作家视为道德问题的操纵者与刻画者，他要问美国的民主理想取得了什么样的成就？20 世纪的福克纳接过马克·吐温留下的道德问题，继续前行，在短篇小说《熊》（*The Bear*，1941）中，福克纳塑造了相信南方这片土地已经被奴隶制诅咒，唯一能够逃避的就是予以放弃的艾萨克·麦卡斯林；在《去吧，摩西》（*Go Down，Moses*，1942）中，福克纳紧紧抓住奴隶制的道德寓意、美国土地、进步与物质主义、传统与道德身份等所有重要美国小说主题展开，体现铭记过去的重要，因为过去从未过去。② 其《坟墓的闯入者》无视南方白人传统对黑人的偏见，自由地拒绝南方白人传统对黑人等级现状的固化认识，而马克·吐温则无法平等地处理这些事情，因为那时的黑人要么是孩子，要么是大叔，从来不是"成人"。③

除了斯托夫人创造的汤姆叔叔外，19 世纪最引人关注的黑人恐怕莫过于《哈克贝利·费恩历险记》中的吉姆，而生活于南方的福克纳不仅比较了解奴隶制时期的历史与南方社会的种族歧视，也非常熟悉当代黑人生活，因此，他对种族问题的态度比较复杂，他笔下既有所谓的"好黑鬼"，如《喧哗与骚动》中发展成为道德中心的迪尔西大妈，也有所谓"坏黑鬼"，如《干旱的九月》（*Dry September*）当中的黑人丈夫，但大多数情况下都是好坏兼具的黑人。埃里森认为，福克纳的作品极具代表性，反映了社会与个人、道德与技术、19 世纪重视道德而现代重视个人神话等几大重要主题，既体现了老南方作家对黑人的敌意，又代表了年轻一代作家渴望对黑人进行真诚、全面的描写、塑造圆形而非扁形人物的愿望。他的很多长篇小说与短篇故事都在与 19 世纪后被压抑的道德问题进行战斗，渴望寻求人的本质，让我们

① Ralph Ellison, "Brave Words for a StartlingOccasion", in *The Collected Essays of Ralph Ellison*, John F. Callahan (ed.), pp. 152–153.

② Ralph Ellison, "Society, Morality and the Novel", p. 721.

③ Ralph Ellison, "Change the Joke and Slip the Yoke", in *The Collected Essays of Ralph Ellison*, John F. Callahan (ed.), pp. 104–105.

清楚地意识到，奴隶而非他们的主人常常更加严肃地对待贵族理想，更加虔诚地信奉基督教精神。①

　　与其他黑人作家不同的是，埃里森并非仅仅关注具体的黑人感受与黑人形象再现，而是认为"文学的功能——所有那些值得我们关注的文学，都在于提醒我们共同的人性，以及那种共同人性的缺失。这是伟大文学的永恒主题，所有严肃作家都发现，自己一定要详细、全面地予以再现。"② 他认为福克纳就是这样的大师，因为并非那些直接描写黑人的文学作品才能帮助黑人了解自己的困境，那些写得好的作家，都在更大范围内，揭示远远超过自己生活范围的东西。"要想写得好，就必须超越、涉及其他群体与个体的现实，而因为创作态度真诚，福克纳告诉了我们许多并非他直接关注的其他不同的群体。"埃里森甚至认为，"如果你想在美国的创作中找到与某些民权运动斗士相匹配的想象对等物——比如说像罗莎·帕克斯（Rosa Parks）和詹姆士·梅瑞狄斯（James Meredith）这样的人，你不一定去看大部分黑人写的小说，去看福克纳即可。"③ 他举例说，在哈莱姆放映的许多涉及黑人的电影都遭到黑人的嘲讽，但是福克纳小说改编的电影《坟墓的闯入者》能够引起黑人的认同，因为它"描绘的不是种族，而是人类品质。"④ 埃里森的这些评价可以间接地告诉我们他与鲍德温之间的区别。

　　尽管埃里森认为，与福克纳的"忍耐"相比，海明威的"勇气"以及"面临压力仍不失优雅"显得有点虚妄，⑤ 但是他依然把海明威视为自己的偶像与效仿对象，十分关心美国经典作家对黑人的塑造与再现问题，或许由

---

① Ralph Ellison, "Twentieth-Century Fiction and the Black Mask of Humanity", p. 97, p. 98.

② Ralph Ellison, "On Initiation Rites and Power, A Lecture at West Point", in *The Collected Essays of Ralph Ellison*, John F. Callahan (ed.), pp. 536-537.

③ Ralph Ellison, "A Very Stern Discipline", in *The Collected Essays of Ralph Ellison*, John F. Callahan (ed.), p. 750.

④ Ralph Ellison, "The Shadow and the Act", in *The Collected Essays of Ralph Ellison*, John F. Callahan (ed.), pp. 308-309.

⑤ Ralph Ellison, "Harlem Is Nowhere", in *The Collected Essays of Ralph Ellison*, John F. Callahan (ed.), p. 323.

于他对"抗议"的矛盾态度，他对海明威等人的评价也有很多含混之处。他曾经毫不客气地指出，海明威笔下的黑人形象不仅数量少而且形象模糊，非常概念化而非个体化、人性化；但他又不时指出，海明威对黑人感受的描写比所有黑人文艺复兴时期的作家加起来都要多，这种矛盾体现了埃里森什么样的批评标准，又具有何种意义？

在"20 世纪小说与黑人人性面具"中，埃里森指出，别说那些二、三流作品，即便是我们的很多代表作家，如海明威和斯坦贝克，他们作品中的黑人加起来恐怕都没有超过 5 个，他们仿佛在故意忽略黑人；福克纳创作初期，为了构建适应自己的南方迷思，也不惜扭曲黑人的人性，"他们很少构想拥有丰富、复杂、含混人性的人物。"他们所表现的美国黑人通常都是过于简单的小丑、野兽或天使，缺乏伟大的文学艺术所呈现的人性的丰厚与复杂，如既有善也有恶，既有本能也有智性，既有激情也有灵性等等。"这也证明了赖特的判断，美国白人与黑人对现实本质的斗争仍在持续。"① 黑人对这样的作品持保留态度也就不难理解了。

与其他研究者不同的是，埃里森重视的是质量而非数量，并不认为列出一个 20 世纪小说中黑人人物的清单，或制作一张白人作家的种族态度的表格会有什么价值，因此，他认为最好的做法莫过于选择一个框架，选取代表作家予以分析。他认为马克·吐温可以代表历史的视角以及 19 世纪的伟大作家对黑人的处理；福克纳可以代表以复杂动因面对黑人的杰出作家，他既以"好黑鬼"和"坏黑鬼"类型再现黑人，也比任何白人或黑人作家都更加成功地探索了黑人人性的某些形式；而海明威则代表了忽略这类主题戏剧化与象征可能性的艺术家。②

尽管清楚地意识到海明威很少描写黑人，即便描写也并非黑人们愿意在小说中看见的那种积极正面的形象，埃里森仍然对海明威偏爱有加，他认为

① Ralph Ellison, "Twentieth-Century Fiction and the Black Mask of Humanity", p. 82.

② Ralph Ellison, "Twentieth-Century Fiction and the Black Mask of Humanity", p. 86.

海明威小说中呈现的世界不仅为一战后年轻白人所面临的困境提供了一个有效的隐喻，也是那个时代的隐喻，他说了太多我们黑人感知与行动的方式。①与其他学者关注哈莱姆文艺复兴作家及其作品不同的是，埃里森认为，海明威对 20 世纪 20 年代，30 年代，甚至 40 年代的书写，都让很多黑人感同身受，让他们认识到自己在美国社会的位置，也反映了他们对人类困境的感受。他觉得海明威之所以能够做到这些，不仅因为他比黑人文艺复兴的参与者们更伟大，而是因为他能更加真切地感受那些困境的有效领域，并能够更加精准地意识到如何把生活融入文学。"他认识到所谓的'爵士乐时代'纯属扯淡，而大部分黑人作家本来应该更加清醒地认识到这些，却趋之若鹜地一头扎进这个虚幻的事业中不能自拔。"②

由此可见，埃里森并没有局限于海明威是否直接描绘、塑造积极、正面的黑人形象，而是认为，他对运动员、侨民、斗牛士、受精神创伤折磨的士兵，以及疲惫的理想主义者等人物生活态度的描写，同样能够告诉我们发生在美国黑人代表——爵士乐师——身上的事情，因为他们"把这个社会抽象的、早被出卖的理想换成更加物质化的道德观，如吃、喝、性，忠诚于朋友，致力于自己的音乐事业以及艺术观。"③ 在回顾自己所受海明威《午后之死》（*Death in the Afternoon*，1932）的影响时，埃里森认为，海明威想告诉读者的是，他"发现最困难的不仅仅是知道你自己的真实感受，也非应该怎么感受，以及学会怎么感受，而是要把真正发生的事情付诸行动。"④ 换句话说，我们的文学并非一定要写黑人才能帮我们了解自己的状况，才能烛照我们对自己困境的认识。

单纯从刻画、描绘黑人人物，直接反映黑人生活来看，黑人作家如赖特

---

① Ralph Ellison, "A Very Stern Discipline", pp. 749-750.

② Ralph Ellison, "A Very Stern Discipline", pp. 748-749.

③ Ralph Ellison, "A Very Stern Discipline", p. 749.

④ Ralph Ellison, "Introduction", in *The Collected Essays of Ralph Ellison*, John F. Callahan (ed.), p. 58.

等人的关注、表达可能更为直接，但是埃里森认为海明威而非赖特对自己更加重要，把他视为 20 世纪 30 年代末进行创作的年轻艺术家的精神之父。因为海明威欣赏的那些事情，自己也很喜欢，如天气、枪、狗、马、爱与恨，以及只有勇敢者与专注者才能化作胜利与优势的那些恶劣条件。更为重要的是，"他知道文学与政治之间的区别及其与作家的真实关系；因为他写的所有东西——这非常重要，都充满了一种超越悲剧的精神（我对此感到非常坦然），因为它非常接近布鲁斯的感觉，或许也非常接近美国人悲剧精神的表达。"①

基于对小说功能的强调，埃里森认为，小说一直是一种华丽的道德工具，但是到了 20 世纪 20 年代爵士乐时代的伟大作家手里，小说在道德方面变得钝化，而代之以创作方面的技术试验。他发现，海明威的作品通过雄辩的否定肯定了美国的传统道德；通过公开表示自己不相信道德，他亮出自己的道德观点；通过否定雄辩来实现雄辩；在否定国家道德合法性的同时——因为自内战以来，美国没有认真履行——体现自己的道德观。认为尽管人们很少提及，海明威像所有南方作家一样对内战及其影响非常痴迷，"而且不断体现在他的创作当中。"②

埃里森的这种评论恐怕很难完全令当时的黑人读者信服，但是却在继承许多黑人作家、学者提倡、呼吁黑人具有普遍人性，和其他任何民族没有什么两样，不应因其肤色差异而遭到歧视方面，拓宽了黑人民族主义者比较狭隘的自我封闭空间，反映了埃里森对 20 世纪 50 年代以来美国社会种族融合思想影响的接受。

总之，埃里森既关心黑人形象的塑造，也关注种族的影响与文学再现，更加注重美国宪法与民权法案所体现的民主、平等理念及其在文学中的表现，而非仅仅局限于对作家创作技巧与试验的关心，即便在现实生活中目前

---

① Ralph Ellison, "The World and the Jug", pp. 185-186.

② Ralph Ellison, "Society, Morality and the Novel", pp. 708-709.

依然实现不了民主与平等理想，也应该在想象层面实现"诗歌正义"（Poetic Justice），因此，他提出"小说不是美国人发明的，也不是为美国人发明的，但我们美国人民最需要小说"之说，因为"如果我们拥有更多的小说家，他们具有马克·吐温、詹姆斯或海明威那样的勇气，我们今天就不会这么道德迷茫。如果我们不能分辨好与坏、怯懦与英雄气概、非凡与平凡平庸，我们就不知道自己是谁。"① 尽管此时埃里森没有直接提及黑人前辈作家的创作及其文本化的道德诉求，但通过对比分析海明威的主人公可以抛弃战争追求爱情，而自己创作的飞行员啥也没有，既没有逃出战场也没有恋人等待，只能要么帮助那些鄙视自己的人肯定民主的超验理想及其尊严，要么接受自己没有任何意义的无望处境，表达这种选择对自己人性的拒绝，② 都在自觉或不自觉地凸显美国社会实际存在的种族歧视对黑人的负面影响。

聚焦美国黑人音乐布鲁斯

作为北美新大陆的年轻国家，19 世纪的美国在文学与文化方面都比较自卑，许多知名作家、学者，如霍桑、爱默生、韦斯特等人大声疾呼，希望美国不仅经济发达，而且文化独立，爱默生在《美国学者》（*The American Scholar*，1837）演讲中提出不能依靠欧洲文化的残羹冷炙生活，应该发展自己文化的主张，被称为美国文化的独立宣言。19 世纪四五十年代，不仅出现了《自然》（*Nature*，1849），《红字》（*The Scarlet Letter*，*A Romance*，1850），《白鲸》（*Moby-Dick*；*or*，*The Whale*，1851）与《草叶集》（*Leaves of Grass*，1855），为配合当时的废奴运动，也涌现出了《道格拉斯自述》（*Narrative of the Life of Frederick Douglass*，1845）等许多杰出的黑奴叙事作品，反

---

① Ralph Ellison, "The Novel as a Function ofAmerican Democracy", in *The Collected Essays of Ralph Ellison*, John F. Callahan（ed.），pp. 764–765.

② Ralph Ellison, "Introduction to the Thirtieth-Anniversary Edition of Invisible Man", in *The Collected Essays of Ralph Ellison*, John F. Callahan（ed.），p. 475.

应黑人的苦难与抗争，成为美国本土文学的杰出代表，但是最能反映美国黑人文化的还是黑人音乐。继承、借鉴美国黑人奴隶劳动号子、圣歌、颂歌等发展起来的布鲁斯音乐，以忧郁的旋律，影响了后来的爵士乐与拉格泰姆音乐，逐渐发展成为独具特色的美国文化符号。虽然布鲁斯音乐内战前就已经定型，但是直到 20 世纪 20 年代才比较流行，黑人学者的相关论述才开始逐渐出现，但是认识不一，人言人殊。布朗比较尖刻，其 1930 年的论文"作为民间诗歌的布鲁斯"（"*The Blues as Folk Poetry*"）认为布鲁斯粗糙、不协调，休斯则更加包容，他在 1941 年回应道，尽管布鲁斯可能很悲伤，但其中几乎总有一些幽默的东西，哪怕这种幽默只是让我们笑着不哭出来。1945年，埃里森在论述赖特的《黑孩子》时指出，作为一种艺术形式，布鲁斯是对个人灾难自传叙述的抒情表达。①

20 世纪 60 年代，著名民权斗士琼斯（即巴拉卡）出版专著《布鲁斯人民》（*Blues People*，1964），关注美国黑人从奴隶到公民的历程，认为能够再现或象征美国文化本质的，非独特的美国黑人音乐莫属。② 他把布鲁斯置于美国整体文化的背景下，从社会学、人类学、历史学等不同角度观照这个土生土长的艺术形式，清晰阐明在更大范围内，布鲁斯音乐及乐师与美国文化之间的关系。但是埃里森认为，虽然琼斯本人也是著名诗人与诗歌杂志编辑，但他几乎没有把布鲁斯作为抒情诗，或作为诗歌形式来看待，他更感兴趣的仿佛是布鲁斯能够告诉我们美国黑人身份与态度的社会学因素。③

埃里森以同名"布鲁斯人民"发表书评，认为"布鲁斯同时向我们述说人类状况的悲剧和喜剧这两个方面的内容，深刻表达了许多美国黑人共享的生命意识，因为他们的生活综合了所有这些方面的状况。这是一个几百年

---

① Ralph Ellison, "Richard Wright's Blues", pp. 137–138.

② LeRoi Jones, *Blues people*: *Negro Music in White America*, New York: William Morrow and Company, 1963, p. ix.

③ Ralph Ellison, "Blues People", in *The Collected Essays of Ralph Ellison*, John F. Callahan (ed.), p. 279.

来无法庆祝生命诞生、敬重死亡的民族遗产，尽管遭遇非人的奴隶制压迫，他们也需要发展一种能够嘲笑自己痛苦经历的无限可能性。"① 他比较详细地列举、分析了琼斯的这本书对美国黑人身份的关注以及对布鲁斯等黑人音乐的认识。不仅美国黑人经历了一系列变化，从被奴役的非洲人，变成非裔美国奴隶，再到美国奴隶，最终发展成为今天高素质的美国公民。美国黑人音乐也经历了类似的变化，反映了黑人奴隶的生活与信仰，"到20世纪，布鲁斯分化发展为职业化的娱乐形式，以及民间化的创作形式。"②

埃里森认为，布鲁斯表达了美国黑人厚重的生命意识，是许多黑人共享的群体经验，若要进行研究，需要首先把它们当作诗歌与仪式来对待。而琼斯把布鲁斯错误地分为古典的与乡村的两种，其实古典布鲁斯既可以是娱乐的，也可以是一种民歌形式。但是"不幸的是，琼斯认为，为了实现自己的意识形态目标，有必要忽略布鲁斯的美学特征，实际上如果他把布鲁斯视为艺术而非政治，可能更接近布鲁斯的本质。"③ 因为布鲁斯并非主要关心民权或进行明显的政治抗议，而是一种艺术形式，因而能够超越黑人社区内由于社会正义得不到伸张所造成的那些社会状况，"从而成为黑人生存、保有自己勇气的一项技艺，尽管许多白人过去认为——现在还有些人这么认为，黑人很胆怯（害怕）。"④ 埃里森认为，从文化上来看，美国黑人是许多亚文化群体中的一支，"这种'美国黑人文化'可以表现在大量的民俗、灵歌、布鲁斯与爵士乐中；也可以表现在美国习语当中（特别是在美国南方）；表现在烹饪、舞蹈，甚至戏剧表演当中——这一点通常被人忽略，因为人们常常把它与民间黑人教堂联系在一起。"⑤ 因此，埃里森认为，这本书对黑人

① Horace A. Porter, "Jazz States, Ralph Waldo Ellison's Major Chords", in *Jazz Country*: *Ralph Ellison in America*, p. 8.

② Ralph Ellison, "Blues People", p. 281.

③ Ralph Ellison, "Blues People", pp. 286-287.

④ Ralph Ellison, "Blues People", p. 287.

⑤ Ralph Ellison, "Some Questions and Some Answers", in *The Collected Essays of Ralph Ellison*, John F. Callahan (ed.), p. 292.

音乐的关注，有着不可替代的价值，因为这方面的书籍很少，但是，如果你期待黑人对布鲁斯这种迷人的艺术形式有更加深入的了解，深邃的认识，恐怕《布鲁斯人民》这本书还不够。因为布鲁斯不仅影响了黑人社区与黑人文化，也对繁荣、丰富美国文学与文化做出了比较大的贡献，琼斯这方面的论述还不够。

虽然埃里森只在两篇文章中集中论述过布鲁斯，但是在把布鲁斯引入文学与文化批评方面，他居功甚伟。笔者非常同意亚当·古索（Adam Gussow）的论述，因为尽管已经有很多批评家，如斯蒂芬·亨德森（Stephen Henderson）、默里、贝克等把布鲁斯表现形式的很多方面予以理论化，但是他们大多局限于一个，最多是两个文类：诗歌、小说、自传或布鲁斯抒情诗，几乎还没有人能够成功地表达一种基于后重建历史与布鲁斯表演，体现新兴文化特殊性的完整、综合的理论，因此需要一个崭新的开始，而"重新阅读埃里森的基本定义能帮我们实现这个目标。"①

美国黑人作家也同样继承了文学的传统，它比黑人生活的民间传统更加重要。埃里森认为，"由于美国文化不连贯、变化快，而且形形色色，因此，至少对我而言，作为一种文学发现行为，美国黑人民间传统的稳定变得弥足珍贵。"斯坦利·埃德加·海曼（Stanley Edgar Hyman）认为，美国黑人的灵歌以及布鲁斯、爵士乐与民间故事，都在告诉我们他们的信仰、幽默以及适应现实，更好地在这个不太安全，像布鲁斯一样荒谬的世界生存下来，海曼让我们意识到美国黑人民间传统成为文学的宝贵源头，但是对任何文化或种族身份的小说家来说，他的形式都是他最大的自由，他的洞见源于他的发现所在。②

在与欧文·豪的论战中，埃里森坚决反对所谓无法释然的苦难是黑人唯

---

① Adam Gussow, "'Fingering the Jagged Grain', Ellison's Wright and the Southern Blues Violences", *Boundary* 2, Volume 30, Number 2 (Summer 2003), pp. 137–155, p. 139.

② Ralph Ellison, "Change the Joke and Slip the Yoke", in *The Collected Essays of Ralph Ellison*, John F. Callahan (ed.), p. 112.

一"真实"的经历之说，他以自己创作的小说《看不见的人》为例指出，如果说这部作品明显没有这个国家的黑人所承受的意识形态与情感惩罚，"那是因为我尽最大可能把它变成艺术。我的目的不是回避或隐瞒，而是解决、超越，就像布鲁斯，能够超越他们面临的痛苦状况。如果书中真有抗议存在，那也并非因为我对种族状况无助，而是因为我把抗议放了进去。"①因为在非裔美国文化中，美国黑人不仅抗议，他们的生活也并非仅仅是受难，而是具有把苦难转化为艺术的悠久历史与传统，其中就包括黑人的灵歌、布鲁斯与爵士乐，能够更加全面、丰富地反映抗议小说中所没有的黑人民族的人性，以及黑人生活的多姿多彩。②

总体而言，一种新的文化形态的诞生常常得益于内外两种因素，外在的借鉴与内在的继承或发展，两者同样重要，对民间文化的重新认识与发扬光大有助于美国黑人文化的传承。埃里森继承了休斯与赖特的批评传统，对黑人民俗的关注回溯至20世纪初的约翰逊，而非更早一些的邓巴，尝试在民间故事、布鲁斯歌曲、幽默以及喻指仪式等黑人民间表达形式中寻找权威的形式结构。杰克逊教授认为，埃里森的重要贡献之一在于小心翼翼地把黑人世俗与本土文化当作严肃厚重的哲学来看待，其论文"理查德·赖特的布鲁斯"非常正式地介绍了布鲁斯意识形态在黑人生活中的作用——一种基于历史的集体无意识，能够帮助黑人面对逆境、战胜苦难。③

埃里森与美国民主

对民主的信仰可以视为埃里森创作与批评的基础，他非常关心民主问

---

① Ralph Ellison, "The World and the Jug", p. 183.

② Steven C. Tracy（ed.）, *A Historical Guide to Ralph Ellison*, New York: Oxford University Press, 2004, pp. 239-240.

③ Lawrence Jackson, *Ralph Ellison: Emergence of Genius*, Athens & London: The University of Georgia Press, 2002, p. 313.

题，不仅撰写专文《作为美国民主功能的小说》（*The Novel as a Function of American Democracy*，1967）论述民主与文学的关系，而且在很多论文、演讲、访谈与书评中提到民主问题，他认为，美国小说总是与国家的观念相连，尝试书写"我们是谁？我们在做什么？某个特殊群体的经验是什么？怎么变成这样？是什么阻止我们无法实现理想？"等主题。① 谈到美国小说时，埃里森表示，希望强调美利坚民族基于革命，致力于通过权利法案与宪法中陈述的一些基本概念进行"改变"、致力于开放社会的理想：即允许人民自由流动，改变自己的身份，提升自己，获得与自己的才华与技术相配的成就。尽管美国最早的一批作家不是小说家，而是论文作者、布道者、哲学家以及诗人，但是他们都在显示与欧洲的区别。② 在《文学透视》（*Perspective of Literature*）中，埃里森更加凸显政治理念与文学之间的关系，"我已经把《宪法》比作一件艺术作品，因为它能够通过阐释不断变化的各种需要、关注与渴望，对这个世界做出回应。"埃里森认为，不同背景、不同信仰、不同种族与利益追求的美国人都被宪法联系在一起，"宪法成为我们演出民主戏剧的脚本，成为我们扮演自己角色的舞台。"③ 当然，埃里森也清楚地意识到，在追求、获得自由、公正与平等时，民主也和其他制度一样，总是伴随着矛盾。

埃里森非常认同美国的民主理念，认为美国历史上的几份重要文献，如《独立宣言》《美国宪法》《权利法案》等不仅在政治学意义上反映了美国的民主建国理念，而且成为被压迫人民向往、追求平等、自由、民主的灯塔，成为美国文学发展的基石。罗斯·波斯洛克（Ross Posnock）认为，埃里森发现艺术与乌托邦思想紧密相连，他一直走在我们前列，把政治与小说的真正功能描述为对人类理想的推动，认为只有这样，影响变化的潜力才可能实

---

① Ralph Ellison, "The Novel as a Function of American Democracy", p. 756.

② Ralph Ellison, "The Novel as a Function of American Democracy", pp. 757–758.

③ Ralph Ellison, "Perspectives of Literature", in *The Collected Essays of Ralph Ellison*, John F. Callahan (ed.), p. 773.

现。在所有美国作家当中，埃里森最勇于接受这样的挑战：既要在思想方面超越种族的简化与束缚，同时也要解放民主的都市化能量。① 1953 年，在接受美国国家图书奖的演讲中，他不无谦逊地指出，这是对自己努力而非实际成就的认可，因为《看不见的人》这本小说极具试验性，反映了美国丰富的差异性以及魔术般的流动性，没有狭隘的自然主义文学无可逃避、无法释然的绝望。"其试验的态度，以及尝试回归我们最棒的 19 世纪小说所代表的对民主的个体责任氛围"是这部作品的意义所在。② 埃里森认为，美国小说家的任务就是要像奥德修斯一样，需要鏖战美国所继承下来的错误观念，只有从疯狂、混乱的美国生活中萃取真相，才能真正实现"在这个世上的安适状态，人们称其为爱，我称其为民主。"③ 约翰·S. 瑞特（John S. Wright）与肯尼思·W. 沃伦都认为，《看不见的人》改变了非裔美国历史及其与美国民主的关系，成为丰厚的美国文化遗产的一部分。④

作为埃里森最关注的一个核心词，民主不仅成为其社会批评、文化批评实践方面的重要标准，而且成为其衡量美国文学的重要标尺，他多次论及 19 世纪美国经典代表作家马克·吐温，认为美国并非只有一个单一的民主伦理，而是有两个，一个是为白人预留的美国宪法和独立宣言的理想化伦理，另外一个是为黑人以及其他少数族裔人民设计的实用伦理。如果说麦尔维尔、马克·吐温等 19 世纪著名作家具有强烈的悲剧责任意识，那么到 20 世纪，它们与滋养、维系我们伟大作家伟大作品的民主概念一起消失了。埃里森悲叹，虽然马克·吐温创作了反应黑人与白人之间兄弟情谊的作品，但是

① Ross Posnock（ed.），*The Cambridge Companion to Ralph Ellison*，New York：Cambridge University Press，2005，p. 1.

② Ralph Ellison，"Brave Words for a Startling Occasion"，in *The Collected Essays of Ralph Ellison*，John F. Callahan（ed.），p. 151.

③ Barbara Foley，"Reading Forward to Invisible Man"，in *Wrestling with the Left：The Making of Ralph Ellison's Invisible Man*，Durham and London：Duke University Press，2010，pp. 5-6.

④ Timothy Parrish，"Ralph Ellison，Finished and Unfinished，Aesthetic Achievementsand Political Legacies"，*Contemporary Literature*，Volume 48，Number 4（Winter 2007），pp. 639-664，p. 642.

后继乏人，作为圆形人物的黑人形象难以见到。如果说在马克·吐温时代，人们对民主充满乐观精神，那么今天，吐温塑造的黑白种族兄弟情谊的小说沦落为供人消遣的儿童故事，被严重低估。他认为，哈克与吉姆的关系，是人文主义的，他与社区的关系，是个体主义的，他的身上体现了 19 世纪美国两大核心矛盾力量，人文主义表明其接受社会秩序，而个体主义却表达其反对的基本态度，"有人可能会说，马克·吐温允许这两种态度同时并存于其艺术作品中进行激烈辩论，表明他既是具有高度道德意识的艺术家，又深信民主。反之亦然。"① 埃里森认为，除了福克纳的作品以外，马克·吐温之后的很多 20 世纪美国作家都缺少那种至关重要的东西，缺少 19 世纪作家对民主状况关注的伟大责任，当宪法与权利法案的神圣原则与人类的贪婪、恐惧之间出现矛盾，爱与恨之间发生冲突时，他们缺乏那种以想象的形式，反应心中矛盾的责任意识。

埃里森认为，小说有很多目标，民主不仅只是许多个体的集合，也是许多政治上非常精明的公民的集合，而严肃文学的功能之一即回应某个社会的道德核心，在美国，黑人及其现状总能代表某种道德关注，象征着人及社会平等的可能性，"无论他们怎么看待我们黑人民族，在他们的想象序列，黑人既象征着最下层的人也象征着最神秘的人，代表人性中鲜为人知的方面。从某种程度上来说，黑人成为衡量我们人类在民主状态下浮沉的标准。"② 他指出，我们的所谓种族问题与世界范围的殖民主义，以及西方挖空心思赢得非白人民族的忠诚问题可以等量齐观，试问，美国的民主理想能否反映黑人长期面临的压力，以及那些敏感的白人对黑人状况的关心。埃里森觉得，人们对黑人作家书中的抗议感到不舒服，可能是因为 19 世纪以来美国文学回避严肃的道德探寻，唯有福克纳接过马克·吐温留下的问题，始终关注伟大的道德主题。③

---

① Ralph Ellison, "Twentieth-Century Fiction and the Black Mask of Humanity", pp. 89–90.
② Ralph Ellison, "Brave Words for Startling Occasion", pp. 152–153.
③ Ralph Ellison, "The Art of Fiction, An Interview", pp. 223–224.

当然，埃里森清楚地知道，把国家的政治文献与文学过于紧密地联系起来考察比较危险，因为在文学中，"普世性"是大家公认的目标，而小说是具体的艺术；但在美国，他们之间的联系又毋庸置疑的客观存在，在19世纪的小说中特别明显。美国生活的道德规则隐隐体现在独立宣言、宪法与权利法案中，不仅成为个体的意识，也反映了创作经典小说的作家的良知（如霍桑、麦尔维尔、詹姆斯与马克·吐温等）。埃里森指出，这些文献是我们社会价值观得以立足的基础，"有人可能会有意识地着重强调，说美国的绝大部分小说——哪怕是那些最陈腐的卧室闹剧或者是最单纯、最类型化与最轻描淡些的风俗喜剧——基本上都在反映民主社会的价值观及其生活成本。詹姆斯指出，美国人可真是命运多舛，但是比防止迷信的欧洲更麻烦的，可能就是必须如何处理无处不在的美国理想。"基于美国一开始就明显具有试验性与革命性的特征，因此现在迫切需要定义美国经验——开始时需要与欧洲进行区分，现在需要决定我们文明的独特之处，以及我们与别国相比所扮演的角色与承担的历史责任。①

在为1982年出版的《看不见的人》所写的引言中，埃里森再次论及关于多样性中的统一、美国的小说与民主之间的关系，以及艺术家需要揭示"超验真相"的主题。他认为，"如果不能在现实中获得真正的政治平等——目前依然如此——那么至少还有理想民主的虚构版本存在，其中现实与理想交织，为我们再现许多事情的状况，如高与低，黑与白，北方与南方，土生土长与外来的移民等都联合起来，告诉我们各种超验的真相与可能性，如马克·吐温把哈克与吉姆放到同一张木筏上，让他们一起漂流。"埃里森借此获得灵感，认为马克·吐温的做法让他注意到，"小说可以化作希望、感知与娱乐的木筏，在我们努力通过一些浅滩与激流时——这也标志着我们国家在前进三步后退两步地迈向或逃离民主理想时——或许能够让我们漂浮起来。"②

---

① Ralph Ellison, "Society, Morality and the Novel", pp. 702–703.

② Ralph Ellison, "Introduction to the Thirtieth Anniversary Edition of Invisible Man", pp. 482–483.

本章小结

在非裔美国文学创作与批评传统中，埃里森占据十分重要的地位，他强调实践的创作行为以及迥然有别于其他批评者的思想，引发学术界比较持续的关注。他基于美国的民主理念，以及对美国黑人民俗传统的重视，对"抗议小说""非裔美国文学""黑人布鲁斯"等进行的独到阐释与分析，不仅突破了激进的美国黑人作家与批评家对种族问题的思考与固有认识，也拓宽了美国文学批评界关于族裔、文学的民主理念与道德意识及其影响的观念，预示着非裔美国文学无须像过去那样局限于政治抗争，吁请黑人共通人性的发展趋势。① 正如唐纳德·A. T. 朱迪（Ronald A. T. Judy）所总结的那样，埃里森的论文把美国与黑人及其文学表达之间的关系进行理论化，帮助我们更好地认识当下美国与现在的所谓"全球性"之间的联系。② 在《埃里森文集》的引言中，约翰·F. 卡拉汉（John F. Callahan）极好地总结了埃里森的著述及其核心思想，认为他的论文提醒我们，美国的理想就是平等，美国的理论就是实用主义，美国的风格就是本土化，他的文化批评让我们想起詹姆斯的"谨慎意识"。他认为平等、即兴、实用主义、本土意识，以及源自真正复杂性的统一，这些美国主题的矿苗是埃里森虚构与非虚构作品的领地。"他追求意义与神秘，承诺与背叛，而最为重要的是追求美国民主复杂的过去、现在与未来的可能性。"③ 其对美国民主近乎痴迷的相信也让我们在聚

① Gerald Early, "What Is African American Literature?", in *Street Lit*, *Representing the Urban Landscape*, Keenan Norris（ed.）, Lanham Toronto Plymouth, UK: The Scarecrow Press, Inc., 2014, p. 4.

② Ronald A. T. Judy, "Ralph Ellison—the Next Fifty Years", *Boundary* 2, Volume 30, Number 2（Summer 2003）, pp. 1–4, p. 2.

③ John F. Callahan, "Introduction", in *The Collected Essays of Ralph Ellison*, John F. Callahan（ed.）, p. xvii.

焦当下实际问题的同时，能够时不时地仰望天空，重新思考文学的理想与道德责任，这也是埃里森留给 21 世纪的读者与批评者最好的礼物。

第七章　盖尔论黑人美学

> 如果你对自己的痛苦默不作声，他们就会杀了你，然后说你很享受。
>
> ——赫斯顿

引　言

20世纪非裔美国文学批评的主力军是著名非裔美国小说家、诗人和剧作家等，学术性文学批评家较少，早期影响甚微。本书重点关注的学术性批评家有20世纪上半叶的杜波伊斯（他也是著名作家）、洛克与布朗（他也是比较著名的诗人），以及70年代末以后开始赢得声名的贝克与盖茨，期间（六七十年代）的代表人物主要有尼尔、巴拉卡（Amiri Baraka）与盖尔（Addison Gayle，1932—1991）等。鉴于"黑人美学"在非裔美国文学批评史上的重要性，本章以盖尔为例，重点关注其对黑人美学批评的倡导与捍卫，及其对非裔美国文学的阐释。

在非裔美国文学传统中，"黑人美学"（*The Black Aesthetic*）作为一场运动非常短暂，早期的重要代表人物有尼尔、巴拉卡与盖尔，其中前两位很快转向，1972年3月，黑人民族政治大会之后，尼尔转向文化批评，巴拉卡从民族主义立场转向马克思主义-列宁主义-毛泽东思想。① 但是"黑人美学"薪火相传，影响甚广。鉴于人们对"黑人美学"的认识与使用有泛化的趋势，有必要加以简要梳理。

"黑人美学"的产生得益于美国民权运动与黑人艺术运动，在 20 世纪 60 年代末至 70 年代初形成比较大的影响，进而被称为黑人美学运动。其中盖尔编辑的《黑人美学》（*The Black Aesthetic*，1971）一书比较全面地呈现了"黑人美学"的概念、主要内涵及其意义，不仅影响了当时的学术界，也为后来者提供了对话的舞台。时隔近半个世纪后，非裔美国文学界几次比较大的论争，如 1996—1997 年著名非裔美国戏剧家奥古斯特·威尔逊（August Wilson）与布鲁斯坦（Robert Brustein）之间关于是否需要黑人剧院的辩论，21 世纪以来著名非裔美国诗人达夫与哈佛大学文德莱教授之间关于诗歌选集标准的争论，以及围绕芝加哥大学非裔美国教授沃伦《何谓非裔美国文学?》的争论，无不显示出"黑人美学"的影响。

在非裔美国文学批评领域，盖尔与"黑人美学"同名，提到"黑人美学"人们就会想起盖尔。② 在 20 世纪 60 年代及 70 年代，人们普遍认为盖尔是学术领袖，是黑人艺术运动和黑人美学运动的设计师之一，③ 但是除了莫里森《在黑暗中嬉戏：白人性与文学想象》（1992）对白人作家与文学批评家在误解、挪用和误现黑人特性、生活经历、价值系统与总体文化方面进行批判性地质疑与分析外，近来的非裔美国文学批评史少有此类洞见，40 多年后的今天，学术界普遍忽略了盖尔的贡献。作为一位富有卓识但却被忽略的批评家，盖尔对非裔美国文学批评的贡献是多方面的，本章主要围绕他对黑

---

① Houston A. Baker, *Afro-American Poetics: Revisions of Harlem and the Black Aesthetic*, Madison: The University of Wisconsin Press, 1988, p. 138.

② Nathaniel Norment Jr., "Preface", in *The Addison Gayle Jr Reader*, Nathaniel Norment Jr. (ed.), Urbana and Chicago: University of Illinois Press, 2009, p. iii.

③ 20 世纪 60 年代黑人艺术运动的主要代表人物有尼尔、巴拉卡、亨德森与盖尔，进入 70 年代后尼尔与巴拉卡的黑人美学观都有比较大的改变，而始终坚持黑人美学观，并付诸批评实践的代表人物当数盖尔。

人美学的倡导与捍卫，及其对非裔美国文学的批评展开论述，重点考察他的黑人美学观及其对美国社会与文化的思考。

何谓黑人美学？

颇为悖论的是，虽然"黑人美学"这一概念影响甚大，但是关于它的"定义"或界定却比较"动态"。程锡麟教授率先撰文向国内读者介绍"黑人美学"，着重强调了两组黑人美学家及其主要观点：年长一些的黑人作家如 J. 麦克亨利·琼斯（即巴拉卡）、盖尔、尼尔、富勒，以及年少一些的黑人学者如盖茨与贝克等，客观地指出"黑人美学至今尚未形成一个缜密的理论系统"。① 王晓路教授在"差异的表述——黑人美学与贝克的批评理论"中没有界定"黑人美学"，对其使用也更为宽泛；曾艳钰教授的"论美国黑人美学思想的发展"更是大大"扩展"了黑人美学的时空维度。国内研究者对"黑人美学"认识与表述的多元主要源于美国学术界对此术语的不确定，作为《黑人美学》的主编，盖尔在引言中指出，自己无意为本选集的其他人代言，因为他们大都与自己的观点相异，② 收录在《黑人美学》中的文章也是观点各异，为我们"全方位"地认识"黑人美学"提供了便利。

20 世纪 20 年代的哈莱姆文艺复兴预示着非裔美国文学与文化的新发展，但却不是"黑人美学"的"发祥地"。达德利·兰德尔（Dudley Randall）在"20 世纪 30 年代、40 年代和 50 年代的黑人美学"（1971）中指出，哈莱姆文艺复兴时期没有"黑人美学"这一概念，黑人作家大都想被美国主流文学接受，1926 年休斯《黑人艺术家与种族山》所强调的个人主义，以及黑人

---

① 程锡麟：《美国黑人美学述评》，《当代外国文学》1994 年第 1 期，第 168—173 页。2014 年，程锡麟教授在《西方文论关键词：黑人美学》中再次重申了这些观点。参见程锡麟：《黑人美学》，《外国文学》2014 年第 2 期，第 106—117 页。

② Addison Gayle Jr., *The Black Aesthetic*, New York：Doubleday & Company, Inc. 1971, pp. xxii–xxiii.

既美又丑的观点也明显不同于后来黑人美学"黑即美"的集体主义诉求！30年代大萧条时期流行的口号是"黑人和白人，团结起来战斗"，四五十年代虽有赖特的新黑人别格等抗议形象出现，但是当时的主旨依然是融合，并没有形成自觉的黑人美学意识。①

20世纪60年代末，"黑人美学"真正开始出现。1968年9月到1969年11月，《黑人文摘》（*Negro Digest*）刊载大量关于"黑人美学"的文字，涉及黑人美学的功能、定义、素材、技巧、训练与评价。② 多恩·L. 李（Don L. Lee）认为，之所以需要黑人美学是因为"黑人与白人看任何东西都没有共同的参考框架"，黑人之所以需要黑人美学，不仅基于黑人的灵魂，也基于制度性的种族主义，因为白人的形象已经植入黑人生活的核心，最明显的例子就是教会（上帝是白人）；黑人美学必须发展，因为文学体制内的种族主义造成数代黑人学生进入文学这一领域后相信，白人关于黑人文学的观点非常有效。③ 此外，《黑人文摘》还探讨了黑人作者的功能：既要在黑人社区内部建立精神和平，又要越过种族线进行精神战争。霍伊特·W. 富勒（Hoyt W. Fuller）在"转向黑人美学"（1968年）中指出，黑人在文学方面的反叛与在街头的反叛一样明显，革命的黑人作家与"文学主流"之间的破裂非常必要，它比革命的黑人与传统的政治及制度结构之间的破裂更为重要。"正如黑人知识分子拒绝全国有色人种协进会（NAACP）一样，两大主要政党都在寻求掌握权力的、新的、更加有效的方式与方法，因此，革命的黑人作家拒绝旧有的'确定'，转向新的未知的方向。他们开始了转向黑人美学的旅程。"④ 在芝加哥，美国黑人文化组织开始大胆定义黑人美学。

---

① Dudley Randall, "The Black Aesthetic in the Thirties, Forties, and Fifties", in *The Black Aesthetic*, Addison Gayle Jr. , p. 212, pp. 213-214, p. 220.

② James A. Emmanuel, "Blackness Can, a Quest for Aesthetics", in *The Black Aesthetic*, Addison Gayle Jr. , p. 186, p. 210.

③ James A. Emmanuel, "Blackness Can, a Quest for Aesthetics", p. 187, p. 188.

④ Hoyt W. Fuller, "Towards a Black Aesthetic", in *The Black Aesthetic*, Addison Gayle Jr. , p. 3.

当时最具震撼力的黑人美学定义出自卡伦加之手，他在"黑人文化民族主义"（1968）中指出，黑人艺术就像黑人社区的任何其他东西一样，一定要积极地回应革命现实，"我们现在进行的这场战争是为了赢得黑人民族的灵魂，如果我们失败，就无法赢得暴力的战争。"因此，黑人艺术家一定要接受这一事实，"我们需要的是一种美学，一种黑人美学，来衡量艺术作品之美及/或其合法性"，"因此，艺术——我们的艺术，我们的黑人艺术——有何用途？黑人艺术一定要暴露敌人、赞美人民、支持革命。一定要像琼斯的诗歌那样是行刺者的诗歌，能够杀戮与射击的诗歌"。①

黑人艺术运动的另一主将尼尔拓展了"黑人美学"的内涵与外延，他在"黑人艺术运动"（1968）中指出，我们提起"黑人美学"时意味着几件事，首先，我们假设已经存在这种美学基础，本质上由非裔美国文化传统构成，而且范围更宽，包含了第三世界文化中大多数有用的要素。"黑人美学"背后的动机是消灭白人的东西，破坏白人的观点及白人看待世界的方式。"这种新的美学主要基于这样一种伦理，即谁的世界观最终更有意义，是我们的世界观还是白人压迫者的世界观？真理是什么？或更准确地说，我们应该表达谁的真理，表达我们的还是我们的压迫者的？"他借用奈特（Brother Knight）的话说，"除非黑人艺术家建立'黑人美学'，否则他就不会有什么未来，因为接受白人美学即接受并确定一个不允许其生存的社会。"② 杰拉尔德把黑人美学与形象塑造与控制联系起来，呼吁黑人作者参与到控制形象的黑—白之战中，"因为控制一个形象即控制一个民族"。③

朱利安·梅菲尔德（Julian Mayfield）在"你碰我的黑人美学，我就碰你的"（1971 年）文章中指出，虽然很难直接定义什么是"黑人美学"，但

---

① Ron Karenga, "Black Cultural Nationalism", in *The Black Aesthetic*, Addison Gayle Jr., p. 31-32.

② Larry Neal, "The Black Arts Movement", in *The Black Aesthetic*, Addison Gayle Jr., pp. 258-259.

③ James A. Emmanuel, "Blackness Can: a Quest for Aesthetics", in *The Black Aesthetic*, Addison Gayle Jr., p. 198.

却"很容易从否定的角度来定义它",因为"我确切地知道黑人美学不是什么",比如说,黑人美学并非像许多人认为的那样,是黑人发明出来挫败白人的一种谈话方式,或秘密的语言;也不相信音乐天赋与黑人美学有关;稍有头脑的人都会拒绝黑人美学与所谓黑人的超强性能力有关——尽管这是黑人和白人都坚信不疑的迷思。"如果一定要说黑人美学是什么,那就是对新计划的追寻,因为所有源于犹太—基督精神的老计划都不适合我。黑人美学寻求一种新的精神品质,或重新获取遗失、被深深掩埋在非洲过去的老的精神品质。……我不能也不会定义黑人美学,同时也不允许别人为我定义。"①李(Don L. Lee)认为"不可能以任何明确的方式定义黑人美学,要想准确、全面地定义黑人美学就会不自觉地局限它。我们尝试要做的无非是叙述一些具体相关的事情"。②

盖尔的黑人美学观

在呈现其他作家关于黑人美学的论述时,盖尔在《黑人美学》的引言中言简意赅地道出自己的黑人美学思想,"黑人批评家今天要问的不是歌曲、戏剧、诗歌或小说有多美,而是要问诗歌、歌曲、戏剧或小说怎么才能让黑人的生活更美?那么,这个作家构想的黑人美学就是一种纠偏——一种帮助黑人民族摆脱受污染的主流美国精神,为黑人民族提供富有逻辑与理性的论据,即为何他不应急着加入梅勒或斯泰隆的行列。"③ 换句话说,黑人美学的核心是:它对黑人民族是否有益?怎么对他们有益?"是否有益于黑人民

---

① Julian Mayfield, "You Touch My Aesthetic and I'll Touch Yours", in *The Black Aesthetic*, Addison Gayle Jr., pp. 23-27.

② Don L. Lee, "Toward a Definition, Black Poetry of the Sixties (After LeRoi Jones)", in *The Black Aesthetic*, Addison Gayle Jr., p. 232.

③ Addison Gayle, Jr. *The Black Aesthetic*, p. xxii.

族，这应该成为人们的信条。这也是黑人美学的根本所在"。① 因此，与重视文学的种族特征及赤裸裸的革命言行不同的是，盖尔强调文学的美学与社会功能的观点更加全面，也更符合美国黑人文学的实际。

1971 年，在评论凯恩的小说《布鲁斯宝贝》时，盖尔回顾了黑人美学的源起。他认为 1968 年开始，年轻的美国黑人文学与文化团体，开始寻找一种能够把黑人的写作与白人的写作区分开来的标准：即黑人美学，当时这个概念主要用于诗歌而非小说或戏剧。休斯、图默和布鲁克斯在形式、象征与意象方面，提供了新的令人兴奋的处理黑人生活的方式；他们的年轻继承者巴拉卡、李（Don L. Lee）、詹姆士·A. 伊曼纽尔（James A. Emanuel）与尼基·乔瓦尼（Nikki Giovanni）等进行风格试验，促成了黑人诗歌的革命。黑人小说家虽然也有一些范式可循，如《布莱克，或美国小屋》（1859），《黑公主》（*Black Princess, A Romance*, 1928）等，但是与《尤利西斯》（1922）、《八月之光》（1932）、《丧钟为谁鸣》（1940）以及《裸者与死者》（1948）相比，黑人小说仿佛可以忽略不计，甚至成为白人批评家操练文学批评的靶子，巩固了盎格鲁-撒克逊的伦理与价值观。②

在《文化窒息：黑人文学与白人美学》（1969）、《捍卫黑人美学》（1974），以及《黑人文学批评的蓝图》（1977）等文章中，盖尔比较集中地论述了他对黑人美学的思考，在追溯历史的基础上，指出设立黑人美学，并进行深入研究的必要。反对黑人美学者会说，"没有什么黑人美学，因为根本就没有什么白人美学"；"克纳委员会报告"也说，美国没有两个社会，只有一个社会，因此，美国所有的种族、肤色、信仰等都共享一种文化遗产。"作为这种文化单一性的最重要的副产品，文学没有狭隘的界线之分。提倡黑人文学、黑人美学，或黑人国家即沉湎于种族沙文主义、分离主义偏

---

① Addison Gayle, "Interviewed by Saundra Towns", in *The Addison Gayle Jr Reader*, Nathaniel Norment Jr.（ed.）, p. 378.

② Addison Gayle, "Blueschild Baby by George Cain", in *The Addison Gayle Jr Reader*, Nathaniel Norment Jr.（ed.）, p. 353.

见，以及黑人幻想"。①

盖尔认为，这种说法貌似合理，但是由于新柏拉图主义与基督教的影响，白与黑早就被分别对应于好与坏。早在中世纪文学（如英国的道德剧）中就有黑即丑，白即美的区分："白即纯洁、善、普世、美；而黑即不纯洁、邪恶、狭隘，丑。"② 后来，这些象征变成国际性标准。17世纪，绝望成为"黑色的绝望"，十七八世纪的知识分子普遍具有精神忧郁症，"墓园派诗人"和哥特式小说成为英国文学中的黑暗时期。1867年，欣顿·赫尔珀《大陆的问题》一书中的两个主要章节的标题明确揭示了柏拉图以降白人美学的整个象征机制："一个章节的标题这么表述：'黑：一种丑陋、病态的东西；另一章的标题是：白：一种充满生机、健康与美的东西。"③ 黑人文学成为被白人定义的素材，早期黑人作家如邓巴内化了白人社会对黑人设定的框架，创作中主动适应，以求赢得白人读者。盖尔认为，黑人美学的支持者们应该效仿尼采笔下的偶像破坏者，尝试建立一套判断、评价黑人文学与黑人艺术的规则。向其他民族的神祇与定义低头，只会产生更大的危机，导致文化方面的重大缺陷，因此，必须予以扭转。"而接受'黑即美'这一口号只是废旧立新的第一步，因为这一口号与白人美学的整体精神格格不入。下面一定要认真研究，艰苦工作，黑人批评家一定要挖掘这一口号下面的东西，发现深藏于黑人经验当中不为人所知的领域中的美的宝藏——限于历史条件与文化缺失，其他人对此难以涉足。"④

盖尔对黑人美学的捍卫主要体现于对文学与政治之间关系的探讨上。他认为，最先阐释艺术与政治之间关系的肯定不是他或"黑人美学"，柏拉图在《理想国》中就奉劝那些艺术家远离国家意识形态；美国早期作家，如纳

---

① Addison Gayle, "Cultural Strangulation, Black Literature and the White Aesthetic", in *The Addison Gayle Jr Reader*, Nathaniel Norment Jr. (ed.), p. 101.

② Addison Gayle, "Cultural Strangulation, Black Literature and the White Aesthetic", p. 102.

③ Nathaniel Norment Jr. (ed.), *The Addison Gayle Jr Reader*, p. 104.

④ Nathaniel Norment Jr. (ed.), *The Addison Gayle Jr Reader*, pp. 105-106.

撒尼尔·阿普尔顿（Nathaniel Appleton）、诺亚·韦伯斯特（Noah Webster），以及约翰·特兰伯尔（John Trumbull）并不认为艺术与政治需要进行区分，他们都同意剧作家约翰·纳尔逊·贝克的观点，即美国需要一种"歌颂美国成就，记录美国事件的艺术"。①

盖尔认为，那些主张意识形态和政治与艺术针锋相对的人根本就不了解艺术，自亚里士多德以来，越是聪明的作家越是相信人是政治动物；由于它们作品中的意识形态因素，所以才会有塞万提斯身陷囹圄，普希金被沙皇侵扰，英国上层阶级惧怕拜伦，赖特被迫离开美国，巴拉卡遭受牢狱之灾威胁，或者索尔仁尼琴被苏联驱逐。"那些把持权力，反对把权力理论化的人，总是理解形式与结构、风格与语言操纵等只是推进政治与意识形态立场的工具。对这一现实，所有批评运动——甚至包括新批评运动——都被迫面对并承认，不管怎么说，艺术作品的本质不是其存在形式，而是其意义。"②

盖尔指出，对黑人美学支持者的最大指责，是说这些黑人作者想告诉别人如何进行创作，想规定艺术作品的形式与内容，也就是说，想把艺术交给意识形态；对黑人民族主义的强烈指责可以在他们白人作家的作品与修辞中找到，他们反对黑人民族的自决，因为他们像佩奇，狄克逊一样，需要黑人保持这样的形象：无能、像个驯服的孩子、没有白人主人的指引就不能自立。"虽从未明说，但他们反对新黑人艺术，因为新黑人艺术实际上呼吁重新评价白人的价值观，质疑并挑战美国的伦理与道德，相信只有打破并重新定义白人馈赠给黑人的象征、形象、比喻，其人性才能显现。"③

在讨论黑人美学必要性的同时，盖尔指出应该设立黑人美学与艺术标准。在"黑人文学批评的蓝图"中，他指出黑人美学运动的批评家要求那些支持该运动的人对黑人批评采取极其正式、纲领性的表述，"尽管我们在实

---

① Addison Gayle, "The Black Aesthetic, The Defender", in *The Addison Gayle Jr Reader*, Nathaniel Norment Jr. (ed.), pp. 84–85.

② Addison Gayle, "The Black Aesthetic, The Defender", p. 88.

③ Addison Gayle, "The Black Aesthetic, The Defender", p. 91.

践方面跟批评家建议的正好相反，但是已经认识到，缺乏特定的标准会让我们的对手用他们的标准代替我们的标准，并攻击我们。"① 黑人美学家反对美国学者把艺术定义为静态、中立的做法，而是要求艺术要参与，且旨在改变。"除非黑人艺术家建立'黑人美学'，否则就没有前途，因为接受白人美学即接受并确证不允许他生存的社会，所以黑人艺术家一定要创造新的形式与价值观，唱新歌（或净化老歌），与其他黑人权威一道，创造一种新的历史、新的象征、迷思与传说（并通过火净化原来的那一套）。总之，创造出自己美学的黑人艺术家一定只对黑人民族负责。"② 鉴于此，盖尔提出黑人文学批评的十大重要原则：

1. 黑人艺术家一定要拒绝接受美国对现实的界定，并提出黑人自己的定义；

2. 黑人艺术一定要替换美国白人创造的刻板的黑人形象，并确证黑人同行的作品与批评；

3. 黑人艺术一定要强调黑人过去的范式，而不是仅仅让黑人民族幸免美国噩梦；

4. 黑人艺术一定要从黑人经验中创造出积极正面的形象、象征与隐喻；

5. 黑人艺术一定要由黑人写，为黑人写，并且是关于黑人及其在美国的状况；

6. 黑人艺术一定要重新定义源自西方世界的定义；

7. 黑人艺术的目标一定是在黑人间谆谆教导黑人社区的价值观；

8. 黑人艺术一定要批判任何对黑人社区的健康、安宁有害的行为；

9. 黑人艺术一定要与试图从病理学角度解释黑人社区的社会学企图拉开距离；

---

① Addison Gayle, "Blueprint for Black Criticism", in *The Addison Gayle Jr Reader*, Nathaniel Norment Jr. (ed.), p. 159.

② Addison Gayle, "Blueprint for Black Criticism", p. 163.

10. 黑人艺术一定要不断地反抗美国非人化的企图。①

盖尔特别解释了拒绝接受美国白人对现实定义的原则，"所有这类定义实际上都染上美国种族主义的颜色，这类概念源于白人社会的欲望、需要与困扰。对西方特别是美国来说，男子气概、英雄主义、美、自由与人文主义都是那些拥有日耳曼民族皮肤、眼睛与头发者的财产。"②

有人把黑人美学贴上马克思主义的标签，盖尔对此不以为然，他认为基于经济与阶级决定论的美学对黑人民族来说没有什么价值。"因为对黑人作家与批评家来说，美国黑人民族的历史从一开始就是反对种族主义的历史，判断、衡量艺术作品也要以此为标准。显而易见的是，黑人艺术功能的重要性莫过于此：强化反对美国种族主义的斗争。"③

作为黑人美学运动的重要代表人物，盖尔十分关注文学的社会维度，继续高扬杜波伊斯倡导的文学为黑人民族服务的思想。在《新世界的方式》后记中，他指出黑人美学运动解放了黑人作家，他们不再需要沿着抗议文学或为艺术而艺术之路前行——因为二者都会走进"死胡同"，而是可以直面美国黑人民族遭遇的问题。他对非裔美国文学传统的梳理与反思，为 20 世纪 70 年代以后年轻黑人学者搭建对话的平台；他基于自己的生活经验与阅读体验，对黑人形象的关注，进一步凸现了形象的意识形态特征及其社会构建色彩，为研究者提供了新的解读视角。

论美国黑人文学

除了比较全面地梳理"黑人美学"之外，盖尔也十分关注非裔美国文学的发展，对非裔美国文学的评价也充分地反映了他的黑人美学思想。虽然早

---

① Addison Gayle, "Blueprint for Black Criticism", p. 164.
② Addison Gayle, "Blueprint for Black Criticism", p. 165.
③ Addison Gayle, "Blueprint for Black Criticism", p. 164.

在 17 世纪，定居北美的欧洲移民就开始撰写、发表各类（非）虚构作品，但是由于受"欧洲中心主义"思想的影响，美国文学在很长一段时间内只是作为英国文学的一个重要分支存在。19 世纪末的许多学者，都以失望的语气谈论美国文学，认为根本不值一提，很难与欧洲文学相提并论，[①] 直到 20 世纪初，美国文学研究才获得一定的地位，布鲁克斯等学者批评依赖英国模式的新英格兰经典，发起对美国文学书写的全面评价。[②]

18 世纪末一来，美国黑人开始发表诗歌等文学作品，但受"白人至上"与"黑人低下"论调的影响，美国黑人文学在很长一段时间内遭到漠视，处于要么抗争或回应美国种族主义，要么"适应"或"同化"于对黑人的类型化描述与刻板印象的主流"美国文学传统"，直到 20 世纪 20 年代才出现真正的改观，进入"文化主义文学"阶段。[③] 在美国黑人文学批评方面，20 世纪六七十年代美国黑人美学的代表人物盖尔属于承上启下者，属于美国黑人文学创作与批评"强调文化自治"阶段的重要代表人物。[④] 虽然 20 世纪初以来著名黑人作家，如杜波伊斯、休斯、布朗、赖特、埃里森、鲍德温，以及著名黑人学者如洛克、布劳利（Benjamin Brawley）、雷丁等都曾经以书评、论文等形式关注过美国黑人文学批评的某些方面，但是在 70 年代末以后更加职业化的黑人批评家，如贝克、盖茨、康奈尔·韦斯特（Cornel West）、贝尔·胡克斯（Bell Hooks）等人出现之前，受过专门文学研究训练、阅读广泛、视野开阔、关心思考美国黑人文学的发展，专注"黑人美

---

① Sacvan Bercovitch（general editor），*The Cambridge History of American Literature*，Vol. 5，Poetry and Criticism，1900-1950，Cambridge：Cambridge University Press，2003，p. 351.

② Sacvan Bercovitch（general editor），*The Cambridge History of American Literature*，Vol. 5，Poetry and Criticism，1900-1950，pp. 357-358.

③ 赵文书：《美国文学中多元文化主义的由来——读道格拉斯的〈文学中的多元文化主义系谱〉》，《当代外国文学》2014 年第 1 期，第 167—171 页，第 168 页。

④ 欧文主编的《1773—2000 非裔美国文学批评》（*African American Literary Criticism，1773—2000*）把美国黑人文学创作与批评分为四个阶段：1773—1894 年为第一阶段，探讨非洲人的后裔是否天生愚钝，或只是没有受教育使然；1895—1954 年属于第二阶段，关注美国黑人文学应该是艺术还是宣传；1955—1975 年属于第三阶段，强调文化自治；1976—2000 年属于第四阶段，重视美国黑人文学的美学价值，尝试重构黑人性以及后现代主义等问题。第 9 页。

学"构建的盖尔,通过分析美国著名黑人作家与作品,分析非裔美国文学创作与批评,呈现出对美国黑人文学(批评)的独到思考。

盖尔对美国黑人文学创作与批评的关注明显不同于之前的很多研究者,体现了他对黑人文学现象及其作家、作品的独到见解;他以历时的角度,宏观地勾勒了美国黑人文学的发展,而他对赖特、埃里森与鲍德温等代表作家的分析,体现了他独特的黑人美学思想。他指出,虽然有文字记载的美国黑人文学创作始于 18 世纪,但是黑人作家并不熟悉黑人文学,而是熟悉并认同主流的白人文学,无论是最早的黑人女诗人惠特莉,还是当代小说家赖特大都如此。惠特莉熟悉并模仿当时英国著名诗人亚历山大·蒲柏(Alexander Pope)的英雄体,以牺牲自己身份,采用白人身份为代价,歌颂白人的基督天堂,而不是再现自己作为黑人的经历;① 赖特熟悉的也不是非裔美国文学,而是白人经典作家,如陀思妥耶夫斯基、屠格涅夫、门肯与福克纳。在文学批评方面,黑人也依赖白人批评家的评价,"并不是没有黑人批评家,早在 20 世纪 20 年代就出现像布劳利这样的黑人批评家,某些关于黑人书籍的最好的批评也出现于 20 世纪 20 年代。"② 比如说著名黑人批评家雷丁就写下许多非常杰出的批评文字。但是不要说白人,就是黑人也没有多少人知道他,许多黑人宁可读《纽约时报书评》也不读《黑人世界》(Black World)。不自信的美国黑人文化大环境可以部分解释为何美国黑人文学批评落后于创作,另外,直到近来才重新"发现"之前的黑人批评家。盖尔对赖特展开批评,认为他所谓美国社会必然会改变的立场在政治上根本站不住脚,③ 他基于种族政治的文学批评立场明显体现于对黑人文学,特别是对几位代表性黑人作家的论述中。

---

① Addison Gayle, "I Endured", in *The Addison Gayle Jr Reader*, Nathaniel Norment Jr. (ed.), p. 385.

② Addison Gayle, "Interviewed by Saundra Towns", in *The Addison Gayle Jr Reader*, Nathaniel Norment Jr. (ed.), p. 369.

③ Addison Gayle, "Interviewed by Saundra Towns", p. 369.

　　他认为，19 世纪末 20 世纪初美国著名黑人诗人邓巴以方言诗为世人所知，他也确实在自己的方言诗中为迎合南方最糟糕的黑人迷思（myth），创作出头脑简单，热爱自己主人的奴隶形象：黑人都很孩子气，唯一的愿望是去打浣熊、从墙上拿下班卓琴、无比投入无比忠诚地侍奉他们的白人男女主人、通宵达旦地歌舞狂欢。但是邓巴曾经对约翰逊坦言，"自己从不想写方言诗，"但却不得不一首接一首地按照别人指定的套路来写。尽管他也写过许多关于爱情、自然与死亡的诗歌，但都没有引起白人世界的关注，没有人关注他用规范英语创作的许多诗歌中"隐含的忧伤"。他在 1894 年写给朋友的信中说，"现在只能做一件事，而我却是个大懦夫，不敢那么做。"① 为了能够有读者，邓巴写了许多诗歌，短篇及长篇小说，他不仅只能写黑人，而且只能写白人社会要他写的那种黑人，他低头默认了。盖尔认为，尽管邓巴有自己的缺点，或许正因为如此，他获得百万黑人的赞许，"因为他们自己也静静地过着绝望的生活，也为了能够在这个视他们如粪土的国家生存下去，而被迫出卖自己的灵魂，不得不牺牲自己的自由。"② 邓巴的短诗《我们戴着面具》（We Wear the Mask，1895）道出了千百万黑人的心声。

　　邓巴的创作并非个案，盖尔相信哈莱姆文艺复兴之前的黑人小说史几乎都在向同化母题致敬，如琼斯的《金心》（Hearts of Gold，1898），霍普金斯的《对立的力量》（In Contending Forces，1900），以及邓巴的《未受感召》（The Uncalled，1901）等。这些黑人主人公的经历与美国白人的经历无异，他们有时会非常恶心地争辩说，美国黑人与美国白人的唯一区别碰巧是他们的肤色，他们小说中的论点与惠特莉的诗歌非常接近，即黑人承蒙西方文明的教化，作为革新的野蛮人被带上基督教的祭坛。③ 洛克对此归纳得非常到位，他在《新黑人》文集的引言中说"所有关于黑人的文学中，我们可以

---

① Addison Gayle，"Oak and Ivy"，in The Addison Gayle Jr Reader，Nathaniel Norment Jr.（ed.），p. 282.
② Addison Gayle，"Oak and Ivy"，p. 283.
③ Addison Gayle，"Cultural Nationalism: The Black Novelist in America"，p. 93.

负责任地说，十分之九写的是群体的黑人而不是写个体的黑人。"①

但是盖尔认为，这些同化论者遭到哈莱姆文艺复兴时期年轻作家如费希尔，麦凯与休斯的抨击，休斯在《黑人艺术家与种族山》中提出，年轻的黑人艺术家想通过自己的艺术改变过去那种"我要成为白人"的呢喃，而是要问，我为什么要成为白人？更要明确地表示："我是黑人，而且也很美。"②但是真正身体力行，在美国文坛引起轰动效应的是赖特，他的《黑人文学的蓝图》指出，"尝试充当黑人种族坚定代理人的黑人作家应该承担更加严肃的责任。为了公正地对待自己的主题，为了能在各种必要而且错综复杂的关系中描述黑人的生活，他们需要更加深入地了解各种情况，具备综合的意识；这种意识能够利用一个伟大民族流动知识的优势，用改变、指引当今历史力量的各种概念铸造这种知识，号召黑人作家创造出他的种族能够拼搏、生活、为之献身的价值观。"③ 他认为，1940 年《土生子》的出版，标志着黑人小说在结构、形式与读者接受方面的成熟，"关于黑人文学本质与功能的严肃的批评辩论真正开始兴起。"④ 可以说直到 1940 年，哈莱姆文艺复兴的拥护者们提出来的这些论点才受到赖特的挑战，他认为，美国目前还没有达到黑人可以放弃种族问题，沉浸于为艺术而艺术的地步；或放弃 20 世纪作为黑人的残酷现实，徜徉于抽象的阳光明媚的乌托邦之中。⑤

盖尔指出，赖特把别格与道尔顿先生置于北方的背景下，指出别格的境遇主要源于道尔顿先生的伪善，以及美国北方的表里不一，开启了潘多拉之盒，白人自由主义者与黑人领袖对此都不以为然，因为《土生子》提出了这样的问题，即美国现在到处都是怨气冲天、桀骜不驯的黑人，如果美国不作为，那么

① Alain Locke, *The New Negro: An Interpretation*, p. ix.

② Langston Hughes, "The Negro Artist and the Racial Mountain", p. 59.

③ Addison Gayle, "Cultural Nationalism, The Black Novelist in America", p. 94.

④ Addison Gayle, "Ludell: Beyond Native Son", *The Nation*, April 17, 1976, pp. 469 - 471, p. 469.

⑤ Addison Gayle, "Black Expression, Essays by and about Black Americans in the Creative Arts", in *The Addison Gayle Jr. Reader*, Nathaniel Norment Jr. (ed.), p. 277.

这些黑人可能就要开始做一些事情，而"《土生子》成功地打破了美国迷思，把虚假的浪漫世界撕为碎片，把美国梦置于废墟之上，并为以后的严肃黑人作家呈现一个他们不得不正视的现实图景。"① 但是赖特清楚地知道，美国不会接受自己呈现的事实，因为自己的事实"（尽管有不少缺陷）与美国白人希望相信的事实相距甚远。他们更能接受琼斯和以赛玛利·里德（Ishmael Reed）作品中传播的事实——因为，这些事实跟赖特的毫不相同，可以在佩奇、维克腾、福克纳、梅勒、厄普代克、马拉默德以及斯泰隆的作品中找到：这些自私的事实能够巩固他们珍视的关于美国与黑人民族的假象，用沁人心脾的语言赞美美国的制度，从教堂的讲坛弥漫到美国总统的办公室。"②

《土生子》出版以前，许多黑人同化论者都在告诉白人，只有少数几个别格这样的黑鬼到处闲逛，我们大多是友善、正直的黑人，想成为中产阶级，想成为美国人。《土生子》迫使美国社会直面黑人所面临的根本问题：即"美国对黑人的压迫到了什么程度？"③ 盖尔在不同时段的多篇书评中提到赖特及其《土生子》，全方位地展示了赖特的贡献及其价值。美国黑人文学史家关注《土生子》的核心问题是，倘若能对黑人的状况进行分析、合理解释、进行论述，那么别格·托马斯能够揭示人与社会的什么本质？盖尔认为，与欧文·豪及博恩不同的是，赖特认识到美国黑人创新的显著特征是能把自己的感受强加在变化不定的形式上，再融入黑人微妙的世界观，把人工制品变成一些新的，独具特色的东西。④

受黑人民权运动及权力运动的影响，盖尔更加重视文学的社会功能，在赞美赖特的同时，他对埃里森提出强烈的批评。与赖特对美国的绝望相比，

---

① Addison Gayle, "Cultural Nationalism, The Black Novelist in America", p. 96.

② Addison Gayle, "Reviews", in *The Addison Gayle Jr Reader*, Nathaniel Norment Jr. （ed.）, p. 348.

③ Addison Gayle, "Interviewed by Saundra Towns", in *The Addison Gayle Jr Reader*. Nathaniel Norment Jr. （ed.）, p. 363.

④ Addison Gayle, "Coming Home by George Davis", in *The Addison Gayle Jr Reader*, Nathaniel Norment Jr. （ed.）, p. 326.

埃里森非常乐观，其《看不见的人》"视美国为机会无限的地方，是一种新边疆"，① 埃里森也不认同鲍德温所坚持的作家应该书写自己黑人经验的观点，而是认为写作源于其他作品，是一种与其他文本的互文关系，"如果需要道德或什么看法，让他们/读者自己提供，对我来说，叙述即意义。"② 盖尔难以认同埃里森所谓美国机会无限之说，因为对黑人而言，这是一个需要征服的世界，需要经历或超越白人经验来完成，"如果我们只想成为白人，那么这个世界对我们就会像对白人一样令人忧郁，毫无希望，没有意义。但是如果我们想成为真正的黑人，如果我们真想真诚地面对我们的文化，我们的历史，那么这个世界确实机会无限。"③ 他认为，埃里森关于文学互文的观念让那些"饱读诗书"的批评家们兴奋不已，因为评价黑人小说只需要有关于情节、语言、背景与冲突的技术知识即可运作。尽管他承认"《看不见的人》的确是一部杰作，他的同行，无论是白人还是黑人，欧洲人还是美国人，都无法与之相比。"④ 但是有些杰作可能与人的生活或一些民族没有关系，比如说，《蒙娜丽莎肖像》只属于博物馆，如果放在集中营，根本就文不对题。因此，"从结构，技术等方面来说，《看不见的人》确实是一部伟大的小说，但是我不认为它和《布莱克，或美国小屋》（*Blake or the Huts of America*，1859）一样重要，因为《布莱克》能让一些孩子相信，他有可以效仿的黑人英雄。而《看不见的人》让他相信的是，黑人主人公是个弄得一团糟的个体，在美国社会游荡，努力发现自己的身份。"盖尔认为，"作为艺术作品，《布莱克》对我而言更加重要。"⑤

但是最令盖尔不满的是，埃里森宣扬一种种族融合思想，他的主人公企图迫使美国制度证实他的存在，不是承认他是黑人或是白人，而是承认他为

---

① Addison Gayle, "Interviewed by Saundra Towns", p. 360.

② Addison Gayle, "The Way of the New World, The Black Novel in America", in *The Addison Gayle Jr Reader*. Nathaniel Norment Jr. (ed.), p. 308.

③ Addison Gayle, "Interviewed by Saundra Towns", p. 360.

④ Addison Gayle, "Cultural Nationalism: The Black Novelist in America", p. 98.

⑤ Addison Gayle, "Interviewed by Saundra Towns", p. 363.

美国人。"白人自由主义的融合谬论与《看不见的人》的谬论是一样的：美国黑人只能在一个变形的社会里才能发现自己的身份，在这个变形社会中，这个熔炉，冒着热气，把各种不同的文化溶化，产生一种可以美国命名的产品。"① 不难看出，他不是要消灭邪恶，而是要与之联合。虽然埃里森也像鲍德温一样追求种族和平，但是他情愿以牺牲种族与文化为代价来得到它。盖尔认为，黑人应该把文化与历史联合起来，成为一个分离的民族，"我认为小说家的功能之一即要反复灌输一种分离意识。我搞不懂的是，从布朗到埃里森的小说家都在向我们灌输与其他美国人亲密无间的意识。"②

尽管对复杂的埃里森及其作品批评甚多，但是盖尔并没有粗暴地予以简单化处理，而是客观地分析其复杂性与多面性。埃里森认为自己的文学血脉源于美国文学中固有的喜剧传统，也有批评家称其为"黑人马克·吐温"，盖尔认为实际上美国文学中没有喜剧传统，最多只有脸谱化的说唱、闹剧、滑稽剧传统。因此，埃里森的文学祖先在欧洲，必须以阿里斯托芬以降西方文学中的喜剧传统来衡量《看不见的人》。其实，盖尔更想说的是，尽管埃里森及其支持者欧文·豪并不认为《看不见的人》属于"抗议"小说，有一位教授也评论说，"看不见的人"处理的是"我们这个星系的现代人，而非某一暴虐社会与世隔绝的黑人。"但是他的小说实际上就是"抗议"小说，与赖特等人的抗议小说的唯一区别，"也是最本质的区别，即埃里森精心用神话与象征包裹了自己的小说，一般的批评家根本不可能或者说不愿意透过象征与神话发现其中的抗议。"③

如果说赖特以重视种族因素，创作抗议小说为人所知，那么鲍德温则以对抗议小说的批评享誉美国文坛。对赖特而言，美国黑人文学的功能之一即

① Addison Gayle, "Cultural Nationalism, The Black Novelist in America", p. 99.

② Addison Gayle, "Interviewed by Saundra Towns", p. 362.

③ Addison Gayle, "The Critic, the University, and the Negro Writer", in *The Addison Gayle Jr Reader*, Nathaniel Norment Jr. (ed.), pp. 178-179.

教育美国白人，改变白人的态度，塑造白人的观念，① 而鲍德温则主要在民族同化论哲学与黑人民族主义之间举棋不定。他撰写《大家的抗议小说》与《千逝》，分析《汤姆叔叔的小屋》，批评赖特小说《土生子》抗议的缺陷，言辞之犀利令人瞠目。盖尔比较客观地分析了鲍德温对待抗议小说的态度及其变化，认为尽管不可能明辨作品与环境之间的直接因果关系，但是抗议小说对社会秩序的变化以及男女行为的影响在《汤姆叔叔的小屋》《本性难移》（*The Leopard's Spots*），以及《丛林》（*The Jungle*）等小说中得以印证。从《克洛特尔；或总统的女儿》（*Clotel, or the President's Daughter*）到《土生子》，许多小说旨在唤醒白人的良心，但都差强人意，这不是因为抗议小说文类有问题，而是作者抗议的基础与前提不太可信——即美国人要求、渴望平等，会选择真与美而非狭隘的利益、物质方面的收获及利己的追求等。大多数白人无法移情关注黑人的问题，不可能接受一个国家的集体罪恶：即为保证自己的生存而置另一种族的人民于亚人类的境地。② 盖尔承认，黑人抗议小说确有失败之处，但是它能够揭示美国信条的荒谬，指出白人自由主义者与顽固不化者实为一丘之貉，成功地证明很难唤醒白人的良知，"最为重要的是，抗议小说能够教育黑人，凸现所有真相中最重要的一点：黑人条件的改变只有通过黑人民族自己的努力才能实现。这种变化要求所有黑人特别是黑人作家致力于此；他们要求不是致力于为艺术而艺术的文学，而是致力于为了黑人民族的文学。"③

20 世纪 50 年代，美国盛行同化论。黑人参与了打败法西斯的第二次世界大战，真诚地相信手足情深的新时代会在美国出现，赖特也开始转变观念，创作没有黑人主角的小说。鲍德温也接受了主张社会同化的哲学，对抗议小说，特别是对赖特早期的社会抗议作品进行攻击，但是他很快就后悔地

---

① Addison Gayle, "What We Must See—Young Black Storytellers", in *The Addison Gayle Jr Reader*. Nathaniel Norment Jr. （ed.）, p. 350.

② Addison Gayle, "The Way of the New World, The Black Novel in America", p. 319.

③ Addison Gayle, "The Way of the New World, The Black Novel in America", p. 320.

发现，那些曾经对他欢呼雀跃不惜赞美之词的批评家把他的作品也贴上抗议文学的标签，进行攻击，此后，鲍德温再也不谈抗议。盖尔认为，没有人比鲍德温更加熟知美国隔都或其人民，也没有人对 20 世纪人的异化与绝望有着更加清晰的洞察，但是鲍德温在描述美国都市黑人的困境时极其失败，难能可贵的是，他比较真诚，坚信自己只能写一样东西：自己的经历。因此，民权运动期间他从法国回到美国后再次亲身体验美国种族歧视的现实，在思想、行动和创作等方面都出现比较大的变化。他曾说，自己一直比较喜欢看关于牛仔与印第安人的电影，"我总是为牛仔欢呼，直到后来发现那些印第安人其实就是我自己。"①

对这些变化，盖尔为之欢呼，认为凡是读过《没人知道我的名字》，再读《街上无名》的人都会看出鲍德温经历的巨大变化。鲍德温以"攻击"赖特"起家"，说自己不想成为"黑人作家"，而要成为"作家"，曾经讨论将来黑人与白人一起创造一个伟大社会的可能性，到出版《街上无名》时，鲍德温至少已经认识到 70 年代年轻作家讨论的一些事情，即"如果你是黑人，如果你想把希望与信仰放在美国社会的复兴或改变上，那将是徒劳无益之举。如果真有救赎的话，那也只能由黑人民族自己来完成。由此可见鲍德温的巨大进步。"② 盖尔认为，见过马尔科姆·艾克斯（Malcolm X），参与黑豹党活动，并尝试把朋友从监狱里营救出来之后，鲍德温的思想几乎来了个 90 度的转弯，令人惊喜。

本章小结

作为非裔美国文学批评传统中承前启后的一位代表人物，盖尔特别强调

---

① Addison Gayle, "I Endured", p. 387.

② Addison Gayle, "Interviewed by Saundra Towns", p. 372.

文学的社会功能，对"黑人美学"的捍卫与坚守具有十分重要的意义，① 但是由于历史的局限，以及当时美国黑人社会状况使然，盖尔对黑人女性作家着墨不多；此外，他基于对文学"抗议"与"宣传"功能的强调，偏好赖特派自然主义和现实主义作家，对埃里森派的"美学"追求持调侃的态度也令人惋惜。他的文学批评实践，特别是对赖特、埃里森与鲍德温等经典作家的分析，体现出明显的时代特征。

通过梳理美国黑人文学史，盖尔指出美国黑人作家在认同或疏离美国主流价值观方面的窘迫与煎熬，客观指出邓巴等诗人的无奈妥协以及由此所体现出的坚韧与厚重，通过对美国早期民族主义者的介绍与分析，他轻松化解了对他的所谓"分离主义"指责；在反思美国黑人文学为何不够"普世"的质疑中，盖尔客观地指出美国文学批评否认黑人生活与复杂人性的双重标准。他对"黑即美"口号的强调，对重构积极、正面黑人形象的呼吁，以及鼓励人们向影响黑人民族行动的各种体制进行抗争，至今仍具有现实意义。他坚信"黑人美学家寻求回归的是这样的价值：一种致力于人类精神圣洁与高贵的道德担当，坚信艺术是产生美丽世界而非美丽物品的工具。"②

但是必须指出的是，盖尔过于强调文学的种族政治，在纠正文学创作与批评中的种族歧视，唤醒黑人的民族意识方面居功甚伟，由此体现出的道德勇气与艺术真诚令人钦佩，但是他过于强化种族因素，对埃里森、鲍德温等比较复杂的黑人作家的评价有时显得过于苛刻，这也是他后来被非裔美国文学批评界忽略的主要原因。

---

① 王玉括：《黑人美学的倡导者与捍卫者艾迪生·盖尔》，《国外文学》2015 年第 1 期，第 1—6 页。

② Addison Gayle, "Reclaiming the Southern Experience, The Black Aesthetic 10 Years Later", in *The Addison Gayle Jr Reader*, Nathaniel Norment Jr. (ed.), p. 119.

第八章　黑人女性主义文学批评

我们高兴地记得：世界上有一半人口是女性，在这一半女性中，有超过一半是黄肤色、褐肤色、黑肤色与红肤色的有色人种女性。

——斯皮勒斯

引　言

虽然 19 世纪中叶美国内战结束以后，已经有一些黑人女性基于自己的经历，以演说与创作的方式，呼吁社会关注黑人女性遭受的种族歧视与性别压迫，但是学术界普遍认为，20 世纪 60 年代兴起的黑人民权运动以及黑人权力运动，进一步引发、推动黑人女性主义（Black Feminism）的勃兴，而70 年代美国黑人女性作家如玛雅·安吉洛（Maya Angelou），沃克与莫里森等人创作的自传与小说，在美国种族歧视的社会背景下，刻意凸显美国黑人社区内部黑人男性对黑人女性的忽略甚至歧视与压迫，引发了黑人族群内部关于黑人族群集体与黑人个体权力的争论，特别是黑人女性是否需要为了争取黑人族群的集体权力，而暂时牺牲黑人男女内部的纷争，引发越来越多的关注。国内已经有多位学者关注黑人女性主义及其批评，比较有代表性的博士论文主要有周春的《美国黑人女性主义批评研究》（2006 年），王淑芹的《美国黑人女性主义文学批评研究》（2006 年），以及赵思奇的《贝尔·胡克斯黑人女性主义文学批评研究》（2010 年）等。本文尝试简要梳理美国黑人女性主义思想，特别是美国黑人女性主义文学批评，尝试简要勾勒美国黑人女性主义文学批评的基本观点及主要影响。

背景介绍

文学创作不仅需要创作者个体的天赋与训练，更需要基本的经济自足与相应的时间与空间——英国女性主义的倡导者弗吉尼亚·伍尔夫（Virginia Woolf）曾专门提出女性需要一间"自己的房间"（*A Room of One's Own*, 1929）的问题，因此，社会环境的影响不容忽视；从历史上来看，美国黑人女性自美国奴隶制之后开始具有一定的自觉意识，但是与其他少数族裔的女性一样，她们首先争取的主要是反对种族歧视的政治权力，然后才是反对性别歧视的女性权力。1831 年，在波士顿建立了最早的一个非裔美国女性学会"波士顿非裔美国女性才智学会"（Africa-American Female Intelligence Society of Boston），1832 年，自由的有色妇女负责成立了第一个女性废奴组织"麻省塞勒姆女性反对奴隶制协会"（Salem Massachusetts Female Antislavery Society"），比当时最著名的全部由男性成员在费城成立的"美国反对奴隶制协会"（American Anti-Slavery Society，简称 *AAS*）还早一年；由于 AAS 不吸纳女性成员，因此，1833 年，容纳不同种族成员的"费城妇女反对奴隶制协会"（Philadelphia Female Anti-Slavery Society）成立，1848 年，由两位女性伊丽莎白·卡迪·斯坦顿（Elizabeth Cady Stanton）和卢克雷蒂娅·莫特（Lucretia Mott）发起的"塞内卡福尔斯大会"，抗议女性在社会、经济、政治以及宗教生活中遭受的虐待与不公正。尽管这些协会常常被记录 19 世纪中叶女性主义发展的历史学家所忽略，但是它们关注黑人女性的自救、废

奴，以及其他社会改革行动，并为之做了很大贡献。[①] 1831 年，自由的黑人
女性主义者玛丽亚·斯图尔特不仅鼓励黑人女性的自我定义与自我评价，而
且把自立与生存问题联系在一起思考；1832 年，她对与黑人社区相关的许多
话题如读书识字、废奴、经济权、种族统一等举行演讲，特别是她坚定地相
信，黑人女性应该实施领导权之说，在当时的社会条件下可谓惊世骇俗。[②]
19 世纪的美国黑人清醒地认识到教育的重要，视之为挑战种族与经济压迫的
核心，内战结束前的 1835—1865 年间，大约有 140 位黑人女性进入奥柏林
学院（Oberlin College）接受高等教育；内战后成立的两所黑人女子学院，
如 1873 成立于北卡罗来纳州格林斯博罗的班尼特学院（Bennett College），
以及 1881 年成立于乔治亚州亚特兰大的斯佩尔曼学院（Spelman College），
至今还在。文学批评家玛丽·海伦·华盛顿在回顾 1831—1900 年期间的历
史时发现黑人女性的缺席，不由追问：为何逃奴、激进的演说家、政治活动
家、废奴主义者总是由黑人男性来代表？为何黑人女性的声音和英雄形象遭
到如此抑制？[③] 1893 年 5 月，有 6 位黑人女性参加了在芝加哥举行的主要由
白人妇女参加的世界妇女代表大会，并发表演讲，弗朗西斯·哈珀（Frances
Harper）鼓励听众准备接受"政治权力的责任"；安娜·朱莉娅·库珀
（Anna Julia Cooper）描绘了黑人女性为性的自治权所进行的斗争；范妮·杰
克逊·科平（Fannie Jackson Coppin）则宣称，此次大会不应该漠视"美国
有色妇女的历史"，因为她们的斗争有助于所有女性反抗压迫的斗争。[④]

　　但是目前黑人女性主义研究中着墨最多，引用最广的莫过于黑人女性索

---

① Beverly Guy-Sheftall, "Introduction, The Evolution of Feminist Consciousness Among African American Women", in *Words of Fire*: *An Anthology of African American Feminist Thought*, Beverly Guy-Sheftall (ed.), New York: The New Press, 1995, p. 3.

② Beverly Guy-Sheftall, "Introduction: The Evolution of Feminist Consciousness Among African American Women", p. 4.

③ Beverly Guy-Sheftall, "Introduction: The Evolution of Feminist Consciousness Among African American Women", pp. 23–24.

④ Beverly Guy-Sheftall, "Introduction, The Evolution of Feminist Consciousness Among African American Women", pp. 3–4.

杰纳·特鲁斯 19 世纪中叶以反问的方式对"妇女"这一定义的分析：那边的男人说，女人上车、过沟壕等需要帮助时应该得到帮助，但是"我上车或过壕沟时，却没有人帮我，也没有谁把最好的地方让给我！难道我不是女人？看看我！看看我的胳膊！我耕地、种植、收粮入仓，没有哪个男人理解我！难道我不是女人？我能干得像男人一样多、吃得一样多。……我生了 13 个孩子，眼睁睁地看着他们大都被变卖为奴，当我哭喊着母子分离之痛，除了上帝，没有人听到我的哭喊。难道我不是女人？"① 1893 年库珀在演讲中把非裔美国女性知识分子的斗争视为更大的为人类的尊严、权力与社会公正而斗争的一部分；"我们的立场基于人类的团结，生命的统一，以及各种特权的不自然与不公正，无论是性别、种族、国家或条件方面的特权概莫如此。……有色如女觉得，女性的事业是一体的、普世的；种族、肤色、性别与条件都是附属之物，并非生命的本质；人的生命、自由以及追求幸福的权力是所有人不可剥夺的权力，是人性的普世称谓。"②

1865 年结束的美国内战为黑人族群社会政治地位的提高以及经济条件的改善创造了条件，但是对黑人女性的偏见与歧视依然存在，沿袭了之前"赋予"她们的刻板印象，并根据需要创造了一些新的相关描绘，常见的称谓有："桃美女""褐色宝贝儿""蓝宝石""大地母亲""阿姨""祖母""上帝的'神圣傻瓜'""黝黑小姐""乐台边的黑女人"等，印证了所谓"我的国家需要我，如果此时没有我，那肯定会发明我"之说。③ 迟至 1949 年，特立尼达出生的女性主义激进分子克劳迪娅·琼思（Claudia Jones）还这么

① Patricia Hill Collins, "Developing Black Feminist Thought", in *Black Feminist Thought: Knowledge, Consciousness, and the Politics of Empowerment* (2nd *edition*), New York and London: Routledge, 2000, p. 14.

② Patricia Hill Collins, "U. S. Black Feminism and Other Social Justice Projects", in *Black Feminist Thought*. p. 41.

③ Hortense J. Spillers, "Mama's Baby, Papa's Maybe: An American Grammar Book", *Diacritics*, Vol. 17, No. 2, Culture and Countermemory, The "American" Connection (Summer 1987), pp. 64-81, p. 65.

写道:"没有哪部电影、哪家广播与报纸,客观描绘黑人女性在家庭中的真正角色,如作为养家糊口者、母亲与家庭保护者的角色,而依然把黑人女性描绘为传统的'妈咪':那个照顾别人家庭及孩子远甚于自己家庭及孩子的妈咪。这种黑奴母亲的传统刻板印象,认为黑人女性'落后''低劣',是'其他人的自然的奴隶',是维护白人沙文主义、帝国主义的一种手段,至今仍出现在商业广告中,一定要予以斗争、弃绝。"① 虽然有种种强加给非裔美国女性的说辞,但是黑人女性长期以来坚决拒斥妈咪(Mammy)、女家长(Matriarch)等主宰意象,具有独特的、集体的黑人女性意识。

即便在美国种族压迫最严重的 1905 年,黑人女性仍然不仅仅是无助的牺牲品,而是意志坚强的抗拒者,要求相应的尊重。教育家范妮·巴里耶·威廉斯(Fannie Barrier Williams)指出,尽管别人居心叵测,多方阻拦,但非裔美国女性依然卓尔不群,因为她们是压不倒的,"受到侮辱时,她高昂起头颅;受到蔑视时,她骄傲地要求尊重。……这个国家最有趣的姑娘就是有色人种姑娘。"② 很长时间以来,在白人家庭帮佣是黑人女性重要的职业与经济来源,1985 年,朱迪思·罗林斯(Judith Rollins)经过采访这些家庭黑人佣工发现,她们具有"非常明显的自我价值意识",能够巧妙地化解别人对她们的人格、她们的成长、她们的尊严所进行的心理攻击,以及那些试图把她们引入这样的圈套:即"接受雇主认为她们低劣的定义。"1988 年,邦尼·桑顿·迪尔(Bonnie Thornton Dill)在她的研究中发现,佣工拒绝雇主随意摆布她们,有位受访者郑重宣布,"我出去工作时,妈妈告诉我,'不要让任何人占你的便宜;大胆地要求你的权力,但是要把工作做好;如果他们不能给你应有的权力,你要求他们公正地对待你,如若不能,你就辞职。'"1995 年,杰奎琳·鲍勃(Jacqueline Bobo)对看过电影《紫色》(*The Color Purple*)的美国黑人女性进行研究后发现,她们的观影并非只是

---

① Delia Jarrett-Macauley(ed.), *Reconstructing Womanhood*, *Reconstructing Feminism*:*Writings on Black Women.* London and New York:Routledge,1996,p. x.

② Patricia Hill Collins, "The Power of Self-Definition", in *Black Feminist Thought*, p. 98.

被动地消费关于黑人女性的主宰意象，相反，她们认同这些设计好的身份，并强化她们。①

因此，源于奴隶制时期，兴盛于 19 世纪 30 年代反对奴隶制高潮中的知识分子与激进主义传统，虽为 20 世纪 60 年代中开始出现的黑人妇女解放运动所继承，但是步履维艰，开始时只有北部少数几个自由的黑人女性主义-废奴主义者，20 世纪以后开始增多，虽偶有一些黑人女性的思辨与呐喊，有少数黑人女性布鲁斯歌手如雷妮与史密斯（Bessie Smith），以及女作家如赫斯顿、拉尔森等人的作品问世，当时也有一些影响，但大都被有意无意地消声、弱化，很难持久，而且直到 70 年代初，关于黑人女性的资料依然很少，当时在斯坦福大学读书的年轻的胡克斯十分渴望了解美国黑人妇女的历史，但是当时无论在课堂上、教科书里，还是在学术研究著作及学术刊物上都很少有关于黑人女性的资料，这其中既有美国体制性种族歧视与偏见造成的负面影响持续存在，也不乏黑人社区当中黑人男性对女性的歧视。在 1981 年参加一个女权主义理论研究生研讨班时，胡克斯发现，"在发给我们的课程书目中包括了白人妇女和男性以及一名黑人男性的著作，但却没有黑人妇女、美国土著印第安妇女、拉美妇女和亚洲妇女的作品，也没有关于她们的著作。当我指出这一疏漏的时候，白人妇女们对我采取了愤怒与敌视的态度，其激烈程度让我觉得很难再继续留在这个班里。"② 1970 年托妮·凯德·班巴拉（Toni Cade Bambara）在其代表性论文"论角色问题"（*On the Issue of Roles*）中也如此评述道，黑人社区内部男人与女人之间的敌意非常明显，对此大家都很清楚，而探索她/他们之间的敌意一直是美国黑人女性主义的主题，继而开始出现黑人女性主义的理论化。③

---

① Patricia Hill Collins, "The Power of Self-Definition", pp. 97–98.

② ［美］贝尔·胡克斯：《女权主义理论：从边缘到中心》，晓征、平林译，江苏人民出版社 2001 年版，第 16 页。

③ Patricia Hill Collins, "Black Women, Black Men, and the Love and Trouble Tradition", in *Black Feminist Thought*, p. 151.

当然，同样必须指出的是，黑人女性主义并非单一、静态的意识形态，而是各种声音杂存，但是具有某些共同的前提，即"（1）因为双重的种族与性别身份、极其有限的经济资源，黑人女性经历了某种特殊的压迫，遭受种族主义、大男子主义与阶级偏见的压迫；（2）这'三重危险'意味着黑人妇女的问题、关注与需要既不同于白人女性，也不同于黑人男性；（3）黑人妇女一定要同时争取黑人种族解放与性别平等；（4）力争清除大男子主义、种族主义及其他危害人类社群的主义，如阶级歧视与异性恋主义等；（5）黑人妇女根据自己的亲身经历，致力于黑人与女性的解放。①

黑人女性主义文学批评

人们通常认为，黑人女性主义批评是由身处美国的非洲女性后裔撰写的批评著作与文学作品，在欧洲、拉丁美洲等非洲人后裔流散地均有黑人女性主义的足迹，美国尤甚。学术界普遍认为，"当代黑人女性主义批评形成于20世纪60年代末和70年代初，受民权运动的抚育，与由白人女性主宰的第二波美国女性主义协力发展，而黑人权利运动与黑人艺术运动则由黑人男性主宰。"② 作为美国黑人女性主义实践的一部分，美国黑人女性主义文学批评主要关注以下几个方面的内容：出版黑人女作家的创作与文学选集；进行文学考古，发现被埋没的黑人女性声音与文本；分析黑人女作家的创作，剖析黑人女性形象的塑造；重新构建黑人女性主义文学传统等。

文学创作是文学批评的基础与前提。20世纪70年代以来，美国黑人女作家创作成果丰硕，是美国历史上黑人女性出版小说最多的时代，开始出现黑人女作家群体，为黑人女性主义文学批评提供了丰富的研究资料；她们彼

---

① Beverly Guy-Sheftall (ed.), *Words of Fire：An Anthology of African American Feminist Thought*, p. 2.

② Gill Plain and Susan Sellers (eds.), *A History of Feminist Literary Criticism*, New York：Cambridge University Press, 2007, p. 154.

此声气相应，得以探索之前的禁忌主题。克里斯琴指出，非裔美国女性及其对当代黑人文化的影响逐渐凸显，非裔美国女性的文学创作开始引人注目。① 莫里森与沃克分别获得美国文学各项主要大奖，被公认为美国最伟大的小说家，而像奥德丽·洛德（Audre Lorde）、琼·乔丹（June Jordan）、雪莉·威廉斯（Sherley Williams）与露西亚·克利夫顿（Lucille Clifton）这样的诗人同时也是非裔美国女性社区的政治激进分子。随着越来越多的非裔美国人能够读书识字，美国黑人（女性）也因此可以利用学术研究与文学，出版各种作品，把它们变成抗拒的场域，如安吉洛的自传《我知道笼中鸟为何歌唱》（1970）、雪莉·奇泽姆（Shirley Chisholm）的自传《自主与自由》（*Unbought and Unbossed*，1970）、莫里森的小说《最蓝的眼睛》（1970）、洛德的《愤怒之链》（*Cables to Rage*，1970），托妮·凯德（Toni Cade）的文学选集《黑人妇女选集》（*The Black Woman*，*An Anthology*，1970），沃克的《格兰奇·科普兰德的第三生》（*The Third Life of Grange Copeland*，1970），欧内斯特·J. 盖恩斯（Ernest J. Gaines）的小说《简·皮特曼小姐的自传》（*The Autobiography of Miss Jane Pittman*，1971）等。她们狂热地追求"自我型塑、自我发现与自我表达，"② 开启 20 年代黑人文艺复兴以来女性创作的新高潮，也显示出与白人女性主义的不同之处，其中凯德"反对种族主义、反对大男子主义、反对帝国主义的议程，抓住了当代黑人女性主义的精髓，对第三世界女性的角色进行比较研究；揭露所谓黑人女家长与'邪恶的黑婊子'迷思；研究黑人女性的历史，并尊重像塔布曼与范妮·卢·哈默（Fannie Lou Hamer）这样的女勇士；做普通黑人女性（移民工人、缝被子的人、"全体黑人进步协会"的祖母们）的口头历史；研究性别；建立与全球

---

① Barbara Christian, "But What Do We Think We're Doing Anyway: The State of Black Feminist Criticism (s) or My Version of a Little Bit of History (1989)", in *New Black Feminist Criticism*, *1985-2000* (Barbara Christian), Gloria Bowles, M. Giulia Fabi, and Arlene R. Keizer (eds.), Urbana and Chicago: University of Illinois Press, 2007, p. 6.

② Gill Plain and Susan Sellers (eds.), *A History of Feminist Literary Criticism*, p. 155.

范围内其他肤色女性之间的联系。"①

由于当时的妇女研究主要由白人女性主宰，黑人研究则常常由黑人男性主宰，因此，黑人女性的处境依然比较尴尬。为了凸显黑人女性的地位与成就，批评家不得不求助于把她们与广为人知的男性作家并列的方式，以求引人注目。比如说，当时流传最广，读者最多的《黑人世界》（*Black World*）刊物在 1974 年 8 月以当时几乎无人知晓的赫斯顿为封面人物，为了引人关注，不仅配以"黑人女性形象的制造者"的标题，同期还有乔丹的论文"论赖特与赫斯顿：爱与恨的平衡"（"*On Richard Wright and Zora Neale Hurston，Notes Towards a Balancing of Love and Hate*"），把她与当时几乎最知名的黑人小说家赖特进行类比；诗人埃莱塞·萨瑟兰（Ellease Southerland）的论文"小说家/人类学家及其毕生的事业"（"*The Novelist/Anthropologist/Life Work*"），评述了赫斯顿的许多作品，指出它们对非裔美国文学的意义，也明确指出过去确实有一些非常重要的非裔美国女性作家。在"黑人女性研究的政治：引言"中，格洛丽亚·T. 赫尔（Gloria T. Hull）与芭芭拉·史密斯（Barbara Smith）借用贝尔内特·戈尔顿（Bernette Golden）1974 的论述，指出，自从 70 年代初倾心研究黑人女作家，发现赫斯顿之后，阅读了大量黑人女作家的作品，但是自己上的两门黑人文学课程，她们都没有讨论女作家，认为既然"已经有了朔姆堡 19 世纪黑人女作家系列丛书（*The Schomburg Library of Nineteenth-Century Black Women Writers*），我要做一些独立的研究。"②

根据女性主义出版社 1974 年出版的《妇女研究"名人录"及其地位》（*Who's Who and Where in Women's Studies*）提供的数据，当时 2964 位老师教

---

① Beverly Guy-Sheftall（ed.），*Words of Fire：An Anthology of African American Feminist Thought*，pp. 14-15.

② Gloria T. Hull，Patricia Bell Scott，and Barbara Smith（eds.），*All the Women Are White，All the Blacks Are Men，But Some of Us Are Brave：Black Women's Studies*，New York：The Feminist Press，1982，p. xx.

授的 4658 门妇女研究课程中，大约只有 45 门（不足 1%）的课程聚焦黑人妇女，其中的 16 门属于概况类课程，10 门属于文学课程，4 门属于历史课程，还有其他一些分属不同学科的五花八门的课程；在这 45 门课中，没有一门课用"女性主义"或"黑人女性主义"的名称。① 绝大多数关于黑人女性的课程都设在非裔美国系及黑人研究系（差不多有 19 个），只有 3 门关于黑人女性的课程设在妇女研究系，当时只有差不多 9 个黑人院校开设妇女研究课程。与黑人研究相比，黑人妇女研究也出现较晚，70 年代末才开始作为一个自主的学科出现。

另外，即便过去有黑人女作家的创作成果，但是因为淹没已久，重新发现十分不易，发现以后如何公之于世并为人认可也很困难。1972 年，著名女性主义激进分子沃克开始在卫斯理学院（Wellesley College）开设关于黑人女作家的课程，1974 年发表著名论文"寻找我们母亲的花园"（"*In Search of Our Mothers' Garden*"），凸显黑人女性的艺术之梦及其艰辛；1984 年发表的论文"寻找佐拉"（*Looking for Zora*）开启了自己的文学考古之旅，非常详细地介绍了她自己 1973 年 8 月开始的寻找赫斯顿之旅。她以赫斯顿侄女的身份来到赫斯顿的出生地佛罗里达州的伊顿维尔进行探访，向当地人了解赫斯顿的生平，以及当地学校对她作品的了解与教授情况，遗憾的是，当地很多人都对她的伟大成就一无所知，而且因为谣传她的私生活不够检点，连她的作品也无人问津；更令沃克难以接受的是，赫斯顿的安葬之处杂草丛生、毒蛇出没，连一块墓碑都没有。通过这次文学考古，沃克不仅对赫斯顿的创作及其种族观有了更加清晰的认识，也对她的遭遇感同身受，认为"即便是今天，黑人妇女的艺术家身份，都在很多方面降低我们的身份而非提升我们

---

① Gloria T. Hull, Patricia Bell Scott, and Barbara Smith (eds.), *All the Women Are White, All the Blacks Are Men, But Some of Us Are Brave, Black Women's Studies*, p. xxvi.

的身份；但是，我们还是要做艺术家。"①

另外一位重要的黑人女性主义批评家克里斯琴根据自己编选、出版《黑人女小说家》（*Black Women Novelists*：*The Development of a Tradition*，1980）的经历，指出当时关于非裔美国女性历史资料的匮乏，以及发展黑人女性主义的必要，因为除了格尔达·勒纳（Gerda Lerner）的《美国白人社会中的黑人妇女》（*Black Women in White America*，1973）之外，找不到其他任何一本关于非裔美国女性历史的完整分析著作，"虽然20世纪70年代关于非裔美国人与女性历史的书籍增加了很多，但是其中只有少数段落是关于黑人女性的，黑人研究中最受关注的依然是塔布曼，妇女研究中最受关注的还是特鲁斯。"② 出版业与公共媒体的种族与性别偏见对读者的影响甚大，"当我开始把《黑人女小说家》的部分内容送出去时，几乎所有学术出版社与商业出版社都认为我的选题不重要——因为人们不会对黑人女作家感兴趣。"他们建议我写一本关于黑人女性社会问题的书。③ 因为受丹尼尔·帕特里克·莫伊尼汉（Daniel Patrick Moynihan）修辞的影响，绝大多数出版社都不相信黑人女性是艺术家，而且当时（1978年）还没有出版过任何一本关于黑人女作家的完整研究著作。克里斯琴认为，幸亏1978年莫里森的小说《所罗门之歌》获得美国书评人协会奖，赢得读者的广泛赞誉，而她的这本书专门有一个章节讨论莫里森的作品，她的这本著作才最终得以出版。

黛博拉·麦克道尔（Deborah McDowell）和后来的盖茨教授一样，也进行了细致的文学考古与梳理工作。她收集整理了许多绝版多年的黑人女作家的小说作品，把她们重新呈现在当代读者面前。由她主编，毕肯出版社发行

---

① Alice Walker，"In Search of Our Mothers' Gardens"，In *Within the Circle*：*An Anthology of African American Literary Criticism from the Harlem Renaissance to the Present*，Angelyn Mitchell（ed.），Durham and London：Duke University Press，1994，pp.401-409. p.405.

② Gloria Bowles，M. Giulia Fabi，and Arlene R. Keizer（eds.），*New Black Feminist Criticism*，1985-2000，p.10.

③ Gloria Bowles，M. Giulia Fabi，and Arlene R. Keizer（eds.），*New Black Feminist Criticism*，1985-2000，p.11.

的黑人女作家系列小说与盖茨主编的朔姆堡系列丛书相映成趣，是当时收罗最为全面，影响最大的系列丛书；此外，盖茨教授为该套丛书所写的序言，也是精彩的文学批评著作，为确立非裔美国文学传统与阐释框架奠定了坚实的基础。他回顾了 1773 年惠特莉出版第一部诗集以来，非裔美国文学的发展，认为她不仅开创了非裔美国文学（与批评）传统，而且也开启了黑人女性文学传统："对惠特莉诗歌接受的历史也是非裔美国文学批评的历史，"因为，在 19 世纪，惠特莉与黑人文学传统合二为一，成为黑人文学传统的代称。① 在为《我们的黑鬼》（*Our Nig；or，Sketches from the Life of a Free Black*）所作的序言中，盖茨指出，本书描述了内战前作为契约仆人的自由黑人在北方遭遇的白人种族主义，与当时白人废奴主义者以及自由黑人揭露南方奴隶制暴行的"主流"价值观背道而驰；在为小说《女奴叙事》（*The Bondwoman's Narrative，A Novel*，2002）所写的引言中，盖茨详细分析了这部作品的作者、出版时间，以及作品主题，认为它与绝大多数出版于内战前，由废奴运动成员编辑、出版、发行的奴隶叙事不同的是，此书是黑人女性逃奴独立完成的第一部黑人小说："有助于年轻一代学者前所未有地更好地接近奴隶更加本真的内心深处"。② 此外，玛丽·海伦·华盛顿选编的《黑眼睛的苏珊们：黑人女性创作的黑人女性经典故事》（*Black-Eyed Susans，Classic Stories by and about Black Women*，1975），《午夜鸟：当代黑人作家故事集》（*Midnight Birds，Stories by Contemporary Black Women Writers*，1980）等文学选集也为黑人女作家赢得读者发挥了重要作用。

文学选集的出版，文学考古的重新发现，以及 20 世纪 70 年代黑人女作家的崭露头角等，都为黑人女性主义的发展奠定了坚实的基础。70 年代最重要的女性主义理论家和激进分子赫尔、特丽夏·贝尔·斯科特（Patricia Bell Scott）与芭芭拉·史密斯（Barbara Smith）编选了第一部黑人女性研究文集

① Henry Louis Gates，Jr. and Abby Wolf（eds.），*The Henry Louis Gates，Jr. Reader*，New York：Basic Civitas，2012，pp. 121–123.

② Henry Louis Gates，Jr. and Abby Wolf（eds.），*The Henry Louis Gates，Jr. Reader*，p. 91.

《所有女性都是白人，所有黑人都是男性，但我们有些人很勇敢》（*All the Women Are White*, *All the Blacks Are Men*, *But Some of Us Are Brave*, *Black Women's Studies*, 1982），该文集关注黑人妇女研究的重要主题，即美国黑人女性的政治状况及黑人妇女研究的成就；其次，黑人妇女研究与黑人女性主义政治及黑人女性主义运动之间的关系；再次，黑人妇女研究成为激进的、擅长分析的女性主义的必要性；最后，需要黑人妇女研究的老师们意识到我们在学术界的政治立场有问题，以及我们在此环境下工作所面临的潜在的敌意。[1]　史密斯的论文"论黑人女性主义批评"（"Toward a Black Feminist Criticism", 1977）具有划时代的意义，不仅呼吁批评家们阅读、关注黑人女作家，而且从女性主义的角度评述她们的创作；不仅开始尝试把女性主义的问题系统化、理论化，而且首次把黑人女性主义普遍关心的问题与对文学作品的批评结合起来。[2]　与沃克重新发现赫斯顿，进而回溯黑人女性文学传统，丰富自己的文学创作类似的是，史密斯也尝试阐释两条原则：首先，批评家们假设，美国的黑人女性创作形成了一种文学传统，黑人女作家被迫分享特殊的政治、社会与经济经历，因此，她们在主题、风格、美学与概念方面，对文学创作行为采取了相同的方法；其次，对黑人女性主义批评家来说，应该首先在其他黑人女性作品的阐释中寻找新的先例与洞见。[3]

　　史密斯认为，女性主义忽略有色妇女及第三世界女性，比如说著名女性主义学者伊莱恩·肖沃特（Elaine Showalter）虽然认为当今的女性主义批评严格精准，包罗万象，但是她的文章没有提及任何一位黑人或第三世界女作家，也没有暗示过任何肤色的女同性恋作家的存在，好像黑人与女性不能兼容。对著名白人学者博恩（Robert Bone）的黑人文学研究，史密斯也持批评

---

① Gloria T. Hull and Barbara Smith, "Introduction, The Politics of Black Women's Studies", in *All the Women Are White*, *All the Blacks Are Men*, *But Some of Us Are Brave*, *Black Women's Studies*, Gloria T. Hull, Patricia Bell Scott, and Barbara Smith (eds.), p. xvii.

② Gill Plain and Susan Sellers (eds.), *A History of Feminist Literary Criticism*, p. 156.

③ Barbara Smith, "Toward a Black Feminist Criticism", *The Radical Teacher*, No. 7 (March 1978), pp. 20-27, p. 22, p. 23.

态度，认为他撰写的《美国的黑人小说》（*The Negro Novel in America*，1958）是最糟糕的一部白人伪学术研究成果，因为他傲慢地拒斥佩里（Ann Petry）的经典小说《大街》（*The Street*，1946），认为它是对贫民窟牺牲其住户所进行的"肤浅的社会分析"之作。史密斯认为，某些美国黑人男性学者也像其白人男性同伴一样，无法客观地评价黑人女学者/女作家，无法理解黑人女性在性别与种族方面的经历；著名黑人学者洛克认为"敲门"（*Knock on Any Door*）比《大街》更好，因为它把阶级与环境而非种族与环境作为黑人的障碍，而无论是博恩还是他引用的洛克都不承认，《大街》是一部描绘性别、种族与阶级相互作用，合谋压迫黑人妇女的最好的作品之一。她认为特纳对赫斯顿的分析是另外一个令人震惊的例证：他把赫斯顿及其作品描绘为"故作忸怩""无理性""肤浅""浅薄"，对赫斯顿生平与创作中的性别政治动力学完全熟视无睹；[1] 而黑人男作家里德特别嫉妒黑人女作家的成功，把自己作品的不畅销归因于读者对黑人女作家的偏爱，在一次访谈中，他酸溜溜地说什么"我这本书是只卖了 8 千册，我不介意说出这个数字：是 8 千。如果我现在是某位炙手可热的年轻的非裔美国女作家，我的作品可能会卖得更多。你知道的，让我的书里充满不会犯错的隔都妇女。……但是得了，我觉得凭自己的本事也能卖 8 千册。"史密斯认为，里德之所以敢如此大放厥词，因为它符合憎恨黑人民族、女性与黑人女性的社会价值观。[2] 帕特丽夏·希尔·柯林斯（Patricia Hill Collins）也认为，黑人男作家对黑人女作家的敌意在于，他们把女性视为不利于黑人种族斗争的负面力量；黑人男性已经通过写作获得广泛的承认，但黑人女作家并未指责他们与敌人合谋，妨碍了黑人种族的进步。[3]

　　史密斯指出，女性主义政治与黑人女性的生活与文学密切相关，女性主

---

① Barbara Smith, "Toward a Black Feminist Criticism", p. 22.

② Barbara Smith, "Toward a Black Feminist Criticism", p. 22.

③ Patricia Hill Collins, *Black Feminist Thought*, *Knowledge*, *Consciousness*, *and the Politics of Empowerment* (2nd *edition*), New York and London: Routledge, 2000, p. 8.

义运动是女性主义文学、批评及妇女研究成长的前提，黑人女性主义研究不仅包含性别政治，而且与种族政治与阶级政治紧密相连。沃克的文章"寻找我们母亲的花园"旨在揭示奴隶制与种族主义在政治、经济与社会文化等方面对黑人女性创作的限制，在被问及为何美国的黑人女作家更加容易被忽略？她们是否比黑人男作家更加困难时，沃克认为造成这种状况的有两个方面的原因，首先因为她是女人，其次因为她不是男性至上论的崇拜者，批评家们仿佛不知道该怎么讨论、分析她们的作品。由于种族主义的影响，黑人文学仿佛成为美国文学的亚文类，而要了解黑人妇女的创作，必须在黑人文学的大框架下进行。

　　此外，史密斯以莫里森的创作为例，探讨了大众认可与异性恋特权这两个方面的话题。首先，才华横溢的黑人女作家怎样才能得到"大众"认可的问题，是否真如莎拉·布莱克博恩（Sara Blackburn）所言，莫里森太有才了，不应仅仅处理黑人问题，特别是仅仅处理那些根本就无足轻重的黑人女性问题；而为了被人接受为"严肃的""重要的""能干的""正宗的美国"作家，她是否更应该记录白人男性的所作所为；其次，"黑人女性具有的唯一特权常常就是异性恋的特权，我们没有什么种族或性别特权，更几乎没有任何阶级特权，因此，能够维持'异性恋'就是我们最后的依赖。"[1] 莫里森正好反其道而行之，不仅重点聚焦黑人社区的底层生活，以离经叛道的黑人女性秀拉为主人公，而且以秀拉与奈尔这两位黑人女性之间温暖、暧昧的关系为主线展开故事，不仅打破上述两个假设，而且对黑人社区内部存在的诸多矛盾，以及黑人男女之间的复杂关系进行了比较详细地描绘。史密斯认为，正如米歇尔·华莱士（Michele Wallace）在"黑人女性主义寻找姐妹情谊"（*A Black Feminist's Search for Sisterhood*）一文中所指出的那样，我们作为女性存在，既是黑人又是女性主义者，至少需要一本能够具体地告诉我们自己生活的书，"一本基于黑人女性主义和女黑人同性恋经历的书，无论是

---

① Barbara Smith, "Toward a Black Feminist Criticism", pp. 20–27, p. 26.

虚构还是非虚构作品；哪怕只有一本书，能够反映我和我所爱的黑人女性努力想创作的作品；只要有一本这样的书存在，那么我们每个人都不仅知道如何生活得更好，而且知道如何有更好的梦想。"① 莫里森的小说就是这样的作品。

芭芭拉·克里斯琴也以自己 1977 年编写《黑人女小说家》的经历为例，证明史密斯论文中的两个重要概念，即 "能够证明黑人女性创作构成一种可以辨识的文学传统"，以及 "在其他黑人女性作品中寻找阐释的先例与洞见的重要性。"②

麦克道尔不仅接过史密斯探讨的问题，而且有所深化与拓展，在 20 世纪 80 年代美国经典反思的背景下，其论文 "黑人女性主义批评的新方向"（*New Directions for Black Feminist Criticism*，1980）也更加犀利，直接回应史密斯的文章及其所挑起的话题。如果说史密斯假设黑人女批评家选择书写黑人女性的文学作品，那么麦克道尔则质疑这种假设，尽管她像史密斯一样使用 "黑人女性主义批评" 这一术语，但是略有不同，她们不会仅仅局限于非洲后裔女性的作品，而是要面向不同的文学文本；麦克道尔的论文丰富了黑人女性主义批评，呼吁更加严格的定义与方法论，强调批评家需要非常熟悉非裔美国文学，质疑黑人女性主义批评对政治变化影响的程度。"我不敢肯定无论在理论还是在实践方面，黑人女性主义（文学）批评能够十分有效地改变造成黑人女性受压迫的环境。"③ 她借用路易丝·伯尼寇（Luise Bernikow）关于文学史只是一种选择的产物，来说明对女作家的忽视与误解，她们成为任性、武断选择的牺牲品；虽然 70 年代初以来文学史对女作家的 "遗漏之罪" 与文学批评对她们的不准确与偏狭遭受抨击，尽管理论家与实践者都同意其纠偏、补漏功能，但是

---

① Barbara Smith, "Toward a Black Feminist Criticism", p. 27.

② Gloria Bowles, M. Giulia Fabi, and Arlene R. Keizer (eds.), *New Black Feminist Criticism*, *1985-2000*, p. 9.

③ Deborah E. McDowell, "New Directions for Black Feminist Criticism", *Black American Literature Forum*, Vol. 14, No. 4 (Winter 1980), pp. 153-159, p. 155.

直到目前也没有形成关于女性主义的精准、全面的定义。麦克道尔认为，早期的女性主义理论家和实践者主要是白人女性，她们以白人中产阶级女性为常态，排斥黑人女性作品，最典型的莫过于帕特丽夏·迈耶·斯帕克斯（Patricia Meyer Spacks）的著作《女性的想象》（*The Female Imagination*），说什么自己作为白人妇女，没有第三世界女性的经历，所以无法对美国的第三世界女性心理提供任何理论；这种托词遭到沃克的反唇相讥，认为她也从来没有在 19 世纪英国约克郡生活的经历，为何能够对勃朗苔姐妹予以理论化？①

　　黑人女作家不仅被白人女性传统所排斥，也被黑人男性所排斥，他们在论述非裔美国文学传统时对黑人女性也十分严苛。麦克道尔举例说，罗伯特·斯特普托（Robert Stepto）的《面纱之外：非裔美国叙事研究》（*From Behind the Veil, A Study of Afro-American Narrative*）的目录里没有黑人女作家，虽然他花了 2 页篇幅探讨赫斯顿的《他们眼望上苍》，但是认为它无法与其讨论的其他作品相比；而且即便黑人女作家没有被完全忽略，也会被误解。她举例说，博恩的《黑人小说》认为福塞特的小说幼稚、琐碎、无趣，这种既肤浅又充满偏见的解读，当然无助于对这位作者的认识或有益于其作品的流传，后者继续鲜为人知也就不难理解了。大卫·利特尔约翰（David Littlejohn）在赞美 20 世纪 40 年代的黑人小说时，也贬低福塞特与拉尔森的作品，认为新一代作家作为男性创作，也为男性创作，从而避免了某些亚文化群体的自以为是、局限与狭隘，这种论调明显基于男性中心的价值观，主宰着关于黑人女作家的批评，因为某些黑人女作家与批评家也以白人（男性与女性）与黑人男性的经历为常态，视黑人女性的经历为偏颇异常，从而催生了黑人女性主义批评。沃克等黑人女作家开始重新发现被遗忘的黑人女作家，并修正对她们的错误评论，呼吁对白人/男性文化统治之外的作家作品进行公允的分析。尽管这项事业非常急迫，但是无论在理论还是在实践方面，都没有很多黑人女性主义的批评成果，"实际上这也可以间接说明我们几乎无

---

① Deborah E. McDowell, "New Directions for Black Feminist Criticism", p. 153.

法接近或控制媒介，"史密斯的另外一个解释是："缺乏可以用于黑人妇女艺术研究，成熟的黑人女性主义政治理论。"①

麦克道尔指出，不幸的是，黑人女性主义研究更加注重实际而非理论，所发展起来的理论也缺乏深度，被口号、修辞与唯心主义所害；而且诚如多林·舒马赫（Dorin Schumacher）所言，女性主义批评家缺少哲学的庇护、支持与引导，因此，女性主义批评也充满知识与职业危险，尽管能为创新提供机会，但是错误的概率也大增。② 她认为史密斯的论文"论黑人女性主义批评"是关于黑人女性主义批评的最早的理论论述，有开创之功，所提出的主题、风格、美学与概念不仅对黑人女作家适用，对黑人男作家也适用。与之相比，麦克道尔对女性主义批评的定义更加宽泛，她认为，自己使用黑人女性主义批评这个术语，主要是指黑人女性批评家，从女性主义或政治视角来分析黑人女作家的作品；"但是这个术语也适用于黑人女性所写的任何批评，不论其主题或视角如何；也可以指男性从女性或政治视角所写的书；以及黑人女性所写的书，或关于黑人女作家，或女性创作的任何东西。"③ 因此，黑人女性主义批评家不仅要重视语境，也不能忽略文本分析，并要适合女性主义意识形态；要兼收并蓄，不能因为它是西方、白人的东西就拒绝。

此外，她以埃里森的《看不见的人》、巴拉卡的《但丁地狱的系统》（*The System of Dante's Hell*），以及赖特的《生活在地下的人》（"*The Man Who Lived Underground*"）为例，说明黑人男作家笔下的黑人男性，其旅行往往是遁入地下。"而黑人女性的旅行，虽然有时也触及政治与社会，但是基本上属于个人与心理旅行；黑人女作家作品中的女性人物也处于'螺旋式进化的一部分，从牺牲向觉醒转变'。"比如说赫斯顿的《他们眼望上苍》、沃克的《梅丽迪安》（*Meridian*，1976）以及班巴拉的《食盐者》（*The Salt*

---

① Deborah E. McDowell, "New Directions for Black Feminist Criticism", p. 154.
② Deborah E. McDowell, "New Directions for Black Feminist Criticism", p. 154.
③ Deborah E. McDowell, "New Directions for Black Feminist Criticism", p. 155.

Eaters, 1980）中的女性人物都是此类典型。① 汤普森-凯杰（Thompson-Cager）认为，非裔美国女作家与音乐家对自由之旅的探索明显具有女性的特征；洛德认为，虽然黑人的女性之旅有时也包括政治与社会议题，但是基本上都采取个人与心理的形式，很少反应黑人男性的自由运动，如"搭火车""出发流浪"或以其他的旅行方式去发现远离种族压迫的不为人所知的自由空间；相反，黑人女性的旅行常常围绕"把沉默变成语言与行动"这一主题，创作于 1990 年之前的黑人女性人物在亲密的地理界限之内寻找自我定义，最为常见的是把自己与孩子和/或社区联系起来。克劳迪娅·塔特（Claudia Tate）认为，尽管物理空间的局限把黑人女主人公的探寻设定在某一特殊区域，但是"形成复杂的个人关系能够增加其身份探寻的深度，弱化所处地理空间的宽度。"换句话说，黑人女主人公在追寻自我定义与思想自由的权力中，外表上看起来没有什么变化，但是内心深处已经波涛汹涌。② 但是麦克道尔认为，黑人女性主义批评家不能局限于在黑人女性作品中寻找共同的主题与意象，而应该更多地借鉴其他学科的女性主义研究；黑人女性主义批评家必须面对的任务，也是对她们的挑战在于，是彻底审视黑人男作家的作品，还是必须首先重视黑人女作家，她引用玛丽·华盛顿的话说，"黑人女性寻找特殊的语言、特殊的象征、特殊的意象来记载自己的生活；尽管她们声称在非裔美国传统和女作家的女性主义传统中拥有正当的地位，很显然，为了解放，黑人女作家首先要坚持自己的名称、自己的空间。"③ 因此，黑人女性主义批评家的首要任务在于，全面理解黑人女作家，审视黑人男女作家之间在主题、风格与意象方面的相似之处，如果一味强调黑人男作家笔下的负面的黑人女性形象，就容易走进死胡同。

　　当然，麦克道尔清楚地知道，要想清晰地界定黑人女性主义的方法论及

---

① Deborah E. McDowell, "New Directions for Black Feminist Criticism", p. 157.

② Patricia Hill Collins, *Black Feminist Thought: Knowledge, Consciousness, and the Politics of Empowerment* (2nd edition), p. 113.

③ Deborah E. McDowell, "New Directions for Black Feminist Criticism", p. 157.

其局限，必须能够拥抱其他批评模式，尽管这还需要假以时日；黑人女性主义批评家确实应该考虑黑人女性文学中的特殊语言，描述黑人女作家所使用的不同方式，比较黑人女作家所创造的自己的迷思结构，"唯有黑人女性主义批评家关注这些及相关问题，她们才能为全面、合理地言说黑人女性主义美学打下坚实基础。"① 但是令麦克道尔大惑不解，而且难以接受的是：是否真有黑人女性传统，是否真有黑人女性语言？黑人女性与男性在语言方面是否真有很大差异？是否真如史密斯所言，在女作家的作品中，如果句子不做应做之事，或者有很强的女性形象，或拒绝单线发展，就是女同性恋文学？黑人男女作家的小说创作确实有一些差异，比如说同样的旅行母题，黑人男作家笔下的黑人男性走入地下，而黑人女性的旅行则基本上属于个体与心理的旅行，从社会牺牲品走向具有自我意识等。

芭芭拉·克里斯琴的专著《黑人女小说家》是另一部标志性批评成果。它设定非裔美国女性文学传统的存在，和史密斯一样反对把黑人女性的文学文本视为社会学材料；克里斯琴后来结集出版的论文《黑人女性主义批评：黑人女作家评论》（*Black Feminist Criticism*, *Perspectives on Black Women Writers*, 1985）既启发了后来的黑人女性主义文学分析，也遭到后来学者的强劲挑战。黑兹尔·卡比（Hazel Carby）在《重构女性气质：非裔美国女小说家的出现》（*Reconstructing Womanhood*, *The Emergence of the Afro-American Woman Novelist*, 1987）的前言中，对当时关于黑人女性主义批评的主要论点都进行了批判（包括史密斯、麦克道尔与克里斯琴），坚持自己关于 19 世纪和 20 世纪初黑人女性叙事与小说的物质主义方法，其显著特征在于对非裔美国女作家的创作必然形成一种"传统"观念的批判，而其《重构女性气质》则呼吁"关注构建黑人女性创作传统引发的理论与历史问题。"②

"霍顿斯·斯皮勒斯（Hortense Spillers），梅·亨德森（Mae

---

① Deborah E. McDowell, "New Directions for Black Feminist Criticism", p. 158.
② Deborah E. McDowell, "New Directions for Black Feminist Criticism", p. 158.

Henderson），塔特，麦凯，胡克斯，洛德，瓦莱丽·史密斯（Valerie Smith），弗朗西斯·史密斯·弗斯特（Frances Smith Foster），卡萝尔·博伊斯·戴维斯（Carole Boyce Davies），华盛顿以及其他女性主义批评家，进一步从不同方面扩展了这一领域，探索了诸如性征，代际的合作与矛盾，非洲文化对非裔美国文学的持续影响，以及对非洲流散研究的转向等问题。"① 其中著名黑人女性主义批评家斯皮勒斯积极借鉴心理分析理论，探寻非裔美国文学、文化与心理分析之间的关系，她从黑人女性主义的视角，思考能否把弗洛伊德与拉康的理论用于非裔美国文本及其语境，探究把心理分析理论与黑人文学与文化并置的效果。她的"妈妈的宝贝，爸爸的或许：美国语法书"（"*Mama's Baby，Papa's Maybe，An American Grammar Book*"，1987），"如果弗洛伊德的妻子是你母亲，你会成为什么：心理分析与种族"（"*All the Things You Could Be by Now if Sigmund Freud's Wife Was Your Mother，Psychoanalysis and Race*"，1996）等论文广为人知，影响深远，她认为心理分析理论只会偶然用于非裔美国文学与文化，因为美国的奴隶制肢解了非裔美国家庭，而且奴隶身上的创伤印迹形成"美国语法"，在美国文化中传续了很多代，既有生成之功也有竞争之用。"在把对心理分析思想与批判性种族研究都很重要的问题置于一种富有成效的紧张关系当中，没有任何其他理论家比斯皮勒斯做得更成功。"② 她认为，"我们高兴地记得：世界上有一半人口是女性，而这一半女性中超过一半是黄肤色、褐肤色、黑肤色与红肤色的有色人种女性。"③ 另外，还有许多其他批评家接过斯皮勒斯提出的挑战，对非裔美国文学文本进行心理分析的解读，其中的佼佼者包括塔特的《心理分析与黑人小说：种族的欲望与疗救方案》（*Psychoanalysis and Black Novels，Desire and the Protocols of Race*）；亨德森的论文"托妮·莫里森的《宠儿》：

---

① Deborah E. McDowell，"New Directions for Black Feminist Criticism"，p. 158.

② Gill Plain and Susan Sellers（eds.），*A History of Feminist Literary Criticism*，p. 159.

③ Beverly Guy-Sheftall（ed.），*Words of Fire：An Anthology of African American Feminist Thought*，p. 229.

把身体作为历史文本的记忆/重组"（"*Toni Morrison's Beloved*, *Re-Membering the Body as Historical Text*"）等对《宠儿》所做的心理分析最令人信服。其他族裔的批评家，如"亚裔美国批评家程艾兰（Anne Cheng）与萨莉塔·茜（Sarita See）等也在开展心理分析与多族裔文学研究时，明确借鉴斯皮勒斯的开创性论文。"①

胡克斯则把黑人女性主义理论与批评通俗化、大众化，她虽不是文学批评家，但其关于非裔美国文学的批评文字发人深省，而她关于电影及流行文化的讨论也有助于黑人女性主义研究的拓展。1987 年克里斯琴的论文"理论的角逐"（*The Race for Theory*, 1987）开启了 80 年代末和 90 年代初关于非裔美国文学批评能否使用后结构主义理论之争的闸门，她指出，后结构主义理论占领了文学批评的世界，对非裔美国文学批评及批评家都有负面的影响，抽空了源于黑人文学与文化的阅读方法。② 乔伊斯则指责盖茨与贝克等批评家接受结构主义与后结构主义思想，主要聚焦欧洲或欧美批评模式，否认"黑人性"（Blackness），否认种族在分析黑人文学中的重要作用，因而指责这些黑人男性批评家"不够黑"，她认为，"当盖茨教授否认人的意识为文化与肤色所限定时，他已经表明自己断然与黑人文学批评相背离。"③因此，基于美国黑人社会经历的文学阅读，以及立足欧洲或欧美理论的文学批评之间的争论仍将会继续下去。

20 世纪 90 年代以来，柯林斯继续了 30 年代布朗所开创的黑人形象研究的话题，关注在性别政治影响下的黑人女性形象研究问题，关注在社会平等、公正的背景下，黑人女性形象的塑造。柯林斯认为，与作为影子人物或暴虐人物的黑人男性形象相比，黑人女性形象更加丰富多彩，而对非裔美国女性的压迫主要围绕三个相互依赖的维度。首先，在经济方面，剥削黑人女性的劳动对美

---

① Gill Plain and Susan Sellers（eds.），*A History of Feminist Literary Criticism*，p. 159.

② Gill Plain and Susan Sellers（eds.），*A History of Feminist Literary Criticism*，p. 161.

③ 王玉括：《非裔美国文学批评中的后结构主义之争》，《外国文学评论》2013 年第 3 期，第 195—206 页，197 页。

国资本主义的发展十分必要，大部分非裔美国妇女都为了维持生计，做一些粗笨的活计，没有机会从事与知识相关的工作；其次，在政治方面，禁止黑人妇女的选举权，拒绝她们参与公职，否认非裔美国妇女享有白人男性公民的权力与特权等；最后，在意识形态方面，加强对黑人妇女形象的控制——此举源于奴隶制时期，"在美国文化中，种族主义和性别歧视如此强烈地弥漫于这个社会结构之中，已经成为霸权，换句话说，视为自然、常态与不可避免。在此背景下，某些附加于黑人女性身上的假设的品质被用于证明压迫的合法。从奴隶制时期的嬷嬷、荡妇与繁殖女工到煎饼盒上穿着长筒橡皮靴的微笑阿姨、无处不在的黑人妓女，以及当代流行文化中经常出现的福利妈妈，这些施加于非裔美国女性身上的负面形象在压迫黑人女性方面发挥着至关重要的作用。"① 但是柯林斯认为，难以自圆其说的是，如果说黑人女性真的被动、脆弱，那么何以黑人女性会被视为骡马，能够承受繁重的家务琐事；如果说好母亲就是那些待在家里带孩子的人，那么为何接受政府救济的美国黑人女性被迫去找工作，把孩子放在日托中心而无暇顾及？

　　另外，特鲁迪·哈里斯（Trudier Harris）也列举了很多对黑人女性的负面称谓：如女家长、阉割机与辣妈；有时也叫姐妹、漂亮宝贝、婶娘、妈咪与女孩；有时又叫未婚妈妈、福利接受者，内城消费者等；"美国黑人女性不得不承认，尽管没人知道她的烦恼，但是所有人，她的兄弟和狗都觉得有资格来解释她，甚至向她本人解释她。"② 之所以会如此，是因为黑人女性深受种族、性别、阶级、性欲等各种交织力量的压迫，她们积极反对各种社会不公，威胁了社会现状，因此，遭到一系列负面形象的攻击。卡比认为，这些类型化形象的目的 "不在于表达或再现现实，而是作为客观社会关系的掩饰或神秘化。"③

①　Patricia Hill Collins, *Black Feminist Thought*: *Knowledge*, *Consciousness*, *and the Politics of Empowerment* (*second edition*), pp. 4-5.

②　Patricia Hill Collins, *Black Feminist Thought*: *Knowledge*, *Consciousness*, *and the Politics of Empowerment* (*second edition*), p. 69.

③　Hazel Carby, *Reconstructing Womanhood*: *The Emergence of the Afro-American Woman Novelist*, New York: Oxford University Press, 1987, p. 22.

克里斯琴也指出，"被奴役的非洲女性成为定义我们社会当中'他者'的基础，"① 其根源在于西方长期存在的二元对立思想。柯林斯认为，把非裔美国女性描绘为类型化的妈咪、女家长、接受福利救济者以及辣妈，有助于把对美国黑人女性的压迫合法化，使得种族主义、性别歧视、贫困以及其他形式的社会不公显得自然、常规、不可避免，"而挑战这些主宰性的形象一直是黑人女性主义思想的核心主题。"②

柯林斯比较详细地对比分析了上述多种关于美国黑人女性的主宰形象，列在第一位的就是黑人妈咪形象：她们是忠诚、温顺的家仆。为维持生计，黑人母亲以前会把料理家庭所需要的技能教给自己的孩子，把自己的黑人孩子置于白人权力结构中的某个指定的位置；一方面，黑人母亲此举内化了这种白人优秀黑人低劣的不平等关系，而且被白人视为当然，另一方面，白人雇佣黑人女性在家里帮佣，客观上支持了白人雇主的优越地位，特别是鼓励中产阶级白人女性认同他们的父亲、丈夫、兄弟等所享有的种族与阶级特权。帕特丽夏·威廉斯（Patricia Williams）发现，即便有些黑人能有幸升入中产阶级，他们也会最终发现，自己只能享有别人喜欢的东西；而黑人低层阶级的全部人生就只能是拥有别人弃置的东西。这不仅是性别压迫的体现，也是性欲压抑的体现，黑人妈咪作为女性身体的对立面，其形象与性欲无关，过去的妈咪是一心一意、忠诚可靠的为白人主人的家庭服务，当代的妈咪则全心全意地投身于工作当中。

黑人女知识分子猛烈抨击把非裔美国女性塑造成"满足的妈咪"的做法，文学批评家哈里斯的专著《从妈咪到斗士：美国黑人文学中的家佣》（*From Mammies to Militants*, *Domestics in Black American Literature*，1982），调查了黑人女性对自己的描绘以及别人在文学中对她们的描绘之间所存在的巨

---

① Barbara Christian, *Black Feminist Criticism*, *Perspectives on Black Women Writers*, New York: Pergamon, 1985, p. 160.

② Patricia Hill Collins, *Black Feminist Thought*, *Knowledge*, *Consciousness*, *and the Politics of Empowerment*, p. 69.

大差异；在论述黑人女领导面临的困难时，瑞托格·仲马（Rhetaugh Dumas）描绘了黑人女经理们如果没有显得热情、对别人有助益，就会被视为妈咪，受到惩戒；芭芭拉·奥穆拉德（Barbara Omolade）则描绘了职业黑人女性被妈咪化的情况。著名女性主义批评家洛德以自己的亲身经历，表明黑人女性被"妈咪化"的影响，她1967年带孩子去超市买东西时，有个白人小女孩对她妈妈喊："瞧啊，妈咪，这有个侍候孩子的女仆。"①

关于黑人女性的第二个核心形象就是"女家长"。黑人学者杜波伊斯与弗雷泽都描绘了女性作为一家之主在非裔美国社区中的比例很高；也描绘了女性在黑人家庭网络中的重要性，及其与黑人贫苦之间的关系，但他们都没有阐释黑人女性在黑人家庭中的核心地位源于非裔美国社会的阶级状况，他们俩都非常清楚，出现所谓黑人女家长的家庭不过是种族压迫与贫困所致。"20世纪60年代前，黑人社区单亲妈妈的家庭比例远高于白人家庭，但是把女家长作为黑人贫困的重要原因的种族化意识形态还没有出现；有趣的是，在黑人激进主义蓬勃发展时，已经开始在讨论黑人贫困时置入黑人女家长的论题；另外，大张旗鼓地把美国黑人女性描写为没有女人味的女家长也恰巧出现在女性运动对美国父权制大加挞伐的时期。"② 换句话说，这是美国主流文化赋予敢于抗争的黑人女性的负面标签。

如果说"黑人妈咪"主要再现了白人家里的黑人母亲形象，那么"女家长"主要象征着黑人家里的母亲形象；前者是"好的"黑人母亲，后者则是"坏的"黑人母亲。在流传甚广的《黑人家庭》（*The Negro Family*：*The Case for National Action*，1965）中，黑人女家长主要指那些未能在家里完成传统"女性"职责，并导致黑人民间社会的社会问题之人：因为工作，她们大多离家在外，未能很好地管教自己的孩子，往往导致孩子很难完成学

---

① Patricia Hill Collins, *Black Feminist Thought*：*Knowledge*，*Consciousness*，*and the Politics of Empowerment*，p. 73.

② Patricia Hill Collins, *Black Feminist Thought*：*Knowledge*，*Consciousness*，*and the Politics of Empowerment*，p. 75.

业；而且由于过于强势，缺少女人味，据说因此阉割了自己的情人与丈夫，她们的男人要么弃家而走，要么拒绝成婚。"从主宰团体的角度来看，'女家长'代表了一个失败的妈咪，一个消极负面的污名，用来指那些敢于拒绝、不愿屈服、不愿做不辞辛劳的佣人的非裔美国女性。"①

但是著名非裔美国女作家虚构作品中的女主角并无上述女家长特征，如1959年上演的《阳光下的干葡萄》再现了孀居的杨格为自己的家庭购买住所，实现自己梦想的故事；保罗·马歇尔（Paule Marshall）1959年的小说《褐色姑娘、褐色砖房》（Brown Girl, Brownstones）再现了黑人母亲博伊斯与自己的丈夫、女儿、社区里的女人进行一系列协商，以及她必须在自己的家庭之外工作的故事；莫里森1973年的《秀拉》（Sula）描绘了为了维持生计，把孩子抚养成人的坚强的祖母形象；安·艾伦·肖克利（Ann Allen Shockley）1974的《爱她》（Loving Her）描述了一位女同性恋母亲既要实现自己的梦想，也要在一个害怕同性恋的社区抚养孩子的故事。她们都体现了黑人女性复杂的个体形象。

研究非裔美国家庭与黑人母亲的黑人女学者们都认为，黑人女家长寥寥无几，黑人妈咪则更少；相反，非裔美国母亲都是复杂的个体，她们身处逆境尽显超越常人的力量。除了上述虚构作品中的女性人物之外，关于黑人单身母亲的黑人妇女研究也挑战了关于"女家长"的论题，更是少有孀居的杨格与博伊斯太太这样的女性人物。伊莱恩·贝尔·卡普兰（Elaine Bell Kaplan）在研究黑人青少年母亲的过程中发现，这些怀孕者根本算不上什么超强的黑人母亲，她们的母亲也以自己女儿的早孕为耻。②

如果说"妈咪"与"女家长"都主要强调黑人女性的性格特征的话，那么其他典型的黑人女性形象则比较关注性欲及社会因素。黑人女性的性欲是联

---

① Patricia Hill Collins, *Black Feminist Thought*: *Knowledge*, *Consciousness*, *and the Politics of Empowerment*, p. 75.

② Patricia Hill Collins, *Black Feminist Thought*: *Knowledge*, *Consciousness*, *and the Politics of Empowerment*, p. 76.

系所有黑人女性形象的关键，淫妇及辣妈的性欲意象不仅标识了异常性欲的界限，而且也交织着流行的妈咪、女家长以及"双面"福利女王/黑女士的意象。作为积极的意象，黑人妈咪一般都被描绘为超重、黝黑、具有典型的非洲人特征，简而言之，不适合做白人的性伴侣；由于她的非-性欲特征，反而能够让她自由地成为其他孩子的替身母亲，这种只有母性而无女性性欲特征的母亲，明显不同于欧洲中心论思想中男性心目中母性与女性兼而有之的母亲形象。相比之下，女家长与福利妈妈都是性物，她们的性欲与生育相关，这也是她们具有负面意象的关键原因；女家长代表了性欲方面强势的女性，她们不愿处于被动地位，不允许黑人男性成为男家长，"阉割"了她们的男人；与其类似的是，"福利妈妈"则代表了道德低下，性欲难平——仿佛这也是造成她们处于穷苦状态的原因，上述两例黑人女性对性欲与生育的控制，都与白人男士精英的兴趣相悖，而黑人女士则完成了这个循环，像妈咪一样，她来之不易的中产阶级名望也植根于仿佛非-性欲的土壤之中。尽管中产阶级黑人女士最适合有孩子，但是实际上她最不可能有孩子。①

本章小结

　　黑人女性主义思潮主要指争取性别平等与公正的社会实践，而黑人女性主义文学批评不仅有效地借用了前者的思想，也充分借鉴了后结构主义思想对传统二元对立观的批判。通过文学考古，梳理黑人女性文学传统；通过挖掘被埋没的黑人女性作家及其文本，构建黑人女性主义文学传统；通过分析黑人女性形象等，黑人女性主义进一步凸显了政治、经济、社会、文化等因素对黑人女性形象的影响及其生产，为我们全面认识复杂、个性化的黑人女性提供了新的视角。

---

① Patricia Hill Collins, *Black Feminist Thought*: *Knowledge*, *Consciousness*, *and the Politics of Empowerment*, p. 84.

第九章　沃克的文学批评

即便在今天，黑人妇女的艺术家身份也在很多方面降低我们的身份，而非提升我们的身份；但是，我们还是要做艺术家。

——沃克

引　言

当代著名非裔美国女小说家沃克（1944—）的小说创作成果丰硕，获奖甚多，20世纪80年代初就引起国内学术界的关注，王逢振、董鼎山、王家湘等分别予以评介，很多学生围绕她的小说创作，撰写了200多篇硕士与博士论文，本章重点聚焦她的文学批评。沃克的文学批评多集中收录于散文集，尤其是批评文集《寻找我们母亲的花园：妇女主义散文》（*In Search of Our Mother's Gardens*，*Womanist Prose*）中。这本集子的副标题首次明确提出"妇女主义"一词——这也是解读其作品的重要索引。但如果仅用"妇女主义"来概括沃克的小说创作，是否过于简单化？笔者认为，伯纳德·贝尔（Bernald Bell）在《非洲裔美国黑人小说及其传统》中对沃克小说创作的评述是十分中肯的："通过探索南方黑人妻子、母亲、女儿所受的压迫和颂扬她们的胜利（因为她们彼此十分相关，胜于同工人阶级男人的关系），沃克裁剪了批判现实主义的传统，使之适用于民间传奇，并加强了非洲裔美国黑人小说中黑人女权主义的主题。"①

这段话为沃克的小说创作勾勒出清晰的脉络。首先，批判现实主义是沃克小说创作的基础。沃克的作品关注现实，尤其是黑人妇女的生存境况，带有浓厚的社会批判意识。其次，沃克突破了传统现实主义的界限，在作品中糅合了现代主义、浪漫主义、甚至魔幻现实主义等成分，不仅丰富了作品的表现手段，还借此传达了沃克对黑人族群的期许。正是这样的突破使她成为新现实主义的代表作家。最后，则是贯穿其作品始终的妇女主义。沃克的妇女主义文集《寻找我们母亲的花园》已成为黑人女性主义的经典。与史密斯（Barbara Smith）的《论黑人女性主义批评》，克里斯琴的《黑人女性主义批评：黑人女作家评论》，胡克斯的《女权主义理论：从边缘到中心》，以及黛博拉·麦克道尔（Deborah McDowell）《黑人女性主义批评的新方向》等，共同建构了黑人女性主义批评传统。沃克的作品则是其妇女主义理论的形象载体。可以说，妇女主义决定了沃克对题材和素材的取舍，也影响了她对小说形式结构的选择。

艺术是生活的真实再现

沃克认为，艺术可能是"唯一一面可以让我们看见自己真实的集体面容的镜子。"② 这句话让人联想起莎士比亚著名的"镜子论"，以及始于亚里士多德、且在西方文论界绵延数千年的"模仿说"。沃克延续了现实主义的传统，其作品基于现实，笔触深入人物内心，是作者生活体验的结晶。

"真实的集体面容"涉及小说诸要素之一的人物。艺术的真实离不开人

---

① ［美］伯纳德·贝尔：《非洲裔美国黑人小说及其传统》，刘捷等译，四川人民出版社2000年版，第325页。

② 凌建娥：《爱与拯救：艾丽斯·沃克妇女主义的灵魂》，《湖南科技大学学报》（社会科学版）2005年第1期，第110—113页，第112页。

物的真实。沃克十分欣赏美国南方女作家弗兰纳里·奥康纳（Flannery O'Conner）的小说艺术，尤其称道她作品中对南方人的逼真再现。"……这些没有木兰香气的白人（他们对这种树的存在毫不关心），和这些没有西瓜也没有极好的种族忍耐力的黑人，这些人像极了我所认识的南方人。"① 奥康纳的小说中没有刻板形象，"她用即将来临的死亡来观照人物——就像她也是如此观照自己一样——无论他们有着怎样的肤色和社会地位。"② 她捕捉的是人性，呈现的也是这一最本质的东西，既不受成见和偏见的影响，也不回避人性的缺陷。同样，沃克在创作中也力求表现人物的真实性和复杂性。"很少能用一个词来概括一个人的生活；即使那个词是黑或白。艺术家的职责在于如实展现那个人……尽可能逼真地重新塑造那些处于至善和至恶之间广阔地带的人们"。③ 真实在沃克是第一位的，更胜于意识形态，这也是她的作品备受争议的原因之一。沃克的第二部长篇小说《梅丽迪安》（*Meridian*, 1976）再现了 20 世纪 60 年代的黑人民权运动，并将其批评的焦点指向书中的某些黑人活动家。这些人和很多白人男性一样，也充满了种族偏见，不同之处在于他们将所有黑人等同于善，将所有白人等同于恶。沃克抨击的正是这种基于种族意识形态的偏见。她塑造的一些负面的黑人男性形象，如《格兰奇·科普兰德的第三生》（*The Third Life of Grange Copeland*, 1970）中的布朗斯菲尔德，《紫颜色》（*The Color Purple*, 1982）中的继父和某某先生，都取材于真人真事。黑人妇女在自己的族群中饱受性别歧视和压迫，这也是一个不争的事实，任何掩饰和美化都有违沃克的创作原则。《拥有快乐的秘密》（*Possessing the Secret of Joy*, 1992）是一部揭露非洲女性割礼的小说。黑人美学运动和民权运动中人们喊出的口号"黑的就是美的"，无疑将非洲理想化了。但沃克的故事却将非洲传统文化愚昧落后的一面暴露

---

① Alice Walker, *In Search of Our Mother's Gardens*: *Womanist Prose*, Orlando: Harcourt Inc., 1983, p. 52.

② Alice Walker, *In Search of Our Mother's Gardens*: *Womanist Prose*, p. 54.

③ Alice Walker, *In Search of Our Mother's Gardens*: *Womanist Prose*, p. 137.

在世人面前，这一大胆的去魅引来一片指责。作为有着深切人文关怀的艺术家，沃克对真相的追问远远超出了对禁忌的规避。正如她在创作中敢于直面黑人内部的性别歧视问题一样，她也敢于正视古老非洲沿袭下来的陋习，而支撑她的正是她对"真实"的艺术原则的恪守和坚持。

　　人物的真实更多体现在沃克对黑人女性的再现上。长期以来，美国文学作品中的黑人女性局限于妓女、生育机器、保姆，或悲惨的黑白混血儿这几种符号化的刻板印象，因此，黑人女作家不得不投入到"一种修正性的使命中，其目标在于以现实来代替刻板形象。"① 实际上，早在20世纪20年代的哈莱姆文艺复兴时期，洛克就已提出"新黑人"一说，这一时期的黑人作家，包括图默、休斯与赫斯顿，都致力于重新阐释和塑造黑人自我形象。沃克笔下的黑人女性，如同前者的一样，是"一种更为贴近自我的再现"。② 在第一部短篇小说集《爱情与烦恼：黑人妇女故事集》（*In Love and Trouble, Stories of Black Women*，1973）中，沃克就已"下意识地真诚地探索黑人妇女生活的面貌和恐惧。"③ 沃克笔下的女性形象鲜明，性格各异，充满生活气息。为了反映她们的真实面貌，沃克在体裁的选择上也颇具匠心。《紫颜色》采用书信体，以朴素的文字、真挚的情感和生动的黑人土语记录了黑人妇女当下的生活，刻画了20世纪初挣扎在社会最底层的美国黑人妇女的生活原貌和心路历程，记录了她们"所受的压迫、疯狂、忠诚和胜利。"④ 书信体常带有纪实性，往往是社会文献和历史书写的宝贵资源；同时它也是一种特殊的文体，给人带来时间上的错觉，读者感到叙事人讲述的不是已发生，而是正在发生的事，流露的是最本能、最真实的情感和思想。

---

① Griselda Denise Thomas, "Spirituality, Transmigration and Transformation by Octavia Butler's Kindred, Phillis Alesia Perry's Stigmata, and Alice Walker's *The Temple of My Familiar*", in Temple University, 2007, p. 4.

② 王晓路：《表征理论与美国少数族裔书写》，《南开学报》（哲社版）2005年第4期，第33—38页，第35页。

③ 凌建娥：《爱与拯救：艾丽斯·沃克妇女主义的灵魂》，第111页。

④ Alice Walker, *In Search of Our Mother's Gardens: Womanist Prose*, p. 250.

日常生活美学

然而，沃克笔下的真实超越了镜像式的真实。她曾对比美国黑人和白人的作品，指出白人作家倾向于以人物的死亡作为故事结局，留给读者的是一个失败者的沮丧形象；而黑人作家却很少会让人物终止奋斗，故事的终场常常跳动着希望的音符。因此沃克将希腊神话中的西西弗斯（Sisyphus）视为黑人的象征。正是这种在逆境中永不放弃的坚强和勇敢，被沃克视为种族健康、完整和幸存的基石，这也是她在赫斯顿的作品中体会到的最典型的品质："种族健康，一种将黑人视为完整的、复杂的和不被贬损的人类的认知，一种在黑人创作和黑人文学里面缺乏的认知。"① 沃克尤其欣赏赫斯顿民间故事集《骡子和人》（*Mules and Men*，1935），故事中的黑人总是革新者和创造者，身上没有一丝失败者的影子。而这样似乎只会在神话和史诗中出现的"英雄"又出自哪里？

在"讲述一个至关重要的故事：艾丽斯·沃克的《寻找我们母亲的花园》"一文中，劳里·麦克米兰（Laurie McMillan）指出沃克的这部文集中三篇文章的题目，"超越虚荣""寻找佐拉"，以及"寻找我们母亲的花园"全都暗含着探寻这一主题，暗示了作者对美国文学现状的不满。② 为了挖掘和书写隐藏在黑人现实和历史深处的东西，沃克将视线投向黑人的日常生活，"向低处看"是沃克的一条重要美学原则："她讲述普通生命的简简单单的故事，但这些故事却是为了集体幸存而写的。"沃克的小说中没有建功立言的宏大叙事，有的只是普通人点点滴滴的生活片段，在充满着"房子、母亲、花园"这类看似庸常的意象的作品中，渐渐凸显的是"一幅重新描画

---

① Alice Walker, *In Search of Our Mother's Gardens*: *Womanist Prose*, p. 85.

② Laurie McMillan, "Telling a Critical Story, Alice Walker's In Search of Our Mothers' Gardens", *Journal of Modern Literature*, Vol. 28, No. 1 (2004), pp. 107-123, p. 113.

过的社会地图。"① 这幅地图下涌动的正是黑人民族精神的激流——逆境下抗争的勇气、智慧、宽容和关爱，是种族幸存不可缺少的力量。沃克曾经这样来批评以赖特为代表的"抗议文学"：表面的东西——一度成了——最深邃的现实，取代了集体潜意识的静静的水域。② "最深邃的现实"触及的是黑人民族的灵魂，是黑人想象和文化所体现的持久的精神力量。白人文化以书面形式传播，黑人文化则以口耳相传的方式流传，他们的创造力在普通黑人的日常生活中，尤其是黑人妇女讲故事、缝制百衲被、做园艺、烹饪等日常活动中得到体现。

收于短篇小说集《爱情与烦恼》中的《汉娜·肯赫夫报仇》（*The Revenge of Hannah Kemhuff*），其故事灵感来源于沃克自己母亲——一名普通黑人乡村妇女——的亲身经历："我不但已经吸收了这些故事本身，而且吸收了她（母亲）讲述故事的方法，那种认识到她的故事——如同她的一生一样——必须记录下来的紧迫感。"③

沃克记录的正是普通黑人妇女的历史。与传统现实主义创作不同的是，沃克着意表现普通人在日常生活中的"美、优雅和尊严"，人物的身上多了悲剧和史诗的崇高，多了几分传奇色彩。在《梅丽迪安》、《拥有快乐的秘密》、《宠灵的殿堂》（*The Temple of My Familiar*，1989）中，沃克将女性主人公置于传统男性英雄的位置上。神话中的男性英雄让位于女性，是一个"重要的原型事件"。通过重新界定英雄这个角色，沃克改变了社会对女性的观感，而作家自己则成为那些鼓励妇女潜力的神话的仲裁者。④ 沃克对历史也有着独到的理解。她把《紫颜色》称为一部历史小说，但这部历史又与众不同，从一个再普通不过的日常场景写起：一个女人向另一个女人索要内

---

① Laurie McMillan，"Telling a Critical Story，Alice Walker's In Search of Our Mothers' Gardens"，p. 113.

② Alice Walker，*In Search of Our Mother's Gardens*：*Womanist Prose*，p. 262.

③ Alice Walker，*In Search of Our Mother's Gardens*，*Womanist Prose*，p. 240.

④ Nancy Campbell，*Alice Walker*：*Redefining the Hero*，Floria Atlantic University，1998，p. iv.

衣。这个特别的形象"是在进行一种分享，是在开启一种交流，是在将家庭主题中最朴实无华的事物化为一个震撼世界的时刻。"① 这种升华性的瞬间在沃克作品中比比皆是。那些被称为"世间的骡子"的黑人妇女，例如短篇小说《外婆的日用家当》（*Everyday Use for Your Grandma*）中的母亲，当她从大女儿手中夺过祖传的被子，放在小女儿的怀中时，读者看到的是她粗陋的外表下那颗睿智的心灵，就像是黑人的苦难历史织就的一幅动人的画卷。沃克的众多作品，无论是结局洋溢着理想主义色彩的《紫颜色》，还是被沃克自己称为"罗曼史"的《宠灵的殿堂》，都是对传统现实主义的超越。它们跨出社会学、解释性写作和统计数据的小圈子，迈入神秘、诗意和预言的殿堂。② 沃克擅于赋形式于想象，去传达本质的和永恒的东西。其实这在黑人作家群中并不罕见，亚瑟·戴维斯（Arthur Davis）和雷丁在《行列：1760 年至今的美国黑人写作》（*Cavalcade：Negro American Writings from* 1760 *to the Present*，1971）一书中指出，"美国黑人作家在其作品中，将布道与祷告相结合，现实与梦想相结合，现状与期盼相结合。"③ 长久以来，美国黑人作家肩负着对艺术和对种族的双重责任，社会意识深深融入审美意识之中。

妇女主义

沃克认为，作家应该"写自己想读的那种书"。

当托尼·莫里森说她写的是自己想读的那种书，她是在承认这样一个事实：即在我们社会里，所谓'被大众接受的文学'常常是性别主义的、种族

---

① ［美］萨克文·伯科维奇主编：《剑桥美国文学史》第七卷，孙宏主译，中央编译出版社 2005 年版，第 531 页。

② Alice Walker, *In Search of Our Mother's Gardens：Womanist Prose*, p. 8.

③ Imani Fryar, "Literary Aesthetics and the Black Woman Writer", *Journal of Black Studies*, Vol. 20, No. 4 (1990), pp. 443-466, p. 445.

主义的，要么就是对众多生命而言毫不相关甚或是冒犯的，因此她必须身兼二职——作为关注、创造、学习和实现这种模式（即她自己）的艺术家，同时她必须是她自己的模式。①

如果说"自己的模式"需要从黑人女性的现实生活中提取，那么应该"关注、创造、学习和实现"的那种模式又从何而来？显然，沃克在白人的文学传统中很难找到共鸣。在她看来，黑人不可能完全认同白人的艺术创作，后者作品中或隐或显的无论是向外还是向内的殖民主义（指种族主义）都会影响黑人的阅读愉悦。其次，沃克对众多的黑人男性作家同样无法认同："很多'主要'作家——常常是男性的作品——很少写到黑人的文化、历史，或者未来、想象、幻想等等，却对一个非特定的白人世界里的、孤立的往往未必确定的、范围有限的冲突写得很多。"② 不满于白人作品中的种族偏见，和黑人男性作家对黑人世界的回避，更不满大批文学作品对黑人社会和文化的病理性解读（即将其视为贫穷、愚昧、政治和文化地位上低人一等的代名词），沃克将目光转向过去，转向有待发掘的黑人女性文学，并试图建立一个黑人女性的文学传统。沃克认为，黑人女作家"不仅仅要去赢得新世界，还须找回被遗忘的旧世界。无数个已消失和被遗忘的女性渴望着对她说话——从弗朗西丝·哈珀，安妮·斯宾塞（Anne Spencer）到多萝西·韦斯特（Dorothy West）——但她必须努力去找到她们，把她们从被忽略、被噤声的境地（由于她们既是黑人又是女性的身份）中解放出来。"③ 沃克在这一文化考古过程中，发现了一个焕发着精神力量的母系传统，无论对族群身份的认同，还是对种族自尊的树立，它都是不可或缺的。

正是在这幅被重新发掘的版图上，沃克找到了她的模式——佐拉·尼尔·赫斯顿的模式。"读她的（赫斯顿）的作品时，我才第一次看到自己的文

---

① Alice Walker, *In Search of Our Mother's Gardens*, *Womanist Prose*, p. 8.

② 范革新：《又一次"黑色的"浪潮——托妮·莫里森、艾丽斯·沃克及其作品初探》，《外国文学评论》1995 年第 3 期，第 69—74 页，第 70 页。

③ Alice Walker, *In Search of Our Mother's Gardens*, *Womanist Prose*, p. 36.

化，认出它是那个样子，它的幽默总是努力地试图与痛苦保持平衡，我觉得似乎，的确，它给了我一张指向我文学之国的地图……"①

哈莱姆文艺复兴时期，赫斯顿就和休斯、斯凯勒等人一起，撰文表现理想化的文学主题、文化身份和心理重建等问题。他们的创作成为后来的文学理论家创建理论赖以依存的经典话语。② 赫斯顿的作品再现了美国黑人的民俗文化，追溯其非洲文化之根，传递种族健康的品质，正因为它们体现了黑人民族精神的精华，而成为沃克文学创作的坐标。挖掘某个族群的文化和文学传统，既是一名作家建立个人创作模式的需要，更是一个族群精神生存的需要。赫斯顿的小说，特别是其代表作《他们眼望上苍》以其浓厚的南方黑人文化和黑人女性特有的语言、形象和象征，深深影响了沃克。沃克的作品，无论在主题还是在形式上，都在向这位她称之为"精神向导"的文学先辈致敬。当代美国黑人批评家小盖茨就曾明确指出：沃克的代表作《紫颜色》是对《他们眼望上苍》的"认祖归宗"之作。如今，《紫颜色》已成为"黑人妇女小说的一种范式。"③ 可以说，沃克的"妇女主义"模式，正是将赫斯顿的作品作为黑人女性写作的范本，建构出来的现代黑人妇女文学的经典模式。

20 世纪 80 年代，黑人女性主义美学逐渐取代以男性为主导的黑人民族主义美学。沃克的妇女主义是黑人女性主义理论构建过程中的里程碑之作。在《寻找我们母亲的花园》一书中，沃克对妇女主义者的定义是激进的：她们"蛮横、刚毅、勇敢或倔强"，她们"热爱其他妇女，不论是否有性的含义"，她们"力求包括男性和女性在内全民族的生存和精神完整"……④ 显然，沃克致力于塑造那些经历了女性意识和族群意识的双重觉醒，自立自

---

① 王晓英：《走向完整生存的追寻——艾丽丝·沃克妇女主义文学创作研究》，苏州大学出版社 2008 年版，第 70 页。

② 李权文：《从边缘到中心：非裔美国文学理论的经典化历程论略》，《湖北民族学院学报》（哲学社会科学版）2009 年第 4 期，第 85—91 页，第 86 页。

③ ［美］萨克文·伯科维奇主编：《剑桥美国文学史》第七卷，第 531 页。

④ Alice Walker, *In Search of Our Mother's Gardens*：*Womanist Prose*. p. xii.

强、互相关爱的黑人妇女形象，致力于建构一个黑人民族两性和谐的理想社会。换句话说，妇女主义体现了女性主义的多元性，提供了一种"既看中心也看边缘"① 的视角。它既从种族的视角去审视女性主义研究，又从性属的视角去审视黑人研究，以差异性的表述——即汇合了种族、性属、阶级的多声话语——拓展了二者，是黑人妇女独特的文化经历在美学上的表述。那么这样的表述又是以何种形式呈现在沃克的作品当中？

首先是叙事的碎片化。少数族裔身份、后现代思潮的影响、非洲价值观的渗入，都在推动着沃克的实验性写作。"去中心"是她常用的写作策略，这使她的作品常常以碎片化的形式呈现。如何让这些碎片缀成一幅有意义的图景？沃克的灵感来自于女性，尤其是黑人女性的日常用品——百衲被。

百衲被的历史见证了一部发展中的妇女文化史，作为女性美学的象征，它对女性文学，尤其是女性小说的形式和结构有着举足轻重的影响。对黑人妇女而言，缝被子既是她们的生存策略，又反映了她们为孤立的黑人女性寻求整体性和为离散的黑人同胞建立和谐的整体做出的努力。② 缝被子的场景出现在《紫颜色》中，成为黑人姐妹情谊的黏合剂；《外婆的日用家当》中的两床百衲被是故事的中心意象，连缀着黑人的历史和现实，也连缀着几代黑人妇女的情感经历；《寻找我们母亲的花园》中，承载着母亲们创造力的百衲被成为黑人女性精神传统的象征。

除了在情节上借百衲被来书写黑人女性的生活，沃克在小说结构上也借鉴了百衲被的结构。小说结构的碎片化处理是沃克常用的写作策略。美国当代黑人文论家贝克指出，百衲被上的"一块补丁就是一块碎布片。它是一件完整物品的遗骸，既是破损的标志，又对新的创造设计提出挑战。作为残留物或幸存者，碎片可以象征破裂和消亡，也可以代表已经逝去的荣耀，同

---

① ［美］贝尔·胡克斯：《女权主义理论：从边缘到中心》，晓征、平林译，江苏人民出版社 2001 年版，第 9 页。

② 李静：《"被子"在艾丽丝·沃克作品中的意义》，《四川外语学院学报》2008 年第 1 期。

时，它还富有可待探寻的潜在意义"。① 这段话体现了两层意思：一，百衲被结构反映了沃克的哲学观——整体观；二，它体现了沃克的创作特色——对话性和开放性。

缝被子这个活动跨越了种族、地域和阶级的界限，暗合了妇女主义提倡的多元文化理念。美国黑人文化、非洲传统文化、美国白人文化就像那些质地、图案和颜色迥然各异的碎布片一样，组合成为多种族、多民族和谐共存的画面。同时，百衲被是由看似毫无价值的历史碎片组成的有机整体，象征着创作者对历史记忆的挖掘，整理和组合，是非洲后裔作为流散民族的整体形态的表征。正因为此，加之它以碎片形式呈现完整艺术效果的功能，"百衲被式"的叙事艺术常常受到非裔美国女作家的青睐。沃克的多部作品都采用了多元叙述视角、多声部叙述声音和拼贴的叙事结构：如《梅丽迪安》、《宠灵的殿堂》及《父亲的微笑之光》（*By the Light of My Father's Smile*，1998）等。

百衲被上碎片与碎片之间是一种平等对话的关系，而非主客对立关系。沃克的小说常常呈现出一种内在的对话关系，如不同时空、不同意识形态、不同声音、不同文类之间的对话。她的大多数作品都具有"复调"的特点，吸收了非洲口头传统的对话模式，在作者、叙事者和读者之间，在不同文类之间，甚至在不同作品之间形成一种召唤应答式的互动。克里斯琴认为："沃克的作品是一个持续的整体，对她来说，写作是与各种各样的观众交流，人类和非人类，现在的和过去的，同时也是一种疗伤的过程。她常常在各种文类中探索显然是相似的思想、情感、意象；她对某种形式的运用，比方说随笔，有时候会与她以前写的一首诗或一则短故事互为补充，形成对话。"② 除了横向的联系之外，沃克的作品也体现了纵向的延续性，即传统与个人的

---

① 王晓英：《走向完整生存的追寻——艾丽丝·沃克妇女主义文学创作研究》，第156页。

② Barbara Christian, "Conversations with the Universe", *The Women's Review of Books*, Vol. 6, No. 5 (1989), pp. 9-10, p. 9.

对话。苏珊·威利斯（Susan Willies）认为，当代黑人女作家的小说在多种层次上抵制了资产阶级小说中孤独个体的倾向，[①] 它们重视纽带关系，反对个人主义导致的情感萎缩。对美国黑人而言，传统不仅仅指黑人文化和文学传统，也包括白人传统。《我父亲的微笑之光》包含了多种传统西方文类，如罗曼司、社会风尚小说、神话、甚至是叙事诗。创作于 2004 年的长篇小说《打开你的心灵》（*Now Is the Time to Open Your Heart*），互文色彩强烈，那条伴随女主人公精神成长的科罗拉多河让人想起马克·吐温《哈克贝利·费恩历险记》里的密西西比河，主人公人到中年的迷惘和探寻延续了但丁的《神曲》主题，同时遵循了西方探寻故事传统。

除了碎片化的叙事手段，沃克对语言的选择同样独具匠心。文学不仅是对现实的反映，同时也是语言的建构。文学作品说到底是一种语言艺术。小盖茨就将非裔美国文学视为一种语言行为。[②] 作为对标准英语语言的置换，黑人土语在沃克的创作中占有非常重要的地位。基于共同现实和心理意识的黑人语言，"是组成我们的身份和我们无论好坏的经历的固有的成分。而且，令人称奇的是，它支撑着我们，比天使的臂膀还要安全。"[③]

黑人土语具有丰富的美学价值。在"一次访谈"（*From an Interview*）一文中，沃克再一次提到赫斯顿，"佐拉不辞辛苦地捕捉乡村黑人表述的美。在其他作家只看到学习英语的失败（指黑人的非标准英语）时，她看到了诗意。"[④] 有评论者认为，赫斯顿之后的作家鲜有像沃克在《紫颜色》中那样

---

① 王晓英：《走向完整生存的追寻——艾丽丝·沃克妇女主义文学创作研究》，第 123 页。

② Henry Louis Gates Jr. , "Dis and Dat, Dialect and the Descent", in *Afro-American Literature, the Reconstruction of Instruction*, Dexter Fisher and Robert Stepto (eds.), New York: MLA Press, 1979, p. 79.

③ Molly Roden, "Alice Walker", in *Contemporary African American Novelists: A Bio-Bibliographical Critical Sourcebook*, Emmanuel S. Nelson (ed.), Westport, Connecticut: Greenwood Press, 1999, p. 464.

④ Alice Walker, *In Search of Our Mother's Gardens: Womanist Prose*, p. 261.

如此成功地表达了民间语言的精髓。① 小说中大量使用黑人方言，充分表达了黑人语言的美和生动。

更为重要的是，黑人土语也是包括沃克在内的黑人作家用来消解美国主流话语的重要工具。它以一种差异性的重复，改写了白人的标准英语及其内含的价值观。负载着黑人文化及其价值观的语言，就像黑人的布鲁斯音乐一样，是"一种差异性的文本形式，并由此证实了黑人文化的社会性存在。"②

黑人传统抗争式的文学语言突出体现在其"讽喻"［Signifyin（g）］性上。源于非洲神话传统，并融合了黑人民俗特点的黑人表意，指向无止境的阐释行为。小盖茨是这样来定义它的：表意对于过去构成一种阐释、一种变化、一种修正、一种扩展，它是"我对文学史的隐喻。"③

除了借用黑人音乐——爵士乐，特别是布鲁斯富于重复与变化的形式与结构——之外，隐喻性的语言成为非裔美国作家主要的表意性实践。例如，《紫颜色》常常给人留下这样的阅读体验，即：这个特别的书名始终像一个问号似的浮在读者的脑海中。作为全书最重要的象征，"紫颜色"有着多重寓意。《紫颜色》发表后仅一年，《寻找我们母亲的花园》问世，在这本集子的扉页，沃克详细地定义了妇女主义者一词，其中最后一条是这样的：妇女主义者之于女性主义者，就像是紫色之于淡紫色。④ 与白人女性主义同源而异质，紫色，既蕴含着生命礼赞的情感迸发，又闪耀着黑人女性主义理论的理性之光。它将"黑人体验的诗一般的美、奇迹和痛苦"⑤ 提炼成隽永的

---

① Charley Mae Richardson, *Zora Neale Hurston and Alice Walker*: *Intertextualities*, Chicago: Loyola University Chicago, 1999, p. 8.

② 程锡麟、王晓路：《当代美国小说理论》，外语教学与研究出版社 2001 年版，第212 页。

③ 王莉娅：《黑人文学的美学特征》，《北方论丛》1997 年第 5 期，第 96—97 页，第97 页。

④ Alice Walker, *In Search of Our Mother's Gardens*: *Womanist Prose*, p. xii.

⑤ 孙薇、程锡麟：《解读艾丽斯·沃克的"妇女主义"——从〈他们的眼睛望着上帝〉和〈紫色〉看黑人女性主义文学传统》，《当代外国文学》2004 年第 2 期，第 60—66 页，第65 页。

意象，穿梭在沃克的多部作品之中。"紫颜色"这个能指对应着无限的所指，是跳动在黑人男性和白人女性主义美学表述之间的变奏曲。

这种象征性的语言尤其适用于呼吁社会变革的写作。南希·米勒（Nancy Miller）认为，"应该十分认真地把隐喻看作是一种经济的方法，它跳出了种种单一的体系去建构理论，同时又借助语言来想象那些尚未成为社会存在的事物。"① 一方面，这样的语言挑战了主流思想，具有潜在的颠覆性。另一方面，作者带有理想主义精神的文学介入，使故事平添了预见性的色彩。社会大同的理想贯穿在沃克的写作中，贯穿在她激进的行动主义中，既是她标志性的理论符码，又是她身体力行、寻求消除统治和改变社会的勇气源泉。因此沃克的作品又有着道德上的诉求，从形式上到内容上都渗透着她本人的道德理想。无论是前期作品对社会问题，尤其是对黑人妇女生存状况的揭露，还是后期作品对人类共同面临的问题的关注，沃克始终以一种强烈的责任感，聚焦于人类真实的道德状况，其作品常带有深切的社会批判意识。沃克的妇女主义思想核心是"爱"，正是在人类对自然的爱的驱动下，沃克将其行动主义精神灌注到艺术创作之中，铸成了以"反性别主义、反种族主义、非洲中心主义、人道主义"② 为中心的妇女主义理想。

本章小结

沃克通过小说创作及批评实践，建构了妇女主义文学传统和模式，丰富了文学创作的表现手段，为美国文学的经典重构提供了重要参照，其文学批评思想是美国黑人批评中的重要一环，也是美国文学批评研究者们不可错过的篇章。

---

① Nancy Miller, *Getting Personal*：*Feminist Occasions and Other Autobiographical Acts*, New York：Routledge, 1991, p. xiii.

② 刘戈、韩子满：《艾丽斯·沃克与妇女主义》，《郑州大学学报》（哲学社会科学版）2004 年第 3 期，第 111—114 页，第 112 页。

第十章 反思非裔美国文化，质疑美国文学经典的莫里森

> 我的想法是努力扭转常规：从以前关注种族客体转向关注种族主体，从关注被描述者与被想象者，转而关注描述者与想象者，从关注服务别人的人转向被服务者。

> ——莫里森

引 言

以 1993 年获得诺贝尔文学奖为标志，莫里森（1931—2019）的文学创作得到学术界的高度肯定。自 1985 年贝茜·琼斯与奥德丽·L. 文森（Audrey L. Vinson）出版第一部专著《莫里森的世界：文学批评探索》（*The World of Toni Morrison：Explorations in Literary Criticism*）以来，美国已经出版了 1000 多部关于她的学术论文与图书，[①] 马林·拉冯·沃尔瑟（Malin LaVon Walther）把莫里森置于种族、性别、美/西文学比较以及"普世"范式这四大背景下

---

① Elizabeth AnnBeaulieu, *The Toni Morrison Encyclopedia*, Westport：Greenwood Press, 2003, p. x.

来进行研究，颇具代表性。① 我国的莫里森研究开始于 20 世纪 80 年代，成熟于 21 世纪初，主要关注种族、性别、黑人历史等社会因素，及其对莫里森创作的影响，王守仁教授认为，我国莫里森研究可分为三个时期，即 20 世纪 80 年代至 1993 年莫里森获诺贝尔文学奖前夕（译介与研究起步），1993 年底至 2000 年（接受与学术聚焦），2001 年至今（深化和走向繁荣），"② 目前已进入不仅"追随欧美研究步伐，也具有自己的特色，与中国独特的历史文化语境密切相关"的新阶段，③ 她的所有作品几乎都得到及时地介绍与翻译、研究，目前国内关于莫里森的硕士与博士论文超过 400 多篇，研究专著 20 多部，是目前我国外国文学研究界最为关注的作家之一。王守仁教授的专著《性别·种族·文化：托妮·莫里森与美国二十世纪黑人文学》（1999）拉开国内莫里森研究的序幕，为其后的蓬勃发展奠定了基础。

　　与创作相比，莫里森的文学阅读与批评及其影响没有得到应有的重视。1994 年，纽约自由撰稿人希瑟·麦克·唐纳德（Heather Mac Donald）强烈批评莫里森的演讲集《在黑暗中嬉戏：白人性与文学想象》，认为其文学批评言过其词。④ 收录在 2007 年版《剑桥莫里森指南》中的两篇文章，汉纳·沃林格（Hanna Wallinger）的"托尼·莫里森的文学批评"（"Toni Morrison's literary criticism"），以及路萨米·德维格（Sami Ludwig）的"托尼·莫里森的社会批评"（"Toni Morrison's social criticism"）通过梳理莫里森的批评代表作，如《不可言说之不被言说：美国文学中的非裔美国存在》（*Unspeakable Things Unspoken, The Afro-American Presence in American*

---

①　Malin LaVon Walther, " 'And All of the Interests Are Vested'：Canon Building in Recent Morrison Criticism", *MFS Modern Fiction Studies*, Volume 39, Number 3 & 4（Fall/Winter 1993）, p. 782.

②　王守仁：《托妮·莫里森小说研究》，载章燕、赵桂莲主编：《新中国 60 年外国文学研究》（第一卷下：外国小说研究），北京大学出版社 2015 年版，第 338—342 页。

③　Yang Jincai, "Toni Morrison's Critical Reception in China", *Foreign Literature Studies*, No. 4（2011）, pp. 50-59.

④　Heather MacDonald, "Toni Morrison as Literary Critic", *Academic Questions*, Summer 1994, p. 26.

Literature，1989）以及《在黑暗中嬉戏：白人性与文学想象》（*Playing in the Dark*，*Whiteness and the Literary Imagination*，1992）等，对其文学批评与社会批评进行简单的总结与归纳。

回顾 20 世纪 60 年代以来的美国社会思潮，读者不难发现莫里森创作与思考的社会历史语境，及其睿智的观察与反拨。60 年代至 70 年代的美国黑人民权运动与黑人艺术运动进一步推动了美国黑人文学创作与批评的繁荣与发展，黑人权力与黑人美学等颇具民族主义色彩的口号集中体现了美国黑人的政治与文化诉求；八九十年代关于美国文学经典的讨论凸显性别与族裔因素在美国文学经典构成中的缺失；21 世纪以来关于黑人性与普世价值的争论，隐喻着美国更加复杂、多元的文化意识形态。置身于如此文化背景之下的莫里森"挪用"（非裔）美国历史与文化，瞄准两大主题：爱或爱的缺失，以及如何在艰难的困境中，顽强并完整地生存，① 创作出一系列"富有诗意的"作品——雷纳与巴特勒把贯穿莫里森作品的主题归结为"正义、爱、权力、死亡与背叛"。② 莫里森最为关注的始终是作为"社会他者"与"文学他者"的非裔美国人在美国的社会遭遇及其在美国文学中的表征。本章拟从莫里森的文学阅读与批评入手，探讨她对非裔美国文化的反思，对美国文学经典的质疑，凸显她对美国主流文学与文化中作为"社会他者"与"文学他者"的泛非主义的反拨。

反思非裔美国文化

莫里森在 1989 年"成为黑人之痛"的访谈中明确指出，黑人是美国社

---

① Jane Bakerman, "The Seams Can't Show, An Interview with Toni Morrison（1977）", in *Conversations with Toni Morrison*, Danille Taylor-Guthrie（ed.）, Jackson: University Press of Mississippi, 1994, p. 41, p. 40.

② Deirdre J. Raynor and Johnnella E. Butler, "Morrison and the Critical Community", in *The Cambridge Companion to Toni Morrison*, Justine Tally（ed.）, Cambridge: Cambridge University Press, 2007, p. 175.

会的重要组成部分，作为美国社会的缓冲器，帮助缓解甚至阻止其他社会矛盾的产生，但是黑人却被整体排斥、分割，来到美国的移民之间可能会互有争斗，但是他们都蔑视黑人，"无论移民们来自何方，他们都会抱成团。他们全都会说，'那不是我'。因此，成为美国人立足于一种态度：一种对我（指黑人）的排斥。"① 莫里森通过分析黑人美学、妇女解放与黑人历史及其表征，凸显作为"社会他者"的非裔美国人的遭遇。

20 世纪 60 年代末至 70 年代初，非裔美国艺术家提出"黑人美学"的口号，对白人"普世的"美学观予以质疑。作为白人美学的"反动"，非裔美国诗人与艺术家重提文学的社会功能与战斗功能，重视文学的社会价值，最为经典的流行口号就是"黑即美，"它喊出了几百年来美国黑人心中的压抑与不平，是对美国以至欧美主流世界盛行的以白为美审美观念的反拨，一经提出即风靡黑人社区，深受黑人民众喜爱。当时几位流行的美国黑人诗人如乔万尼（Nikki Giovanni）和巴拉卡（Amiri Baraka）也以诗歌为武器，颇为极端地提出了诗歌的"匕首"功能、"杀戮"功能与革命功能。莫里森认为，这种非黑即白的思维模式是白人思维模式的翻版，黑人民族应该保持警惕而非简单地效仿。在 1974 年发表的"《黑人之书》制作的背后"一文中，莫里森没有简单地否定"黑即美"，而是通过具体的分析，指出"黑即美"的口号有助于强化白人的美学观。

莫里森认为，由于历史原因，许多美国黑人所受教育有限，大多是白人文化的盲目崇拜者，造成黑人民族"知道得不够多，恨得不够深，爱得不够浓"。② 她反对"黑即美"这种口号的深层原因在于，如果一个种族的力量依赖美，如果人们的兴趣在于某人看上去怎样，而非其内涵，那么这个种族就会比较危险。她记得一个白人男子曾对她评价过美国参与越南战争的错

---

① BonnieAngelo, "The Pain of Being Black, An Interview with Toni Morrison（1989）", in *Conversations with Toni Morrison*, Danille Taylor-Guthrie（ed.）, p. 255.

② Toni Morrison, "Behind the Making of The Black Book", in *Toni Morrison*, *What Moves at the Margin*, Carolyn C. Denard（ed.）, Jackson：University Press of Mississippi, 2008, p. 34.

误，认为杀死那么多越南人当然是错误的，"但是更错的是那些越南人看上去很漂亮。"莫里森说"不知道是否真有'白人思想'，如果真有的话——这就是白人思想——那么多漂亮的人死去真是太糟糕了。"① 莫里森反问，难道这仅仅是美学问题！非常有趣的是，这句话在收入《托尼·莫里森：在边缘移动》（*What Moves at the Margin，Selected Nonfiction*，2008）的选集中被删除了。莫里森指出，"人体美作为美德的观念是西方世界最愚蠢、最有害而且最具破坏力的观念，我们应该与此毫无关系。人体美与我们的过去、现在、未来都没有关系，只对他们很重要，白人随意使用这个概念，但是绝不妨碍他们消灭任何人。"② 她进一步指出，专注于我们是否漂亮无异于专注纯粹琐屑、纯粹白人的价值，过分专注即属于一种感知的奴役——但是遗憾的是，这些论述也在 2008 年的选集中被删除了。总之，莫里森认为，作为"黑人美学"旗帜的"黑即美"口号是白人审美观念的体现，是白人优越论的集中体现，"绝大多数白人更喜欢这个口号，因为终于有人大声说出他们千方百计想隐瞒的东西：我们对他们的吸引力无与伦比。"③

尽管莫里森很少使用妇女解放这个词汇，但是她对此十分关注，1971 年发表的"黑人妇女怎样思考妇女解放"一文，比较全面地分析了黑人女性对待妇女解放的态度及其原因：她们既不满意白人女性主义对黑人女性的种族歧视，也不满意黑人权力运动、黑人民族主义等对黑人女性的性别歧视。首先，莫里森提出了白人女性和有色女性的区别。白人女性是"女士"，这意味着她该受尊重，使女士值得尊重的特质是"温柔、无助与端庄"；而有色女性是女人，她们不值得尊重，因为她们"剽悍、能干、独立，不端正"；④ 其次，她指出了黑人女性的替罪羊身份。多年来，黑人男性总把黑人女性当作出气筒，黑人

---

① Toni Morrison, "Behind the Making of The Black Book", *Black World*, February 1974, pp. 88-89.

② Toni Morrison, "Behind the Making of The Black Book", p. 89.

③ Toni Morrison, "Behind the Making of The Black Book", p. 37.

④ Toni Morrison, "What the Black Woman Thinks about Women's Lib (1971)", in *Toni Morrison*, *What Moves at the Margin*, Carolyn C. Denard (ed.), pp. 18-19.

女性也视为当然，因为她们无依无靠："不能依靠男性，不能依靠白人，不能依靠淑女风度，啥也靠不住。"① 再次，她认为黑人女性不相信妇女解放。她们把白人妇女视为敌人，知道种族主义并不仅限于白人男性，认为"妇女解放运动主要是白人男女之间的家庭争吵，一般来说，外人不适合卷入别人的家庭争吵。因为一旦人家不吵了，外人总是碰一鼻子灰"，她指出，应该从黑人的角度看待黑人妇女的作用，她们要继续和黑人男子一道为争取黑人的解放和自主而奋斗，"我们也不能简单地把自己当作美国妇女。我们是黑人妇女，因此我们应该做好黑人社区的事情。"② 而且即便妇女解放运动获胜，也是白人妇女首先被雇佣，黑人男女依然被挡在门外；最后，她认为黑人女性不愿接受妇女解放。因为黑人妇女自视高于白人妇女，或害怕她们，或者作为妈咪及家里的佣工爱她们，但是无法把白人妇女当作能干的、完整的人来尊敬，而是认为"她们是任性、漂亮、卑鄙、丑陋的孩子，不能处理实际问题的成人。"妇女解放无非是一些白人想成为黑人而不愿承担作为黑人的责任，妇女解放的一些要求，如合法婚姻、合法婚姻所生的孩子、双亲家庭、工作权力、性自由以及男女平等等等，好像正是黑人的东西。③

莫里森对女性解放的思考也反映在她 70 年代创作的三部作品中，读者不难发现《最蓝的眼睛》（*The Bluest Eye*，1970）中的黑人小姑娘佩克拉，《秀拉》（*Sula*，1973）的女主人公秀拉，以及《所罗门之歌》（*Song of Solomon*，1977）的重要女性人物彼拉德都从某种程度上反映了以上关于黑人女性的主要特征：佩克拉对白人审美观点的羡慕、追求及其因此所受到的伤害；秀拉以身体作为抗争的场域，反叛黑人传统，最终成为恶的象征，成为黑人社区一切不幸的替罪羊；彼拉德则守护着家庭，体现出粗犷与彪悍。

此外，莫里森十分关注非裔美国历史，特别是奴隶制历史及其影响，她多次提到奴隶叙事，在"记忆之场"（"The Site of Memory"）一文中明确指

① Toni Morrison, "What the Black Woman Thinks about Women's Lib（1971）", p. 24.

② Toni Morrison, "What the Black Woman Thinks about Women's Lib（1971）", p. 21.

③ Toni Morrison, "What the Black Woman Thinks about Women's Lib（1971）", p. 27, p. 29.

出，自己秉承的文学传统就是自传，而"黑人文学的书面印刷物，就来源于奴隶叙事"。① 由于美国读者要求奴隶叙事客观、中立、可信，因此，为了强调真实，奴隶叙事十分强调描写的客观性。直到 1966 年，在编辑艾奎亚诺故事时，爱德华兹还赞扬他的叙事没有"煽动性"，认为总的来说在《欧劳达·艾奎亚诺生平的有趣叙事》（*The Interesting Narrative of the Life of Olaudah Equiano*，1789）这本书中，"他（艾奎亚诺）没有给读者情感压力，而只是呈现情景包含的内容——他的语言不是在拼命争取我们的同情，而是期待自然、合适的展现。这种从容与不动声色成为本书中的华美乐段。"与此相近的是 1836 年对查尔斯·贝尔（Charles Bell）《逃奴的生活与冒险》（*Life and Adventures of a Fugitive Slave*）客观性叙事的赞美，"我们非常喜欢这本书，因为它不是一部党派著作。……既没有提出关于（奴隶制）的理论，也没有建议任何解放的模式或时间。"② 读者不难看出这两种"赞美"背后的种族主义色彩。

莫里森认为，"尽管奴隶叙事影响废奴主义者，并能改变反对废奴主义的人，但是无论它如何受欢迎，都无法摧毁主人叙事，因为主人叙事总能适时做出调节，让自己完好无损。"③ 比如说，在 19 世纪 50 年代废奴运动的高潮时期，美国主流文学界侧重的文类不是反映现实的文学作品而是罗曼司，这一现象非常耐人寻味！托克维尔曾在 1840 年预言，"'由于找不到什么理想的真实、正确的材料，10 年后，诗人们纷纷逃向想象领域'……1850 年，在废奴主义兴起与奴隶制辩论的高潮中，美国作家选择了罗曼司。"④ 莫里

---

① Toni Morrison, "The Site of Memory", in *Inventing the Truth*, William Zinsser (ed.), Boston：Houghton Mifflin Company, 1987, p. 103.

② Toni Morrison, "The Site of Memory", p. 106.

③ Toni Morrison, *Playing in the Dark：Whiteness and the Literary Imagination*, Cambridge：Harvard University Press, 1992, pp. 50−51.

④ Toni Morrison, "Unspeakable Things Unspoken, The Afro-American Presence in American Literature", in *Criticism and the Color Line*, Henry B. Wonham (ed.), New Brunswick：Rutgers University Press, 1996, p. 24.

森认为，任何罗曼司都不可能不受麦尔维尔所说"黑人性力量"的影响，尤其在这个已经有许多黑人常住人口的国家，通过罗曼司，"历史、道德、形而上，以及社会的恐惧、问题与分裂都能得以表达。"①

但是由于大环境使然，奴隶的许多非人待遇没有出现在奴隶叙事中，因为社会大环境决定了奴隶叙事的目的与风格，它必须有教育意义，符合道德要求，并且能再现给读者。有些奴隶叙事虽然模仿当时时髦的感伤小说模式，"但是当时的流行趣味等都不鼓励作家深入探究或详细描述奴隶们体验过的更加肮脏的细节，"他们会用当时的文学习惯来搪塞。莫里森列举了几部很有代表性的奴隶叙事作家对残酷细节的躲避，如艾奎亚诺委婉地说，"我处于心烦意乱、无以描述的状态"；道格拉斯说，"让我们现在离开粗暴的田野……把注意力转向我童年时期屋内那些不太令人厌恶的奴隶生活吧"；而亨利·布朗（Henry Box Brown）则说，"我不想通过再现可怕的压迫制度中那些没人说过的恐惧来伤害读者的感情。……我的目的不是要屈尊深入到奴隶制地狱的黑暗、有害的洞穴中去"。② 囿于当时的道德规范，奴隶叙事更加回避奴隶主对奴隶性侵犯方面的描述。莫里森认为，由于没有人提及奴隶的内心生活，所以她认为自己作为作家的任务，就是要撕开蒙在"太可怕了不能叙述"之上的面纱，直达人物的内心深处，她创作的《宠儿》（Be-loved，1987）就是要回顾这些"太可怕"之事，但她也指出，如果不是不得已，她也不想揭这方面的伤疤，因为没有人愿意谈论这些。"他们不想谈，也不想记；他们不想说、不想看、也不愿分享。……而集体共享这方面的消息能够疗救个体——以及集体的创伤。"因此她明确指出，人们"需要记住这种恐怖，但是当然要以能够消化的方式，以建设性的方式记住它。从某种程度上来说，我写这本书的行为就是正视它，而且能够记忆它。"③ 但她自

---

① Toni Morrison, *Playing in the Dark*：*Whiteness and the Literary Imagination*，p. 37.

② Toni Morrison, "The Site of Memory", p. 109.

③ MarshaDarling, "In the Realm of Responsibility：A Conversation with Toni Morrison (1988)", in *Conversations with Toni Morrison*, Danille Taylor-Guthrie（ed.），p. 247, p. 248.

己对以此为主题创作的《宠儿》也并没有什么信心，认为这可能是她的作品中最没有人愿意读的，因为没有人愿意去记这些东西："书中的人物不想去记忆，我不想去记忆，黑人不想记忆，白人不想记忆。我的意识是说，这是一种民族健忘症。"①

莫里森不仅直面深受主流意识形态遮蔽的非裔美国文化中的"社会他者"，也特别关注美国主流社会与文学界对"文学他者"的偏见与误现。因此，美国主流文学如何处理黑人的存在成为她反思美国文学经典的起点与核心。

质疑美国文学经典

莫里森主修英语，副修古典文学，本科毕业于美国最好的黑人大学霍华德大学（1953 年），并在著名的常青藤名校康奈尔大学获得文学硕士学位（1955 年），非常熟悉欧美文学经典作家与作品。她认为美国文学的主题与基本特征是对黑人团体的抑制与禁声，作为社会他者的黑人在美国文学表征中成为点缀，或成为作家们实现自己目标的道具。"艺术家及其养育他们的社会把内在的冲突转向'绝对的黑暗'，转向很方便被束缚、被暴力消声的黑人团体，这是美国文学的重要主题。"② 而她想探究的就是这种被控制、束缚、抑制的黑暗怎样在美国文学中物化为一个泛非主义的人（Africanist）。尽管有批评家认为她与著名黑人女作家赫斯顿等人的创作有诸多相似之处，但她在 1985 年接受采访时坦言，自己 50 年代读书期间几乎没有读过赫斯顿与图默的作品，"那时康奈尔大学没有他们的作品，我在霍华德大学读书那

---

① Bonnie Angelo, "The Pain of Being Black, An Interview with Toni Morrison (1989)", in *Conversations with Toni Morrison*, Danille Taylor-Guthrie (ed.), p. 257.

② Toni Morrison, *Playing in the Dark: Whiteness and the Literary Imagination*, p. 38.

会儿肯定也没有。"① 黑人经典作家、作品在美国高等教育中的缺失"很好地"体现了美国主流社会对黑人作家、作品的漠然态度。

莫里森积极参与 20 世纪 80 年代以来美国学术界关于经典的讨论，认为经典的建设即帝国的建设，对经典的护卫就是对国家的护卫。在此大背景下，莫里森认为"非裔美国文学的在场及其对非裔美国文化的意识既复兴了美国的文学研究，也提升了其研究标准。"② 她针对美国主流文学界的种族偏见，以 19 世纪以来美国主要经典作家为例，分析他们对作为"文学他者"的黑人形象的再现与处理。

19 世纪中叶，爱默生发表素有美国文化独立宣言之称的"美国学者"（"The American Scholar"，1837）一文，是新大陆文化界摆脱欧洲旧大陆的宣言与呐喊，是有意识地寻求差异之举。但是非常遗憾的是，对此做出回应的作家无论是接受还是拒绝，都没有仅仅转向欧洲寻求差异，因为美国本土就有现成的戏剧性差异：白人与黑人的差异，"通过对种族差异的详尽阐释，作家们能够庆祝或哀痛一种身份早已存在，或正在快速形成。"③ 埃德加·爱伦·坡在多篇作品，如《金甲虫》（"The Gold-Bug"）与《亚瑟·戈登·皮姆的叙述》（The Narrative of Arthur Gordon Pym）中，展示了美国的自我概念与泛非主义的联系，并极力隐藏前者对后者的依赖；马克·吐温的代表作品《哈克贝利·费恩历险记》中如果没有黑奴吉姆，白人男孩哈克就不可能在道义上长大成人，而如果"让吉姆自由、让他进入俄亥俄河口、进入自由地界就会破坏整本书的预设。因此，无论是哈克还是马克·吐温都不能容忍吉姆自由，哪怕在想象界也不行。"④ 借助麦尔维尔笔下的白鲸，莫里森指出种族主义意识形态的双重危害，船长亚哈的疯狂不仅造成他个人的孤独、

① Gloria Naylor, "A Conversation, Gloria Naylor and Toni Morrison（1985）", in *Conversations with Toni Morrison*, Danille Taylor-Guthrie（ed.），p. 214.

② Toni Morrison, "Unspeakable Things Unspoken, The Afro-American Presence in American Literature", p. 18.

③ Toni Morrison, *Playing in the Dark*：*Whiteness and the Literary Imagination*, p. 39.

④ Toni Morrison, *Playing in the Dark*：*Whiteness and the Literary Imagination*, p. 56.

异化，也对他的家庭，以及其他船员造成伤害，因此"对种族主义者及种族主义的牺牲品来说，种族主义创伤都严重地肢解了自我。"①

1865 年美国内战结束后，主流美国文学界对黑人的文学想象与再现依然没有明显的改观，海明威对非裔美国人的使用就属于典型的"为我所用"型，"他不需要、不想或没有意识到他们是自己作品的读者，或意识到他们作为人而存在，他们仅仅存在于他的想象（及想象生活过的）世界。"而其他几位认真描述黑人的重要经典作家与作品却遭受学术界的冷遇，学术界从未提及亨利·詹姆斯（Henry James）《梅西所知道的》（*What Maisie Knew*，1897）中的黑人妇女的作用，对格特鲁德·斯泰因（Gertrude Stein）《三个女人》（*Three Lives*，1909）中黑人妇女的中心地位也是语焉不详，完全忽略威拉·凯瑟（Willa Cather）的最后一部作品《萨菲拉与女奴》（*Sapphira and the Slave Girl*，1940），没有提及种族在凯瑟这部作品中的作用。莫里森还指出，"这些批评家没有在海明威关于黑人性、性欲与欲望的隐喻，或他指定黑人男性扮演的角色中看出任何活力或意义。也看不出奥康纳作品中上帝的恩宠与泛非主义他者化的任何联系。"对美国现代主义代表作家福克纳，大多数批评家都认为他后期关注种族与阶级的作品质量明显地下降："浮浅、不入流"。②

在《不可言说之不被言说》中，莫里森指出 17 至 20 世纪美国主流文学界对非裔美国文学的排斥与否定主要可以归纳为以下四个方面："（1）根本没有什么非裔美国（或第三世界）艺术；（2）即便有也很低劣；（3）有非裔美国艺术，而且很出众，如果它符合西方艺术的'普世'标准；（4）与其说它是'艺术'，不如说它是矿石——富矿——需要西方或欧洲中心的铁

---

① Toni Morrison, "Unspeakable Things Unspoken: The Afro-American Presence in American Literature", p. 27.

② Toni Morrison, *Playing in the Dark: Whiteness and the Literary Imagination*, pp. 13–14.

匠把它从'自然'状态提炼到在美学方面具有非常复杂的形式。"[1] 莫里森对上述偏见予以批驳，认为第一点和第二点完全是罔顾事实，所谓没有什么非裔美国艺术的观点根本经不起推敲，因为当代的文学批评与新近涌现的再版作品，以及对过去非裔美国作家、作品的"重新发现"都足以淹没这种观点，这种"重新发现"扩大了美国文学传统的范围。只要仔细阅读文本，认真研究非裔美国艺术产生的文化，就不难发现所谓非裔美国艺术虽然"热情""自然""真实"或者从社会学角度来说具有"启发意义"，但其实还是"模仿的""过度的""情绪宣泄的"，而且"弱智的"的说法极具种族歧视色彩。上述第三与第四点说法更是欧洲中心论的典型体现，要么希冀维持、强化霸权：非裔美国文学提供素材，而西方提供评判的理论标准；要么弱化非裔美国艺术的文学与艺术价值。[2]

　　莫里森认为，成功地把黑人作为社会他者处理与文学他者表征的深层原因在于泛非主义的发明——黑人不是美国人，而是绝对的他者。在文学话语内部，"泛非主义已经成为一种在欧洲中心的传统里谈论、宰制阶级问题与性放纵、性压抑的方式，以及谈论、宰制权力的形成与实施，思考道德与责任的方式。"[3] 她进一步指出，即便美国文本不是"关于"泛非主义存在，或关于泛非主义人物、叙事及方言土语，其阴影依然笼罩在暗示、符号与分界处。移民们（以及许多移民文学）理解，他们的"美国性"只是相对于常驻的黑人人口而言才存在。[4] 莫里森认为，黑人被泛非主义他者化的处理体现在以下四个方面。首先，关注作为替身与实现者的泛非主义角色。因为泛非主义的存在，美国白人知道自己自由，而非遭受奴役；自由、强大，而非无助；具有历史，而非无历史；清白无辜而非令人诅咒；能够逐步实现命

---

[1]　Toni Morrison, "Unspeakable Things Unspoken, The Afro-American Presence in American Literature", p. 20.

[2]　Toni Morrison, "Unspeakable Things Unspoken, The Afro-American Presence in American Literature", pp. 22-23.

[3]　Toni Morrison, *Playing in the Dark, Whiteness and the Literary Imagination*, pp. 6-7.

[4]　Toni Morrison, *Playing in the Dark, Whiteness and the Literary Imagination*, p. 47.

运而非盲目进化。其次，对泛非主义习语的差异化处理。莫里森指出，通过不规范的拼写故意把它弄得很生疏，从而把黑人的对话解释成陌生、疏离的方言，故意让读者莫名其妙，从而"成为违法的性行为、疯狂的恐惧、排斥与自我厌恶的标志与工具。"① 再次，利用泛非主义角色来发明白人性，并强化其寓意。"从战略性的高度利用黑人角色来定义白人角色，并提升白人角色的质量。"② 最后，把泛非主义叙述（即讲述某个黑人的故事，其被束缚及/或被拒绝的经历）变成冥想自己人性的手段。莫里森特别强调指出，"需要分析泛非主义叙述如何被用于论述伦理道德、社会及普世的行为准则，主张并定义文明与理性。这种类型的批评表明，泛非主义叙述被白人用于为黑人的无历史（history-lessness）与无语境（context-lessness）提供历史语境。"③

　　莫里森指出，至少有三点需要强调。首先，应该发展一种基于非裔美国历史、文化与艺术策略，能够真正容纳非裔美国文学的文学理论。非裔美国作家通过对美国历史、文化及艺术策略的使用成功地应对其所栖身的世界；其次，应该审视并重新阐释美国文学经典。非裔美国人的在场塑造了美国文学的诸多意义：选择的多样，以及语言与结构等；再次，审视当代经典及/或非经典文学，不管它是所谓主流文学、少数族裔文学，还是其他文学。莫里森总是很高兴也很吃惊地发现当代"白人"文学使用非裔美国叙述、角色与习语所产生的共鸣与结构性变化，其中语言是非裔美国文学不同于其他文学的根本所在。莫里森指出，是什么使一部作品成为"黑人"作品？是语言，因为"对文化（或种族）差异最有价值的切入点是它的语言——未受监管、具有煽动性、对抗性、操纵性、创新性、分裂性、伪装与本真的

① Toni Morrison, *Playing in the Dark*：*Whiteness and the Literary Imagination*, pp. 51-52.
② Toni Morrison, *Playing in the Dark*：*Whiteness and the Literary Imagination*, pp. 52-53.
③ Toni Morrison, *Playing in the Dark*，*Whiteness and the Literary Imagination*, p. 53.

语言。"①

本章小结

　　莫里森以沦为"社会他者"与"文学他者"的泛非主义差异化为主线，尝试重新绘制美国文学版图，不仅强调黑人文学与文化的历史在场，而且批评美国主流学术界对非裔美国人的偏见，既加深了我们对美国文学经典的了解与认识，也有助于我们深入理解非裔美国社会与文化。她说自己并非仅仅关注特定作家对待种族的态度，而是想研究非白人，泛非主义角色是怎样被建构、被发明出来、又是如何被运用于文学之中的。"我的计划是努力把批评视线从种族客体转向种族主体，从被描述者与被想象者转向描述者与想象者，从受雇者转向雇主。"② "9·11"恐怖袭击发生后，美国社会对美国黑人的看法发生了很大的变化，"黑人从 9·11 以前的魔鬼突然变得前所未有的受欢迎，因为他们没有与白人所认为的阿拉伯人，或者，你知道，随便什么其他人……站在一起。"③ 因此，阿拉伯裔美国人成为新的他者，遭遇历史上黑人在美国受到的各种猜疑、偏见与误现。进入 21 世纪，特别是奥巴马当选美国总统以后，美国是否已经进入所谓"后种族"时代，美国社会与文化中根深蒂固的种族主义观念是否已经不复存在，对此人们仍将拭目以待；而特朗普总统对少数族裔与女性不加掩饰的赤裸裸的歧视更让我们认识到美国社会的复杂，以及实现社会公正这一大目标的困难。

---

　　①　Toni Morrison, "Unspeakable Things Unspoken, The Afro-American Presence in American Literature", pp. 23-24.

　　②　Toni Morrison, *Playing in the Dark*: *Whiteness and the Literary Imagination*, p. 90.

　　③　Toni Morrison, Cornel West, "Blues, Love and Politics", *Nation*, May 2004, pp. 18-26.

第十一章　坚守黑人文化立场的批评家贝克

> 非裔美国人——特别是非裔美国作家——不愿被简化为单一、权威、"真正的种族"声音；我们是一个复杂、多样的族群，不想被简化如此。而"谁能为黑人说话？"这个问题则正好相反，因为它假设有单一、权威、黑人表达文化的声音存在。
>
> ——贝克

在当代学术型文学批评家当中，休斯顿·A. 贝克（1943—）是非常杰出的一位，20 世纪 70 年代以来，不仅撰写、编辑出版了多部关于非裔美国文学与文化研究著作，如《美国的黑人文学》（*Black Literature in America*，1971），《黑人长歌：美国黑人文学与文化研究论文》（*Long Black Song, Essays in Black American Literature and Culture*，1972），《归途迢迢：黑人文学与批评问题》（*The Journey Back, Issues in Black Literature and Criticism*，1980），《布鲁斯、意识形态与非裔美国文学：黑人本土理论》（*Blues, Ideology, and Afro-American Literature, A Vernacular Theory*，1984），《现代主义与哈莱姆文艺复兴》（*Modernism and the Harlem Renaissance*，1987），《非裔美国诗学：反思哈莱姆与黑人美学》（*Afro-American Poetics, Revisions of Harlem and the Black Aesthetic*，1988），《20 世纪 90 年代的非裔美国文学研究》（*Afro-American Literary Study in the* 1990s，1989），《精神的活动：非裔美国女性创作诗学》（*Workings of the Spirit, The Poetics of Afro-American Women's Writ-*

ing，1991），《黑人研究、饶舌与学术》　（*Black Studies，Rap，and the Academy*，1993），《再次转向南方：重新思考现代主义/重新阅读布克·T.》（*Turning South Again，Re-thinking Modernism/Re-reading Booker T.*，2001），《我并不恨南方：对福克纳、家庭与美国南方的思考》（*I Don't Hate the South，Reflections of Faulkner，Family and the South*，2007），《背叛：黑人知识分子是如何放弃民权时代理想的》（*Betrayal，How Black Intellectuals Have Abandoned the Ideals of the Civil Rights Era*，2008），以及《后-黑人性的麻烦》（*The Trouble with Post-Blackness*，2015）而且发表几部诗集，获得诸多荣誉，如古根海姆基金奖（Guggenheim Fellowship）和洛克菲勒基金会奖（Rockefeller Foundation Fellowship）。1992 年，贝克当选现代语言协会主席，担任主席达 10 年之久。他和盖茨一道，入选《50 位重要文学理论家》，所提出的"艺术人类学"（"Anthropology of Art"）、"世代递嬗"（"Generational Shifts"）"黑人本土理论"（"Vernacular Theory"）等概念，不仅对深入了解、把握非裔美国文学批评有指导意义，也可为其他民族、其他地区的文学批评提供借鉴，因此，本章在梳理贝克的文学批评轨迹，突出其借鉴欧洲后结构主义思想的同时，意在突出其始终关注的黑人美学思想及其内涵，强调其作为美国当代黑人批评家的价值坚守。

或许贝克的主要批评术语都在 20 世纪 80 年代提出，并集中体现在《布鲁斯、意识形态与非裔美国文学》这本著作中，所以评论界也主要关注他这一时期借鉴后结构主义思想所提出的黑人本土理论及相关术语。台湾地区著名非裔美国文学研究专家李有成先生曾分别撰写《蓝调解放：非裔美国文学批评的世代递嬗》，以及《贝克与非裔美国表现文化的考古》等文章，分析其"蓝调解放""世代递嬗""表现文化""文学考古"等核心概念及其意义。① 程锡麟教授在介绍"黑人美学"这一术语时，指出贝克的学术研究

① 李有成：《逾越：非裔美国文学与文化批评》，浙江大学出版社 2015 年版，第 152—182 页。

"从带有鲜明黑人民族主义色彩的社会历史角度向语言和后结构主义理论为导向的学术发展"，其"最重要的论著是《布鲁斯、意识形态与非裔美国文学》"，"从跨学科的角度，综合运用了语言学、史学、后结构主义、符号学、西方马克思主义，文化人类学等学科和理论的观点，建立了一种阐释非裔美国文学和文化的新理论模式——布鲁斯本土理论。"① 此外，王晓路、黄晖、习传进等人也分别聚焦贝克的布鲁斯本土理论、"世代递嬗"等核心概念。《50 位重要文学理论家》的作者理查德·J. 莱恩（Richard J. Lane）则在认真梳理贝克文学批评实践的基础上，指出贝克早期的著作十分关注黑人美学批评的定义、图绘与实施，而《布鲁斯、意识形态与非裔美国文学》则扩展、改进了口述性与布鲁斯地理的概念，发展了一种融入美国黑人经济与社会政治历史的本土艺术理论。但是莱恩也指出，这部著作不是过去的延续，而是一种"利用经济学与后结构主义、物质性与符号学、象征与辩证思想"的新的批评的开始，他认为，对贝克而言，非裔美国布鲁斯是个矩阵，是一种法则与力量，能够决定非裔美国文化的意义；而作为一种力量，布鲁斯是差异的基本运作，是尊重差异与艺术自主表达的艺术驱动力。② 因此，他指出，贝克综合了欧美主流的高深理论与黑人自己的本土理论，继续关注奴隶制与现代非裔美国历史的经济与社会状况，为阅读本土文本提供教学模式，对日常的艺术存在与生产依然敏感。"换句话说，贝克通过质疑、图绘黑人美学，教授批评家新的阅读文学的方式。"③

但是，当近来被问及自己有哪些特殊的理论贡献时，贝克本人的回答十分耐人寻味，他并没有提及自己的理论借鉴或理论术语，而是强调自己关注的是阅读、是重读非裔美国作品，而且既不感到恐惧也不感到羞耻，希望能够抵消那些特权人士的谎言。"我的同情始终站在那些被禁声、被压迫的一

---

① 程锡麟：《黑人美学》，《外国文学》2014 年第 2 期，第 106—117 页，第 112—113 页。

② Richard J. Lane, *Fifty Key Literary Theorists*, New York and London：Routledge（Taylor & Francis Group），2006，p. 6.

③ Richard J. Lane, *Fifty Key Literary Theorists*, p. 6.

方，也就是说，始终站在任何地方的任何追求自由与自决的人那一方。"①
笔者认为，贝克在文学批评方面的主要贡献并不仅仅在于提出了什么新的理
论体系或理论术语，而在于反思美国黑人文学传统、扩充、修正美国黑人文
学批评术语，结合新的社会语境，重新阅读黑人文学经典，其批评思想的核
心是黑人美学思想及其在不同时期批评实践中的运用。

　　虽然很少有学者提及他 1971 年主编的《美国的黑人文学》选集，及其
为该选集所写的序言与《美国黑人文学概观》（Black American Literature,
An Overview）一文，但是它们对我们了解贝克学术思想的发展轨迹十分重
要，不仅能够帮助读者了解贝克早期的学术批评思想，而且有益于理解他后
来学术思想的变化及其对黑人文化的坚守。笔者认为，他后来的学术思想虽
然因借鉴后结构主义而更加复杂，但是其批评主旨并没有实质性的变化，可
谓万变不离其宗，"黑人美学"更是他经常回顾的话题。贝克在本选集的序
言中指出，美国黑人文学刚刚开始受到人们的关注，很久以前提出的许多议
题经过辩论，目前已经大致尘埃落定，深思熟虑的批评家们开始划定美国黑
人文学的起源及其发展的高峰，为编撰美国黑人文学选集创造了理想的环
境；但是同样不容乐观的是，由于美国黑人文学刚刚开始受到大范围的学术
关注，大家都不确定哪些标准适合美国黑人文学，比如说，即便美国黑人文
学作者的作品包含新批评所重视的智趣、张力与含混，他们作品中的黑人民
俗因素也同样重要；虽然"对某些文学作品而言，社会历史因素可能作用有
限，但是在评价美国黑人文学方面却是意义非凡，至关重要。"贝克认为，
美国黑人文学源于民俗，依赖民俗基础；同时，他也特别重视美国黑人文学
作品中的社会历史关注，因为从更大程度上来说，美国黑人文学与美国黑人
一样，都是美国社会的产物。②

---

① 王祖友：《小休斯顿·贝克教授访谈录》，《当代外语研究》2013 年第 7 期，第 59—63
页，第 63 页。

② Houston A. Baker (ed.), *Black Literature in America*, New York：McGraw-Hill Book Com-
pany, 1971, pp. xv-xvi.

在《美国黑人文学概观》中，贝克比较客观地简要分析了美国黑人文学的情况。与其他美国黑人学者急于追溯、构建黑人文学书写传统不同的是，他认为美国黑人作家早期的创作文学价值低、技巧差、在主题与内容方面都在模仿那些流行的模式；更加糟糕的是，这些早期作品"未能真诚地反应美国黑人的经验。他们这些清醒的文学艺术家特别热衷于模仿白人作者的那些模式，热衷于复制白人作者的诗语及其虔敬关注的东西，从而未能描绘受难者的状况、恐惧与渴望，因而，缺乏伟大文学的内涵。"而真正能够真诚、新颖地反映美国黑人大众经历的倒是那些黑人劳动号子、民谣、民俗韵文、民俗故事，特别是黑人灵歌。① 因此，他认为只有承认美国黑人纯粹属于社会建构，是受美国经历、社会与文化困境塑造的文化传统的产物，才能全面理解美国的黑人文学；而作为社会的产物，美国黑人文学必须在社会历史框架内才能更好地理解。

另外，贝克也简要分析了几位著名美国黑人作家。他指出，20 世纪初，美国普通大众对黑人文学根本不关心，当时最具影响力的美国黑人领袖布克·华盛顿帮助强化了白人为黑人设定的那些刻板印象，他让白人赞助者相信，美国黑人最需要的就是辛勤劳作，学点技术，服务于社区；他让美国白人相信，社会融合对他本人，对他的追随者，以及对美国而言都是福音，他的自传《从奴役中奋起》（1901）就是这种哲学的最好表述——贝克后来经常回顾这部作品，思考着现代主义与现代性等诸多问题。贝克认为，杜波伊斯的《黑人的灵魂》（1903）虽然在出版时间上与华盛顿的作品相近，但是明显属于另外一个更新的时代，无论以哪种标准来判断，它都是一部预言之作，预示着未来的发展方向；在 1900 和 20 世纪 20 年代初期这一时段，那些限制 19 世纪黑人作者邓巴与切斯纳特的社会历史因素开始衰落，伟大的、种族自豪的黑人文学开始出现，约翰逊的《前有色人自传》（*The Autobiography of an Ex-Colored Man*，1912）是其杰出代表，这一切都得益于

① Houston A. Baker（ed.），*Black Literature in America*，p. 4.

美国大的社会环境的变化，美国黑人受教育的机会增加，大迁徙运动也让大量美国黑人在城市中心生存、发展、壮大，使他们能够"接触美国的发展机遇，接触美国梦。"①

此外，贝克对赖特的评价也十分中肯，认为他小说中的抗议在美国黑人文学中可能不算什么新元素，但是其无所畏惧的现实主义、圆熟的技巧，以及壮丽的戏剧意识，使得他的《土生子》抵达20世纪50年代前黑人文学表达的巅峰；对30年代的美国黑人而言，赖特在小说中对共产主义意识形态的处理，可能也是对共产主义及新兴的无产阶级所做的最好的文学表达。而其自传《黑孩子》（*Black Boy*，1945）则通过自己的经历，小心、精妙地分析了美国种族的两难处境。贝克认为，埃里森对此的理解也最为到位，他说赖特的自传以布鲁斯的形式，抓住了美国黑人生活经验的本质；而布鲁斯形式则构成"对其个人灾难进行自传记录的抒情表达"。② 赖特后来的作品，如《野蛮的假期》（*Savage Holiday*，1954）、《局外人》（*The Outsider*，1953）等开始偏离抗议传统，聚焦种族主题与人物。贝克引用亚瑟·P. 戴维斯的话说，此时种族融合的酵母已经开始发酵，迫使黑人作家淡化他们珍爱的传统，放弃了黑人人物与背景——至少有时候如此。③

虽然这些文字与贝克后来的论述相比显得有点稚嫩，但是笔者认为，他关注的基本主题后来并没有发生太大的变化，如他对华盛顿的作品《从奴役中奋起》的回顾与重新阅读，对20世纪初哈莱姆文艺复兴前后文艺现象的关注，特别是对埃里森的布鲁斯形式等都有深入的思考。而《黑人长歌》及之后的著作为我们了解贝克的思想变化，显示了比较清晰的发展轨迹。在为《黑人长歌》1990年版所写的引言中，贝克不仅介绍了这本书得以出版的源起，也介绍了自己如何从专攻英国维多利亚文学的博士，转而学习美国黑人文学，成为文化民族主义者的经历。此外，这篇引言也为我们了解美国当时

---

① Houston A. Baker（ed.），*Black Literature in America*，pp. 7–8.

② Houston A. Baker（ed.），*Black Literature in America*，p. 13，p. 14.

③ Houston A. Baker（ed.），*Black Literature in America*，pp. 16–17.

的社会背景提供了必要的信息，如，黑豹党已经在校园里出现，黑人研究已经出现于纽黑文，黑人文化民族主义已经成为全国报纸的头条，黑人历史"特刊"已经成为常规的电视消费节目，民权运动与黑人权力运动已经为美国的反战和青年反叛文化提供固定的模式等等。

更为重要的是，贝克后来对《黑人长歌》的 3 点不满，有助于我们了解他自己批评观点的变化。首先，本书否认需要特别声明美国确实存在独特的黑人文化；其次，没有意识到黑人女性文化研究已经在美国出现；再次，缺少预见性，只是致力于反映当时的时代精神。[①] 贝克认为，黑人文化民族主义，特别是黑人艺术与黑人美学运动中的文化民族主义，为分析《黑人长歌》提供了重要的分析框架。他认为，黑人美学的任务在于，基于黑人性，宣布黑人批评与艺术创作的独立；而《黑人长歌》无疑位于黑人艺术与黑人美学的营地，虽然也像其他黑人艺术和黑人美学项目一样，号称忠于黑人大众，但实际上"黑人大众对我及其他黑人美学家和艺术家做的事情根本不感兴趣。"[②] 此外，贝克也介绍了自己 1974 年开始的理论转向，以及美国黑人女性的表达与理论项目，涌现了像莫里森、沃克等小说家，以及玛丽·华盛顿、塔特、瓦莱丽·史密斯（Valerie Smith）等学者，他认为，"黑人女性的文学与表达文化的复兴出现于 20 世纪 70 年代末，不仅发展势头不减，而且持续增强，持续到 90 年代。"而黑人女性主义运动并非孤立现象，过去 20 年间，各种各样的黑人批评与理论经典蓬勃发展。[③] 因此，贝克后来分别在《非裔美国诗学：反思哈莱姆与黑人美学》和《精神的活动：非裔美国女性创作诗学》中分别分析了非裔美国文学传统中的几大核心话题：哈莱姆文艺复兴、黑人美学，以及非裔美国女性创作。前者重点关注了图默、卡伦、巴拉卡、尼尔与富勒等作家，后者重点聚焦 19 世纪末以来美国黑人女作家的

---

① Houston A. Baker, *Long Black Song*: *Essays in Black American Literature*, Charlottesville and London: The University Press of Virginia, 1990, pp. xiii-xiv.

② Houston A. Baker, *Long Black Song*: *Essays in Black American Literature*, p. xiv, p. xv.

③ Houston A. Baker, *Long Black Song*: *Essays in Black American Literature*, pp. xvii-xviii.

创作及其文学批评，着重分析了赫斯顿、莫里森与尼托扎克·尚杰（Ntozake Shange）等作家。

1974 年以来，贝克开始转向理论，对理论的关注几乎贯穿他之后的所有批评著作，但是，他对批评理论的借用非常慎重，提出以"艺术人类学"（"Anthropology of Art"）的框架与策略来解读美国黑人文学，在丰富的文化背景、语境下研究美国黑人文化的主张，引发对"黑人美学"更加广泛的兴趣与关注。① 在《归途迢迢：黑人文学与批评问题》中，贝克简要介绍了 20 世纪 70 年代美国黑人文学批评的核心概念"黑人美学""黑人权力""黑人民族主义"等所遭受的怠慢，仿佛这些都已经过时，因为没有人愿意承认美国黑人的声音，仿佛因为我们的立场是民族主义的，我们的模式是非历史主义的，我们就可以被忽略。美国著名文学研究专家莎克文·伯科维奇（Sacvan Bercovitch）高度评价贝克坚持在完整的文化背景下，对美国黑人文学所提供的最为丰富的分析，认为《归途迢迢》不仅是黑人文学研究的里程碑，也是"美国研究"的里程碑之作。贝克认为，在今天这个崇尚理论的时代，过去在黑人民族主义旗帜下讨论的很多东西现在仿佛已经成为麻烦的过去，而不久前关于黑人文学的许多思考还都很混乱。"对黑人文学文本采用绝对的民族主义考量可能不是最有效的方法，因此，确实到了需要走向更加准确地描述，在更加复杂的理论层面来思考黑人文学的时候了。"② 而"艺术人类学"的框架与策略就是贝克用于美国黑人文学与文化研究方面的理论选择与文本批评实践。

尼尔曾经在一篇文章中分析过一件非洲雕塑作品在不同文化背景下的不同意义：在非洲文化生活中，这件雕塑作品具有仪式性的象征意义，能够实现人们与其祖先、与自己的灵魂、精神方面的联系；而人们在麦迪逊大道艺术画廊中看见的一件非洲雕塑，它只不过仅仅是一件艺术作品。贝克以此为

---

① Richard J. Lane, *Fifty Key Literary Theorists*, p. 4.

② Houston A. Baker, *The Journey Back: Issues in Black Literature and Criticism*, Chicago and London: The University of Chicago Press, 1980, pp. xi–xii.

例指出，要想理解非洲雕塑的意义，就需要对其文化背景进行想象性的重构。同理，要想完整地理解非裔美国文学，就不能把它当作一件孤立的"雕塑作品"，而应该重新构想其文化语境。贝克自己的做法就是努力在特定传统中进行文化阐释，把从美国黑人文化整体话语系统中选出的部分文本置于跨学科的视域下，揭示其文本意义与文化意义，"虽然未能完全成功地把'雕塑'从'画廊'——里德称之为'艺术拘留中心'——中移走，但是我也算把'画廊'布置得能够让我的读者感受到非裔美国语言艺术在动态文化背景中的意义。"① 他以人们对惠特莉诗歌创作的批评为例，指出"艺术人类学"阐释框架与策略的积极意义之所在。

在非裔美国文学史上，惠特莉 1773 年出版的诗作《关于宗教、道德诸主题的诗歌》不仅具有文学意义，也在社会与文化层面对非裔美国族群具有十分重要的意义，但是却遭到很多措辞严厉的批评，托马斯·杰弗逊（Thomas Jefferson）就曾苛刻地指出："宗教可以产生一个惠特莉，但却不能产生一名诗人，以她名义出版的东西根本不值得严肃对待。"弗农·洛金斯（Vernon Loggins）认为，惠特莉刻意模仿蒲柏；巴拉卡谴责惠特莉像美国南方的田间奴隶一样，以痛苦的呐喊与嚎叫击打着松林的空气；赖特则认为，虽然惠特莉是黑人作家，但是却与更大范围的美国白人文化和谐共进。② 贝克与上述评论保持一定的距离，认为出生于非洲的惠特莉一直没有忘记自己的家乡，从 1767 年 12 月 21 日发表第一首诗歌以来，她就十分关注宗教主题，但是她并非一味地赞美，而是在这首诗的结尾处，越来越意识到自己的作用，在美国当时盛行的清教主义"呼唤"（"calling"）词汇里，为自己赢得一席之地；③ 她 1768 年的诗歌"致新英格兰的剑桥大学"，不仅有父母责备孩子的语气，后来还明确了自己"埃塞俄比亚人"的身份，引发诸多批评

---

① Houston A. Baker, *The Journey Back*, *Issues in Black Literature and Criticism*, p. xvii.

② Houston A. Baker, *The Journey Back*：*Issues in Black Literature and Criticism*, p. 8, p. 9, p. 12.

③ Houston A. Baker, *The Journey Back*：*Issues in Black Literature and Criticism*, p. 10.

兴趣，因为该诗的创作不仅表明惠特莉诗艺娴熟，而且反映了她自己的内在追求，有人因此发问，惠特莉此举是想要赢得白人公众更多的赞赏，还是要让他们深感意外，或者说，她这么做是其非洲意识扩展的表示。贝克借用翁贝托·艾柯（Umberto Eco）的《符号学理论》（*A Theory of Semiotics*，1975）分析说，"埃塞俄比亚人"具有"内容"与"表达"的双重意义，其中内容并非局限于词典的定义，而是百科全书式的，也就是说更像一幅详尽的地图，而非一系列具体的词条，惠特莉诗歌中的"埃塞俄比亚人"兼具这两方面的意义，"对我来说，正如诗人使用的那样，这个词最具说服力的图绘意义在于，沿着非洲意识扩展的方面前进。"[1] 贝克以自己独具特色的细读，丰富了惠特莉的诗歌文本，体现了切斯特·J. 方特诺特（Chester J. Fontenot）对惠特莉所做的极高评价："开创了黑人文学批评的新时代，在创作与批评过程中，维系了把形式与内容作为互补实体的非裔美国传统。"[2]

经过20世纪70年代在美国的传播，以及学者们的积极借鉴，欧洲的高雅理论在80年代的美国结出了丰硕的成果——本文先分析贝克理论三部曲的第一部《现代主义与哈莱姆文艺复兴》及其相关论述，稍后再集中分析最能集中反映贝克理论思考与批评术语与方法的著作《布鲁斯、意识形态与非裔美国文学》。《现代主义与哈莱姆文艺复兴》聚焦非裔美国文学与文化史上最重要的一个时段，对其进行分析，虽然很多学者认为20年代的哈莱姆文艺复兴价值不大，对其兴趣也不高，贝克还是选择"现代主义"这一主题——后来还在《再次转向南方》与《批判性记忆》等书中多次回归这一主题，提出了黑人文学与文化中的现代主义与现代性问题。首先，他不同意著名历史学家内森·哈金斯（Nathan Huggins）等人对哈莱姆文艺复兴失败于粗鄙的负面评价——著名学者大卫·利弗林·路易斯（David Levering Lewis）对此也坚决反对，仿佛20年代的"哈莱姆文艺复兴"未能创作出同

---

[1]　Houston A. Baker, *The Journey Back*, *Issues in Black Literature and Criticism*, p. 10.

[2]　Houston A. Baker, *The Journey Back*：*Issues in Black Literature and Criticism*，封底。

时期英国作家、盎格鲁-美国作家或爱尔兰作家"重要""新颖""有效"的现代艺术,仿佛大家熟悉的著名作家麦凯、卡伦、洛克、拉尔森、休斯与图默等都不"现代"。贝克严肃地指出,自己绝不同意所谓"哈莱姆文艺复兴"是个失败之说,因为问"哈莱姆文艺复兴为何会失败",就像问"你什么时候停止打老婆"一样是个预设悖论,这是用英国、盎格鲁-美国及爱尔兰的现代主义概念作为判断标准来衡量哈莱姆文艺复兴,本身就是错误的,因为并没有一个单一的,为大家公认的现代主义的标准。正如亚当斯所言,"在所有空洞与毫无意义的范畴中,现代主义天生就是空洞与无意义的。"①贝克认为伊哈布·哈桑(Ihab Hassan)对现代主义的思考与提问更有价值与意义,因为对现代主义什么时候开始,什么时候结束,结束之后又会怎样,有哪些主要趋势等,学术界并没有统一的界定;客观地讲,现代主义包容甚广,五味杂陈。无非是人们普遍认为,现代主义主要指涉 20 世纪初的英国、爱尔兰与盎格鲁-美国作家与艺术家。②

其次,贝克以华盛顿的《从奴役中奋起》为例,具体分析现代主义这个术语与话题。他根据自己的思考,发现当时很多的所谓研究都是以西方的艺术、文学、文明以及现代主义的范畴来分析非裔美国文学与文化,认为后者没有艺术、文学、文明与现代主义;许多美国黑人男男女女的学术研究,也常常"自觉地"寻求学术大佬们的青睐,唯他们马首是瞻;而某些野心勃勃的黑人学者也倾向于以主宰文化的批评词汇与假设来分析自己被主宰的文化,他们的保守主义与恐惧加剧了这一趋势,造成主宰社会权力的增强。③贝克认为,特里林关于现代主义文学的描述最为贴切:即"现代主义文学'令人震惊的个性化',提出了'上流社会禁止的所有问题',让读者处于私

① Houston A. Baker, Jr., *Modernism and the Harlem Renaissance*, Chicago and London: The University of Chicago Press, 1987, p. 1.

② Houston A. Baker, Jr., *Modernism and the Harlem Renaissance*, pp. xiii-xiv, p. xiv, pp. xv-xvi, p. 3.

③ Houston A. Baker, Jr., *Modernism and the Harlem Renaissance*, pp. xvi-xvii.

密互动中，心神不宁地意识到自己在这个世界上的个体存在。"但是作为非裔美国文学的学生，贝克发现自己无法领会"西方""资产阶级""白人"的私密与意识，因为西方现代主义文学问我们的是，我们是否满意自己的婚姻、自己的家庭生活以及职业生活，与我们朋友的关系怎样；但是作为非裔美国人，作为生活在美国的非洲后裔，"我花很多时间思考的是这个世界上最大的地理问题：我今天到哪儿去找水、找食物或柴火。"① 路易斯认为，20 世纪 20 年代，由于非裔美国人几乎没有什么机会，在很多社会领域遭受排斥——如在政治与教育领域，在高收益、高挑战的职业领域都鲜有机会，被美国的各种经济安排所碾压，因此，艺术仿佛成为黑人可以提升的唯一途径，非裔美国人把艺术作为希望之所在，以及可能进步之竞技场。② 约翰·布拉辛格姆（John Blassingame）教授认为，20 世纪之交的黑人自传为转型中的文化提供了鼓舞人心的模式，他特别理解华盛顿的《从奴役中奋起》对非裔美国现代主义的贡献。贝克以"形式的掌控"（the mastery of form）与"掌控的变形"（the deformation of mastery）来讨论哈莱姆文艺复兴以及非裔美国现代主义，③ 认为后者开始于 1895 年 9 月 18 日的标志性事件——华盛顿在亚特兰大国际展览会上的演讲，为内战结束后苦苦挣扎，寻求出路的黑人大众指明了"方向"，保证了黑人大众获得接受技能教育的机会，华盛顿也因此成为美国当时最著名的黑人领袖与代言人，其影响深远的自传《从奴役中奋起》就是形式掌控的最佳范例。

贝克明确指出，他使用的形式（form）并非形式与内容（form and content）这个意义上的形式，而是"省略"（ellipsis），或"比喻"（trope）或"诗性意象"（poetic image），具有象征的流动性，最能体现此"形式"概念的就是"面具"（mask），即"滑稽表演面具"，"这个面具不仅是受压制的性欲、戏耍表演、本能愉悦、阉割焦虑，以及发展的镜像阶段的居住空间

---

① Houston A. Baker, Jr., *Modernism and the Harlem Renaissance*, pp. 5-6, p. 7.

② Houston A. Baker, Jr., *Modernism and the Harlem Renaissance*, p. 11.

③ Houston A. Baker, Jr., *Modernism and the Harlem Renaissance*, p. 15.

(a space of habitation)，也是对来自非洲大陆的居民及其后裔毋庸置疑的人性的根深蒂固的否定。最为重要的是，黑人掌控滑稽表演面具是非裔美国非常现代主义的第一步。"① 因为"面具"之下的黑人生活与通过面具呈现给观众的滑稽可笑的黑人生活之间形成强大的反差，极具反讽意味。贝克认为，如果诚如鲁尔克所言，滑稽表演面具的基本精神即荒谬、无厘头、挪用或误听，那么其结果就像焚烧女巫或私刑处死黑人一样奇怪。"实际上，在布克·华盛顿时代，滑稽表演面具是记忆仪式的载体，成为所有渴望言说的非裔美国人都不得不掌握的'形式'。"② 奴隶解放宣言发布 32 年之后，华盛顿掌握了演讲，深入白人世界内部，改变了滑稽说唱表演中那些无意义的笑话，其《从奴役中奋起》就记录和再现了非裔美国人对形式的掌握。

在 20 世纪之交，华盛顿扮演了南方后重建时期种族主义者的角色，因为非此不足以为南方白人所接受。贝克认为，他延续了滑稽表演面具的声音——遭到他调侃的既有偷鸡给孩子补充营养的黑人母亲，也有黑人专业人士，还有一些受过高等教育的黑人，比如说，他笔下的黑人"教师"只会写自己的名字，可以完全根据雇主的需要来传授给孩子们地球是圆的还是扁的这方面的"知识"。但是他并非止步于此，也并非为了讲故事而讲故事，而是指出掌握讲故事的形式对黑人的进步有益，他把滑稽说唱表演中的胡说八道变得对普通黑人有益，利用各种各样的废话，把它们变成对非裔美国大众有益的东西，就好像他把马厩与鸡舍变成了南方乡村的技术与道德的学习绿洲，为普通黑人子弟提供学习技能的学校。其《从奴役中奋起》是他掌握形式的最佳例证，使他这个奴隶制的孩子变成"一种有效的现代性，他的'演讲手册'就是一种标志与奇迹，他是黑人大众的一员，寻求并成功超越了重建至 20 世纪初污损他们生活的派性、不确定性、压制与滑稽表演。"③

此外，贝克也介绍了华盛顿同时代的作家邓巴与切斯纳特的适应策略。

---

① Houston A. Baker, Jr., *Modernism and the Harlem Renaissance*, p. 16, p. 17.

② Houston A. Baker, Jr., *Modernism and the Harlem Renaissance*, p. 22.

③ Houston A. Baker, Jr., *Modernism and the Harlem Renaissance*, p. 36.

邓巴为了能够顺利出版诗歌，不得不以方言诗（以破碎的声音）歌唱，切斯纳特在满足白人期待的同时，出版富有非洲声音的作品；与华盛顿和切斯纳特掌控形式不同的是，邓巴采取变形掌控的策略，追寻的是杜波伊斯的足迹。贝克认为："'掌控形式'就像为了能叮上一口，把自己隐藏、伪装、飞翔成捣蛋鬼蝴蝶的蜜蜂；而'变形掌控'就像莫里斯·戴（Morris Day）所唱的'丛林之爱'，厚颜无耻地广为宣扬自己的'恶劣'——并非仅仅与暴力有关；'变形'就是面对公认的对手时，采取大猩猩的反击方式。"贝克还进一步陈述了"变形"动力学，首先，土著比任何入侵者都更加全面地了解自己的领地；其次，只有入侵者才会觉得土著的"声音"显得丑陋、怪诞，就像莎士比亚《暴风雨》对卡利班（Caliban）的处理。①

与华盛顿《从奴役中奋起》对"形式的掌控"相比，贝克认为，杜波伊斯《黑人的灵魂》就属于"掌控的变形"。华盛顿笔下的南方是个和解之地，白人与黑人共同劳作、农业和工业共进、资本与劳力在新南方携手，是黑人的伊甸园；而《黑人的灵魂》则反对《从奴役中奋起》所再现的南方。如果说华盛顿依然是民众的代言人，那么杜波伊斯则提高自己的声音，把它揉进民众的歌唱当中；如果说几年前仍把杜波伊斯定义为"文化人"，认为《黑人的灵魂》是描述黑人文化的重要著作，那么今天则当以"文化表演"视之；"如果说华盛顿提供口语手册，那么杜波伊斯则提供演唱之书。"② 贝克认为，如果说杜波伊斯《黑人的灵魂》关注"问题"，那么洛克的《新黑人》则涵盖更加广泛，不仅关注"大众"，而且关注新近涌现的"种族"或"民族"（民族文化）；与华盛顿的南方中心和杜波伊斯反对南方区域都不同的是，洛克提倡在"新世界"，特别是"新美国"的视角下看待新黑人；洛克的《新黑人》展望的世界不是南方的区域，也不是被隔离的种族生活的黑暗之都，更不像滑稽表演当中的废话的世界。《新黑人》的激进之处在于，

① Houston A. Baker, Jr., *Modernism and the Harlem Renaissance*, pp. 50-52.
② Houston A. Baker, Jr., *Modernism and the Harlem Renaissance*, p. 68.

在大众、城市、国家及国际范围内书写非裔美国现代性，洛克笔下的美国寻求一种新的精神扩展与艺术成熟，尝试确立美国文学、民族艺术与民族音乐，非裔美国文化寻求的是同样的目标与成果。① 洛克同时也指出，"必须承认的是，美国黑人名义上是一个种族，实际上并不是，确切地说是在情感上而非经历上是一个种族；联系他们的主要是共同的状况而非共同的意识，共同的问题而非共同的生活；在哈莱姆，黑人生活得以首次获得群体表达与自我决定的机会，成为——或至少承诺成为——一个种族的首都。"②

出生于肯塔基州的贝克后来不断"回到"南方，但是与《现代主义与哈莱姆文艺复兴》不同的是，《再次转向南方》把对历史的思考与心理分析、个人回忆录以及白人研究结合起来，指出美国南方及其管理机制，特别是其监禁机制，是非裔美国经历的核心，因此，他呼吁把南方作为美国文学研究的中心，为美国黑人现代主义的奋斗提供一种修正主义的叙述。此外，贝克特别强调写作对非裔美国人——对黑人男性主体的形成、反对/修正过去的恐惧、被误解的身份以及可怕损失等——的重要性。与 20 世纪 80 年代强调黑人音乐，重视口头文学传统不同的是，贝克认为："语言曾经是我们这辈人修正与防御的即兴流动，有时候激励，但总是升华、对话；写作是我们在南方男性意识条件下，向全球解释、预测会对我们的黑人身体发生些什么，这就是我们的理论。"③ 他认为，那些断言所谓对 19 世纪和 20 世纪初的大多数美国黑人来说，南方的思想对黑人的个性、文化、经济与政治形成至关重要的说法更加虚构、不着边际；黑人现代主义不仅被美国南方所塑造，也与梅森-狄克逊线以南的人类生活的某些特殊制度密不可分。

贝克称之为黑人现代主义的经历与革新——文化接触、交换与各种可能性，具有基本与次要的定义。首先，黑人现代主义意味着黑人大众获得生活

---

① Houston A. Baker, Jr., *Modernism and the Harlem Renaissance*, p. 68, p. 74.

② Houston A. Baker, Jr., *Modernism and the Harlem Renaissance*, p. 74.

③ Houston A. Baker, *Turning South Again*, *Re-thinking Modernism/Re-reading Booker T.*, Durbam & London: Duke University Press, 2001, p. 6.

的愉悦，提高了在公共区域的流动性以及经济偿还能力；其次，黑人现代主义与黑人公民权同在，确保流动（如获得驾照、护照、绿卡，社会保障卡），获得得体的工作与体面的报酬；黑人现代主义的核心权力是选举权；民权运动中的黑人现代主义更加意味着黑人大众拥有在公共区域游行（流动）、获得工作、自由与选举的权力。① 而华盛顿则在美国南方框架的思想下工作，他不是要把塔斯基吉学院变成黑人现代主义的乌托邦，而是把它变成帝国主义的种植园。贝克借用范恩·伍德沃（Vann Woodward）《新南方的起源》（*Origins of the New South*，1877—1913）中的话说，华盛顿的培训学校思想不仅仅在教育、工作或商业方面有缺陷，他以过去来处理现在的哲学观本身就有很大的缺陷，他的商业哲学不合时宜。②

在《批判性记忆》（*Critical Memory*：*Public Spheres*，*African American Writing*，*and Black Fathers and Sons in America*，2001）一书中，贝克再次回到现代主义这个话题，不过这次他选择的代表作家是赖特与埃里森。赖特在自传《黑孩子》中描述过自己在一家白人咖啡店打工，虽然看到厨师对食物吐唾沫，但是却非常犹豫是否需要告诉老板这件事的经历——因为当时的南方，白人普遍不相信黑人，他很担心白人老板不会相信他这个黑人孩子，怕被老板炒鱿鱼，进而威胁到自己甚至家人的生计。贝克认为，作为知识分子，赖特习惯于社会批判，他 40 年代对美国文化中种族意识形态的观察，以及反对堕落与邪恶的矛盾在 90 年代同样具有重要意义；在赖特创作生涯的后期，批评家们常常指责他已经过时，在内容与形式方面依然执着于已经过去的吉姆·克劳伦理，认为美国早已超越此阶段，但是贝克指出："从某种程度上来说，这种对他不合时宜的指责意味着记忆——特别是种族记忆——阻隔了现代性。"他想说的是，赖特敏锐地意识到美国的种族、权力、

---

① Houston A. Baker, *Turning South Again*, *Re-thinking Modernism/Re-reading Booker T.*, p. 33.

② Houston A. Baker, *Turning South Again*, *Re-thinking Modernism/Re-reading Booker T.*, pp. 81-82.

经济、都市氛围与技术之间的相互联系使他能够加入旨在获得黑人、全球、强化现代性的思想者的行列。贝克相信，黑人的批判性记忆拒绝放弃其种族之根，"批判性记忆让赖特这样的黑人知识分子在涉及种族方面时，眼前总有窘迫、可怕、古怪的历史影像。"① 当然，他也指出，批判性记忆不仅会激怒、伤害到某些人，也能形成批判性的、策略性的合作、干预与公共领域的机制。只有当黑人知识分子不再寻求白人的青睐，批判性记忆才能真正发挥作用，"我觉得，黑人知识分子激进分子的诚实、纪念性劳作的果实能让所有人受益。"②

贝克重视批判性记忆，是想反衬那些最容易受权力和趣味制衡的美国黑人公众人物，在黑人批判性记忆方面，他们往往是失败者，最著名的莫过于小说家埃里森，他及其小说《看不见的人》既不会反应黑人民权的精英，也不会反应黑人草根的抗拒，只会妥协、屈服。贝克认为，埃里森不会关注 20 世纪 50 年代的黑人民权运动代表人物如马丁·路德·金和罗莎·帕克斯（Rosa Parks）等为黑人大众争取权益的行为，在麦卡锡主义施虐的 20 世纪 50 年代，他决定"冬眠"。当然，贝克也客观地指出，埃里森之举并非怯懦所致，而是因为他真诚地相信美国宣扬的商业观念：即工业化的民主是全球现代性最重要的事情，也是其最终目标；"对埃里森而言，现代人是适应机器节奏、适应没有种族之分的工业资本主义潮流及潜流之人。……因此，埃里森分享的是帝国主义现代性——即美国例外论——政治与愿景的人，因此，在《看不见的人》中，没有任何全球竞争的痕迹。"③ 1994 年，杰瑞·加菲奥·沃茨（Jerry Gafio Watts）也指出，埃里森坚信工业化的民主个人主义及其政治与艺术后果，过去二三十年当中，埃里森没有公开参加任何美国

---

① Houston A. Baker, *Critical Memory: Public Spheres, African American Writing, and Black Fathers and Sons in America*, Athens and London: The University of Georgia Press, 2001, pp. 9-10.

② Houston A. Baker, *Critical Memory: Public Spheres, African American Writing, and Black Fathers and Sons in America*, p. 20.

③ Houston A. Baker, *Critical Memory: Public Spheres, African American Writing, and Black Fathers and Sons in America*, p. 26.

黑人的知识分子组织，或反对美国知识生活中的种族主义实践；虽有其他黑人知识分子请他利用自己的巨大威望，反对美国知识生活中的种族实践，他都未接受，但他也没有像鲍德温与赖特等人移居其他国度。贝克觉得，埃里森绝对相信工业民主的部分原因在于，他依赖对美国黑人从民族意识向参与民主转变的精妙分析，而这已经出现于赖特的作品《1200 万黑人的声音》中。①

贝克学术三部曲的第二部《非裔美国诗学：反思哈莱姆与黑人美学》，继续发挥自己文本细读的优势，重新阐释那些"被忽略"或"被压抑"的美国黑人作家、作品或文化现象。他认为，20 世纪 20 年代美国黑人作家所面临的问题，是如何全面、诚实地反映美国黑人的生活，而过去盛行的种植园传统，以及丑化黑人的滑稽表演（minstrel show）已经过时；当时流行的所谓异国情调也无法反映黑人复杂的社会现实，因此，在分析哈莱姆文艺复兴时期现代主义作家图默及其代表作《甘蔗》时，贝克明确表示赞赏巴拉卡、尼尔与盖尔等黑人美学批评家反对新批评排斥基于民俗、历史与心理传记的做法，认为自己将会适应当时的黑人美学氛围，明确采用社会历史、传记和意识形态方法，解读自己感兴趣的黑人男女作家的作品，"我和其他黑人美学家一样，认为艺术既是黑人为寻求解放进行不懈斗争的'产物'也是'生产者'，作为'产物'的'艺术'一定是能用来解放被征服民族思想与身体的表达或表演。"② 贝克认为，自己之所以要写这篇文章，是因为哈莱姆文艺复兴已经被标签化，自己首先想赞美的是，《甘蔗》并非人们一般所认为的那样具有异国情调；其次，是想把图默的作品作为我们黑人文学超越美国滑稽表演模仿品的范例，"即便按照白人的标准来判断，这部作品的意识流叙事及简洁意象也使其很'现代'"。③ 科利尔认为，《甘蔗》这部作品

---

① Houston A. Baker, *Critical Memory: Public Spheres, African American Writing, and Black Fathers and Sons in America*, p. 29.

② Houston A. Baker, *Afro-American Poetics: Revisions of Harlem and the Black Aesthetic*, p. 13.

③ Houston A. Baker, *Afro-American Poetics: Revisions of Harlem and the Black Aesthetic*, p. 15.

引导了向黑人民俗精神的回归，而这也是哈莱姆文艺复兴发展中最为重要的
一点，在形式与风格方面，后来还没有哪些美国作家能够超越。邦特蒙普斯
则认为，新一代年轻黑人作家开始出现，他们对图默《甘蔗》的反应标志着
一种后来被称之为新黑人文艺复兴的觉醒。① 从浅层次而言，图默短篇小说
《埃丝特》（"*Esther*"）所处理的两大问题：浅肤色的黑人与黑人社区的关
系，以及美国黑人与非洲的关系，主要针对当时黑人面临的现实问题，但是
图默及其《甘蔗》远非如此简单。图默自己曾多次提及，《甘蔗》这本书可
以读作悲剧的预言，反映了善与恶、磨难与救赎、希望与绝望之间的冲突。
贝克也对此书评价甚高，认为《甘蔗》具有更加深邃的意义，"简而言之，
在走向自由的过程中，总是伴随着更加深入的自我了解，并真正理解自己在
这个世界的状况。从这个意义上来说，《甘蔗》不仅开启解放美国黑人艺术
的旅程，也是哲学所说的物自体（Ding-an-sich）。"②

对 20 世纪 60 年代末和 70 年代初倡导黑人美学的巴拉卡、尼尔与富勒，
贝克也评价甚高，其中尼尔关于生活在改变，所以艺术也一定要改变，艺术
批评也会随之改变，艺术家无须纠结自己的观点是否前后一致等认识，客观
上反映了当时社会思潮的急剧变化——这一点对贝克本人也有明显的影响。
如果说巴拉卡比较激进，措辞严峻，说什么"革命戏剧一定要告诉他们（指
白人），他们的死期到了"，尼尔则比较理性，尽管他也非常重视文学的社
会、道德功能，声称"黑人艺术是黑人权力概念的美学与精神姐妹，因此，
其艺术也需要直接针对美国黑人的需要与渴望，"不会为了艺术技巧，而牺
牲其道德责任。但是他后来对此观点也有所修正，认为美国黑人文学不像黑
人音乐，几乎无法单独存在，因为美国黑人文学需要回应美国的种族主义，
总是被用作争取黑人人权的工具，他也清楚地知道，"文学可以成为最好的
宣传，但是黑人作家不可能只通过宣传，来实现自己艺术的最高功能：即向

---

① Houston A. Baker, *Afro-American Poetics: Revisions of Harlem and the Black Aesthetic*, p. 44, p. 17.

② Houston A. Baker, *Afro-American Poetics: Revisions of Harlem and the Black Aesthetic*, p. 44.

世人展示其人性的各种可能与局限。"①

贝克对富勒的评价更高，认为他和 20 世纪 20 年代倡导黑人文艺复兴的洛克一样，是黑人美学、布鲁斯理论，以及非裔美国女性创作诗学的精神之父。不仅因为他是《黑人文摘》（*Negro Digest*）、《黑人世界》（*Black World*），以及《第一世界》（*First World*）的编辑，出版了很多年轻黑人诗人、学者的作品，而且帮助年轻一代黑人学者了解偏狭的美国学术研究标准之外还有很多标准。面对老一辈著名黑人学者如雷丁等人对黑人美学的误解与批评，富勒坚持自己的判断，其"论黑人美学"（"Towards a Black Aesthetic", 1968）一文，明确自己的宗旨，虽然有说教之嫌，但是立场鲜明：不仅谴责老的、种族主义的正统观念，也为新一代黑人的艺术表达呐喊助威。他清楚地知道，黑人的表达属于真正的黑人权利，他借用历史学家路易斯（David Levering Lewis）对一战期间黑人状况所做的分析，认为黑人虽然在经济、政治与职业方面被白人社会普遍排斥，但是他们在艺术、表达文化与娱乐方面有自己的优势。②

由于对黑人女性的创作与批评关注不够，贝克饱受批评，因此，他学术三部曲的第三部《精神的活动：非裔美国女性创作诗学》聚焦重要黑人女作家。鉴于学术界已经对赫斯顿、莫里森与尚杰等作家研究分析较多，本文着重介绍贝克研究女性作家的思路与方法。

有趣的是，虽然贝克认为《现代主义与哈莱姆文艺复兴》以及《非裔美国诗学》强调理论的不可回避，但是真正密集反映其理论反思的还是这部《精神的活动》。贝克在引言中指出，即便见不到理论这个词，我们也已经身陷理论当中，不能自拔；尽管理论片面、不充分，我们也不可能没有理论。但他同时又指出，在当代文学研究中，理论碰到了强劲的对手：性别与种

---

① Houston A. Baker, *Afro-American Poetics：Revisions of Harlem and the Black Aesthetic*, p. 124, p. 151.

② Houston A. Baker, *Afro-American Poetics：Revisions of Harlem and the Black Aesthetic*, p. 124, p. 162.

族；过去 20 来年非裔美国女性的表达及其引发的思考，再现了今天种族、阶级与性别问题的聚合，大量涌现的黑人女作家及其作品引发了关于种族与性别的热烈讨论，不仅需要理论化，而且为把已经理论化的种族、阶级与性别用于更加宽泛的层次提供了保障。① 但是非裔美国女性的文学与文化研究一直比较抗拒理论——不是外部的学术忽略或漠视，而更多地来自于非裔美国女作家、学者与批评家本身，因为她们害怕白人男性、白人女性和黑人男性想"知性"地解释非裔美国女性及其表达，换句话说，非裔美国女性对理论的抗拒缘于她们害怕被阐释，而不是抗拒理论本身，"这种对理论的抗拒或拒绝使得对非裔美国女性表达的研究成为既紧张又苛刻的质询的场域。"② 贝克坦言，自己撰写此书的目的就是要完成批评三部曲的最后一部，但是必须澄清的是，他既非此领域的先驱也非孤身一人在做，因为从某种程度上来说，非裔美国文化已经在理论方面前行，在后现代世界，浪漫的个人主义已经幻灭，作家既不可能孤身前行也不可能真的原创。

20 世纪 70 年代属于非裔美国女性创作与批评的勃发期，也是非裔美国男性后结构主义批评家逐渐在学术界产生影响的重要阶段，他们追随白人同道，践行后结构主义理论与批评，到 70 年代中期，他们已经彻底转向非历史的、理论化模式的阶段；非裔美国男性文学批评与研究实际上已经在学术研究的创新方面，取代了非裔美国历史研究，他们狂热地沉浸于符号（signs）的争夺中。而非裔美国女性的创作与批评依然十分关注历史与社会因素，她们在 70 年代中期开始为主体性（subjecthood）及主体现状构建历史的基础，以对抗"理论。"③ 贝克认为，今天非裔美国女性表达文化研究的状况非常类似于 20 世纪初非裔美国女性表达的前现代性与后现代性时刻；

---

① Houston A. Baker, Jr., *Workings of the Spirit*: *The Poetics of Afro-American Women's Writing*, Chicago and London: The University of Chicago Press, 1991, p. 2.

② Houston A. Baker, Jr., *Workings of the Spirit*, *The Poetics of Afro-American Women's Writing*, p. 2.

③ Houston A. Baker, Jr., *Workings of the Spirit*: *The Poetics of Afro-American Women's Writing*, pp. 16-17.

今天大多数非裔美国女批评家的愿望与 20 世纪初非裔美国女性后裔寻求舒适地并入本质主义的、北方的历史无异，因此，调查 19 世纪非裔美国女性后裔离乡的表现地带，能够有助于澄清今天批评的焦虑，在美国欲望经济的出走与回归中，开创当前分析非裔美国女性的意象表述图谱。①

此外，在《精神的活动》的第一章"理论的回归"中，贝克提出自传性在非裔美国文学创作与研究中的重要性。"惠特莉与道格拉斯的意象就是非裔美国理论在其自传共鸣中的意象，通过调查非裔美国文学与批评传统，它们可以扩充十倍。人们会想起杜波伊斯在《黑人的灵魂》前言结尾处的自传性情景；人们会想起赖特在'美国的黑人文学'中的自传性定位；或者会想起作为鲍德温文集《土生子札记》序曲的'自传手札'中的叙述者；还有埃里森《影子与行动》中的自传性'引言'，以及巴拉卡《家园》中的介绍性、自传性论文'自由古巴'（Cuba Libre）。"② 因此，如果理论家承认自传是其重要的推动力量，他就不是简单地述说真相，而是以我为核心来进行判断。

当然，贝克也客观地指出某些批评家反对这种谱系。他们认为欧陆的理论不同于非裔美国话语，因为黑人话语并不完全理论化，而是极为重视道德因素；比如说批评家 R. 巴克斯特·米勒（R. Baxter Miller）与乔伊丝·安·乔伊斯等人，都觉得非裔美国话语一定是人类爱的产物，其潜台词即他们不能完全以"理论"来衡量，对她们而言，非裔美国话语只能通过传统的人文主义，以及标准的学科如社会史、哲学与群体心理分析的方法才能实现。若以此为标准，非裔美国话语有比较悠久的历史，19 世纪的大卫·沃克（David Walker）及其《呼吁》（1829）就属于黑人理论协商的类型，"若以

---

① Houston A. Baker, Jr., *Workings of the Spirit*：*The Poetics of Afro-American Women's Writing*, p. 19.

② Houston A. Baker, Jr., *Workings of the Spirit*：*The Poetics of Afro-American Women's Writing*, p. 41.

沃克的《呼吁》来理解，理论即非裔美国智识传统的本质。"① 因此，贝克总结道，"当非裔美国学者攻击非裔美国文学理论工程时，他们诋毁的不是理论，而是其中展现出来的'理论的政治'；非裔美国人率先跳出来从根本上质疑美国学术传统中的排他性，他们判断的标准就是传统的非裔美国理论方法。"② 以沃克的《呼吁》，杜波伊斯的《黑人的灵魂》或巴卡拉的《家园》等为代表的主人话语（master discourse）中的解构、陌生化和表意，成为美国书写非洲故事不可或缺的基础。而衡量非裔美国女性表达诗学成功与否的标准除了普世与特殊、批评家与观众外，还有男女之间的平等，其核心就是非裔美国女性表达投射出来的精神活动，如莫里森的《秀拉》，赫斯顿的《骡子与人》（*Mules and Men*，1935），以及尚杰的小说《黑人三姐妹》（*Sassafrass*，*Cypress and Indigo*，1982），而精神活动常常以魔法妇女的空间、时间和地方的意象显现。

虽然贝克的文本细读功夫一流，对过去被忽略的非裔美国作家及文本的重视与阐释也十分深入，与很多著名非裔美国学者之间的"对话"也很客观、直率，常常是"火花四溅"，火药味甚浓，但是在非裔美国文学与批评研究方面，他最为人铭记与称道的还是他 20 世纪 80 年代借鉴后结构主义思想，挖掘非裔美国文化（特别是非裔美国音乐、民俗等）传统，提炼出来的一些批评理论术语与方法。因为国内外学术界对此评述较多，本文摘其精要，予以简要评述。

贝克在代表作《布鲁斯、意识形态与非裔美国文学》中首先特别感谢盖茨教授对自己研究非裔美国表达传统的启发，以及为此项研究所提供的理论模式，他回顾了《迢迢归途》所提出的"言说主体"创造语言（编码），并被当今的评论者所解码，而现在则成为语言（编码）"言说主体"，主体被

---

① Houston A. Baker, Jr., *Workings of the Spirit*：*The Poetics of Afro-American Women's Writing*, p. 43.

② Houston A. Baker, Jr., *Workings of the Spirit*，*The Poetics of Afro-American Women's Writing*, p. 44.

消解的窘况。他说，过去 10 来年，自己寻求的是非裔美国文学与文化中比较独特的、特殊的方面，并确信找到了特殊主体中的这种特殊性；但是经济的客体现状以及后结构主义的有效经验改变了他的思考，使他确信，象征的、象征性的人类学中的特别特殊的东西，为全面理解非裔美国表达提供了坦途。"我发现象征的对立面——实践理性或者物质，像文化本身，对理解非裔美国话语十分必要。"贝克认为自己从中心主体转向去中心主体，从无所不包的象征转向表达，受辩证法思想影响很大，得益于对弗雷德里克·詹姆逊（Fredric Jameson）、海登·怀特（Hayden White）和马歇尔·萨林斯（Marshall Sahlins）等人的阅读。①

　　"本土"（vernacular）是贝克批评理论与实践中非常重要的概念，在与人的关系方面，"本土"象征着"出生于主人庄园的奴隶"；在表达层面，本土意味着"某一特定国家或地区固有的或特殊的艺术"。而经济与本土关注的出现，让他处于象征的人类学与分析策略——也即詹姆逊所说的"形式的意识形态"——之间，他承认自己关注形式的意识形态，但这并不意味着自己原来的象征——人类学方向是错误的，或上当受骗了；他说自己不会以符号学的词汇来撰写或阐释"物质"，而是会聚焦约翰逊在《前有色人自传》中提出的"绝望阶级"的生活与劳作状况，因为他们构成美国的"本土"。贝克所用的术语"布鲁斯"也是个综合物，包括劳动号子、群体民歌、田间号子、宗教仪式上的和声、谚语的智慧、民间哲学、政治评论、粗俗的幽默、伤感的挽歌等，且在动态形成当中，会成为、变为、改为、替换新世界非裔美国人的特殊经历；后来随着美国南方黑人迁徙到北方，以及布鲁斯音乐的商业价值凸显，有利可图，得到资本的青睐，在社会上广为推送、广为流传。贝克相信，复杂的、自我指涉的非裔美国文化事业，能够在布鲁斯矩阵中找到合适的表达（此处矩阵指的是纵横交错的网络），非裔美

---

① Houston A. Baker, *Blues*, *Ideology*, *and Afro-American Literature*: *A Vernacular Theory*, Chicago and London: The University of Chicago Press, 1984, pp. 1-2.

国布鲁斯能够构成这样生机盎然的网络，也即德里达所描述的非裔美国文化的"总已"（always already），而描述布鲁斯的方式之一是把它的混合作为决定非裔美国文化表意的规则。①贝克的研究想展示的是布鲁斯矩阵（作为美国文化阐释的本土修辞）在研究文学、批评与文化方面所具有的强大力量。

除了"本土""布鲁斯矩阵"以外，贝克还根据研究（非裔）美国文学批评的需要，发明了一些术语，如"世代递嬗"，重申了一些概念，如"虔诚信徒"（religious man）、"荒野"（wilderness）、"移民使命"（migratory errand）、"充实仓廪"（increase in store）、"新耶路撒冷"（New Jerusalem）等关于美国历史论述的统摄性概念，以及"商业放逐"（commercial deportation）与"蓄奴经济学"（economics of slavery）等非裔美国历史论述中的统摄性概念。本章重点介绍贝克的核心术语"世代递嬗"，发现美国与非裔美国表达文化理论之间的关系，并分析过去 40 年非裔美国文学批评与理论的发展。经过研究，贝克发现可以用很多方法来概括过去 40 年的非裔美国文学理论与批评；在哲学层面，有民主的多元主义（"融合诗学"）、浪漫的马克思主义（"黑人美学"）、亚里士多德形而上学（"课程的重构"）；在大众层面，有描述二战以来非裔美国阶级利益上升引发的对非裔美国表达文化的评价，以及与大众兴趣相对的批评的"职业化"；此外，还有追寻当代科学哲学实践，描述二战以来非裔美国批评与理论的概念或"范式"的显著变化，都可以"世代递嬗"的概念把这些不同层面的分析与描述统一起来。

贝克认为，"世代递嬗"是一套新的，统合知识分子社区的指导性假设，是一场受意识形态推进的运动，年轻的或新近出现的知识分子致力于反对前辈知识分子的工作，他们与过去决裂，采纳了托马斯·塞缪尔·库恩（Thomas S. Kuhn）的新的"范式"（"paradigm"），致力于建立一种新的认

---

① Houston A. Baker, *Blues, Ideology, and Afro-American Literature: A Vernacular Theory*, p. 2, p. 3, p. 5.

知框架；如果建立非裔美国文学史的前提是知识考古学，那么决定非裔美国文学理论实践的范式就应该是知识社会学。"当今的非裔美国文学理论与批评有两大明显的世代递嬗，都涉及意识形态的重新定位，都源于文学批评与文学理论范式的嬗变。第一次嬗变出现于20世纪60年代中期，导致所谓'融合诗学'的终结，催生了一种新的学术研究目标。"① 在社会层面表现为"黑人权力运动"，在文学与文化层面表现为注重黑人民族特征的"黑人美学"运动。

20世纪50年代末和60年代初，非裔美国文学与表达文化研究的主导模式就是所谓的"融合诗学"，赖特的论文《美国的黑人文学》即其完美例证，他乐观地预测，非裔美国文学很快将与主流的美国艺术与文学无异，因为1954年美国最高法院判定1896年的"隔离但是平等"的吉姆·克劳种族隔离法违宪。贝克从本土理论的角度，对融合诗学进行批驳，认为无论从社会发展还是从文学创作的角度来看，赖特都乐观得太早了，因为无论在民俗、大众或本土层面，非裔美国与盎格鲁-美国之间的关系总是各有特点、相互分离。而且即便"抗议"诗歌与抗议小说可能会很快消失，非裔美国大众的本土表达之作也不会很快消失。布鲁斯、劳动号子，以及民间故事、胡吹乱侃以及骂娘比赛等都是黑人大众与主流文化的差异所在，赖特也相信，这些形式预示着平等的缺席，代表了非裔美国大众的苦难。而捍卫"融合诗学"的黑人代言人一直在寻找标志性的社会事件——如1954年的布朗诉教育委员会案（Brown vs. Board of Education），预示着美国生活中的民主化多元主义，希望美国将来会成为没有种族，没有阶级的社会，他们找到了奴隶解放宣言、宪法修正案、最高法院的判决或其他文献，证明小写的美国（America）正走向大写的美国（AMERICA）；而非裔美国表达的本土层面如布鲁斯等依然"不为人知"。② 此外，贝克也结合60年代中期以来逐渐复杂的

---

① Houston A. Baker, *Blues, Ideology, and Afro-American Literature: A Vernacular Theory*, pp. 67-68.

② Houston A. Baker, *Blues, Ideology, and Afro-American Literature: A Vernacular Theory*, p. 69

美国社会现实，比较详细地分析了戴维斯的融合诗学思想以及亨德森、巴拉卡等对美国黑人"未知形式"的分析，对黑人诗歌、音乐（特别是布鲁斯）的重视，卓见迭出。

到 20 世纪 70 年代末，非裔美国表达领域的独特性已经成为美国文学批评领域的常识，而作为黑人美学哲学基础的黑人权力哲学在 70 年代中期已经失败，重建的一代开始出现，呼吁对非裔美国文学进行严肃的研究，《非裔美国文学：课程的重构》（*Afro-American Literature*，*The Reconstruction of Instruction*）可为代表，第二次"世代递嬗"开始出现。贝克认为，重建主义的主导假设主要有以下几个方面的内容。首先，确实存在非裔美国文学：图书馆有一架又一架非裔美国文学的书，经常举行研讨会，著名黑人作家也经常举办作品朗诵会；其次，也是最重要的假设是，非裔美国文学由"书面文艺"构成，而民俗可以变为"书面艺术"，并可能依次构成"小说"；再次，道格拉斯的《道格拉斯自述》（*Narrative of the Life of Frederick Douglass*，*an American Slave*，1845）中的"民俗"之根与其"文学之根"大不相同。如果说黑人美学关注的是作为商品的黑人性如何塑造了非裔美国人的表达领域，那么新出现的重建主义范式尝试发现的是，"文学"领域的品质怎样在整体上塑造了非裔美国人的生活。其中有两篇论文非常重要，它们分别是斯特普托的《教授非裔美国文学：概观或传统，课程的重构》（*Teaching Afro-American Literature*，*Survey or Tradition*，*The Reconstruction of Instruction*），以及盖茨的《黑人性序言：文本与托词》（*Preface to Blackness*，*Text and Pretext*）。[①]

斯特普托文章中的基本命题是，教授非裔美国文学的老师通常都不太了解非裔美国文学领域的内在运作，因此，一定要重建非裔美国文学的教学，让那些熟悉非裔美国"多重的文化隐喻""含蓄的结构"以及"诗学修辞"的人来教授。他举例说，《从奴役中奋起》的作者，为了哄潜在的白人捐助

---

① Houston A. Baker, *Blues*, *Ideology*, *and Afro-American Literature*: *A Vernacular Theory*, p. 90, p. 91.

者开心，粉饰了黑人地带（the black belt）这一地理隐喻。贝克认为，斯特普托的这种阐释方式在文学批评史上不乏先例，早在 1880 年为《英国诗人》所做的引言中，阿诺德就指出，越来越多的人会发现，我们需要转向诗歌，让诗歌为我们阐释生活，安慰我们，维系我们的生活；没有诗歌，我们的科学将不完整，"现在的大多数所谓宗教与哲学，将会被诗歌所取代。"① 正如斯特普托假设非裔美国教学基于错误，盖茨的论文也以 1975 年之前的非裔美国文学批评基于这样的错误开始：即文学与社会机制之间存在着"决定性的正式关系"，当然，盖茨也解释了，自 1760 年奴隶叙事作品《黑奴哈蒙非同寻常的苦难与令人称奇的叙述》（*A Narrative of the Uncommon Sufferings and Surprising Deliverance of Briton Hammon, A Negro Man*）出版以来，文学与社会机制之间确实存在决定性的正式关系；盖茨的"社会机制"类似于斯特普托的"非文学结构"，这种机制包括反思启蒙对"非洲人思想"的影响、18 世纪关于非洲在伟大进化链条上的位置、废奴主义的政治，或 20 世纪非裔美国解放斗争的经济学、政治学以及社会学等；而盖茨要对付的就是用源自这种"机制"的标准来反复阐释、评价非裔美国文学。② 盖茨本人也仔细梳理了惠特莉诗集出版以来的各种批评反馈，没有发现什么有用的指导文学批评实践的标准，而只有一些托词，非裔美国作家已经成为"种族与上层建筑"思维模式的牺牲品，因此必须把文学作为与社会现实之间只有"任意"关系的符号系统来进行符号学的理解，才能超越过去那种对非裔美国文学的社会学解读。

贝克对此予以批评，认为盖茨的这些观点无益于帮助人们更好地理解黑人文学，因为那些想借用盖茨批评模式的人，发现自己面临这样的语言、文学与文化理论，其中"文学的"意义只有通过语言的"意识点"，在非社

---

① Houston A. Baker, *Blues, Ideology, and Afro-American Literature: A Vernacular Theory*, p. 92, p. 96.

② Houston A. Baker, *Blues, Ideology, and Afro-American Literature: A Vernacular Theory*, p. 98.

会、非机制层面才能想象、维系与传递，但是却处于一个没有中介的、"互文性"的封闭系统中。盖茨觉得"文学与文化无关"，因为文化是不同的人类象征系统之间的互动，这种互动对意义的产生与理解十分重要，而盖茨独立的文学领域——从某种神秘的非社会、非机制的媒介中产生意义，却与这样的互动过程无关。① 换句话说，盖茨的局限在于忽略了中介或说话者，只对作家感兴趣，而对非裔美国民俗没有兴趣。他认为，文本是语言学事件，一定要通过仔细分析文本来解释；但他的文本细读也会倾向于选择某些非裔美国书面文本，聚焦埃里森与里德那样的文学文本，忽略黑人文化中的本土层次。贝克认为，就非裔美国表达传统而言，它必须从本土层次开始，如布鲁斯、劳动号子或早期的民间故事等。

贝克认为，重建项目的主要代言人斯特普托和盖茨，他们都没有对非裔美国文化的多重领域进行详细的研究，斯特普托的文学观非常狭隘，采用"非文学"的标准来阅读《从奴役中奋起》；盖茨认为语言与文化都是不确定的，在讨论非裔美国方言诗歌时，不敢倡导对文学表达进行共时的细读，考虑更多的是社会习俗而非文学标准。贝克认为，他们两位都是很好的批评家而非理论家，而自己定义的"世代递嬗"概念就源于这样的假设，即思想"范畴结构"的改变与社会改变同在；源于世代递嬗概念的文学理论的分析目标是研究非裔美国表达文化时的"系统与整体形成"问题。通过调查近来非裔美国文学批评的主导性假设（如思想的"范畴"），可以了解过去四十年我们立场的优势与缺陷。行文至此，贝克提出自己的理论假设，即就理论调查而言，他更倾向于一种整体的、文化人类学的方法——这与亨德森及其他黑人美学代言人声气相投，当然，这么做的目的并非要弱化重建主义的重要性；此外，贝克并没有满足于自己提出的"艺术人类学"能够为研究非裔美国文学与文化提供有效的方法，因为艺术人类学的主导假设与黑人美学的

---

① Houston A. Baker, *Blues, Ideology, and Afro-American Literature: A Vernacular Theory*, p. 101.

基本原则同在，即都声称，只有在相互依赖的非裔美国文化系统的背景下，才能更加充分地理解非裔美国表达文化的作品，"但是与黑人美学及重建主义的不同之处在于，艺术人类学假设，只有采用多学科的方法与模式，才能研究艺术。"①

本章小结

虽然贝克主要因为了解、掌握非裔美国本土文化，在民俗文化与音乐的基础上，借鉴欧美主流的后结构主义思想与批评方法，提出了自己的黑人本土批评理论，与"艺术人类学""世代递嬗"等批评术语，不仅客观上有助于深化非裔美国文学研究，也有利于反思欧美主流的后结构主义批评思想，对有效助推当下的理论发展具有十分重要的意义。他不仅关心后结构主义关注的文学的符号性与表意性，也非常关心美国黑人文学的社会功能与淑世意义，他基于黑人民族主义立场与黑人美学原则，对非裔美国文学作品的细读，以及对非裔美国文学发展史的梳理，为我们更好地认识过去被忽略的非裔美国作家、作品与文艺思潮，如哈莱姆文艺复兴与现代主义、黑人美学、融合思潮及其衰落等，提供了更加多维的视角，他对黑人文化的坚守更能体现其作为黑人文化民族主义者的初心与价值判断。

---

① Houston A. Baker, *Blues, Ideology, and Afro-American Literature: A Vernacular Theory*, p. 108, p. 109.

第十二章　盖茨的文学批评

　　知识分子是掌握文化资本之人，即便对主宰者而言，他们处于被主宰的地位，但他们依然是主宰者。这也就是他们为什么首鼠两端的本质所在。

——布尔迪厄

引　言

　　在当代学术型非裔美国文学批评家当中，哈佛大学非裔美国研究中心主任亨利·路易丝·盖茨（1950—）教授已经撰写（包括合著）21本书，制作15部纪录片，自20世纪80年代出道以来，在非裔美国文学、历史与文化研究方面做出了许多开创性的工作。与同时期的其他非裔美国批评家相比，盖茨的历史专业基础、批评理论素养，以及本文细读功夫，使他不仅能够对早期黑人文学文本进行具体、细致的分析，也能够在历史、文化传统语境下，对话欧美主流话语，纵向剖析西方霸权与殖民话语对美国黑人的体制性压迫，对18世纪启蒙运动以来欧美主要代表性人物如休姆、康德、杰弗逊、黑格尔等人关于读写能力与历史、文明、人性的论述予以反思、批评与质疑。他在文学考古方面的发现——如发现黑人女性逃奴独立完成的第一部黑人小说：《女奴叙事》

（*The Bondwoman's Narrative*：*A Novel*，2002），以及非裔美国文学选集编撰工作——如主编《黑人文学与文学理论》（*Black Literature and Literary Theory*，1984）、《"种族"、书写与差异》（*"Race," Writing, and Difference*，1986），《经典奴隶叙事》（*The Classic Slave Narratives*，1987），《牛津—朔姆堡 19 世纪黑人女作家系列丛书》（*Oxford-Schomburg Library of Nineteenth Century Black Women Writers*，1991），《诺顿非裔美国文学选集》（*The Norton Anthology of African American Literature*，1996）等，都在非裔美国学术界产生非常大的影响，为构建非裔美国文学传统，完善非裔美国文学教学与批评奠定了坚实的基础。此外，他在批评理论方面的建树特别为人称道，与许多黑人文学批评家坚持文学的社会反映论不同的是，他特别强调文学的文本性，以及"黑人性"的符号性；通过借鉴非洲神话，结合非裔美国人的经历，他提出了独特的"表意"（Signifying）理论——笔者倾向于用"讽喻"一词来翻译"Signifyin（g）"，为注重文学社会维度的非裔美国文学批评传统提供了注重黑人文化的"符号性"与"表意性"的新的理论维度。

盖茨编辑、撰写、出版了多部文学批评方面的著作，如《黑色之喻：词语、符号与"种族"自我》（*Figures in Black*，*Words*，*Signs and the ´Racial´ Self*，1987），《表意的猴子：非裔美国文学批评理论》（*The Signifying Monkey*：*A Theory of Afro-American Literary Criticism*，1988），《阅读黑人，阅读女性主义者》（*Reading Black*，*Reading Feminist*：*A Critical Anthology*，1990），《见证：20 世纪非裔美国自传选》（*Bearing Witness*，*Selections from African-American Autobiography in the Twentieth Century*，1991），《松散的典律：文化战争札记》（*Loose Canons*，*Notes on the Culture Wars*，1992），《有色人民回忆录》（*Colored People*，*A Memoir*，1994），《身份》（*Identities*，1995），《种族的未来》（*The Future of the Race*，1996），《传统与黑色大西洋：非洲流散批评》（*Tradition and the Black Atlantic*，*Criticism in the African Diaspora*，2010），以及《盖茨读本》（*The Henry Louis Gates*，*Jr. Reader*，2012）等，几乎每部著作（及编著）都引起学术界比较大的关注，许多学者纷纷发表书

评，予以探讨，他也被《纽约时报书评》称为"最知名的一位学者，而且是非裔美国文学最得力的倡导者"。① 21 世纪以来，盖茨教授逐渐拓展自己的学术领域，由 20 世纪八九十年代对理论的关注与阐释，转向对非裔美国民族文化（历史）及非洲流散民族文化发展的关注，主编多部关于非裔美国历史与文化的著作，制作多部纪录片，并利用现代基因技术，追本溯源，探寻非裔美国人的历史与文化，指出美国文化多元、种族含混的特征，为人们重新思考种族与文化，提供了鲜活、翔实的资料。

概而言之，盖茨教授的文学批评与研究主要分为两个大的时段：在 20 世纪八九十年代，盖茨潜心"西学"，尝试学习、借鉴主流的欧美文学批评理论，特别是后结构主义/解构主义理论，反思非裔美国文学传统与文学批评；21 世纪以来，盖茨主要进行非裔美国文化研究与普及工作，主编了《非洲世界的奇迹》（*Wonders of the African World*，1999），《非洲与非裔美国经历百科全书》（*Africana*，*The Encyclopedia of the African and African American Experience*，1999），《非裔美国人的世纪：非裔美国人怎样塑造了我们这个世纪》（*The African American Century*，*How Black Americans Have Shaped Our Century*，2000），《两卷本非洲百科全书》（*Encyclopedia of Africa*，*Two-Volume Set*，2010）等，主持、制作、拍摄了多部关于非洲、美洲等非洲流散族裔的纪录片，如《非裔美国人的生活》（*African American Lives*，2006）和《非裔美国人的生活 2》（*African American Lives* 2，2008），《多面美国:》（*Faces of America*，*How 12 Extraordinary Americans Reclaimed Their Pasts*，2010），《拉丁美洲的黑人》（*Black in Latin America*，2011），《此岸人生：1513—2008 年的非裔美国历史》（*Life Upon These Shores*，*Looking at African American History*，1513‐2008，2011），《与盖茨一起寻根》（*Finding Your Roots—with Henry Louis Gates*，*Jr.*，2012），《我依然奋起：马丁·路德·金以来的美国黑人》

---

① Michael P. Spikes, *Understanding Contemporary Literary Theory* (*Revised Edition*), Columbia：University of South Carolina Press，2003，p. 41.

（*And Still I Rise*，*Black America since MLK*，2016）等，他 2013 年制作的 6 集纪录片《过关斩将的非裔美国人》（*The African Americans*，*Many Rivers to Cross*）追溯了近 500 年的非裔美国历史，获得包括艾美奖在内的多项大奖，盖茨教授也因此名利双收。

20 世纪 90 年代以来，国内学术界开始在一些介绍美国黑人文学的文章或书评中提及盖茨及其研究成果，但是重点关注的都是他的代表作《表意的猴子》所提出来的"表意"理论，国内几位主要关注盖茨的研究者，分别用"表意"（王家湘、程锡麟、王晓璐、林元富、习传进、李权文）、"喻指"（朱小琳）、"意指"（王元陆、何燕李）等翻译盖茨的这一理论术语，① 对盖茨的其他研究成果关注较少，笔者尝试简要梳理盖茨文学批评的诸多面向，重点分析其对"黑人性"（Blackness）的研究，特别关注其"讽喻"［Signifyin（g）］理论，② 及其对非裔美国文学批评的贡献，同时借鉴 2012 年出版的《盖茨读本》的框架，比较全面地介绍盖茨的文学与文化批评成果与贡献。

视域恢弘、立足高远

在（非裔）美国文学与文化研究领域，盖茨在 20 世纪 80 年代就已经崭露头角，21 世纪以来，他主持制作的多部关于非洲流散的纪录片也早已经越

---

① 王家湘，"访小亨利·路易斯·盖茨"（1991 年），程锡麟，"一种新崛起的批评理论：美国黑人美学"（1993 年），"美国黑人文学述评"（1994 年）；王晓璐，"理论意识的崛起"（1993 年）；林元富，"非裔文学的戏仿与互文：小亨利·路易斯《表意的猴子》理论述评"（2008 年）；习传进，"'表意的猴子'：论盖茨的修辞性批评理论"，（2005 年）李权文，"小亨利·路易斯·盖茨研究述评"（2009 年）；朱小琳，《视角的重构，论盖茨的喻指理论》（2004 年）；王元陆，《意指的猴子：一个非裔美国文学批评理论》（2011 年），何燕李，"盖茨非裔文学理论的'奈保尔谬误'"（2012 年）。

② 虽然盖茨在《表意的猴子》的第 46 页指出，白人用"Signifying"、黑人用"Signifyin（g）"表示差异，他在别处也具体解释了"Signifyin（g）"的本质特征：带有差异的重复；因此，笔者根据黑人实际所使用的"Signifyin（g）"的功能，倾向于把"Signifyin（g）"翻译成"讽喻"，把"Signifying"翻译成"表意"。

出传统（非裔）美国文学与文化研究领域，为他赢得很高的社会知名度，成为耀眼的"文化名人"；2009 年他在自己家中被捕的新闻及其相关报道，为世界各大主流媒体所瞩目，后来经奥巴马总统斡旋，以"白宫啤酒峰会"的形式顺利解决，更让他因此成为所谓"白宫的宠儿"。但是盖茨教授学养丰厚，20 世纪八九十年代的文学批评实践与理论反思确实有许多独到之处，呈现出视域恢弘、立足高远的特点，与诸多非裔美国文学批评家形成鲜明的对照。他为《黑人文学与文学理论》撰写的序言中提出的许多问题，如黑人文学（包括非洲、加勒比地区以及非裔美国民族）与西方文学的正式关系；黑人文艺作品的地位；黑人传统中的经典文本与西方传统中的经典文本之间的关系；发展于西方的批评阐释方法能否翻译为黑人的习语等问题，以及"如果黑人经典文本都是'双声'的，那么我们该如何解释让黑人文学变'黑'的表意差异？黑人本土传统与黑人正式传统之间是何关系？我们是否需要'发明'合适的'黑人'批评理论与方法？"等，如果能够得到很好的解答，那对我们认识非裔美国文学及其批评，深入理解文学共和国的本质，具有重要的理论意义与实践价值。①

盖茨借用萨特"为谁创作？"之问，提出黑人作家为谁写作的问题，指出黑人作家必须向两类读者说话，对他们的挑战也是要把批评理论与非裔美国及非洲文学传统表达融合起来，"为了从事这样复杂的工作，我们需要使用西方批评理论阅读黑人文本。"问题是，这么做是否会像休姆等人所说的那样，只会是鹦鹉学舌。② 他借用著名批评家奎迈·安东尼·阿皮亚（Kwame Anthony Appiah）的话说，不能因为结构主义是欧洲的，我们就说结构主义诗学不能用于非洲，它同样适用于非洲的文学；他特别反对把非洲置于欧洲文化中，把欧洲文学批评置于非洲文本之上，用殖民者的语言向欧洲解释非洲的做法，"我们觉得没有必要向欧洲解释非洲，把我们是谁，做了

---

① Henry Louis Gates（ed.）, *Black Literature and Literary Theory*, New York and London: Methuen, Inc., 1984, p. 3.

② Henry Louis Gates（ed.）, *Black Literature and Literary Theory*, pp. 9–10.

什么予以合法化。"① 他指出，与索因卡、阿皮亚等人试图调和欧洲与黑人文学理论不同的是，本斯顿（Benston）更加关注黑人传统"向内"的转变：黑人文本通过命名与重新命名，与其他黑人文本进行对话；所有非裔美国文学都可视为一首关于黑人种族谱系的诗歌，尝试修复断裂与不连贯，"对非裔美国人而言，对破碎的过去进行自我创造与改善永远交织在一块，命名是不可避免的族谱修正。"②

在《黑色之喻：词语、符号与"种族"自我》中，盖茨不仅深化了对上述问题的思考，而且通过细读黑人文本，继续追问，文学理论到底有多"白"，与结构主义和后结构主义相关的批评到底能有多"黑"等问题。如果非裔美国文学批评家们常常把 1900 年以前黑人作者的诗歌模仿称为鹦鹉学舌，那么我们能够逃脱许多多像休姆、康德以及南方重农主义理论批评家那样的种族主义吗？在白人男性的文学传统中，他们常常在小说中把黑人表征为非人（如果他们觉得需要塑造黑人的话），我们把源自这种文学传统的理论翻译过来合理吗？难道我们怀疑那些黑人不在场的话语不是很正当吗？难道我们不应该拒绝那种传统批评话语的诱惑，定义我们自己的批评与抗争努力吗？③ 盖茨特别强调，所有理论都是基于具体文本的，黑人的理论也概莫能外，"而我所努力要做的，不是把当代文学理论用于黑人文本，而是改变他们，把它们翻译成一种新的修辞领域。"④ 因此，他认为"对非裔美国文学批评家的挑战在于：不是要回避文学理论，而是要把它翻译成黑人习语，重新命名适宜的批评原则，特别是命名黑人本土的批评原则，并把它们用于解释我们自己的文本。""因为是语言，黑人文本的黑人语言，能够表

①　Henry Louis Gates (ed.), *Black Literature and Literary Theory*, pp. 16-17.

②　Henry Louis Gates (ed.), *Black Literature and Literary Theory*, p. 18.

③　Henry Louis Gates, Jr., *Figures in Black: Words, Signs, and the "Racial" Self*, New York, Oxford: Oxford University Press, 1987, pp. xviii-xix.

④　Henry Louis Gates, Jr., *Figures in Black, Words, Signs, and the "Racial" Self*, pp. xix-xx.

达我们文学传统的特质。"① 最让盖茨困惑不解的是，黑人居然需要通过创作，书写自己作为人类一员的身份；而他要做的，就是思考这种现象背后的文化原因，"我的很多关于黑人批评的著作都源于对 18 世纪以来黑人创作缺席的种族主义者的分析。"在《黑色之喻》中，盖茨根据自己的经历，把非裔美国批评的发展与当代文学理论之间的关系划分为以下四个阶段：黑人美学、重复与模仿、重复与差异以及合成。②

笔者特别关注盖茨"文学理论与黑人传统"这一章对黑人读写能力与自由之间的关系，以及文学与各种社会制度、习俗之间关系的探讨。他列举了几位著名欧洲代表人物，如休姆、康德、黑格尔等人对书写、历史与人性的思考，及其所体现出来的西方中心主义和逻各斯中心主义的傲慢与偏见。休姆在其重要论文《论国民性格》（Of National Characters，1748）中，讨论了如何划分世界上不同的人类："我倾向于怀疑，黑人以及所有其他人种（有四五种不同的人种）天生比白人低劣；还没有其他肤色的民族像白人一样文明，也没有任何个体在行动与思考方面显示出过人之处。"康德在《论美与崇高情感》（*Observations on the Feeling of the Beautiful and the Sublime*，1764）中，拓展了休姆的观点，率先提出肤色与智力之间的所谓正相关的关系，他把黑人性与愚蠢画上等号："简而言之，这家伙从头到脚都很黑，这一点就足以证明他说任何东西都很愚蠢。"③ 黑格尔则特别关注黑人历史的缺失，嘲笑他们未能发展自己非洲本土的书写，或者掌握用现代语言书写的艺术；他在《历史哲学》中写到非洲与艺术和历史的关系，认为缺乏书写使得非洲大陆截然不同于其他地方；他对非洲缺乏历史的苛评，意味着记忆（集体记忆与文化记忆）功能的重要。盖茨指出，玛丽·兰登（Mary Langdon）创作

---

① Henry Louis Gates, Jr., *Figures in Black: Words, Signs, and the "Racial" Self*, p. xxi.

② Henry Louis Gates, Jr., *Figures in Black, Words, Signs, and the "Racial" Self*, pp. xxiv–xxv.

③ Henry Louis Gates, Jr., *Figures in Black: Words, Signs, and the "Racial" Self*, p. 18, p. 19.

于 1855 年的小说《艾达·梅：实际与可能之事的故事》（*Ida May*：*A Story of Things Actual and Possible*）把他们（非洲人）描写成孩童，"如果他们眼下有足够多吃的与喝的，你就很少听他们说些什么过去的事；没有书写也就不存在能够重复的理性运作、思想运作的痕迹；没有记忆或思想，也就没有历史；没有历史，当然也就不存在什么'人性'——从维科到黑格尔都是这么定义的。"① 因此，盖茨认为，非裔美国文学传统与其他所有文学传统都不一样，因为需要面对休谟、康德、杰弗逊和黑格尔这样的哲学家和文学批评家的偏见与指责，他们对 18 和 19 世纪所谓非洲未能、不能创作文学予以完全否定的回应，并以是否具有书面文学作为一个种族是否具有人性的标志，迫使生活在欧洲和新世界的非洲人觉得必须进行文学创作，渴望依此证明黑人拥有创作书面艺术的潜质。②

此外，盖茨认真梳理了非裔美国文学传统当中几个比较重要的时段，如哈莱姆文艺复兴时期，以及黑人艺术运动与黑人美学时期的重要批评家及其代表性论点，并引出他自己特别关注的"讽喻"理论。他认为不同领域的混淆，特别是艺术与宣传领域的混淆，对 20 世纪 20 年代的哈莱姆文艺复兴是有害的。到了四五十年代，种族与上层建筑成为黑人文学"主流"的批评模式，除了极少数的例外，黑人批评家都利用黑人性作为主题，缓和非裔美国社会的悖论；无论他们是宣扬种族融合还是种族分离，其批评行为都没有发生多大变化。对黑人美学的几位代表人物，如贝克、亨德森与盖尔，盖茨在客观分析的基础上，予以批评，认为他们的"本质主义"思维模式有僵化之嫌，种族与上层建筑沦为机械的决定论，仿佛"只有黑人才能思考（反思）黑人的思想；意识完全被文化与肤色所决定。"③ 而盖茨想强调的，却是黑

---

① Henry Louis Gates, Jr., *Figures in Black*：*Words*, *Signs*, *and the* "*Racial*" *Self*, pp. 20-21.

② Henry Louis Gates, Jr., *Figures in Black*：*Words*, *Signs*, *and the* "*Racial*" *Self*, p. 25.

③ Henry Louis Gates, Jr., *Figures in Black*：*Words*, *Signs*, *and the* "*Racial*" *Self*, pp. 28-29，p. 31，p. 39.

人文学与其他言语艺术一样，也是言语艺术，"黑人性"并非物质客体，也非绝对之物或事件，而只是一种修辞/隐喻，并非某种"本质"，也是由形成某种特殊美学一致性的各种关系所决定；即便奴隶叙事能够提供作为一套符号系统的世界，黑人作家也是其语言的意识点；"如果某位作家真能把'黑人美学'具象化，那也应该根据其意义的复杂结构而非其内容来衡量；对文学批评来说，作家与其所处世界之间内容的对应并不比其结构组织更有意义，因为内容的联系可能只是贝克、盖尔与亨德森所主张的，对约定俗成的、神圣的经典的反应，而结构的联系——威廉斯认为，能够给我们展示世界特殊角度的组织原则，社会群体的联系得以形成，并在意识中真正运作。如果社会与文学'事实'之间真有联系，那也一定能够在这里找到。"①

盖茨最为人所知的概念是《表意的猴子》（1988）中提出的黑人"表意"理论（笔者更倾向于用"讽喻"一词），而且早在此书出版前，盖茨就多次论述过这个话题。他在《文学理论与黑人传统》中指出，非裔美国传统从一开始就是比喻的，否则难以幸存、发展至今？黑人民族一直是比喻的大师：他们说 A 时，实际上指的是 B，使用比喻修辞是黑人为了在西方文化中生存所必须具备的基本功。如果说"表意是黑鬼的职业"，我们也可以说"比喻修辞是黑鬼的职业"；对黑人文学批评家来说，如果意识不到黑人的比喻修辞传统及其与黑人文本的关系，他们就像批评家意识不到黑人文本回应、修改、扩大西方传统中的文本一样，是错误的。② 在《黑色之喻》中，他进一步指出，文学文本是一种语言学事件，其解释是一种细读分析行为，别格·托马斯杀死玛丽·道尔顿，把她的尸体扔进炉子里烧掉，并不会让《土生子》比《看不见的人》更黑；因此，"我们一定要关注黑人修辞语言的本质，关注黑人叙事形式的本质，关注非裔美国文学批评的历史与理论，关注形式与内容之间的重要关系，关注符号与其指示物之间的随意关系，最

---

① Henry Louis Gates, Jr., *Figures in Black: Words, Signs, and the "Racial" Self*, pp. 40–41.

② Henry Louis Gates (ed.), *Black Literature and Literary Theory*, p. 6.

后我们一定要开始理解其互文的本质。"①

盖茨指出，"讽喻"完全是黑人的修辞概念，绝对是文本的或语言的，其中第二个声明或比喻，重复、隐喻或反对第一个，其在互文性中的比喻用法允许我们无须指涉主题、作者生平，就能理解文学的修正，"'讽喻'的概念确实只能存在于互文的关系当中"；此外，他认为可以通过解释18世纪和19世纪初的黑人他者话语来追溯这种复杂的互文"讽喻"关系，他所谓的"黑人话语"（Discourse of the Black），是指"非洲人后裔创作的文学，以及那些描绘黑人的非黑人文学"，意味着黑人比喻性的语言，以及黑人及他们的黑人性在西方语言，特别是在英语和法语中的喻指。② 而真正全面阐释"表意"/"讽喻"理论的是其代表作《表意的猴子》。

盖茨坦承，《表意的猴子》一书源于在耶鲁大学英语系研讨会上关于戏仿的一篇论文，正是因为好友詹姆斯·A. 斯尼德（James A. Snead）等人的肯定与积极回应，自己才希望能够最终在作为一套修辞与阐释系统的非洲与非裔美国传统之内定位自己，借以利用真正的"黑人"批评，阐释或阅读当代文学批评理论；此外，小说家埃里森借助黑人本土理论与西方批评的成功范例也为这部著作提供了范本；里德对非裔美国文学传统的修订与批判，特别是其第三部小说《胡言乱语》（Mumbo Jumbo，1972）所展示出的批判，帮助生成了这一理论，他的这部作品与埃里森、赖特、图默、布朗与赫斯顿的文本之间的关系，是一种"讽喻"关系。盖茨介绍说，正是通过里德作品中的帕帕拉巴斯（Papa La Bas），自己才得以构建"讽喻"及其符号（表意的猴子）起源的迷思；正是10多年前（20世纪70年代）在剑桥读过的《非洲之声》，他才得以首次接触"伊苏-艾丽嘎布拉"（"Esu-Elegbara"），但是真正产生"讽喻"概念的是非裔美国传统。

他特别提到自己与另外一位著名非裔美国文学批评家贝克几乎相同的努

① Henry Louis Gates, Jr., *Figures in Black*, *Words*, *Signs*, *and the "Racial" Self*, p. 41.
② Henry Louis Gates, Jr., *Figures in Black*, *Words*, *Signs*, *and the "Racial" Self*, p. 49.

力，贝克在《布鲁斯、意识形态与非裔美国文学》中用布鲁斯实现的目标，自己想用"讽喻"来完成。他坦承贝克利用黑人本土理论的做法对自己启发良多，而且让自己相信，自己的理论选择没有错；通过阅读贝克的手稿，盖茨发现布鲁斯与"讽喻"是黑人传统中的两大理论宝库。① 而五位研究猴子与"讽喻"语言的顶级人类学家和语言学家——罗杰·D. 亚伯拉罕斯（Roger D. Abrahams）、克劳迪娅·米切尔-柯南（Claudia Mitchell-Kernan）、吉尼瓦·史密瑟曼（Geneva Smitherman）、约翰·祖韦德（John Szwed）与布鲁斯·杰克逊（Bruce Jackson），鼓励自己把"讽喻"话语从本土层面提升到文学批评话语的层面。当然，盖茨也客观地指出，"黑人文学传统异常复杂、丰富，还没有哪个学者能够自诩拥有最终的结论；非洲、加勒比与非裔美国文学传统仍需要不断地阐释、不断地理论化"，而且"讽喻也不是唯一适合我们传统文本的理论。但是我觉得它源自黑人传统本身。我已经利用讽喻来分析意义的不同层面，并以之来阐释非裔美国文学传统。"《表意的猴子》所要做的就是探索黑人本土传统与非裔美国文学传统之间的关系。②

盖茨在强调黑人本土传统的同时，并不讳言黑人作家与黑人文学批评家是通过阅读文学，特别是阅读西方传统中的经典文本来学习创作的，而且黑人文本与西方文本极其类似，前者使用了西方传统中常见的文学形式，黑人文学与西方文学传统的同大于异。因此，盖茨认为，黑人批评家的任务不是要重新发明自己的传统，仿佛它与白人创造的传统没有关系似的，而是要重新命名我们传统中的祖先，重新命名即修订，修订即表意（Signify）。"③

盖茨在《表意的猴子》的第 2 章 "意指的猴子与讽喻的语言：修辞差异与意义秩序"（*The Signifying Monkey and the Language of Signifyin（g），Rhe-*

---

① Henry Louis Gates, Jr., *The Signifying Monkey：A Theory of African-American Literary Criticism*, New York, Oxford: Oxford University Press, 1988, pp. ix-x.

② Henry Louis Gates, Jr., *The Signifying Monkey：A Theory of African-American Literary Criticism*, p. xiii, p. xiv.

③ Henry Louis Gates, Jr., *The Signifying Monkey，A Theory of African-American Literary Criticism*, p. xxiii.

torical Difference and the Orders of Meaning）中，重点分析了非裔美国本土话语中作为修辞原则的表意的猴子（Signifying Monkey），尝试界定具有系统化结构的非裔美国表意角色的修辞与传统，"认为其与泛非远亲伊苏不同的是，非裔美国文化中的表意的猴子主要不是作为叙述中的人物存在，而是作为叙述中的工具存在。"①

他认为，"表意的猴子"与"柏油娃"一样属于本土故事，作为修辞策略，讽喻［Signifyin（g）］直接源于表意猴子的故事，他借用德里达关于"差异"（difference）与"延宕"（differance）的区分，以及巴赫金关于"双声词"（double-voiced word）的界定，指出"Signifyin（g）就是黑人的双声词，因为它总预示着正规的修订和互文关系。……具有显著差异的重复决定着讽喻的本质。"② 而讽喻转义通常包括其他几个修辞转义，如隐喻、借喻、提喻与反讽，同时也包括夸张、曲言与换喻，而且还可以轻易加上讽喻仪式上常用的困境、交错与讹转等。③

盖茨详细梳理了1774—1777年尼古拉斯·克雷斯韦尔（Nicholas Cresswell）首次记载黑人使用表意以来，人们对它的使用及其语意变迁，列举了J. L. 迪拉德（J. L. Dillard）等人对"讽喻"的描述或界定，指出虽然"讽喻"修辞已经成为非裔美国文学与文化中的常用修辞策略，但是人们对其误解甚多，很少有人能成功地进行界定，"非裔美国文学、加勒比文学以及非洲文学的批评家们常常牺牲能指，把注意力转向所指，仿佛能指是透明的。这与讽喻概念内在的批评原则相违背。"④ 盖茨明确指出，"当一个文本通过

---

① Henry Louis Gates, Jr., *The Signifying Monkey*：*A Theory of African-American Literary Criticism*, p. 52.

② Henry Louis Gates, Jr., *The Signifying Monkey*：*A Theory of African-American Literary Criticism*, pp. 45-46.

③ Henry Louis Gates, Jr., *The Signifying Monkey*，*A Theory of African-American Literary Criticism*, p. 52.

④ Henry Louis Gates, Jr., *The Signifying Monkey*：*A Theory of African-American Literary Criticism*, p. 79.

转义修订或重复与差异'讽喻'其他文本时，这种双声表达允许我们在非裔美国文学史中绘制不甚相关的正式联系。因而，'讽喻'成为文本修订的隐喻。"①

著名批评家如斯坦利·费希（Stanley Fish）和伯科维奇盛赞盖茨找到了分离的非裔美国文学传统的存在，找到了无须证明自给自足的合法性；凯恩认为，盖茨为非裔美国文学批评家与教授者预示了新的方向，② 但是，盖茨的理论创新也招致其他学者的严厉批评，认为其文学批评充斥着当代文学批评行话，"密封的语言"颠覆了自己的真实倾向。③ 乔伊斯也在此文发表 20 年后，继续批评盖茨基于后结构主义与解构主义的"表意"与"讽喻"修辞，及其与现实的疏离。④

盖茨的文学/文化批评与理论反思是多方面的，他并没有无视漫长的奴隶制、"悠久"的种族歧视历史所造成的美国黑人与白人之间长期的对立，以及政治权益与经济发展方面的不平等所造成的黑人文化发展方面的滞后，并因而成为种族主义者所谓黑人民族"低下"的例证。他想努力反思的是，美国黑人继承自己的文化传统，积极借鉴白人的文化成果，尝试证明自己的人性，发展自己独特的黑人文学与文化传统。面对美国文化界长期以来所形成的两类针锋相对的观点：美国黑人是从被迫隔离发展到自我隔离，进而维护自己的传统，发展自己的文化；⑤ 还是要"融入"美国社会与文化，成为美国文学与文化的一部分。盖茨教授通过深入剖析非裔美国历史，借助现代

---

① Henry Louis Gates, Jr., *The Signifying Monkey: A Theory of African-American Literary Criticism*, p. 88.

② William E. Cain, "Review, New Directions in Afro-American Literary Criticism", *American Quarterly*, Vol. 42, No. 4 (1990), p. 657.

③ Meg Greene, *Henry Louis Gates, Jr.: A Biography*, Santa Barbara: Greenwood, 2012, p. 104.

④ Joyce Ann Joyce, "A Tinker's Damn: Henry Louis Gates, Jr., and The Signifying Monkey Twenty Years Later", *Callaloo*, Vol. 31, No. 2 (Spring 2008), p. 379.

⑤ 无论是美国 19 世纪和 20 世纪的各类"回到非洲"计划，还是实施"吉姆·克劳法"，美国黑人都自愿或不自愿地需要接受"隔离"的生存状态，并尝试积极发展自己的社区与文化；20 世纪末，剧作家威尔逊欢迎并强烈主张实行"隔离"的观点也得到许多声援与共鸣。

基因科技，明确提出美国的"种族含混"与非裔美国民族的"美国梦寻"这两大主题。他自己选编的《盖茨读本》精选了他多年来的代表性作品，或著作的前言、引言等，从"家族谱系""文化考古""经典讨论""'种族'、书写与阅读""阅读民族""阅读区域""文化与政治"，以及"访谈交流"等八个方面，尝试回答"我们现在何处？""我们怎么来到此处？"这两个问题，并尝试勾勒"我们将走向何方？"这个大问题，① 比较系统地涵盖了他对当代非裔美国文学与文化批评的思考，为读者历时地了解非裔美国文学与文化传统，了解其当下的发展、变迁提供了精彩的导读，为我们的全面分析提供了清晰的框架与思路。

《盖茨读本》的第一部分"家族谱系"共收集 7 篇文章。盖茨以自己父母辈家庭为例，追溯非裔美国历史的丰富，以及种族混杂的事实。他通过美国人口普查留下的珍贵历史档案与现代基因技术，再现从非洲来到美国新大陆的黑人祖先与来自爱尔兰的白人祖先之间的种族混杂，有力批驳了 20 世纪 50 年代以前流传甚广的所谓黑白种族截然不同的谬论，如 1943 年 4 月 5日，阿拉巴马州州长"呼吁实行彻底的种族隔离"，因为"黑白种族迥异，不仅有史以来就居住在地球上不同的角落，而且会继续沿着不同的轨迹发展，创世纪以来即如此，应该保持这种黑白之间的隔离。外在的影响不应该，也不能改变这些基本的安全准则。"② 盖茨认为，美国必须抛弃这种古老但是有害的"纯洁"梦想——"无论是指血统的纯洁还是文化继承方面的纯洁。"③

他的"有生之年"回顾了美国黑人历史中极具代表性的几起重要历史事

①　美国主流文化中常常聚焦这两个问题："我是谁？""我为何在这儿？"。详见 Jay Parini（Editor in Chief），*The Oxford Encyclopedia of American Literature*，New York：Oxford University Press，2004，p. 98.

②　Henry Louis Gates，Jr. and Abby Wolf（eds.），*The Henry Louis Gates，Jr. Reader*，New York：Basic Civitas，2012，p. 10.

③　Marylou Morano Kjelle，*Henry Louis Gates，Jr.*，Philadelphia：Chelsea House Publishers，2004，p. 66.

件，如 1863 年元旦，黑人翘首以盼林肯总统签署、发布解放奴隶宣言；1938 年 6 月 22 日晚，黑人围聚收音机旁，为黑人拳手乔·路易斯（Joe Louis）第一回合就击败对手迈可斯·斯迈林（Max Schmeling）欢呼喝彩；1963 年 8 月 28 日，马丁·路德·金在林肯纪念堂前向世人宣布"我有一个梦想"；2008 年，参议员奥巴马成功竞选美国总统，问鼎白宫，"跨越几乎不可逾越的黑白种族分界线。"著名黑人演说家道格拉斯曾经激动地宣称，林肯签署解放奴隶宣言这一天无法用语言形容、用演说来纪念，应该是诗与歌的庆典。虽然早在 1904 年就有黑人总统候选人提名，1972 年就有虚构的黑人总统首次出现在电影《人类》（*The Man*）中，1988 年杰西·杰克逊（Jesse Jackson）获得民主党代表大会 29% 的选票，仅次于获得提名的总统候选人迈克尔·杜卡基斯（Michael Dukakis），但是直到奥巴马竞选成功，白宫只是黑人参观、访问的地方，而非居住之所。

当然，盖茨清醒地认识到，奥巴马入主白宫并不能马上解决黑人社区存在的社会问题，如大量的黑人青少年未婚先孕、毒品泛滥等问题，也无法骤然让黑人孩子们明白读与写的重要，他们需要好好学习等，但是奥巴马成功跨越几乎无法逾越的黑白种族分界线，为黑人民族未来的发展预示了更为光明的前景。

第二部分"文化考古"汇选 6 篇文章。盖茨不仅成功地"重新发现"《女奴叙事》这部重要的美国黑人小说，认为此书是黑人女性逃奴独立完成的第一部黑人小说，"有助于年轻一代学者前所未有地更好地接近奴隶更加真实的内心深处"，[1] 修正了非裔美国文学传统，更为重要的是，他像沃克重新发现赫斯顿一样，以更加开阔的视野，思考美国黑人文学与文化被遮蔽甚至被淹没的历史。他为《我们的黑鬼》所做的序言分析了内战前作为契约仆人的自由黑人在北方遭遇的白人种族主义，与当时白人废奴主义者以及自

---

① Henry Louis Gates, Jr. and Abby Wolf (eds.), *The Henry Louis Gates, Jr. Reader*, p. 91.

由黑人揭露南方奴隶制暴行的"主流"价值观背道而驰。[①] 在为《朔姆堡19世纪黑人女作家系列丛书》所作的序言中，盖茨回顾了1773年惠特莉出版第一部诗集以来，非裔美国文学的发展，认为她不仅开创了非裔美国文学（与批评）传统："对惠特莉诗歌接受的历史即非裔美国文学批评的历史，"[②]而且开启了黑人女性文学传统，因为，在19世纪，惠特莉与黑人文学传统合二为一，成为黑人文学传统的代称。

此外，盖茨极为关注非裔美国人的历史，特别关注那些小人物与小历史，认为"无论是历史的外在轮廓还是其内容，都是由人们的生活，个体的选择及其所处环境，以及他们个体的独特性与创造性所塑造。"[③] 其《非裔美国人生活》关注过去30来年历史界比较侧重的奴隶证言与口头访谈，采用聚焦地方性力量与社会行动而非聚焦国家领导人的阐释框架来述说历史，追溯1896年美国最高法院通过"隔离但是平等"的法案以来，美国黑人的反抗历程。此外，他借鉴"跨大西洋奴隶贸易数据库"、美国人口普查以及DNA分析提供的材料，梳理1619年特别是1700—1820年奴隶贸易的增长，凸显非洲与非裔美国人在文学、艺术特别是音乐方面的贡献，以及黑人与白人的人种混杂，以具体的数据，描述（非裔）美国人的血缘构成：非裔美国人中5%的人具有至少12.5%的土著美国人血缘；77.6%的人具有12.5%—25%的欧裔血缘；1%的人具有50%的欧裔血缘；2.7%的欧裔美国人具有至少12.5%的美国土著人血缘，不足1%的欧裔具有至少12.5%的西非祖先血缘的客观事实，[④] 为当下美国多元文化以及文化身份研究，提供了科学的资料，同时也为非裔美国文学与文化研究的定量研究拓展了空间。

第三部分"经典讨论"收录4篇文章，不仅梳理了非裔美国文学传统经典化之路的坎坷与艰辛，也以游戏的笔墨，调侃美国文学的经典化过程及其

---

① Henry Louis Gates, Jr. and Abby Wolf (eds.), *The Henry Louis Gates*, *Jr. Reader*, p. 123.
② Henry Louis Gates, Jr. and Abby Wolf (eds.), *The Henry Louis Gates*, *Jr. Reader*, p. 123.
③ Henry Louis Gates, Jr. and Abby Wolf (eds.), *The Henry Louis Gates*, *Jr. Reader*, p. 127.
④ Henry Louis Gates, Jr. and Abby Wolf (eds.), *The Henry Louis Gates*, *Jr. Reader*, p. 147.

与社会传媒的共谋。

作为美国文学经典讨论的主将，盖茨发表多篇文章，质疑传统经典的固化与狭隘。其"告诉我，先生，何谓'黑人'文学？"（"Tell Me, Sir, … What Is 'Black' Literature？"1990），描述了非洲与非裔美国文学研究的发展、壮大。20 世纪 20 年代初，霍华德大学英语系主任查尔斯·伊顿·伯奇（Charles Eaton Burch）把《黑人生活的诗歌与散文》引入课程；30 年代中期，约翰逊成为第一位在白人大学（纽约大学）教授黑人文学的黑人学者。如果说对于 60 年代末以及整个 70 年代的非洲或非裔美国文学的学生或教授来说，很难想象当下（1990 年）非裔美国文学研究即便不说是从边缘走向中心，也可以说是从需要自我辩护的状态走向被广为接受的领地的话，那么 1985 年以来，《现代语言学会会刊》的求职信息告诉我们，美国很多英语系都在提供非裔美国文学、非洲文学，或后殖民文学的教授岗位。如果说 20 世纪 70 年代剑桥大学的文学教授还会调侃地问盖茨，"先生，何谓黑人文学？"那么 20 年后，黑人文学已经成为当代文学经典的重要组成部分。盖茨认为，70 年代以来蓬勃发展的黑人女性主义解救了美国的黑人文学，莫里森、沃克与班巴拉等人的创作成为妇女研究的主题，许多黑人学者反思文学批评视角与大学的课程设置，几乎借鉴了当时盛行的所有批评理论，种族的社会建构说被广为接受。

《主人的文章：论经典构成与非裔美国传统》（*The Master's Pieces, On Canon Formation and the African-American Tradition*，1992）一文，追溯"经典"与非裔美国文学传统有关的历史事实。作为仅次于爱默生的神学家，帕克（Theodore Parker）1846 年就曾指出"我们的学术著作仅仅是外国同类作品的模仿，没有能够反映我们的道德、行为方式、政治或宗教，甚至也没有反映我们的河流、山川与天空。"① 3 年后，他发现了完全原创的美国文学文类，只有美国人能够创作出来、完全本土而且独一无二的文学：即"奴隶叙

---

① Henry Louis Gates, Jr. and Abby Wolf (eds.), *The Henry Louis Gates, Jr. Reader*, p. 154.

事"。"几乎美国所有原创的罗曼司都在这些作品中存在，而非在白人男性创作的小说里。"① 虽然无意追寻非裔美国文学经典的定义，以及黑人诗歌创作与结束白人种族主义之间的直接关系，盖茨认为20世纪20年代的许多黑人作品选集都在证明黑人传统"作为种族自我反对种族主义政治"的存在。② 黑人文学对形式与内容的双重关注在《黑人的怒火》（*Black Fire*，1968）中得到最为充分的体现。从形式上来说，每个选段都倾向于口头文学或黑人音乐，或表演；在内容方面，每个选段都在强化黑人解放，强化"现在就要自由"的理念。③

　　盖茨以自己主编的《诺顿非裔美国文学选集》为例，反思文学与价值观教育，以及美学与政治秩序之间的联系，质疑欧美主流传统文学选集对女性及有色民族的漠视与偏见。他认为，黑人学者在着手理论化自己的传统，尝试进行经典型塑时，不仅总的来说要面临西方传统霸权，而且具体来说面临美国传统。"在美国白人文学已经被选集化、经典化、再经典化很久之后，我们尝试以白人经典为背景凸显自身，借以定义美国黑人经典，却反而经常被视为种族主义者、分离主义者、民族主义者，或'本质主义者'。"④

　　第四部分"'种族'、书写与阅读"精选了盖茨的代表性论文。"讽喻"部分前面已经论及，其《书写"种族"及其差异》（*Writing "Race" and the Difference It Makes*，1985）一文回顾了19世纪法国著名理论家丹纳提出的"种族、时代、环境"三要素，比较详细地分析了启蒙运动以来，欧洲许多著名学者关于种族差异的歧视性论述，如1705年荷兰探险家威廉·贝斯曼（William Bosman）所谓黑人在创世之初贪婪地选择黄金，把文学知识留给白人，上帝震怒，遂把黑人种族贬为白人的奴隶之说。休姆、康德、黑格尔等人更是把人的肤色与人的智力水平联系起来，甚至画上等号。盖茨本来认

---

① Henry Louis Gates, Jr. and Abby Wolf (eds.), *The Henry Louis Gates, Jr. Reader*, p. 155.
② Henry Louis Gates, Jr. and Abby Wolf (eds.), *The Henry Louis Gates, Jr. Reader*, p. 157.
③ Henry Louis Gates, Jr. and Abby Wolf (eds.), *The Henry Louis Gates, Jr. Reader*, p. 161.
④ Henry Louis Gates, Jr. and Abby Wolf (eds.), *The Henry Louis Gates, Jr. Reader*, p. 165.

为，西方文学传统有经典，西方批评传统也有经典，所以曾经想过掌握他们的批评经典，再模仿、运用即可，"但是我现在相信，我们一定要转向黑人自身的传统，发展适合自己文学的批评理论。"因为任何批评理论，无论是马克思主义、女性主义，还是后结构主义等，都逃不出价值观与意识形态的牢笼。①

20 多年后，盖茨重温《"种族"、书写与差异》一书出版的情景，他借用瓦莱丽·史密斯（Valerie Smith）的话说，"种族可能是一种虚构，但也是我们某些最刻骨铭心的伤痛。意欲忘记、轻装前行，或超越种族只会让我们陷入创伤性的回归窘境之中；迫不及待地要超越种族只会驱使我们进入无法承受的忘却与错记行为。黑人及其他有色人民被书写的差异空间焕发出的强劲抗拒策略与勃勃生机，塑造了我们共享的人性的方方面面。"② 90 年代莫里森与韦斯特分别以《在黑暗中嬉戏：白人性与文学想象》和《种族确实很重要》（*Race Matters*, 1994）对此予以批判，提醒所有宣称种族为社会建构的人注意，事情远非如此简单。盖茨也借助基因科技，发现自己拥有 50% 的欧裔，50% 的非洲血缘，客观地指出种族构成的含混与丰富，指出科技的重要，并提出我们今天在学术界面临的是"生物学如何重要"，以及"对谁很重要"这样的问题，因为"无论是本质主义的罪人还是社会建构主义的圣者，都不可能完全垄断对这些差异的解析。"③ 在《图默矛盾的种族身份》（*Jean Toomer's Conflicted Racial Identity*）中，盖茨指出后现代研究中的孪生支柱：即种族的社会建构与我们这个社会对种族的本质化处理。

第五部分"阅读人民"选择杜波伊斯、富兰克林（John Hope Franklin）、默里、奥普拉·温弗里（Oprah Winfrey）、伊丽莎白·亚历山大（Elizabeth Alexander），以及布洛亚德父女（Anatole Broyard 和 Bliss Broyard）共 7 位著名非裔美国代表人物，继续探讨种族含混与复杂的主题，以及非裔美国人民

---

① Henry Louis Gates, Jr. and Abby Wolf (eds.), *The Henry Louis Gates, Jr. Reader*, p. 223.
② Henry Louis Gates, Jr. and Abby Wolf (eds.), *The Henry Louis Gates, Jr. Reader*, p. 291.
③ Henry Louis Gates, Jr. and Abby Wolf (eds.), *The Henry Louis Gates, Jr. Reader*, p. 294.

珍惜并逐步实现美国梦的进步神话。盖茨认为，尽管杜波伊斯出版了22本书，发表了成千上万篇论文与书评，但是真正塑造非裔美国文学传统的是其《黑人的灵魂》一书，真正历久弥新的隐喻是其提出的"双重意识"概念；①著名非裔美国历史学家富兰克林撰写的《从奴役到自由》（*From Slavery to Freedom*，1947），非常清醒地认识到非裔美国历史与美国大历史的联系，直到90年代都一直在反对脱离传统学科、尝试分离的美国黑人历史研究，认为它只不过是反对"吉姆·克劳"种族隔离的纠偏之举。盖茨对默里评价甚高，因为后者在民权运动与黑人权力运动风起云涌之际，严厉批评黑人分离主义，抨击抗议小说，称之为"社会科幻怪兽"；②他特别推崇埃里森的小说《看不见的人》，批评莫里森的矫枉过正，不敢苟同后者作品中浓郁的社会改革气息，拒绝其女性主义诉求。认为"根本不需要俯就什么简·奥斯汀，或勃朗特姐妹，或乔治·爱略特与乔治·桑（George Sand）。这帮姐儿非常难弄，你还想抢简·奥斯汀的风头吗？所以我们根本就无须刻意追求什么东西。对黑人性的处理也是一样。"③

　　虽然许多浅肤色黑人迫于种族歧视压力改变身份，混为白人，也已经有许多文学作品再现这一主题，但盖茨以就职《纽约时报》的黑人作家与批评家阿纳托尔·布洛亚德（Anatole Broyard）经历撰写的《洁白如我》（*White Like Me*，1996）让读者再次面对肤色政治的异化色彩，了解混为白人的黑人的内心隔离，以及与亲人、家庭及社会的疏离。1920年，布洛亚德生于新奥尔良，在纽约的布鲁克林长大，喜爱欧洲现代主义文学的多义呈现，想成为作家而非黑人作家，因此，他改变自己的黑人身份，混为白人，跻身于美国主流媒体《纽约时报》，成为著名批评家。盖茨指出，如果所有的批评都是一种自传的话，那么布洛亚德1950年题为"不真实的黑人的画像"把黑人的窘迫栩栩如生地呈现出来，"不真实的黑人不仅与白人疏离，而且与他自

①　Henry Louis Gates, Jr. and Abby Wolf（eds.），*The Henry Louis Gates，Jr. Reader*，p. 307.

②　Henry Louis Gates, Jr. and Abby Wolf（eds.），*The Henry Louis Gates，Jr. Reader*，p. 313.

③　Henry Louis Gates, Jr. and Abby Wolf（eds.），*The Henry Louis Gates，Jr. Reader*，p. 318.

己的圈子，与他自己疏离。因为他在自己的同伴中看到的是自己的丑陋，他必须拒绝他们；因为他的自我主要存在于斥责与否认的张力当中，因此很难发现自我，更无法与之和平相处。他在这个世界飘浮，没有角色，而这个世界是以角色划分的。"①

因此，盖茨没有满足于仅仅呈现布洛亚德的"成功"，而是从家人、亲人的视角再现这种成功的代价。在布莱斯·布洛亚德（Bliss Broyard）一文中，盖茨从其女儿布莱斯的角度补述了自己父亲成功背后的辛酸。自从 1938 年父亲为了工作，主动选择白人身份以来，父亲无法见自己的家人，两个姐妹洛琳与谢莉一直生活在黑人区，她后来也通过书信了解到，奶奶曾经在她 7 岁时给自己的儿子写信，说自己已经 76 岁，不年轻了，想见自己的孙女一面，父亲答应了，奶奶来到我父母在康涅狄格家的后院草坪上坐了一会儿，然后一起去吃饭，陪她来的是浅肤色的姑姑洛琳，后来奶奶再要见孙女，都被我父亲以各种借口推掉了。1979 年母亲节这一天，父亲小题大做，歇斯底里地发作，厨房弄得一片狼藉，母亲没有怪他，而是非常理解他，因为他的母亲几个月前去世了，他很愧疚也很自责。

在工作方面，直到布洛亚德 69 岁退休，他的孩子都不知道他的真实身份，即便是去世前，他都没有亲口告诉孩子们自己的黑人身份。女儿布莱斯说，父亲以牺牲自己的黑人身份得到这份工作，因为"当时还没有任何其他黑人批评家能够成为美国著名日报的雇员"，她动情地告诉盖茨，如果现在能跟父亲说些什么，自己一定会告诉他，"我能理解你过去为何要这样保护自己，保护自己的家庭，但现在不需要这样了。时代已经变化，成为黑人是件非常美妙的事情。黑人文化以及你的家族史上都有很多伟大的方面，不应湮没无闻，我们都很想知道。我非常想知道。"②

第六部分"阅读区域"精选 5 篇文章，涵盖非洲、欧洲，以及南北美洲

---

① Henry Louis Gates, Jr. and Abby Wolf (eds.), *The Henry Louis Gates, Jr. Reader*, p. 337.
② Henry Louis Gates, Jr. and Abby Wolf (eds.), *The Henry Louis Gates, Jr. Reader*, p. 370.

的黑人流散群体，再次聚焦黑人身份并非铁板一块，而是多元混杂的主题。虽然非洲写在每个黑人脸上，但是流散世界各地的黑人与非洲有着怎样的联系，来到非洲的美国黑人又有着怎样的矛盾情怀？美国黑人学者对非洲爱恨交织，爱之者视非洲为腐败堕落的欧洲文明的救星，恨之者则对非洲过去部落之间战乱频仍，把战俘作为奴隶出卖的劣行痛加指责。20世纪以来，随着非洲文明对欧洲文明的影响越来越为人所知，发掘、认同非洲古老文明的美国学者与激进分子不时提出"回到非洲"的口号，并在20世纪60年代末黑人权力运动中达到高潮，但是反对质疑的声音也不绝于耳。小说家赖特的态度非常典型，他在1954年写道，"我感觉不到自己有什么非洲味"，部分原因就在于不满非洲把自己的族人贩卖为奴；50年代初在加纳逗留一段时间后，赖特还是认为："我啥都不理解，我是黑人他们也是黑人，但我的黑人性一点忙也帮不上。"①

盖茨借此简要回顾了欧洲对非洲的认识。如果说公元前5世纪的古希腊对非洲的印象是正负参半，非洲成为欧洲书写恐惧与焦虑，期待与梦想的所在；如果说公元1世纪，虽然罗马已经与非洲有直接联系，居然还会说非洲人没有脑袋，嘴巴与眼睛长在胸脯上的话，那么欧洲的奴隶贸易彻底把非洲妖魔化，让他们完全成为负面的形象；② 20世纪则既继承又推动了欧洲所谓的共识：即非洲完全被抹黑，成为缺乏文明的能指。但是当代的历史学研究成功地打破了对非洲文明毁灭性的错误描述，《剑桥非洲史》《联合国教科文非洲史》等著作为确定非洲过去的学术研究奠定了重要基础。马丁·波纳尔（Martin Bernal）的《黑色雅典娜：古典文明的亚非源泉》（*Black Athena*：*The Afroasiatic Roots of Classical Civilization*，Vol. I，1987），指出西方历史学家为适应所谓"雅利安模式"，否认了希腊与罗马的非洲与亚洲之源。实际上西方文明的成长很大程度上受益于亚洲与非洲世界，东西方的同化与影响

---

① Henry Louis Gates, Jr. and Abby Wolf（eds.），*The Henry Louis Gates*，*Jr. Reader*，p. 422.

② Henry Louis Gates, Jr. and Abby Wolf（eds.），*The Henry Louis Gates*，*Jr. Reader*，p. 428.

一直是双向的，而非仅仅像过去认为的那样单一。① 有趣的是，波纳尔重点强调的是作为西方文明源头的希腊文化所受非洲与亚洲文化的影响，② 并因此而招人诟病。

在"我与非洲"一文中，盖茨指出，不仅过去欧洲对非洲的刻板印象妨碍美国的白人奴隶主与黑人奴隶视非洲的野蛮与亚人类处境为当然，即便当代美国黑人也不太情愿与当代非洲有什么关系。他坦言"无论我对非洲大陆及其人民的爱有多深，有多持久，我都是个美国人。"③ 他坦言自己大二才真正了解新世界到底有多"黑"，了解非裔美国与中美、南美洲之间文化方面的联系与渊源，并尝试回答：在这些国家作为黑人意味着什么？谁会成为黑人，在何种情况下成为黑人，以及谁能确定何为"黑人"？对种族与阶级之间的关系到底有多重要等问题。盖茨认为，种族与阶级几乎总是"形影不离"，对跨大西洋奴隶贸易知道得越多，就越能意识到非洲、美国与加勒比和南美之间的文化交流有多么丰富。

盖茨的《黑伦敦》对比分析了非裔撒克逊人的历史变迁，及其与非裔美国人的区别与联系，引用了多位英国著名学者的相关论述。斯图亚特·霍尔（Stuart Hall）认为，"我们过去在英国以非裔加勒比人存在，现在英国黑人文化已经出现。现在，我们黑人就是英国人。"④ 吉尔罗伊则说，白人光头党会暴打黑人，然后回家听美国最著名的嘻哈乐队"公敌"的音乐。英国黑人面临英国文化中共性的阶级问题，而非美国社会过去常见的隔离或私刑问题。小说家卡里尔·菲利普斯（Caryl Phillips）则认为，种族在英国具有很强的渗透性，黑白男女相处融洽，但是阶级的障碍高耸入云。安妮·斯图尔特则说："我觉得我们可能有 40% 的黑人男子与白人女子有关系，你会发现

---

① Henry Louis Gates, Jr. and Abby Wolf (eds.), *The Henry Louis Gates, Jr. Reader*, p. 431.

② Martin Bernal, *Black Athena: The Afroasiatic Roots of Classical Civilization*, Vol. I, New Brunswick: Rutgers University Press, 1987, p. xv.

③ Henry Louis Gates, Jr. and Abby Wolf (eds.), *The Henry Louis Gates, Jr. Reader*, p. 433.

④ Henry Louis Gates, Jr. and Abby Wolf (eds.), *The Henry Louis Gates, Jr. Reader*, p. 438.

这儿的第二代黑人比第一代融合得更好。"① 有趣的是，英国黑人对美国黑人充满浪漫的想象，认为美国社会很开放，有向上流动的机会。盖茨则指出，英国黑人仿佛既落后又领先美国 20 年，既前—民族主义又后—民族主义；黑伦敦最令人鼓舞的是其文化而非种族：既能够承认差异又不盲目崇拜，既有再现的自由又不代别人表征。②

他的《梦回哈莱姆》(*Harlem on Our Minds*，1997) 则回顾了 20 世纪非裔美国文学与艺术方面四次大的复兴，为读者深入了解非裔美国文学与艺术的发展变迁及文学批评理清了思路。1901 年，著名黑人评论家布雷斯韦特宣称，黑人的文艺复兴开始了；盖茨认为，洛克编辑出版的《新黑人》文集催生了哈莱姆文艺复兴；1965 至 70 年代初的第三次文艺复兴深深植根于黑人文化民族主义，反对哈莱姆文艺复兴，认为黑人艺术承担着把黑人民族从白人种族主义当中解放出来的政治功能。当前的第四次文艺复兴的显著特征在于明确意识到之前的黑人传统，另一显著特征在于对黑人经历作为艺术之源在深度与广度上的高度自信。韦斯特认为，"这些艺术家显示了某种自信，拒绝接受他们需要证明自己的信条。"③ 安东尼·戴维斯认为："这是一场后现代主义的文艺复兴，而美国的后现代主义，本质上来说是黑人的。""这些艺术家假定黑人经历即普世经历。如果赖特曾经说过'黑人是美国的隐喻，'那么这代作家仿佛坚持这样的观点，即非裔美国人的经历是整个人类状况的隐喻。"④ 盖茨通过地理空间的差异凸现黑人文化发展的不同。

在《拉丁美洲的黑人》中，盖茨介绍了自己大学二年级才在"跨大西洋传统：从非洲到黑美洲"的课上真正了解新世界到底有多"黑"，十来年前决定制作四个小时的系列纪录片，选择巴西、古巴、多米尼加共和国、海地、墨西哥与秘鲁这六个国家，各代表一个更大范围的文化现象，尝试记录

---

①　Henry Louis Gates, Jr. and Abby Wolf (eds.), *The Henry Louis Gates, Jr. Reader*, p. 445.

②　Henry Louis Gates, Jr. and Abby Wolf (eds.), *The Henry Louis Gates, Jr. Reader*, p. 450.

③　Henry Louis Gates, Jr. and Abby Wolf (eds.), *The Henry Louis Gates, Jr. Reader*, p. 455.

④　Henry Louis Gates, Jr. and Abby Wolf (eds.), *The Henry Louis Gates, Jr. Reader*, p. 458.

美国和加拿大以外西半球的种族与黑人文化，揭示非裔美国与中美、南美洲之间文化方面的联系与渊源。许多著名非裔美国教育家、活动家及作家与中美和南美文化互动广泛、深入，如布克·华盛顿与古巴黑人知识分子的交流，对巴西黑人知识分子思想的影响；杜波伊斯祖辈的海地背景，以及哈莱姆文艺复兴的代表人物约翰逊与非裔拉丁美洲的密切联系；诗人休斯在墨西哥生活近 1 年半，把古巴作家的作品从西班牙语和法语翻译成英语等等。广泛的文化交流促进了对非裔文化共性与区域性的认识。盖茨也分别撰文分析了欧洲的伦敦，南美洲的巴西非裔流散族群与美国黑人的不同遭遇，及其共同的文化身份诉求，为人们全面了解当下黑人的状况提供了宏观的视角。

第七部分"文化与政治"精选了 7 篇文章，围绕非裔美国文化中的种族政治展开论述，既有对流行文化，如嘻哈音乐的维护与支持，也有对主张反对不分种族选择演员的非裔美国剧作家威尔逊的分析与批评；既有对作家真实性的重视及其对作品真实性的分析，也有对黑人民族本身因经济分化导致的社会分层的关注。此集最精彩也最吸引眼球的两篇文章分别涉及非洲在奴隶贸易中的罪恶作用，以及基因科学与种族歧视的关系，帮助读者了解种族因素的复杂性。

盖茨指出，历史与遗传学的融合，特别是奥巴马当选为美国总统，有助于人们重新反思关于美国奴隶的后裔寻求政府赔偿问题。他在《结束奴役谴责游戏》（*Ending the Slavery Blame-Game*，2010）中引用历史学家约翰·桑顿（John Thornton）和琳达·海伍德（Linda Heywood）的判断说，90%运往新大陆的非洲人都是被非洲人俘获，然后卖给欧洲奴隶贩子的。"可悲的是，实际上如果没有非洲精英与欧洲商人或贸易代理人之间复杂的生意上的合作，面向新大陆的奴隶贸易是不可能的，至少不可能这么大范围的发生。"换句话说，"贩卖奴隶的生意是高度组织化的，对欧洲买家和非洲卖家都是有利可图的。"[①] 美国内战前，许多非裔美国人完全知道也公开承认非洲在

---

① Henry Louis Gates, Jr. and Abby Wolf (eds.), *The Henry Louis Gates, Jr. Reader*, p. 547.

奴隶贸易中扮演的角色，道格拉斯就反对把自由的黑人奴隶遣送回非洲，说几百年来，非洲西海岸的野蛮酋长就把战俘卖为奴隶，从中获益。

可以肯定的是，1807 和 1808 年英国和美国相继废除奴隶贸易后，非洲在奴隶贸易中的地位被极大地削弱，但是奴隶贸易继续在美国境内实行。盖茨借助"跨大西洋奴隶贸易数据库"，发现 1514—1866 年共有 1，250，000 黑人被运往新大陆，其中 450，000 被卖到美国，他们当中有 16% 的美国奴隶来自东部尼日利亚，24% 来自刚果与安哥拉。1999 年贝宁共和国总统马蒂厄·克雷库（Mathieu Kerekou）在美国的巴尔的摩双膝跪地，恳请非裔美国人原谅非洲在奴隶贸易中扮演的"可耻"与"可恶"角色，让所有参加会议的黑人大吃一惊，其他非洲领导人，包括加纳国家元首杰瑞·罗林斯（Jery Rawlings）也效法他的这一大胆举动。

盖茨 2008 年发表的文章《他是种族主义者吗?》介绍以 DNA 双螺旋结构为人所知，在基因与遗传学研究方面取得突出成就，34 岁即获得诺贝尔奖，成为美国民族英雄的著名分子生物学家詹姆士·沃森（James Watson）的科研与"种族主义"的关系。1994 年 10 月 14 号，沃森前助手亨特-格拉布撰文，暗示沃森相信黑人与其他种族生来就在心智方面存在根本差异，任何后天的外在社会干预都无法改变，"那些不得不与黑人雇员打交道的人都发现，相信人人平等是错误的。"[1] 人们惊愕、愤慨他竟然支持白人种族主义者的狂热幻想，仿佛几个世纪的奴隶制、殖民主义、吉姆·克劳种族隔离，以及基于种族的歧视所造成的经济发展不平等这些外在因素一点也不重要。

盖茨认为，沃森并非种族主义者（racist），而只是个"种族差异论者"（racialist），相信某些群体的某些特征与行为方式可能确实有生物学根据，或许将来有一天科学家们能够破解这种遗传密码。盖茨认为，沃森的错误在于，为了对族群差异提供遗传学解释，他过于急切地混淆了个体基因差异

---

① Henry Louis Gates, Jr. and Abby Wolf (eds.), *The Henry Louis Gates*, *Jr. Reader*, p. 551.

（确实存在）与族群演变（涉及社会文化因素，且极具可塑性）的关系，这种对不同群体的理论化倾向，破坏了他自己坚称的应基于个体而非群体对人进行判断的信念。因此，盖茨指出，尽管黑人已经取得了很大的成就，但是对种族主义的战争并没有结束，不是选举，甚至不是入主白宫，而是通过显微镜在实验室为我们的 DNA 而战。①

2019 年 1 月 2 号，PBS 播出新纪录片《美国大师：解密沃森》（*American Master，Decoding Watson*），当被再次问及他对种族和智力之间关系的看法是否有所改变时，沃森回答说"一点也不。我希望他们能够改变。我并没有看到什么研究表明你的后天培养比遗传因素更重要。而在智力水平上，黑人和白人的平均值的确有所不同，而我认为这个不同正是基因导致的。"② 这种种族主义言论导致冷泉港实验室宣布与他彻底断绝关系，并收回授予他的所有荣誉称号。这一事件为我们了解"科学种族主义"的最新发展增添了最新的注脚。

最后一部分"访谈交流"精选了 5 篇文章，重点围绕盖茨关注的自立、集体行动与如何实现潜能等主题展开，体现了盖茨教授的历史视野与当下关怀。

本章小结

作为当代非裔美国文学与文化研究的代表人物，盖茨教授的贡献是多方面的，他十分关注非裔美国文学传统的构成，积极借鉴欧洲主流的文学批评理论成果，阅读、分析非裔美国文学作品，并尝试构建植根于非裔美国文学传统的"讽喻"阐释传统；此外，他利用现代基因技术、美国人口普查档

---

① Henry Louis Gates, Jr. and Abby Wolf (eds.), *The Henry Louis Gates, Jr. Reader*, pp. 553
-554.

② 韩东升、何东明：《沃森又因种族歧视言论惹祸，冷泉港实验室宣布与其决裂》，2019
年 1 月 15 日，见 https：//new. qq. com/omn/20190115/20190115A0IWIQ. html。

案，以及大型"跨大西洋奴隶贸易数据库"等，追溯非裔美国历史的构成，揭示美国种族混杂的特点，以及对美国梦的追寻，预示着 21 世纪非裔美国历史与文化研究将会以更加客观、科学的精神，"超越种族"的心态，直面当下美国社会的种族问题，为后来者重新反思美国社会提供对话的平台，在回顾历史的同时，乐观地预言非裔美国民族的未来。但是不可否认，盖茨的这种"乐观"心态也遭到部分非裔美国学者的质疑与批判，他也被视为当代的"汤姆叔叔"，更加体现了当下美国种族问题的复杂性与艰巨性。不容否认，盖茨"客观"地揭示非洲在黑人奴隶贸易中扮演的不光彩角色，以及他以布洛亚德的女儿布莱斯之口"乐观"地描绘美国社会在种族方面的"进步"图景，都或隐或显地暗合美国主流意识形态对种族问题"一切都要向前看"的"引导性"认知，作为中国读者，我们更应对此有清醒的认识。

第十三章　非裔美国文学批评中的后结构主义之争

　　20 世纪 20 年代哈莱姆文艺复兴运动以来，非裔美国文学创作与批评始终关注文学创作应该为提升黑人种族的社会地位服务，还是应该注重其本身的艺术特征这两个问题。① 70 年代初，非裔美国文学批评开始反思黑人艺术运动与黑人美学的成果，1977 年，尼尔、贝克、盖茨以及亨德森等非裔美国批评家开始转向结构主义，自觉使用结构主义理论家，如列维-斯特劳斯、罗兰·巴特以及福柯等人的理论，其中盖茨的"黑人性序言：文本与托词"非常明显地支持结构主义理论，认为黑人批评家"需要迫切地把他们的注意力直接转向黑人比喻性语言的本质，直接转向黑人内容的叙述形式，直接转向符号与其指示物之间的任意关系"。② 至 80 年代中晚期，非裔美国文学理论家开始混用德里达与福柯等人的后结构主义假设，其中盖茨与贝克接受德里达对普遍真理的批判以及对语义不确定性的忠诚，率先使用其激进的后结构主义原理，并借此发展黑人土语理论，研究黑人文学与文化。

---

　　①　Hazel Arnett Ervin，"Introduction"，in *African American Literary Criticism*，*1773 to 2000*，Hazel Arnett Ervin（ed.），New York：Twayne Publishers，1999，pp. 10–19.

　　②　Henry Louis Gates，"Preface to Blackness，Text and Pretext"，in *African American Literary Theory：A Reader*，Winston Napier（ed.），New York and London：New York University Press，2000，p. 163.

非裔美国学者借用欧美主流的文学理论框架，阐释非裔美国文学，对于拓展非裔美国文学研究及其传统大有裨益，但是其弊端也十分显著。1987年，非裔美国女学者乔伊斯在美国著名学术刊物《新文学史》（*New Literary History*）上发表"黑人经典：重构美国黑人文学批评"（*The Black Canon，Reconstructing Black American Literary Criticism*）一文，简要分析非裔美国文学创作与研究的变化之后，批评一些非裔美国学者，如盖茨，无视非裔美国文学与非裔美国生活之间的紧密联系，借用西方后结构主义话语，强调文本的符号性，进而强调"黑人性"的符号性，背离了非裔美国文学传统，引起盖茨与贝克的强烈反应，其他非裔美国学者也时有加入，使这场论争成为20世纪80年代末至90年代中期非裔美国文化中的重要文学事件之一。本文尝试客观地介绍这场后结构主义之争，旨在探讨非裔美国文学创作与批评之间的关系，以期为中国学术界借鉴西方批评理论提供参照，为构建具有中国主体的外国文学研究提供可资借鉴的思路。

乔伊斯教授的批评

乔伊斯以黑人经典为切入点，针对盖茨《表意的猴子：非裔美国文学批评理论》（*The Signifying Monkey：A Theory of Afro-American Literary Criticism*）中的核心概念"表意"，提出盖茨使用后结构主义理论，使用能指与所指等概念，破坏了黑人文学传统。为便于对照盖茨与贝克的反批评，笔者逐条列举，简要介绍乔伊斯的论点。

首先，乔伊斯指出，直到1979年，德克斯特·费希尔与罗伯特·斯特普托以及迈克尔·哈珀和斯特普托出版《非裔美国文学：课程的重构》（*Afro-American Literature，The Reconstruction of Instruction*，1978）和《圣者的吟唱：非裔美国文学、艺术与学术研究》（*Chant of Saints：A Gathering of Afro-American Literature，Art，and Scholarship*，1979），美国黑人文学批评家

一直扮演着代表自己民族意识的角色，"无论以何种方式选择经典，人们只要稍微看一看这些经典的黑人文学代表作品，就能看出美国黑人文学中最具影响、反复重现、持续不断而且最为明显的主题就是解放：从美国白人压迫黑人民族的经济、社会、政治以及心理约束中解放出来。"① 因此，美国黑人文学批评家和创作者一样，发现了黑人生活——黑人现实——与黑人文学之间存在着直接的关系。创作者与文学批评家的作用在于引导，充当解释黑人民族与试图征服他们的力量之间关系的仲裁者，而当代某些黑人文学批评家否认或拒绝这种仲裁者角色，反映了洛克主张中的一些自相矛盾之处，以及黑人后结构主义批评固有的一些矛盾，因为无论黑人如何融入美国主流社会，如果他们从接受美国个人主义这一精英价值观的角度来反观自己，都将导致他们与黑人大众之间的鸿沟，因为后者依然深受难以忍受的社会环境的抑制。乔伊斯指出："当盖茨教授否认人的意识为文化与肤色所限定时，他已经表明自己断然与黑人传统文学批评相背离。"②

其次，乔伊斯认为，西方主流文化中的结构主义是对 19 世纪晚期，20世纪初期存在主义异化与绝望的反应，因为存在主义强调人的隔离与荒谬主题。为了证明维系所有人的共同的联系，结构主义思想家们使用复杂的语言系统，阐明人类精神自身的构造，因此结构主义"不是在个体（隔离的人），而是在人的关系中寻求现实"，她表示自己完全同意盖茨关于黑人文学的社会与辩论功能已经被极大地削弱与替代，或者说黑人文学的结构已经被极大地抑制的观点，但是她明确表示自己不同意盖茨对"黑人文本语言"的方法论概述，不同意他"对所谓随意性的研究，对符号（如黑人性）与指示物（如不在场）之间关系的研究能够帮助我们对黑人文本进行更加深入的阅读。"乔伊斯认为，无论黑人文学批评家采用何种策略，如果这种策略减

---

① Joyce A. Joyce, "The Black Canon, Reconstructing Black American Literary Criticism", *New Literary History*, Vol. 18, No. 2 (Winter 1987), pp. 335-344, p. 338.

② Joyce A. Joyce, "The Black Canon, Reconstructing Black American Literary Criticism", p. 339.

弱或否定其黑人性，那么就太阴险了。"黑人作家近两个世纪以来一直重视奴隶制与种族主义的后果绝非偶然，杜波伊斯的论文以及休斯的诗歌，其主旨就是反映这种后果，20世纪60年代黑人文学更是不假掩饰地反映黑人的自豪与自尊，而非自我牺牲与自我掩饰。"①

再次，乔伊斯认为，黑人作家一直努力想自信地陈述自己的自我，而且在自我与自我之外的世界之间建立一种联系，黑人作家理解，对于被剥夺了几个世纪公民权的一个民族来说，对于奴隶制以来一直尊崇智力与书写文字的一个民族来说，让他们把语言仅仅视为一套密码系统或仅仅视为游戏，还为时尚早。"语言一直是发展黑人自豪感，消解双重意识的基本媒介。比如说沃克的《呼吁》（Appeal），麦凯的《假如我们一定得死去》，赖特的《土生子》，索尼亚·桑切斯（Sonia Sanchez）和巴拉卡的诗歌，以及莫里森最近发表的《柏油娃》等，黑人作家认识到，他们阐释世界的方式并不仅仅像特里·伊格尔顿（Terry Eagleton）所断言的那样，是由人们支配的语言的功能所决定。……人们共同的经历远比语言更能把一个民族联系在一起。因此，我想说的是，'后结构主义的敏感性'并不适合于美国黑人文学作品。"乔伊斯认为，关于后结构主义的敏感性，可以借用伊格尔顿的表述予以批评："……什么东西都不可能由符号完全呈现：如果我相信能够通过我所说的或所写的东西向你完全呈现我自己，那只能是幻想，因为完全使用符号意味着，我的意义不管怎么说都是分开的、分散的，绝不可能始终如一。不仅我的意义如此，我自己其实也是这样：既然语言使我之为我，而非仅仅是我使用的便利工具，那么所有关于我是一个稳定、统一的存在这一概念也一定是一种虚构。"② 乔伊斯认为，非裔美国作家认为语言是把人们维系在一起的一种手段，因此非裔美国文学批评家的任务应该在黑人文学的功能与本

① Joyce A. Joyce, "The Black Canon, Reconstructing Black American Literary Criticism", pp. 340-341.

② Joyce A. Joyce, "The Black Canon, Reconstructing Black American Literary Criticism", pp. 341-342.

质，以及阐明文学文本"普适性"的美学与语言学分析之间找到一个契合点。黑人的创作是一种尝试摧毁种族隔离与精英主义的爱，显示出对自由的强烈热爱，对人们的生活，特别是对黑人民族的生活的诚挚关心。黑人创作注重人们之间应有的仁爱、友善与兄弟情谊……黑人文学批评家的任务在于强化这些观念，影响、引领、鼓励黑人民族的思想与情感，并赋予他们力量。反之，对美国黑人——甚至黑人知识分子来说——如果无法通过语言彼此了解，人们之间的真正富有意义的交流就不复存在，这种观点势必消除或忽略美国黑人历史所具有的连续性。① 因此，读者不难看出，乔伊斯强调的是黑人民族的经历而非语言的符号性特征，以及文学对非裔美国人的启蒙作用和文学为提升黑人种族地位服务的思想。

盖茨教授的回应

对乔伊斯教授的分析与批评，盖茨做了非常有趣的回应，他首先把乔伊斯的批评放在非裔美国文学传统中，从两个方面分析乔伊斯对他进行批评的社会历史原因，并重点围绕非裔美国人"对理论的抗拒"，以及乔伊斯批评他的社会历史语境和乔伊斯批评文章中的一些"硬伤"来展开。盖茨不仅分析了非裔文学传统中"抗拒理论"的历史原因，而且令人信服地指出根本就没有所谓黑人经验的"完整性"。

盖茨首先分析了非裔美国人"对理论的抗拒"。他认为，西方哲学家与文学批评家如休姆、康德、黑格尔和杰弗逊等人仿佛能够决定文学与"人性"的关系，他们强调书面文学是一个种族内在"人性"的表现，所以从18 世纪到 20 世纪初，非裔美国文学传统和其他任何文学传统都不一样，它需要对所谓黑人作者不会、也不能创作"文学"这种论调进行回应，盖茨指

---

① Joyce A. Joyce, "The Black Canon, Reconstructing Black American Literary Criticism", p. 343.

出，"生活在欧洲或新世界的非洲黑人仿佛觉得不得不创作一种文学，不仅要含蓄地证明黑人确实具备创作书写艺术的智力，而且要控诉各种社会与经济制度对欧洲文化中的所有黑人'人性'的限制。"① 这势必造成非裔美国文学首先注重文学的社会功能，而对新批评以降西方各种忽视文学历史语境与社会语境的文学批评理论予以"抗拒"。"正如我在其他地方指出的，黑人比较文学批评家对理论的抗拒有着极为复杂的历史原因，部分原因在于对西方后文艺复兴时期美学话语中大部分逻格斯中心主义与种族中心主义联姻的积极反应。……斯特林·布朗曾概括黑人与西方批评传统之间的关系。在回应罗伯特·佩恩·沃伦'池树'中的诗行'黑鬼，你们种族一点都不形而上学时'，布朗回应道，'白鬼，你们种族一点都不评释'"，其实没有哪种传统"生来"就是形而上学的或是评释的。② 直到最近，才有一些学者试图让黑人文学批评家相信：种族主义不是他们拒绝理论的充分理由，如果理论对他们有用或合适，也可以借用；盖茨认为，人们对黑人文学及其批评首先关注的并非审美，在其他文学传统中相互支持的理论与文学文本之间的完整关系，在黑人文学传统中却成为一个非常大的问题。

面对乔伊斯批评自己否认种族的本质，强调"种族"的"文化比喻"，从而暗示自己反对黑人的论调，盖茨指出不能根据某人有立论或结论错误就断言其"动机、目的与效果"谬误，并进而暗示"他们不爱他们的文化，或者说他们想否认自己的传统，或者说他们与自己的种族疏远，始终求助于并非明确的所谓'黑人经验'的超验本质"等。盖茨质疑乔伊斯论文中暗含所谓黑人经验的"完整性"这一关键词，并引用了《牛津英语字典》中关于"完整性"的两种解释："1，没有任何部分或成分被取走或缺乏的状态；没有被分开或没有破损的状态；一个完整的整体；2，没有被毁坏、被

---

① Henry Louis Gates, "'What's Love Got to Do with It?': Critical Theory, Integrity, and the Black Idiom", *New Literary History*, Vol. 18, No. 2 (Winter 1987), pp. 345-362, p. 347.

② Henry Louis Gates, "'What's Love Got to Do with It?': Critical Theory, Integrity, and the Black Idiom", p. 348, p. 350.

破坏的状态；没有减少或没有腐败的状态；原始的完美状态；完整无疵"；盖茨承认自己与"黑人批评家"相比，并非黑人种族中心论者，坦言"自己和休斯敦（贝克）教授对所谓超验的'黑人经验'都是避而远之的"。因为没有所谓超验的黑人经验；也根本就不存在这种所谓的"完整性"。盖茨的做法是，既然所有理论都是关于特定文本的，非裔美国文学理论也不应例外，那么"为免于被误解，我不得不把当代文学理论翻译成一种新的修辞领域而改造它们，而避免把它们'用于'黑人文本"。①

其次，盖茨也对乔伊斯文章中的一些"硬伤"进行比较温和地批评，这些硬伤既涉及关于某部具体作品的"错误"，如乔伊斯提到的第一部美国黑人作品《我们的黑鬼》并非针对黑人读者，盖茨针锋相对地引用原作者的话说，"我向所有有色人种的兄弟呼吁保护，希望他们不会谴责自己博学的姐妹的这种努力，而能在自己周围聚集一批忠诚的支持者和保护者"；也涉及对她一些论述的"纠正"，如乔伊斯所说的 20 世纪 60 年代以前，最有影响的黑人文学批评家一直是一些作家，一代新的学术批评家篡夺了 60 年代以前创作者在黑人传统中所具有的地位，盖茨则认为"我相信，我们'最有影响的批评家'是些学术批评家，如 W. S. 斯卡伯勒（W. S. Scarborough），洛克，斯特林·布朗，杜波伊斯，雷丁，特纳和贝克"，而不是乔伊斯所说的小说家赖特和诗人休斯，因为人们引用赖特的主要是他的两篇批评文章"美国的黑人文学"（"The Literature of the Negro in the United States"，1957）与《黑人文学的蓝图》（The Blueprint for Negro Writing，1937），休斯为人引用的几乎主要是《黑人艺术家与种族山》（"The Negro Artist and the Racial Mountain"，1926），只有小说家埃里森符合乔伊斯所说的"最有影响的批评家"。盖茨认为，"'最有影响'并不仅仅意味着为白人出版者所青睐，对我来说，最有影响意味着他们能够形成一种批评遗产，一种其他批评家能够继

---

① Henry Louis Gates, "'What's Love Got to Do with It?': Critical Theory, Integrity, and the Black Idiom", pp. 348-349.

承或继往开来的批评传统。"①

针对乔伊斯批评自己重语言甚于重历史，重种族的符号性而非种族的本质等论述，盖茨也明确表述自己对语言、历史与理论的看法，并始终坚持认为，自己作为批评家不同于她的界定。人主要依靠语言表征其思想、情感，从某种程度上来说，语言构成人生活的"圈子"，盖茨把文学理论作为构成自己生活的"第二个圈子"，认为"自己作为非裔美国人的经历与界定文本的黑人语言行为这两者之间不能混淆"，"通过把黑人文本放在正式的黑人文化矩阵中来阅读，通过使用在欧裔美国传统与非裔美国传统中都发挥很好作用的批评原则，我相信我们批评家能够创作比其他任何方式都更加丰富的意义结构。"②

盖茨认为，如果我们的文学批评家像乔伊斯所说的那样把自己视为自己族人的"向导"与"引路人"，或者把自己视为解释黑人民族与那些试图征服他们的各种力量之间关系的仲裁者，那么他们将遭受双重失败：既不能成为带领黑人民族走向"自由"的批评家，也不能对黑人的作品进行公允的评价。因此，盖茨指出，"对 20 世纪 80 年代黑人文学批评的挑战不在于回避文学理论，而是要把它翻译成黑人习语，重新命名批评原则，尤其要命名黑人批评原则，并运用其分析我们自己的文本"，盖茨认为自己作为批评家的任务是分析黑人作品，不是带领黑人民族走向自由；在当时学术界经典批评家们寻求传统的"纯粹性"而传播种族主义时，自己这种更加细致、也更为复杂的阅读其实很"政治"。③ 简而言之，盖茨更强调自己文学批评的学术功能，而非社会、政治功能。

---

① Henry Louis Gates, "'What's Love Got to Do with It?', Critical Theory, Integrity, and the Black Idiom", p. 355.

② Henry Louis Gates, "'What's Love Got to Do with It?', Critical Theory, Integrity, and the Black Idiom", p. 352.

③ Henry Louis Gates, "'What's Love Got to Do with It?': Critical Theory, Integrity, and the Black Idiom", p. 352.

贝克教授的反应

如果说盖茨对乔伊斯的回应语调比较温和的话，那么贝克的回应仿佛属于应邀参战，而且火药味十足，不仅对乔伊斯的所谓"硬伤"奚落、挖苦，而且对《新文学史》刊物也毫不留情地嘲弄，进而扩大到对美国种族歧视的批评。

贝克列举了乔伊斯的八条错误与错误论述，并逐一批驳。（1）洛克编辑的《新黑人》是一份批评文献，提倡"种族衰减"是非裔美国文化成长、发展与进步中的标准（贝克认为，无论在《新黑人》的引言还是本书所收录的文章中，种族都是一个非常显著的标准，并未"衰减"）；（2）赖特的"美国的黑人文学""预言般"地建议"黑人"的表达与美国的一般性表达将逐步融合（贝克认为恰恰相反，赖特本文之中的第二个预言是黑人表达可能会急遽转向纯粹的种族主题）；（3）《我们的黑鬼》是一部探讨奴隶制的作品（贝克认为这部作品以北方为背景，关注的是残酷的劳动条件，而非奴隶制）；（4）非裔美国文学的"第一"批作品是"奴隶"叙述与小说（贝克认为若果真如此，那将置可怜的惠特莉与《克洛特尔》（Clotel!）之前150年的非裔美国创作于何地？）；（5）结构主义是一场源于反对异化与存在主义绝望的论战（贝克认为此点根本站不住脚，仿佛不用批驳）；（6）文学批评的各个阶段是"有机的""进化的"，因此，非裔美国批评的个体发生学一定要能够重演欧裔美国批评的发展史（贝克认为，让非裔美国批评回到结构主义的有限领域，而不是让批评实践者"前进"到后结构主义更为解放的领域，这太奇怪了）；（7）存在一个完全由美国白人的标准、规范、实践、体制等界定的美国"主流"文化，而与这种"主流"文化相对的就是"我们其他人"（贝克认为，像"自我与他者"，"被救赎的主人与无可救药的奴隶"的迷思一样，非裔美国人能够碰巧"融入"全部是白人的主流这种迷思纯属无稽之谈——这是盎格鲁-美国男性阔佬虚构的故事，从 1619 年到现在，大部分非裔美国人都是拒绝的）；（8）后结构主义非裔美国文学批评家的"首要目标"是在"主流"体制中赢得声音，从而与主流文化"不分种族地"融为一体。贝克认为，这种"目标"与洛克"种族的衰减"，赖特的预言以及美国的结构现实（主流 vs. 他者）和谐一致。① 贝克认为，这种"错误百出""通篇硬伤"的文章竟然能够被《新文学史》这种主流的文学理论批评刊物接受、发表，简直令人难以置信。

　　贝克认为，"黑人经典：重构美国黑人文学批评"表明乔伊斯没有读过欧洲与美国后结构主义者或非裔美国后结构主义者的文章，她读过的唯一一处例证是她误引盖茨"丛林中的批评"，她认为此文否认种族，其实指的是使用西方语言的非西方代言人遭遇的问题，因此，乔伊斯的所谓"后结构主义"批评家实际上是指一群超越了种族与性别界限的代言人，他们已经断然放弃成为头脑简单、保守的代言人这种角色——不愿为人们公认的头脑简单的表现文化代言。贝克认为，后结构主义批评家，不是与主流，也不是与学术界的多数，而是与当代世界文学研究的先锋派和谐一致。他所理解的好作品始于对西方哲学及其特权和优先原则（诸如殖民主义、奴隶制、种族主义等）进行彻底批判的法国黑格尔主义，对上帝、自我、历史以及书籍进行后结构主义批判。②

乔伊斯的反批评与围观

　　对于盖茨与贝克的批评，乔伊斯再次进行反批评，认为他们所谓"有疑虑的""诚实的"回应竟然如此地"厌女""偏执多疑""精英主义"与

---

① Houston A. Baker, "In Dubious Battle", *New Literary History*, Vol. 18, No. 2 (Winter 1987), pp. 363-369, pp. 364-366.

② Houston A. Baker, "In Dubious Battle", p. 366, p. 369.

"家长作风"。① 她说盖茨与贝克夸大了对自己所谓错误与错误论述的批评，认为盖茨和贝克使用德里达、巴特、德·曼、福柯、克利斯蒂娃、阿尔都塞、巴赫金等来掩饰自己不会阅读，并特别谴责贝克故意曲解自己的文章属于缺乏职业道德的表现。

乔伊斯借用洛德的短语"主人的工具不可能拆毁主人的房子"来质疑盖茨与贝克借用西方话语颠覆西方主流思想的可能性，她认为，盖茨想把自己与终身致力于摧毁"白人东西"的拉里·尼尔相提并论，但是尼尔指出，"黑人艺术家一定要把自己的作品与他/她自己的解放斗争联系起来，与黑人兄弟姐妹的解放斗争联系起来"。"艺术家与政治活动家应该合二为一，他们都是未来现实的塑造者，他们都理解并能巧妙地处理种族的集体神话"，而盖茨在《表意的猴子》中对种族问题的论述完全是"后结构主义"的，因为盖茨指出，"种族一直被认为是虚构的，而与生物学相关的各种科学都把种族作为一种意义丰富的标准。我们谈到'白人种族'，或'黑人种族'，'犹太种族'，或'雅利安种族'时，我们在误用生物学名词，一般来说，我们在隐喻、象征的意义上使用它。"乔伊斯认为，此段文字表明盖茨与当今流行的有待证明的主流思想相吻合，好像"无论从哪方面来说，种族以及（心照不宣的）种族主义已经不再是阻挠黑人物质生活与精神生活的主要障碍"。②

面对盖茨与贝克讥讽她不知道结构主义、后结构主义与解构主义之间的区别，乔伊斯反唇相讥，认为自己怀疑贝克与盖茨是否相信自己所写的东西，因为贝克的《布鲁斯，意识形态与非裔美国文学》一书充斥大量毫无意义的行话，而自己的文学批评始终与自己的黑人身份联系在一起，相信美国

① Joyce A. Joyce, "'Who the Cap Fit', Unconsciousness and Unconscionableness in the Criticism of Houston A. Baker, Jr., and Henry Louis Gates, Jr.", *New Literary History*, Vol. 18, No. 2 (Winter 1987), pp. 371-384, p. 372.

② Joyce A. Joyce, "'Who the Cap Fit', Unconsciousness and Unconscionableness in the Criticism of Houston A. Baker, Jr., and Henry Louis Gates, Jr.", p. 376, p. 373.

黑人文学与批评植根于对黑人民族的忠诚，而贝克与盖茨则放弃了这种忠诚，自己在"黑人经典"中所呼吁的，并非是"个体发生学"，以及"种族系统史"。最让乔伊斯愤慨的是，盖茨与贝克根本没有认真回应自己的这个观点：即本来旨在说明欧裔美国文学创作与理论之间关系的后结构主义能否搬用过来界定非裔美国文学？乔伊斯认为，"欧裔美国文学——艾略特与斯蒂文森的诗歌以及贝克特的戏剧和巴特的小说——与欧裔美国批评理论之间确实存在着自然的内在联系，而在黑人作家创作的最现代的小说中——如《！嗒嗒歌》（！*Click Song*，1987），《食盐者》（*The Salt Eaters*）与《柏油娃》——只有里德自己相对来说比较早期的作品《胡言乱语》与贝克特和巴特共同享有'去中心''游戏'等显著的密切联系。我再次重申，后结构主义方法把存在于欧裔美国文学与其文学批评当中的直接联系，从外面强加给黑人文学。外来、异己的后结构主义实践怎么能成为'定义黑人文学传统特有的文学批评原理的序曲'？使黑人文学传统与当代批评理论'相连并且相一致'的这种关系源起是什么？截至目前，我还没有看到对这些问题的回答"。①

可能是旁观者清吧，对于发生在他们三人之间的这场论争，其他非裔美国学者也时有加入，进一步丰富了关于文学理论、文学创作与非裔美国文学传统之间关系的探讨。

麦克道尔认为乔伊斯的论文旨在恢复黑人美学的原则，强调作者对读者的责任，强调作者拥有绝对的、至高无上的权威，强调使用黑人文本培养黑人的自豪感、瓦解黑人的双重意识，强调"白人"批评理论并不适合分析黑人文学等等；而盖茨与贝克则轻描淡写地把乔伊斯的这些观点视为天真幼稚，认为乔伊斯在后结构主义时代依然奢谈文学、阶级、价值观与文学经典之间的关系简直是犯了时代错误，但是乔伊斯不同意盖茨与贝克把社会生活

---

① Joyce A. Joyce, "'Who the Cap Fit', Unconsciousness and Unconscionableness in the Criticism of Houston A. Baker, Jr., and Henry Louis Gates, Jr.", p. 382.

的复杂性与不合理性简化为语言游戏的做法。① 当代著名非裔美国诗人哈里耶特·马伦（Harryette Mullen）不同意盖茨关于"非裔美国文学"的"口语化"之说，认为盖茨仿佛接受了欧洲中心主义的假设，即非洲文化没有发展出自己本土的书写系统。②

桑德拉·阿德尔（Sandra Adell）详细分析了贝克的人类学和意识形态概念，以及盖茨的阐释学和修辞学概念，认为他们与乔伊斯之间的论争属于"非常不幸的交流"，③ 在比较客观地分析了贝克与盖茨的代表作《布鲁斯，意识形态与非裔美国文学》及《表意的猴子》之后，阿德尔指出，贝克的《布鲁斯，意识形态与非裔美国文学》旨在借鉴福柯的考古学概念以及詹姆逊和怀特的意识形态概念建构自己的黑人方言理论；盖茨的《表意的猴子》尝试建立贝克《布鲁斯，意识形态与非裔美国文学》中实现的植根于黑人土语的非裔美国文学"权威"，而所有这些努力都很难实现。盖茨的理论核心"表意的猴子"，旨在复苏伊苏（Esu）神话，把它当作"真正的黑人阐释传统中的原始形象"，颇为悖论的是，盖茨一定要使用后现代主义与后结构主义的研究方法才能做到这一点，而这么做既有效地替换了伊苏也有效地替换了它的"非裔美国邻居，表意的猴子"，读者被迫"面对盖茨的欧洲中心主义，因为仿佛黑人理论家越是对书写黑人性感兴趣，他就越是暴露自己的欧洲中心主义"。④ 因为如果诚如盖茨所言，所有的文本都表意其他文本，那么他借用后结构主义的差异性、不确定性的表述固然能够颠覆西方中心主义话语，但同时也破坏了自己把黑人文化身份原则建立在黑人表意差异之上的

---

① Deborah E. McDowell, "Black Feminist Thinking, the 'Practice' of 'Theory'", in *African American Literary Theory：A Reader*, Winston Napier（ed.）, pp. 557–579, pp. 564–565, p. 574.

② Harryette Mullen, "African Signs and Spirit Writing", in *African American Literary Theory：A Reader*, Winston Napier（ed.）, pp. 623–641, p. 623.

③ Sandra Adell, "A Function at the Junction", *Diacritics*, Vol. 20, No. 4（Winter 1990）, pp. 43–56, p. 46.

④ Sandra Adell, "The Crisis in Black American Literary Criticism and the Postmodern Cures of Houston A. Baker, Jr. and Henry Louis Gates, Jr.", in *African American Literary Theory：A Reader*, Winston Napier（ed.）, pp. 523–539. pp. 533–534.

努力。阿德尔认为，正如刘易斯·尼克斯（Lewis Nkosi）在《家园与流放》（*Home and Exile*，1965）中论述的那样，"非洲艺术家越是往后探索自己的传统，他就越接近欧洲的先锋派"，因此，盖茨渴望从非裔美国传统内确定一种非裔美国传统特有的批评理论的尝试只能是欧洲中心主义的另一种体现形式。

瓦希内马·卢比阿诺（Wahneema Lubiano）则认为，后结构主义的语言理论和文化理论与"黑人美学"的语言理论等极其相似，"对我而言，解构主义仿佛是目前（主流话语内）非裔美国研究或黑人研究项目——对差异、在场、不在场以及相对性进行理论阐释——的一种延伸。"① 所有这些论述都从不同方面质疑、动摇了盖茨与贝克的"后结构主义"理论基础与批评实践。

本章小结

20世纪80年代末乔伊斯、盖茨以及贝克之间关于后结构主义的这场争论虽然在美国主流刊物《新文学史》上进行，交战双方唇枪舌剑，煞是热闹，但是论战双方并没有真正在理论层面阐释"后结构主义"这一关键词——其他学者的加盟丰富了这场论争，也没有对这场论战的"本质"——如何借鉴其他民族的文学理论与批评成果为自己民族的文本阅读服务，或如何借鉴其他民族的文学理论与批评资源，建设自己的文学理论与批评范式等充分展开。笔者认为，尽管如此，论战双方所提出的问题依然十分有意义，这些问题不仅困扰着非裔美国文学批评，也困扰着世界上许多其他民族。经过西方后结构主义思潮冲击、洗礼的文学批评如何处理语言的符号性，语言的能指以及与历史和社会经验的表征之间的关系；文学批评如何在文学的社

---

① Wahneema Lubiano, "Mapping the Interstices between Afro-American Cultural Discourse and Cultural Studies, A Prolegomenon", *Callaloo*, Vol. 19, No. 1 (Winter 1996), pp. 68–77, p. 69.

会功能与文学的艺术功能之间进行取舍与平衡等诸多问题依然不会有最终的答案。

回顾 20 世纪以来的非裔美国文学创作与批评，人们不难发现同时有两种不同的声音萦绕于耳："艺术"还是"宣传"？"美学"还是"政治"？无论是哈莱姆文艺复兴时期杜波伊斯等人对艺术"宣传"功能的强调，① 还是洛克与休斯等人对艺术"美学"功能的重视；② 无论是 50 年代鲍德温与埃里森等人对赖特"抗议小说"的批评，③ 还是六七十年代黑人美学的代表人物盖尔等人对抗议小说的捍卫；④ 无论是 90 年代威尔逊等人对"黑人历史"与"种族"因素的升华，⑤ 还是布鲁斯坦等人以"分离的种族主义"为由进行的"阻击"，都体现了非裔美国作家与批评家对文学的社会与政治功能的强调，以及在"种族"的美学建构方面存在的分歧与他们的思索。进入 21世纪，即便在当前的所谓"后-种族"时代，非裔美国作家与批评家对"种

---

① 杜波伊斯在《黑人艺术的标准》（1926）中曾极端地说，"所有艺术都是宣传，舍此无他"，以及"对那些不是用于宣传的艺术，我一点都不关心"。参见 W. E. B. Du Bois，"Criteria of Negro Art"，in *Call and Response*，*Key Debates in African American Studies*，Henry Louis Gates，Jr. And Jennifer Burton（eds.），New York London：W. W. Norton and Company，2011，pp. 328-333，p. 332.

② 洛克的"艺术还是宣传"（1928）一文更是明确指出，艺术能够改善黑人的生活，但不应局限于此，他呼吁年轻的艺术家们更加自由地创作，因为"宣传本身会流于浅薄、奴颜卑膝地模仿。"参见 Alain Locke，"Art or Propaganda?"，in *Call and Response*，*Key Debates in African American Studies*，Henry Louis Gates，Jr. And Jennifer Burton（eds.），pp. 333-335，p. 334.

③ 鲍德温的《大家的抗议小说》（1949）与《千逝》（1951）等文章，批评赖特的抗议小说否认黑人的人性，从而矮化了黑人文学；而埃里森的系列文章，则以对黑人文学美学功能的强调，含蓄地批评赖特的抗议怒火。

④ 盖尔在《新世界的形式：美国的黑人小说》（*The way of the New World*，*The Black Novel in America*，1975），以及主编的《黑人表达》（*Black Expression*，*Essays by and about Black Americans in the Creative Arts*，1969），和《黑人批评的蓝图》（*Blueprint for Black Criticism*，1977）等文章中，赞誉赖特等人的"抗议"小说，对埃里森拥抱现代主义、强调身份追寻、弱化种族因素的文学选择提出强烈批评。

⑤ 1996 年，当代著名非裔美国剧作家威尔逊在"我的立场"中明确指出："我相信种族很重要。这是我们个性中最大，最容易辨别，也是最重要的部分。"参见 August Wilson，"The Ground on Which I Stand"，*Callaloo*，Vol. 20，No. 3（Summer 1997），pp. 493-503，p. 496.

族"问题的关注丝毫未减，对文学的社会与政治功能的强调一如既往。①

面对西方的强势文化与理论话语，非裔美国学者盖茨与贝克等人想借鉴欧美主流文学批评理论，颠覆其对非裔美国文学与文化的束缚与抑制，构建自己的本土文学理论与批评实践。这些努力不可能一蹴而就，因为非裔美国文学批评试图借鉴西方后结构主义理论成果，质疑欧美主流的文学理论与批评，却发现自己尝试建立的理论大厦与批评范式由于后结构主义的语言符号性、差异性、能指与所指的任意性等而显得风雨飘摇，历史再次证明：主人的工具既不能拆掉主人的房子，也可能使得借用主人工具建起来的自己的房子东倒西歪。但不管怎么说这些尝试依然很有意义，这也是这场论争对如何建构中国文学理论与批评，以及如何借鉴西方文化建设中国文化的启示。

---

① 2011 年，哈佛大学著名教授文德莱与当代著名非裔美国诗人达夫关于诗歌经典的争论引发热议，使得"种族"与审美之间的关系再次成为评论界关注的焦点。参见文德莱的"这些诗歌值得记住吗？"，达夫的《捍卫诗歌选集》，以及《海伦·文德莱的炮轰》等文章，参见下列 网 址：http：//www.nybooks.com/articles/archives/2011/nov/24/are-these-poems-remember/? pagination = false，http：//www.nybooks.com/articles/archives/2011/dec/22/defending-anthology/? pagination=false，http：//bookhaven.stanford.edu/2011/12/the-bashing-of-helen-vendler/。

第十四章　威尔逊与布鲁斯坦之争及
当代非裔美国文化之痛

引　言

当代非裔美国剧作家威尔逊取得了举世瞩目的成就，他以 10 年为界，创作了 10 部反映 20 世纪非裔美国人生活、历史与文化的剧作，其中前五部作品都在百老汇上演。作为美国最受评论界关注与好评的剧作家，威尔逊获得诸多奖项，如普利策奖（2 次）、剧评人奖（2 项）、纽约戏剧节评论奖（5 项）、美国戏剧批评家协会奖和托尼奖等。早在 20 世纪 90 年代，盖茨教授就评价说，"他是当今仍在创作的最著名的美国剧作家，而且肯定也是美国历史上最有成就的剧作家。"① 1996 年 6 月，威尔逊发表《我的立场》（*The Ground on Which I Stand*）的演讲，重点强调了黑人艺术，特别是黑人戏剧的功能，坚决反对为了适应多元文化而不分种族的选择演员，认为黑人戏剧虽然存在，发展也不错，但是资金严重不足。这次演讲在美国文学界引

---

① Henry Louis Gates, Jr., "The Chitlin Circuit", in *African American Performance and Theatre History: A Critical Reader*, Harry J. Elam, Jr. and David Krasner (eds.), New York: Oxford University Press, 2001, pp. 132–148, p. 132.

起轩然大波，反对最劲的代表人物是美国著名导演与批评家布鲁斯坦，本文简要梳理威尔逊的立场，及其与布鲁斯坦等人之间的"互动"，分析其中隐含的当代非裔美国文化之痛。

威尔逊：我的立场

美国学术界 20 世纪 80 年代以来关于"经典"标准的讨论使得族裔、性别与阶级等长期被抑制、被忽略的文化因素进入人们的视野，90 年代对多元文化的倡导与支持进一步拓宽了文学主题与表征的丰富与多样，推动了族裔文学的发展，但是威尔逊认为，"历史悠久"的种族歧视与偏见依然不利于黑人戏剧的发展，因此，他在 1996 年的演讲中重点提出 4 个方面的内容，首先，应该在欧洲、美国以及非裔美国历史与文化的背景下界定黑人戏剧；其次，始终关注种族问题；再次，重新审视黑人艺术娱乐白人、赞美黑人的功能；最后，坚决反对不分种族地选择演员。

开阔的历史视野与厚重的历史感一直是威尔逊作品的底色与基调，体现了他对欧美以及非裔美国历史的重视与双重继承。他认为自己的立场与欧美主流戏剧家以及自己的黑人前辈的思想一脉相承，认为它是"一种肯定人存在的价值，在面对社会急迫地、有时毫无道理地否定他价值时所给予的肯定。"[1] 他毫不掩饰对黑人权力运动的赞美，认为 20 世纪 60 年代的黑人权力运动不仅塑造了自己今天的立场与观点，也影响了许多杰出的黑人戏剧家认识自己、定义自我，帮助许多剧作家如罗恩·米尔纳（Ron Milner）、布林斯、菲利普·海斯·迪安（Philip Hayes Dean）、理查德·韦斯利（Richard Wesley）、桑切斯，以及巴拉卡等人成就自己的辉煌。"他们特别率真的声音与天赋不仅巩固了自己在社会上的存在，而且也改变了美国戏剧，改变了美

---

① August Wilson, "The Ground on Which I Stand", *Callaloo*, Vol. 20, No. 3 （Summer 1997）, pp. 493–503, p. 496.

国戏剧的意义、创作手法与历史。对我来说，20世纪60年代璀璨夺目的黑人文艺依然是指向我们当代作品的标志。"①

威尔逊厚重的历史感直接源于他对美国种族问题的关注，"简单地说就是：我相信种族很重要。这是我们个性中最大，最容易辨别，也是最重要的部分。……种族也是美国风景中重要的一部分，因为美国是由来自全球不同部分的不同种族融合而成的。"② 虽然他的父亲是白人，母亲是黑人，自己的肤色也比较浅，但是威尔逊自觉认同自己的黑人身份，不会赞同"美国黑人没有文化"的观点，对贬低、忽略黑人文化的说法嗤之以鼻，坚决反对"文化是为其他民族准备的，主要是为欧洲不同民族准备的；美国黑人只是美国文化的子群，而美国文化的主要人口源自欧洲血统"的说法，而是坚持认为，"美国黑人是非洲人，非洲大陆有许多历史，有许多文化。"③

美国黑人究竟发展了什么样的文化形态？威尔逊认为美国黑人有两种艺术，而且一直有两种截然不同而又平行发展的传统，"即一方面构思、设计娱乐白人社会的艺术；另一方面美国黑人为生存、繁荣而设计的策略，满足黑人的精神需求，庆祝美国黑人生活的艺术。"④ 他认为，娱乐白人的艺术可以追溯到美国南方的奴隶种植园，在哈莱姆文艺复兴的全盛期达到高潮，"这种为白人而设的娱乐表演包括奴隶想象或知道他的主人想看什么、听什么。这种传统在骑墙派艺术家中有活生生的副本，他们的材料主要供白人消费。"⑤ 但是如果只有娱乐白人的艺术，黑人文学就不可能有今天的成就，因为"当局限为奴隶的黑人寻求通过构思自己的艺术、歌曲与舞蹈，让自己成为精神中心，黑人的存在旨在证明拜造物主所赐，充满生机与活力时，这时就开始出现第二种传统。"正是因为黑人民族有清醒的自觉意识，他们才

---

① August Wilson, "The Ground on Which I Stand", p. 496.
② August Wilson, "The Ground on Which I Stand", p. 494.
③ August Wilson, "The Ground on Which I Stand", p. 494.
④ August Wilson, "The Ground on Which I Stand", p. 495.
⑤ August Wilson, "The Ground on Which I Stand", p. 495.

能创造一种有用的艺术，"使他能够面对非人的现状，赋予他一种能够生存下来的精神力量。"①

威尔逊演讲中最"惹人非议"的是他拒绝不分种族选择演员的主张，他认为白人戏剧作品不能由黑人演员来演；同理，黑人的作品也不能由白人来演。他不无偏激地指出，不分种族地选择演员除了显得怪异没有任何作用，"只能作为文化帝国主义者的工具——文化帝国主义者把他们的美国文化视为植根于欧洲文化的象征，尽善尽美、毫无瑕疵。"② 他认为之所以如此，是因为金融家与地方长官不仅表明他们不愿支持黑人戏剧，而且表明他们愿意资助那些攻击黑人戏剧、导致分裂的非常危险的行为。因为不分种族地选择演员与黑人过去 380 年来一直拒绝的"同化观"很类似：黑人需要放弃自己的历史与文化，方能融入主流的美国白人文化中。他觉得需要再次明确予以拒绝，"我们拒绝任何试图把我们抹去、重新发明历史以及忽视我们的存在，或损害我们精神产品的企图。我们决不能继续在这条路上走下去。我们不能否认自己的历史，不能允许任由他们把我们的历史弄得无足轻重、被忽视或被曲解。"③ 他拒绝全部由黑人来演《推销员之死》，认为这是"对我们存在的攻击，对我们智力的侮辱。"

他在演讲中特别提到布鲁斯坦，坦率地批评他的种族偏见。布鲁斯坦认为，虽然涌现了大量少数族裔艺术家的作品，但是资助他们的代理人用社会学标准而非美学标准衡量他们的作品，表明"品质与卓越这些'精英'概念已经没有什么用处。"布鲁斯坦还认为，"如果说我们不会分享可以由普通标准测定的普通经历，这么说当然很放松，但是越来越多的真正的天才艺术家们具有更加普世的兴趣，表明我们可能很快就要回归一种单一的价值系统。"布鲁斯坦这种居高临下指责少数族裔作品缺乏"品质"与"卓越"、不够"美学"的态度让威尔逊难以接受，对布鲁斯坦暗示或隐含的少数族裔

---

① August Wilson, "The Ground on Which I Stand", p. 496.

② August Wilson, "The Ground on Which I Stand", p. 498.

③ August Wilson, "The Ground on Which I Stand", p. 499.

作品不够"普世"的观点也难以苟同，他认为布鲁斯坦这种欧洲中心论的腔调是想继续"巩固"少数族裔艺术家自卑的预设。①

威尔逊认为，布鲁斯坦的这种论调与美国长期存在的种族歧视密切相关，与美国长期存在的低估少数族裔艺术作品的传统高度契合，所谓涌现了大量少数族裔艺术家的作品会导致标准的混乱，以及资助这些艺术家的代理开始用社会学标准代替美学标准，把品质与卓越的概念弃之不顾的说法，"表明他自己是 19 世纪视黑人为不合格思想与语言学氛围的牺牲品。其实大量涌现的少数族裔艺术家的作品可能会造成各种标准的提升，以及卓越标准的提升，但是布鲁斯坦先生不允许这种可能性存在。"②

布鲁斯坦，我的回应

面对威尔逊的严厉批评，布鲁斯坦发表"依赖津贴的分离主义"（"Subsidized Separatism，"1996）予以回击。针对威尔逊多次在演讲中把自己说成"狙击手""反对者""文化帝国主义者"，他认为自己不仅需要为自己辩护，澄清自己的立场，同时也要澄清威尔逊演讲中提到的其他非常混乱的问题。

他首先澄清，自己基于审美标准而非种族原则来评论威尔逊的作品，并不像有些白人批评家一味地赞美他的作品，尽管也佩服他对人物和对话控制得很好，但是觉得"他的很多作品结构很弱、编辑得很差、平淡而且臃肿。"他认为威尔逊用近乎编年史的方式，以十年为界，描写黑人民族受压迫的剧作，其"牺牲论调"与其演讲属于同一主旨；他还暗示说，正是由于自己《多元文化主义的选择》等文章曾经对威尔逊的《钢琴课》有过负面的评价，才遭到他报复性的批评。③

---

① August Wilson，"The Ground on Which I Stand"，p. 497.

② August Wilson，"The Ground on Which I Stand"，p. 497.

③ Robert Brustein，"Subsidized Separatism"，*American Theatre*，Oct. 1996，pp. 26 - 107，p. 27.

　　因为威尔逊有两类黑人艺术家之说，布鲁斯坦就认为他蔑视年轻一代黑人艺术家，称帕克斯（Suzan-Lori Parks）等人属于骑墙派；此外，他认为威尔逊的这种激进立场是 20 世纪 60 年代黑人民族主义的回声，因为他认同的都是一些著名的反叛者与分离主义者，如进行武装起义的特纳、黑人穆斯林领导人伊利亚·穆罕默德（Elijah Muhammad）等，而偏偏漏掉了受人尊重的马丁·路德·金博士。其长篇大论演讲的基础就是坚持黑人文化特别是黑人戏剧不仅取得了无与伦比的成就，而且源于非凡的、与众不同的黑人生活经验。"这种经验不可能完全为白人吸收、理解，更不能被他们批评。""白人和黑人可以拥有同一国度，但是却不能拥有同一立场。"他引用威尔逊的话说："黑人的行为举止是某个大系统的一部分，这个系统受自己的哲学、神话、历史、创造母题、社会组织与思潮的滋养。"因此，威尔逊才会认为全部由黑人来演《推销员之死》是"对我们存在的攻击，对我们智力的侮辱。"①

　　他认为，威尔逊一方面说黑人文化令人自豪的优点与独特，一方面又说黑人是票房的牺牲品，这显得非常矛盾，因为他清楚地知道在 66 个"常驻剧院联盟"（LORT）中，只有一个黑人剧院，但是由于渴望有津贴资助的分离主义，威尔逊认识不到要求白人基金会承担建立黑人剧院并资助黑人剧院的矛盾，他反问威尔逊，难道戏剧公司都是慈善机构，不需要当地艺术家的奉献以及社区的支持就能发展吗。"相反，布鲁斯坦认为，当今大部分美国剧院就像许多美国城市和美国人一样已经种族混杂，"难道黑人演员现在只演黑人剧作家创作的角色？……难道一定要退回到剧院隔离时代吗？"②

　　因此，他对威尔逊的最大的批评是其反对所谓"不分种族地选择演员"的论调，"说白人无法理解黑人文化，因为他们的祖先没有被奴役，就等于说威尔逊无法理解犹太人的作品，因为他没有在法老统治下生活过的经历一

① Robert Brustein，"Subsidized Separatism"，p. 26.
② Robert Brustein，"Subsidized Separatism"，pp. 26-27.

样荒诞不经。许多才华横溢的黑人艺术家与知识分子，如默里，埃里森，盖茨，谢尔比·斯蒂尔（Shelby Steele）等人都否认这种'人种志谬误'——即某一作家的特殊经历能够代表某一整个社会类别。"他还引用黛安·拉维奇（Diane Ravitch）的话说，这种"部落视角"把"种族与文化混为一谈，难道同一肤色的人就会有相同的文化与历史？"① 他重申自己坚决反对威尔逊的"人种志谬误"：即某人相信自己能够为某个种族集体代言，因为美国种族已经混杂，"如果没有哪个人能代表美国黑人说话，也没有哪个人能代表美国白人说话，因为根本就不存在什么所谓整齐划一的'欧洲中心'文化"。②

此外，布鲁斯坦还暗示说，威尔逊说黑人剧作家被排斥多少显得有点忘恩负义，令人担忧，因为他自己就是媒体的宠儿，多次获得各种大奖，多部作品在百老汇等美国主流剧院上演。因此，布鲁斯坦认为演员不应被自己的肤色与政治解放的观念所限制，威尔逊把种族与政治解放提到超出艺术本身的地位只会加深种族隔阂，造成艺术与普通人性的对峙。他控告威尔逊这种宣扬经费资助的分离主义，质问后者难道还想回归"分离的学校？分离的盥洗室？分离的自动饮水器？"的时代。③

1997 年 1 月 27 日布鲁斯坦与威尔逊在纽约市政厅进行面对面的辩论，认为两人的主要分歧在于对美国戏剧中的种族问题有不同的认识，后者在一定程度上把戏剧作为实现政治与文化权力的手段，即一个很大的穷人阶级想通过戏剧这一媒介，表达过去所有的冤屈与不公，希冀借此改变社会或政治系统，获得一些补偿。布鲁斯坦借用昆德拉"向权力说真话"之说，认为艺术家一定要能够自由地向政治权力说真话，包括对黑人权力说真话，而"写作与行动清楚地证明自己支持多元文化主义的丰富多样——只要它不变成推

---

① Robert Brustein, "Subsidized Separatism", pp. 100–102.

② Robert Brustein, "On Cultural Power", *The New Republic*, March 1997, pp. 31–34, p. 33.

③ Robert Brustein, "Subsidized Separatism", p. 101.

销种族仇恨或者引发分离主义的借口"。①

　　在此次辩论中，布鲁斯坦把文化多样性界定为，承认每个人都是一个个体，不能把他们简单地归结为某一种族、民族、性别群体中的一员，个体差异的多样性把人们联系在一起。他认为自己与威尔逊的分歧并非仅仅体现在对艺术功能或剧院中种族的功能认识不一，而在于是包容还是排斥、是融合还是隔离这些大问题。他承认，过去30年我们已经取得很大进步，但是种族之间依然存在着巨大的鸿沟，只有当我们承认自己"首先是个体，其次是美国人，最后才是部落主义者；只有当我们承认我们是同样的人类，只是肤色不同；只有当我们理解所有人不仅对自己负责也要对彼此负责，对每一位母亲的孩子负责，美国才能开始实现自己的承诺。"②

　　毋庸置疑，布鲁斯坦借用"种族"与"文化"之分批评威尔逊的"偏颇"有一定道理，他以是否需要回到种族隔离时代的反问也貌似非常有力，但是他却回避了威尔逊演讲的核心内容，即实际存在的种族歧视与偏见继续制约着黑人戏剧的生存与发展。

威尔逊：我的反思

　　对于布鲁斯坦的批评，威尔逊在坦诚吸收其合理建议的同时，思考着文学的本质，进一步澄清自己对黑人戏剧的认识。他认为自己从未鄙视年轻剧作家帕克斯等人，更不会狂妄自大到告诉别人该怎么创作，他认为布鲁斯坦根本不会理解自己对这些年轻剧作家的态度，但是同意布鲁斯坦关于剧院需要艺术家扶持与社区支持的观点，因为他知道黑人对此体会更深。他认为美国黑人的贡献与影响没有得到应有的承认，无法发展自己的艺术、主宰自己的创作与传播；本来用于美国戏剧多样化的经费，只为白人剧院培养了黑人

---

① Robert Brustein, "On Cultural Power", p. 32.
② Robert Brustein, "On Cultural Power", p. 34.

观众；而发展不分种族选择演员的观念，只是强化、固化了这样的束缚：即让黑人艺术家服从于主宰、控制艺术的白人制度。他认为布鲁斯坦混淆了批评家的责任与"权威"，重申"我们不要求、我们不寻求，而且我们也不要特殊照顾。既然是西方戏剧的一部分，我们应该基于亚里士多德《诗学》中勾勒的诗学原则来衡量所有剧作。"①

威尔逊特别反对布鲁斯坦的欧洲中心论的普世观，认为他鼓吹"普世艺术家"的认识超越种族与宗派，就是否认那些探索、审视自己作为非裔美国人生活的艺术家不够"普世"；因为他们的价值观不同，他就认为没有价值，"布鲁斯坦的偏见妨碍他认识这一事实，即做一个黑人艺术家就像做一个白人艺术家一样，并不'局限'，而做一个黑人艺术家并不意味着你不得不脱离世界，脱离作为世界公民的关注，或者脱离爱、尊严、责任、背叛等，这是所有伟大艺术都关注的。"②

对布鲁斯坦攻击他是所谓"依赖津贴的分离主义"，威尔逊当面予以回击。认为布鲁斯坦在波士顿的剧院远离黑人社区，也获得资助，是否算依赖津贴的分离主义？他愤慨地指出，"有些美国人——既有白人也有黑人，认为美国黑人的生活如果对美国白人的悠闲生活或利益无益，其本身就没有任何价值；有些美国人——既有白人也有黑人，会否认黑人文化的存在；有些美国人——既有白人也有黑人，会说如果我坚持要黑人来执导电影《栅栏》(*Fences*, 1985)，就会对那些过去 15 年来一直想进入好莱坞的黑人导演造成无法挽回的伤害，因为他们想忽略自己是黑人这一事实。这种观点虽然有着悠久的历史，但是非常肤浅，让我吃惊的是他们居然活灵活现地出现在 20 世纪 90 年代。"③

---

① August Wilson, "A Response to Brustein", in The Staff of *American Theatre* magazine, *The American Theatre Reader*, New York: Theatre Communications Group, 2009, pp. 168-170, p. 170.

② August Wilson, "A Response to Brustein", p. 169.

③ August Wilson, "I want a black director", in *May All Your Fences Have Gates: Essays on the Drama of August Wilson*, Alan Nadel (ed.), Iowa City: University of Iowa Press, 1994, pp. 200-204, pp. 203-204.

　　威尔逊结合自己的创作解释自己为何拒绝"不分种族地选择演员"，这种观点貌似偏激，实则揭示了美国黑人面临的主要问题：即我们是接受文化同化的观点，还是坚持文化分离主义的观点？"这种立场我们已经辩论了几百年，我的剧本是这场辩论的一部分。"他说，我的剧本《两列火车跑》(*Two Trains Running*，1990)中"有两个观点，或者说从黑人解放以来，美国黑人至少面临两种观点：文化同化与文化分离主义。在我心中，这两种观点就像两列火车。"他特别强调自己剧本中的重大主题，即是"关于爱、荣誉、责任、背叛"，白人观众会发现《栅栏》中收垃圾的黑人男主人公的生活内容也深受一些共同主题，如爱、荣誉、美、背叛、责任等的影响，自己之所以能欣赏易卜生、契诃夫、米勒等人的作品，是因为他们的作品也都反映了大家熟悉的上述主题。简而言之，威尔逊拒绝不分种族地选择演员主要想有黑人自己的剧院，黑人剧作家、演员、导演、制片人等可以据此发展自己的才能，实现自己的愿望。

　　在"我的立场"的演讲中，威尔逊宣称，"我们无法共享某种仅仅由他们欧洲祖先的白人价值观所构成的单一的价值系统，我们斥之为文化帝国主义，我们需要一种能够包括我们作为美国的非洲人贡献的价值系统。"①

学术界：众声喧哗

　　威尔逊的演讲及其与布鲁斯坦的辩论引起学术界比较广泛的关注。杰克·科罗尔(Jack Kroll)评价说，他们"当面辩论的激动人心之处在于彼此的不妥协态度。"② 作家与文化批评家米歇尔·华莱士宣称，布鲁斯坦利用威尔逊提及 20 世纪 60 年代黑人的战斗性，以及自称为"种族人"来暗示威

---

　　①　August Wilson, "The Ground on Which I Stand", p. 498.

　　②　Jocelyn A. Brown, *Assessing Color Blind Casting in American Theatre and Society*, University of Colorado Press, 2008, p. 36.

尔逊倡导分离主义，仿佛要恢复社会上的种族隔离，但实际上并不能由此必然得出建立、资助黑人剧院就一定会导致分离主义与种族隔离这个结论，也不能把它翻译成种族仇恨及具有法西斯主义倾向。① 哈罗德·斯科特（Harold Scott）教授以自己执导 20 世纪美国黑人民族代言人保罗·罗伯逊（Paul Robeson）的经历告诉大家，威尔逊倡议建立黑人剧院的演讲有多么必要，因为现在很难让公众保持对许多著名非裔美国艺术家，如罗伯逊，鲍德温和汉斯贝里等人的文化记忆。

乔治·C. 乌尔夫（George C. Wolfe）认为，有趣的是，在美国这样的国家，即便好像与种族无关其实也还是种族问题；但是滑稽的是，人们一坐下来谈论种族问题，结果就与种族没有什么关系。换句话说，我们从未涉及问题的实质：即权力，我们应该怎么分享权力，怎么放弃权力，以及如何能够处之泰然地面对变化带来的麻烦。②

与支持者相比，反对者，特别是一些著名黑人学者与艺术家的批评更具杀伤力。盖茨教授在赞扬威尔逊文学成就的同时，对他的文化立场提出尖锐批评。认为"他的演讲骇人听闻，简直令人毛骨悚然，""让人想起卡伦加所谓黑人艺术一定要揭露敌人、歌颂人民、支持革命。"盖茨的疑惑是，"威尔逊要求自治的黑人剧院等于种族分离吗？种族对文化很重要吗？如果很重要的话，那么有多重要？威尔逊重在拯救黑人剧院的观点——他梦想有面向普通黑人民众的剧院——是否只是浪漫的错觉？③ 盖茨以"黑人巡回剧院"的发展为例，含蓄地批评威尔逊大多在百老汇这类美国主流剧院，而非先在黑人剧院上演自己的杰作。

美国著名黑人文化批评家斯坦利·科罗奇（Stanley Crouch）虽然对威尔逊的戏剧创作成就给予充分的肯定，认为他在戏剧形式方面有很多创新，人物生动、语言鲜活、情感丰富、关注社会底层小人物，赋予美国黑人的生活

---

① Jocelyn A. Brown, *Assessing Color Blind Casting in American Theatre and Society*, pp. 32-33.

② Jocelyn A. Brown, *Assessing Color Blind Casting in American Theatre and Society*, p. 41.

③ Henry Louis Gates, Jr., "The Chitlin Circuit", pp. 132-148, p. 133.

细节以美学形式；但是也批评他使用了许多种族宣传中的常见符号，如"奴
隶船、私刑树与警察枪"，却未能对黑人群体经验给予更加深邃、更富有洞
见的观察，忽略了美国黑人生活的丰富与多样，过于强调美国黑人的种植园
经历也简化了美国黑人的历史。① 他举例说，纽约的奴隶就有一年一度的
"非洲节"，奴隶们唱歌、跳舞，缅怀自己过去的祖先，反映了新英格兰地区
文化的多样性，威廉·D. 皮尔森（William D. Piersen）的《黑人北方佬》
中就有比较详细的记载。

尼日利亚剧作家、诺贝尔文学奖得主沃莱·索因卡（Wole Soyinka）坚
定地宣称，"我可以向你保证，如果全部由爱斯基摩人扮演的《推销员之
死》在尼日利亚上演，它可能会彻底超越种族的局限，产生强烈共鸣。"②
颇具传奇色彩的黑人剧作家、导演道格拉斯·特纳·沃德（Douglas Turner
Ward）声称，肖恩·澳凯西（Sean O'Casey）的许多剧本具有很强的异化特
质，让黑人来演其实更好。

如果说白人批评家认为威尔逊反对不分种族地选择演员是一种新的种族
主义，并把他呼吁资助黑人戏剧视为由"津贴资助的种族主义"，那么耐人
寻味的是，一些非常成功的美国黑人演员或导演也想淡化种族的作用，或许
他们认为，拒绝不分种族地选择演员会伤害他们自己的发展。著名黑人喜剧
演员埃迪·墨菲（Eddie Murphy）说，"我不会因为他们是黑人才雇用他
们"。美国黑人独立导演与制片人罗德尼·K. 道格拉斯（Rodney
K. Douglas）也更倾向一种"混合的种族表演"。

---

① Stanley Crouch, "Who's Zooming Who?", in *Beyond the Wilson-Brustein Debate*, pp. 9-41,
p. 21, 见 http: //www. deepdyve. com/lp/duke − university-press/beyond-the-wilson-brustein-debate-
gAa1XUJXvZ.

② Henry Louis Gates, Jr. , "The Chitlin Circuit", p. 133.

本章小结

20 世纪末威尔逊与布鲁斯坦的这场论争并非仅仅在于是否需要建立黑人剧院，以及能否"不分种族地选择演员"这么简单，更非他们两人之间所谓报复性的相互攻击，而是非裔美国戏剧以及非裔美国文学，乃至美国少数族裔文学与主流文学之间的重要分歧所在。回顾 1821—1823 年非裔美国戏剧自"非洲丛林剧院"建立以来的发展，特别是 20 世纪 20 年代杜波伊斯与洛克关于非裔美国文艺是艺术还是宣传的争论以来，是强调文学的社会性，还是重视文学的审美特征一直以各种形式同时存在，贯穿 20 世纪非裔美国戏剧（文学）的发展。发人深思的是，这本来是柏拉图、亚里士多德以来，西方文学发展中的两条主线，无非在不同时期侧重点有所不同，在美国却加上了肤色的因素，种族仿佛成了二者区分（甚至区分高下）的标志。因此，我们可以说，威尔逊与布鲁斯坦之间的这场辩论反映了当代非裔美国文学与文化之痛。

20 世纪 90 年代威尔逊与布鲁斯坦对种族问题的关注，对戏剧功能与本质的辩论引发的思考并没有结束，如果说杜波伊斯在 20 世纪初提出，20 世纪美国的核心问题是种族问题，那么他们之间的辩论为之提供了精彩的注释。正如布鲁斯坦已经认识到的那样，种族问题已经困扰美国几个世纪，很难通过一场辩论就能解决，而且由于大家关注点不同，各自肯定都会给出不同的解决方案，但是这场辩论无疑会进一步凸显他们之间的分歧，为后来者提供对话、沟通的舞台，甚至逼使人们无法绕过这几个核心问题：要求建立、资助黑人剧院是否属于分离主义？强调种族的不同文化特征是否属于本质主义？拒绝不分种族的选择演员是否属于身份政治的必然恶果？种族到底有多么重要？等等。

作为当代最著名的（非裔）美国剧作家，威尔逊主动认同美国黑人文化，他以自己的独到视角重新审视美国社会与文化，并以自己十部"编年史"作品，重新阐释美国社会与文化，体现了其独到的社会关怀与艺术思考，著名演员与导演伯特·凯撒（Burt Caesar）指出，"主流的美国戏剧有两处惊人的缺陷：即没有种族故事及黑人民族的存在。威尔逊的诗意剧本是20世纪晚期对所有这些缺陷的纠正，对观众具有内在的影响，他的成功显而易见，他的作品成为真正的标准。"① 因此可见，威尔逊为更好地解决非裔美国戏剧乃至非裔美国文学（文化）中的种族问题提供了新的选择，为21世纪真正多元的美国文化做出了自己独到的贡献。

---

① Margaret Busby，"August Wilson"，in *The Guardian*，见 http：//www.theguardian.com/news/2005/oct/04/guardianobituaries.artsobituaries.

结　　语

"我们希望，这本书，是面镜子。"

——法农

人们常说，20 世纪是"理论"的世纪，各种批评流派各擅胜场，相继登场，不仅影响了人们对文学的理解与阐释，也改变、加深了人们对文学与世界，文学与读者，文学文本与其他媒介，以及不同文学文本之间关系的认识。在此背景下，20 世纪的非裔美国文学批评积极参与到与欧美主流批评话语的对话当中，不仅在批评实践方面与欧美主流批评家有很好的互动，而且在理论认知与建构方面，也逐渐改变对"理论"的抗拒，积极拥抱各种"理论"术语与范式，结合非裔美国人的具体社会实践，挪用欧美主流的理论思想，尝试发展基于自己文化实践的阐释框架。读者不难看出欧洲主流批评话语对非裔美国文学批评实践的影响，非裔美国文学与文化批评家们在关注文本与世界关系的同时，积极吸收"形式主义"批评对"文学性"的强调，"新批评"对文学文本细读的重视，"读者反映理论"对读者的关注，特别是非裔美国学者对女性主义与后结构主义思想的借鉴与挪用，为（非裔）美国文学批评实践做出了突出贡献，而 20 世纪初杜波伊斯以降的重要非裔美国作家、学者与批评家对"种族"与"族裔"因素的重视与强调，为（非裔）美国文学与文化批评做出了颠覆性的贡献，使得种族与性别成为

20 世纪 70 年代以来各类文学与文化批评中不可或缺的重要因素，丰富了美国乃至世界文学批评实践与文学批评理论话语的建构。

此外，非裔美国作家与批评家积极借用非裔美国民间文化传统，特别是借用音乐与民俗文化资源，从洛克开始对文化多元的倡导、布朗对黑人音乐的重视，以及埃里森、莫里森、贝克、盖茨等人在文学创作与批评方面对黑人音乐布鲁斯与黑人历史的借鉴与挪用，都不仅丰富了非裔美国文学创作，而且对构建基于美国黑人本土的文学理论十分有益，如贝克通过"艺术人类学"方法，构建黑人本土理论的尝试，以及盖茨挪用非洲伊苏及其美国远亲"表意的猴子"所提出的"表意""互文"与"象征性"的文本阅读策略，不仅拓展了非裔美国文学批评传统对文本与社会现实关系的强调，而且通过凸显文本的象征性、符号性与表意性特征，提升了非裔美国文学的创作与批评水平。

回顾 18 世纪以来非裔美国文学的创作，以及 20 世纪以来非裔美国文学批评方面的发展，我们不难看出非裔美国文学比较清晰的发展脉络，以及不同时段非裔美国文学批评的重点所在。黑兹尔·阿内特·欧文（Hazel Arnett Ervin）在他主编的《1773—2000 非裔美国文学批评》（*African American Literary Criticism*，1773 to 2000，1999）中把非裔美国文学的创作与批评分为以下四个阶段：1. 1773—1894 年为第一阶段，重点关注教育 vs. 本性的问题，探讨非洲人后裔是否天生愚钝，或只是没有受教育使然；2. 1895—1954 年为第二阶段，关注非裔美国文学到底应该重视艺术还是宣传这一问题，尝试界定非裔美国文学的功能：应该重视文学的宣传功能还是审美功能？3. 1955—1975 年为第三阶段，强调非裔美国文化自治与理解黑人诗歌、戏剧、小说与批评的关系，重视非裔美国作家的责任所在；4. 1976—2000 年为第四阶段，重视非裔美国文学的美学价值，尝试重构黑人性与边界，以及后现代主义等问题，关注评价非裔美国文学的方式。① 哈佛大学著名黑人教授小盖茨也曾在"请告诉我，先生……什么是'黑人'文学呀？"一文中，把民权运动以来的非裔美国文学批评分为 4 个阶段。1. 第一阶段为 60 年代中后期的黑人艺术运动，反对新批评的形式主义，以"新-非洲"本质主义对抗欧洲的普世本质主义；2. 70 年代中期开始进入第二阶段，借用形式主义与解构主义理论，以形式主义的有机论回应黑人艺术运动的社会有机论；3. 第三阶段可以"新黑人美学"来概括，黑人文学批评借用后结构主义理论，以及源自黑人的本土文化理论，重新界定社会与文本；4. 第四阶段为黑人研究，可以视为美国研究内部的一种自我批判，认为"黑人"与"白人"这些概念不仅相互构成，而且属于社会生产的范畴。② 20 世纪 60 年代末以来，美国许多学术机构纷纷提供"黑人研究"课程或设立"黑人研究"系，在界定非裔美国历史、文学与文化研究的主题、艺术形式以及研究方法方面发挥着重要作用，并逐渐发展成为一个学科。进入 21 世纪，非裔美国文学研究在延续传统的同时，又有哪些新的变化？那些困扰非裔美国文学创作与批评的重要议题：如宣传与艺术之争、融合与隔离之分、黑人美学与普世标准之用，以及关于非裔美国文化的独特性及其一般性，特别是关于文学的社会属性与文学的表意、象征属性之间的争论，伴随着我们走向 21 世纪。在非裔美国民族社会地位普遍得以提升，经济条件已经逐渐得到改善，政治平等已经为各种法律与法案所保护的条件下，作为非裔美国文学（批评）的研究者，我们是否还必须面对这样的问题：种族是否依然重要？如果种族问题随着经济条件的改善渐趋弱化，那么主要反映种族问题的非裔美国文学是否还有单独存在的必要？21 世纪关于（非裔）美国文学的两起文学事件为我们的讨论与反思提供了新的材料：一件是著名哈佛大学诗歌研究教授文德莱与

---

① Hazel Arnett Ervin (ed.), *African American Literary Criticism*, 1773 *to* 2000, New York: Twayne Publishers, 1999, p. 9.

② Henry Louis Gates, Jr., *Loose Canons: Notes on the Culture Wars*, New York/Oxford: Oxford University Press, 1992, pp. 101-103.

著名非裔美国桂冠诗人达夫关于《企鹅版 20 世纪美国诗歌选集》（*The Penguin Anthology of Twentieth-Century American Poetry*，2011）选编标准的讨论；另外一件是芝加哥大学英语教授沃伦的论文"存在非裔美国文学吗?"（Does African-American Literature Exist?），以及他 2011 年出版的专著《何谓非裔美国文学?》（*What Was African American Literature?*）所引发的热议，本节以这两起事件为基础，尝试简要分析 21 世纪非裔美国文学研究的新动向。

诗歌选编之争

对受企鹅公司之邀，由达夫主编出版的这部诗歌选集，文德莱教授在 2011 年 11 月 24 日《纽约书评》上发表题为《这些是值得记住的诗篇吗?》的长篇文章，予以严厉批判，对达夫的反批评，文德莱以简短但是决绝的语句，坚决捍卫自己的批评立场，引发整个美国诗坛乃至社会上越来越多的关注。[①] 回顾她们之间关于诗歌选集的批评与反批评，读者不难发现，她们虽然使用这部诗歌选集作为讨论的基础，但是所讨论的主题并非仅限于诗歌传统及审美价值，难以掩饰其中所包括的种族因素及其影响，使得文学与种族之间的微妙关系再次凸显于 21 世纪的读者面前。

文德莱教授认为，20 世纪美国诗歌是现代文学的荣耀，涌现了许多世界知名的诗人，如艾略特、弗罗斯特、威廉·卡洛斯·威廉斯（William Carlos Williams）、华莱士·史蒂文斯（Wallace Stevens）、玛丽安·摩尔（Marianne Moore）、哈特·克兰（Hart Crane）、罗伯特·洛厄尔（Robert Lowell）、约翰·贝里曼（John Berryman）、伊丽莎白·毕晓普（Elizabeth Bishop）以及庞德等，而达夫却要改变这个平衡，介绍了更多的黑人诗人，并给他们更大的篇幅，有时甚至超过那些更加知名的诗人，"这些作家被收录有时是因为他

---

①　关于文德莱与达夫之间的论争，详见张子清：《2011 美国诗界大辩论：什么是美国的文学标准》，《文艺报》2012 年第 1 期。

们在主题而非风格方面更具有代表性。"① 她认为，这是美国多元文化主义的胜利，欣赏所谓的百花齐放，但是没有哪个世纪居然能有 175 位值得人们阅读的诗人，我们又为何要选编那些少有甚至没有什么价值的诗篇？她指出，尽管人们常说，文学趣味各异，批评家也不是不会出错，但是"在时间的长河中，还是有些客观标准的，能够区分精华与糟粕。那么在达夫所选的 175 位诗人中，哪些人的作品能够具有持久的艺术生命力，哪些将成为社会学的档案哪？"② 文德莱认为，人们希望达夫的当代诗选更加关注语言、蕴含更多层面，像海鸥一样灵动、翱翔，而且这样的诗人都还健在，但是这本诗选却要么没有收录，要么篇幅非常有限，她举例说，达夫给予非裔美国诗人梅尔文·托尔森（Melvin Tolson）的篇幅达 14 页，而给更加著名的诗人史蒂文斯的篇幅只有 6 页，让文德莱特别不能容忍的是，达夫收录了著名非裔美国诗人与活动家巴拉卡的诗作。

2011 年 12 月 22 日，达夫以"捍卫文选"之题对文德莱的批评予以反批评。她认为，文德莱对这部诗选的评论仿佛显得有点气急败坏，有很多不符合逻辑的论断，充满任性的结论；她说自己本来无意在美学倾向及其相关选择上与一位批评家辩论，但是不能任由其把自己的"纸牌屋"建立在错误与含沙射影之上，因此，她几乎是逐条予以批驳。

首先，达夫认为，选择 175 位诗人并不为过，因为一个世纪当中涌现了许多著名诗人，而且诗选是为读者的进一步选择提供可能，她反问，难道文德莱希望自己只能列最好的 10 位诗人，或最好的 5 位诗人吗？③ 达夫也解释说，这部选集收录了 6 篇史蒂文斯的诗作，而收录托尔森的只有 2 篇；

其次，达夫认为，文德莱完全曲解了自己对黑人艺术运动的批评，忽略

---

① Helen Vendler, "Are These the Poems to Remember?", in *The New York Review of Books*, 见 http://www.nybooks.com/articles/archives/2011/nov/24/are-these-poems-remember/.

② Helen Vendler, "Are These the Poems to Remember?", in *The New York Review of Books*.

③ 达夫此处也在暗示文德莱教授的精英主义，因为著名学者马西森 1941 年出版的《美国的文艺复兴》在学界的影响非常大，主要探讨了 5 位新英格兰男性作家：爱默生、梭罗、霍桑、麦尔维尔和惠特曼。

了自己对此运动余波的谴责，而且专门挑出巴拉卡诋毁犹太人的诗歌"黑人艺术"，狡猾、甚至阴险地暗示达夫也有反犹倾向；当达夫把布鲁克斯的早期诗作描述为"极其创新"，而且可以与任何种族最好的男性诗人相媲美时，文德莱非常不屑，认为达夫"夸大其词"，而且反问，难道布鲁克斯像莎士比亚一样极其创新？像但丁一样极其创新，像华兹华斯一样极其创新？文德莱认为，1950 年，普利策评奖委员会对布鲁克斯予以高度评价，并授予其普利策奖，而当时还没有什么人谈什么"多样性"（diversity），"多元文化"（multiculturalism）也还没有进入公共话语，而在文德莱女士的眼里，这些好像都只不过是"夸大其词"。

再次，面对文德莱批评自己的诗选没有标准，达夫自豪地宣称，自己的选择标准非常简单，即"挑选那些文学价值高的有意义的诗歌"；至于文德莱所批评的，自己选择的诗歌短小而且词汇有限，只能面相普通读者，达夫觉得根本不值一驳，认为这种指责暴露了文德莱本人居高临下的傲慢、缺乏真诚，及其隐含的种族主义，因为这部诗选中有很多首长诗，其中 5 页以上的就有 12 首，而约翰·阿什贝利（John Ashbery）有首诗歌长达 13 页，爱略特有首长达 11 页，庞德有首长达 8 页，4 页以上的诗歌占全书的六分之一。

达夫认为，文德莱刻薄的评论暴露了她美学之外的动机，不仅让她失去对事实的把握，而且她过去引以为傲的优雅的理论语言也变成了喋喋不休，无论她是出于学术的愤怒还是感到自己遭到熟悉世界的背叛，她的这些拙劣表演都很令人惋惜。①

2011 年 12 月 12 号，达夫在接受访谈时指出，20 世纪的美国诗歌在自己眼前有一条清晰的发展脉络，但是自己更加关注个体的诗人，而非什么流派或趋势，也不想做什么归纳；在成为作家的过程中，达夫觉得许多有影响

---

① Rita Dove, "Letters (to the editors, ' Defending an Anthology ')," 见 http://www.nybooks.com/articles/archives/2011/dec/22/defending-anthology/.

力的知识分子与批评家都认为，黑人诗人仿佛只适合承担两类角色：激进分子或坚强的黑人女性，换句话说，即"野蛮人"或"妈咪"。① 在问及文德莱教授对她诗选的批评时，达夫指出，文德莱在书评的结尾处，说什么在 20位出生于 1954—1971 年间的诗人中，有 15 位诗人来自少数族裔社区（包括拉丁裔、黑人、土著或亚裔），5 位是白人（其中有 2 位男士，3 位女士），——这种把白人与少数族裔并置的做法一览无余地暴露了文德莱的种族主义倾向，达夫认为，自己很为文德莱教授感到难为情。

非裔美国文学存在之争

如果说文德莱与达夫关于诗歌选集标准的争论主要涉及对美国文学经典的不同理解，以及对文化多样性的不同回应，其中种族只是一种隐含因素的话，那么美国学术界关于沃伦教授《何谓非裔美国文学?》的争论却是火药味十足，因为沃伦教授颠覆性的论述使得何谓非裔美国文学不仅涉及文学传统之争，其中也涉及文学与政治、经济之间的关系，文类与文学传统的关系，特别是文化与政治对文学的影响等诸多要素。

沃伦教授的《何谓非裔美国文学?》通过分析 1925—1950 年《族谱》（*Phylon*）杂志三个重要时段的批评文章，通过分析斯凯勒的小说《不再黑》（*Black No More*）、杜波伊斯的自传作品《破晓时分》（*Dusk at Dawn*，1940）以及迈克尔·托马斯（Michael Thomas）的小说《每况愈下》（*Man Gone Down*，2007）等黑人文本，指出，非裔美国文学（African American Literature）随着吉姆·克劳时代的结束而自然结束，因为非裔美国文学一直因抗争吉姆·克劳法而存在。

---

① Rita Dove and Jericho Brown, "Until the Fulcrum Tips, A Conversation with Rita Dove and Jericho Brown", 见 http：//blog. bestamericanpoetry. com/the _ best _ american _ poetry/2011/12/until-the-fulcrum-tips-a-conversation-with-rita-dove-and-jericho-brown. html.

　　沃伦在本书第一章第一段就开宗明义地指出，历史地来看，我们所知道的非裔美国文学或黑人文学是晚近的产物，"因此，我的论点是，随着隔离、歧视美国黑人的吉姆·克劳法在法律上的结束，非裔美国文学也随之磨蚀，尽管有时候人们没有明确觉察。"① 2011 年 2 月 24 日，他在"存在非裔美国文学吗？"文章的第一段再次明确指出，"历史地来看，我们称之为非裔美国文学或黑人文学的集体事业是晚近的产物——实际上只有一个多世纪的历史，而且它已经结束。对于这一事实，我们既无须遗憾也无须痛惜。"② 在文章第二段，他进一步详细指出，"非裔美国文学是具有明确历史时段的文学，即在宪法所认可、以实施吉姆·克劳法为人所知的种族隔离时代。期间南方的大部分地区剥夺了美国黑人的公民权，南方各州的宪法修正案对此予以强化，美国最高法院 1896 年的"普莱西对弗格森"（Plessy V. Ferguson）案以臭名昭著的'隔离但是平等'的判决予以合法化，在 20 世纪 50 年代、60 年代，以及 70 年代初期逐渐走向衰落，吉姆·克劳种族隔离以及人们对它的抗争引发并塑造了我们所知道的非裔美国文学实践。无论我们喜欢与否，非裔美国文学都只是一种吉姆·克劳现象，也就是说，从后吉姆·克劳世界的观点来看，非裔美国文学已成为历史。"③

　　2010 年底，在《何谓非裔美国文学？》出版前接受采访时，沃伦教授已经预料到读者可能会对他的这些观点感到吃惊。他对非裔美国文学的这种"釜底抽薪"式的决然态度，以及有点"耸人听闻"的措辞自然很快就引起许多学者的关注与质疑。

　　当代著名赖特研究专家杰瑞·沃德（Jerry Ward）教授很快撰文予以回应，指出"这种预言虽然奇怪但并不新鲜，"因为早在 20 世纪 50 年代赖特

---

① Kenneth W. Warren, *What Was African American Literature*? Cambridge：Harvard University Press，2011, p. 2.

② Kenneth Warren, "Does African-American Literature Exist?", in *The Chronicle Review*, February 24, 2011, 见 http：//chronicle. com/article/Does-African-American/126483/.

③ Kenneth Warren, "Does African-American Literature Exist?".

就曾经以"美国的黑人文学"（The Literature of the Negro in the United States）为题对欧洲观众发表演讲，认为如果真的出现黑人（Negro）表达与美国表达完全融合的话，那么这种混合足以说明黑人（Negro）文学真的消失。因此，沃德教授指出，预言非裔美国文学的终结取决于两种因素，"如何定义非裔美国文学，以及由谁来定义。"作为《剑桥非裔美国文学史》（The Cambridge History of African American Literature，2011）的主编之一，沃德教授指出沃伦的矛盾之处，因为在后者负责为本书撰写的"非裔美国文学与新世界文化"（African American literatures and New World cultures）一节中，沃伦教授明确指出"尽管各种公开的种族压迫形式已经渐趋减弱，但是离我们宣告种族在美国社会活动中已经没有任何作用的时刻还为时尚早。"①

沃德教授认为，赖特并没有说黑人与美国表达的融合就需要谋杀一种族裔文学，并把它的身体送往太平间，因为这种行为将导致美国文学的死亡，并使文学史家成为文化考古学家，因为美国文学的本质在于统一中的多样性。他警告说，文学史家们在阅读沃伦教授的文章时要特别当心，因为有些早熟的预言虽然令人振奋，但有时却非常令人迷惑。

2011 年 6 月 13 日，《洛杉矶书评》（Los Angeles Review of Books）发表了"什么是非裔美国文学？座谈会"上的几篇文章。其中伊利诺伊大学沃尔特·贝恩·迈克尔斯（Walter Benn Michaels）的"阶级"一文，从黑人经济地位的角度对沃伦教授《何谓非裔美国文学?》中的观点提出质疑。他认为，不存在白人种族主义消失之说，因为今天占总人口 13% 的非裔美国人中，穷人的比例达到 23%，而占 65% 的白人中，穷人的比例只有 42.5%。最近美国的失业率显示，黑人男性的失业率占 16.8%，而白人男性只占 7.7%。"所以后-吉姆·克劳时代的黑人男性比白人男性更容易贫穷、（或）失去工作，更难获得体面的健康护理，或上大学，或参与分享美国中产阶级的利益。"迈

---

① Maryemma Graham and Jerry W. Ward（eds.），*The Cambridge History of African American Literature*，New York：Cambridge University Press，2011，p. 743.

克尔斯指出，沃伦教授也清楚地知道，"后-吉姆·克劳社会比过去的吉姆·克劳社会更加不平等。1952 年，美国工资收入最高的前 10% 只略高于总收入的 30%，而今天则超过总收入将近 50%；收入最高的黑人比例仍然过低，而收入最低的黑人比例依然过高。"因此，正如沃伦教授本人在书中所指出的那样，种族和过去一样依然很重要，当今的非裔美国文学甚至出现对吉姆·克劳时代的结构性怀旧。《何谓非裔美国文学?》"把非裔美国文学托付给过去，不是因为它想否认种族不平等的存在，而是因为想质疑我们承诺解决的政治。它想说的是，因为种族仿佛不重要，所以我们可以使这个世界变得更好；而不是种族仿佛很重要，但我们却做得更糟糕。"

宾州州立大学的阿尔登·林恩·尼尔森（Aldon Lynn Nielsen）认为，如果真如沃伦教授所言，非裔美国文学只是特定历史时期的产物，那么也可以说根本就不存在什么非裔美国文学，因为沃伦本人认为，存在文学作品并不必然表明文学的存在。因此，尼尔森反问，在非裔美国文学领域，谁又会满意这种粗暴的定义? 沃伦教授虽然在他的著作中涉及对许多作品的分析，但是从未提供非常充分的、有说服力的答案。

尼尔森认为，盖茨教授对非裔美国文学有一段经典的界定，被人广为引用——沃伦也引用了这一段："与几乎其他任何文学传统都不同的是，非裔美国文学传统是对 18 与 19 世纪断言非洲人后裔不会，也不能创作文学的一种回应。"此定义对目前这场辩论的重要性在于，"如果我们选择接受盖茨的这种论点，那么我们一定也要接受其隐含的意义，即作为非裔美国文学存在的理由，这种'回应'可能有一天会烟消云散。"尼尔森认为，早在 1926 年，乔治·斯凯勒就在《黑人艺术的废话》（The Negro-Art Hokum）一文中大胆宣称，现在没有，也从来没有过什么非裔美国文学。因为他认为，没有什么黑人艺术，所谓黑人只不过是些黑乎乎的盎格鲁-撒克逊人而已。另外一位著名黑人批评家巴拉卡在"黑人文学的迷思"（The Myth of a Negro Literature，1962）中指出（遗憾的是沃伦没有引用），确实不存在斯凯勒批评的这种文学，因为非裔美国文学不是像沃伦所说的那样回顾过去，而是面向未来。尼尔森认为，如果该书更名为"What Was Negro Literature?"可能还比较妥帖——盖茨教授也认为，沃伦教授用"Negro literature"来代替"African American literature"作为标题或许更能为人所接受，但是这样的话，它就不会迅速成为影响甚大的《高等教育新闻》（*Chronicle of Higher Education*）网上论坛的主题，或者出现《洛杉矶书评》上的一组回应文章，更不用说，它会成为许多专业研讨会上一些小组热议的话题，比如说，《美国现代语言学协会会刊》（*PMLA*）与《非裔美国评论》（*African American Review*）杂志也围绕此主题推出相关回应文章。

2013 年，*PMLA* 刊发了一组关于何谓非裔美国文学的讨论文章，来自不同学校的非裔美国文学研究者从不同角度对沃伦教授的论点进行批驳。哈佛大学格伦达·R. 卡皮奥（Glenda R. Carpio）教授首先肯定了沃伦《何谓非裔美国文学?》一书，对非历史化的仿佛"进步的种族研究与种族文学"使用种族创伤的历史（如中央通道与奴隶制），来让"白人与黑人保守派"相信，"种族主义依然重要，依然能够解释当下的不平等"提供了一种必要的挑战；沃伦把非裔美国文学历史化，意在表明当代美国黑人小说是记忆与身份之作，这些都非常令人振奋，提升了过去几十年的非裔美国研究，但是他太重视政治科学或历史而非文学在塑造世界方面所起的作用。因此，卡皮奥客观地指出，沃伦重点聚焦历史与政治，没有把非裔美国文学视为艺术，"在努力把非裔美国文学历史化时，很少提及文学形式"，在讨论小说《不再黑》、《已知世界》或《每况愈下》时只进行内容方面的分析，对赫斯顿的小说难以分析，因为赫斯顿属于拒绝黑人哭泣派，宣称自己作为有色人并没有感到悲惨，追求的是自由与幸福，对沃伦来说，仿佛非裔美国作家不可能为愉悦而创作，为美而阅读。而且更为重要的是，正如埃里克·桑德奎斯特（Eric Sundquist）所注意到的，对吉姆·克劳这一核心文化现象与隐喻，沃伦并没有明确说明它到底何时终结。①

　　贾勒特教授的"何谓吉姆·克劳？"一文聚焦沃伦书中"吉姆·克劳"这一核心概念，在肯定的同时予以质疑。他指出，沃伦的著作为非裔美国文学研究注入新风，其吉姆·克劳主要处于 19 世纪 90 年代和 20 世纪 60 年代之说也为很多研究者所接收；但是贾勒特也指出，非裔美国文学不会随着吉姆·克劳时代的结束而终结，只要非裔美国作家们视自己为社会改变的代理人，非裔美国文学就将会长久地存在，并将在可见的未来继续存在。他借用约翰·大卫·史密斯（John David Smith）的研究，指出应该区分两个方面的吉姆·克劳种族隔离，一方面是法律层面的规定，另一方面是社会习俗、习惯或实践等方面。米歇尔·亚历山大（Michelle Alexander）也指出，非裔美国人先后被奴隶制与吉姆·克劳隔离法所控制，后来虽然换了名称，但是控制并没有改变，而且更为重要的是，非裔美国作家面临的并非只有吉姆·克劳种族歧视。②

　　米勒的"何时存在非裔美国文学"一文不仅在时间方面批驳沃伦，而且以文学表现形态为例指出沃伦论点的不足。虽然人们一般认为，1896—1964年间为吉姆·克劳种族隔离时期，但实际上传统的划分并非如此明晰，非裔美国文学也并非始于 1896 年，结束于 1964 年，道格拉斯发表于 1845—1883年的三部自传，就不再沃伦的视野之内，而且"即便吉姆·克劳种族隔离真的消亡了（这种假设纯属学术想象），它对国家美学方面的持续影响依然存在。"③ 但是沃伦对待非裔美国文本的态度，明显带有欧洲中心论的色彩，认为埃里森的小说《看不见的人》明显好于赖特的作品，表明他没有读过赖特的《生活在地下的人》（1945）与"大黑小子"（1957）这些美学结构方

---

①　Glenda R. Carpio, "What Does Fiction Have to Do with It?", *PMLA*, Vol. 128, No. 2 (2013), p. 386, p. 387.

②　Gene Andrew Jarrett, "What Is Jim Crow?", *PMLA*, Vol. 128, No. 2 (2013), p. 389.

③　R. Baxter Miller, "When African American Literature Exists", *PMLA*, Vol. 128, No. 2 (2013), p. 392.

面的精美之作；他把非裔美国作家作为文学的手段，作为再现民主原则的客体与工具，而非他们自己自由的主体。

桑奈特·雷特曼（Sonnet Retman）在"何谓非裔美国文学"中指出，沃伦认为，跨越几个世纪，作为群体表达形式的非裔美国文学的概念是非历史的、错误的，吉姆·克劳种族隔离让非裔美国文学作为美国的族裔文学出现，那么随着吉姆·克劳种族隔离的结束，也就无须再坚持黑人和白人的种族差异，以及黑人之间的种族团结，因此，作为一种独特的、集体的非裔美国文学不再可行。① 他非常小心地提出非裔美国文学的终结不是因为种族主义的结束，而是因为吉姆·克劳法结束的观点，但是沃伦忽略了黑人女性作家与有色同性恋作家，忽略黑人女性主义文学批评的意义，也没有提及大规模监禁对工人阶级黑人社区与拉丁裔社区的影响。

马龙·B. 罗斯（Marlon B. Ross）对沃伦的质疑更加直接，他认为无论谁提出非裔美国文学终结之说都等于欠揍，但是问题是：谁在推销这种观点？与什么样的社会环境有关？罗斯认为，无论沃伦教授纠结于美国是后种族社会还是后隔离社会，其实都不对，而且掩盖了他更深的一种假设，即文学可以等同于或简化为某种单一的政治因素，只是一种历史的存在。在沃伦眼里，非裔美国文学主要由吉姆·克劳种族主义造就，是个历史的错误，他把非裔美国文学作为替罪羊，抽空了其中的文化，因为，如果"某种文学能够由国家的法律命令而成，当然也可以由这种命令而散；但是，文学的基础结构——文化，却不可能通过命令来建立，无论这种命令合不合法。"②

西奥马拉·桑塔玛丽娜（Xiomara Santamarina）在"现在的未来"一文中指出，沃伦批判黑人的特殊性属于例外之论，但是问题是，为了把反对种族主义合法化，我们是否需要种族？是否真有反对种族主义的美学？倘若真

---

① Sonnet Retman, "What Was African American Literature?", *PMLA*, Vol. 128, No. 2 (2013), pp. 393–394.

② Marlon B. Ross, "This Is Not an Apologia for African American Literature", *PMLA*, Vol. 128, No. 2 (2013), p. 397.

如沃伦所声称的那样，种族的特殊性，或相信独特的、集体的非裔美国文学不合时宜，属于更大不平等的症候，而非对其有效地疗救，那么该怎样进行有效的疗救？如果我们承认过去的这种状况：即黑人的特殊性作为政治的、概念化的形成，出现于某一历史时刻，那么怎能形成黑人文学与批评领域？①而且沃伦没有提及文学（任何文学或任何形式的文化生产）能否促进平等的问题。

拉菲亚·查法（Rafia Zafar）在"非裔美国文学是什么？"（What Is African American Literature?）中首先质疑沃伦提出非裔美国文学有具体的时间限定，已经成为过去的目的何在，为何要缩短非裔美国文学的历史？如果沃伦只以小说与自传这两个文类为例，当然不能完全涵盖非裔美国文学。他说自己通过审视 1900 年前非洲后裔作家的创作实践，发现他们都非常关注主流读者；当然如果人们相信沃伦所说的，所谓 20 世纪 70 年代以前的非裔美国文学主要就是反对法律层面的种族隔离，在心理层面进行抵御，那它当然主要是工具性的，但实际上非裔美国文学远非如此，更加丰富。②

在回应这些批评时，沃伦教授声称，自己撰写《何谓非裔美国文学？》一书的目的是想弄清楚，非裔美国文学到底是什么，是一种文类、典律、一系列比喻、一种传统、一种共享的关系，还是其他什么？因为现在有很多学者把非裔美国文学作为一种敬称，而非分析的范畴，自己的这本著作主要有两大目标，1. 如何最好地说明本领域的研究对象；2. 衡量黑-白种族差异如何影响了文学生产与研究。③虽然沃伦教授承认自己确实忽略了某些文类、某些文学形式或某些作家。但他确实很难解释清楚，文学本身的丰富内涵，以及文化对文学创作的影响。

---

① Xiomara Santamarina, "The Future of the Present", *PMLA*, Vol. 128, No. 2（2013）, p. 399.

② Rafia Zafar, "What Is African American Literature?", *PMLA*, Vol. 128, No. 2（2013）, pp. 401-402.

③ Kenneth W. Warren, "A Reply to My Critics", *PMLA*, Vol. 128, No. 2（2013）, p. 407.

当然也有一些学者力挺沃伦。埃里卡·爱德华兹（Erica Edwards）就认为，沃伦教授用过去式"was"来描述非裔美国文学，需要依赖对历史的双重主张，即，首先，非裔美国文学是作为对吉姆·克劳种族隔离时代特定历史环境的回应而产生的；其次，作为不连续但又可以确认传统的非裔美国文学，背叛了对种族团结的非历史渴望，因为，吉姆·克劳种族隔离结束后，不可能再天真地如此要求。爱德华兹认为《何谓非裔美国文学？》寻求质疑目前学术界广为接受的这种共识，即"吉姆·克劳还没有结束，民权运动以后，最明显的种族隔离与种族歧视让位于各种更加隐蔽，但是更加有害的种族主义的各种表现。"他认为沃伦教授的论点是，在吉姆·克劳法不再有效的社会，就不会有因此而产生的文学，"当种族身份不再是法律，它一定要么是历史要么是记忆——也就是说，它一定要么过去是而现在不是，或者曾经有段时间是，而现在依然弥漫在我们周围。"爱德华兹认为，通过暴露当代学者对种族与非裔美国文学的错误理解，沃伦希望展示的是，我们热恋过去会妨碍我们精确地解释黑人写作的历史以及当代的不平等，并"挑战我们不要热衷后-种族幻想从而放弃非裔美国文学，而要更加坚决、更加有想象力地构建对我们当前负责并作出回应的文学理论与阅读"。

反思

文德莱与达夫关于诗歌选编标准的争论，不仅在于是否只需要收录少许诗人的代表作，或 175 位诗人之多及其代表作品那么简单，而是应该基于什么样的美学标准进行判断与选编的问题，特别是关于文学的审美标准是否恒定（封闭）与发展的问题；达夫的开放性审美标准（多元文化的标准）使她更加关注不同族裔的诗人，打破了过去的典律范畴，营造了新的典律样态。而围绕《何谓非裔美国文学？》的反思与分析，仿佛也只是关于"非裔美国文学"存在的时间，以及如何对"非裔美国文学"的内涵进行界定这两个问题。但是从根本上来说，都是对文学与社会之间的关系（文学是否只是社会现实的反映），特别是文学与文化影响之间的关系（除了明显的政治、法律的直接影响外，还有更加细腻、持久的文化、习俗、传统等隐性影响），以及文学的历史向度与文学的自我指涉之间关系的探讨。

由于"何谓非裔美国文学？"这一命题更加具有颠覆性，因此，需要再多费些笔墨予以探讨。作为资深的非裔美国文学研究者，沃伦教授十分熟悉非裔美国文学史及其重要作家、作品，他为何要"别出心裁"地提出"非裔美国文学"已经终结这一命题？这对 21 世纪非裔美国文学研究有何意义？①

沃伦教授清楚地知道，根据当下的文学批评标准，他的论点仿佛都是错误的，因为许多研究都想把非裔美国文学的起源再往前追溯，并予以合法化。"有些著作认为，可以通过黑人作者有意无意地重写源于非洲大陆的修辞实践、神话、民间传说与传统来定义非裔美国文学文本；有些则根据它与奴隶制的持续论争来定义非裔美国文学，甚至把当代黑人文学视为受奴役的黑人以令人难忘的方式对付残忍的中央死亡通道的手段。总之，内战前的废奴主义者已经引用并鼓励黑人文学方面的成就，以驳斥对黑人低下的指责。然而，总的来说，他们想证明黑人能够创作文学，但是不需要创作截然不同的文学。"②

如前所述，沃伦在书中多次提到非裔美国文学存在的时段，指出"如果 1896 年"普莱西对弗格森"案标志着为非裔美国文学的出现提供了必要条件的吉姆·克劳种族隔离时代的开始，如果 1954 年《布朗诉托皮卡地方教育局案》预示着合法的种族隔离开始结束，那么有助于阐明这一事实，即如

---

① 虽然学术界已经发现 1746 年非裔美国人露西·特里（Lucy Terry）创作的第一首诗歌"Bars Fight"，以及 1760 年非裔美国人哈蒙（Jupiter Hammon）出版的第一首诗歌"An Evening Thought, Salvation by Christ With Penitential Cries"，但是学术界普遍认为 1773 年惠特莉出版的第一部诗集标志着非裔美国文学的开始。

② Kenneth Warren, "Does African-American Literature Exist?".

果从一开始非裔美国文学就致力于破坏令其产生的条件的话，那么美国最高法院在通常被称为密西根法案的"格鲁特诉勃林格尔"案（Grutter v. Bollinger，2003），以及"格拉茨诉勃林格尔"案（Gratz v. Bollinger，2003）的决定，以及 2007 年美国最高法院在"社区学校学生家长诉西雅图第一学区教育委员会"（Parents Involved in Community Schools v. Seattle School District No. 1）案上的判决，为我们提供了观察黑人写作已经发生以及正在发生的事情，因为非裔美国文学已经结束了。"①

笔者认为，对非裔美国文学起源的探讨与人们对非裔美国文学内涵/功能的认识与界定之间有着必然的联系。直到 20 世纪 60 年代的黑人艺术运动，"主流"的非裔美国文学批评大都关注文学的社会与政治功能，并在黑人艺术运动以及黑人美学运动中达到高潮，自 20 世纪 70 年代末新黑人美学运动以来，特别是 80 年代以后，新一代非裔美国作家更是希望能够突破种族的限制进行创作。小说家与评论家特里·埃利斯（Trey Ellis）认为，新一代黑人坦然承认自己既喜欢吉姆也喜欢莫里森，预示着超越种族与阶级、更加开放的新黑人美学的到来。这不是说埃利斯及其同辈人不会遇到种族歧视，而是他们更加淡然，埃利斯认为，"对我们来说，种族主义属于坚固、几乎没有变化的常数，既不会让我们吃惊，也不会激怒我们。……我们不是说种族主义不存在，而是说它不能成为一种借口。"②

20 世纪 80 年代以后的非裔美国文学研究者所强调的这种淡然正是沃伦教授所追求的，他认为，非裔美国文学作为一个独特的实体仿佛即将结束，向离散、跨大西洋、全球化以及其他形式转变，隐隐预示着其独特的界限已被侵蚀。"因此，我的论点是，非裔美国文学不是一种超越历史的实体（我们这儿描述的变化已经发生），而是说非裔美国文学本身即是在文学实践领

---

① Kenneth W. Warren, *What Was African American Literature?*, pp. 88–89.

② Trey Ellis, "The New Black Aesthetic", *Callaloo*, No. 38（Winter 1989）, pp. 233–243, pp. 239–240.

域对已经基本上无法获得的条件作出回应的一种表象的、修辞策略。"① 他无法忍受类似恰尔斯在乔治亚州一家鲍德斯连锁书店的经历。2006 年，在为《纽约时报》撰写的"他们的眼睛盯着淫秽"中，恰尔斯说自己走进书店"非裔美国文学"区时，满目所见简直不堪入目，一排排一架架图书都是不堪入目的画面，通常半裸的身体摆着有点色情的姿势，伴以手枪等犯罪生活的象征。"我觉得自己走进了一家色情店，只不过这些淫秽是为我的族人而作，也是由我的族人生产的，而且被叫做'文学'。"② 这些"非裔美国文学作品"不正是非裔美国作者与出版者共谋，"迎合"市场需求（隐含种族歧视与偏见的）的最好表现吗？

当然，也有人从美国黑人读书市场的繁荣，黑人读者的扩大角度看待这一现象，认为上述"不堪入目"、耸人听闻的"非裔美国文学"也有其明快的一面，在题为"什么是非裔美国文学？"一文中，杰拉尔德·厄雷（Gerald Early）乐观地指出其健康的显在与充满希望的未来。首先，黑人读者的成长意味着黑人作者可以只为黑人读者写作；其次，自诩的黑人精英无法把自己的趣味强加给他的读者，黑人所梦想的自治在文学方面已经开始出现，黑人文学现在受市场驱动，而非像过去那样受制于有文化的白人和黑人；再次，这种文学无须像过去那样受累于进行政治抗议，或为黑人种族进行特殊的人性诉求，或证明其历史与文化的价值。③

由沃伦教授这部新作引发的关于"何谓非裔美国文学？"的讨论，对当今处于所谓"后种族"时代的美国反思文学的作用与功能极具现实主义，为人们思考非裔美国文学创作与研究提供了新的视角，拓宽了思路，回应了 20世纪初、特别是 20 年代哈莱姆文艺复兴以来非裔美国文学应该是艺术还是宣传的讨论。新黑人美学之后，非裔美国文学创作与批评都呈现出更加多元

---

① Kenneth W. Warren, *What Was African American Literature*? p. 9.
② Kenneth W. Warren, *What Was African American Literature*? p. 111.
③ Kenneth W. Warren, *What Was African American Literature*? pp. 112–113.

的态势，学者们普遍同意，20 世纪最后 30 年非裔美国文学的显著特征之一就是重新重视说故事与口头表达（orality），"非裔美国文学重新定义作为美学与社会力量的艺术的意义与功能，特别是 1980 年以来，更加重视基于表演的表达模式。作家们有的直面种族，有的则间接甚至根本不涉及种族，他们前所未有的审视或重新审视阶级、性别、性与黑人团体内部关系等问题。"①

林登·巴雷特认为，20 世纪 80 年代的非裔美国文学批评遵循费希尔与斯特普托在《非裔美国文学：课程的重构》中提出的观点，通过明显的理论性原则开始定义其自身，强调非裔美国文学生产的话语复杂性。20 世纪 90 年代的非裔美国文学批评则把《课程的重构》的批评平台加以拓展，目睹了文化研究、女性主义、心理分析和酷儿理论所产生的广泛影响。此外，美国黑人文学批评在社会学和话语两个极端之间长期的张力在 20 世纪 90 年代常常被认为是批评实践的一个具有促进作用的核心问题，社会学和话语两个极端之间的张力构成了非裔美国文学生产中的一个有益因素。②

总之，21 世纪非裔美国文学创作与批评呈现出的多元的发展态势，必将随着美国社会大的环境的变化而改变，但其同时关注文学的社会意义与美学价值的原则不会改变，体现了非裔美国文学传统的精髓。盖茨教授指出，用当下的标准来看，惠特莉等早期非裔美国诗人仿佛全都想赢得基督徒读者，他们的虔诚与表达今天看来毫无新鲜之处，但是其社会意义同样不可小觑，其献身于人类尊严的精神依然不会过时。③ 这也必将是非裔美国文学的生命力所在，也是非裔美国文学批评与研究追求的目标。

---

① Maryemma Graham and Jerry Ward（eds.），*The Cambridge History of African American Literature*，p. 14.

② 克尔·格洛登，马丁·克雷斯沃思，伊莫瑞·济曼主编：《霍普金斯文学理论和批评指南》，王逢振等译，外语教学与研究出版社 2011 年版，第 32—33 页。

③ Henry Louis Gates, Jr. and Nellie Y. McKay（eds.），*The Norton Anthology of African American Literature*，New York. London：W. W. Norton & Company，2004，p. 151.

参 考 文 献

中文文献

阿英:《晚清小说史》,东方出版社1996年版。

[美]艾勒克·博埃默:《殖民与后殖民文学》,盛宁、韩敏中译,辽宁教育出版社1998年版。

[美]贝尔·胡克斯:《女权主义理论:从边缘到中心》,晓征、平林译,江苏人民出版社2001年版。

[美]伯纳德·贝尔:《非洲裔美国黑人小说及其传统》,刘捷等译,四川人民出版社2000年版。

陈法春:《非裔美国文学对"美国梦"的双重心态》,《天津外国语学院学报》2003年第3期。

陈平原:《二十世纪中国小说史:1897—1916》第一卷,北京大学出版社1989年版。

陈平原、夏晓虹编:《二十世纪中国小说理论资料:1897—1916》第一卷,北京大学出版社1997年版。

陈众议:《外国文学研究与翻译三十年(代序)》;何成:《改革开放三十年英美文学研究小结》,载中国社会科学院外国文学研究所国情调研综合报告,《外国文学在我国社会主义精神文明建设中的地位和作用》，译林出版社 2010 年版。

程锡麟：《一种新崛起的批评理论：美国黑人美学》，《外国文学》1993 年第 6 期。

程锡麟：《美国黑人文学述评》，《当代外国文学》1994 年第 1 期。

程锡麟：《赫斯顿研究》，上海外语教育出版社 2005 年版。

程锡麟：《黑人美学》，《外国文学》2014 年第 2 期。

程锡麟、王晓路：《当代美国小说理论》，外语教学与研究出版社 2001 年版。

杜志卿：《国内托妮·莫里森作品的译介述评》，《中国翻译》2005 年第 2 期。

杜志卿：《托妮·莫里森研究在中国》，《当代外国文学》2007 年第 4 期。

范革新：《又一次"黑色的"浪潮——托妮·莫里森、艾丽斯·沃克及其作品初探》，《外国文学评论》1995 年第 3 期。

郭继德：《当代美国戏剧发展趋势》，山东大学出版社 2009 年版。

何燕李：《盖茨非裔文学理论的"奈保尔谬误"》，《国外文学》2012 年第 2 期。

［美］亨利·路易斯·盖茨：《意指的猴子：一个非裔美国文学批评理论》，王元陆译，北京大学出版社 2011 年版。

黄晖：《20 世纪非裔美国文学批评理论》，《外国文学研究》2002 年第 3 期。

黄卫峰：《哈莱姆文艺复兴研究》，外语教学与研究出版社 2007 年版。

江宁康：《美国当代文学与美利坚民族认同》，南京大学出版社 2008 年版。

焦小婷：《一个求索的灵魂——对哈利特·雅各布斯〈一个奴隶女孩的生活经历〉自传叙事的思考》，《天津外国语学院学报》2008 年第 5 期。

［美］赖特：《土生子》，施咸荣译，译文出版社 1983 年版。

［美］兰斯顿·休斯：《大海》，吴克明、石勤译，上海译文出版社 1986 年版。

［英］雷蒙·威廉斯：《关键词：文化与社会的词汇》，刘建基译，生活·读书·新知三联书店 2005 年版。

［美］雷内·韦勒克：《批评的概念》，张金言译，中国美术学院出版社 1999 年版。

李敦白：被奴役民族的灵魂——评杜波伊斯《黑人的灵魂》，《读书》1959 年第 8 期。

李静：《"被子"在艾丽丝·沃克作品中的意义》，《四川外语学院学报》2008 年第 1 期。

李权文：《从边缘到中心：非裔美国文学理论的经典化历程论略》，《湖北民族学院学报》（哲学社会科学版）2009 年第 4 期。

李权文：《小亨利·路易斯·盖茨研究述评》，《国外理论动态》2009 年第 8 期。

李有成：《逾越：非裔美国文学与文化批评》，浙江大学出版社 2015 年版。

林元富：《非裔文学的戏仿与互文：小亨利·路易斯〈表意的猴子〉理论述评》，《福建师范大学学报》（哲学社会科学版）2008 年第 6 期。

凌建娥：《爱与拯救：艾丽丝·沃克妇女主义的灵魂》，《湖南科技大学学报》（社科版）2005 年第 1 期。

刘戈、韩子满：《艾丽丝·沃克与妇女主义》，《郑州大学学报》（哲学社会科学版）2004 年第 3 期。

刘海平、张子清主编：《美国文学研究在中国》，南京大学出版社 2015 年版。

刘惠玲：《国内托妮·莫里森〈秀拉〉文学批评和接受的特点及成因研究》，《外国文学研究》2009 年第 3 期。

罗良功：《兰斯顿·休斯诗歌思想特征和艺术创新》，华中师范大学，2002 年。

罗良功：《论兰斯顿·休斯诗歌对民族文化的建构》，《当代外国文学》2003 年第 4 期。

罗良功：《美国诗人反战运动综述》，《外国文学研究》2004 年第 6 期。

［美］迈克尔·格洛登、马丁·克雷斯沃思、伊莫瑞·济曼（主编）：《霍普金斯文学理论和批评指南》，王逢振等译，外语教学与研究出版社 2011 年版。

［美］米歇尔·华莱士：《访小亨利·路易斯·盖茨》，王家湘译，《外国文学》1991 年第 4 期。

庞好农：《非裔美国文学史（1619—2010）》，中央编译出版社 2015 年版。

彭予（译）：《在疯狂的边缘——美国新诗选》，河南人民出版社 1989 年版。

钱满素：《美国当代小说家论》，中国社会科学出版社 1987 年版。

乔国强：《美国 40 年代黑人文学》，《国外文学》1999 年第 3 期。

任虎军：《新世纪国内美国文学研究热点》，《外语语文》2009 年第 3 期。

〔美〕萨克文·伯科维奇主编：《剑桥美国文学史》第七卷，孙宏主译，中央编译出版社 2005 年版。

〔美〕萨克文·伯科维奇主编：《剑桥美国文学史，诗歌与批评：1910—1950 年》第五卷，马睿、陈贻彦、刘莉译，中央编译出版社 2009 年版。

单德兴：《重建美国文学史》，北京大学出版社 2006 年版。

施落英（编）：《弱国小说名著》，启明书店 1937 年版。

施咸荣：《战斗的非裔美国文学》，《文学评论》1965 年第 5 期。

孙胜忠：《哈莱姆文艺复兴的缘起及其同美国主流文学的姻联》，《四川外语学院学报》2003 年第 2 期。

孙薇、程锡麟：《解读艾丽斯·沃克的"妇女主义"——从〈他们的眼睛望着上帝〉和〈紫色〉看黑人女性主义文学传统》，《当代外国文学》2004 年第 2 期。

谭惠娟：《创新·融合·超越：拉尔夫·埃利森文学研究》，北京语言大学，2007 年。

谭惠娟：《布鲁斯音乐与黑人文学的水乳交融——论布鲁斯音乐与拉尔夫·埃利森的文学创作》，《文艺研究》2007 年第 5 期。

唐红梅：《美国黑人女性创作语境在国内沃克、莫里森研究中的缺失》，《湖北师范学院学报》（哲学社会科学版）2006 年第 5 期。

汪义群：《当代美国戏剧》，上海外语教育出版社 1992 年版。

王多恩：《从非裔美国文学创作驳黑人低劣论》，《中山大学学报》（社会科学）1963 年第 4 期。

王逢振：《〈看不见的人〉仍令人震撼》，《外国文学研究》1999 年第 3 期。

王家湘：《在理查德·赖特的阴影下——三四十年代的两位美国黑人女作家佐拉·尼尔·赫斯顿和安·佩特里》，《外国文学》1989 年第 1 期。

王家湘：《对哈莱姆文艺复兴的认识与反思》，《外国文学动态》1999 年第 1 期。

王家湘：《20 世纪美国黑人小说史》，译林出版社 2006 年版。

王建开：《五四以来我国英美文学作品译介史：1919—1949》，上海外语教育出版社 2003 年版。

王克非：《翻译文化史论》，上海外语教育出版社 1997 年版。

王莉娅：《黑人文学的美学特征》，《北方论丛》1997 年第 5 期。

王守仁：《托妮·莫里森小说研究》，载章燕、赵桂莲主编：《新中国 60 年外国文学研究》（第一卷下：外国小说研究），北京大学出版社 2015 年版。

王守仁、吴新云：《性别·种族·文化：托妮·莫里森与二十世纪非裔美国文学》，北京大学出版社 1999 年版。

王守仁、吴新云：《超越种族：莫里森新作〈慈悲〉中的"奴役"解析》，《当代外国文学》2009 年第 2 期。

王淑芹：《美国黑人女性主义文学批评研究》，山东大学，2006 年。

王湘云：《为了忘却的记忆——论〈至爱〉对黑人"二次解放"的呼唤》，《外国文学评论》2003 年第 4 期。

王晓路：《理论意识的崛起——评〈黑人文学与文学理论〉》，《外国文学评论》1993 年第 2 期。

王晓路：《表征理论与美国少数族裔书写》，《南开学报》（哲学社会科学版）2005 年第 4 期。

王晓英：《走向完整生存的追寻——艾丽丝·沃克妇女主义文学创作研究》，苏州大学出版社，2008 年。

王玉括：《非裔美国文学中的地理空间及其文化表征》，《外国文学评论》2009 年第 2 期。

王玉括：《非裔美国文学批评中的后结构主义之争》，《外国文学评论》2013 年第 3 期。

王玉括：《黑人美学的倡导者与捍卫者艾迪生·盖尔》，《国外文学》2015 年第 1 期。

王玉括：《莫里森研究》（修订版），外语教学与研究出版社 2017 年版。

王祖友：《小休斯顿·贝克教授访谈录》，《当代外语研究》2013 年第 7 期。

［美］文森特·里奇：《20 世纪 30 年代至 80 年代的美国文学批评》，王顺珠译，北京大学出版社 2013 年版。

翁德修、都岚岚：《美国黑人女性文学》，吉林大学出版社 2000 年版。

吴冰：《詹姆士·鲍德温》，《外国文学》1985 年第 6 期。

习传进:《论贝克的布鲁斯本土理论》,《华中师范大学学报》(人文社会科学版) 2003 年第 2 期。

习传进:《"表意的猴子":论盖茨的修辞性批评理论》,《湖北师范学院学报》(哲学社会科学版) 2005 年第 5 期。

谢榕津:《七十年代的美国黑人戏剧》,《外国文学研究》1978 年第 2 期。

杨昌溪:《黑人文学》,良友图书印刷公司 1933 年版。

杨金才:《托尼·莫里森在中国的批评与接受》,《外国文学研究》2011 年第 4 期。

袁霁:《非洲中心主义文学批评理论》,《吉林大学社会科学学报》2000 年第 5 期。

俞睿:《鲍德温作品中的边缘身份研究》,南京大学,2011 年。

张冲:《面对黑色美国梦的思考与抉择——评〈跨出一大步〉和〈阳光下的干葡萄〉》,《外国文学评论》1995 年第 1 期。

张军:《重负下的美国主要裔族文学——评"赵汤之争、鲍德温与赖特反目、质疑契约论"》,《学术论坛》2008 年第 11 期。

张立新:《白色的国家,黑色的心灵——论美国文学与文化中黑人文化身份认同的困惑》,《国外文学》2005 年第 2 期。

张友伦等:《美国社会的悖论》,中国社会科学出版社 1999 年版。

张子清:《美国现代黑人诗歌》,《南京理工大学学报》(社会科学版) 1994 年第 3 期。

张子清:《2011 美国诗界大辩论:什么是美国的文学标准》,《文艺报》2012 年 1 月 13 日。

张子清:《二十世纪美国诗歌史》1—3 册,南开大学出版社 2018 年版。

赵白生:《美国文学的使命书——〈道格拉斯自述〉的阐释模式》,《外国文学》2002 年第 5 期。

赵毅衡:《美国现代诗歌》,外国文学出版社 1985 年版。

赵思奇:《贝尔·胡克斯黑人女性主义文学批评研究》,山东大学,2010 年。

赵文书:《美国文学中多元文化主义的由来——读道格拉斯的〈文学中的多元文

化主义系谱〉》,《当代外国文学》2014 年第 1 期。

中国版本图书馆编:《1949—1979 翻译出版外国文学著作目录和提要》,江苏人民出版社 1986 年版。

中国版本图书馆编:《1980—1986 翻译出版外国文学著作目录和提要》,重庆出版社 1989 年版。

钟京伟:《詹姆斯·鲍德温小说的伦理研究》,上海外国语大学,2013 年。

周春:《美国黑人女性主义批评研究》,四川大学出版社 2007 年版。

周维培:《现代美国戏剧史》(1900—1950),南京文艺出版社 1997 年版。

朱梅:《拒绝删除的记忆幽灵——从托尼·莫里森的〈宣叙〉谈起》,《外国文学评论》2008 年第 2 期。

朱小琳:《视角的重构:论盖茨的喻指理论》,《外国文学研究》2004 年第 5 期。

朱小琳:《现当代美国文学中的非裔女性形象刍议》,《北京第二外国语学院学报》2007 年第 2 期。

朱小琳:《托妮·莫里森小说中的暴力世界》,《外国文学评论》2009 年第 2 期。

邹赞:《"英文研究"的兴起与英国文学批评的机制化》,《国外文学》2013 年第 3 期。

邹振环:《影响中国近代社会的一百种译作》,中国对外翻译出版公司 1996 年版。

英文文献

Aaron, Daniel, "Richard Wright and the Communist Party", *New Letters*, (Winter 1971).

Adell, Sandra, "A Function at the Junction", *Diacritics*, Vol. 20, No. 4 (Winter 1990).

Adell, Sandra, "The Crisis in Black American Literary Criticism and the Postmodern Cures of Houston A. Baker, Jr. and Henry Louis Gates, Jr. ", in *African American Literary Theory*, *A Reader*. Winston Napier, ed., New York and London, New York University Press, 2000.

Andrews, William L. (ed.), *Critical Essays on W. E. B. Du Bois*, Boston, Massachusetts: G. K. Hall & Co., 1985.

Angelo, Bonnie, "The Pain of Being Black, An Interview with Toni Morrison (1989)", in *Conversations with Toni Morrison*, Danille Taylor-Guthrie (ed.), Jackson, University Press of Mississippi, 1994.

Aptheker, Herbert (ed.) *Book Reviews by W. E. B. Du Bois*, Millwood, New York: AU. S. Division of Kraus-Thomson Organization Ltd., 1977.

Baker, Houston A. (ed.), *Black Literature in America*, New York: McGraw-Hill Book Company, 1971.

Baker, Houston A., *The Journey Back: Issues in Black Literature and Criticism*, Chicago and London: The University of Chicago Press. 1980.

Baker, Houston A., "Generational Shifts and the Recent Criticism of Afro-American Literature", *Black American Literature Forum*, Vol. 15, No. 1 (Spring 1981).

Baker, Houston A., *Blues, Ideology, and Afro-American Literature: A Vernacular Theory*, Chicago and London: The University of Chicago Press, 1984.

Baker, Houston A., *Jr. Modernism and the Harlem Renaissance*, Chicago: University of Chicago Press, 1987.

Baker, Houston A., "In Dubious Battle", *New Literary History*, Vol. 18, No. 2 (Winter 1987).

Baker, Houston A., *Afro-American Poetics: Revisions of Harlem and the Black Aesthetic*. Madison: The University of Wisconsin Press, 1988.

Baker, Houston A. and Patricia Redmond (eds.), *Afro-American Literary Study in the 1990s*, Chicago and London: The University of Chicago Press, 1989.

Baker, Houston A., *Long Black Song: Essays in Black American Literature*, Charlottesville and London: The University Press of Virginia, 1990.

Baker, Houston A. Jr., *Workings of the Spirit, The Poetics of Afro-American Women's Writing*, Chicago and London: The University of Chicago Press, 1991.

Baker, Houston A., *Turning South Again, Re-thinking Modernism/Re-reading Booker

参 考 文 献

T. , Durbam& London: Duke University Press, 2001.

Baker, Houston A. , *Critical Memory: Public Spheres, African American Writing, and Black Fathers and Sons in America*, Athens and London: The University of Georgia Press, 2001.

Bakerman, Jane, "The Seams Can't Show, An Interview with Toni Morrison (1977)", in *Conversations with Toni Morrison*, Danille Taylor-Guthrie (ed.), Jackson, University Press of Mississippi, 1994.

Baldwin, James, *Notes of a Native Son*, Boston: Beacon Press, 1984.

Baldwin, James, "The Price of the Ticket", in *James Baldwin, Collected Essays*, *Toni Morrison* (ed.), New York: The Library of America, 1998.

Baldwin, James and Sol Stein, *Native Sons: A Friendship That Created One of the Greatest Works of the Twentieth Century: Notes of a Native Son*, Ballantine Books New York: One World, 2004.

Baraka, Imamu Amiri, *Home, Social Essays*, New York: Morrow, 1966.

Baraka, Imamu Amiri, *The Autobiography of LeRoi Jones/Amiri Baraka*, New York: Freundlich, 1984.

Baraka, Imamu Amiri, "Aimé Césaire", *Daggers and Javelins, Essays*, 1974–1979, New York: Morrow, 1984.

Baraka, Imamu Amiri and Amina Baraka, *The Music: Reflections on Jazz and Blues*, New York: Morrow, 1987.

Beaulieu, Elizabeth Ann, *The Toni Morrison Encyclopedia*, Westport: Greenwood Press, 2003.

Bercovitch, Sacvan (General Editor), *The Cambridge History of American Literature*, Vol. 8, Poetry and Criticism, 1940–1995, New York: Cambridge University Press, 1996.

Bercovitch, Sacvan (general editor), *The Cambridge History of American Literature*, Vol. 5, Poetry and Criticism, 1900 – 1950, Cambridge: Cambridge University Press, 2003.

Bernal, Martin, *Black Athena: The Afroasiatic Roots of Classical Civilization*, Vol. I,

New Brunswick: Rutgers University Press, 1987.

Binder, Wolfgang, "James Baldwin, an Interview", in *Conversations with James Baldwin*, Fred L. Standley and Louis H. Pratt (eds.), Jackson and London, University Press of Mississippi, 1989.

Birmingham, Kevin, "No Name in the South, James Baldwin and the Monuments of Identity", *African American Review*, Vol. 44, No. 1-2 (Spring/Summer2011).

Bloom, Harold (ed.), *James Baldwin: Updated Edition*, New York: Bloom's Literary Criticism, An Imprint of Infobase Publishing, 2007.

Bowles, Gloria M., Giulia Fabi, and Arlene R. Keizer (eds.), *New Black Feminist Criticism*, 1985 - 2000 (Barbara Christian), Urbana and Chicago: University of Illinois Press, 2007.

Boyd, Herb, *Baldwin's Harlem*, *A Biography of James Baldwin*, New York: Atria Books, 2008.

Brennan, Sherry, "On the Sound of Water, Amiri Baraka's 'Black Art'", *African American Review*, Vol. 37, No. 2-3 (2003).

Brooks, Gwendolyn, *Report from Part One: An Autobiography*, Detroit, Broadside Press, 1972.

Brown, Jocelyn A., *Assessing Color Blind Casting in American Theatre and Society*, University of Colorado, 2008.

Brown, Sterling, *The Negro in American Fiction*, Port Washington, N. Y.: Kennikat Press, 1937.

Brown, Sterling, "The American Race Problem as Reflected in American Literature", *The Journal of Negro Education*, Vol. 8, No. 3, The Present and Future Position of the Negro in the American Social Order (Jul. 1939).

Brown, Sterling, "The Blues", *Phylon* (1940-1956), Vol. 13, No. 4 (4th Qtr. 1952).

Brown, Sterling, "Negro Folk Expression, Spirituals, Seculars, Ballads and Work Songs", *Phylon* (1940-1956), Vol. 14, No. 1 (1st Qtr. 1953).

Brown, Sterling, "A Century of Negro Portraiture in American Literature", *The Mas-

sachusetts Review, Vol. 7, No. 1 (Winter 1966).

Brown, Sterling, "Negro Character As Seen by White Authors", *Callaloo*, No. 14/15 (Feb. – May 1982).

Brustein, Robert, "Subsidized Separatism", *American Theatre* (Oct 1996).

Brustein, Robert, "On Cultural Power", *The New Republic* (March 1997).

Butler, Robert J., "Bibliographical Essay: Probing the Lower Frequencies, Fifty Years of Ellison Criticism", in *A Historical Guide to Ralph Ellison*, Steven C. Tracy (ed.), New York, Oxford University Press, 2004.

Cain, William E, "Review, New Directions in Afro-American Literary Criticism", *American Quarterly*, Vol. 42, No. 4 (Dec. 1990).

Callahan, John F. (ed.), *The Collected Essays of Ralph Ellison*, New York: The Modern Library, 1995.

Campbell, Nicole, *Alice Walker: Redefining the Hero*. Floria Atlantic University, 1998.

Carpio, Glenda R., "What Does Fiction Have to Do with It?", *PMLA*, Vol. 128, No. 2 (2013).

Charney, Maurice, "James Baldwin's Quarrel with Richard Wright", *American Quarterly*, Vol. 15, No. 1 (Spring 1963).

Christian, Barbara, *Black Feminist Criticism, Perspectives on Black Women Writers*, New York: Pergamon, 1985.

Christian, Barbara, "The Race for Theory", *Cultural Critique, The Nature and Context of Minority Discourse*, No. 6 (Spring 1987).

Christian, Barbara, "Conversations with the Universe", *The Women's Review of Books*, Vol. 6, No. 5 (1989).

Clarke, John Henrik, "The Origin and Growth of Afro-American Literature", in *Black Voices, An Anthology of African-American Literature*, Abraham Chapman (ed.), New York, Penguin Group, 2001.

Collier, Eugenia W., "Thematic Patterns in Baldwin's Essays", in *James Baldwin, A*

Critical Evaluation, Therman B. O'Daniel, Washington: Howard University Press, 1977.

Collins, Patricia Hill, *Black Feminist Thought*, *Knowledge*, *Consciousness*, *and the Politics of Empowerment* (2nd edition), New York and London: Routledge, 2000.

Cruse, Harold, "Editorial", *New Challenge*, Vol. 2, No. 2 (Fall 1937).

Cruse, Harold, *The Crisis of the Negro Intellectual*: *A Historical Analysis of the Failure of Black Leadership*, New York: New York Review Books, 2005.

Darling, Marsha, "In the Realm of Responsibility, A Conversation with Toni Morrison (1988)", in *Conversations with Toni Morrison*, Danille Taylor-Guthrie (ed.), Jackson, University Press of Mississippi, 1994.

Dickens, Donald C., *A Bio-Bibliography of Langston Hughes*, 1902 – 1967, Conn Hamden Duke University Press, 1967.

Donald, Heather Mac, "Toni Morrison as Literary Critic", *Academic Questions*, (Summer 1994).

Du Bois, W. E. B., *The Souls of Black Folk.* New York: The Library of America, 1990.

Du Bois, W. E. B., *The Critics and the Harlem Renaissance*, New York: Garland Publishing, Inc., 1996.

Du Bois, W. E. B., "Criteria of Negro Art", in *African American Literary Theory*, *A Reader*, Winston Napier (ed.), New York & London: New York University Press, 2000.

Du Bois, W. E. B., *Darkwater*: *Voices from Within the Veil*, New York: Oxford University Press, 2007.

Early, Gerald, "So Will My Page Be Colored That I Write?", *Boston Book Review*, www. bookwire. com/bbr/poetry, 1995.

Early, Gerald, "What Is African American Literature?", in *Street Lit*, *Representing the Urban Landscape*, Keenan Norris (ed.), Lanham · Toronto · Plymouth, UK, The Scarecrow Press, Inc., 2014.

Elam, Michele (ed.), *The Cambridge Companion to James Baldwin*, New York: Cambridge University Press, 2015.

Ellis, Trey, "The New Black Aesthetic", *Callaloo*, No. 38 (Winter 1989) .

Emanuel, James A. , *Langston Hughes*, New York: Twayne Publishers, 1967.

Ervin, Hazel Arnett (ed.), *African American Literary Criticism*, 1773 – 2000, New York: Twayne Publishers, 1999.

Ervin, Hazel Arnett, "Introduction", in *African American Literary Criticism*, 1773 to 2000, Hazel Arnett Ervin (ed.) .

Evory, Ann, *Contemporary Authors*, Michigan: Gale Research Company, 1981.

Fanon, Franze, *The Wretched of the Earth*, Trans. Constance Farrington, New York: Grove Press, 1966.

Foley, Barbara, "Reading Forward to Invisible Man", in *Wrestling with the Left*: *The Making of Ralph Ellison's Invisible Man*, Durham and London: Duke University Press, 2010.

Ford, Nick Aaron, "The Evolution of James Baldwin as Essayist", in *James Baldwin*, *Updated Edition*, Harold Bloom (ed.), New York: Bloom's Literary Criticism, An Imprint of Infobase Publishing, 2007.

Fryar, Imani, "Literary Aesthetics and the Black Woman Writer", *Journal of Black Studies*, Vol. 20, No. 4 (1990) .

Fuller, Hoyt W, "The New Black Literature, Protest or Affirmation", in *The Black Aesthetic*, Addison Gayle Jr. , New York: Doubleday & Company, Inc. , 1971.

Funkhouser, Christopher, "LeRoi Jones, Larry Neal, and the Cricket, Jazz and Poets ' Black Fire", *African American Review*, Vol. 37, No. 2–3 (2003) .

Gates, Henry Louis. Jr. , "Dis and Dat, Dialect and the Descent", in *Afro-American Literature*: *the Reconstruction of Instruction*, Dexter Fisher and Robert Stepto (eds.), New York: MLA Press, 1979.

Gates, Henry Louis (ed.), *Black Literature and Literary Theory*, New York and London: Methuen, Inc. , 1984.

Gates, Henry Louis, *Figures in Black*: *Words*, *Signs*, *and the "Racial" Self*, New York: Oxford, Oxford University Press, 1987.

Gates, Henry Louis, " 'What's Love Got to Do with It?': Critical Theory, Integrity, and the Black Idiom", *New Literary History*, Vol. 18, No. 2 (Winter 1987).

Gates, Henry Louis, *The Signifying Monkey: A Theory of African-American Literary Criticism*, New York, Oxford: Oxford University Press, 1988.

Gates, Henry Louis Jr., "The Trope of a New Negro and the Reconstruction of the Image of the Black", *Representations*, No. 24, Special Issue, America Reconstructed, 1840–1940 (Autumn 1988).

Gates, Henry Louis Jr., *Loose Canons: Notes on the Culture Wars*, New York/Oxford: Oxford University Press, 1992.

Gates, Henry Louis, "Preface to Blackness, Text and Pretext", in *African American Literary Theory, A Reader*, Winston Napier (ed.), New York and London: New York University Press, 2000.

Gates, Henry Louis Jr., "The Chitlin Circuit", In *African American Performance and Theatre History: A Critical Reader*, Harry J. Elam, Jr. and David Krasner (eds.), New York: Oxford University Press, 2001.

Gates, Henry Louis, "The Black Letters on the Sign, W. E. B. Du Bois and the Canon", *in Darkwater, Voices from Within the Veil*, W. E. B. Du Bois, Oxford New York: Oxford University Press, 2007.

Gates, Henry Louis Jr., "The Fire Last Time", in *James Baldwin: Updated Edition*, Harold Bloom (ed.), New York, Bloom's Literary Criticism, An Imprint of Infobase Publishing, 2007.

Gates, Henry Louis Jr., "The Fire Last Time", in *James Baldwin: Updated Edition*, Harold Bloom (ed.).

Gates, Henry Louis and Nellie Y., *The Norton Anthology of African American Literature* (*second edition*), McKay (general editors) New York · London: W. W. Norton & Company, 2004.

Gates, Henry Louis Jr. and Abby Wolf (eds.), *The Henry Louis Gates, Jr. Reader*, New York: Basic Civitas, 2012.

Gayle, Addison, *The Black Aesthetic*, New York: Doubleday & Company, Inc. 1971.

Gayle, Addison, "Ludell: Beyond Native Son", *The Nation*, 1976.

Gayle, Addison, "I Endured", in *The Addison Gayle Jr Reader*.

Gayle, Addison, "Interviewed by Saundra Towns", in *The Addison Gayle Jr Reader*.

Gayle, Addison, "Oak and Ivy, A Biography of Paul Laurence Dunbar", in *The Addison Gayle Jr Reader*.

Gayle, Addison, "Cultural Nationalism, The Black Novelist in America", in *The Addison Gayle Jr Reader*.

Gayle, Addison, "Black Expression, Essays by and about Black Americans in the Creative Arts", in *The Addison Gayle Jr Reader*.

Gayle, Addison, "Reviews", in *The Addison Gayle Jr Reader*.

Gayle, Addison, "Coming Home by George Davis", in *The Addison Gayle Jr Reader*.

Gayle, Addison, "The Way of the New World, The Black Novel in America", in *The Addison Gayle Jr Reader*.

Gayle, Addison, "The Critic, the University, and the Negro Writer", in *The Addison Gayle Jr Reader*.

Gayle, Addison, "What We Must See—Young Black Storytellers", in *The Addison Gayle Jr Reader*.

Gayle, Addison, "The Function of Black Criticism at the Present Time", in *The Addison Gayle Jr Reader*.

Gayle, Addison, "The Black Aesthetic, The Defender", in *The Addison Gayle Jr Reader*.

Gayle, Addison, "Nat Turner and the Black Nationalists", in *The Addison Gayle Jr Reader*.

Gilroy, Paul, *The Black Atlantic, Modernity and Double Consciousness*, Cambridge, Mass: Harvard University Press, 1993.

Graff, Gerald, *Professing Literature: An Institutional History (Twentieth Anniversary Edition)*, Chicago and London: The University of Chicago Press, 1987, 2007.

Graham, Maryemma and Jerry Ward (eds.), *The Cambridge History of African American Literature*, New York: Cambridge University Press, 2011.

Greene, Meg, *Henry Louis Gates, Jr. A Biography*, Santa Barbara: Greenwood, 2012.

Gussow, Adam, " 'Fingering the Jagged Grain' , Ellison's Wright and the Southern Blues Violences", *Boundary* 2, Volume 30, Number 2 (Summer 2003) .

Guy-Sheftall, Beverly (ed.), *Words of Fire: An Anthology of African American Feminist Thought*, New York: The New Press, 1995.

Hall, Stuart, "Cultural Identity and Disapora", in *Colonial Discourse & Postcolonial Theory*, Patrick Williams & Laura Chrisman (eds.), New York: Harvester Wheatsheaf, 1993.

Harris, Leonard and Charles Molesworth, *Alain L. Locke, Biography of a Philosopher*, Chicago & London: The University of Chicago Press, 2008.

Harris, William J. , *The Poetry and Poetics of Amiri Baraka: The Jazz Aesthetic*, Columbia: University of Missouri Press, 1985.

Henderson, Stephen, *Understanding the New Black Poetry*, New York: William Moral Press, 1973.

Howe, Irving, "Black Boys and Native Sons", in *A Casebook on Ralph Ellison's Invisible Man*, Joseph F. Trimmer (ed.), New York: T. Y. Crowell, 1972.

Hudson, Clenora, "Racial Themes in the Poetry of Gwendolyn Brooks", *CLA Journal*, 17 (Sep. 1973) .

Hughes, Langston, "Songs Called the Blues", *The Langston Hughes Reader*. New York: Braziller, 1958.

Hughes, Langston, *The Big Sea*, New York: Hill & Wang, 1963.

Hughes, Langston, "The Negro Artist and the Racial Mountain", in *Within the Circle, An Anthology of African American Literary Criticism from the Harlem Renaissance to the Present*, Angelyn Mitchell (ed.) Durham and London: Duke University Press, 1994.

Hughes, Langston, *Langston Hughes: Poems*, Ed. David Roessel, New York: Alfred

A Knopf, 1999.

Hughes, Langston, *Jazz as Communication*, Columbia: University of Missouri Press, 2002.

Hutchinson, George (ed.), *The Cambridge Companion to the Harlem Renaissance*, New York: Cambridge University Press, 2007.

Ingersoll, Earl G., *Conversations with Rita Dove*, Mississippi, University Press of Mississippi, 2003.

Jackson, Blyden, "Hughes, Langston", *Encyclopedia of World Literature in the 20th Century*, Vol. 2, New York, Ungar, 1982.

Jackson, Lawrence, *Ralph Ellison: Emergence of Genius*, Athens & London: The University of Georgia Press, 2002.

Jackson, Lawrence, *The Indignant Generation, A Narrative History of African American Writers and Critics, 1934-1960*, Princeton, N. J: Princeton University Press, 2011.

Jarrett-Macauley, Delia (ed.), *Reconstructing Womanhood, Reconstructing Feminism, Writings on Black Women*, London and New York, Routledge, 1996.

Jarrett, Gene Andrew, "What Is Jim Crow?", *PMLA*, Vol. 128, No. 2 (2013).

Johnson, James Weldon, "Preface", in *The Book of American Negro Poetry*, *James Weldon Johnson* (ed.), Rahway, N. J.: The Quinn & Boden Company, 1922.

Johnson, James Weldon, "The Dilemma of the Negro Author", *American Mercury*, 15 (December 1928).

Johnson, James Weldon (ed.), *The Book of American Negro Poetry*, Auckland: The Floating Press, 2008.

Jones, LeRoi, *Blues people: Negro Music in White America*, New York: William Morrow and Company, 1963.

Joyce, Joyce A., " 'Who the Cap Fit': Unconsciousness and Unconscionableness in the Criticism of Houston A. Baker, Jr., and Henry Louis Gates, Jr. ", *New Literary History*, Vol. 18, No. 2 (Winter 1987).

Joyce, Joyce A., "The Black Canon, Reconstructing Black American Literary Criticism", *New Literary History*, Vol. 18, No. 2 (Winter 1987).

Joyce, Joyce Ann, "A Tinker's Damn, Henry Louis Gates, Jr., and The Signifying Monkey Twenty Years Later", *Callaloo*, Vol. 31, No. 2 (Spring 2008).

Judy, Ronald A. T., "Ralph Ellison—the Next Fifty Years", *Boundary* 2, Vol. 30, No. 2 (Summer 2003).

Kenan, Randall (ed.), *James Baldwin: The Cross of Redemption, Uncollected Writings*, New York: Vintage International, 2010.

Kent, George, "The Poetry of Gwendolyn Brooks", *Blackness and the Adventure of Western Culture*, Chicago: Third World Press, 1972.

Kjelle, Marylou Morano, *Henry Louis Gates, Jr.*, Philadelphia: Chelsea House Publishers, 2004.

Kuhn, Thomas S., *The Structure of Scientific Revolutions*, Chicago: The University of Chicago Press, 1970.

Kwasny, Melissa, *Toward the Open Field, Poets on the Art of Poetry, 1900 – 1950*, Middletown CT, Wesleyan University Press, 2004.

Lane, Richard J., *Fifty Key Literary Theorists*, New York and London: Routledge (Taylor & Francis Group), 2006.

Lemert, Charles and Du Bois, "A Classic from the Other Side of the Veil, Du Bois's 'Souls of Black Folk' ", *The Sociological Quarterly*, Vol. 35, No. 3 (Aug. 1994).

Lewis, David Levering (ed.), *W. E. B. Du Bois, A Reader*, New York: Henry Holt and Company, 1995.

Locke, Alain (ed.), *The New Negro: An Interpretation*, New York: Albert and Charles Boni, Inc., 1925.

Locke, Alain, "The Negro Minority in American Literature", in *The Works of Alain Locke*, Charles Molesworth (ed.).

Locke, Alain, "The Negro's Contribution to American Art and Literature", *Annals of the American Academy of Political and Social Science, The American Negro*, Vol. 140 (Nov. 1928).

Locke, Alain, "The Negro's Contribution to American Culture", *The Journal of Negro Education*, *The Present and Future Position of the Negro in the American Social Order*, Vol. 8, No. 3 (Jul. 1939).

Locke, Alain, "Reason and Race, A Review of the Literature of the Negro for 1946", *Phylon* (1940-1956), Vol. 8, No. 1 (1st Qtr. 1947).

Locke, Alain, "A Critical Retrospect of the Literature of the Negro for 1947", *Phylon* (1940-1956), Vol. 9, No. 1 (1st Qtr. 1948).

Locke, Alain, "Dawn Patrol a Review of the Literature of the Negro for 1948, Part I", *Phylon* (1940-1956), Vol. 10, No. 1 (1st Qtr. 1949).

Locke, Alain, "Dawn Patrol, The Literature of the Negro for 1948, Part II", *Phylon* (1940-1956), Vol. 10, No. 2 (2nd Qtr. 1949).

Locke, Alain, "Wisdom de Profundis, The Literature of the Negro, 1949. Part I", *Phylon* (1940-1956), Vol. 11, No. 1 (1st Qtr. 1950).

Locke, Alain, "Wisdom de Profundis, Review of The Literature of the Negro, 1949: Part II—The Social Literature", *Phylon* (1940-1956), Vol. 11, No. 2 (2nd Qtr. 1950).

Locke, Alain, "Inventory at Mid-Century, A Review of the Literature of the Negro for 1950", *Phylon* (1940-1956), Vol. 2, No. 1 (1st Qtr. 1951).

Locke, Alain, "Inventory at Mid-Century, The Literature of the Negro for 1950s, Part II, History", *Phylon* (1940-1956), Vol. 12, No. 2 (2nd Qtr. 1951).

Locke, Alain, "The High Price of Integration, A Review of the Literature of the Negro for 1951", *Phylon* (1940-1956), Vol. 13, No. 1 (1st Qtr. 1952).

Locke, Alain, "From Native Son to Invisible Man, A Review of the Literature of the Negro for 1952", *Phylon* (1940-1956), Vol. 14, No. 1 (1I} Qtr. 1953).

Locke, Alain, "American Literary Tradition and the Negro", in *The Critical Temper of Alain Locke, A Selection of His Essays on Art and Culture*, Jeffrey C. Stewart (ed.), New York & London: Garland Publishing, Inc., 1983.

Locke, Alain, "The New Negro", in *The Norton Anthology of African American Literature*, Henry Louis Gates Jr. and Nellie Y. McKay (eds.), 2004.

Locke, Alain, "Art or Propaganda?", in *Call and Response: Key Debates in African American Studies*, Henry Louis Gates, Jr. And Jennifer Burton (eds.), New York · London: W. W. Norton and Company, 2011.

Locke, Alain, "The Poetry of Negro Life", in *The Works of Alain Locke*, Charles Molesworth (ed.), Forward by Henry Louis Gates, New York, Oxford University Press, 2012.

Lubiano, Wahneema, "Mapping the Interstices between Afro-American Cultural Discourse and Cultural Studies, A Prolegomenon", *Callaloo*, Vol. 19, No. 1 (Winter 1996).

Ludwig, Sami, "Toni Morrison's social criticism", in *The Cambridge Companion to Toni Morrison*, *Justine Tally* (ed.), Cambridge, Cambridge University Press, 2007.

Marowski, Daniel, *Contemporary Literary Criticism*. Detroit: Gale Research Company, 1985.

McBride, Dwight A. (ed.), *James Baldwin Now*, New York and London: New York University Press, 1999.

McCluskey, John Jr., "Richard Wright and the Season of Manifestoes", in *The Black Chicago Renaissance*, Darlene C. Hine and John McCluskey, Jr. (eds), Urbana, University of Illinois Press, 2012.

McDowell, Deborah E., "New Directions for Black Feminist Criticism", *Black American Literature Forum*, Vol. 14, No. 4 (Winter 1980).

McDowell, Deborah E., "Black Feminist Thinking, the 'Practice' of 'Theory'", in *African American Literary Theory: A Reader*, Winston Napier (ed.), New York and London: New York University Press, 2000.

McMillan, Laurie, "Telling a Critical Story, Alice Walker's In Search of Our Mothers' Gardens", *Journal of Modern Literature*, Vol. 28, No. 1 (2004).

Melhem, D. H., *Gwendolyn Brooks*, Lexington: The University Press of Kentucky, 1987.

Mellard, James M., "Ralph Waldo Ellison: A Man of Letters for Our Time",

Critique, 2010.

Miller, Marilyn, "Rhythm and Blues, The Neo-American Dream in Guillén and Hughes", *Comparative Literature*, Vol. 51, No. 4 (1999).

Miller, Nancy, *Getting Personal*: *Feminist Occasions and Other Autobiographical Acts*, New York: Routledge, 1991.

Miller, R. Baxter, "When African American Literature Exists", *PMLA*, Vol. 128, No. 2 (2013).

Molesworth, Charles (ed.), *The Works of Alain Locke*. Forward by Henry Louis Gates, New York: Oxford University Press, 2012.

Morrison, Toni, "Behind the Making of The Black Book", *Black World*, (February 1974).

Morrison, Toni, "The Site of Memory", in Inventing the Truth, William Zinsser (ed.), Boston, Houghton Mifflin Company, 1987.

Morrison, Toni, *Playing in the Dark*: *Whiteness and the Literary Imagination*, Cambridge: Harvard University Press, 1992.

Morrison, Toni, "Unspeakable Things Unspoken, The Afro-American Presence in American Literature", in *Criticism and the Color Line*, Henry B. Wonham (ed.), New Brunswick, Rutgers University Press, 1996.

Morrison, Toni (ed.), *James Baldwin*: *Collected Essays*, New York, The Library of America, 1998.

Morrison, Toni, "What the Black Woman Thinks about Women's Lib (1971)", in *Toni Morrison*, *What Moves at the Margin*, Carolyn C. Denard (ed.), Jackson, University Press of Mississippi, 2008.

Morrison, Toni, "Behind the Making of The Black Book", *in Toni Morrison*, *What Moves at the Margin*.

Mullen, Harryette, "African Signs and Spirit Writing", in *African American Literary Theory*, *A Reader. Winston Napier, ed.*, New York and London, New York University Press, 2000.

Nadel, Alan, "Shadowing Ralph Ellison (review)", *Callaloo*, Vol. 31, No. 3 (Summer 2008).

Naylor, Gloria, "A Conversation, Gloria Naylor and Toni Morrison (1985)", in *Conversations with Toni Morrison*, Danille Taylor-Guthrie (ed.), Jackson, University Press of Mississippi, 1994.

Neal, Larry, *Visions of a Liberated Future*, *Black Arts Movement Writings*, Ed. Michael Schwartz, New York: Thunder's Mouth Press, 1989.

Norman, Brian and Lauren A. Wilson, "A Historical Guide to James Baldwin (review)", *Callaloo*, Vol. 33, No. 4 (Fall 2010).

Norment, Nathaniel (ed.), *The Addison Gayle Jr Reader*, Urbana and Chicago: University of Illinois Press, 2009.

Norment, Nathaniel Jr., "Preface", in *The Addison Gayle Jr Reader*, Nathaniel Norment Jr. (ed.), .

Parini, Jay, *The Columbia History of American Poetry*, Columbia: Columbia University Press, 2005.

Parrish, Timothy, "Ralph Ellison, Finished and Unfinished, Aesthetic Achievements and Political Legacies", *Contemporary Literature*, Vol. 48, No. 4 (Winter 2007).

Plain, Gill and Susan Sellers (eds.), *A History of Feminist Literary Criticism*, New York: Cambridge University Press, 2007.

Porter, Horace A., *Stealing the Fire*: *The Art and Protest of James Baldwin*, Middletown: Wesleyan University Press, 1989.

Rampersad, Arnold, *The Art and Imagination of W. E. B. Du Bois*, New York: Schocken Books Inc., 1976, 1990.

Rampersad, Arnold, *Ralph Ellison*: *A Biography*, New York: Vintage Books, A Division of Random House, Inc., 2007.

Raynor, Deirdre J. and Johnnella E. Butler, "Morrison and the critical community", in *The Cambridge Companion to Toni Morrison*, Justine Tally (ed.), Cambridge: Cambridge University Press, 2007.

Renker, Elizabeth, *The Origins of American Literature Studies*: *An Institutional History*, New York: Cambridge University Press, 2007.

Retman, Sonnet, "What Was African American Literature?", *PMLA*, Vol. 128, No. 2 (2013).

Richardson, Charley Mae, *Zora Neale Hurston and Alice Walker*, *Intertextualities*, Chicago: Loyola University Chicago, 1999.

Robinson, Cedric J., *Black Marxism*: *The Making of the Black Radical Tradition*, Chapel Hill: The University of North Carolina Press, 1983.

Roden, Molly, "Alice Walker", in *Contemporary African American Novelists*, *A Bio-Bibliographical Critical Sourcebook*, Emmanuel S. Nelson (ed.), Westport, Connecticut, Greenwood Press, 1999.

Roessel, David, "Langston Hughes", *American Writers*: *Retrospective Supplement*, New York: Charles Scribner's Sons, 1998.

Ross, Marlon B., "This Is Not an Apologia for African American Literature", *PMLA*, Vol. 128, No. 2 (2013).

Rowell, Charles H. and Sterling A. Brown, " 'Let Me Be with Ole Jazzbo': An Interview with Sterling A. Brown", *Callaloo*, Vol. 21, No. 4 (Autumn 1998).

Sanders, Mark (ed.), *A Son's Return*, *Selected Essays of Sterling A. Brown*, Boston: Northeastern University Press, 1996.

Santamarina, Xiomara, "The Future of the Present", *PMLA*, Vol. 128, No. 2 (2013).

Shin, Andrew and Barbara Judson, "Beneath the Black Aesthetic, James Baldwin's Primer of Black American Masculinity", *African American Review*, Vol. 32, No. 2 (Summer 1998).

Smith, Barbara, "Toward a Black Feminist Criticism", *The Radical Teacher*, No. 7 (March 1978).

Spikes, Michael P., *Understanding Contemporary Literary Theory* (*Revised Edition*), Columbia: University of South Carolina Press, 2003.

Spillers, Hortense J. , "Mama's Baby, Papa's Maybe, An American Grammar Book", *Diacritics*, *Culture and Countermemory*: *The "American" Connection*, Vol. 17, No. 2 (Summer 1987) .

Stauffer, John (ed.), *The Works of James McCune Smith*, *Black Intellectual and Abolitionist*, New York: Oxford University Press, 2006.

Stewart, Jeffrey C. (ed.), *The Critical Temper of Alain Locke*: *A Selection of His Essays on Art and Culture*, New York & London: Garland Publishing, Inc. , 1983.

Taylor-Guthrie, Danille (ed.), *Conversations with Toni Morrison*, Jackson: University Press of Mississippi, 1994.

The Editors, Toni Morrison and Cornel West, "Blues, Love and politics", *Nation*, (5/24/2004) .

Thomas, Griselda Denise, "Spirituality, Transmigration and Transformation by Octavia Butler's Kindred, Phillis Alesia Perry's Stigmata, and Alice Walker's The Temple of My Familiar", Temple University, 2007.

Tidwell, John Edgar, John S. Wright, and Sterling A. Brown, " 'Steady and Unaccusing', An Interview with Sterling Brown", *Callaloo*, Vol. 21, No. 4 (Autumn 1998) .

Tracy, Steven C. , *Langston Hughes and the Blues*, Urbana: University of Illinois Press, 1988.

Vendler, Helen, "Are These the Poems to Remember?", in *The New York Review of Books*, http: //www. nybooks. com /articles/archives/2011/nov/24/ are-these-poems-remember/.

Wald, Alan M. , *Exiles from a Future Time*, *The Forging of the Mid-Twentieth-Century Literary Left*, Chapel Hill: The University of North Carolina Press, 2002.

Walker, Alice, *In Search of Our Mother ' s Gardens*: *Womanist Prose*, Orlando: Harcourt Inc. , 1983.

Walker, Joe, "Exclusive Interview with James Baldwin", in *Conversations with James Baldwin*, Fred L. Standley and Louis H. Pratt (eds.), Jackson and London, University Press of Mississippi, 1989.

Wallinger, Hanna, "Toni Morrison's literary criticism", in *The Cambridge Companion to Toni Morrison*, Justine Tally (ed.), Cambridge, Cambridge University Press, 2007.

Walther, Malin LaVon, " 'And All of the Interests Are Vested', Canon Building in Recent Morrison Criticism", *MFS Modern Fiction Studies*, Vol. 39, No. 3 & 4 (Fall/ Winter 1993).

Warren, Kenneth W., "A Reply to My Critics", *PMLA*, Vol. 128, No. 2 (2013).

Watkins, Mel, "The Fire Next Time This Time", in *James Baldwin: Updated Edition*, Harold Bloom (ed.), .

Weinberg, Meyer (ed.). *W. E. B. Du Bois*, *A Reader*, New York, Evanston, and London: Harper & Row, Publishers, 1970.

Weinberg, Meyer (ed.), *W. E. B. Du Bois: A Reader*, New York, Evanston, and London?, Harper & Row, Publishers, 1970.

Wilson, August, "I want a black director", *in May All Your Fences Have Gates*, *Essays on the Drama of August Wilson*, Alan Nadel (ed.), Iowa City: University of Iowa Press, 1994.

Wilson, August, "The Ground on Which I Stand", *Callaloo*, Vol. 20, No. 3 (Summer 1997).

Wilson, August, "A Response to Brustein", in *The Staff of American Theatre magazine*, *The American Theatre Reader*, New York: Theatre Communications Group, 2009.

Wright, Richard, "Between Laughter and Tears", *New Masses* (Oct. 1937).

Wright, Richard, "Blueprint for Negro Writing", *New Challenge*, Vol. 2, No. 2 (Fall 1937).

Wright, Richard, "I Tried to be a Communist", in *The God That Failed*, Richard Crossman (ed), New York, Harper & Brothers, Publishers, 1949.

Wright, Richard, "Reply to David L. Cohn", *Richard Wright Reader*, *Eds*. Ellen Wright and Michel Fabre, New York, Harper & Row, 1978.

Wright, Richard, "Introduction", in *Black Metropolis: A Study of Negro Life in a Northern City*, *St. Clair Drake and Horace R. Cayton*, Chicago, University of Chicago

Press，1993.

Wright，Richard，"The Literature of the Negro in the United States"，*White Man*，*Listen*. 1957，New York，Harper Perennial，1995.

Wright，Richard，"Why and Whereof"，*White Man*，*Listen*，New York，Harper Perennial，1995.

Wright，Richard，"How 'Bigger' Was Born"，*in Black Voices*，*An Anthology of African-American Literature*，Abraham Chapman（ed.），New York：Signet Classic，2001.

Yang，Jincai，"Toni Morrison's Critical Reception in China"，*Foreign Literature Studies*，No. 4（2011）.

Zafar，Rafia，"What Is African American Literature?"，*PMLA*，*Vol.* 128，*No.* 2（2013）.

中 文 索 引

英 文 索 引

后　记

　　经过几年痛并快乐着的努力，终于初步完成"20世纪非裔美国文学批评研究"这部书稿，既有欣喜也有惶恐。由于这部书稿涉及众多学者、作家与批评家，需要阅读整理的资料非常多——可以说本书聚焦分析的每位研究对象都值得作为一个单独的主题进行更加全面、更加充分的研究；再加上没有现成的、完整的批评框架与思路可以借鉴，平添了许多难度与困难。但是特别让笔者感到兴奋的是，在这几年的阅读、思考与书稿撰写过程中，我又发现了许多关于非裔美国文学与文化，以及美国族裔文学与文化领域可以继续延伸、拓展，值得花更大力气去做的新的思路与想法，更加坚定了自己在非裔美国文学批评与文化研究领域继续深入思考、研究的信心。我会继续重点关注非裔美国文学批评中的各种论争及其对（非裔）美国文学与文化的影响，更加注意非裔美国文学与文化批评与美国文学与文化批评传统，乃至于与欧美更加"主流"的文学与文化批评传统的联系与区别；更加关注非洲流散文化在全球化语境下、在世界范围内的发展，特别是对中国文化如何更好地应对全球化的影响，如何更好地吸收、借鉴、强大自己的文化补给，发展基于自己文化传统，既有区别又有联系的中国乃至中华文化提供参照。

　　本书是国家社科基金项目"20世纪非裔美国文学批评研究"的结项成果。在项目申报及本书撰写过程中，许多师友给予我很多无私的帮助，在此表达我对他们深深的谢意。在项目申报准备中，张子清、王守仁、杨金才、赵文书等老师给了我很多指点与帮助。在项目实施过程中，国内外很多学者与专家给了我很多非常好的建议，他们分别是沃德（Jerry Ward）教授、特雷西（Steven Tracy）教授、斯梅瑟斯特（James Smethurst）教授、埃弗雷特（Percival Everett）教授、布雷斯（John Bracey）教授、盖茨教授等。很多朋友帮我购买、复印、扫描、下载了很多项目需要的资料，分别有康文凯、张凤、李素苗、金雯、朱剑利、毕宙嫔、綦亮、丁小蕾、柏云彩、郭艳红、徐志敏等。此外，我要感谢项目组其他同仁的积极参与，感谢潘润润（负责撰写第四章赖特部分）、尤蕾（负责撰写第九章沃克部分）的参与、支持。本书的许多章节曾经以小论文的形式在许多期刊发表，感谢《外国文学评论》《当代外国文学》《外国文学》《国外文学》《外语研究》《英美文学研究论丛》《外国文学动态研究》《山东外语教学》等编辑部的老师们对我们的文稿提出的宝贵建议。感谢江苏省政府留学奖学金为我提供作为高级访问学者，到美国马萨诸塞大学阿默斯特校区（University of Massachusetts, Amherst）非裔美国研究系访学的机会；感谢美国马萨诸塞大学阿默斯特校区图书馆、南京大学图书馆、中国国家图书馆、南京邮电大学图书馆为我查找资料提供的便利与服务。感谢"全国美国文学研究会"、"中国外国文学学会"、"文学经典重估与中外文学关系"学术研讨会、"中国外国文学学会教学研究会"、"中国外国文学学会英语文学研究分会"、"江苏省外国文学研究会"等诸多研讨会为我提供交流及向同行请教学习的机会。感谢江苏省社科规划办专家在我项目开题中提供的宝贵建议；感谢南京邮电大学社科处领导在我项目申报、实施过程中提供的指导与帮助；感谢南京邮电大学外国语学院同仁的鼓励与支持。

我要特别感谢我的妻子杨月凤女士，她几乎包揽全部家务，为我顺利完成本项目，修改完成本书提供了非常宝贵的时间；我要特别感谢我的女儿王咏乐，她不仅为我收集研究所需的资料，而且对一些问题的看法也引发我更多的思考，她的成长永远是我继续奋斗的快乐之源。

回顾自己这几年的历程，心中充满愉悦与感恩；做自己喜欢的事，做自己喜欢也有益于学术共同体的事，依然是我人生的目标。

受学识所限，本人对很多问题的理解与阐释都有诸多不尽如人意处，恳请学界前辈、同仁批评指正。

王玉括

2018 年 12 月 6 日